深圳河

孙向学 著

花城出版社
南方传媒
中国·广州

图书在版编目（CIP）数据

深圳河 / 孙向学著. -- 广州：花城出版社，2025.
3. -- ISBN 978-7-5749-0540-5
Ⅰ. I247.5

中国国家版本馆CIP数据核字第2025RT3034号

出 版 人：张 懿
责任编辑：李 谓 安 然
责任校对：汤 迪
技术编辑：凌春梅
封面设计：张年乔

书　　　名	深圳河
	SHENZHEN HE
出版发行	花城出版社
	（广州市环市东路水荫路11号）
经　　销	全国新华书店
印　　刷	佛山市迎高彩印有限公司
	（佛山市顺德区陈村镇广隆工业区兴业七路9号）
开　　本	787毫米×1092毫米　16开
印　　张	22　1插页
字　　数	400,000字
版　　次	2025年3月第1版　2025年3月第1次印刷
定　　价	68.00元

如发现印装质量问题，请直接与印刷厂联系调换。
购书热线：020-37604658　37602954
花城出版社网站：http://www.fcph.com.cn

记录一座从无到有的城市,既是一部四十年的家族史,又是一部四十年的深圳史。

目录

第一章 / *001*

第二章 / *030*

第三章 / *075*

第四章 / *087*

第五章 / *131*

第六章 / *161*

第七章 / *182*

第八章 / *203*

第九章 / *223*

第十章 / *240*

第十一章 / *271*

第十二章 / *283*

第十三章 / *304*

第十四章 / *320*

第一章

1

1976年,深圳遇到了秋冬春三季连旱。进入夏季,仍没有一场透地的雨。深圳河断流了。

热昏了的几头水牛,泡在浅滩里,任凭放牛娃如何吆喝,死活不肯起来干活。一头牛崽,不谙世事的险恶,在干涸的河床上甩蹄子撒欢。一头老母猪,率领七八头小猪崽,乐滋滋在淤泥里,这里拱几下,那里刨几下,寻找可享口福的腐鱼死虾烂青蛙。

赵山贵扛一捆柴,从山上下来,在河边的一棵树下,他把柴斜倚在树干上,然后擦着满头大汗,在河边转了又转。他本来想来到河里,像往时那样,痛痛快快喝一肚子水,哪承想,河水断流了。积水处,又被猪牛霸占,弄成了一锅污浊的泥汤。他扯来几片秋枫的嫩叶,丢进嘴里一嚼,干枯苦涩,半天也吸不到一点叶汁。他抬头望着天,忍不住叫骂起来:

"老天爷,你睁眼看看,再不下雨,秋种怎么种?来年吃什么?你是不是想叫人饿死?你再不下雨,老子几枪打上去了!"

骂毕,赵山贵又吃力地扛起柴。他想,这里没有水喝,村头那棵老榕树下就有,等下到了那里,喝个肚圆。

石岗村村头有棵五个人才能合抱的古榕。古榕的老根紧缠一硕石。硕石下有一眼暗泉,泉口大若水烟筒。康熙二十一年(1682)那场百年不遇的大旱,它也不曾断流。不曾断流的泉水,将古榕树冠下的一口塘,灌得满满的。石岗村的村民将其视若神灵,世世代代饮用这口塘水。

神灵不能亵渎！大人吓唬小孩，亵渎了神灵，大晴天遭雷劈。再顽皮的孩子，在这里想拉屎拉尿了，也夹紧腿，憋着跑到远离神灵的地方去。

到了赵可设这一代，他们将神灵丢到了后脑勺，不理会什么遭雷劈，把这口塘当成了嬉戏撒野的乐园。赵可设的哥哥赵可建，爬上古榕，从一枝伸到塘中央的老虬干上，一头扎进塘里，从这头游到那头，从那头游到这头，五六十米的距离，一下就是三四个来回，大气都不喘一口。他最拿手的本事，是像鱼鹰般扎入水中，将鱼们撵得乱成一团，然后嘴里衔着一条、一手捏着一条，浮出水面。他这一招是绝招，村里其他的孩子学不来。这样美好的光景也是过去的事了。那口塘后来有人在塘边砌了茅厕，大小便就往塘里拉，说是鱼吃了长膘。后来更有人作孽，将几株水浮萍丢了进去，那东西繁殖速度惊人，不过两三个月，满口塘全铺满了生机蓬勃的浮萍。这口塘再没人下去了。

有一天赵家老三赵可家心血来潮，率领一伙人将茅厕拆掉，水浮萍捞净，将水塘当成了游泳的训练场。参加训练的不仅有男人，女人们也穿着短衣短裤跳进水里扑腾。他们这是亡羊补牢，在赵可家的率领下，经过一段时间的训练，为时不晚。这一切的目的，为的是偷渡逃港时，万一落水，不至于遭遇灭顶之灾。

隔着深圳河，石岗村的对岸就是香港的石泥村。石泥村过去是石岗村的一部分。1898年6月，英国强迫清政府签订《展拓香港界址专条》，陆地以深圳河为界，将新界强租了过去。一村分成了石岗、石泥两个村。深圳河窄的地方不过十几米，退潮时水不及膝，过河不过举手之劳。等到石岗村人觉得应该过河逃港时，河对岸有了一道严严实实的铁丝网。

20世纪60年代掀起逃港高潮后，逃港屡禁不止，香港当局对逃过去的人睁一只眼、闭一只眼，找到工作后立即发身份证，实际上就是纵容逃港。后来香港人口膨胀，香港当局才不得不和内地携手联防逃港。

从陆地上逃不过去就从海上逃，大鹏湾、蛇口湾和深圳湾成了偷渡的好去处。海上偷渡屡屡有翻船事件，岸边便时常有被淹死后被海浪推到岸边来不及掩埋的尸体。

林笑怡是从广州到石岗村插队的女知青。因为有个弟弟在台湾的原因，"文革"一来，她当大学教师的爸爸成了"美蒋潜伏特务"，挂牌游街被打得死去活来。最后实在受不了，一个风高月黑的晚上亡命天涯。他出逃不久后托人给妻女送了一次钱,他妻子问来人,她丈夫在哪里,来人吞吞吐吐不敢吐露真情。妻子估计丈夫逃到香港了。林笑怡的母亲是个有名的粤剧演员,一颦一笑都妩媚迷人,女儿都上初中了,仍有人为她辗转反侧,夜不成眠。殊不知林笑怡的母亲洁身自好,舞台上风情万种,舞台下拒人千里。她丈夫是"美蒋潜伏特务",她则是牛鬼蛇神;丈夫逃得了,她逃不了。在批斗会上,她一次又一次遭到凌辱,终于悬梁自缢,一了百了。

林笑怡初中没毕业成了孤儿。危难中一个平时来往极少的表姨伸出援助之手,管她的吃住,林笑怡在惊恐中熬到了高中毕业。

欢送知青下乡插队那天,人群里没有一个是她的亲人。父母的千叮咛万嘱咐,亲朋的送这送那,都是别人的事。她像个局外人,与这锣鼓喧天、轰轰烈烈的欢送场面丝毫无关,没有人给她一个笑脸,没人握一握她冰冷的双手。林笑怡痛苦凄凉,对人世间的炎凉铭心刻骨。

到石岗村以后,林笑怡干重体力活,粗糙结实,俗称海碗的大碗饭,她一顿能吃三碗。没想到,这倒把未插队时像条豆芽的林笑怡,养得该凹的凹、该凸的凸。她没比谁少晒太阳,依然白得耀眼。她的双手纤纤细腻若玉,全没有长年干活的粗骨节厚老茧。

林笑怡秉承了她母亲外貌的优雅,骨子里得了她父亲果敢的精髓。1976年,和她一起到石岗村插队落户的六名知青,招工招干,当兵上大学,走得只剩下她一个时,她决定步她爸爸的后尘:逃港!

2

赵可家现在可以在村民面前颐指气使了。过去大哥、二哥在塘里游泳时,赵可家只有四五岁。二哥又哄又吓不许他下水,他只能在塘边捉蜻蜓、追蚂蚱。有次他一人跑去塘边捉蚂蚱,一个趔趄,一头扎进了水里。听到岸上人呼救,赵可设狂奔到塘边,目瞪口呆:赵可家在水中有模有样地蛙泳。

赵可设跃入水中,搂着赵可家一个劲问他,是什么时候学会游泳的。赵可家比比划划,半天才听清他说平时看到哥哥这样游,他也这样游,就游起来了。赵可设在心里感叹,这真叫无师自通啊!

打那以后,赵可设去游泳都会带上赵可家。他心想,以后家里出个游泳世界冠军就是他了。那时游泳,主要是好玩,是天热得难受时到水里泡泡,谁会想到是为了逃港呢？当情况变化成学会游泳为了偷渡香港时，一身好水性的赵可家有了出头之日，扬眉吐气了。

赵可家长得人模人样，块头比大哥、二哥都大，浑身上下一块一块腱子肉，不知哪里练来的。他有力气不往好处使，打架斗殴、偷鸡摸狗都有他的份。赵可设曾亲自端枪，押送他到公社学习班学习了半个月。赵可家从学习班回来我行我素，仍然是大事不犯、小事不断，他当大队党支书的爸爸赵山贵，气得要吐血。村里人鄙视他，在他背后戳戳点点他的脊梁骨，恨不得这小子被送进大牢，关一辈子才好。哪承想这世道变化太快，现在谁还敢嫌弃赵可家？纷纷跟着他学游泳去了。

练游泳的人群中也有林笑怡。林笑怡很后悔，她的家就在珠江边上，她怕水，无论伙伴们怎样哄怎样骗，她硬是不敢下。现在想逃港，不会游泳，只能跟赵可家学了。

林笑怡本可以不用去练游泳：她早就偷偷观察到了，离村子约两里地，一个叫井坎的地方，深圳河川流而过，对岸有块巨石，铁丝网正好从巨石上跨过。巨石与铁丝网之间衔接不严实，可容一人穿过。漏洞被野草隐蔽。每次下田路经这里，林笑怡的心都怦怦乱跳，她恨不得奔过去一头钻过去。铁丝网那边的山坡上有一个英军边防哨所。逃港被捉回来的人她见得多了，出身好的，进学习班学习学习后，一哄而散；出身不好的，脖子上挂一块书"逃港分子×××"的木牌，在端枪民兵监视下，到各村游街。自己父母被挂牌游街的情景，林笑怡一想起就会浑身发抖。

林笑怡穿一条肥大的短裤和一件厚实的棉布衬衫也来到了水塘边。在她看来，海上偷走的成功率要比陆上逃跑大得多。

"笑怡呀，你也不会游泳？这边来，这边来，我教你。"赵可家见到林笑怡，兴奋得语调都有些变了。

赵可家平时见到林笑怡不过嘻嘻哈哈调笑几下。那年头对知青保护严格，东林生产队队长对一个女知青不过是强奸未遂，也判入狱六年。入狱六年？可不是开半个月学习班的小事情。赵可家有贼心没有贼胆。倒是有一次生产队分粮，他看到林笑怡挑一担重担走得吃力，赶上去帮忙挑了回去。对赵可家，林笑怡实在是说不上有什么厌恶。听到赵可家在喊，林笑怡只笑笑，没答话。她站到了塘边犹豫起来。

"往下跳，往下跳，有我在呢，怕什么？"赵可家见状，又叫起来。

第一章

"可家哥,这水深吗?"林笑怡胆怯地问。

"不深,不深,你站下去,说不定水只到你下巴呢!"

这口水塘最浅的地方也有两米,赵可家在撒谎。

"笑怡呀,你就快下来吧。你看我,几天前还是个秤砣,现在不是也会游了?"说话的是陈二婶。这女人三十出头了,胖嘟嘟的身子居然也有一半浮在水面上。她双腿一边轻松地踢踏水,一边说:"可家这小老弟现在学好了,他教你游泳,你就放心好了……"

陈二婶的话没说完,林笑怡突然双手一抬,整个身子轰地扑到了水里。激起的浪花平静下来了,林笑怡的身子还没浮出水面。

"哎呀,还不快下来救人?"陈二婶冲站在塘边咧嘴笑的赵可家大声叫,"要出人命了!"

"是吗?是吗?"赵可家也有些慌了,他一边嚷嚷,一边一头扎进了水里。

在水里,赵可家一摸两摸,摸到了林笑怡的头发,他一把抓住往上一扯,林笑怡的半个身子露出水面。赵可家一手从林笑怡的腋窝下揽过,一手猛划了几下水,将林笑怡推上了岸。

喝了几口脏水,林笑怡倒也没有惊慌失措。她站起来,抖抖腿,竟还有再往下跳的勇气。她突然发现气氛不对,怎么刚才喧闹的场面一下子鸦雀无声了呢?

赵可家这伙男子,连同陈二婶那群女人,目光这时都齐刷刷盯到了林笑怡身上。湿透了的短衣短裤紧紧贴附在林笑怡身上,出水芙蓉般的俏丽,石岗村何时出现过?林笑怡抓过毛巾披上,她是回去还是留下,一时拿不定主意。犹豫中她把求助的目光投向了赵可家。

"看什么?看什么?没见过女人呀!"赵可家冲一水塘几十号人吼。

"谁没见过?是你没见过吧?看你那双眼,都要凸出来了。"陈二婶冲赵可家讥笑道。

"哄——"一塘人大笑。

"好好好,我看你还敢不敢说我,"赵可家说完,一个扎猛子潜到了水里。

陈二婶还不明白怎么回事,突然大呼小叫起来——她在水里被赵可家狠狠地抓了一把。

林笑怡趁大家看赵可家和陈二婶的热闹，匆匆忙忙溜了回来。这么难堪，还怎么游？林笑怡想到赵可家的手，刚才也在她的身上揉了几下，脸倏地红起来，心想，这家伙落井下石耍流氓！

林笑怡冤枉了赵可家。水中救人还管什么地方该摸什么地方碰不得？混乱中碰到林笑怡的身体，赵可家一点感觉也没有。此刻，赵可家看着林笑怡往回走的背影，恨得直掐自己的大腿，后悔刚才怎么不真的摸几下。

3

吃了晚饭，已是九点多。天地间一片漆黑。赵可家的双脚下意识向村头走去。

那时的石岗村没有电视，没有音乐，更没有图书馆，有电影也尽是《南征北战》《地雷战》《地道战》和看腻了的样板戏。九点一过，村子便黑灯瞎火，偶有猪拱槽的哐当声。深圳河对岸的石泥村那就热闹了，电视机的打斗声、收录机的"靡靡之音"，不断传到河这边来。人家天天有肉吃，好几次他都闻到肉香飘过深圳河扑到他鼻里了。大哥赵可建住在尖沙咀，那地方是天堂。本是亲兄弟，他去了香港，生活在天堂，而赵可家在这边穷到老婆都娶不上。说到老婆，赵可家愤愤不平，他都二十三岁了，在农村他这年龄，早该娶老婆了，他现在连个老婆的影子在哪里都不知道。一年前，赵可家在甘蔗林里偷窥陈二婶小解，让赵可家心猿意马。陈二婶突然说："偷看什么？过来吧。"听了这话，赵可家哪里还顾得什么，冲过去扑倒陈二婶。

赵可家一路胡思乱想，来到了林笑怡的房屋前。

林笑怡原来和六名知青住一间大茅屋，屋里用竹编隔成了七八间小屋，知青们一人住一间。只剩林笑怡后，赵山贵担心林笑怡一人住太大的房子害怕，便让她住到了和仓库连在一起的一间砖瓦房里。住这儿离村子最近的房屋也有近百米远，是独门独户的人家。林笑怡早就恨不得住到远离人群的地方，她喜欢清静。这天晚上她的心却清静不下来。陆上逃港难，海上偷渡不会游泳怎么办？想到游泳，她就想到赵可家。这家伙的手……林笑怡脸不禁又红了。

正在这时，门似有若无响了响。

晚上常有村里的姑娘来她这儿玩，聊聊天，看看书，很愉快的事。林笑怡想也没想，就将门开了。

第一章

门口站着黑乎乎的一个大汉。林笑怡吓了一大跳,捂着胸口,定神一看,竟是赵可家!正想到这个人,这个人出现了,林笑怡不禁"哦"了一声。胸口怦怦乱跳起来。

来的路上,赵可家热血沸腾,他想象将林笑怡压在身下时的快乐。站在林笑怡的房门前,他的欲火倏地缩了回去。他在心里讥笑自己,什么男子汉,还想把人家压在身下呢?他鼓起勇气,抬起手,拍了拍门。

"嘿嘿。"赵可家干笑几声,一时不知说什么好。

"找我有事?"林笑怡舒一口气,问道。

"笑怡,你知道我们练游泳的目的吧?"赵可家忸怩了一会儿,又露出了嬉皮笑脸的样子,他故作神秘地对林笑怡说,"就是为了逃港!"

"哦,是吗?"林笑怡故作惊讶。

"嘿嘿,就是!"赵可家往前跨一步,靠在门框上,"所有来练游泳的,都是为了逃港。你去练,不也是为了逃港吗?你那门心思我一眼就看出来了。"

林笑怡心里一惊,一边赶紧让赵可家进屋里坐,一边说:"可家哥,我家庭出身不好,我这样的人逃港罪加一等,你不会去告我吧?"

"胡说八道!"赵可家大大咧咧坐到床头边的一张竹椅上,"告诉你吧,我们最近要集体偷渡,我就是这帮人的头头,你先学会游泳,到时你跟着我走就是。"

"真的?"林笑怡惊喜道,"可家哥,你就教我游泳吧。"

赵可家跷起二郎腿,一边抖,一边掏出烟叨上一支点燃,长长地吐了一口,说:"你看这烟,叫'三个五',我大哥托人捎回来的。这种烟在我们这里的黑市上三块钱一包。我弟弟在县城中学读书,每个月的伙食也就三块。你看看人家香港人,天天抽的就这种烟。听人说,我大哥每天都要抽一包。一天的烟就是我们一个月的伙食,邪了!"

赵可家说着说着,目光不老实地盯到了林笑怡的脸上、胸口上、大腿上。屋里点着一盏煤油灯,灯光柔和温暖。整洁的闺房充满神秘。屋外的田野里,青蛙的呱呱声响成一片。赵可家突然觉得这个世界沉静了。他只听见自己的心跳,林笑怡的心跳他也听到了。他变得像哑巴,不会说话了。

"可家哥,你明天就开始教我游水吧。"林笑怡被赵可家盯得难堪,她头朝门外,对黑魆魆的那口水塘说。

"哦哦。"赵可家发觉自己失态,自嘲了两声,又口若悬河,"笑怡呀,你忘记今天下午你去游水,人们都盯着你看吗?他们都没见过你这么漂亮的广州姑娘,你再去,他们照样再看。这样一来,别说你游不成了,就是他们也游不成了,我们的偷渡计划不是落空了吗?"

"那……那怎么办?"林笑怡一时拿不定主意,可怜巴巴说。

赵可家眼珠一转,大腿一拍道:"晚上去学!"

"晚上?"林笑怡马上想到了赵可家不老实的手,她犹豫片刻,还是答应了,"可家哥,我一学会游,你一定带我去香港哦!"

"当然,当然!"赵可家指天发誓道,"不带你去我晴天遭雷劈!"

"你先去塘边,我换了衣服就来。"林笑怡说。

"好。"赵可家一边出门,一边随手关门,"快些啊。"

想到黑乎乎的那口塘里只有他和林笑怡,赵可家不禁吞咽了几口唾液,他暗暗为自己的突发奇想叫好。赵可家走了十多步,鬼使神差又返回到林笑怡的房门口,他透过门缝一望,全身被电击一般,一双腿酥麻麻差点撑不住身体。林笑怡在换衣裤。赵可家无数次梦见林笑怡,多少次幻想将林笑怡压在身下时的快乐。那仅仅是做梦,是幻想。真的就摆在眼前时,赵可家管不住自己了,他一头撞开门,饿虎扑羊般一下子就把林笑怡压倒到床上。

林笑怡惊恐万分,竟然一时间不知反抗。她终于从慌乱中清醒过来,爆发力量,吼一声:"流氓!"猛一推,公牛般强壮的赵可家竟被掀翻到了地上。

"不是……不是流氓,我……我是真的爱你。"赵可家从地上爬起来,也不恼怒,语无伦次说着,又将林笑怡压到了身下。赵可家使了蛮力,他一手箍得林笑怡不能动弹,一手窸窸窣窣将自己的衣服脱了下来。

"赵可家,你再不住手,我要喊人了!"林笑怡极力挣扎。

"别喊,别喊!"赵可家不管不顾,像急疯了的狼狗。

"来人啊,赵可家耍流氓啊——"林笑怡一边大喊,一边扭着身子不让赵可家得逞。

林笑怡的嘴被赵可家一巴掌捂住,他露出了凶相,恶狠狠说:"再喊,一拳打死你。"

林笑怡快要窒息,她实在没有力气再挣扎。两行泪水从眼里涌了出来。

赵可家"嘿嘿"几声,将林笑怡的身子挪正。

"赵可家,你在干什么?!"突然一声怒吼,吼得赵可家哆嗦一抖。他抬头一看,二哥赵可设端着上了刺刀的枪向他逼来。

赵可家手忙脚乱穿好裤子，侧身从赵可设身边窜出门，哼了一声，一溜烟跑了。

4

第八号台风，面对深圳，气势汹汹来了。公社广播站每天广播三次，不停地告诉人们，这股台风所在的经度和纬度，在离深圳多少公里的海面上，中心风力有多少级，等等。

赵可设将碗里的最后一口饭扒进嘴里，鼓着腮帮咀嚼。他用衣袖抹了抹嘴角，起身将挂在墙上的步枪取了下来。

"爸，今晚我值班，走了。"赵可设对在院子里编竹席的赵山贵说。

"带上雨衣，这风雨今晚可能提前到呢。"赵山贵抬头看看天上乱滚的乌云，说。赵可设回屋取出雨衣，夹在胳肢窝，就要出门时，赵山贵直起了腰，说："别忙走。我问你，这几天可家怎么连个影子都不见？他又跑到哪里撒野去了？"

"可家在水塘里，教一帮人学游水教得上瘾，家里哪里还见得着他。"赵可设没有将几天前赵可家对林笑怡耍流氓的事对赵山贵说，要说了，赵山贵非逼赵可设用枪押赵可家去公安局不可。

"他们学游泳是为了过江吧？你警告可家，他敢去过江，我就敢打断他的腿！叛国投敌的事，你们谁也不要去做！像你大哥，唉，我去做别人的思想工作，恨不得先扇自己一耳光才好。"

"爸，你不要说我大哥，再说，你就对不住我妈了。"话一出口，赵可设觉得话说重了，赶紧讨好道，"见了可家，我叫他马上回来，说爸想他了。"

赵可家的狐朋狗友多，混在一起通宵不回家是常有的事。这一次赵可设心里清楚，赵可家是怕见他。赵可设在赵可家的眼里是偶像。赵可设当过几年兵，现在是一位拿着真枪的基干民兵连长。赵可家小时候经常跟二哥去游泳，下深圳河捉鱼虾，到山里摘野果。有人欺侮了他，跟二哥一说，二哥二话不说，总要还别人颜色。那是多么美妙的往事。二哥当兵回来，当上民兵连长后，变得对他不苟言笑，动不动眉间锁成一个"川"字，对他灌输什么"主义"、什么"精神"、什么"理想"、什么"革命"，还有什么"艰苦奋斗"。要不是大哥在香港，经济上资助他们，别说饿肚子了，怕裤子都穿破。

赵可家背后嘀咕二哥，心里对二哥仍然万分敬重。非礼林笑怡，若是换作别人，还少得了坐牢？这事都过去四五天了，不见一点动静，连父亲那儿赵可设也没说，否则他吃不了兜着走。远远见赵可设走来，赵可家赶紧从水里爬上岸，怯怯地叫："二哥。"

"台风马上要来了，你还在这里游水？"赵可设没好气地说道，"家里晒的稻谷还没收，你回去帮爸收了。再检查检查屋子，该加牢的加牢。晚上别乱跑了，在家陪陪爸。"

赵可家点头哈腰，一口一个"是"。

望着赵可家跑去的背影，赵可设心里有种说不出的难过。他原来非常喜欢三弟。三弟小时候，红扑扑的脸蛋就像石榴，谁都想摸一摸，不料长大后成了地痞流氓。偷鸡摸狗、鸡毛蒜皮的事，赵可家能容忍；对林笑怡耍流氓，他恨不得一刺刀捅死他。林笑怡多可怜，来插队三年，没一个春节回去，也没见一个她的亲人来看她。和她一起来的知青都走光了，就她一人还在这里。世道对她已经不公平，赵可家还要去污辱人家？赵可设当时就想将他捉拿归案，林笑怡哭泣着制止了。他在心里叹了一口气，谁叫他是自己的亲弟弟呢？流氓事件后，赵可设原来还想严厉教育赵可家一番，转念一想，这人就像茅厕里的石头，又臭又硬，给他做思想教育工作说得口干舌燥，他全当耳边风。思想教育工作，赵可设对它的作用，产生了怀疑。县革委一个专搞思想教育工作的副主任到公社作报告，教育人家不要逃港。晚上呢，他带头上船逃港了。你说假不假？他对赵可家说都懒得说了，哄他回去，让父亲说去。

赵可设东想西想来到了深圳河边。深圳河哪还是河呀，里面乱七八糟什么垃圾都有，臭气熏天。往时的深圳河不是这个样子，岸边垂柳婀娜，小草青青，河里水清澈，鱼翔浅底，历历可数。当然，现在若下一场大雨，洪水将河里的垃圾和污臭冲走，情况就不同了。雨什么时候能来呢？

噼噼啪啪，赵可设正想着雨，几颗豆大的雨劈头盖脸砸了过来。

雨来了，风一阵紧似一阵。一团团乌云像野马奔腾，向大地挤压而来。

上午赵可设到大队部开会，民兵营长反复强调，说最近国内外阶级敌人兴风作浪，台风之夜，逃出去、打进来，随时可能发生。重兵把守，严加防范，不能有丝毫麻痹大意，要打有准备之仗。

从公社回来，赵可设将手下的民兵召集起来，规定在石岗村地盘的范围内，沿深圳河每米设一个固定暗哨，不许瞌睡，不能抽烟，不准岗哨间互相吆喝,变自己在暗处、敌人在明处。他强调,要将任何侵犯之敌人统统消灭,逃港者必须个个捉拿归案。

下半夜,雨终于像空中决堤,哗哗地往下倒,风呼啸着将它所能卷走的统统卷走。海面上巨浪一排紧跟一排,猛烈地扑向岸边,发出巨大的轰鸣声。台风赵可设见得多了,像今晚这样的场面,他仍感觉到惊魂动魄。下午的会上,他们激情昂扬,摩拳擦掌,仿佛一场真正的战斗即将发生。可眼下,谁会蠢蠢欲动,不要命去逃港?

赵可设用雨衣将身子裹得严严实实。雨横斜着硬是从缝隙里往里钻,不一会儿,赵可设里面的衣服便湿透了。雨衣胀鼓鼓像降落伞,几次差点将赵可设吹离了地面。他一边骂骂咧咧,一边找到了一块大石头,在避风那面蹲了下来。

刚蹲下,赵可设凭直觉,猛地将眼睛睁大,他捂住怦怦乱跳的胸口,屏着在深圳河边来回仔细地察看。

这里叫井坎,赵可设对此了如指掌,哪个地方有一块什么形状的石头,一棵叫什么名字的小树,他如数家珍。他凭着微弱的地光,终于发现不远的河边多了一块石头。这块石头竟然会动,它在用几乎是肉眼察觉不到的速度,在一寸一寸向离它只有十多米的铁丝网挪去。

赵可设兴奋不已,心快跳出嗓门,在这样恶劣的天气下,他能抓到逃港者,是要立功的!他从腰间取出电筒,端起枪,躬着腰,一步一步向那块会动的"石头"逼去。

5

赵可家一溜烟跑没了影,林笑怡也没有从惊愕中醒过来。她愣愣地望着那把寒光闪闪的刺刀,一时间像个傻子。

"快把衣服穿上!"赵可设眼前一阵眩晕,他艰难地吞咽了一口唾液,转过身,背对林笑怡急促道。

林笑怡如梦初醒,她一把抓过被单紧紧裹住自己的身体,蜷缩到床角里。

"林笑怡,你受委屈了,我马上把那个流氓抓去公安局。"赵可设平静下来,咬牙切齿说毕,转身就要冲出门。

"别,别!可设哥,你就饶了他吧!"林笑怡脱口而出。

"饶了他？这个流氓不能饶！"赵可设说罢，大步冲出了门。

"他是你的亲弟弟！"林笑怡冲赵可设的背影大声说。

赵可设站住了。弟弟强奸未遂被送进大牢，他丢脸不说，父亲怎么办？那位东江纵队老战士可是将荣誉看得和生命一样重要呀！

愣怔良久，赵可设唉的一声，随手将门掩上，走了。

林笑怡从床上跳下，将门闩死，又用一根木棍顶到了门背后。

此刻，林笑怡满脑子都是赵可设。他沉默寡言，似乎总在思考着什么。到石岗插队三年了，林笑怡和他的对话有多少句能数得出来。就那几句对话，林笑怡也能感到了哥哥对妹妹般的亲切。她曾凝视过赵可设的背影，心想自己是不是爱上他了呢？如果真的在农村扎根一辈子，嫁给他这样的人，不会后悔。

林笑怡扑到床上，在满脑子"可设哥"中沉睡了过去。

几只小鸟的啁啾声吵醒了林笑怡。她睁开眼，几缕阳光从门缝透进了她的小屋。她翻身下床，伸了伸懒腰，感觉浑身酸痛，她愣怔一下，昨晚的事如电影般在她眼前扫过。想到最后那一幕，林笑怡的脸蓦地红了。

又是一大早就有人在水塘里扑腾。林笑怡从门缝里看到，赵可家也在人群里。他鼠头鼠脑，时不时向林笑怡的住房睃几眼。这个坏东西！林笑怡在心里厌恶地骂了一句。

绝对不会再和赵可家学游泳了，逃港的念头却变得更强烈。井坎那块巨石与铁丝网间的那个空隙挤满了她的脑里。她又往那儿走了几遭，详细观察了周围的环境，她拿定主意，一旦有机会，就从这里钻过去。

机会终于来了。台风即将到来的消息，让林笑怡兴奋得一次又一次攥紧了拳头。紧张熬过了两天，狂风暴雨如期而至。恶劣的天气能让那些防范者神经绷到了弦上，他们会比往时提高警觉，但也可能是他们松懈麻痹的时候。他们怎么能想到，在这风可以把人吹走、雨可以把人砸昏的黑夜里，竟然有人想从他们的眼皮底下逃港？林笑怡想，成功与失败就是这一次了，铤而走险吧！

林笑怡只带了两套换洗的衣物，珍贵的相册和所有的书她都舍弃了。临出门时，她再一次抚摸它们，噙泪哽咽道："今后我还能见到你们吗？"

沿山脚的路走去井坎，无异于自投罗网，林笑怡当然不傻。她避开路，摸向黑黢黢的烟墩山。烟墩山有一条羊肠小道，人迹罕至。

天黑，雨大，风急，林笑怡刚出门，手中的小包袱就被一阵狂风吹走了。

她匍匐在地,前后左右摸半天,哪里还有小包袱的踪迹。那是她最好的两套衣服,林笑怡咧咧嘴,想哭,很快又在心里骂了自己一声,现在是哭的时候吗?她叹了一口气,凭着平日里对地势的熟悉,向前顽强地摸去。

一路磕磕碰碰,手脚不知扎进了多少蒺藜刺尖,所有的伤痛,林笑怡都咬紧牙关硬挺。她终于连滚带爬,一身泥水来到了井坎,趴到了深圳河边。

山洪还没暴发,河水仍是浅浅的。眼前黑得伸手不见五指,世界仿佛只剩下了风声雨声。林笑怡清楚,或许就在此刻,有一双双饿虎扑羊的目光盯着她。她屏息静气趴了几分钟,确认没有威胁,才站了起来,踩进水里,向对岸奔跑而去。

还有十多米,就是"自由世界"了。就在这时一个沉雷般的声音在林笑怡耳边响起:"不许动,举起手来!"

如五雷轰顶,林笑怡打了一个哆嗦,脚步顿了顿,仍然向河对岸狂奔。她只跑了几步,后衣领被一双有力的手猛一拉扯,重重地倒到了浅水里。一柱电筒光刺眼地照到了她的脸上。

"怎……怎么是你?你……你要逃港?"赵可设惊诧不已,赶紧将电筒光熄灭。

林笑怡起初觉得整个人像掉进了黑暗的冰窟窿里,极度恐惧与惊慌。她很快发现,站在她面前的,只有赵可设一个人,绝望中她忽然看到一线生的希望。她想,他已经救了她一次,就再救自己一次吧。这么一想,林笑怡爬起来,直挺挺站到了赵可设面前。她还没说出一句话,泪就混合着不停打到她脸上的雨水滚滚而下。

林笑怡泪水滂沱,赵可设一时乱了手脚,推了推她的肩膀,说:"别哭,别哭!"

"可设哥,你知道,我妈妈死了,爸爸生死不明,我在广州的亲戚虽然也还认我,但我看到的更多是虚伪和冷酷。广州我回不去,在石岗我多待一天都不愿意了,你……你说我该怎么办?"林笑怡哭得上气不接下气,断断续续说。

"笑怡,你的家庭情况我知道,我同情你,但共产党的政策是重个人表现……"

"重个人表现?"林笑怡打断了赵可设的话,"我表现得不好吗?我连大年初一都在水库工地劳动,另外几个知青谁能做到?队里的活儿,我哪样比他们少干，但招工招干、当兵上大学哪一样有我的份？"

林笑怡劈头盖脸，将赵可设说得一时哑口无言。沉默良久，赵可设说："你说得也有道理，但逃港是违法行为，你做不得的呀。"

林笑怡停止抽泣，用力咬着下唇，稍一沉默，说："怎么是违法？你们就是喜欢把自己的意志强加给别人。你心里清楚，我们和香港比，从物质到精神都不能比！谁穷谁富，谁优谁劣，人民群众自己会比！"

"放肆！"赵可设几乎是吼了起来，但林笑怡说的又有哪一句是他赵可设可以驳得倒的呢？他搜肠刮肚，觉得自己的每一句话都苍白无力，都在林笑怡的激昂陈词前无地自容，他缓和声调："我是民兵连长，我要对我的工作负责！笑怡，你……你回去吧，我……我不会对任何人说你要逃港！"

"不！"林笑怡否定了赵可设的劝告，"可设哥，你说得言不由衷。其实，我知道你也有自己的思想，只是你把它埋藏得太深了。"

林笑怡突然抓住赵可设的手，捂到自己胸口上说："可设哥，你跟我一起过去吧，你是我到石岗后，不，是我第一个喜欢的男人，这话我过去只把它埋在心里，今天……你摸这里，只要它是热的，就证明我说的不是假话。我们过去就结婚！"

林笑怡猛地解开自己的衣扣，将赵可设的手拉进了自己的怀中。赵可设握枪的手一松，枪掉到了地上。他紧张慌乱，大口大口地吞噬唾液。见赵可设依了自己，林笑怡干脆放开手脚，紧紧抱住赵可设，脸贴着脸一口亲上来。赵可设突然清醒，他将手从林笑怡的胸口中抽出，推开她说："这是乘人之危，不，是趁火打劫！笑怡，你……你……你过去吧，我……放……放你走！"

"不！"林笑怡又上前一步抱住赵可设，"我真的爱你！你跟我过去，河对面大石头和铁丝网之间有一个洞，能穿过一个人，只要你敢过去，几分钟后我们就能到香港。"

赵可设拍了拍林笑怡的背，差点笑出了声："笑怡呀笑怡，逃港的想法你由来已久啊，这地方有个洞我怎么就没看到呢？我是不会逃港的，你要走，就快点走吧！"

"可设哥，我感谢你！"林笑怡不管不顾，嘴紧紧地贴到了赵可设的脸上，两颗年轻的心，在热烈地狂跳。

一阵更猛烈的雨斜刺而来，呼啸的风在群山间乱窜，犹如传说中的鬼魅在山间作怪，令人毛骨悚然。林笑怡和赵可设不怕，他们紧紧相拥在深圳河岸的风雨之中。

赵可设双手捧着林笑怡的脸,有些诙谐地说,"应该是我感谢你,因为我这个农民,居然也被一个漂亮的广州姑娘爱过!"

林笑怡忽然间觉得自己离不开"这个农民"了,要不要逃?她竟然犹豫起来。

"笑怡,你快走吧!"赵可设用力推开林笑怡,"山洪马上要来了,等下你想走都走不了!"

林笑怡心里清楚,赵可设何尝不希望自己留下来呢?她更清楚,留下来只有死路一条。她心一横,哽咽道:"可设哥,今后我一定回来找你!"

6

凌晨,狂风终于像吹风蛇,扬起高高的头,憋着扁扁的脖颈将最后一口气嗞地喷出后,头一低,脖颈一圆,再没有一丝风吹出来。雨也弱了,滴滴答答、淅淅沥沥,有一阵没一阵。蛙们虫们鸟们叫的叫,鸣的鸣,唱的唱。这是一组优美的田园大合唱。

黑魆魆的云罅露出了启明星,天地渐渐苏醒了。

民兵们一个个打着哈欠向赵可设聚拢而来。他们纷纷埋怨,昨晚鬼影都没见一个,害得他们瞎忙了一晚。赵可设在心里偷笑了一下,说:"都回家睡觉去吧。"

民兵们骂骂咧咧向村子走去了。赵可设没有走,他急切地盼着天再亮些,亮到能看到香港那边的山水,看到山坡半腰上那座英军哨卡,看到林笑怡……不,不能,千万不能再看到她!若是看到,就说明她还没有脱离被抓住的危险,被英军抓住遣送回来,必须劳动教养半年至一年。他希望林笑怡已经走得远远的,离开对她仍十分危险的地方。然而,他又是多么希望看到林笑怡的身影啊!

赵可设仰天长叹,心想,以后还会遇见她吗?他甚至冒出这样的念头,昨晚为什么不跟她一起逃过去算了呢?这念头一闪,赵可设就在心里连喊两声"要不得,要不得"。"要不得"是四川话,赵可设在部队跟四川兵学的,好多年了,还经常挂在嘴边。要不得啊赵可设,你当年入党是怎样宣誓的?你生在红旗下长在红旗下,是党把你培养成人,你居然想到了叛党投敌?要不得,要不得！赵可设在心念叨，可一年到头没命地干，还是吃不饱穿不暖，怎么解释？那么多人逃，又怎么解释？怪呵，这么怪的事，赵可设怎么能一下子想通呢？赵可设捡起一块石头，狠狠向深圳河砸去，叫道："要怪，就怪深圳河吧！"

山洪终于暴发。黄泥浆似的洪水裹挟着枯枝腐叶、死猪死鸡、破椅子烂门板，顺着弯弯曲曲的深圳河，一股脑将它们轰轰烈烈地冲到后海湾里去。赵可设拍拍手，连说庆幸庆幸，要是昨晚林笑怡不过去，现在就不可能过去了。

天早已大亮，铁丝网对面的香港地界，一草一木皆清晰可辨，哪里还有林笑怡的踪迹呢？赵可设既额手称庆，又有一些淡淡的遗憾。这时，突然有个民兵，沿着深圳河跑来，他一见赵可设，就大声喊："赵连长！"他气喘吁吁跑到赵可设面前，上气不接下气说，"赵可家带村里十多个人，躲在后海口边的山里，等潮水一退就要偷渡，偷渡船他们早就藏在山里。我和二宝、仕林去阻挡，不但阻挡不了，连二宝和仕林都被他们说服，也要和他们一起跑了！"

"反了，赵可家反了！"赵可设神色严峻，紧张地对那个民兵说，"你马上去追刚回去的民兵，叫他们赶来，把我爸和大队长他们也去叫来。快，快快！"

说毕，赵可设撒腿往后海口跑。

赵可设拼命跑了十多分钟赶到后海口，一眼看见赵可家正吆喝一伙人把船推到海上，一些人迫不及待，乱哄哄已经爬上了船。赵可设万万想不到，船上竟还有他的四弟赵可乡。

"下来，都给我下来！"赵可设怒吼着将枪栓拉得咔咔响，"不下来我就要开枪了！"

船下的愣住了，不敢往船上爬；船上的骚动起来，有一两个怕子弹，翻身滚下了船。赵可家见状急了，大声说："不要怕他，快上船！"说完，赵可家走到了赵可设面前，又说，"二哥，你就睁一只眼闭一只眼吧，不看在我的分上，也得看大家乡里乡亲的分上，你可别断了大家的生路。"

赵可设没有搭理赵可家，他冲到船舷边，一把将赵可乡拖下了船，吼道："谁叫你偷渡的！"

"是三哥！他昨晚到学校从床上把我叫起来，他说香港比我们这边好，要我和他一起去找大哥。"

"他说狗屎香你也吃呀！"

"不，三哥不用说，我也知道香港比我们这边好。"

"看你嘴硬！"赵可设说着扬起了手。

"你敢打四弟一下，老子就跟你拼了！"赵可家一步蹿到赵可设面前，抓住他的手说，"你知道龙头村的文叔吗？你知道他的武功不得了吗？我为什么经常不回家，就是跟他学武去了。今天你拿枪我都不怕你。你已经坏过我一次好事，我不跟你计较，这次再坏，别说这船上的十多人，就是我，都得要你趴下来。"

赵可家眼鼓得要爆了出来，他是要豁出去，不要命了，不把赵可设当二哥看了。

"赵连长，这是上头发给我们的枪，你代我们上交了吧。"黄二宝说着，把两把枪从船上丢到了沙滩上，一副惭愧的样子，"连长，对不起你对我们多年的教育了。"

在船上的陈仕林大喊："二宝，别再啰唆了，再啰唆，潮一退完，谁也走不了了。"

赵可家上前拉住赵可乡的手，说："跟我快走！"

"赵可家，你要滚就快滚，别拉四弟下水。"赵可设把赵可乡拉过来护在身后，出其不意一掌推过去，赵可家跟跟跄跄后退了几步。

赵可家稳住脚后跟，说："赵可设，小时候我不知挨过你多少次打，现在我都二十多岁了，你还打？告诉你，今天你好歹是放走了我们，不然我跟你没完。"

赵可家说完，跑到海边，一边蹿上船，一边喊："快走，我二哥发慈悲啦，放我们走了。"

船上的人拿着几条竹竿同时插到了海里，齐心协力"嗨"一声，载着十多人的无帆舢板便随着退潮的海水，向着香港急驶而去。

7

赵可家从水塘回家，还没进屋，就大声嚷："爸，拿箩筐来，不就那点谷子吗？两下就收拾好。"

赵家小院里，赵山贵还在编竹席，听到三儿子的叫声，他愣了愣，问一头撞进来的赵可家："什么谷子？"

"二哥不是叫我回来收谷子吗？"赵可家眨眨眼说。

"早收了，还等你回来。"赵山贵没好气地说，"我倒要问你，这几天你疯疯癫癫干什么去了？怎么家里连你的影子都没有？"

"爸，你别婆婆妈妈的好不好，年轻人事多着呢，哪能天天待在家里！当年你参加东江纵队，不也整年整月，没白天没夜晚地在山里跑，不回家吗？"

"你小子别跟我油腔滑调！"赵山贵瞪眼盯着赵可家问，"听说你跟一伙人整天在水塘里泡。说，什么目的？"

"什么目的？第一是锻炼身体，第二嘛，吃饱了撑的，活动活动，帮助消化。"

"别跟我来这套，你小子说实话，是不是想偷渡？"

"爸，这可是你说的噢，我没那念头。你想想，我生在红旗下，长在红旗下，党和国家，还有你，教育了我这么多年，我还能去叛国投敌？哪像大哥，生在国民党的青天白日旗下，才十六岁就会逃港了。"赵可家调侃、讥讽道。

赵山贵呼地站起来，暴跳如雷道："你肚子里的那点小九九老子清楚得很，你要是敢逃港，老子就敢把你的腿打断！"

"爸，你别生气，生气伤身！"赵可家讨厌赵山贵经常没完没了地说教，爹终究是爹，千万别让他气出病来。这样一想，他赶紧收声敛气："你到屋里歇歇，台风马上就来，我来看看屋子哪里该加牢防漏。"

在堂屋的懒人椅躺下好久了，赵山贵仍觉得胸口在隐隐作痛，刚才赵可家又提到了大儿子赵可建，还说什么"生在国民党的青天白日旗下"，这是什么话？尽是揭伤疤的话！

当初，赵山贵到东江纵队当游击队员，并没带什么"革命""共产主义""解放全人类"等这类崇高理想。他在观南中学读书，被灌输的是"三民主义"。日本兵太嚣张，他们进入南粤，如入无人之境，烧杀、掳掠、奸淫，无恶不作，居然还有一帮黑狗子汉奸帮衬。赵山贵义愤填膺，和一群不甘做亡国奴的青年学生投到抗日的部队，端枪和鬼子伪军干了。和日伪作战，赵山贵和他的战友们也吃了不少败仗，也曾有被日伪追赶，三天三夜不敢合一下眼，狼狈逃跑的时候。更多的是胜利，是亲眼看到日伪投降。1945年8月至1946年7月，赵山贵和他的战友们驻扎在鹏湾冲休整，等待国共第三次合作高潮的到来。

鹏湾冲真美、面临碧波万顷的大鹏湾，背靠牛蹄山。牛蹄山远远望去形状就像牛蹄，鹏湾冲坐落在牛蹄上。牛蹄山有一片苍苍莽莽、翠绿欲滴的原始森林。森林里，有数不清的野花、野果和山蘑菇，还有山猪、果子狸、野牛，甚至有华南虎出没。闲来无事，赵山贵和战友拿起以前对付日伪的步枪进山里和野兽们干。钻山钻累了，就到海水里泡。大鹏湾海边的沙滩，洁净，找不到一丝杂质，那虾，那蟹，那乌贼，那花螺经常爬到沙滩，任人拾捡。在鹏湾冲的海边徜徉久了，赵山贵读书人花前月下的劣根就渐渐露了出来。"劣根"是中队长经常教育他的用词，行军打仗，和工农战士一样泥里水里摔打爬滚，赵山贵"劣根"的气味早就没有了。不料到了和平时期，潜伏已久的"劣根"，不知不觉似青蛙冬眠后，慢慢爬了出来。

事情很隐蔽，神不知鬼不觉。赵山贵那天穿条裤衩，躺在沙滩上享受日光浴，竟然睡着了。一只小舢板从海上漂到了岸边，舢板跳下一个妇女。响声惊醒了赵山贵，他呼地站起来。妇女被吓了一跳，赵山贵也惊呆了。妇女戴一顶宽大的竹笠，竹笠的周边围着黑布，黑布裹着的是个面容娇柔，让人看一眼都心旌摇曳的姑娘。姑娘没注意到沙滩上躺着一个人，这个人现在几乎是赤裸着站在她面前。

她起初有点恼怒，看清是驻扎在村子里的东江纵队战士后，她捂嘴娇嗔道："吓死人了！"

"我……我，只是想……想借你的船划一划。哦，不是，不是，是……是我……在这里晒……晒太阳。"赵山贵前言不搭后语，结结巴巴。

姑娘扑哧地笑了，她从舢板上取下橹，递给赵山贵："同志，拿去划一划吧。"

人家姑娘都没慌张，你怎么连话都说不清啊？赵山贵这么一想，顿时有了胆子。他接过橹，就往舢板上跳，结果漂在水面的舢板猛一震荡，赵山贵四脚朝天摔到了水里。

"咯咯咯咯……"姑娘捂着肚子笑，半天喘不过气来。这位"同志"姑娘见过，他在村头的龙眼树下读书，目不斜视，令姑娘多瞄了他几眼。她想，这位"同志"不像有些"同志"，见了她就嬉皮笑脸。她没上过学，但她父亲是个秀才，教她认识了许多字，父亲的那几大摞书，她全看过。她喜欢知书达理、文文静静的人，哪知道这位"同志"也是个调皮鬼。

赵山贵狼狈地爬起来，手忙脚乱穿上衣裤，向村子里抱头鼠窜而去。跑得好远了，他仍听到后面传来姑娘"咯咯"的笑声。

那晚，赵山贵睡不着，满脑子都是那姑娘的样子。第二天上午，太阳刚冒出头，他就借口去沙滩捡海螺改善生活，一个人往沙滩上跑。天啊，沙滩上有个人，竟然就是那姑娘。走近了，赵山贵一副目不斜视的样子，就要和姑娘擦肩而过时，姑娘又咯咯地笑了。

"笑什么？"赵山贵虎着脸，严肃地说。

姑娘知道东江纵队是革命的队伍，这些战士是人民的子弟兵，她才不怕呢，她笑嘻嘻说："笑什么呀，笑你四脚朝天在海水里半天爬不起来的滑稽样！"

"幸灾乐祸。"赵山贵悻悻地说。

"哪能呢，我都想过去扶你起来呢，只是……"

赵山贵接过话说："只是不好意思吧？"

姑娘的脸唰地红了。赵山贵"哈哈"笑起来。读书人花前月下的"劣根"暴露无遗。

那天，姑娘知道他叫赵山贵，赵山贵也知道姑娘叫文爱竹。文爱竹还知道他的家就在离鹏湾冲四五十里的石岗。过了十几天，赵山贵请假说回去看看，实际上是带文爱竹到石岗见自己的父母。

赵山贵的父母一见到文爱竹，就被文爱竹的知书达理、贤惠漂亮喜得合不拢嘴，他们恨不得马上就去鹏湾冲和文爱竹的父母定下这门婚事。赵山贵阻止了父母。他告诉父母，部队有严格的纪律，不许和驻地姑娘谈情说爱，更不许有越轨行为，否则轻则批评记过，重则军法处置。赵山贵想，部队正在秘密集结，似乎有重大行动。如果真有重大军事行动，还偷偷摸摸搞什么订婚之类的事，岂不害人害己？于是，赵山贵和文爱竹也不过牵着手，在山里海边浪漫一下。

这样怡人的日子戛然而止。一个风恬月朗的后半夜，文家院子里，文爱竹住的偏房窗户被轻轻敲响。

不知什么缘故，文爱竹这晚心神不宁，总觉得有什么事要发生。正在这时，窗户响了。她慌乱地问："谁？"

"我。"赵山贵嘴对着窗缝轻声说。

文爱竹惊喜，披衣下床，点燃一盏小油灯，悄悄把门开了一条缝，让赵山贵闪了进来。

"这么晚了，有什么事？"文爱竹疑惑道。

赵山贵轻声说："爱竹，部队马上要出发，我是来最后见你一面。"

文爱竹愣怔片刻，问："什么时候走？"

"天不亮就走。"赵山贵说。

"去哪里？"文爱竹的声音颤抖。

"乘船北上山东，以后去哪里就说不清楚了。"

"不，我不让你走！"文爱竹突然扑过来，紧紧抱住了赵山贵。

赵山贵和文爱竹恪守规矩，相识快一年了，握一下手也忸忸怩怩。此刻，文爱竹扑到他怀里，把头埋到他胸口上时，赵山贵一直压抑的情感爆发了。他噗的一口吹熄灯，捧起文爱竹的头，吻了她的嘴，又吻了她的眼。拥抱中，文爱竹披在身上的衣服掉到了地上……

文爱竹的父亲似乎听到了女儿房间的动静，他干咳几声，回应他的是那只斑花猫一声长叫，又死一般沉寂。这位老学究如何能知道，他的女儿正在和赵山贵云里雾里颠来倒去呢。

赵山贵问："火柴呢？"

"干什么用呢？"文爱竹问。

"点灯！"赵山贵回答得干脆。

"我来吧。"文爱竹犹豫片刻，起身点点灯。她将灯芯拧得豆粒般大，放到了床头边。

她再躺到床上，羞涩地在赵山贵的耳边撒娇……

文爱竹早已去世，这一场景，却镌刻般留在了赵山贵的脑海里，时常在赵山贵眼前出现。

鸡叫三遍，赵山贵悄悄回到部队驻扎的村公所。刚要进屋，碰到出门小解的中队长，他问："赵山贵，你干什么去了？"

赵山贵答："大解去了。"

中队长说："大解要花几个时辰？你再不回来，我就要报告大队长，说你当逃兵了！"

赵山贵说："怎么可能？"

1946年下半年，国民党撕毁《双十协定》的所有条款，国共第三次合作变成泡影。国共双方大打出手。在山东胶东半岛休整不到半月的东江纵队，编入华东野战军。

战火纷飞，哪怕一个小小的缝隙，文爱竹的影子也纠缠在赵山贵的脑里。他就一个信念，狠狠地打，打败蒋匪，就回鹏湾冲将文爱竹娶回石岗。他对天发誓，非文爱竹不娶。有了信念就有了勇气，赵山贵在战斗中屡建奇功，加上有文化，他的官职一路飙升当上了营长，和管了他多年的中队长平起平坐。

赵山贵和文爱竹的故事，在赵山贵参加孟良崮战役，围歼敌整编第74师的战斗中有惊喜的发展。一场攻坚战的间隙，通信员从团部回来，兴奋地喊："营长，有你的信。"

这封信神奇了，竟从敌人大后方的石岗冲破敌我双方的重重封锁线和一个又一个战场，辗转数千里，来到了收信人的手里。"烽火连三月，家书抵万金。"赵山贵激动，他的战友更是兴奋，纷纷围过来分享他的喜悦。

一看信，赵山贵就咧嘴惊喜地喊了起来："我有儿子了，我有儿子了！"

围着营长的士兵正渴望营长发布信中的内容，他们一齐欢呼起来："营长有儿子了！"

营教导员嘴上在笑，心里疑窦顿生。他曾是赵山贵的中队长，这么多年，一直看着赵山贵在他身边，什么时候他有了老婆，还替他生了个儿子？营教导员把赵山贵拉到一边问："老赵，你我一起多年，怎么没听说你有媳妇，这孩子从何而来？"

"哈哈哈哈！"赵山贵笑道，"告诉你吧，去年我们在鹏湾冲休整，村里有个叫文爱竹的姑娘，她就是我媳妇，我儿子就是她生的！"

文爱竹是鹏湾冲出众的姑娘，营教导员也曾有过爱美之心，最终理智抑制了欲念。想不到，自己手下的一个小兵倒把她弄了。当时要是发现，赵山贵可能被遣散回家，别说升任现在的营长位置了。教导员心里不禁愤慨起来。

信是赵山贵的父亲、文爱竹、文爱竹的父亲三人写的，长短不一，将三人信的内容连在一起，赵山贵的脑海里就勾勒出了这么一幅图景：

赵山贵北上不久，文爱竹就有了妊娠反应。她母亲惊慌失措，将情况告诉给她父亲，这位在当地德高望重的老学究几乎气昏过去。按照族规，未婚先孕的女子，鞭笞五十下，然后装进猪笼沉塘溺死。这野蛮的族规其实也没见对谁实施过，但有了这等辱没门风的事，在族人面前顿时低人三等，被别人背地里指指戳戳是少不了的。老学究要想尽办法将这事掩饰过去。他坐在堂屋的太师椅上将女儿招到跟前。文爱竹不等父亲发话，竹筒倒豆子，一五一十将事情招了。一听造孽的是赵山贵，老学究顿时喜从中来。他问是不是那个常来家里借书的赵山贵，文爱竹说是。他再问，他家是不是在石岗。文爱竹又说是。老学究对在一旁垂手而立的妻子说，还站着干吗？马上准备一份彩礼，明天我就去石岗赵家。

鹏湾冲文家远近闻名，是抗元民族英雄文天祥嫡系家族的一支。文爱竹父亲的到来，并将文爱竹的现状实情相告后，赵山贵的父亲给他的信里前后有三"喜"，即文爱竹父亲的到来喜从天降、要立即订这门亲事喜出望外、文爱竹已怀赵山贵的孩子喜不自禁。

选了一个良辰吉日，石岗赵家人抬着轿子，唢呐吹得震天响，欢天喜地地将文爱竹接进了石岗。那时除了文家和赵家的当家人，谁也没看出文爱竹已有了数月身孕。

还有一幅图景，赵山贵心里不知是什么滋味。

文爱竹难产，眼看母婴难保，闻讯赶了十几里路的三位国军军医，到石岗赵家，将文爱竹母子从死亡线上抢救了过来。赵山贵仿佛看到了深圳驻军上空飘扬着的青天白日旗，看到那三位戴着国军军帽、扛着国军肩章的军医，正在为他难产的妻子身边忙碌。他叹一声，心想，国军里也有好人。

战争仍在进行。赵山贵参加平津、淮海两大战役后，随部队编入四野挥师南下，一直打到海南岛。赵山贵请假回家探亲的念头还没形成书面报告，朝鲜战争爆发。他所属的部队几乎没喘一口气，坐火车，赶到了鸭绿江边的丹东市，然后跨过鸭绿江，参加了抗美援朝战争。这期间他给家里寄了几次信，一次也没收到家里的回信。到朝鲜第二年，他终于在阔别四年多后，第二次收到了家书。文爱竹在信中说他父亲已去世一年多，他母亲也体弱多病。所有的苦她都能吃，只是希望他有时间了回来看看，儿子都五岁多了还没见过自己的爹呢！还说儿子现在还没取大名，只叫小渴，渴望快快见到父亲的意思。赵山贵看着信，泪流满面。

之后，赵山贵意志有些消沉。他觉得战争打得太久了。在这里只知打仗，父母妻儿在家中受苦受难，他一点忙也帮不上。赵山贵有些想不通。他更想不通的是他这个营长都干了四五年，居然没有再提。和他同年一起参加东江纵队的战友，有一个都当到师政委了。有一次他发牢骚，那个师政委实情相告，原来是中队长不知出于什么目的，将他在鹏湾冲的所作所为书面报告了组织。组织上的处理意见，一是降级处分，二是不降，以观后效。第二条意见占了上风。组织上为什么没将这些事情跟他说，不得而知。赵山贵第一反应是想揍中队长，也就是他曾经的搭档营教导员，可中队长已经在进攻海南岛时牺牲了。就是他没死，揍他又有什么用，人家如实向组织汇报情况，又不是诬陷。赵山贵仰天长叹自认倒霉。

抗美援朝战争结束，回国后部队大裁员，赵山贵主动申请转业。回到家乡，宝安县委书记问他有什么要求，他说回石岗。县委书记看过他的档案，知道他受过处分，叹了一口气，同意了。

20世纪50年代初，有的人打下江山进城当官，嫌弃农村糟糠之妻，在城里另寻新欢，赵山贵却像一只在外飞得精疲力竭的山鹰，回到农村家里，陪着妻儿，过他的农村生活去了。

狂风暴雨惊醒了赵山贵，他从懒人椅子上站起来，喊了几声"可家"，没有听到应声。他出门在院子四周看了看，也没有他的踪迹。儿子大了管不住了。他忽然感到有些伤感和孤独。他想到他回来后的最初几年，夫妻恩爱，上有慈母，下有四个活蹦乱跳的孩子。生活清贫，日子却过得热热闹闹。可现在，慈母去世了，爱妻也死了，大儿子逃去了香港，二儿子整日扛着枪在外面跑，三儿子是不可教的浪子，四儿子寄宿在县中学读书，一个星期才能见一面。算算年龄，自己不过五十出头，已有了暮年的感觉。他干咳几声，重新坐到了懒人椅上。

赵山贵靠一袋又一袋劣质烟，熬过了一夜。天快亮时，他终于昏昏沉沉睡了过去。

刚合眼，几个美国佬端着卡宾枪向他占领的高地扑来，他喊快打，没听见一声枪响。他左右一看，他的士兵全部牺牲了，死人中还有他的父母，他们血肉模糊，惨不忍睹。他怒发冲冠，大吼一声，端起一挺机枪，跃出战壕，还没扫射，眼见无数颗子弹急速向他射来他……

赵山贵突然惊醒，猛地听到了院子里有人大声喊："赵支书，赵支书！"

赵山贵出门一看，院子里站着大队长和一个带枪的民兵。一见赵山贵，大队长急忙说："赵支书，快，快跟我们走！你儿子赵可家和赵可乡，在后海口和村里的一伙人偷渡，再晚一步，怕就截不住了！"

梦中的情景让人惊骇，醒过来的现实更让人感到残酷。赵山贵号叫一声，从门后抄起一条两尺来长、沉甸甸的青冈木棒，撒腿向后海口跑。

赵山贵他们赶到后海口时，灰蒙蒙的海面，只有艘偷渡船朦胧的影子。

"你三弟呢？"赵山贵冲傻愣愣站在那儿，一脸茫然无奈的赵可设吼。

"走了，都走了，只拦下了四弟。"

"都怪你，要不是你，我也走了！"赵可乡也朝赵可设吼。

赵可乡的话音刚落，他的衣领就被赵山贵一把揪住了。"走，我看你也走！"赵山贵双眼冒火，一边说，一边扬起坚硬如铁的木棒，狠狠地向赵可乡的腿上砸去。

"咔嚓"一声响，赵可乡撕心裂肺惨叫着摔倒在地上。

赵可设跑过去抱起赵可乡，撩起他的裤脚一看，赵可乡的右小腿像刚杀死的鸭脖子，耷拉着摆来摆去，他悲怆地喊："四弟的腿断了！"

8

一棍子把自己儿子的腿打断，许多人认为赵山贵是一位坚定的共产党员，可谁能知道赵山贵的心有多痛呢？文爱竹临死前，眼里流着泪，说不出话。赵山贵知道，她是对褓褓里的孩子放不下心，不忍就这样离去。在这之后，赵山贵最疼的就是这个小儿子。小儿子合理不合理的要求他都竭力满足。可是，他竟亲手打断了他的腿！半年后，小儿子腿治好了，能走路了，但右腿比左腿短了一截，走起路来一瘸一拐，被同学取了个绰号"赵瘸子"。

打断小儿子的腿，赵山贵被人称颂了一番。但这不能抵消三儿子带头逃港的恶劣政治影响，赵山贵的政治生命又受到致命的一击。

1953年底赵山贵回石岗，只想凭自己的双手让家里丰衣足食、平平安安，战争的目的不正是这样吗？一回去，他就对文爱竹说，这回他哪里也不去了，就在家里和你一起建设家乡。他给儿子取名可建，原来小渴的意思不就是渴望父亲回来吗？现在父亲回来建设家乡了。以后，他和文爱竹生孩子生得乐此不疲，又整整生了三个，顺着建设家乡的意思，按顺序叫可设、可家、可乡。四兄弟取名之好，一直是美谈。赵山贵终于没能"金盆洗手"，公社成立时，县委书记专程来到石岗找他，说过去有的事情让他受委屈了，党和人民忘不了他对革命的贡献，像他这样战功赫赫、能文能武的老同志现在有几个？出来工作吧！

县委书记的话，他感到熨帖。他出山当了石龙公社的党委书记。

以后的日子里，赵山贵率领全公社社员起早贪黑，先是"大跃进"，后是大炼钢铁，然后又是三年困难时期，忙到几乎过家门不入的地步。

1961年初春的一个中午，十六岁的大儿子赵可建走了十多公里，出现在公社他父亲的单人宿舍门口。赵山贵正在吃午饭。午饭是两个拳头大的红薯和一碗玉米糊。见到儿子，赵山贵有些吃惊，这个大儿子曾经在他戎马倥偬的年月里无数次缠绕在他的脑际，夜深人静，他想文爱竹，想他没见过面的儿子。见到儿子那天，他激动地大叫"小渴"，将他紧紧抱入怀里，儿子却疑惧地推开了他，转而扑向文爱竹。文爱竹对他说，他就是你爸爸，快叫呀，他死活不肯叫。以后尽管赵山贵对他百般宠爱，儿子与他对视的目光总让他生出隔膜疏远的感觉。赵山贵心疼，却无可奈何。二儿子可设的出生，让他有了宠爱的新目标，再到三儿子可家出生，赵山贵就再没精力去考虑什么儿子的目光了，有隔阂就让他有去吧，谁叫他长了五年多，父亲却没见过一面呢！有隔阂正常，没有才不正常。他的这间单身宿舍文爱竹和可设、可家都来过好几次，赵可建一次也没来。此时，突兀地出现在门口，赵山贵的目光不由得在他身上停留了下来。

裤子是前年做的吧，已短到了小腿肚上。儿子长得不壮实，面露菜色。赵山贵心里一阵难过，他叫赵可建坐下，把碗里剩下的一个红薯递给赵可建。赵可建早就饥肠辘辘，他接过来，狼吞虎咽几口就啃光。赵山贵到食堂再拿来两个红薯，赵可建接过来，放到了衣服口袋里。

"吃啊。"赵山贵知道，儿子就是再吃下这两个红薯，也只是个半饱。

"这两个留给妈妈和弟弟吃。"

"家里断粮了？"

赵可建轻轻点了点头。

"可乡吃什么？"赵山贵有些惊慌，妻子生下四儿子才几天就没有一滴奶水了，那弱小的生命是在靠米糊支撑。

"四弟吃的还有，但我们……"赵可建犹豫，没有再说下去。

赵山贵松了一口气，口气有些愠怒道："你们没有吃的了就找我，我又能拿出什么东西来给你们吃？回去告诉你妈，糠、芭蕉心、野菜混合煮了吃，能管饿。再熬一熬，夏收一到，什么问题都能解决。"

"我们就是吃树皮树叶也能活下去。只是我想问，人家都说家里有当官的,多少能沾点光。你不但从来没给家里带来点光,反倒将家里能吃的大袋小袋装了往外拿。我知道,你是当好人救济别人去了。但你知道吗,为了我们能多吃一口,奶奶是饿死的!"赵可建抬起头,目光逼视赵山贵,"奶奶饿死,你说是病死,凡是饿死的人,你们当官的都说是病死老死,你们为什么不愿说真话……"

"住口!"赵山贵粗暴地打断了赵可建的话。

"爸,难道我说假话了?"赵可建眼里噙满泪,他忍了又忍,没忍住,掉下了两串又大又亮的泪珠。

上面下了死令,将饿死的人压到最低限度,超过多少比例就要追究领导责任。按赵山贵的想法,最好一个都不饿死,粮站不是还有成千上万斤粮食吗?人都饿死了,怎么不能拿部分出来接济灾民呢?可那是战备粮,谁敢动就砍谁的头。既不准吃,又不准说饿死了人,这叫人怎么办?现在说真话的有几个?那几个又是怎样的下场?赵山贵清楚得很。这些话怎么对只有十六岁的儿子说呢?看儿子在为奶奶的饿死伤心掉泪,赵山贵的鼻子不禁也酸起来,他想到了母亲临死时,拉着他的手说的那句话:"你们怎么不好好带领大伙种粮食,烧那些铁疙瘩有什么用呀。"

"可建呀,别难过了。有些事,现在说不清,以后回头看或许说得清,那就等以后再说吧。"赵山贵顿一顿,又说,"今天来有事吗?"

"妈……妈……"赵可建哽咽着断断续续说,"妈说……说她不行了,要……要见你最后一面。"

赵山贵腾地站了起来:"你怎么不早说!"

傍晚的时候,赵山贵踩着一辆单车,和赵可建一起回到了石岗。一跳下车,赵可建就抱着一口袋红薯和几斤大米直奔文爱竹的床头:"妈妈,我们有吃的了,有吃的了。"

正是吃饭时间,可设和可家手忙脚乱地一个抱着才几个月大的可乡,一个拿调羹舀小碗里的米糊糊喂进可乡的嘴里,见到赵山贵,赵可家就喊:"爸,二哥每调羹都舔一下,我看他是在偷吃。"

"三弟瞎说,我舔一舔只是看看凉没有,一点也没偷吃。"

二儿子八岁,三儿子刚刚过六岁,他们已经能帮妈妈喂弟弟了。赵山贵眼里直想掉泪,他爱怜地抚了抚两个儿子的头,从三儿子手里接过四儿子,说:"我来喂吧,你们去看看大哥带回了什么。"

赵可设、赵可家旋风一般到文爱竹的床头，欢呼道："有红薯啦，有大米啦！"赵山贵抱着小儿子跟进来，压低声音说："嘘，小声点，别人听见了不好。"说完，他坐到文爱竹的床头，怜爱的目光在妻子的脸上停下："爱竹，可建吓唬我，说你不行了，怎么可能呢？"妻子脸色浮肿焦黄，她目光呆滞，闪着一丝求助而又无可奈何的神色。赵山贵内心慌乱沉重，他只能强装笑脸安慰妻子。

文爱竹没有力气坐起来，头抬了抬，沉重地倒了下去。她想说些什么，嘴唇嚅动半天，一句话也说不出。两行泪无声无息地从她的眼角流出，流过鬓发，泅入枕头，她在用泪表达对丈夫此刻在身边的欣慰和对这个世界的留恋。

文爱竹弥留之际，眼睛一直望着赵可乡，赵山贵明白妻子的意思，他将小儿子放到文爱竹的臂弯里。小家伙大概吃饱了，他眨了眨眼，看了看母亲，酣然入睡。赵山贵紧握着文爱竹的手，他感觉到妻子手上的最后一丝暖气，在渐渐远去。

文爱竹死后，赵山贵对赵可建说："为什么不早跟我说你妈病了呢？"

"妈不让说，她说你忙。"

"你妈有病是次要的，主要是饿死的，你知道吗？"

"知道。糠糊糊她实在咽不下去了，我和可设、可家求她吃一调羹可乡的米糊，她死活不肯，她把生命让给了可乡，还有我们。爸，你说得对，妈是活活饿死的，你这次说了真话！"

"你妈留下什么话吗？"

"有，她叫你不要去当那个书记了，还是回来好好种田。"

赵山贵听了，一阵黯然。场面沉闷一阵，赵山贵转到了另一个话题："你妈走了，三个弟弟都还小，你退学吧，把这个家管起来。"

"大姑说了，明天她就搬来我们家，这个家由她来管。"

"她怎么没跟我说？"

"说了，但你太伤心，恐怕没听清。"

"哦，那也好，你就好好读书吧。"

"不，我还是退学。"

"怎么啦？"

"大姑年纪也大了，你又不能常在家，我已经十六岁，能帮家里干活了。"

"家里不缺你那几个工分。我以前照顾家里太少，以后会多照顾。"

"那几个工分算什么？我要挣大钱。"

"去哪里挣大钱？"

"香港。"

"你要逃港？"

"是！"

1961年4月，一个月黑风高的晚上，赵可建不顾赵山贵的极力反对，顺利逃港。

赵可建逃港后一个月，县委对赵山贵做出撤销石龙公社党委书记的职务、党内严重警告、降为石岗大队党支书的处理决定。理由有三点：一、赵山贵在不同场合多次散布"大跃进"、大炼钢铁不正确的极"右"言论；二、对儿子的逃港负有不可推卸的责任；三、以权谋私，擅自从公社机关食堂拿走一袋红薯和五斤大米。

许多人暗中为赵山贵鸣不平。前两点不好说，至少以权谋私这一点不能成立，他只不过预支了半个月的定量粮，以后整个月他吃的是半个月的粮食，结果饿晕在水利工地上。那是有目共睹的。

已是十五年前的事了。十五年来，赵山贵像头老黄牛勤勤恳恳为石岗人办事，党内严重警告早就撤了，后来还被选为公社党委委员。

这一次，赵山贵又一次倒霉了。1976年9月3日夜，乘台风登陆之机，深圳沿海发生大规模逃港事件，其中石岗大队大队部所在的石岗生产队一次逃走二十三人，包括一名女知青和两名武装基干民兵，逃港人数为各生产队之首。鉴于大队党支书赵山贵在防止偷渡时大义灭亲，将自己小儿子的腿打断，减少了多一人偷渡的数字，除了保留公职，撤销其大队党支书和公社党委委员职务，党内记大过一次。另外，鉴于当晚值班民兵连长赵可设，在关键时刻，从两名携枪偷渡的基干民兵手中，将两支枪夺了回来，防止了一起携枪叛国投敌的严重事件发生，除不追究其在防止逃港中失职的责任，还记三等功一次。

两天后，赵可设到公社把自己的枪上交了，同时递上一份辞去民兵连长职务的报告。他铁定心，不管组织批不批，连长他是死活不当了。赵可设回家跟父亲说了这事，父亲不置可否，只是说："你结婚吧，家里没个女人，家都不像家了。"

第二章

9

艾维斯所在部队接到命令，从英国到香港换防。这消息如同滚烫的油锅洒进几滴水，在兵营沸沸腾腾的。换防到香港的官兵大多怨声载道。不少官兵的父母甚至如丧考妣，到英军司令部吵闹不让儿子去。艾维斯只听说香港是他们的，对那里的情况也茫然不知。他到图书馆，找来有关香港的书认真阅读。有一段话吸引了他的目光，大意是香港卫生环境极差，瘟疫盛行，英人不适应那里的气候。并举一例，说1843年5月至11月，驻防香港英军1826人，染疫死亡者达24%。驻港海陆军士兵私逃军役迭有所见，尤以1852年为最盛，是年自岁初以迄5月，发觉不下20宗。这时在英伦大地，甚至出现了一首叫《香港，你去埋我个伤》的流行歌，表现英军对去香港的逃避心态。艾维斯恍然大悟，原来那么多英军怕去香港。他哑然失笑，都一百多年前的事了，还"一朝被蛇咬，十年怕井绳"。艾维斯的父亲，是个大学教授，他没有阻挠儿子到遥远的东方去驻扎，他说那是一个东方文明古国，它伟大、神秘、不可捉摸。

艾维斯说："既然是这样，为什么我们占了它的一个小岛，它竟然毫无反抗能力，听之任之呢？"

"孩子，你错了。"艾维斯的父亲说，"你知道历史上有几大文明古国吗？古巴比伦、古埃及、古印度，他们不是消失就是没落，但以中国为代表的中华文明就是没有消失、没有没落。他只是睡着了。中国有句俗话，老虎不发威，当它是病猫。我们就是趁它睡觉了，没发威的时候，把他当病猫咬了一口的。"

"父亲，你的意思是，当中国这只东方老虎睡醒过来时，它可以统治整个世界？"

"不不，孩子，你又错了。据我所知，历史上所有的文明古国，它们对世界的贡献从来没有以粗暴野蛮地战胜他人来标榜自己的文明。它们的文明之所以文明，就是它们在用自身灿烂辉煌的文化来感染他人、同化他人，这可以叫精神浸透。"

"然而，古代文明绝大多数消失了。现代工业文明已经取代了古代文明，对吧？父亲。"

艾维斯的父亲叼着一支精致的烟斗，吸了一口，缓缓吐了出来，说："绝大多数古代文明的消失没落，并不是现代工业文明取代了它们，严格说，现代工业文明只不过是古代文明的延续，古代文明对现代工业文明的影响是从进步的思想文化去影响。可惜，可惜呀，很多人看不到这一点，他们只会说由于战争，由于自然灾难，古代文明消失了，没落了，中断了。孩子，这是一个严肃的课题，你到香港，就是一次探索的机会，你要了解的对象不仅仅是香港，而是整个中国。"

父亲的一席话激起了艾维斯了解香港，进而了解整个中国的兴趣。开拔前，他翻阅了大量有关中国的书籍。

当兵的生活枯燥乏味。部队有严格的纪律，艾维斯大多数时间只能待在维多利亚兵营里，就算是礼拜天或节假日，他能游玩的范围也不过在香港岛内。1975年秋天的一个礼拜天，到香港驻防已经一年的艾维斯经过一番死缠烂打，终于获准到新界走走。新界与内地一河之隔，内地那边，给他的印象是窄小拥挤、破败，但那人头拥拥的热闹街市，却让他神往。尤其是高音喇叭里《杜鹃山》的京戏唱腔，时而悠扬，时而舒缓，时而激越，叫他驻足听得如痴如醉。和英国国立歌剧院的《卡门》之类吼得耳膜痒痒的歌剧相比，他更愿听京剧。他还喜欢粤剧，粤剧在香港大行其道，几乎每条街、每条小巷都有粤剧馆。他甚至知道粤剧界有个叫红线女的歌唱家。艾维斯很天真，他想，了解一个文明古国，最好的入手点就是从它的国粹开始。

新界之行最大的收获是艾维斯意外发现沿着香港与内地的边界，几乎每个山头都有一个英军的边防哨卡。这些哨卡的四周，都是连绵起伏的群山、郁郁葱葱的树林、弯弯曲曲的溪流和宁静安逸的小村落。来这里守哨卡，不是天天能看到内地，看到深圳河对岸那忙忙碌碌的人们吗？

艾维斯回兵营第一件事就是写申请要求去新界守边界。长官吃惊不小，艾维斯虽然到香港只一年，但对两年一换防的英军来说，他算"老油条"了。"老油条"主动申请去新界驻防的凤毛麟角，长官大喜，当即将艾维斯的申请转呈香港总督麦理浩，并附了一份有关提拔艾维斯为驻新界英军上尉的报告。英军里有这样一位为国尽忠尽责的士兵，令麦理浩大喜过望，他不仅大笔一挥批准了这两份报告，而且亲自宴请艾维斯。

新界一游三喜临门：一是实现了到新界去驻防的愿望；二是从士兵连提四级当上了上尉，这对驻香港英军来说史无前例；三是小小一个士兵得到了总督的宴请，这恐怕也是空前绝后。

驻新界的英军是一个连级编制，艾维斯实际上就是英军驻新界的最高长官了，那年艾维斯只有二十五岁。

二十五岁的上尉艾维斯在新界的各哨卡间信马由缰，想去哪里就去哪里。有时身边带着一两个随从，有时就干脆一个人走走，名为检查各哨卡的防务，实则游山玩水。他曾在信中和他父亲探讨了内地是否武力进攻香港的问题，他父亲的结论是肯定不会。他说中国清朝后期任人宰割的局面已由毛泽东带领的中国共产党宣告结束。他们和美国率领的"联合国军"（包括英军）在朝鲜大战三年，实际上以美国的失败告终，内地共产党的强大不言而喻。他们现在似乎碰到了一些内部的问题，在内部问题切实解决之前，他们不想惹事。至于香港的事务，艾维斯的父亲以一个英国公民的见解倒是令人叹服，他说，土地是人家的，租期到了就应还给人家。

艾维斯当然也做了许多实事。他下令将防区各哨卡之间、哨卡与总部之间原来单一的有线联系统统改为无线联系，同时装置主机和备用机。总部与各哨卡之间原来大都不通车，他申请资金，监督施工，千方百计将车通到哨卡门口。艾维斯给司令部的报告称一切为战备。1975年，中国内地政局动荡，怕中国为转移国内人民的不满而穷兵黩武，英国方面已给总督麦理浩下了加强防务的指令。艾维斯的先见之明，又得到了总督和英军司令部长官的嘉奖。

大刀阔斧干了一年多，一切都按艾维斯的设想完成，还意外得到一个嘉奖令，艾维斯在心里偷笑，心想这一段来怎么这么顺，什么好事都让他碰上了呢？想不到，更好的事又让他碰到了。

那天艾维斯到四号哨卡例行检查，漫不经心移动望远镜，在深圳河两岸来回扫描时，他突然胸口一阵乱跳，几乎喊了起来："快，你们快来看，是不是有个天使下凡了！"

两个士兵嘿嘿笑了,其中一个报告艾维斯,那女子确实像天使,就住在石岗村。据他们观察,她并不是本地人,衣着打扮和举止与本地女子有着天壤之别,说不定还真是天使下凡呢。

另一个士兵补充说,这女子似乎很孤独,常常一个人上山打柴,一个人去街市购物。路经前面这段深圳河时,常常驻足久久地往这边看,似乎有逃港的嫌疑。

"让她逃过来,让她逃过来!"艾维斯几乎脱口而出,"这样美丽的天使怎么能让她下田干农活、上山砍柴呢?"

两个士兵连声附和"说得对,说得对",其中一人还说她要是逃过来,就请她到我们哨卡来做客。当地警察要敢捉她遣送回去,就把那警察署给砸了。

"哈哈哈……"艾维斯和两个士兵开怀大笑。

这之后艾维斯像中了邪,有事没事就往四号哨卡跑。他渴望每次都能见到林笑怡。

1976年9月初,艾维斯接到司令部通知,说强台风即将正面在香港登陆,要他组织力量,配合香港警察严防内地逃港者。艾维斯对此不感兴趣,他认为英军驻防的任务只是抵抗军事进攻,逃港与他有什么关系?内地那边穷,能逃过来是好事。当然,想是这样想,台风之夜,他还是自己驾着一辆军用吉普,在各哨卡之间穿梭。

艾维斯心情很轻松,在急风暴雨的夜晚开车兜风,刺激,浪漫呢!

但艾维斯的车开到四号哨卡山脚,一个急转弯时,一个披头散发、衣衫褴褛的"女鬼"突然出现在车灯光里,她挥手舞了舞,一头栽到了地上。艾维斯惊骇得差点叫出声,他紧急刹车,捂着胸连喊"上帝"。乱跳的心平静下来后,艾维斯才披上雨衣,下车走到"女鬼"身边,小心翼翼翻过她的身体,随着电筒一照,艾维斯惊叫起来,这"女鬼"怎么会是她?正是他多次在望远镜里望见的那个美丽女子呢!

艾维斯抱起林笑怡就向吉普车跑去。

10

穿过巨石与铁丝网之间空隙,林笑怡回过头,想看看赵可设。漆黑的夜幕里,只有风声雨声和河水的哗哗声。她扬扬手,喊了一声:"可设哥,我过来了。"她的声音像放入滔天洪水中的小纸船，眨眨眼，消失得无影无踪。

在这漆黑的风雨里往哪个方向走？刚刚的欢欣突然被孤独无助的感觉取代。她知道，防范逃港已不仅是内地这边的事，香港也在防。在这边被捉，结局和在内地那边被捉一个样。这样一想，林笑怡似乎听到了风雨中隐隐混杂着警犬的狂吠，她不禁恐慌起来，心想，沿着铁丝网的路走等于自投罗网，爬山吧，就像刚才爬烟墩山一样，从山里向香港的纵深地带爬。

林笑怡错了。她经常在烟墩山里砍柴，地势熟悉，摸黑爬都能爬过来。眼下这座山，她一次也没走过，她有天大的本事也爬不过去呀。

一只鞋跑丢了，凹凸不平的石头硌得她的脚鲜血淋淋；膝盖无数次碰撞，肿得像馒头；蒺藜扎进她手里，钻心地痛。她终于抵抗不住风雨里连续五六个小时的奔波，开始浑身发抖，牙齿咯咯响。一道足足亮了几秒的闪电，让她看清一条可通汽车的路竟然就在身边。一阵眩晕再次向她袭来，浑身的疼痛变成了火烧火燎，她倒在了路上，再也没有一丝力气爬出这无边无际的大山了。

躺在地上，林笑怡想象路上走过一位扯猪草的大嫂，见了她，惊呼一声："可怜的姑娘。"然后把她背回了家。她还渴望碰到一位清早起来拾肥的大爷，见到她，皱着眉头说："谁家的媳妇在这里躺着。"然后回村里叫来几个小伙子，把她抬了回去，再然后有一碗滚烫的生姜糖水喝。那该多美啊！有可能吗？林笑怡的泪混着雨水滚了出来。

这时，林笑怡听到了汽车的引擎声，她艰难地抬头一看，两道汽车光柱正在向她照过来。她凭最后一丝力气站立了起来，晃了晃手，又倒下，便什么都不知道了。

一个怪物张着血盆大口将林笑怡追到了悬崖边上，她绝望时，赵可设率领一群披甲戴铠的古代士兵从天而降，一阵眼花缭乱的混战，怪物被赶走了。林笑怡刚想开口叫"可设哥"，突然间没了他们的踪影，只剩下她孤零零的一个人。她正要放声大哭，她妈妈站在了她眼前，说："孩子，你为什么要哭呢？"她的回答："妈妈，我想你，你带我回家吧。"妈妈的脸突然一变，说："妈妈已是阴间鬼，你自己保重吧。"说完，妈妈腾空而遁。林笑怡放声大哭，哭得山崩地裂、云散雾开。她停了哭声，睁眼一看，身边有很多盛开的野菊花和蒲公英，一条清澈的小溪从她脚边汩汩流过，溅出的水珠落到了她的脚背上。一只小鹿，睁着明亮清澈的双眸凝视她。她想起身抱抱小鹿。突然醒了。

林笑怡闻到医院特有的气味，看到自己身上盖着雪白的被单，还有一个黄头发、蓝眼睛、鹰钩鼻的笑脸。林笑怡立即又把眼睛闭上，怎么落到了英国人的手里？难道是逃出虎口又入狼窝？可是，这笑脸没有一点恶意呀。

"啊，你终于醒来了。睡了整整三十小时。"

"艾维斯上尉说英语你能听懂吗？是他救了你。"林笑怡再次睁开了眼，发现身边还有一位护士，她用粤语将艾维斯的话翻译给了林笑怡。

林笑怡微微将头向艾维斯这边转来，她看到一双谦和、善良、调皮的眼睛。她悬着的心轻轻放了下来。她用标准的英语说："谢谢艾维斯上尉的救命之恩！"

艾维斯睁大了眼，惊奇地说："你的英语说得真好，学校学的？"

"不，我父亲曾在英国留学，后来在广州的一所大学教英语，我很小的时候他就开始教我英语，所以我的英语就……"

"就顶呱呱是不是？"艾维斯接过林笑怡的话说。

林笑怡轻轻笑了笑，又突然掠过一阵不安："我是逃港客，你们不会把我遣送回去吧？"

"谁敢？"艾维斯瞪大眼，做出一副就要和人家拼命的样子，"看我不砸破他的头！"

艾维斯调皮的模样把护士逗得咯咯笑了起来。林笑怡突然产生了疑虑：她与这位英军上尉非亲非故，他为什么对自己这么好？

林笑怡心里想什么，艾维斯明白了八九分，他笑笑，说："我同情逃港客，更同情漂亮的女逃港客，明白吗？哦，对了小姐，你叫什么名字？"

"小姐"这一词早在内地消失，林笑怡第一次听到有人叫她"小姐"，脸红了红，回答："林笑怡。"

"林笑怡？多动听的名字。嗨，以后我就叫你亲爱的林，行吗？"

林笑怡心里一阵恐慌、羞涩，她知道英国对女性随便就称"亲爱的"，但在中国，这"亲爱的"是万万不能随意叫的。林笑怡轻轻摇了摇头。

艾维斯急了，他不停地说"亲爱的"在英国一般的朋友间都可以用，况且在他眼里，林笑怡已经不是一般的朋友，而是一位伟大的女性。林笑怡对这句话很敏感，说："我渺小得很，怎么变成伟大呢？"艾维斯不正面回答，他从床头柜上拿过一只盘子，里面密密麻麻全是蒺藜，他递给林笑怡看，说："有八十一颗，大半是我从你手脚上剔出来的。你手脚上有那么多伤，但你就是爬过来了，这还不伟大吗？"

林笑怡心里滚过一股暖流，她倒不是接受了他"伟大"这一说，而是她眼前出现了艾维斯捧着她的脚，全神贯注为她剔刺的情景。她微微一笑，冲艾维斯点了点头。

"你同意我称你亲爱的了？"艾维斯像个小孩，振臂哦嗬哦嗬地叫了起来。

在床上躺了三四天，林笑怡能下地活动了。那天中午她突然很想吃东西，竟是那么巧，艾维斯旋风一般进了病房，手上捧着一只精致的砂锅，将盖子一打开，一股扑鼻的鸡汤浓香叫林笑怡忍不住吞了口水。艾维斯一边把鸡汤舀到小碗里，一边说："我打听过，中国最传统的滋补良药就是老火鸡汤，我叫厨师专门熬的，你喝，多喝些。"这几天艾维斯每天都来看林笑怡，他们谈得很融洽，已经没有陌生感。林笑怡也就不客气了，在他面前大口大口喝起来。艾维斯在一边怜爱地望着她，心想，自己是爱上她了。

那天下午，白护士拿来几套漂亮精致的衣物，说送给林笑怡。林笑怡一听就急了，说："这怎么可以呢？"白护士说："这东西是艾维斯上尉送给你的，我只不过身材和你差不多，被他拉去当试衣模特。"白护士拿来一面大镜子，硬要林笑怡一件一件试这些衣物。在镜子面前，林笑怡不相信自己的眼睛，镜子里的姑娘是她吗？白护士搂着她的肩，在她耳边说："笑怡，如果我是男的，不死死追你才怪！"

林笑怡决定收下艾维斯送给她的衣物。心想，今后找到工作，也买他喜欢的东西送给他。林笑怡不再穿穿了许多天的病号服，她穿了一件雪白的暗花衬衫和藏青色斜纹筒裙。那天下午，她在医院的院子里散步，艾维斯进来见到了，夸张地张开双手惊呼："哦，我的上帝，你真的是位天使，太美了！"

艾维斯把林笑怡拉上了他的吉普车，轰一声，将车开出了大院，在山间路上飞奔起来。林笑怡问他："去哪儿呢？"他摇头说："别问，等一会儿你就知道了。"

车爬上一个斜坡，再一转，林笑怡捂住嘴才没有惊叫起来：深圳河，铁丝网，烟墩山，还有石岗村——进入她的眼里。当然还有那个林笑怡在石岗时能天天看到的英军四号哨卡。守哨卡的两名英军士兵用杜鹃花、野菊花欢迎林笑怡的到来。他们说，几天前他们还只能在望远镜里看到她，现在居然出现在他们的哨卡里。其中一位装模作样在他大腿上掐了一下，惊呼："噢，上帝，这不是梦，这是真的！"

第二章

林笑怡在望远镜里,几乎不敢相信自己的眼睛。深圳河那边她熟悉的一草一木、一山一石、一村一塘、一田一地都清晰出现在她眼前。那是她千方百计要逃脱的地方,她终于离开,亲切的感觉却涌上了她的心头。她仔细看了她逃港那天所走的线路,不过是两三公里,她整整搏斗了五六个小时才走过来。她久久凝视几天前她还居住的小屋,心想,她心爱的相册和小说,现在在谁的手上呢?冥冥中有个声音告诉她:"在赵可设手里。"哦,对了,要是赵可设此刻出现在镜头里,那该多神奇呀!奇迹始终没有出现。"可设哥,你在哪里?"林笑怡在心里默默地呼唤了一声。

出了哨卡,艾维斯带林笑怡爬大屿山,每上一步,连绵的山岭都向更远的地方延伸一步。艾维斯像个中国通,他问林笑怡:"你知道新界过去叫什么吗?"

林笑怡答:"叫九龙。你的祖先1898年强行将它租借过去后,改称新界。"

艾维斯尴尬地笑笑,又问:"你知道为什么叫九龙吗?"

"为什么?"林笑怡摇摇头,答不出来。

艾维斯得意地笑道:"数一数,你看到了几个山头?九个对吧。那叫慈云山,那叫鸡公山,那叫鹰巢山,那叫琵琶山,那叫飞鹅山,那叫狮子山,那叫大帽山,那叫东山,哎,你再看,那叫笔架山,民间一直叫它烟墩山,你们是不是也这么叫?"

林笑怡感慨万千,这烟墩山她怎么不熟?山里的每一条路她都走过无数遍,更别说她逃港那天就是从它的山腰摸过来的了。

艾维斯继续说:"九个山岭九条山脉,它们各有走势,形似九条巨龙,九龙就是这么得来的。"

"九龙山脉的走势确实像龙。"林笑怡说,"龙是中华民族崇拜的图腾,也是帝王的象征,帝王使用的东西喜欢带个龙字,如龙床、龙椅、龙袍、龙廷等。民间也不甘示弱,在许多东西上附上个龙字,如龙舟、龙车、龙灯、龙旗等,因而这九座山叫九龙山不足为奇。"

"这我知道,比如说龙颜大怒指的是帝王,龙腾虎跃指的是老百姓,对吧?"艾维斯一本正经地说。

"江山如此多娇,引无数英雄竞折腰。"林笑怡轻念了毛主席的一句诗词,心想眼前这江山被英帝国主义野蛮地强租去了!她不禁感叹:"是啊,在这块土地上,龙颜还没有大怒,老百姓还没有龙腾虎跃。"

"你的意思是我们不应占据这块土地？"艾维斯很敏感。

林笑怡反问他："你认为应该吗？"

"不，我不认为应该。"艾维斯严肃地说，"1769年，我国伟大的发明家瓦特完成了第一台蒸汽机改良，从而在英伦大地上掀起了一场工业革命。这以后，我们的市场就不能仅是本国，而是要面向世界。我们要和世界上所有的国家进行公平的贸易。可是，我不能不遗憾地说，你们当时的乾隆皇帝却像井底之蛙，对外界翻天覆地的工业革命一无所知。我国多次派出贸易使团想和你们进行贸易谈判，你们竟要求我国特使见面时'三跪九拜'，这不是侮辱吗？我认为战争由此开始。而且我认为战争的目的就是迫使你们闭关自守、自以为尊的清王朝打开国门，与世界接触，走富国强民的道路。至于割占香港，我虽然说不应该，但中国不是有句古话叫'胜者为王，败者为寇'吗？我们没有让清王朝成寇，1997年租借期到，不是就还给你们吗？"

"艾维斯上尉，"林笑怡也严肃起来，"据我所知，你们的使团号称和平贸易使团，但提出的却是不公平的条款。你们第一次来，就提出要中国政府割让一块土地或一个岛屿给你们充作商业的货栈，并要在这块土地上获得治外法权。你们的无理要求遭到拒绝后，你们纵容你们的商人大量走私鸦片进入中国，毒害中国人民，掠走中国大量的白银。如果我们也到你们英国去要求割一块土地，你们同意吗？"

艾维斯被林笑怡犀利的言辞、不可辩驳的事实一时弄得哑口无言："休战，休战，亲爱的林，这段历史公婆各有理，那是前人干的事，我们再争，恐怕摆在那里的问题还是摆在那里的问题。下山，今天我请你吃蟹。嗨，秋风起，蟹肉肥。"

即便是盛夏，大屿山的山巅，风也是凉的，一过九月，那风就有些冷意了。林笑怡突然有些伤感，她记得母亲死去的季节就是秋季。母亲死了，父亲还在，她要尽快找到父亲的念头突然变得非常强烈。

"艾维斯，我要走了。"林笑怡说。

"什么？"艾维斯吃惊道，"你要走？走去哪里？是不是我刚才的话让你生气了？"

"没有，只是我一直没有对你说，其实，我在香港有亲人，他就是我父亲。失散十年了，我不知道他还在不在，我也不知道怎么找到他。"

"嗨，你怎么不早说，要找一个人还不容易，报上登广告就行。"

"广告？"林笑怡对广告这个词还陌生，她猜测道，"是登寻人启事吧？"

"就那么一回事。"艾维斯说，"明天我就让几家报纸同时登寻人启事。"

第二天上午才八点多钟，艾维斯就将林笑怡叫到了他的办公室，他将一份报纸递到她眼前，说："看看。"

那份报纸的右上角有一块巴掌大的寻人启事：林子枫或知林子枫下落的先生、女士，请与艾维斯上尉联系。下面是艾维斯办公室的电话。

"香港人一大早干的事就是喝早茶和看报纸，不出半小时，就有消息了。"

艾维斯的话音刚落，电话铃就响了。艾维斯一边抓电话，一边兴奋地说："我有预感，这是你父亲打来的。"

"对，对，我就是艾维斯上尉。你就是林子枫先生？告诉你一个喜讯，你的女儿林笑怡小姐现在在我这儿。对对，好，好。"艾维斯把话筒递给林笑怡，"快听，你爸爸声音在颤抖了。"

"您是？"林笑怡接过话筒，小心翼翼地问。

"你是笑怡吗？我是你爸爸林子枫啊！"

时隔十年，林子枫浑厚的声音还是让林笑怡一下听出来了，她噙泪道："爸爸，我听出来了，您就是我爸爸，我……"

激动，还有那不打一处来的委屈，林笑怡哽咽，说不下去了。

艾维斯接过电话，说："林先生，你快来吧，我这里是英军驻新界指挥总部。哦，你知道，好好，一小时后见。"

11

清水湾临海的山坳里，坐落着一栋栋红顶白墙、欧式风格的别墅。别墅不大，院里的花园却不小，这儿远离闹市，远离喧嚣。林子枫的家就在这里。

轿车刚进院子里，别墅里就跑出了一位体态丰腴的少妇，远远见了林笑怡，她忍不住叫了起来："和你妈妈一个模子刻出来的，真像又见到了你母亲。"

少妇姓方名蓉，是林子枫的续弦。她曾是林笑怡母亲的歌迷，后来成了新华社驻香港分社的一名记者。一次在大公报报社联谊会上，她与文艺副刊主任林子枫邂逅。一交谈，得知林子枫是她崇拜的粤剧一代名伶的丈夫。他妻子的事在广州沸沸扬扬，她当然也知道。她爱屋及乌，嫁给了林子枫。当然，林子枫的才华和人品在香港报界有口皆碑，这是林子枫能娶到一个比他小十多岁的名记者的重要条件。

"方阿姨，我爸爸刚才已经介绍了你，给您添麻烦了。"林笑怡说。

"笑怡呀笑怡，你怎么对我也说起客气话？我和你爸爸的话题中有很多是关于你的，这么多年来，不能给你一点帮助，愧疚呀！"林笑怡的继母搂着她的肩说，"刚才接到你爸爸的电话，我马上就请假回来，等你到呢。以后这里就是你的家，千万不要客气！"

进到客厅，林笑怡一眼就见到了正中央墙壁上挂着她妈妈的大幅演出剧照，留声机里放的也是妈妈的唱腔。林笑怡忍了又忍，终没能忍住，泪水哗哗流了下来。

林子枫走过来轻轻拍着她的肩膀，说："唉，都过去十年了，你妈知道我们父女俩现在又在一起，九泉之下也瞑目了。你看，你妈妈正在看着你笑呢。"

林子枫离开女儿时，女儿只有十岁，这十年来，他几乎没有一天不思念女儿。妻子被迫害致死后，他曾通过各种渠道了解女儿的下落。原来常走动的那些亲戚不是说不知道就是暗示他不要再联系他们，这位"潜逃美蒋特务"给他们带来的牵连实在是太可怕了。林子枫偏偏忘了他妻子一位很疏远的姨表妹，就是这个姨表妹收养了林笑怡。林子枫要用加倍的爱来尽父亲的责任。他让女儿好好休养一段时间，先熟悉香港的环境，然后再复习参加考试。

逛了几天，香港逛完了，接下来几天，林笑怡就待在家里，家里有一位钟点工李嫂，客家人，能说会道，和她有聊不尽的话题。这天午觉醒来，林笑怡终于想到应该给艾维斯打个电话。不，应该去看看他了！直到这时，林笑怡还只是把艾维斯当成她的好朋友。

林笑怡万万想不到，她把艾维斯害苦了。

那天，林子枫赶到艾维斯的兵营，林笑怡一走，艾维斯就像丢了魂，到处捕捉林笑怡的身影。他又一次爬上大屿山，在林笑怡坐过的石头上，一坐就是几个小时；他竟然还跑到四号哨卡，扑到望远镜前，幻想林笑怡在镜头里出现的情景。四号哨卡的士兵说，到她父亲那里把她押回来，他大怒，吼道："谁敢动她一根手指头，我就跟他拼了！"

锥心的思念难以摆脱，艾维斯想尽办法，终于查到了林子枫的住址。他立即开着车，直奔清水湾。

林笑怡还在换衣服，李嫂敲门说："林小姐，门外有个英国人走来走去老半天了,你去看看是不是你认识的。"

"是吗?"林笑怡心口一阵怦怦跳,她有强烈的预感,是艾维斯找上门来了。她扑到窗口往外一看,院子外的艾维斯西装革履,在来回走动,几次想进院里,又有些畏缩。那样子既可怜又可笑。

林笑怡急匆匆换好衣服,出门喊:"艾维斯上尉!"

听到喊声,艾维斯不敢相信自己的耳朵,他愣怔了一下,他张开双手大叫:"我的上帝,我的天使!"

林笑怡此时只有一个念头,飞进艾维斯的怀里,不要再装模作样。艾维斯则想,绅士风度让它见鬼去吧,他要大胆搂住自己朝思暮想的人!

没有丝毫犹豫,艾维斯和林笑怡就这样热烈拥抱在了一起。艾维斯滚烫的嘴唇紧紧贴过来时,林笑怡觉得自己窒息了,融化了。

李嫂在阳台上双手捂住脸,从手缝偷偷看,真是天生的一对,只可惜那家伙是个英国佬。李嫂天生与英国人有不共戴天之仇似的,一律称英国人为英国佬。

艾维斯捧着林笑怡的脸,说:"亲爱的林,我生命中不能没有你,不然,我对东方的古老和神秘就缺乏了最基本的了解。"

"你对我们古老文明的了解从女性开始?"林笑怡笑了。

"不,这只是一部分。但这部分是非常重要的。"艾维斯郑重其事,"你可能不知道,不论何时,不论何地,一个真正的男子汉,他都把爱看成是生命的最重要组成部分,基于这种爱,他才对其他事物产生真正的爱。"

"这是什么理论?我有些糊涂了。"林笑怡说,"家里有人,你带我出去走走吧?"

"我今天就是要带你出去走走的。"艾维斯拥着林笑怡向他停在路边的吉普车走去。

艾维斯将车打着火正要启动,李嫂突然冲到了车前,伸开双手,一副撞死我也不让你走的拼命样。艾维斯摇下车窗,用生硬的粤语说:"你是谁?怕我拐走林小姐吗?"

"林小姐你拐不走,就怕你欺负了她。"李嫂双手叉腰,瞪眼不客气地说。

林笑怡把头伸出窗外,哭笑不得,说:"李嫂,他就是艾维斯上尉,是我跟你说过的我的救命恩人。"

"哎呀呀,你怎么不早说?他就是艾维斯呀!"李嫂走过走到车窗边,"林小姐每天都要说到你呢。哎呀呀，救人一命，胜造七级浮屠，艾维斯上尉，你会有好报的！"

感谢归感谢，李嫂还是用客家话对林笑怡发出了警告："英国佬手脚不老实，你别吃亏了，早点回来。"

李嫂的话音还没落，艾维斯的车轰的一声便向前驶去。他一手将林笑怡揽到了胸前，吻了一下她的额头，说："那妇女是你家的雇工吧，挺有意思，像是你的保护神。"

"在中国，女孩子长大了，不要说母亲，就是素不相识的大嫂大婶，她们也会提醒你，别轻易相信男人的话，别跟他们乱跑。"

"哈哈，在我们英国，女孩长大了，别说她自己，就是她母亲，也希望她飞得越高越远越好。"

"是吗？"林笑怡若有所思。

吉普车驶出清水湾，在沿海公路上奔驰了一会儿，眼前突兀地出现了一座高山，山上怪石嶙峋，古木千嶂，郁然苍秀。

艾维斯将车停在了上山的路口边，说："这座山叫青山，上山的路两旁种有许多兰花，四季香气不断。山顶有你们唐代大文豪韩愈所写的'高山第一'。上去看看吗？"

"好呀。"林笑怡一边下车，一边说，"史书上记载，韩愈被贬到潮州任刺史，从广州乘船东行时，经香港停船游览，那几个字，大概就是那次游览所题。"

上到山顶，艾维斯指着一块大石碑说："快来看看，就是这几个字。"

"高山第一"，几个字苍劲悲壮，林笑怡凝视石碑自问自答："唐朝到现在有多少年了？一千多年了吧！"

"噢——"艾维斯不禁惊叹，"这几个字有一千多年的历史了呀！"

"告诉你吧，青山也叫屯门山，韩愈路经这里时不但题了字，还作了诗。"

"是吗？能念给我听吗？"

"让我想想，让我想想。"林笑怡俯视着汪洋大海，沉思了一会儿，念道，"峡山逢飓风，雷电助撞捽。乘潮簸扶胥，近岸指一发。两岩虽云牢，木石互飞发。屯门虽云高，亦映波浪没。"

"能用英语将大意讲讲吗？"艾维斯说。

林笑怡用英语将韩愈诗的意思翻译了一遍，说："忧国忧民却遭贬谪，流露了韩愈的悲愤心情，但他不因此而意志消沉的高风亮节，也在诗中得到了很好的表现。"

艾维斯敬佩道："亲爱的林，你的前辈非常聪明，你更聪明，你对你的祖国有很深的了解。"

"我爸爸年轻时曾在香港工作许多年，小时候他讲了很多香港的故事给我听，他把屯门的风景描绘得很美。那首韩愈的诗就是他那时教我背的，我居然还记得。"

"你的祖国已有五千年的文明史，那时我们英国人还不知在哪里。就说一千年前的唐朝吧，是世界上最强大、最繁荣的国家，是世界各国敬仰的地方，而我们那时还处在野蛮的原始奴隶制度阶段。你们真伟大。"艾维斯由衷地说。

"你想体会中国的伟大，就要到北京，到长城去，才会有更深的感受。"

"你带我去，当我的向导。"

"可是，"林笑怡神采飞扬的情绪突然低落，"我的国家不知发生了什么事，听我爸爸说，毛主席去世后，政局非常混乱，局势捉摸不透。"

艾维斯说了一句很中肯的话："中国五千多年来起起伏伏，民不聊生的时候当然也有，但绝大多数的时候是人民安居乐业，生活幸福。你放心，你带我去北京去长城的时候幸福生活一定会来的。"

"你真会安慰人。"

"不，亲爱的林，你一定要有信心，相信你的国家很快会好起来。"

不是节假日，青山几乎没有游人。艾维斯牵着林笑怡的手走到了一块巨石后面，高高的野杜鹃和苍劲的松柏将他俩包裹得严严实实。艾维斯又一次将林笑怡揽到了怀里。吻她的耳垂，吻她雪白颀长的脖颈。他的手颤抖着开始解她的衣扣……林笑怡在他的强大攻势下，没有了任何抵御能力，她双手松软地垂下，把自己展露他的眼前。"上帝啊！"艾维斯又感叹了一声。花香消失了，鸟语停止了，海浪声隐去了，他的眼里只有这个美丽的女人。

林笑怡穿一条带蕾丝花边的连衣裙，艾维斯很轻易地就将连衣裙撩到了林笑怡的腰际。林笑怡把头埋在艾维斯的肩上，一阵又一阵的战栗从身上掠过……

艾维斯搂着林笑怡久久不愿松手，他捧着林笑怡的脸问："好吗？"

林笑怡脸色绯红，不说话，手指在艾维斯高高的鼻梁上刮了一下。

"去，去海里游泳！"艾维斯兴致勃勃说。

"我不会游泳。"林笑怡赶紧声明，"我是秤砣，一到水里就沉。"

"你是秤砣，我就是捞秤砣起来的潜泳健将。"艾维斯俏皮道。

艾维斯带林笑怡去的海滩叫丁咚湾，那里环境安静，海浪温柔，沙滩洁净，海水碧蓝，是香港首屈一指的海滩。艾维斯凭着英军军官证，获准开车入场。他开着车驶过长长的沙滩，一直开到了远离泳场中心的沙滩边缘。这里只有他俩。

夕阳西下，被烈日晒了一天的沙滩变得清爽起来。林笑怡将鞋脱在车里，一跳下车，松软的沙子埋到了她的脚踝上。"好舒服啊——"林笑怡一边跑，一边愉快地叫着。

艾维斯原来认为，林笑怡有些冷漠、矜持。他甚至觉得她郁郁寡欢，拒人千里。她若开朗活泼一些，那就十全十美了。看到林笑怡在沙滩上欢乐奔跑，他的看法变了。艾维斯脱得只剩一条短裤后，扬手叫道："亲爱的林，你站住，你看我的！"艾维斯向前助跑了几步，连翻几个筋斗，在林笑怡面前还来个空手翻。

林笑怡惊奇地说："艾维斯，想不到你还有这两下子。"

"我在大学时先练体操，后来人长得太高了，便改学游泳。"艾维斯得意地说，"练过体操的都会我这两下子，练游泳的就不一定都能得冠军了。"

"你得过世界冠军？"林笑怡又一次惊奇。

"大学里的冠军，也是冠军。当然，我想当世界冠军，可怎么拼老命练也跟不上人家的屁股，后来就认命当兵来了。"

"咯咯咯……"林笑怡笑了，"你很幽默。"

"别笑，快脱衣服，下水！"艾维斯下令。

"我能像你吗？你脱光了都行，我可不行。你快游吧，我看你游。"

"你还是老封建，在英国，别说妇女，就是姑娘也敢在海边泳场里脱得很多。"艾维斯朗朗笑了几声，"我和几个同学想看姑娘，就装模作样去游泳，哎，你别以为我们就是流氓，我们只看，一点邪念也没有啊！"

"谁信你的鬼话。"林笑怡说，"你那儿是英国，这里是中国，观念不同，知道吗？这样吧，我到那边小商店去买一件游泳衣，你得教我游啊。"

"哎哎，别去，你就看我游好了。"艾维斯突然想，大白天林笑怡不敢脱，天黑了就敢吧。

第二章

林笑怡坐到了沙滩上，托着腮，看艾维斯表演了自由泳，又表演蝶泳，还有仰泳、蛙泳……最后一次他潜进水里，久久没露出水面。林笑怡一等再等，终于急了，站起来要喊救命时，他在海边冒出了头。林笑怡冲进浅水里，在艾维斯的背上使劲捶了几下，几乎是用哭腔说："你吓死我了，吓死我了。你死了，我怎么办？"

艾维斯躺到沙滩上，说："在战场上我可能会死，但在水里，我就是你们中国人说的龙！"

"你在战场也不会死。"林笑怡说，"艾维斯，以后不许说死，多不吉利。"

"好好好，不说死。"艾维斯说，"你猜，我刚才为什么不让你去买游泳衣？"

"谁知道你的鬼把戏。"林笑怡看到夜幕降临，艾维斯还没有要走的意思，就明白了怎么回事。

艾维斯翻身爬起来，跪着抱住了林笑怡的双腿，说："亲爱的林，天黑了，谁能看到我们呢？你脱衣服吧。"

林笑怡还在犹豫，艾维斯不由分说，抱起林笑怡走到齐腰深的水里，把她平躺着放到在水面。抚摸着林笑怡光洁的小腹，艾维斯喃喃地说："我现在才明白，为什么为了一个海伦，两个国家竟然可以交战十多年而乐此不疲。"

海水轻柔，艾维斯的手更轻柔。广袤的苍穹，无垠的海水，艾维斯的亲吻，像梦境。林笑怡如痴如醉，任由艾维斯托着她在海面上漂浮……

晚餐由林笑怡带路，来到了旺角食街。

旺角食街连绵上千米，都是中低档餐馆，特色在于天黑后能将餐桌摆到马路边的树荫下。几百张餐桌，无数的吊灯，远远看去，灯火通明，热气腾腾。那热闹，就算你不饿，也能撩拨你的食欲。这里食客云集，就连一些富人、影视明星，也开着奔驰宝马往这里来。

在王记餐厅，林笑怡对艾维斯说："你不是总说想了解中国文化吗？饮食文化是中国文化的一个重要组成部分，你若想了解中国的饮食文化，在这种地方最好。它是百科全书，包罗万象。"

艾维斯笑道："你现在才来教育我，晚了。我现在虽然主要吃的还是黄油面包、牛排、罗宋汤，但吃中国菜早已是我溜出兵营后例行的一项任务。中国有几大菜系我都了如指掌。当然，我更喜欢清蒸海蟹，剥了壳、蘸上作料，那味道真是无与伦比呀！"

玩了大半天，艾维斯和林笑怡早就饥肠辘辘，清蒸海蟹就着啤酒，他们吃得正欢，突然气氛被不远处一阵叫骂打斗声破坏了。艾维斯抬头看了看，说："喝醉酒闹事，在英国也常见，别怕，我们吃我们的。"

王记餐厅的王老板会英语，他听艾维斯这样说，过来低声道："喝醉闹事就好了。可那不是喝醉了，而是来收保护费的黑帮！想不给，就打，看看看，他们过来了。"

林笑怡抬眼望去，只见几个留着分头的年轻人，大摇大摆地从马路对面走了过来。她的目光在他们几个中间扫了扫，猛地捂住嘴——那几个年轻人中，身材高大的那个不是赵可家吗？

12

舢板船随着退潮，离岸越来越远。赵可家看到赵可设的身影待在那儿一动也没动。他想，二哥现在一定很难过。他忽然也有些难过。刚才赵可设说过不准他们走的话，还狠狠推了他一把，不过是虚张声势，他最终还是放他们走了。倒是他，居然说要把他打趴，想想小时候，他哪一天不是二哥的跟屁虫？二哥什么时候不是他的保护伞？长大后，他有了自己的主张，有了自己的处事方式，哪一点是好的？他偷了张三的鸡，是二哥替他赔；他打伤了李四，是二哥出的医疗费。不错，二哥曾送他去公社学习班，也是二哥去公社学习班接他回来。就说林笑怡的事，眼看吃到嘴里的天鹅肉让他赶飞了，想一想自己是不是作孽？一个没有父母的可怜插队知青，自己竟忍心去糟蹋！要不是二哥，他这一辈子良心都会受谴责。

赵可家想到这些，眼眶不知不觉红了。

海越来越深，竹竿已撑不到底。赵可家叫大家丢掉竹竿，用橹来划。舢板船上只有两支橹，而舢板严重超载，吃水线几乎冒过了船舷，速度很慢。偶尔一阵风，浪大起大伏，舢板像片可怜的树叶，一会儿冲上了高高的浪峰，一会儿又跌入深深的浪谷，任由海水戏弄。见船上的人开始骚乱不安，赵可家指着香港方向说："前面就是南沙甫，不过五六百米，万一翻船，大家把手上的包袱全部丢掉，鞋也蹚掉，往前边游就是。"

"什么都丢了，到香港穿什么？"船上有人说。

第二章

"你要东西还是要命?光着身子能游过去就算你命大了!"赵可家几乎是吼道。

赵可家的话音刚落,陈二婶突然一声惊叫:"快看快看,这里浮着两具尸体。"

舢板上的人全都伸头朝陈二婶手指的方向看,有的人看不到还站了起来。赵可家大喊:"都不准站起来,重心向一边移,马上就——"赵可家话还没喊完,舢板一个反扣,把船上所有的人都扣进了海里。

赵可家喝了两口又咸又涩的海水,冒出头刚想骂娘,突然有人拉他的手脚,他猛地下沉,瞬间觉得自己掉进了地狱深渊。他很快清醒,一阵拉扯踢蹬,摆脱了死死抓着他的几只手,双脚猛地向后一蹬,头露出了水面。赵可家以为他最厉害,是第一个冲出海底,但他四下一望,竟然有两三个人在向元朗方向拼命游去了。赵可家知道,更多的人还在反扣的舢板里乱成一团,还没解脱出来呢。他想,见死不救,遭雷劈哩!于是一个扎猛子,又潜入了水中。他第一把就抓到了一团乱麻似的头发,用力拉出海面一看,竟然是陈二婶。赵可家破口就骂:"丢你老母,刚才咋呼什么?一船人都跟你完蛋了!"

陈二婶惊魂未定,懒得跟他斗嘴,见他又要潜水救人,赶紧说:"别下去了,那帮人不互相拉扯还好,一拉扯,都要死。"说完,她向香港方向游得溜快。

赵可家没有理会陈二婶的话,一个扎猛子,又拖出了一个人,再一个扎猛子,又拖出了一个人,一口气拉出五六个人后,他已经累得喘不过气,再扎进海里,不是他拉起水里的人,而是水里的人把他拉下去了。他仰躺在海面上,任由海水托着他,漂向香港。

拂晓的南沙甫,被一层淡淡的山岚笼罩。南沙甫是香港新界边缘的一个小渔村,这里的村民大都是明清时从江西、福建、粤北等地移民过来的客家人,世代以打鱼为生,民风淳朴,热情好客。这里的房屋原来大都是明清风格,青砖蓝瓦,翘檐钩角,门窗雕龙刻凤。也有一些客家人喜欢的屋围,这些屋围根据人的姓氏叫李屋围、张屋围等。后来香港市区大变,南沙甫变化却不大,除了多出几幢高楼,大多还是老样子。市容变化慢,人的意识变化却不慢。三教九流居然也云集到了这里,渐渐变成了黑帮团伙的老巢。

赵可家望着宁静祥和的南沙甫,他想,不知有多少双高度警觉的眼睛在盯着海面呢。他们像鹰，等着兔子露面，手到擒来。赵可家正想着，隐隐约约听到岸上有人喊："快来快来，这里有两个人上岸了。"赵可家看清了那两个人中有一个是蔡仔。

有的逃港一次成功，有的逃几次就被捉几次。和赵可家要好的蔡仔，竟然逃了九次被捉回去九次。这一次蔡仔也在船上，他是第十次被抓了。赵可家心里偷笑，这小子怎么这么不走运呢？他将身子再往水里沉一沉，留张脸浮在水面上，悄悄地远离这是非之地。

游弋了一会儿，赵可家观察没可疑动静后，在一个偏僻的角落上了岸。他在一个草窝里埋伏下来，前后左右看了又看，确定没有异常动静，他站了起来，打量自己的狼狈样，赵可家哭笑不得，心想，他的下一步就是弄一套衣服穿上，不然这个只穿一条短裤的样子，人家还以为是疯子呢。

南沙甫村头有一座老屋围，屋围的墙头上长着一棵榕树，树冠茂盛，根系互相缠绕，贴附在墙上深深扎进地里。赵可家嗖嗖几下就爬上墙头，埋到了榕树的枝叶里。他知道，住屋围里的人都将衣物晾晒在走廊的边上。他心里盘算趁人还在睡觉，偷几件适合自己穿的衣服。偷屋围里的衣服，赵可家也盘算过，住屋围的人肯定是客家人。客家人善良好客，他要是被捉住了，他可以凭自己客家人的口音，免一顿棍棒。正这样想着，围屋里忽然传来一阵喊声。赵可家仔细一看，不禁笑了，屋里的人正在打架呢。

这座屋围住的是张姓客家人，主人虎叔不是打鱼种田的善良之辈。屋围外表破败，内部却装修豪华，是当地有名的钱庄。这个钱庄搞黑市交易，聚众赌博。风水先生测算过，这座屋围人气旺、财气盛，是个聚宝盆，百年之内不会衰败。虎叔在这里经营不过十年，从最初不足五万元的投资翻到了五百多万元。他的经营项目，有酒店、宾馆，走私贩毒，也有割据一方的地方保护。地方保护，就是在他势力所能触及的地盘上，收取经营者的一定资金，他负责保证这个经营者的经营不受到别人的侵害。虎叔万万想不到，在他的势力范围内悄悄冒出了另一个号称鹰哥的势力，他们明争暗斗、难分胜负，最后以赌论英雄。

赌场就设在虎叔的钱庄里，每人带赌资一百万，双方协定，只要一方的赌资被对方吃掉，这一方就宣告失败，彻底从对方的势力范围内消失，不得反悔。经过一夜的搏杀，拂晓时鹰哥的一百万分文不剩。鹰哥违反协议，以他最豪华的元龙酒店作赌资再赌一把，若他输了，酒店归虎叔，若他赢了，虎叔的钱庄就变成他的名下。

鹰哥违反协议已令虎叔非常恼怒,对方竟然还孤注一掷,想夺取他的"聚宝盆"。虎叔顾及江湖面子,答应了鹰哥的要求。这晚,活该鹰哥背时,这一把,他又输了。虎叔万万想不到,鹰哥以这一次是口头协议,闹着玩为理由,拒绝在酒店归虎叔的协议上签字,并想拔腿走人。虎叔漫不经心说:"这门今天你恐怕走不出去。"虎叔话音未落,鹰哥及他带来的十多人便被虎叔手下的二十多人围了起来。

鹰哥敢在虎叔的地盘上另起炉灶,仗着他有十多名与他形影不离的彪形大汉,这伙兄弟个个是亡命之徒,他们见虎叔的人围了上来,吆喝一声,全部脱掉了上衣。他们强健的胸肌上,都文着一只张牙舞爪的猫头鹰。

斗殴的起因赵可家不清楚,从他们的神态看,似乎是虎叔占理,虎叔说的是客家话,鹰哥说的是潮汕话。过去潮汕人以土著自居,排挤客家人,这是客家人最为恼火的,这一点,赵可家希望虎叔能将鹰哥打个落花流水。

经过数分钟的混战,结果出乎意料,虎叔手下的二十来个人,不敌鹰哥的十来个人,他们全都趴在地上,哼哼哧哧失去了抵抗能力。

"怎么样,虎叔?下面怎么做你应该知道吧?"鹰哥吹吹烟头上的烟灰,眯缝着眼说。

黑道上的人顾及兄弟的性命,一般不会打架斗殴,一旦真的动手了,失败的一方就得认输,就得把手中的权势拱手让出。虎叔表面不动声色,心里还是流过一丝苦涩。他想,如果他不承认失败,就得亲自上阵,取胜的把握实在不敢保证。若败阵,受辱的场面他想都不敢想。就此承认失败,拼搏十年的成果毁于一旦,他岂能心甘情愿。

赵可家这时从天而降,稳稳当当跳到了大院的中央。鹰哥大吃一惊,虎叔也一时摸不着头脑。这泥猴般的人一开口,虎叔就吃了定心丸——他说的是客家话!

"失礼了。"赵可家对鹰哥拱拱拳,"大概你们都听说过文叔的大名吧,我跟他学了几年,还没真正和谁比试过。今天你们厉害,我就和你们过几招吧。"

赵可家说毕,怪叫几声,伸拳直捣鹰哥的那几个人。他一边出手,还一边念念有词:"这叫鹰击长空。""这叫猴子挠痒。""这叫过山峰吐信。""这叫猫捉老鼠。""这叫蟋蟀弹腿。""这叫直捣龙门。"说完最后一句,鹰哥的衣领就被他抓住了，再一脚踢到鹰哥的膝盖弯，鹰哥就直通通跪到了虎叔的面前。

虎叔掸了掸衣袖，指着赵可家对鹰哥说："他是我侄子，刚才下手不免太重，还望鹰哥海涵。"

"按江湖规矩，我退出你的地盘，元龙酒店归你。今天你就可以派人去接管。"鹰哥阴沉着脸说罢，站起来，对虎叔拱拱手道，"我们后会有期！"

鹰哥他们一出门，虎叔就把目光落在了赵可家身上，他想如果他们年龄不相差一个辈分，他都可以跪下给他磕一个头。他表面还是保持了一个长者和黑帮头领的尊严。他让赵可家坐到了他身边，叫人上茶，问道："请问尊姓大名？家住何处？"

"赵可家。"赵可家大大咧咧将自己的情况和盘托出，"家住后海湾对面的石岗。昨晚偷渡虽成功，但可换衣服尽失，本想偷你几件，不料先帮你打了一架。你叫虎叔是吧，还望你帮帮小侄，给我几套换洗的衣物。"

"哈哈哈，"虎叔仰天大笑几声，"可家小侄，别说几件衣服了，就是这座屋围，包括里面所有的一切，你想拿走都可以。"

赵可家大惊失色道："虎叔别误会，我帮你打架只图一时痛快，不过是路见不平、拔刀相助而已。"

"我看你是个忠义之人，就加入我们的虎叔帮吧，你愿不愿意？"

赵可家早听说香港有各种黑道，知道黑道人吃香喝辣，那种神秘和刺激早就令他神往不已。不料逃港的第一天就被自己撞上了，这太突然了，突然得叫他有些疑惑，感觉这是不是真的。

见赵可家有些犹豫，虎叔继续说："你帮衬我，我决不会亏待你。如果你愿意，从今天起，你当教头，负责兄弟们的武艺训练，另外还负责地盘保护费的收取。"

虎叔一开口就是两个官，赵可家心花怒放，起身就给虎叔跪下，说："多谢虎叔收留，今后小弟当为您效犬马之劳。"

"起来，快起来！"虎叔一边扶赵可家起身，一边说，"你这套功夫是跟文叔学的吧？"

"您认识文叔？"赵可家惊奇道。

"何止认识，我们还是从小一起长大的兄弟！当年我和他一起拜师霍元甲创立的形意拳传宗大师许立平，许立平你知道吗？"

"知道，知道。"赵可家回答道，"许大师是文叔的师父，1965年去世了。"

虎叔继续说："可惜我半途而废。1962年我到香港继承我伯父的遗产。喏，就是这栋屋围，以后就没再得到许大师的指点。看了你今天的表现，我想文叔的拳该是到了炉火纯青的地步了吧。"

"那当然，深圳，不，整个广东，哪个不知道深圳的龙头村有个叫文叔的形意拳大师呢？"

虎叔对手下的人说："救了我们的这位兄弟叫赵可家，从今天起，他负责武艺训练和收费，以后你们就叫他家哥。"虎叔对手下的人说罢，又对一位被称为"董管家"的人说，"通知兄弟们，晚上在元龙酒店摆宴，祝贺家哥入帮。"

那晚，赵可家在众多兄弟的欢呼声中，法国的人头马喝了一杯又一杯，喝得他断片。

早上突然醒来，赵可家晃了晃脑袋，没有疼痛，他不由得想到了深圳自产自销的甘蔗酒，多喝几杯人就像在磨盘上转，头痛得要命。赵可家爬起来，猛然看到被窝里竟睡着一个女子。他努力想了又想，才隐隐约约想起董管家和几个兄弟扶他上客房躺下后，跟进来一个妖冶的女郎。后来做了什么，赵可家实在想不起来了。赵可家欲火中烧，他一转身就扑到那赤身裸体的女子身上。

洗漱完毕出门，赵可家见到门边站着一脸坏笑的董管家，一下就明白了，他拍了拍他的肩，说："痛快！"

董管家说："这是低档的，高档的在香港岛，你好好休息，过几天就带你去。"

过了几天，董管家果然带赵可家去香港岛一家最有名的五星级大酒店。桑拿完毕，董管家带赵可家到了一间包房里，包房里坐着十多个性感的女子。赵可家惊讶地对董管家说："用得了这么多吗？"

"来这么多是让你选一个你喜欢的。"董管家对那群女子说，"都站起来。"

"站起来"就是叫她们去掉毛巾，赤裸着让赵可家挑选。面对十多个在他眼前搔首弄姿的女子，林笑怡这时跳进了他脑里，一想到林笑怡，他就有些沮丧，这群女子有哪个能比得上林笑怡！这时，董管家走上前一一打量这些女子，问赵可家："你要哪个？"赵可家有些不耐烦地说："不要，一个都不要！"

回去的路上，董管家一边开车，一边说："家哥，那家酒店的女子可以说是香港最漂亮的，你别看她们晚上出卖肉体，白天说不定就是哪家公司的白领或哪家大学的学生，有相貌、有素质呢！你怎么没兴趣？"

赵可家郁郁寡欢道："有一个人，她还在内地，要是她也能来香港就好了。"

"哇，一定是个女神！"董管家故作惊叹道。

车在元龙酒店门前停下，赵可家下车往酒店走，忽然听见有人喊："可家，可家，你是赵可家吗？"

声音很熟悉，灯影下，赵可家看到一个衣着褴褛、挑水果沿街叫卖的小贩。赵可家定睛一看，竟然是陈二婶。赵可家惊喜道："二婶，是我，我是可家。"

陈二婶担子一丢，扑到赵可家面前，抽抽泣泣地说："你知道吗，我们那船人连你才跑掉了四个，包括我被抓五个，其他人都淹死了。"

陈二婶的话让赵可家心里很难过，眼泪都要冒出来了。

陈二婶顿了顿，又说："反正好歹过来了。但谁也不肯要我这个脏老太婆干活。你看，只能卖水果，赚点钱活命。"

赵可家对一旁的董管家说："她是我二婶，一起逃过来的，你安排一件事给她干。"

"家哥放心，我会安排好的。"董管家对跟着的一位手下说，"带她先到客房住下，叫你四嫂给她弄几套好衣服。"

陈二婶差点跪下，嘴却在骂："赵可家你这条狼崽子，祖坟冒了什么烟，怎么一过来就发达了呢？"

经过一段时间的摸底，赵可家向虎叔建议，说目前虎叔的势力范围主要集中在偏僻的村镇，看起来大，加起来还比不上一个旺角。旺角、油麻地、尖沙咀等地方，盘踞有许多帮派，他们钩心斗角，经常杀得你死我活，我们大可插进一脚，先坐山观虎斗，等他们两败俱伤了，我们马上可以填补进去。

虎叔思忖再三，觉得可以试一试，他下令赵可家以收保护费为由，向旺角等地渗透。想不到第一次行动就碰到了麻烦。那天赵可家带着数名兄弟到旺记酒店，开始时气氛还算友好，老板又是递烟倒茶，又是说请赵可家和他的兄弟们吃夜宵，等等。没想到老板却是拖延时间，等已收了他保护费的另一伙黑帮赶来，为首的桌子一拍，指着赵可家的鼻子就骂。一句话还没骂完，门牙就被赵可家打下来两颗。兄弟们一拥而上，将那伙人和店老板一阵痛打。就在赵可家逼那老板就范，望风的兄弟跑进来说警察来了，赵可家只好弃之而去。

赵可家率众兄弟急匆匆离开时，下意识地朝街边的一张桌子望去，他的目光和那个女食客的目光一对视，全身的血液轰的一声涌到了脑际——林笑怡！这怎么可能？何况桌边还坐着个老外。这不是活见鬼吗？

13

林笑怡接受了她爸爸的建议，先考大学，大学毕业后再工作。现在，除了和艾维斯礼拜天的约会，她平时的时间就用来复习。

复习是一件很愉快的事。林笑怡喜欢在二楼的小阳台上，穿着休闲装，躺在一张竹编的躺椅上看书。她身边放着一张圆形玻璃小茶几，李嫂在上边放了茶水和果拼盘。看书看累了，她坐起来，轻轻呷一口茶，吃点东西，或望望外面的风光。这里临海，无边无际的海和天空连成一片。海岸像一条白色的绸带，那是海的浪花。若是顺风，能听到海浪一进一退的哗哗声。近处是错落有致的别墅区。别墅与别墅间种满了紫金、黄槐、假槟榔、皂荚、桂花、玉兰，还有花树下一块块青青的草地。蝉和鸟在树枝丫间自得其乐，蜂和蝶在草地花丛里上下翻飞。家里那只浑身雪白的波斯猫已和林笑怡成了最好的朋友，它几乎每时每刻都躺在林笑怡的身边陪她看书。林笑怡时不时伸出脚在它身上挠挠，猫回报她的则是用舌尖在她脚丫上舔了又舔。

林笑怡在看书时，脑海间常常会突然出现艾维斯的笑脸，她不禁骂一声"又来捣乱"。骂后又想，这会儿他在干什么呢？

这天是星期三，林笑怡迫切地盼周日快点到，这种情况往时也有，像今天这样焦躁却少有。

"到英国去，那里有世界上最有名的剑桥、牛津，其他大学也很好。"上周日，艾维斯建议说。

"我爸爸不愿我再离开他，希望我上香港大学。"

"你爸爸以前不也到英国留过学吗？他能离开他的父母远走他乡，为什么却要求你不能远离他。"艾维斯耸耸肩，"这就有点怪了。"

"艾维斯，有些事我没有跟你说，说了你可能也不能理解，但我能理解我父亲的心情。"

"亲爱的林，你爱我吗？"艾维斯突然有些失态道。

"看你，现在还说这话。"林笑怡将头靠到艾维斯的胸口上，"我什么都给你了，就看你今后会不会娶我了。"

"你的照片我已经寄给我的父母亲，他们的回信这两天就能到，我一定给你一个惊喜。"艾维斯捧起林笑怡的脸，亲了又亲，"我娶了你，你不跟我去英国吗？去了，你不是离开你父亲了吗？"

晚上，林笑怡将她想去英国留学的想法跟林子枫说了。林子枫沉思良久，说："你想走爸爸走过的路？"

"爸，儿女大了都要出门的，我都二十岁了，出门求学你都不同意？"林笑怡揽着林子枫的胳膊，撒娇说。

"你受了十年磨难，爸爸是怕你再受苦、受委屈，所以，恨不能把你拴在腰带上，哪里也不去才好。但我想，这恐怕不现实，不说别的，单你那个艾维斯，就能把你带到天涯海角。"顿了顿，林子枫继续说，"笑怡啊，这事你自己决定吧。"

林笑怡迫切想见到艾维斯，就是想把这个消息告诉他。他们有约定，不到万不得已，他们之间不通电话，要把他们之间的思念蓄满一周，等周日见面，再尽情倾诉。

艾维斯的影子挥之不去，林笑怡坐立不安，心想，看来要破戒，给他打一个电话了。林笑怡刚想起身，李嫂在花园里叫："林小姐，你看谁来了！"

林笑怡跃身而起，伸头一看，惊喜地叫起来："艾维斯，今天才礼拜三呀，你怎么就来了？"林笑怡飞奔下楼，一头扑到了站在院子门口的艾维斯怀里。

"到家里坐一坐吧。"良久，林笑怡把头从艾维斯的怀里抬起来，说。

"不，我带你出去走一走。"

"我去换一换衣服。"

"不，你这样更漂亮。"

林笑怡从艾维斯眼里捕捉到一丝阴郁。性格开朗、调皮捣蛋的艾维斯一定有事。林笑怡心里忽然有些不安，她想，很可能是他父母回信了，不同意儿子娶个中国姑娘。

"你父母回信了？"林笑怡强装兴高采烈的样子。

"没有。还要过几天。"艾维斯一副乐呵呵的模样，"哪天到都一样，反正我敢肯定，他们叫我快些带你回去举行婚礼。走走，上车。"

在车里，艾维斯又像往常一样，一手开车，一手轻轻揽过林笑怡，让她的头靠在胸口上，听他怦怦跳的心。林笑怡感觉艾维斯此刻揽着她的手不轻松，心跳声也有些沉重。林笑怡没有问艾维斯发生了什么事，她相信，这个藏不住事的家伙，如果真有事，一定会告诉她的。

　　艾维斯将车开到了四号哨卡，他牵着林笑怡的手进到哨卡里。

　　"这里是我认识你的地方。"艾维斯搂着林笑怡的腰，走到望远镜前，动情道，"那天在望远镜里见到你，我就被震撼了，产生了一种强烈冲动。你我相识，简直是天意，是上帝将你恩赐给了我。上帝啊，我感激你！"

　　林笑怡的心在渐渐往下坠，她断定，艾维斯一定有事，很重要的事！

　　"亲爱的林，"艾维斯将林笑怡的身子扳正过来，将她背靠在墙上，说，"让我好好吻你，让我好好重温第一次见到你时的感觉。"

　　林笑怡一声不吭，让艾维斯吻她的脸，吻遍她的全身。

　　这一次，舒缓而持久，林笑怡有一瞬间觉得，艾维斯是不是就想这样站着和她永远下去啊……

　　"亲爱的林，我明天下午要走了。"艾维斯声调低沉地说。

　　林笑怡闭上眼，沉默片刻，方说："为什么不早些告诉我，让我有点心理准备。"

　　"这是秘密，"艾维斯说，"直到国内来换防的部队到了维多利亚军营，我们才被告知，所有驻防的官兵，明天上军舰去大西洋的福克兰群岛。"

　　"福克兰群岛？"林笑怡睁开眼，吃惊道，"是不是你们英国与阿根廷都说属于自己的那个福克兰群岛？"

　　"是的。"

　　"天啊，那是多么遥远的地方啊！"林笑怡哀叹道，"艾维斯，你不能不去吗？"

　　"今天早上我已被正式任命为少校营长。以我二十七岁的年龄当上英军少校，是我终生的荣耀。"艾维斯吻着林笑怡说，"我舍不得离开你，现在一个礼拜才见一次，我已不能忍受。今后一年半载的才能见一次，怎么办？但我是军人，军人的天职就是服从命令。福克兰群岛上空现在战云密布，阿根廷多次扬言要占领它。我身为一名英国军人，就要有誓死保卫它的决心！"

　　林笑怡有些吃惊，心想，这个调皮鬼实在是看不出他还真有军人的气概。调皮的艾维斯与有军人气概的艾维斯相比，她更喜欢有军人气概的艾维斯，她紧紧搂住艾维斯，说："以后你会来看我吗？"

"你讲什么鬼话？"艾维斯见林笑怡很快能理解他的远去，调皮劲又上来了，他紧紧搂着林笑怡。

英军这次调动不是正常换防，而是一次行动秘密的增防。艾维斯对林笑怡说的那些是泄密。当然，林笑怡不是间谍，泄密不过只泄到了她这里。

第二天下午，林笑怡去到离英军军港很近的海岸上，泪目中远眺艾维斯乘坐的军舰消失在海面上。

这地方，能看到日出日落。艾维斯第一次带林笑怡来这里看日落，她被日落的壮美震撼。她清楚地记得，艾维斯那天说了句话："日出是人生的开始，日落是生命的终结。"此刻，林笑怡想到这句话，有种莫名其妙的伤感。她望着军舰消失的海面，心里空落落的。林笑怡坐在她曾和艾维斯一起坐过的硕石上，从下午一直坐到日落，直到夜幕降临，她才起身走到路边，上了一辆出租车。出租车司机问她去哪里，她都没听到，直到司机揿了一下喇叭，她才被惊醒，脱口说去旺角食街。

王记酒店，还是那张桌子，林笑怡眼前总晃着艾维斯的身影，泪水又悄然滚下。

来了许多次，王记酒店的王老板早已认得林笑怡和艾维斯。见林笑怡掉眼泪，而艾维斯不见踪迹，王老板明白了怎么回事。他拿来一卷纸巾，放到林笑怡面前，坐下来，点了一支烟，默默吸了一口，说："姑娘啊，我看你也哭了很久了，哭太多了伤身体，别哭了啊。"

王老板年过半百，模样和蔼可亲。他常常像跑堂的伙计一样，在店内门外的餐桌边穿梭，殷勤地递烟上菜，招呼客人们吃好。林笑怡就是冲这一点，才喜欢来他的酒店吃饭。见他抽空来安慰自己，她心里有点暖暖的。她擦了擦泪，抬起头冲王老板笑了笑，说："没事，一会儿就好。王伯，您忙您的去吧。"

"姑娘，我有一句话不知该讲不该讲。"王老板没有离开，他顿了顿，他接着说，"英国人就是英国人，他们走马灯似的换防，屁股一拍，说走就走，和他们恋爱，到头来吃亏的是你啊。唉——失恋了不伤心，说不过去，但老是伤心下去也不是回事。你想开一点，过十天半月的就没事了。晚上请你吃你最喜欢吃的清蒸海蟹和卤水鸭掌。你们经常来帮衬我，我请你一次也是应该的。今天情况特殊,我请客,你心里就会好受一些,就能吃下去啦。"

王老板一番话,中肯、坦诚、熨帖入微,林笑怡轻声说:"王伯,那就谢谢您啦。"

"嗨,这样我就高兴啦,你先坐一会儿,就上菜,我忙去啦。"

冬季里,旺角食街的生意更兴隆,晚市人头攒动,热气腾腾,看不到尽头。这里不叫卖,不高声抢客,食客中也极少大声喧嚣的,偶有猜拳行令,也是低着头在桌下进行,唯恐吵闹影响了他人。歌舞升平之下却涌动着一股污浊,尔虞我诈,钩心斗角,欺行霸市,不一而足。

赵可家凭着拳狠脚硬,在旺角有了立足之地。这条食街上投靠到他麾下的酒店已有三分之一,仅几个月时间就能有这样的战果,相当了不得。"家哥"声名大噪,如雷贯耳。赵可家很有分寸,凡事不会做得过火,这条食街就没有一人独霸,黑道叫"分食"。"食"不能把人家碗里的全部"分"走了,这是赵可家的底线。

这天赵可家来到这条食街,照例找个角落喝茶,手下几个兄弟则到处转悠。这几个兄弟在王记酒店门前的一张餐桌上,见到林笑怡,她那一阵无声地掉泪让他们看进了眼里,疼到了心里。这样的美女居然没有人保护,居然受人欺侮,这不是老天太没良心了吗?"过去坐坐。"其中一位这样一说,另外几个便一齐过去坐到了林笑怡的桌子边。

"小姐,你是不是受人欺负了?"一个兄弟开门见山地说。

林笑怡吃惊不小。这几个大汉倒不像香港电影电视里,常见的那种梳个分头、穿身黑绸排扣衣衫的地痞流氓,说话的这个居然西装革履,头梳得一丝不苟。

"谁敢欺负你,说一声'家哥'的名,保管他逃得屁滚尿流。"另一个兄弟说。

林笑怡对这几个人没有反感,但问也不问一声,就坐了上来,还满嘴的匪话,林笑怡觉得还是离开他们为好。她站起来就想走,胳膊却被扯住了:"不要走嘛小姐,你还怕我们吃了你不成?"

"放开我!"林笑怡甩了甩手,没有甩脱,她羞怒道,"你非礼?我要叫人了啊!"

王老板闻声跑了过来,一把将拉着林笑怡的手推开,护着林笑怡说:"对不起，对不起，她是我的客人，还望你们多多包涵。"

穿西装的兄弟说："王伯，我们没有惹事，只是觉得这位小姐受委屈了，过来安慰而已。"

被推开手的兄弟恼怒道："你客人就是你女儿了啊？你那样子就他妈的像母鸡护小鸡，走走走，真扫兴。"

事情到了这里，大家都不再说话，事情本来也就过去了。偏偏王记酒店并不是赵可家的保护对象，而王记保护者的几个人此刻又刚好路经这里，见状，"嗷"一声全扑了上来，抓住赵可家的几个兄弟，不问青红皂白就打，一时间桌翻椅飞、瓶炸碗碎，四下里的食客纷纷夺路而逃。老板见状赶紧把林笑怡往店里推。

赵可家闻讯大步赶到，大喝一声："都给我住手！"

对手的几个兄弟一齐上前给赵可家拱手，其中一个说："家哥，你的兄弟到我的店里闹事，你管一管吧。"

赵可家手下的一个兄弟骂："他妈的胡说，我们闹什么事？他们一上来就打。"

"误会了，误会了。"王老板急忙跑到赵可家面前拱拱手说，"家哥，你们几个兄弟见我的一个女顾客受了委屈伤心，想安慰她，没料到另外几个兄弟以为是闹事，便打起来了。"

"这么回事啊，算了，算了，都算了。"赵可家一边说一边掏出钱包，从厚厚的一沓钱里抽出几张千元港币，递给王老板说，"打坏了的东西我负责赔。"

"不敢，不敢！"老板极力推辞。

"叫你拿就拿了。"一个兄弟从赵可家的手里拿过钱，硬塞到了王伯手上。

赵可家说了声"走"，刚想转身，突然呆住了。赵可家有预感，他会在旺角的食街，再看见那熟悉的双眼。想不到是在这样的场合。半年多他没见林笑怡，她比在石岗时更白净、更漂亮。那天，林笑怡深身穿灰色薄毛料套裙，典雅高贵。此刻，在那双他熟悉的眼睛的逼视下，他进退失据，不知所措。这时，他手下的一个兄弟凑上来，说："就为这娘儿们打起来的。家哥，怎么样，你吃过的桃子没有比这个鲜了的吧？"

话音没落，那兄弟脸上就挨了赵可家重重一巴掌。

14

赵可建1961年逃到香港，在一家酒店跑堂。他天生不会跑堂，不是倒茶倒到了顾客的衣衫上，就是一盘油乎乎刚出锅的咕噜肉端不稳，从他手上滑到了餐桌上。时日稍长，老板对他只说了一句："你不是跑堂的料，干别的去吧。"

赵可建于是到码头扛包，那年他十八岁。扛包的日子也真痛快，一发薪水就大碗喝酒大块吃肉，还呼呼啦啦跟一伙人吆喝着赌钱。赌资倒也不大，输赢之间不过就十多二十块。赵可建年轻力壮，健步如飞，人家扛一包，他扛两包，人家扛了两个来回，他已经三个来回。薪水自然就比别人多了。赌起来他手气也好，十有七八赢钱，他的薪水全存了起来，仅靠赌赢的钱就足够他吃喝。

那年冬天，码头来了一个算命瞎子，赵可建经不住众人撺掇，把手伸给了瞎子。瞎子摩挲着赵可建的左手掌老半天不说话，众人憋不住，纷纷催瞎子快说。催了半天，瞎子丢掉拐杖，普通跪到地上，就给赵可建磕了三个响头，吓了众人一大跳。

瞎子磕头毕，说："我上无父母下无妻儿，孤身一人，身体也不算利索，但再活个二十年总该还可以。孩子，你记住我这个瞎老头子的话，如果二十年后我死了无人送终，你还记得我这个老瞎子的话，请你用你千万分之一的钱给我送送终吧。"

说完，瞎子拒收算命钱，拎起拐杖飘然而去。瞎子走后，码头工们一哄而起，要赵可建请客。请客无非是大排档里炒田螺、炸咸鱼、两瓶米酒之类。赵可建真的为瞎子的几句胡言乱语，到排档请了众人一顿。

晚上赵可建睡不着，翻来覆去想瞎子的话。几天后，赵可建终于在油麻地的马路边找到那个瞎子。他不说话，将二十块钱塞到了瞎子的手上。瞎子说："先生，别以为我几天前给你下跪了，你就觉得心不安了，现在你送二十块钱来，心不安的就是我了。"

赵可建大骇，觉得瞎子似上帝的使者，冥冥中给他传什么信息来了。他回去，从存折上的存款数一直算到别人的欠账，居然有近三千元的存款。

赵可建告别了混了近两年的码头工，到一家裁缝店当了学徒。他的想法是凭手艺吃饭，总比凭力气吃饭好。那时他还是没有做发财梦。

裁缝师傅姓秦，躲鬼子时从上海随父母逃到香港。他家是裁缝世家，在上海滩赫赫有名。秦家裁缝店只缝制旗袍、马褂和长袍，缝制过程全部是手工，这种费工、费神、费时的活儿，在香港早就没有多少人愿干了。旗袍、马褂和长袍是大户人家才穿的，一件就是一件，一套就是一套，一个月收到两三份订单，就足够他们吃喝，何况往往一个月能收到七八份订单呢。秦师傅的名声越来越大，订单也越来越多。偏偏这时妻子病故，少了一个得力的助手。女儿只有十岁，还在上小学，不给他添乱就谢天谢地了，哪里还能指望她帮上什么忙。秦师傅只能打破祖上定下的手艺不外传的成规，决定招一名学徒。招学徒的广告一贴出去，上门求学的络绎不绝，看了一个又一个，秦师傅总是摇头。赵可建来了，秦师傅没有摇头，说："当学徒很苦。"赵可建回答也干脆："我什么苦都能吃。"

赵可建学徒期间，既要跑外又要理内。跑外是送货或是将半成品拿去给人家试穿，试穿不满意了还得回头改，一件马褂要改几次，他就得跑几次。裁缝店在旺角，若是货主在上水或是香港岛，一个来回就是半天。理内就是刷马桶搞卫生、洗衣、购物、弄饭菜。要命的是秦师傅的女儿，那个叫秦世芳的毛丫头，喜欢赵可建，一放学回来，不是缠着讲故事，就是闹着要去海边玩。学手艺大多在晚上，灯暗蚊子多，真的是"很苦"。

学徒到第三个年头，一个很意外的机会。香港建材大王的小女儿，原定腊月二十八举行婚礼。在秦师傅这儿定做的婚礼服旗袍定在二十五日前送货。不料婚礼突然改到腊月十八，原定半个月做成的旗袍要在三天内完成。秦师傅竟然急出了病，躺在床上连喘气都困难，怎么还能动手做？秦师傅对赵可建说："你就放开胆做这件旗袍吧。做得人家满意了，你也就算出师了。"

三天后，秦师傅拖着刚有好转的身体，带赵可建去建材大王家送货，那位千金小姐穿了这件旗袍到大堂，赞叹声和鼓掌声顿时四起。建材大王加倍给了赏金。当着众人的面，秦师傅拍着赵可建的肩说："这件旗袍的剪裁缝制，全部是由我徒弟赵可建完成的。他的裁剪水平、缝制速度，远远超过了我！"

小女儿的婚礼就要举行，建材大王家来了许多帮忙张灯结彩、忙这忙那的亲朋好友，他们欣赏了新娘穿上那件旗袍的风采，也看到旗袍的制作人——年轻英俊的赵可建。赵可建声名鹊起。

过了一些日子，有天吃晚饭，秦师傅备了一壶酒，硬拉从不喝酒的赵可建作陪。喝得面红酒酣时，秦师傅说："你学徒期已满，算是出师了，按当初的协议，学徒出师了就可以另立门户，让你自己的发展。但我老了，身体也不好。

你若出去，我这个招牌难得支撑，你自己一人也难得打理全部活计，势必再招学徒。秦家手艺我已经传给你，你再往外传无所谓，若是你我合起来支撑现在这个招牌，一定会有诸多好处。"

徒满出师的问题赵可建早已想过，以他目前的手艺，已经超过了师父的水平。一想到另立门户，要与师父抢生意，心里就难受。他与师父相处三年，师父把自己当儿子般看待，一下要他离开这个家，他实在舍不得。他斟词酌句说："师父若不想赶徒弟出门，徒弟就继续跟着您干。只是学徒时拿的工薪是否能加一些？"

秦师傅大喜，他拉过赵可建的手，在他手背上轻轻拍了几下，说："可建哪，你愿跟我继续干，我已经很满足。至于加薪的问题已不是加薪这么简单了，我们现在就立个字据，从今以后，所有的收入我们一人一半！"

"这怎么行？"赵可建急忙摆手说，"店面是您的，招牌是您的，所有的设备都是您的，我和师父五五开绝对不公平。"

"不用说了，"秦师傅举起酒杯说，"就这样定了。来，干了这杯。"

放下酒杯，秦师傅有些伤感道："今晚我很高兴，可是，唉，可建哪，你知道，我年过半百才生一女，爱得不行，把她宠坏了。她任性、霸道，你都看到的，这性格，今后在社会上要吃大亏。她很相信你，还望你以后多教育她，引导她。"

赵可建哑然失笑道："师父，您这就错了，像世芳那种性格，今后在社会上闯才不会吃亏呢，何况她才十四岁，以后大一些了，性格说不定就会变的。"

"希望是那样。"秦师傅又举杯和赵可建干了一杯，继续说，"可建哪，今后我们招牌怎样更响亮，还望你多费心考虑考虑，我老了，力不从心啊。"

"师父，其实有些事我早想说了，我们的一些操作方法得改一改。比如说，定做量身，试穿送货，应该是客人上门。由我们跑，一是花费大量时间，二是降低了我们招牌的档次，无形中使人家觉得是我们去求他，而不是他慕名而来。"

"有一定道理。"秦师傅说，"可是，这是祖传的规矩呀。"

"规矩可以改嘛。再比如说西装和休闲衫，现在很流行，我们不妨也朝那个方向发展。"

秦师傅正色道："前一个建议我可以接受，但朝什么方向发展绝对不行。过去上海滩有地位有钱财的女子谁不穿旗袍？现在香港也一样。至于马褂，更别说了，黑色缎子面，咖啡色绸子里的马褂，再加怀表、拐杖和黑木雕烟嘴，嘿，那些西装革履的奶油小生谁敢去比？怕是人家一个小指头就能砸破你的头呢！可建呐，我这个招牌，就专做这些人的生意，你就别想什么发展了。"

赵可建将头点得像鸡啄米，不敢再多说一句。

四年后，秦师傅病逝。死前留下遗嘱，所有固定资产留给赵可建，存款一百二十余万给女儿秦世芳。那年秦世芳高中毕业，刚接到了美国佛罗里达州州立大学的录取通知书。秦师傅弥留之际，赵可建和秦世芳都在病床边，他一手拉着赵可建的手，一手牵着女儿，嘴唇嚅动，想说什么，终归没有说。

父亲的丧事料理完，秦世芳拿出一本存折交给赵可建，说："我知道你不甘于整天就忙家庭小作坊的旗袍马褂。你不要瞪眼看我，这话不是我说的，是我爸告诉我的。这一百万元，算是我入股，加上你的那些，开一家公司吧。干什么都行，只要我回来时，我的本没有亏掉就行。"

秦世芳走那天，赵可建去送行。即将进入安检门时，她突然转过身，在赵可建的脸上吻了一下。这一吻，给赵可建留下了美好的遐想。

凭着秦世芳入股的一百万元，加上他自己的几十万元，赵可建开创了可芳服装实业股份有限公司。公司继续生产老品牌的旗袍马褂。西装、夹克、T恤衫也一齐上马。他重金聘请服装设计人员、市场营销专家，只三年工夫，可芳牌系列服装就不仅在香港市场，在亚欧美市场上也非常畅销。秦世芳给赵可建来信，说她在美国的市场上买到了香港产的可芳牌T恤衫，问是不是他的公司生产的，赵可建模棱两可，说你回来就知道了。

秦世芳一去六年，带着经济管理专业的硕士学位回来，已是二十四岁的大姑娘。赵可建去机场接她，她走到赵可建的面前了，他还没敢认这个楚楚动人的姑娘，就是当年的黄毛丫头秦世芳。

可芳公司在资金注册里明确有一半是秦世芳的。现在，固定资产涨了十倍，流动资产增加三倍，法定有一半是她的。面对"从天而降"的财产，秦世芳嗤之以鼻，称"一分也不要"。赵可建误以为秦世芳嫌少，说分六成给她。秦世芳一头扑进赵可建怀里，说："你怎么这么聪明，又怎么这么笨？"见赵可建一副装痴卖傻的样子，她继续说："可芳可芳，一半赵可建，一半秦世芳，你早把我们两个合在一起了。"一年后，秦世芳成了这家公司的老板夫人。

可芳公司在秦世芳回来后有更大的发展，多年前赵可建算是说对了，她的性格在社会上哪有吃亏的道理，倒是她经常让别人吃亏。现在他们的子公司开到台湾地区，还有新加坡，更可喜的是他们恩恩爱爱，生育了一子一女。

赵可建似乎是搞他的公司、赚他的钱，无忧无虑了。没想到赵可家的出现，打破了他平静的生活。

15

赵可建在办公室接到一个年轻女子的电话，要求约见。赵可建问对方是什么人有什么事，对方并不回答，只说姓林，下午六点在旺角食街的王记餐厅见面再说。赵可建仔细地想了想最近商务上是否得罪了谁，想了半天也没有结果。赵可建在香港商界以为人忠厚、待人亲善、讲信义出名，他会得罪谁呢？至于情感上的事，赵可建无可挑剔，到目前为止，他唯一爱过的女人就是现在的妻子。灯红酒绿的地方他决不涉足。这么一想，赵可建便坦然了，把这事和秦世芳一说，她爽朗笑，说："准时到，别误了好事。"

那天林笑怡很想对赵可家说些什么，终究曾经是非常熟悉的人，一些该淡忘的东西，不必老是去纠缠。赵可家的架势和做派却让她吃惊，她不知他现在在干些什么。她盯着他，希望他主动招呼，可惊人的一幕出现了，他竟打了自己人一巴掌后，头也不回就走了。

赵可家一见林笑怡，马上判断她已今非昔比，是碰不得、惹不起的人物了。他从骨子里惧怕和尊重林笑怡，心理上让自己处在仰视的位置，即使是在石岗，她非常落魄的那几年。他手下叫马二的兄弟说的话，让他大动肝火，觉得他不仅污辱她，自己也受了污辱，那一巴掌，马二的脸肿了几天。

赵可家走后，林笑怡向王老板打听他的情况，结果让她震惊，赵可家现在竟然是黑道上一个叫"虎叔帮会"中的一名首要分子，人称"家哥"。王老板一说这伙人就直摇头，说向政府交纳税费后，还得给这伙人保护费。生意是越来越难做了。

黑道之间打得血肉模糊的场面，林笑怡只在电影电视里看到过，想不到今天在她眼前上演了，其中竟然有赵可家！她痛心，她想要拯救他，可凭她的能力做不到。赵可建的名字这时跳到了她脑海里。在石岗，她不知多少次听到过赵可建的名字，说他在香港如何如何发达了，说他如何如何孝敬，每年都往家里拿钱拿物等。在大家的语气里，赵可建是一个好人。如果真的是这样，凭着兄弟的亲情关系，赵可建应该能帮助他的弟弟。

回到家，林笑怡问林子枫："爸，知道有个叫赵可建的人吗？"

方阿姨在一旁说道："赵可建？不就是可芳服装实业股份公司的总经理吗？那是个很厚道、能干的人。对了，我采访过他，听他说，他是深圳石岗村的，就是你插队的那地方？"

"对对，就是他。"林笑怡兴奋地说，"快找他的电话号码给我。"

林笑怡先到王记酒店。王老板一边斟茶，一边问："还是你一个人？"

林笑怡抿嘴一笑，说："还有一个人呢。"

"男的？"

"男的！"

"这就对了，我说嘛，旧的不去，新的怎么来？"王老板得意地说。

五点五十八分，一名男子向王记酒店走了进来。

这天赵可建头发梳得一丝不苟，皮鞋一尘不染，墨色的西服，配天蓝色衬衣、暗红小方格领带。赵可家和他哥哥就像一个模子打出来的。可惜啊，一个正经的企业家，一个是黑道混混。

赵可建走近了，林笑怡站起来主动伸出手，说："赵先生您好，我姓林。"

赵可建轻轻握了握林笑怡的手，坐下。他暗暗吃惊，她怎么熟人似的，也不问问就叫赵先生？他把这些疑问掩饰过去，说："旺角食街，好地方，我也常来。"

"你也常来，那你知道这儿有个叫家哥的黑道人物吗？"林笑怡脱口就问，随即又后悔，觉得自己太唐突了。

"黑道人物？"赵可建警觉起来，他摇头说，"林小姐，要问黑道人物你就找错人了，我正正当当经商，从不与黑道人物往来。若没别的事，我走了。"

"别走别走，"林笑怡急忙说，"你误会我的意思了，你听我说完。对了，我先介绍我自己，我叫林笑怡，半年前才来香港，以前在你的老家——深圳的石岗村插队……"

"哈哈，你别介绍了，"赵可建拉长的脸旋即堆满笑，"回去探亲的家乡人回来告诉我，说村里来了一个叫林笑怡的广州妹，美得像仙女。就是你吧？"

"那些人净瞎说，"林笑怡有些不好意思，顿了顿，说，"我爸林子枫、继母方蓉，他们都说认识你……"

第二章

"哈哈，"赵可建又打断了林笑怡的话，"企业翘楚，报界名人，都是我的老朋友了，想不到你是他们的女儿。"

"每人两只，不够再上。"王老板笑眯眯捧上一盘蒸笼，里面有四只清蒸大海蟹。他对赵可建说："以后常陪林小姐来，她一个人好孤单。"

"王伯，看你瞎说什么呀？"林笑怡娇嗔道。

王老板乐呵呵地走开了。这一搅和，气氛轻松起来。赵可建将一只蟹放到林笑怡的碗里，自己也拿过一只，一边剥壳，一边问："林小姐找我，总不该就是拉家常吧？"

"就是拉家常啊。"林笑怡聪明了，她想，若是马上就说赵可家的事，这当哥的可能就急得吃不下东西了，干脆吃饱再说，"我在石岗就听说你大名，到了香港，我爸又说了一通你的创业史，敬佩呀！"

"不敢当，不敢当。"赵可建掰开蟹壳，见都是蟹黄，便放到了林笑怡的碗里，"蟹黄很有营养，对姑娘还有美容的作用，你吃吧。"

"是吗？我还第一次听说，那就不客气了。"林笑怡津津有味地吃起来。

林笑怡和赵可建一边吃，一边东拉西扯说些闲话。看看吃得差不多了，林笑怡方说："赵先生，今天约你出来，确实有事。刚才我说的'家哥'嘛，他就是你三弟赵可家！"

"什么？赵可家？家哥？黑道人物？"赵可建惊愕不已，他离开家乡时，赵可家才六岁多，在他的印象里，三弟还是个拖着鼻涕，整天在他身后跑的跟屁虫，他无法将他一下子与黑道上的家哥联系起来。

林笑怡将她所见的，还有王老板所说的，详细讲述了一遍，最后说："在石岗时你爸忙着工作，没有好好管他，学坏很容易。到了香港人生地不熟，再碰到坏人，他误入歧途也就不足为奇。我总觉得他本质不坏，如果不拉他一把，就真的变坏人了。赵先生，我能做的就是把你弟弟的情况告诉你，以后的事就得你操心了。"

"林小姐，真的谢谢你。"赵可建蹙眉叹了口气，"我想马上见到我三弟，叫老板，让他帮忙找，行吗？"

"王伯，你来一下。"林笑怡向正在忙的王老板轻唤了一声。

"我是赵可建，家哥的哥哥。"赵可建起身让王伯坐下，"王伯，今晚我就想见到家哥，你能帮忙找到他吗？"

"哎呀，你是家哥的哥哥呀，难怪刚才我一见你就感觉你面熟。哎呀，你们兄弟一个比一个帅。哦，对了，要说找家哥呀，说容易也容易，说难也难。"王老板把头往赵可建这边靠了靠，放低声音说，"他行踪不定，有时天天来这里走一走，有时十天半月也不见一面。不过，他有几个兄弟倒是天天晚上来这里转一转，我叫他们帮忙找，肯定能找到。"

"那就麻烦你了，"赵可建握住王老板的手，说，"我会感谢你的。"

"这是哪里话！"王老板正色道，"赵先生，刚才你一说你叫赵可建，我就知道你是我们旺角区域民选议员。选你当议员，就是要你代表民众说话，你看这条食街很平静是吧？嗨，你不知暗地里我们多受气！受谁的气？就是受你老弟家哥那伙人的气！你要多向政府反映这方面的事。"

赵可建面带愧色说："王伯，我这个议员算是白当了，过后我就向上反映这些事。"

"好好，你坐，我这就想办法给你找到家哥。"

王老板转身走后，林笑怡说："赵先生，那我先走了。"

"不，不，你别忙走！"赵可建说，"我想请你一起见我三弟，你跟他这么熟，或许他更听你的！"

"赵先生，有些话我没有对你说，总之我不想见赵可家。"林笑怡说。

赵可建愣了一下，若有所思地点点头，说："以后怎样跟你联系？"

"我很快要去英国留学，有什么事，你告诉我爸，他会转告我的。另外，有机会的话把我的情况跟你二弟赵可设说说。"说到赵可设，林笑怡的脸突然一阵发热，和艾维斯热恋的这段时间，她时常会感到莫名其妙的不安，原来是赵可设在作怪！唉，怎么说呢？她突然产生了一种愧对赵可设的感觉，她深深吸了一口气，平复一下情绪："你对可设哥说，有机会我一定去看他。"

林笑怡走后不久，王老板就满脸笑容走了过来："赵先生，真巧啊，家哥今晚来了，马上到。我没说你是他哥，给他一个惊喜吧。"

过了不多一会儿，一个高大魁梧、国字脸的英俊年轻人走了过来。一别十六年，他哪里还有当年鼻涕虫、跟屁虫的影子？赵可建努力在他脸上捕捉，还是捕捉到了往昔熟悉的影子，再怎么变那模样都是父母亲给的。他突然感到胸口一阵堵塞，喘息变得急促，他想到了他带着可建和可设跑到母亲面前，乞求她吃一碗米糊糊的情景，想到他逼他们吃野菜、煮粗糠，他们艰难下咽的场景。他站了起来，噙着泪，看着赵可家，微微张开了双手。

站在赵可建的面前，赵可家几乎没有片刻犹豫，大叫一声"大哥"，紧紧抱住了赵可建。这十六年，每吃一块大哥捎回去的糖，每抽一支大哥捎回去的烟，赵可家都要在心里叫一声"大哥"，大哥的形象牢牢地记在他脑海里。大哥到香港后，家里的日子还是紧巴巴，可再也没有忍饥挨饿，特别是四弟可乡，大哥走时只有几个月，若不是他到香港一个月后就开始往家里捎奶粉、捎钱买粮食，怕是小命早丢了。这种亲情，即使跨越了遥远十六年，也隔离不了。

王老板在一旁跟着激动，一边抽鼻子，一边自言自语："兄弟就是兄弟，亲情就是亲情，割不断！"

赵可建和赵可家情绪平静后，坐下抹干泪，不管对方知道了的或是不知道的，大谈家乡的事，大谈在香港的发展，一直谈过了午夜，秦世芳找到了王记酒店，他们才惊叹，这么一谈竟谈了五六个小时。

"这是你嫂子，"赵可建介绍说，"这是我三弟赵可家。"

"嫂子，你好！"赵可家站起来恭恭敬敬地叫了一声，搬过椅子，请秦世芳坐。

"你大哥常说起你们小时候的故事，我都耳熟能详了。"秦世芳一边笑着说，一边落落大方地坐了下来。

"可家，你嫂子在经济管理方面是业内行家，你跟她学一段时间，然后到台湾，或者新加坡单独负责一个子公司，怎样？"

赵可建反复权衡，觉得三弟在家乡时就没有学好，到了香港误入歧途，这与他的父亲、他这个当哥的，就没有责任吗？一味指责，适得其反。他采用迂回策略，让三弟有一个全新的工作和环境，断了和黑社会的往来，就会浪子回头了。

赵可家一口回绝，说道："大哥，我现在有事干，而且干得挺开心，你那儿我就不去了。"

"三弟，你干的什么事我知道。"赵可建语调平和，点到为止，"林笑怡小姐把你的事全都说给我听了。"

"林笑怡？她怎么找到你了？"赵可家吃了一惊。

"是的，是林笑怡找到了我，让我和你好好谈一谈的。"赵可建诚恳道，"三弟，林小姐非常关心你，对你现在的情况她痛心疾首。听她的语气，你可能曾经做过对不起她的事，她没有责怪你，反而认为你本质是好的，完全可以堂堂正正做一个正派的人"。

赵可家沉默良久，说："请你转告林小姐，说我感谢她，说我永远不会忘记她对我的关心。但大哥啊，这件事你让我好好想想。"

"这样也好。"秦世芳对赵可建使了一个眼色，"我们家大门，永远对你开着，你随时来。"

赵可建清楚秦世芳的良苦用心，这事急不得，这也正是他的想法。他对妻子淡然一笑，默许了她的说法。

16

虎叔找赵可家喝酒。酒过三巡，他开门见山地说："听兄弟们反映，你近来像有什么心事，不太管事，有好几处该我们保护的商铺被人抢去了，你不闻不问，有这么回事吗？"

"虎叔，没那回事。你听我说……"赵可家欲言又止。

"没有就好，我就不信我们的地盘被人夺去了家哥你会撒手不管，算我失礼了，自罚一杯。"

虎叔将一杯酒一饮而尽，重重放下酒杯，赵可家从他眼里看到了一股凶光。赵可家知道，虎叔的生意越做越大，他已不满足收保护费、经营酒楼宾馆、赌博抽水的小打小闹，他开始涉足走私贩毒、倒卖军火这些牟利更大的领域。生意大了，赵可家的收入自然更多，但犯罪感经常让他感到恐惧。赵可建找他谈过一次后，又曾找过他几次，他的嫂子秦世芳甚至许诺，不愿在他哥哥手下干的话，就送他五十万，让他正正经经做一些自己想做的事，只要不做违法乱纪的事就行。他们怎么能知道，入黑道容易，出黑道难。虎叔的帮会有严格的戒规，凡叛离者，自断胳膊一只，退回所有在帮会所分的钱物。虎叔念赵可家的救命之恩，仅半年多，赵可家就分到钱财数十万。当然，咬咬牙，这钱可以退，自断胳膊的事，能做到吗？一想到这，他不寒而栗。

"可家呐，"虎叔见赵可家沉默不语，一边啃一个硕大的烧鹅头，一边推心置腹地说，"在我们这个帮会里，我最器重的就是你。你想想，我都是年过半百直奔花甲的人了，还能活几天？到时这个帮会就不叫虎叔，叫家哥！干我们这行的虽然冒风险，但吃喝玩乐逍遥自在谁管得了？"

虎叔的话，让赵可家遐想起来。

"可家，南甫沙渔市近来来了一伙号称豹头帮的，抢占我们的地盘不说，前几天还打伤我们的几个兄弟,其中一个兄弟伤势严重,恐性命难保。此仇不报,南甫沙渔市恐怕不再属于我们。你说这仇该不该报?"

"那还用说!"赵可家将手上的筷子重重拍到桌上,"这事如何解决,虎叔你拿个主意,看我怎样拧下他们的脑袋。"

"是条好汉说的话!"虎叔又和赵可家干了一杯酒,"那伙人晚上喜欢在金角酒店喝酒,你派人踩点,确定他们聚在一起时,一网打尽,让他们彻底完蛋。"

南甫沙原来不起眼,几乎被人遗忘。自从政府在这里建起新界最大的海产批发市场后,这里几乎一夜间热闹起来。凌晨三点开始,人声鼎沸,车水马龙,进进出出全是来进货的人,南甫沙本来就是虎叔帮的地盘,渔市建成后,它自然而然在虎叔的保护之下。想与虎叔争一口饭吃的大有人在,豹头帮来势汹汹,打得虎叔的兄弟抱头鼠窜。在哥嫂的反复劝说下,赵可家产生了金盆洗手的念头,对这事采取了熟视无睹的态度。然而,他经不起虎叔的挑唆,摩拳擦掌又要大干一场。他想,算了算了,还是吃喝嫖赌,谁也管不着好!赵可家这样一想,哥嫂的苦劝被他一股脑当成了耳边风。

豹头祖籍河南,从小习武,一身功夫了得。他原来只不过开个习武堂,后来率众弟子闯入黑道,号称"豹头帮",以心狠手辣出名。他们施展几下拳脚便得到南甫沙渔市后,忘乎所以,在金角酒店喝酒,竟然连个望风的都不派。结果他们尝到了恶果。

这天晚上十一点,豹头帮的十八个兄弟一个不落全集中在金角酒店。他们喝酒喝上了瘾,个个光着膀子吆三喝四行令猜拳。赵可家带去的兄弟只有八人,个个都是身怀绝技的彪形大汉。他们手持两尺长的青冈棍棒,咬牙切齿一拥而进。豹头帮的人还没看清来者为何许人,就被一阵乱棒下去,当即倒下十来个。最后剩下豹头帮帮头和他的一个贴身保镖。这两个亡命之徒手上各拿一把两尺来长、寒光闪闪的砍刀,背靠着背乱舞,赵可家的众兄弟一时近不了身。

赵可家一直袖手旁观,发现情况不妙后,从一个兄弟的手上夺过一条棍棒,一阵眼花缭乱地旋舞,豹头被赵可家一脚踢翻,头上连续挨了几棒,脑浆顿时四溅。赵可家杀红了眼,没提防豹头的保镖黄雀在后,结果右肋也被扎进了一刀。

豹头被虎叔帮杀死,全帮覆灭,虎叔威名大振。他知道,他的势力范围没人敢窥伺，反过来他要去抢占别人的，恐怕人家也得老老实实拱手让出。这一切，首功当推赵可家！

那一刀向心肝部位再挪一挪，赵可家就一命呜呼了。赵可家却一点也不后怕，他觉得阎罗王不让你死，你想死也死不了！他心安理得接受虎叔的感激和众兄弟的欢呼，连自己也都认为自己是多么了不得的好汉。

刀伤治愈出院后，虎叔没有立即让赵可家出来干事，他将赵可家安排到浅水湾的豪华别墅休养。这期间只要赵可家愿意，一天换一个女人都可以。至于吃的方面有专门的厨师给他做，想吃什么点什么。赵可家终日陶醉，这样的享乐，如果离开虎叔帮，去哪里才找得到？

赵可家在什么地方休养，只有虎叔、董管家等几个骨干知道，陈二婶也是其中一个。有些人在酒楼里干了一辈子，也混不上一个领班之类的角色。陈二婶不同，她本来就是个手脚麻利、看风使舵、能说会道，还有点姿色的女人。在元龙酒店她从推小车送糕点干起，不到一年，样样活计拿得起放得下，从一个干农活的好手，变成了在酒楼里游刃有余的领班。

赵可家受伤后不久，一天陈二婶上班，刚进大厅，一眼就看到了赵可建和一个漂亮少妇坐在一张台喝茶，她大呼小叫"赵可建"。倒是赵可建极力回忆，说："你是陈家二婶。"

"对了，对了，我就是你二婶呀。"陈二婶拉起少妇的手，挤眉弄眼地说，"是你老婆吧，哎呀，美人蛋呢。你知道吧，可建跑来香港时才十多岁，还穿开裆裤呢。"

"二婶你真会夸张，可建来香港时都十六岁了，还穿开裆裤呢！"秦世芳笑着说。

"哎呀，是不穿开裆裤了，但那时穷，裤子破了露屁股也有可能。"陈二婶乐滋滋打趣然后问，"找我有事？"

"二婶，我是想打听我三弟……"

"嘘——跟我来。"陈二婶将赵可建和秦世芳引到一间包房里，沏上茶，坐下，方说，"你是问可家的事？"

"是呵，我们有几个月没见面了，不知他现在怎样了。"赵可建焦虑道。

"你们原来已见面了？可家这个家伙，我问过他几次，说找到大哥没有，他都说没有，原来是哄我。"陈二婶佯装气愤，停顿一会儿，压低声音说，"两个月前，他和豹头帮的人争地盘……"

陈二婶吞吞吐吐，急得赵可建一把抓住陈二婶的胳膊，说："他，他怎样了？"

"他没事，不过是在身上留了一块疤。"

"二婶，你带我们去见他！"秦世芳在旁边催了一句。丈夫对这个弟弟牵肠挂肚，她不禁也为这个在黑道上混的小叔子操心起来。她亲自出面恳请王老板帮忙打听，才得知几个月没在旺角食街露面的赵可家，现在常在新界元朗一带出没，老巢就在元龙酒店。他们驱车找来，想不到还没有开口打听，就碰到了陈二婶。

"可家出院后，到国外休假去了，谁也不知道他到了哪里。"陈二婶说了假话。她不能不说假话，虎叔有指令，谁也不许对外人说赵可家在哪里，否则断其手脚。断手脚陈二婶当然怕，她只能说，等赵可家一回来，就让他去找他们。

送走赵可建夫妻，陈二婶提上一砂罐老火鸡汤，急匆匆往浅水湾赶。对赵可家，陈二婶打心眼里喜欢，别看他对她骂骂咧咧，出言不逊，该尊敬的该照顾的都做到了。对他在黑道上干，她又惊又怕。黑道上血淋淋的倾轧她听得够多，她好几次在梦里看到赵可家血肉模糊的样子。惊醒过来赶快庆幸这只是梦。这一次他结结实实挨了一刀，要不是命大，恐怕见阎罗王去了。她清楚，入了黑道，很多事便身不由己。她不能不承认，在这条道上干还真是好赚钱，赵可家亲口跟她说他有几十万了，这事回石岗去说，鬼才信。她自己说不上是黑道上的人，沾点边而已，就已经吃得好、穿得鲜亮，大陆那边她每月只寄回三分之一的薪水，老公和孩子们就吃穿用全不愁。在矛盾的旋涡里转，陈二婶头疼死了！

赵可家正和一个女人在游泳池里游水。看到那女子的身材，陈二婶在心里叹道，林笑怡也不过如此，难怪他对老娘的身子摸都懒得摸一下了。见到陈二婶，赵可家大叫："有鸡汤喝，快拿碗来。"

支走那个女人，陈二婶对赵可家说："你大哥大嫂到元龙找你来了。"

赵可家停下喝鸡汤，目光盯着鸡汤上漂浮的油星，许久都没说一句话。

17

艾维斯走后，林笑怡还是每天到阳台上看书，她常常心不在焉，把书丢到一边，望着大海出神。

这天她伏在阳台的护栏上，忽然发现人行道上有一个女子在东张西望，仔细一看，竟是白护士。林笑怡心速加快，怦怦乱跳，她确定白护士是来找她的，她有重要的消息告诉她。她又是招手又是喊："白护士，白护士，我是林笑怡哪。"

见到林笑怡，白护士高高扬起手，大声说："你这里真难找呵，要不是有这封信，我早打退堂鼓了。"

艾维斯临走前，请白护士查收他的信，转交给林笑怡。这封信是寄给艾维斯的，内容与林笑怡有密切关系。

亲爱的艾维斯：

来信收阅。

林笑怡的数张照片，我和你母亲及你姐姐传来传去看了又看。

我没有去过中国。在我的想象里，这个东方古国的女子形象，大概以唐朝仕女为标准。看了林笑怡的照片，我和你母亲、姐姐都认为应该以林笑怡为标准。她实在太美了！我们全家都为即将有这么漂亮的一位成员而感到高兴！

从你的信中我们还得知，林笑怡不但有动人的容貌，更重要的是，她有一颗善良的心和渊博的知识。你说你研究了中国历史，知道得很多，在她面前，你像小学生。孩子，你本来就错了，你认为看了几本书就是研究了中国历史？几本书不能概括中国五千年的历史呵！孩子，在林笑怡面前，你这个小学生还要当下去。

在收到你的信还没动笔写回信时，我又接到了你的电话。有关林笑怡留学英国的事，你就不用操心了，你父亲大小也是大学教授，有关她留学的程序我会详细告诉她。在英国考大学很容易，要拿到毕业文凭，却不是糊弄就能糊弄到的。但我完全相信她的能力。

附全家合照一张。

祝好！你母亲和姐姐问你好！并代全家向林小姐和她的家人问好！

父亲

1977年1月20日

这封信林笑怡看了一遍又一遍，那张全家照，她拿在手上久久不愿放下。她想，她到英国留学的决定，不会再改变。

第二章

林笑怡留学英国，饯行晚宴在她家的花园举行。花园里花草茂盛，品种繁多。为了这个饯行晚宴，林子枫早些天精心修剪了这些花草。夜幕降临，这个小花园闪烁着迷人的光彩，洋溢着喜庆的气氛。点心和菜式在一家大酒店定做并专车送来，酒是法国干邑。来客全是工商界、报界的朋友。

赵可建也来了，他乐呵呵和林笑怡碰杯、交谈中，赵可建那丝不易察觉的忧虑，被林笑怡捕捉到了，她坐到赵可建和秦世芳身边，说："赵先生今晚情绪低落，笑脸勉强，与赵可家有关系吗？"

赵可建拿出一封信递给林笑怡，叹了一口气，说："你看看这封信吧。"

大哥大嫂：

中国有句俗话叫浪子回头金不换，我要是只是浪子那该多好啊！可我现在是"虎叔帮"里的一个头目。帮会里的戒规，你们可能永远想象不出有些什么，我一句话概括吧，那就是冷酷无情！

知道你们为我不安，为我东奔西跑，我这个当弟的难道没有一点感激之情？没有一点愧疚之感？有！但这种感情我只能化作对你们的祝福，祝你们生意兴隆，平安百岁！

哥嫂，我现在主要负责生意上的经营管理，在社会上打打杀杀的事情我不会再干，请你们务必放心。不要再担心我了。

如能晤面林笑怡小姐，代我问好！并代问侄子侄女好！

顺祝

安康！

三弟赵可家
1977年7月12日

看了赵可家的信，林笑怡脑子很乱，一时不知说什么好。

秦世芳打圆场，抱怨道："这个小叔哟，我们都跑到元朗找他了，他连个面也不愿见，还让一个叫陈二婶的骗我们，说他出国休假了。"

"陈二婶？是不是石岗那个陈二婶？谢天谢地，她也过来了。"林笑怡回过神来，说道。

"这封信就是她送来的。"赵可建顿了顿，"哦，对了，忘了告诉你，我二弟今年已经结婚。"

"赵可设？他结婚了？"林笑怡瞪大眼，有些吃惊地说。

"对呀，赵可设。我爸给我们寄来了一封信，信中称可设的老婆是'六百个工分'，大概是每年能挣六百个工分吧。我爸说她胖乎乎的，很能吃，也很能干活，字里行间能看出他对这个儿媳很满意。"赵可建宽慰地笑笑道，"我母亲去世后，家中十多年没个女的来操持，这下好了。"

"六百个工分"是朝鲜电影《鲜花盛开的村庄》里一句对儿媳妇满意的台词，林笑怡想笑，笑不出，眼里倒噙满了泪。她忘不了，电闪雷鸣，风雨交加的那个晚上，她对赵可设说的那句话："今后我一定回来找你！"今后还会去找他吗？

赵可建夫妇大感不解，面面相觑。秦世芳说："笑怡，怎么回事？"

"啊，没事，我是替可设哥高兴。"林笑怡将信递了回去。

这晚，林笑怡沉默寡言，不愿再多说一句话。

第三章

18

还有一天就是赵可设娶亲的日子。这几天,家里三姑六婆的来了一大群。在香港的一兄一弟知道赵可设要结婚,分别托人捎了烟酒糖果和红包回来。赵可家出手阔绰,一下就给了五万元港币,在石岗引起极大轰动。受到邀请去喝喜酒的人中,有好些人一两天不吃饭,留着肚子就等这一天在赵可设的婚宴上大吃大喝一天。

赵可设却怎么也兴奋不起来,他甚至很厌烦家里这热闹喜庆气氛。这天下午他走出了门,走出了村子。路经林笑怡住过的小屋子时,他驻足往里望了望。现在这里是生产队的仓库,放些比较贵重的东西,比如拖拉机配件、日本尿素等。林笑怡逃港留下的东西,他已自作主张分给了村里的五保户,也就是几件衣服、棉被、锅碗瓢盆之类的东西。至于那些书和相册,几个小青年想要,他拒绝了。他只喜欢看《烈火金刚》,不喜欢看连书名都难记的《安娜·卡列尼娜》,可不知为什么,他就是把装书的木箱,像宝贝一样藏到了家里的阁楼上。他想,这些可能是林笑怡珍贵的东西,他要收藏好,万一哪天她回来,也好有个交代。再往前走,到了井坎,就见到了深圳河对岸的那块巨石。走过这里,他的步子放得很慢,他耳边似乎又响起了那晚的风声雨声,又似乎感觉到林笑怡在他怀里时,身上那股令人窒息的温暖气息。再往前走,到了烟墩山的山脚,一条羊肠小道弯弯曲曲通向山顶。沿着这条小道,赵可设下意识慢慢走,走上了山顶。

坐在一块石头上,赵可设拿出烟点上,深深地吸了一口。过去赵可设不抽烟,这半年来他开始抽了,一抽就很凶,一天一包都不够。开始他抽的是九分钱一包的经济牌，后来是一毛五的金叶。金叶称得上是高档烟。后来，他抽了赵可家往回捎的三个五，才知道了什么叫好烟。现在，他抽的就是三个五。抽着烟，赵可设想到赵可家，他在香港干什么？他没说，也没有人能说清楚。他发了是肯定的。唉，一道道山脉相连，一条河水相通，一样的荔枝、龙眼、古榕，人家为什么就比你过得好？赵可设甚至有些后悔，为什么那天不跟林笑怡一起钻过去，不和赵可家上一条船呢？

"要不得，要不得"，赵可设很快又否定了自己的想法。他把目光久久停留在石岗村。除了在部队的几年，他就一直没有离开过这里。这里有他童年的梦、少年的欢乐，美好的东西毕竟很多很多。已是傍晚时分，村子上空升腾袅袅炊烟，牧归的老牛吃饱喝足，悠闲地一步一回头，时不时伸长脖颈，哞哞叫几声。羊群四蹄匆匆，它们害怕黑暗，要赶快回温暖的、垫着许多干稻草的围栏里。这情景，赵可设觉得他永远也看不够，他热爱家乡，热爱这块他熟悉的土地。现在它很穷，穷则思变。这样的口号过去喊了几十年，穷并没有改变。但现在有很多政策在变，向有利于农民的方向变。比如说不割资本主义尾巴了，市场自由贸易没有限制了，不再叫在水库上过革命化春节了。邓小平复出的新闻，从广播到报纸，他听了一遍又一遍，看了一次又一次。每听一次，看一遍，他就有新的不同想法。有中央在台上撑腰，再出工不出力，再太阳晒到屁股了还不起床，再认为有口饭吃、有件衣穿就满足了，就怪不得人家香港比你好了。赵可设忽然觉得身上有一股热血在升腾，有一股力量要爆发。他想，他一定要想办法，在家乡这块土地上发财致富，不然总是靠香港的兄弟，连结婚摆宴席也全是他们出钱，这张脸不知道以后还怎么面对他们了。

想通了，一通百通。明天就要嫁过来的王凤娇，赵可设原来没有感觉，是他爸张罗着弄来的。赵山贵和王凤娇的爸原来在石龙公社共过事，关系不一般，两人一拍即合，决定结亲家。当然，赵山贵没有包办婚姻，他不过给儿子"参谋参谋"。儿子不热心，不也和人家王凤娇到深圳电影院看了几场电影吗？儿子同意结婚后，赵山贵乐不可支，见到熟人就拿王凤娇的照片出来，说朝鲜有个"六百个工分"，我们家也有嘛，搞得人人都说赵可设娶了"六百个工分"。好在赵山贵不知道赵可设一直不热心的原因，若是知道儿子心系林笑怡，他定然会大骂赵可设"痴心妄想"。林笑怡那孩子赵山贵第一次见面，就在心里说，一只没长翅膀的丑小鸭，等哪天她飞上了天，人们才知道她是一只美丽的天鹅！这不，三年过去，出落得仙女一般，到香港就不得了了。赵可设当然有自知之明，他一直认为林笑怡对他来说，可望而不可即。谁又没有梦想，没有心比天高的时候呢？赵可设终于明白，他一直对王凤娇没有感觉，原来中间有个林笑怡！他觉得有些对不起王凤娇，王凤娇对他一片痴情，连看电影都抢着出钱买票，这样的女人当老婆，以后家里的事肯定省心。赵可设有了自己的努力计划后，兴奋起来，连王凤娇在他心中也由原来的可有可无，变得占了一席之地。

结婚那天，赵可设兴致高涨，敬酒你来我往，一杯又一杯，直到弄得他分不清东南西北，醉醺醺回到新房，一头倒在床上，动弹不了。王凤娇支走了众人，用热毛巾给他敷额头，不料赵可设一把将她搂到了怀里，动手就扯拉她的衣扣。

王凤娇又惊又羞，嗔道："门外还有人呢，你要干什么？你看你，衣扣眼都扯破了。"

王凤娇穿的是一套深灰色的确卡小翻领排扣西服，最高档的面料，最时髦的女式服装，扣子被扯掉扣眼被撕破，她心疼得不行。

赵可设仍不言语，他将王凤娇的鞋子踢蹭掉，顺势将她掀翻到床上，剥去了她身上的衣服。王凤娇胖嘟嘟的身子尽裸，赵可设叹一声："好美啊！"

"美什么美？你以前不是叫我'六百个工分'吗？"王凤娇耿耿于怀。

"你装傻是不是？'六百个工分'是耐看、能干的象征，不美呀？"赵可设咕噜着说。

王凤娇不依不饶："你以前嘴上总挂着那个广州女知青，什么漂亮呀、善良呀、温柔呀，为什么总不见你对我说一句？"

"哎呀，你都做我老婆了，我还吹嘘你干吗？人家林笑怡漂亮、善良、温柔我不就说说么，'我爱你'这样的话才是我对你说的呢！"

"你说你爱我？"王凤娇揽住赵可设的脖子，"你再说一次。"

赵可设将嘴附到了王凤娇的耳边轻轻说："我爱你！"

"以前怎么没听你说过一次呢？"王凤娇故作诧异道，"是不是想要了就乱说了，你再大声说一次看。"

"我爱你！"赵可设几乎是吼道。

门外传来了咻咻的笑声。王凤娇心满意足道："你先去把门关紧了。"

赵可设跳下床，几大步过去将门关严了。他一边返回，一边脱衣裤，脱下一件顺手就丢，丢了一地。趴到王凤娇身上，已是光溜溜的。王凤娇也不知从哪里学来的，赵可设才动了几下，也不顾外面有人在偷听，咿咿呀呀叫唤起来。叫唤声越来越大，急得赵可设一巴掌捂到了她嘴上，低声喝道："叫什么叫，你不怕别人听见呀？"

王凤娇推开赵可设的手，吼道："不叫我怎么舒服呀！"

门外轰地响起一片笑声。

19

第二天一大早，赵可设找到生产队长陈二平，说："二平，找你有事。"

陈二平是赵可设当民兵连长时手下的一个兵，平时挺服赵可设。原来的生产队长逃港后，组织上找赵可设，要他顶上去，赵可设连民兵连长都辞去了，这个队长更不愿当，陈二平便被推到了生产队队长的位置上，倒过来成了赵可设的领导。一大早见赵可设找上门，陈二平说："才讨老婆就找我有事？你现在的事就是干那事。哈哈哈。"

"什么这事那事的，我找你有正经事。"赵可设一本正经道，"村头那口塘的鱼现在有人管没有？"

"有哪个管啊？你今天捞一条、我明天钓一条，想管都管不了，你不是知道的吗？"陈二平愤懑地说，"我这个队长有什么用，早知道也偷渡好了。"

"想偷渡还来得及呀，今晚我和你去偷渡好了。"

"真的？你找我就是商量这事？"陈二平兴奋地抓住赵可设的手，转念一想，又沮丧起来，他甩开赵可设的手说道，"可设你别拿我开心，你跟我一样，要偷渡早就偷渡了。现在政策一天比一天好起来了，还偷渡啊？"

"是呀，是呀，现在还偷什么渡！"赵可设说，"现在有好多政策对我们农民越来越宽松了，政策宽松了，我们还不知道干些事，怕是这政策宽松了也没有用。"

"你有什么好主意了吧？"陈二平用探询的目光看着赵可设说。

"那口塘我包了，每年交队里一千元。"赵可设开门见山。

陈二平吃了一惊，心想，那口塘，一般人送给他，他都不要。赵可设可不一样，能耐大得很，他眼珠子咕噜转了转，说道："加五百元，你敢不敢？"

赵可设丢了一支烟给陈二平，说："你把指导员，还有出纳会计马上叫到我家里，合同我现在就拟好，你们看了没意见，定好就喝'人头马'。哎，说好了呵，一定就定十年。"

"十年？定一百年才好！有本事你每年一千五百元交上来。"一听等下有洋酒喝，陈二平难抑兴奋，那口塘什么时候给队里带来过一分钱啊？这一千五百元不就等于白捡！这赵可设是不是干老婆干蒙了，想出这等傻事情。

深圳海货有的是，价格也便宜，可深圳人喜欢的大头鱼酸菜汤、清蒸鲫鱼、红烧鲤鱼、脆鲩火锅等都少不了淡水鱼。赵可设早就了解了市场行情，知道淡水鱼货源紧缺，价格自然就高。他买来有关养鱼的书籍，按图索骥，根据鲤鱼喜欢在深水底拱淤泥，鲩鱼大都浮在水面找水草吃，福寿鱼、大头鱼、鲫鱼在水中间奔来跑去的特点，到东莞买来这几种鱼苗投入了鱼塘里。

王凤娇果然是"六百个工分"，她起早摸黑割草喂鱼，还花私房钱到东莞学会了米糠与碎玉米混合发酵后喂鱼的办法。鱼眼见一天比一天大，到春节来临时，它们肥得都快游不动了。

那年春节前，赵可设养的鱼出塘。每天天不亮，有鱼贩子踩单车、开拖拉机，甚至开小卡车，来他这里进货。不到年三十，鱼被捞得一条不剩。除了交队里的一千五百元，全村每家每户都得到了赵可设送的一条大鲤鱼，大家皆大欢喜。赵可设、王凤娇的辛勤劳动，换来了整整九千多元的纯利润，此时离号召人人争当致富能手，争当"万元户"还有两三年，他们离"万元户"就只有一步之遥了。

赵可设、王凤娇乐开了怀，晚上关紧大门，在昏黄的灯光下，沾着口水一遍又一遍数着这九千元，策划来年放开手脚大干一场。赵山贵在一旁不停抽烟，他心里犯嘀咕。他想，这九千多元简直是发横财，是"一夜暴富"！他怎样都不能和赵可设他们的辛勤操劳画上等号。他心里清楚，起初他反对赵可设包塘养鱼，他们干得没日没夜时，家里喂猪养鸡、煮饭洗碗这些活儿他几乎全包了，实际上他成了赵可设的同伙。甚至每户送条大鲤鱼的主意也是他出的。在农村，有人富了便招来"红眼病"，这是非常正常的。他出主意，每家送一条大鲤鱼，或许能堵堵人家的嘴，可鱼全部出塘后竟有那么多的收获，闻所未闻，见所未见。儿子一年就富了，看势头明年更富，后年呢？大后年呢？这不就成了新生的地主恶霸了吗？再来一次革命，赵可设定然首当其冲，该砍头了！这么一想，赵山贵不寒而栗。他将他的想法跟赵可设说了，不料赵可设一口反驳："哎，老爸，你不天天看报看新闻吗？现在提倡劳动致富，我靠劳动致富妨碍了谁呀？"

"劳动致富？劳动当然可以致富，但致富到什么程度，你心里应该有个尺度，别成了新兴的资产阶级。"赵山贵苦口婆心说。

"什么新兴的资产阶级？这句话是前几年批邓时说的话，老皇历了。"赵可设讥讽道，"你是不是被撤职撤怕了，连新日历也不敢看了。"

"你这个兔崽子，老子吃的盐比你吃的粮还多，你等着瞧吧。"赵山贵被儿子气得吹胡子瞪眼睛。

春节过后，赵山贵一直担心的事终于来了。那天石岗破天荒一次就来了五个"公家的人"：两名省报记者，一名地委宣传部的，一名县委宣传部的，再加一名公社宣传干事。事情的起因，是公社宣传干事给县革委的简报投稿，称赵可设有一片爱心，过年前，给全村每家每户都送了一条鱼过年，鱼是从自己承包的鱼塘里捕获的。还称赵可设的鱼塘大丰收，几天里鱼贩子前去进货络绎不绝。问题的焦点在"承包"两个字上，那位公社宣传干事真的是天才，他或许是全国第一个在往上报的材料里使用"承包"这两个字的。县革委主任吃不准这两个字的性质，只是觉得这两个字大有文章可做，便指示宣传部的人将稿件整理整理，作为内参，往省里报送。

省报的政治当然要比地县一级敏锐，他们派下来的记者不但要采访当事人，而且背景更要摸清楚。谁的主意，承包合同原件，鱼塘原来做什么用的，承包后又实现了什么目标，群众有什么反应等，总之，一手材料都要了解清楚。

这时候赵可设早已逃之夭夭。露面的、需要承担的事赵山贵大包大揽归到了自己名下。这不是记者们进村时他才想起的，而是他心里犯嘀咕时定下来的。他想他已是政治运动老油条了，撤职检讨，党内处理，算不清楚有多少次了，再挨一次也不过是多一次少一次的问题，就让它多一次吧，反正都是直奔六十的老屁股了，黄土都埋到脖子上了，要撤的话自己半点职务也没有了，了不起是党内再来一次处理，再大的处理也不会开除党籍吧？赵山贵这样想，心里还是隐隐痛，入党快四十年了，他有过意志消沉，有过对党内的一些做法表示不满，可他从来没有对党的信仰产生过动摇，更不用说反党了。他屡屡受到党的处理，而且一次比一次厉害，这次给个严重警告就行了，千万别开除党籍！唉，孰是孰非，自有后人评说，眼下主要是不能让儿子受牵连。儿子堂堂正正一路过来，没有显赫的功绩，也没犯过任何错误，他的前途一片光明，不能就此而夭折。

赵可设开始并不愿躲起来,他和赵山贵油嘴滑舌。赵山贵发了脾气,一个水壶都砸爆了,赵可设才一边"我躲我躲",一边就和王凤娇一起到他岳父家喝酒去了。那时候记者们才到陈二平家,还没找上门呢。

赵山贵在石岗村德高望重,除了说他不应该打断赵可乡的小腿外,没有人再说一句他的不是。早已被他"收买"的陈二平带记者们上门时,已做了外围调查的记者们对他恭敬有加,没上面来的人居高临下的味道。倒是赵山贵倚老卖老,滔滔不绝说了过去、现在和将来。过去,就是那些他"不以为耻反以为荣的历史";现在,是"承包是我的主意,一切责任全在我身上";将来,是"若党需要,仍愿为党尽一分力"。加引号的句子是摘自省、地、县、公社联合往省委送的调查报告中的句子。

省委书记20世纪50年代在宝安任过县委书记,后一路升到省里。到了"文革",他坐了几年牢,又劳动改造了几年,复出没两年。他看联合报告时,目光在赵山贵的名字上久久停留,他想起了他到石岗找赵山贵让他出山,任公社书记的往事。省委书记将签字笔往桌上一丢,靠在椅背上,他想起自己在"文革"时也饱受折磨,是非已有论断,那位默默无闻的老同志到了现在,依然有人想把他往死里整。都什么时候了,还这么极"左"?是非不明嘛!他重新拿起签字笔,在联合调查报告上批示:"赵山贵,劳动致富好!承包鱼塘的事情值得肯定。不但鱼塘,果场、鸡场、猪场等也都可以承包。现在农村很多原来的集体经营项目,没有经济效益,反而成了赔钱的包袱,只要承包条件为双方认可,双方获利,何乐而不为?赵山贵的历史问题要重新调查,错误了的立即纠正。"

这是谁也没有意料到的结果。半年后,赵山贵彻底平反,出山任县革委副主任,后来改为县人民政府副县长。他在任只有两三年,就因体弱多病和年龄问题,以县团级的待遇离休,但这两三年是中国农村改天换地的两三年。深圳的发展变化之快,更是让人目不暇接。1980年11月20日,深圳,包括石岗在内的许多村镇被一道铁丝网围起来——建立深圳特区了。

20

石岗搞土地承包,陈二平碰到了头痛事。村西有一块七八亩大的稻田,是当年围海造田的产物,亩产要比别的稻田少去几乎一半,谁都不愿承包这块田。陈二平搔头抓耳半天，终于想出主意，决定将这块田七零八落分割成十几块，采取抓阄的办法，谁抓到谁倒霉。有人大骂陈二平，出这么个馊主意。正争执不下，赵可设语出惊人："抓什么阄，我全包了。"

陈二平感动得连连拍他的肩膀，说："晚饭到我家，洋酒没有，甘蔗酒随你喝。"

"甘蔗酒我喝了头晕，这样吧，下酒菜你负责，我带酒。"赵可设答得爽快，然后乐颠颠回家向王凤娇报喜。

赵可设话没说完，王凤娇杏眼一瞪，说："你有神经病啊？你要那块田种水稻，想累死我呀？"

"我有神经病？我会用这块田种水稻？"赵可设恨其妇人之见，"这块田离我们现在承包的鱼塘不过两三百米。你知道的，这口塘底下有暗泉，天怎样旱，水都不会干，我们将水引到田里养鱼虾，嘿，这下发定了。"

王凤娇扯高了嗓门："你不神经病谁神经病？你不想想那块是田还是塘？是田的话怎么养鱼虾？要把田变成鱼塘，你想过没有，得花多少劳力去挖那块烂田？"

"雇工挖！"赵可设说了这话，也把他自己吓了一跳，他清楚，在阶级划分里有雇农这一阶层，雇农是给谁干活的？是给地主、富农！

"喂，你是地主啊？"王凤娇一手叉腰，一手指着赵可设的鼻子说，"你看过《半夜鸡叫》没有？周扒皮是怎么剥削雇工的？你想学他呀？前年搞承包，上面来几个公家人搞调查，就吓得你往我娘家跑。这次你搞雇工，怕是中央都来人了，我看你这回往哪里跑！"

王凤娇连珠炮般一顿奚落，说得赵可设一愣一怔。不过有了"承包"的大获全胜，赵可设对自己越来越自信。他想，雇工干活很容易让人联想到剥削，给雇工的工钱合情合理，他们自愿，甚至抢着来你这儿干活，那也是剥削？这么一想，赵可设便用不屑与王凤娇争辩的口气说："你懂什么？你就懂抱着这口小鱼塘做你的发财梦！干两三年了吧，也就赚了个两三万，这算什么数？这块田我包定了，而且一包就包五十年！"

赵可设说完，从柜子里拿出赵可家捎回来的一瓶"人头马"，大摇大摆走出门，向陈二平家走去。

赵可设走出家门，没了影子，王凤娇才清醒过来，她清楚，赵可设铁定要干了的事，九头牛也拉不回来。惹他脾气上来了，会摔东西，他们结婚买的一个暖壶，就被他摔了个稀巴烂。唉，怎么嫁了一个野心这么大的人？现在捡个便宜承包的这口塘，才包了两年多，就有了三万元的纯利，照此下去，十年过去不就至少十五万元呀？天呀，三万元已是她过去想都不敢想的，何况十五万元？嘿，到时盖栋小楼，买部摩托车，过安安稳稳的日子多好？现在可好，那七八亩田挖成塘不知要多少钱呢？到手的钱再放出去，比被老鼠咬还叫人难受。想到这里，王凤娇的泪不知不觉滚下了几滴。

赵可设不管王凤娇是哭还是笑，他心中的目标确定后，他越想越兴奋，似乎看到那七八亩水塘上虾飞鱼跃的情景，忍不住哼起了"洪湖水呀浪打浪"。

最头痛的盐碱地承包问题解决了，还有洋酒喝，陈二平和赵可设一样乐癫了，他赶回家叫老婆快快准备下酒菜。

鸡毛还没拔光，赵可设就在门口喊："'人头马'来了，菜上桌没有？"

"马上，马上。"陈二平忙不迭说罢，骂他老婆道，"笨手笨脚，叫你快一点不听，你看看，可设都来了，菜还没上桌。"陈二平老婆回道："你看我忙死了，也不帮一下忙，就会坐在那里抽烟，抽死你。"听陈二平两口子你一句我一句顶嘴，赵可设哈哈笑道："我来帮忙。"

下酒菜上桌后，陈二平和赵可设你一杯我一杯喝起来，喝得正酣时，赵可设说："要订个协议，这几亩地我承包，要包就包五十年，我今年二十六岁，再活五十年可以吧？到死的时候再交回去。"

陈二平说："这不是多此一举么，中央文件不是说得清清楚楚，农民承包土地五十年不变吗？"

赵可设将陈二平的酒杯夺下，说："不行，这个协议就是得定。简单得很，就写几行字，公章不是在你的手上么，盖上去再喝酒！"

"你这个卵人，麻烦事就是多。"陈二平一边骂骂咧咧，一边就找出一张纸，龙飞凤舞地写了几行字，递给赵可设，说，"行不行？"

赵可设接过来，念道："协议，兹有本村村民赵可设承包本村头前坝水田七亩八分，承包期五十年。本协议一式两份，村委和赵可设各执一份。哎，这里还得加一句，就是水田七亩八分后面加上可以因地制宜，发展多种经济。"

"前年你搞承包，人家记者审了我半天，你呢，只会躲去喝酒，现在你又要搞什么鬼？别又叫人来审我啊。"陈二平一边说，一边接过协议，按赵可设说的加了一句，然后抄了两份，各盖上公章，递一份给赵可设，"你又有什么鬼点子，说说嘛。"

"没有，没有，就种谷子。"赵可设举酒杯说，"干！"

陈二平一仰脖子，干了，说："说实话，那几亩盐碱田，种什么谷子啊，晒脱几层皮，农药化肥的钱都搞不回来，按你的说法因地制宜，发展多种经济还好。"

有协议在手上，到嘴的肥肉不会飞了。赵可设放开了喝，喝得晕晕乎乎，赵可设没有管住嘴，说漏了口："二平，你以为我就真的笨到去种谷子啊，我要把它挖成塘，养鱼养虾。"

"我说嘛，你就鬼点子多。"陈二平将酒杯放到桌上，"不过，公粮不交了啊？"

"笨的就是你了，"赵可设说，"养鱼赚了钱，拿钱去市场上买谷子交上去不就行了啊？"

"市场上买谷子？你高价买谷，低价卖给国家，你不吃亏啊？"陈二平疑惑道。

"我说你笨就没有说错，交公粮不就是千把斤吗？市场价和公家收购价每斤不就差几毛钱吗？千把斤不就几百块吗？卖鱼赚的钱不知是多少个几百块呢。"赵可设说。

"哦，我真的有点笨了。"陈二平拍拍脑袋说，"不过，把那几亩田挖成鱼塘不知得费多少力呢，你两公婆能行？"

"这就不关你的事了。"赵可设举杯，"来来，喝酒。"

赵可设不敢雇村里的劳力挖鱼塘，跑到岳父家请求岳父帮忙。赵可设的岳父虽已退休赋闲在家，他天天看报听新闻，思想一点也不保守。他对小女婿大刀阔斧搞养殖赞不绝口，对女儿的言行斥之为"头发长见识短"。他当干部时认识一些搞"野马"副业的包工头，找了一个跟赵可设去那几亩田边一算，说要挖成两米深的鱼塘，每亩五十人得干半个月，以每天一人两元计，就是每亩一千五百元，八亩塘就是一万两千元。包工头也爽快，说就拿个整数一万元吧，我全包了，附带免费为你挖条小水沟，将水从你承包的那口鱼塘引到这里来。

包工头爽快，赵可设更爽快，他跑回家取了五千元，一边交到包工头手上，一边说："明天就开工，一个月后验收，验收合格后马上付另一半！"

赵可设挖塘搞养殖，赵山贵举手支持，自己的亲爹脚底也站到了赵可设一边，王凤娇无可奈何，心想，他们或许是对的。她北上惠州，南去珠海，东到东莞，到处参观学习，搜集与养殖有关的技术信息，一时间比赵可设干得还欢。

一个月的工夫，赵可设承包的盐碱田成了五块大小划一的池塘。消毒灌水后，鲤鱼、鲩鱼、塘鲺、鲫鱼、福寿鱼、大头鱼、基围虾、麻虾、白鳗、桂花鱼等鱼苗虾种，分门别类投放各池塘里。

赵可设的岳父知道女儿和女婿忙成了陀螺，便抱着一个半导体收音机找上门，说："连守夜都要自己守，是不是怕给人说是剥削雇工呀？那剥削我好了。我的工作是日夜帮你们看守鱼塘，工资是每天三餐你们准时送来，兼送每天的报纸，晚上那一餐，可设你有空还得来陪我喝几杯。"

买饲料，配饲料，给鱼虾喂饲料，跑市场，和鱼贩子订收购合同，等等；赵可设和王凤娇恨不得长出三头六臂，岳父的义举，让赵可设窸窸窣窣感动了半天。晚上那一餐几乎天天到，还时常拉上二平等人一起去。在鱼塘边，月光下喝酒，吹牛皮。在县里任职的赵山贵节假日回来，两个老头在塘边的窝棚里通宵达旦抽烟喝酒，时不时钓一两条还是小娃娃的鱼上来熬鱼汤喝，笑声常常在鱼塘上飘来飘去，传得很远。

日子在忙忙碌碌中过得飞快。年底的时候，赵可设和王凤娇一盘算，不算还没出塘的塘鲺和白鳗，就已收成近十万元，除去成本，有近五万元的纯利。

春节前，赵可设的岳父说："我认真研究了报纸和广播，据我分析，你们实在忙不过来，雇几个帮工，只要工钱合理，雇工能接受，不会被认为是剥削的。你们就请几个雇工吧，我回家过年，年后就不来了。"

赵可设心里明了，岳父来帮忙，实际上是给自己一个请雇工与否的过渡期，现在政策对自己有利了，他就要走了。岳父是个老棋迷，下象棋上瘾，一天不下手都痒，在这里待了大半年，真是难为他了。

岳父继续说："深圳特区马上要建立，我预测，深圳的发展会突飞猛进。到那时，搞建设的人马一上来，就不是一万两万了，而是十万、几十万，甚至上百万都有可能。你们搞养鱼养虾是养对了，到时你们不用去找买主，买主自个会找上门来的。"

赵可设连连点头，表示赞同。他取出五千元给岳父，被岳父拒绝了："要钱不帮你，帮你不要钱，知道吗？过年过节去看看我，多带瓶好酒就行。可设呐，我看你们这一年来也太累了，特别是凤娇，瘦了几圈，都不成'六百个工分'了。劳逸结合嘛，该休息还是要休息的。凤娇在家是小女，从小娇惯了，跟你受了不少苦,你今后好好对她,生对儿女,我也就满足了。"

"爸,你放心,我一定对凤娇好!"赵可设说,"春节前我和凤娇到广州玩几天,是该休息休息了。"

老岳父帮忙分析形势,赵山贵对雇工一事也不持批评态度,赵可设便一下子雇请了三个帮工。请了帮工,赵可设和王凤娇像从肩上卸下千斤重担,来年不但没有因为请帮工多了一份支出而减少收入,反而比上一年多挣了四万元。第二年深圳正式宣布成立特区,深圳一下子来了十多万建设大军,鱼虾供不应求,价格自然见涨。老岳父一点也没说错。

那几年深圳像中了魔,一天一个样,不知不觉二十几层的上海宾馆突然落成了。这栋当时深圳最高的高楼还没封顶,赵可设和王凤娇就去看了好几次。他们觉得,像广州那样的大都市,也没有几栋高楼有上海宾馆这样漂亮。后来出现的国贸大厦,三天一层的深圳速度,更叫人惊叹。深圳土著赵可设,已经清醒地认识到,他所在的这片土地,正在发生奇迹。

赵可设只知道深圳在发生奇迹,至于奇迹是否与他有关系,他没去多想。直到奇迹在他身上出现时,他才意识到,自己与奇迹息息相关。

第四章

21

英国威尔士与爱尔兰岛之间有一道圣乔治海峡,海峡的北边是爱尔兰海,海峡与爱尔兰海连接的东海岸,有一座美丽的城市利物浦。它的郊区,一个叫斯克的小镇边上,有一座全国排名前列的大学城,林笑怡就在利物浦大学城里读书。

转眼间,六年过去了。林笑怡两年前已获取了英国文学学士的学位。随即继续攻读硕士学位,并选修了经济管理学。她的各科都以优秀成绩通过毕业考,就等论文答辩后,拿毕业证书了。

在利物浦大学,林笑怡有"校花"之称。喝了五年塞文河的水,她东方美女淡定的目光,深深揉入了英国的优雅气质,她以圣母般宁静的神态,在公寓、图书馆、教室、食堂四点一线上走动。这枝"校花"不是"交际花",她的低调被同学们视为高傲冷艳,多少想与她套近乎的男同学,都被她冰冷的神情吓退了。为了艾维斯,她成了恪守中国传统道德的典范,久而久之,居然被人说成有抑郁症。

艾维斯的父母亲和姐姐对此不以为意,每个周末,林笑怡都有说有笑地和他们在一起度过,不是去郊游,就是精心烹制几道中国菜,让一家人吃得心满意足,赞不绝口,未来的媳妇怎么会有抑郁症?

是啊,林笑怡怎么会有抑郁症呢?她的内心世界丰富着呢。一到晚上十一点上床睡觉时,她总会和照片上的艾维斯说话,冲他挤眉弄眼,等艾维斯的电话。十一点给林笑怡打电话,是艾维斯给自己定的法定时间,他知道这时林笑怡肯定是躺在床上,望着床头柜上的电话,等着嘟嘟的响声。他们的交流,有时只是简单的几句问候或说说当天的新闻，有时也扯到历史，扯到哈姆雷特，扯到阿Q，说话的大都是林笑怡。有时林笑怡说累了，停下来叫艾维斯也说说，艾维斯说他不敢说了，说了就是班门弄斧了。林笑怡便笑，说等你退伍了再到大学回炉回炉，弄他一个博士后就不会怕她了。碰到这种时候，电话往往一讲就是一两个小时。林笑怡说他是不是军饷都用来打电话了，艾维斯说他唯一损公肥私的事，就是用军用电话给她打电话。林笑怡赶紧说那就少讲吧，艾维斯说这电话十天半月的都用不上一次，他不用用，到该用时生锈了打不通怎么办？林笑怡在电话里开怀大笑的时候，往往就是艾维斯说这类俏皮话的时候。

他们也会说一说情话。比如说，艾维斯有时会问："你现在穿的睡衣是蓝色的还是红色的？"

林笑怡回答："是上次你回来休假时买的那件。"

"噢，天哪，你一穿那件粉红色睡衣，我就马上想要你。"这种时候，艾维斯说话就很出格，他柔声问，"我在里面的时候你感觉怎样？"

林笑怡的脸通红起来，她娇嗔道："你们英国不是有人写了一本《查泰莱夫人的情人》吗？里面这方面的描述精彩着呢。"

"不，不，我就是要你说说自己的感觉。"艾维斯纠缠不已。

没办法了，林笑怡就会说："痛苦与欢乐的交织，还有被你压得喘不过气来。"

"哎哎，你喘不过气别怪我呀，我有时要下来了，你还紧紧揽着我不让下的啊。"

话都说到这个分上了，林笑怡浑身发热，小腹紧缩，鼻息也急促起来。

"哎，说说，想不想我？"艾维斯继续挑逗。

"想啊。"

"想什么地方？"

"就想你这个人啊。"

"不，你得说具体些。"艾维斯的撩拨无以复加。

"你这个调皮鬼啊，"林笑怡忍不住笑，无可奈何说，"你实在憋不住了，就放出来吧，免得你去找阿根廷姑娘。"

这种把戏艾维斯和林笑怡不知玩了多少次，在她需要时，她甚至就渴望这种把戏快快出现。

第四章

1982年3月，艾维斯预定的休假被取消了，他还告诉林笑怡，这条军用电话占用的时间，一次不能超过两分钟，因为英军司令部频频使用这条军用电话线了。有一件事艾维斯没有告诉林笑怡，就是这天早上，艾维斯被驻福克兰群岛英军最高司令传了去。一进门，司令牛伯克就问："你昨晚十一点后干什么了？"

"睡觉了！"艾维斯站得笔挺，不假思索地回答。

"睡觉了？"牛伯克一脸怒火，"那么直通你房间的军用专线为什么一直被占用？"

"一边睡觉，一边给我的未婚妻打电话。"艾维斯毫无愧色，答得干脆，"身边没有一个女人，憋得难受。"

"哈哈哈。"牛伯克转怒为乐，"电话是打给林笑怡呀，你一打就一个多小时？"

艾维斯是牛伯克的爱将，两人一直亲如兄弟，上山打了一只野鸡或是野兔，都忘不了叫对方来干几杯。林笑怡的照片他见过，多次说她不在身边可惜了。说结婚吧，结婚了她可以随军，你们就可以天天在一起了。艾维斯说，他当然也想这样，可她倔得很，要拿博士文凭后才结婚。

牛伯克一笑，艾维斯就大大咧咧一屁股坐到了牛伯克的办公台上，说："有什么指示？"

"昨晚国防部突然检查军用电话专线线路，你这一条一直打不通，就打到我这儿要我转告你，国防部要送你上军事法庭！我说你的电话出了故障，他们才作罢。不过，从今天起你全天候一级戒备，仗一打起来，你守的岛在最前沿，大意不得！以后他们要随时了解情况，你的电话再被占用就不再饶你。"

什么最前线？这仗打得起来吗？阿根廷人敢在英国人头上动土？自己吓唬自己罢了。十一点他照打不误，当然，通话时间大大缩短了。

林笑怡不认可艾维斯的看法，她说，每个民族每个国家都有它的尊严，当它的尊严受到亵渎时，为什么不会反抗？

"哎哎，我告诉你呵，福克兰群岛不是香港，当初香港人反抗我们，不要说你，就是我也觉得应该。现在我守的是福克兰群岛，这是我国的领土，你知道这段历史吗？"

"我虽然学的是英国文学，但文史不分家。"

"那你说说。"

"你们说是你们的英国人约翰·戴维斯1592年最早发现这个群岛。他当时驾驶'希望号'在大西洋上航行时,遭遇风暴,船偏离航线,偶尔见到了那个岛。差不多一百年后,你们的约翰·斯特朗船长又率一支船队抵达该岛,他以你们当时的海军大臣福克兰的名字命名了这个群岛。"

"这就对了,福克兰群岛是我国的领土是不争的事实吧?"艾维斯得意地说,"你们中国,把曾母暗沙都划到自己的版图上,唯一的理由就是在岛上发现了西汉陶器,你们连具体是谁发现了那个岛都说不清。我看,很可能是一千五百多年后,明朝的郑和,把西汉时的陶器带去那儿的吧。"

"你不要转移话题,福克兰群岛的发现与曾母暗沙的发现如出一辙,这确实是不争的事实。"林笑怡不紧不慢道,"后来它们的命运不相同。你们英国人厉害是吧,西班牙人更厉害,他们早在1493年,也就是说,早于你们九十九年,他们就宣称按当时的《教堂划定的分界线》,这些岛屿统属于他们的领土,并且于1770年把你们赶出了该岛。以后你们多次与西班牙交战,但西班牙人始终占据着该岛。曾母暗沙呢,不但没有谁宣称早于西汉时就发现了它,就连你们英国,包括美国、苏联等大国出版的世界地图,都将其划归中国。英国对福克兰群岛宣称的主权是站不住脚的,阿根廷摆脱西班牙的殖民统治,将西班牙人赶走后,福克兰群岛自然归它所有。你们却趁阿根廷1833年与美国交战、无暇顾及福克兰群岛时,派出军舰重新占领了该岛,并对阿根廷说,该岛是属于英国国王陛下的,一占就是150年。你说说,孰是孰非吧。"

"西班牙人浑蛋!"艾维斯咬牙切齿说,"他们拿棍子在地图上画个圈,圈里的土地就都是它的了?那它为什么不把整个世界地图都画个圈?那样的话,世界都属于他们的了。"

林笑怡沉思良久,说:"不管怎么说,我不希望战争,不希望人类互相残杀。艾维斯,博士学位我不考了,你回来吧,我们结婚!"

艾维斯惊喜地叫了起来:"你说我们结婚?天哪,这句话你为什么不早些说?我等会儿就告诉我爸爸妈妈,他们会比我更惊喜。下半年我还有一次休假,补上这一次的,就会有整整一个月的假。你说吧,我们是旅行结婚,还是在斯克的海边静静地度过这一个月?"

"艾维斯,你快回来吧,你回来了你要我怎样,我就怎样。"林笑怡忽然有一丝不安的感觉,她觉得艾维斯的声音太遥远了,遥远得像从永远也来不到地球的天国传来，她担心他的声音像气球，线一断就飘得没了踪影，"明天我就开始布置我们的新房。艾维斯，你快些回来吧！"

"上帝，什么战争，什么一级戒备，统统见鬼去吧！明天我就去请假，就回去和你结婚！"

然而，艾维斯的朋友、驻福克兰群岛英军司令牛伯克却结结实实给了艾维斯一耳光，他说养兵千日用在一时，现在大敌当前，战争一触即发，你想逃跑就立即滚蛋，我再也没有你这个朋友了。

艾维斯捂着火辣辣的脸颊，一言不发走了。他后来没再提回英国结婚的事。永远也不用提了。1982年4月2日，阿根廷发动突然袭击，海空两路猛攻岛上英军。艾维斯这个团死守阵地，抗击数倍于己的阿军，终于寡不敌众。据说艾维斯死得很壮烈，身中六弹才倒下，倒下时大叫了一声："亲爱的林！"

战争爆发的第一天，英伦三岛上空的空气凝固了，人们离开了学校、离开了工厂、离开了办公室，他们聚集在一起，聆听广播，收看电视，在瑟瑟寒风中端着报纸搜索每个与这场战争有关的字眼。福克兰群岛很快被阿军占领了，撒切尔夫人的战争宣言，使每个英国公民都觉得，重夺该岛指日可待。两个月后，英国派出的特混舰队让阿根廷高高举起了白旗。

林笑怡没有到学校的广场和同学老师在一起，她在宿舍里呆呆地盯着电话，等着十一点的到来。第一天没有艾维斯的电话。第二天也没有。第三天傍晚的时候，有人敲门，她神情恍惚，开门一看，门口站着艾维斯的父母亲和姐姐，他们全身黑色，只有胸前别着一朵雪白的纸花。林笑怡一头扑到艾维斯母亲的怀里，失声痛哭起来。

6月，牛伯克将军亲自陪同艾维斯等很多具英军将士阵亡遗体回国。

这些遗体，本来已由攻占福克兰群岛的阿根廷军草草掩埋于阵地附近。英军重夺阵地后，强迫投降阿军将遗体掘出，辨清身份后，安放于棺材，用军舰全部运回英国本土。

牛伯克将军保持着军人的威严，任何阵亡将士的亲属来认尸时他都无动于衷，表现出让人心寒的冷酷。林笑怡走过来时，牛伯克将军紧绷的神经终于崩溃，泪水夺眶而出。

艾维斯的遗体早已面目全非，牛伯克极力劝阻林笑怡不要开棺看尸了，林笑怡说如果火化前她不见艾维斯遗体一面，她就不相信艾维斯永远离开了她。牛伯克沉默一会儿后，亲自打开棺盖，一眼望到艾维斯的遗体，林笑怡昏厥过去……

很长一段时间里，林笑怡一袭黑衫，与世隔绝地生活。她强忍悲痛，通过了硕士论文毕业。按原来的计划，她应该继续读博士。艾维斯的父亲表示，已在剑桥给林笑怡请到了最优秀的博士生导师。林笑怡谢绝了，她毅然做出决定：回香港！

22

秦世芳太强大了，这位美国佛罗里达大学企业管理的硕士毕业生，现在像是长了翅膀，在东南亚、美国、加拿大等地之间不停地穿梭。可芳公司在十多个国家和地区建有子公司，可芳牌系列产品畅销全世界。在赵可建看来，这么多子公司，这么多产品代理商，简直像团乱麻，不要说理清了，就是斩断都难了，秦世芳就是将它们梳理得有条不紊。赵可建名义上是总经理，公司大事、财经支出等都还要经他签字，实际他成了傀儡，这些事都是秦世芳策划定位后，才交他签字走个过场。他有时甚至连看都懒得看，闭着眼就签字同意了。有什么好看的？如果现在公司亏本了，濒临倒闭了，他过问过问倒还值得，可现在蒸蒸日上！所有秦世芳策划的项目没有一项不赚钱！倒是他，亲自策划的两个项目，方案一出就被秦世芳否定了，其中一项他不顾秦世芳的劝阻，坚决上，结果产品滞销，倒闭了事。秦世芳倒也不幸灾乐祸，只是叫他多看书，多到世界各地走走，多了解产品行情。言下之意，就是你赵可建没读过大学，对市场了解太少。

一想到这些事，赵可建气就不打一处来。他想，可芳公司是谁创建的？是谁奠定基础的？牌子是怎样打响的？难道是你秦世芳吗？这一连串问号在一次他喝得半醉半醒时，冲着秦世芳吼了出来。

"咯咯咯。"秦世芳笑得很开心，"是你呀，一切都是你创立的呀。"

秦世芳很想说，没有我那一百万，凭你那点资金能干什么大事？她没有说，她其实很爱丈夫，很给丈夫面子，她不能损丈夫的自尊心。

赵可建倒也没在这个问题上纠缠，只是说："世芳，我其实是心疼你，我看你几乎是玩命地工作，我十天半月不见你一面不要紧，儿子女儿呢？他们经常在梦里叫妈妈，你就不心疼他们，多陪陪他们一下？"

"我爱他们，真的想和他们多待在一起，但我相信，他们更愿看到一个在事业上出色的妈妈。"

"可我更愿看到一个相夫教子的贤妻良母。"赵可建落落寡合地说,"你开口闭口都是事业,可现在我们的财富,几代人吃都够了。你的事业目的到底是什么呢？"

"可建呀可建,当年我父亲说你有雄心壮志,是一个干事业的人,要我千万别小觑你,但是,唉——"秦世芳一副恨铁不成钢的模样说,"我喜欢在工作过程中获得成功感、满足感,我的目的是成为李嘉诚、霍英东、包玉刚式的人物。你还记得当年去送旗袍、送马褂的情景吗？记得当人家将赏钱递过来,你双手去接时心里的味道吗？记得在别人恩赐怜悯的目光下,你诚惶诚恐而又满心欢喜的情景吗？我跟妈妈去送过一次货,那次以后我就没有再去,我发誓永远也不去了。其实,我是错的,谁的发家史不是一部屈辱史呢？只有忍得住屈辱,才能发家！为了不受屈辱就得发家。我们是有了一笔财富,可我们能和包玉刚等人物比吗？也就是说,我们的事业还只是迈出了第一步,还有很长的路要走。"

赵可建吃惊地望着秦世芳,看来他们的交流实在太少了,不然她的雄心大志怎么他才像是第一次看到？人的要求越高固然是越好,但野心太大恐怕适得其反。赵可建说："我们子公司分布在十多个国家了,还只是迈出一步？恐怕包玉刚都会说迈得太大了呢。"

"不,你错了。"秦世芳站起来,双手交叉在胸前,一边在客厅里踱步,一边说,"李嘉诚经营什么行业你知道吗？电子、房地产、建材、纺织、机械、航空、铁路、公路,甚至军火,几乎所有赚钱的领域都有他的份。我们呢？只有纺织,只有服装。相比起来,我们第一步还没迈稳呢。"

"第一步还没迈稳？你是不是想发财,想到做李嘉诚第二了？"赵可建讥讽道,"到时财富排名榜上,秦世芳的名字都有可能排在李嘉诚前面了！"

"你怎么这么说话？"秦世芳忍住怒气,"我当然知道要赶上或超过李嘉诚几乎是白日做梦,但有这个目标有什么错？有了目标,尽最大努力去做,即使达不到,总比守着这点家业故步自封要好！可建,你记住,如果真的有一天我们的名字可以上财富榜了,也只有你赵可建的名字,我永远只是你的帮手、你的妻子。"

"可是,唉——"赵可建沉默良久,"你整天只想着事业,一点家庭生活的乐趣也没有了。"

秦世芳听到自己的心咯噔咯噔地跳了几下，一丝不安和怜爱涌上了心头，她过来抱住赵可建的肩，用腮帮摩挲他的鬓角，说："以后再忙，我们每年都要出去旅游两次。跑的地方再远，周末也要飞回来和你在一起。时间不早了，上床吧。"

这一晚任凭秦世芳怎样爱抚，赵可建就是不行。还不到四十岁呢，怎么就不行了？赵可建在心里暗暗叫苦。秦世芳却能理解，她拥着赵可建，把头埋在他的胸口喃喃说："你酒喝多了呢，下次一定行。"

这一次对话后，秦世芳的家庭观念似乎强了些，她经常回家，还亲自下厨给赵可建炖田七乌鸡汤喝。但她是用平时加倍的工作，来争取陪伴丈夫和儿女们的时间。她早上飞到泰国，处理子公司的事务，按以往，她会休息一晚才回来，为了周末能陪丈夫和孩子，她下午就马上往回飞。她自己累个半死，但奋斗事业的热情丝毫不减。随着业务的进一步扩大，所涉及的领域更广泛，她实在分身乏术，又故态复萌，陪伴家人的次数又越来越少了。赵可建想了又想，觉得她比自己强是事实，那么就来个相妻教子吧，她想干什么就干什么，拿出来的方案某个细节不太妥，他也懒得再花时间开会讨论。反正在他看来，这么小的问题，秦世芳在实施过程中肯定能发现，让她自己发现自己纠正吧。

表面上释怀了，心里依然苦闷惶惑。一到这种时候，他就想到酒，就立即给要好的朋友打电话，约喝酒的地方。在他的朋友中，林子枫是其中一个。那天不是他给林子枫打电话，而是林子枫约他。

"老地方，旺角王记。"林子枫说话的语气透着沉重和伤感。

"怎么啦？"赵可建心里一紧，忍不住问道，"碰到什么事了？"

"快来吧，来了再说。"

赵可建驱车赶到时，林子枫已坐在那里了。林子枫一见赵可建，双眼发潮。说："笑怡真是个可怜的孩子。"

"她怎么啦？"赵可建常常能从林子枫那儿听到有关林笑怡的消息，都是好消息。这一次好像情况不美妙。

"艾维斯在福克兰群岛战死了。"林子枫哀伤地说，"他是个懂礼的小伙子，逢年过节的，总要给我一个电话问候问候。去年我到英国出差，碰巧他回国休假，他陪我跑了大半个英国。多好的小伙子呀，怎么说没就没了呢？我真担心笑怡能不能挺过这一次打击。"

赵可建对英国人说不上好感，可艾维斯是林笑怡的未婚夫。那天他心情本来就不好，眼里不由得噙满了泪水，他吸两下鼻子，强忍着没让泪流出来。他叫上一扎啤酒，他今晚要让自己醉死。

"来，把这一杯干了。"赵可建拿起酒杯，把表面的一层泡沫轻轻吹开，感叹道，"子在川上曰：'逝者如斯夫！不舍昼夜。'孔夫子说得好呵，人生就像奔流的河水，不论是黑天白夜，都这样匆忙，谁能阻挡呢？人生无常，都是天注定了的，强求不得啊！这一杯，纪念艾维斯。"

菜还没上，赵可建和林子枫就你一句我一句，你一杯我一杯喝下去了五六杯。

"笑怡怎么办？回来还是留在英国？现在有传闻，说中国和英国就要开始谈判收回香港主权的问题，一些人恐慌，怕香港要实行内地的社会主义制度，开始做移民打算了。"赵可建说。

"她已经拿到硕士学位，原来还打算考博士，但现在，她不想考了。至于留在英国还是回香港由她自己决定。我希望她回香港教书。我认为她是学者型的性格，不苟言笑，喜欢封闭自己，许多事情别人开导不了她，要通过她自己琢磨，想通了就想通了。她母亲的自尽，给她心灵留下的创伤太重了。表面上看她很坚强，很有自信心，但内心很脆弱，她不能再受到什么打击了。大学里都是求学的人，思想单纯、积极，在这样的环境里，我就放心了。"

"你想过香港回归后的情景吗？听你的口气，你没有移民的打算。"

沉思良久，林子枫说："一个国家的政府是反动还是进步，我认为主要是看它解放了生产力还是束缚了生产力，是顺应民心还是悖逆民心。邓小平上台后，他所做的一切，我认为是前者。内地早已宣布'文革'结束，宣布取消阶级斗争，连地、富、反、坏、右和海外关系等打入另册的概念，人们都已淡忘。我觉得邓小平应该是会让香港更好，更有它的地位！况且那是十五年后的事，早着呢。"

"我想的和你想的如出一辙。凭着这一点，这一杯再干了。"赵可建兴奋起来，一杯干下去，旋即又伤感起来，"内地今后，只会是香港的大后方，不会给香港添麻烦，前景美好。但我怎么就觉得这日子枯燥无味，太平庸呢？"

"哎哎，你别再说了，你再说，我就知道你又要骂人家秦世芳了。恕我直言，你现在这'枯燥无味'也好，'太平庸'也好，都是你大男子主义在作祟，如果她现在乖乖听你的，唯你马首是瞻，你会哀天怨地吗？我看哪，你一定得在某个方面干出一些让她刮目相看的事，让她真正地折服，你才能扬眉吐气。哎，你想过回内地投资没有？"

"你说什么？"赵可建重重地放下啤酒杯，眼瞪得老大，又兴奋起来，"我真是老糊涂了，怎么就没想过这方面的事呢！"

"你嫂子在报社，就负责收集内地经济方面的信息，现在内地一心一意搞经济建设，特别欢迎国外投资。深圳建特区后，连日本三洋这样的跨国公司都已抢占滩头。你是深圳人，对环境熟悉，回去投资，对你家乡人来说是造福一方，对你则是衣锦还乡——廉价的地皮、廉价的劳力，还有优惠的政策，特别适应你这劳动密集型的纺织服装业，大有利可图。"

"你为什么不早提醒我！"赵可建真的兴奋了，"内地这么大的市场，我不但要投资建厂，还要让可芳产品打入这个市场。你做我的顾问，这个投资我投定了。"

23

与六年前相比，虎叔的势力已不可同日而语。六年前他的地下钱庄不过就南沙甫、张屋围那一带，现在则发展到新田、西山桥、泥围、元朗、大水坑。来赌牌、借贷的有附近的人，也有远到香港岛或澳门的人，都往虎叔的地盘跑。他开的酒店有五家，元龙大酒店从三星级升到了五星级，至于路边大排档更是星罗棋布。家大业大了，收取保护费那类小把戏，他不屑一顾，别的帮派又不敢插手，于是在他的地盘上，小本生意的商人竟然能安居乐业，对他"虎叔"来"虎叔"去，逢年过节，哪位老板能请到他，都会觉得是虎叔给了自己天大的面子。

虎叔早已不在南沙甫张屋围里居住，他住到了荃湾海边山腰上的一处豪华别墅里。这里实际成了虎叔帮的帮会总部，能到总部来的无非赵可家、董管家等十来个大头目，虎叔直接指挥的也就这十来个大头目，这十来个大头目下边还有中小头目，一层层机构严密。头目再多，兄弟之间再纷杂，他们也都是目，虎叔则是纲，纲举目张，虎叔对虎叔帮的控制真正到了"若网在纲，有条而不紊"。虎叔以为他的根基牢不可破，谁也不敢蚕食他的领地了。

古龙帮的出现，这才让他觉得天外有天，感到了危机。

昨晚和古龙帮争夺地盘时，古龙帮的人竟然有枪！他们一次就杀死了虎叔帮的五个兄弟，打伤了十二个。

第四章

古龙帮的势力原来在船湾海一带,与虎叔帮地盘的分界在沙岭、杨岭、大埔一线。这几个地方两家原来都称为己有的。赵可家率队扫荡几次后,古龙帮成了缩头乌龟,平安无事了好几年。想不到他们卧薪尝胆,把手中的棍棒刀斧悄悄换成了一枪就能要你命的短枪,一次出击就在沙岭一带全线告捷。以此速度,他们要把虎叔帮赶尽杀绝也不是天方夜谭。虎叔闻讯大惊失色,天没亮就召开会议,商讨对策。

虎叔神情严峻,在每个头目的脸上都盯了几秒后,问:"怎么办?"

"针尖对麦芒!"虎叔的话音刚一落,赵可家脱口而出。

"此话怎讲?"如何对付古龙帮,虎叔心中早已有数,他不过是提出问题,看谁有胆量挑战这个问题。

赵可家吐了一口烟,说:"他们有枪,我们为什么就不能有?马上组成一支长短枪手榴弹一齐上的敢死队,以最快速度形成能与古龙帮抗衡的力量,再用枪全面武装我们的兄弟,以绝对优势保证我们的地盘不再受侵犯。"

"还有谁要说?"虎叔对赵可家大为赞赏,他不动声色,用严峻的目光扫着大家。

"虎叔,我老了,跑不动了。但我保证后天下午之前,能将家哥需要的武器全部弄齐!"董管家用食指尖敲敲桌子说道。

虎叔双手一拍,站起来大声说:"一、家哥在今天上午十点之前,在众多兄弟间任你挑选十名敢死队员,然后带到南沙甫我家老屋,我要亲自跟他们说话;二、董管家今天下午五点前,长短枪各十支不论花多少钱一定弄齐。记住,要美国货,要最先进的;三、训练教官我亲自请,从明天早上开始,在南沙甫我家老屋,全天候封闭训练,大后天的晚上,把古龙帮全部赶出我们的地盘!"

赵可家被大哥赵可建反复劝说后,下了金盆洗手的决心,心想,只要不杀人越货,不干伤天害理的事,留在虎叔帮无所谓。四五年了来,他还真没有滥杀无辜的记录。反观自己,差点被别人要了命!到现在,他两个最贴身的兄弟竟然被古龙帮打死。面对他们的尸体,他发誓报仇,敢死队队长非他莫属。写给大哥赵可建的那些话他哪里还记在心上。

被虎叔请来的教官,是香港赫赫有名的飞虎队的一名小队长。这位小队长拳脚功夫相当了得,更了得的是各种枪支的使用他均了如指掌。虎叔黑道上不得了,红道一样吃得开,哪个司、哪个署都有他的人,包括这位小队长,叫他都一口一个"虎叔",俨然也是黑道上的人物。对赵可家选出来的十名敢死队员,傲慢的小队长不满意也得满意,扳手劲他只赢了他们其中的三个,打拳也只打翻了两个。他对在一旁督练的虎叔说:

"他们身手不凡,动作神速敏捷,若还会使用枪,古龙帮那伙算个什么!"

"你教他们学会使用武器要多久时间?"虎叔问。

"一天足够。"

"行吗?"

小队长说:"现在要他们学会的是枪的使用,这不过是退膛、压弹夹、上膛、钩扳机射击的过程。这个过程练上几十遍后,就像老司机挂挡,不用动脑,自然而然就挂上去了。至于射击的准确性,当然不是三天两天就能练好的,但你们这伙人打架哪还练什么准呀,几米的距离,抬枪闭眼打,十之八九中。"

"兄弟们,他的话你们都听到了吗?"虎叔挥着拐杖,威严地大声问。

"听到了。"众兄弟一齐吼。

"你们号称敢死队,不是要你们去死,而是去帮我们的兄弟报仇,去把我们失去的地盘夺回来。当然,一点闪失也没有也不可能,你们跟我多年,我的为人你们应该清楚,如果有谁战死了,他父母妻儿的赡养我虎叔全包!好好练,行动提前到明天晚上,有信心吗?"

又是一齐吼:"有!"

对枪,赵可家熟悉。前几年在石岗,二哥那支半自动步枪他不知摆弄了多少次,他不是武装基干民兵,没有配枪,可那时候讲全民皆兵,实弹射击他也是有份的,现在摆弄更为轻巧好用的手枪、微型冲锋枪,他轻车熟路,连射击的准确度,小队长都感到吃惊。

古龙帮知道虎叔帮要报仇,肯定也用枪以牙还牙。据他们推算,从购买武器到训练结束,没有十天半月不行。他们在新的地盘上大摇大摆,根本没有想到虎叔的报仇行动在两天后就进行!

赵可家把古龙帮的心态看得十分准,他将敢死队分成三个小组,对沙岭、粉岭、大埔三处古龙帮的窝点同时于半夜十二点进行突然袭击。那时候,古龙帮的兄弟们喝酒、搓麻将、打纸牌玩得正疯。赵可家大开杀戒,仅他带的这一组,冲进古龙帮的窝点一个扫射,一下就击倒四个,并对一个还没断气的又补了两枪。

具体干掉古龙帮多少兄弟，赵可家他们并不清楚，他们打了就跑，哪来得及清点。倒是第二天香港各新闻媒体帮他们算了数，称"昨晚零时，在沙岭、粉岭、大埔三处同时进行了黑道间的互相残杀。沙岭死五人，伤一人；粉岭死三人，伤四人；大埔死七人，无受伤者。死伤者具体身份有待进一步查明"。

这真叫魔高一尺道高一丈。古龙帮想不到他们用枪争到的地盘竟在三天后就丢失，而且被杀死这么多的兄弟，对方却不伤一根毫毛。古龙帮怕虎叔帮杀性大发，继续追杀过来，天一亮，就赶紧托人捎信给虎叔，愿让出一块他们的地盘给虎叔帮。虎叔不依，说再给自己被打死的兄弟两百万元抚恤金，古龙帮乖乖答应。虎叔得饶人处且饶人，没有追杀古龙帮。

给死难兄弟报了仇，被抢去的地盘夺了回来，还得到新的一块地盘外加两百万元，真是扬眉吐气！第三天，虎叔下令在元龙大酒店大摆庆功宴。举杯前，他当场奖励敢死队每位队员十万元，队长赵可家拿到五十万元。赵可家当即将这五十万元交给站在一边指挥上菜倒酒的陈二婶，说："抽个空，代我去我死去的两个兄弟的家，每家给二十五万元。"

那十个敢死队员见状，赶紧效仿赵可家，将十万元交给陈二婶，由她转给死去的兄弟家眷。虎叔心里闪过一丝不快，觉得赵可家有收买人心之嫌，他不露声色，赞赏道："兄弟们肝胆相照，有仁有义，我虎叔帮有什么攻而不破战而不胜的呢？我相信，只要我们精诚团结，一定还有更大的发展。举杯，干了。"

24

逃港六年了。这六年，陈二婶活得有滋有味。六年前她那身土里土气的客家服装，那张不过三十岁就布满风霜的老脸，那双因操劳而布满老茧的手，都已不复存在。她的脸经过无数次出入美容院，变得光洁滑腻起来；双手的老茧不知去向，细皮嫩肉取而代之；她的衣着打扮紧跟香港贵妇，时髦奢华比她们毫不逊色。她对穿着打扮有天生的领悟力。这种变化不仅仅是外表，就连粗俗的言行举止也没了痕迹。她没有十八九岁的鲜嫩，成熟女人的魅力却更加诱人，特别是床上那套，她玩得炉火纯青，董管家是她的常客，就连虎叔也时不时约见。虎叔帮里她居然占了一席之地，都能在元龙大酒店里吃三喝四了。

陈二婶的心里，最喜欢的还是赵可家。赵可家的童子身是她拿走的。她在心里常暗自得意，现在这只饿狼不要说要她了，有时候连说话都爱理不理。他常背靠沙发把脚伸到茶几上喝闷酒，喝醉了倒头就睡。陈二婶知道他内心的烦恼，知道他这个人本性很善良，不是天生凶残的恶魔。自从赵可建找过他后，他几年不外出喊打喊杀。这一次，她从他眼里看到了一股杀气，就知道他杀人了。妈呀，杀人了！陈二婶一想就浑身发麻。

赵可家喝得神志不清了，仍来者不拒，推杯换盏中，他似乎很豪爽。他脑子里不时闪过他两个死去的兄弟；奄奄一息的古龙帮兄弟面对枪口，哀求惊恐的目光他挥之不去。他在逃离现场时，发出了不许留一个活口的命令，被打倒的，不论死了，还是在地上蠕动挣扎，统统被补上了几颗子弹。他的凶残，对临死的人都不放过。他居然没有丝毫第一次杀人的恐惧！他不愿意再想下去，只有靠酒精来麻痹自己。

庆功宴席还没散，赵可家就醉了，他跟跟跄跄走到虎叔面前说还要和他干几杯，虎叔蹙眉对陈二婶说："扶他回去，再喝就要出洋相了。"

赵可家的家在元龙大酒店最高的第十八层。但电梯只通到十七层，所有到十八层的要走一层楼。十七层住着赵可家四个最贴身的兄弟，任何要到十八层的人都须经过他们的认可方可上去。十八层有四百多平方米，设有健身房、游泳池、影视厅、按摩室，以及空中花园等。赵可家的卧室装修更是豪华，所有家具都是专门定做，从意大利空运过来，吊灯由几百颗水晶组成，地上铺雪白的纯羊毛地毯。屋子的一面是落地玻璃窗，拉开窗帘，元朗全景一览无余。

陈二婶和赵可家的两个贴身兄弟将赵可家扶出十七层，陈二婶说："你们毛手毛脚，家哥不醉也被你们搞醉了。去，喝酒去，这里有我。"

这两个兄弟酒兴正旺，听陈二婶这么一说，如获大赦，转身缩回了电梯。

"酒鬼，看你喝的。"此刻身边没了别的人，陈二婶对赵可家的怜爱表现了出来。她将赵可家的一只手绕过她的脖子抓牢，另一只手揽住赵可家的腰，半扶半架将赵可家弄上了十八楼。

对付醉鬼，陈二婶经验老到。像赵可家今晚这样的，属于喝了急酒，只要吐掉，很快就能清醒过来。陈二婶直接将赵可家架入了卫生间，把他摁趴在瓷盆边，手指伸进他的喉管一压一提，赵可家就哇哇地吐了出来。酒臭熏得陈二婶呜呜几声，差点也吐出来。赵可家吐得差不多了，陈二婶将赵可家架到床上，替他脱掉鞋袜衣裤后，又到卫生间接来一盆热水，用毛巾给他擦洗。

赵可家醉眼蒙眬问："这是在哪里？"

第四章

陈二婶说:"看你喝成这个醉样,在自己家里都不知道。"

"自己家里?"赵可家喃喃自语道,"十八层地狱?对,我要下地狱了。"

"呸!什么十八层地狱,是十八楼。"陈二婶拍了一下赵可家的脸,"喝糊涂了,喝糊涂了。"

赵可家被这一拍,清醒了,他睁大了眼,望着在他眼前摇来晃去的陈二婶,他突然想到了石岗的甘蔗地。赵可家当她的面说她的奶像布袋,屁股像囤箩,一旦有机会,不管是坡上河边,抓住她就撸裤腰带。那时陈二婶的老公瘫在床上,命在旦夕;陈二婶三十出头,如狼似虎的时候,也乐得赵可家死命往里捅。这么一想,赵可家那家伙便蓬蓬勃勃挺了起来。

"哟,哟哟!"陈二婶用手指弹了弹那硬邦邦的东西,"在老娘面前,你还会醒过来呀?不是早忘了吗?"

赵可家突然就抱住了陈二婶。他烦躁,有种破罐子破摔的感觉。他有些后悔,后悔的不是杀了人,而是后悔杀了人就杀了人,那么后悔干吗?人家杀了他的兄弟会后悔吗?他兴奋了起来,觉得这个世界就是他的,有什么理由前怕狼后怕虎?他扒陈二婶的衣裤。动作粗鲁,急不可待,恨不得立即就捅进去。

"喂,你看清楚没有,我是二婶呀。"陈二婶护住就要被他扯破的衣襟说,"老太婆了,你还要呀。"

"要的就是你,老太婆也要。"赵可家呼呼喘着气,用力一扯,陈二婶那身香奈儿套装的两颗纽扣便被扯脱滚到地上。

"喂,都扯破了,你慢点行不行?"这身套装上万港币,是为了今天的晚宴特意穿的,眼看被这疯了似的赵可家撕扯得不成样子了,陈二婶心疼地说,"你放开我,我自己脱。"

"扯破了再买,你心疼这点钱呀?"赵可家欲火冲天,手忙脚乱,见一下子脱不开,拉开床头柜的抽屉,拿出一把寒光闪闪的刀,在陈二婶惊恐的叫声中,几下将她的裤子和内衣全挑破,然后把她按趴在床沿,扑到她的背后,一边乱捅一边说:"叫呀,为什么不叫了。"

"啊——"赵可家话没停,陈二婶就撕心裂肺叫起来,"错了,错了。"

…………

莫大的耻辱,陈二婶真想翻身过来给赵可家一巴掌。她最终双手紧紧抵着床沿,咬着嘴唇,任他哼呀呀痛快地叫,他想发泄就发吧,或许发泄了,就正常了。

赵可家心满意足躺到床上后，伸手捏了捏她的奶，说："怎么过了六七年，你这奶子比以前还好看好捏了呀？"

陈二婶好不容易从疼痛中缓过劲来，没好气说："你是醉眼看花了，这奶还是布袋嘛。"

"不对，不对，跟以前完全不一样，和林笑怡的差不多了。"

这对奶当然和以前不一样了，陈二婶天天晚上都往上面涂隆胸膏呢。现在它重新变得挺拔起来。可再挺拔，也不能和林笑怡的比。陈二婶哭笑不得道："你还惦记林笑怡？她的奶你摸过？你怎么知道她的奶好呀？"

25

位于香港九龙与新界交界的沙田，在赤门海峡顶端边上。这个小村庄，居民原来以捕鱼为生，后来海鱼越来越少，居民便大都上岸种田。香港商业越来越发达后，市场上蔬菜供不应求，于是沙田的农田全部用来种菜。一年四季，这儿的土地都是绿油油的，与蔚蓝大海相映，构成了一幅香港中部风光秀丽的画卷。香港中文大学就坐落在这蓝绿之间。林笑怡一到这里，惊叹，太像英国利物浦海边的斯克小镇了。她喜欢上了这里。

香港中文大学的教学中英文并用，以中文为主，中国文化传统在香港的地位得到承认。留学英国六年，林笑怡回到香港，收到多家大学的聘书，她似乎没多加思考，就接受了中文大学的聘请。

林子枫对女儿的选择大为赞赏。他认为，教学语言上，目前在香港以中文为主的大中小学校，和纯英文的大中小学校相比，少得可怜。以中学为例，香港英文中学有三百四十六间，中文为主要授课语言的只有七十二间，在校学生比例一比九点四。这种状态极不正常，从一个侧面看出英殖民主义者仍在歧视华人。当然，这与香港居民对香港回归祖国后的处境忧虑有关，他们从长计议，一旦移民国外，会熟练运用英语更容易找到工作。这是一种本民族自认比另一民族落后的悲哀。怨谁？只能怨自己！要改变这种状况，本身崛起强大是一回事，不折不挠推行中文，热衷中文教育也是有良知、有自尊、目光远大的中文教育工作者的当务之急。

"爸爸，我可没有想那么多。我只是觉得我在英国虽然学的是英国文学，但我更着重研究中国文学，我喜欢比较，在比较中发现许多新的东西。香港中文大学，中英文并举，这在教学中，对我讲授比较文学会更有益处，这才是我选择香港中文大学最主要的原因。"林笑怡对大谈香港教育现状的林子枫说，"原因之二，香港中文大学环境太美了，在那里，我有还在利物浦大学的感觉。高大的梧桐，皂荚，鸟儿在人行道上与人争着走，多美！"

"不管怎么说，我对你选择去香港中文大学还是由衷高兴，因为我们中国传统文化又多了一个弘扬的人，多了一个通过中英文学比较，发现新东西的人。"林子枫语重心长说，"笑怡呵，中国文化博大精深，英国人还在蒙昧时代，我们就有了《诗经》；英国人还只会哼一些爱情诗、吼几声英雄颂时，我们就有了《论语》，其思想精髓，世界难望其项背。"

对父亲的这番话，林笑怡很是认同，她虽久居英国，但其实，她的心，一直都系着内地。听新闻，看报纸，和别人聊天，林笑怡时刻都在了解深圳的消息。

回香港第二天晚上，林子枫设家宴，赵可建夫妻也应邀来了，秦世芳一见林笑怡先"哦"了一声后惊呼："英国的牛奶比香港的好，你看你看，把我们笑怡喝得那么白嫩。"

"你瞎咋呼啥呀，人家这叫天生丽质，不是喝牛奶贴面膜就能弄出来的。"赵可建说。

"喂，你是不是见我整天往脸上抹东西，也没笑怡的好，就得陇望蜀呵？"秦世芳打哈哈说俏皮话。

"不敢不敢。不过，笑怡到英国五六年，变化真的好大。"赵可建由衷地说。

"是吗？我怎么没感觉？"林笑怡问，"哪儿变了？"

"说不准，反正是一种气质上的东西。"赵可建斟词酌句，不紧不慢说，"你给人一种居高临下，看你需要仰视的感觉，还有一种……"

"喂喂，你看林小姐需要仰视，看我就可以俯视了呵。"秦世芳揽住林笑怡的手臂，样子亲昵，实则冒出一阵醋意，"说林小姐比你老婆漂亮就直说嘛，拐弯抹角干吗？"

众人都开心地笑了。林笑怡心里闪过一丝不悦，秦世芳以前不是挺文静羞赧的吗？在商场混了几年，怎么变得说话这么粗俗？

赵可建看出了林笑怡内心的端倪，赶紧转移话题。他告诉林笑怡，他已经和深圳有关部门达成协议，决定在石岗建可芳品牌的来料加工厂，过几天他就要去石岗,以后的目标是将产品打入内地市场。赵可建兴奋又有些自得地说:"搞好了,它的产品销量将超过那些子公司的总和。"

"你走了,总公司呢?"林笑怡问。

赵可建拍拍秦世芳的肩膀,说:"她荣升总经理了。女强人,我甘拜下风。"

秦世芳对刚才的话题意犹未尽,见赵可建这么说,便接了过来:"我强呵?我强又不见你仰视我?还甘拜下风呢,嘴上说说罢了。"

"以后我在石岗的厂办起来后,请你去看看。"赵可建懒得跟秦世芳斗嘴,对林笑怡说,"有时间你要回去看看,深圳建特区才两年,变化就大得我差点认不出。"

"我也想马上回石岗去看一看啊!"林笑怡眼前突然出现了赵可设,他现在怎么样了呢?林笑怡陷入了沉思中。

"是吗?"赵可建说,"一时回不去,你可以先到边界上看一看。你会吓一跳,怎么深圳会突然出现这么多的高楼大厦。哦,对了,我二弟赵可设承包的田地被他用来建鱼塘,养的鱼虾供不应求,他现在是大财主了。"

林笑怡的心颤了颤。她去英国留学那晚的饯行晚宴,赵可建一提赵可设结婚的事,她忽然就情绪失态,让赵可建夫妇莫名其妙。上月赵可建回石岗,向赵可设提了这件事,他当时喝得满面红光,对这事似乎根本没往心上放,还说她哭是天生的,蚂蟥咬一口都哭呢。赵可建并不这么认为,他觉得二弟是在掩饰什么。这次提到赵可设,他留意了林笑怡的反应,林笑怡显得比赵可设还迟钝,她淡淡问了一句:"他还好吧。"

"别提了,这个大财主,忙得很……"赵可建说得兴高采烈,大腿上忽然被秦世芳捏了一下,他这才注意到林笑怡脸色有些冷白,嘴角还挂着一丝笑意。赵可建确定,赵可设与林笑怡之间有故事。他们都在极力掩饰,只是林笑怡的心态比六年前沉稳,很难看出她内心的波澜。

这年暑假后,林笑怡正式走上了香港中文大学的讲台。她的到来,在校园引起一阵不小的轰动,先不说她优雅的举止,冷静肃穆,她的第一节课,令师生们耳目一新。多少年来,英国文学和中国文学都是分开来讲授的,林笑怡在第一节课的总论中,就明确提出,她将摒弃传统的分门别类的讲法,会将英国文学与中国文学比较着讲。明确提出比较文学的授课方法,这在香港中文大学还是第一人。

第四章

林笑怡每周只有四节课，除了备课，仍有大量空余时间。

林笑怡像着了魔，三天两头往新界跑。她喜欢将车停在四号哨卡下的山脚，然后爬上半山腰，坐在石块上静静地望石岗村，看它一天一天地变化。她带了望远镜，在来来去去的人影中寻找赵可设，她想，有一天她真的能在望远镜里看到了赵可设，那该多奇妙呵！她常问自己，"今后我一定回来找你"，只是随口说的一句话吗？

有一次她周末回家，林子枫问："你知道赵可家的下落吗？"

"不知道啊。"林笑怡有些吃惊，她回来这么久了，居然没想到过赵可家；上次赵可建来，居然也没有提及他，"他又惹事了？"

"还不清楚他有没有伤。"林子枫说，"你去英国留学那年，他给赵可建留下一封信后便无影无踪，问王记酒店的老板，也说他再也没有在旺角出现过。我们都认为他改邪归正了，加上忙，也都把他渐渐忘了。今天的报纸你看没有？昨晚粉岭那一带发生黑道帮派之间的枪杀，死伤二十多人。据说赵可家的虎叔帮也在那一带活动，这次枪杀不知他参与了没有。"

"爸爸，这事你找人过问一下。"林笑怡以少有的果断说，"如果有机会，我要当面和他谈谈。"

"笑怡，你什么事都能管，就这事不能管。黑道上的人连警察都拿他们没办法，你的能力有多大？"

"我不是管黑道上的事，只是想帮帮赵可家。"林笑怡将赵可家帮她挑谷子，将他不遗余力教村里的人学游泳，将他时不时给村里的五保户曲太婆送一捆柴的事都说了。她不知道他海里救人的事，知道了，会感动一阵子呢。她没有说她差点被他污辱的事，这事太遥远了，她不想去提它了。

又是一个周末，林笑怡在新界转来转去，转到了元龙大酒店门口，她觉得有点饿，想吃点东西，又想这么大的酒店，会不会与黑道有瓜葛呢？她将车在泊位上停好，款款向酒楼走去。

元龙大酒店门前站着两名咨客小姐，一位热情询问林笑怡来几位、订房没有，一位则快步去向陈二婶报告。凡是来了生客或政府的人，咨客小姐都要抢在客人上二楼的大堂之前，向陈二婶报告，让她提早准备应变。林笑怡出现在她面前时，双方都愣住了。一晃七年过去，岁月没有在陈二婶身上留下一点痕迹，反而像时光倒流了。她的面孔、她的穿着、她的举止与香港的贵妇无异。在陈二婶眼里，当年的广州知青林笑怡长大了，更漂亮，更成熟，她沉稳大气,优雅的气质是过去在她身上不曾有的。

"你是陈二婶?"林笑怡打破僵局,惊喜地问。

"哎呀,我的林妹妹呀,"陈二婶张手搂住林笑怡,喜从天降般摇了又摇,"我们几乎天天唠叨你,想死你了!香港这么大,去哪里找你哟。"

"二婶,我也好想你。几年前我从赵可家的大哥那儿知道你也到香港来了,就很高兴,后来我去英国留学,一去六年,就没有来看你。现在我回来了,没想到在这儿遇见你了。"

"我的好妹子呀,你这样念着二婶,叫我好高兴。"陈二婶高兴得不知怎么办,一边搂着林笑怡的胳膊往包厢里走,一边对站在旁边的咨客说,"去,快去叫家哥下来。"

"家哥是……"林笑怡疑惑地问。

"家哥就是赵可家呀!到香港后不论大小,统统叫他家哥。"

"哦,难怪我找不到他。"

"你找过他呀?"陈二婶惊诧道,"那真是是人有第六感了,前几天他还说到过你呢。"

"说什么?"林笑怡敏感地问。

"嘿嘿!"陈二婶暧昧地笑笑,偷偷瞄了瞄林笑怡的胸脯。那时节是初秋,林笑怡穿得单薄,那双挺拔的乳房把衬衫顶得高耸,难怪赵可家一天到晚就说林笑怡的奶了。陈二婶恨不得伸手去捏一捏,看它究竟怎么个特别法。这么一想,她自个儿抿嘴一笑,真话自然说不得,陈二婶信口一编:"说你聪明善良,在香港今后定然成大器。哎,林妹,现在你在哪里发达了。"

林笑怡如实相告:"在香港中文大学当老师。发不了达,薪水也够吃够用的了。"

"呜——"陈二婶惊得捂住了嘴,她知道,在香港教师这职业是最好的职业之一,这里的教师备受尊敬,薪水几乎是所有政府职业中最高的,何况是大学教师了。陈二婶一时不能将在烟墩山里砍柴的林笑怡,和现在这个在大学讲台上的林笑怡联系起来。

"二婶,现在你的收入可以吧?经营酒楼,发了吧?"见陈二婶那模样,林笑怡忍俊不禁,心想她的薪水再高,也比不上搞酒楼生意的吧。

"我的薪水可能和你不相上下,"陈二婶坦承道,"但我们这行当能和你那一行比吗?我要有你那本事,也教书去了。"

"赵可家呢？他应该也发了吧。"

"那还用说，这几年几百上千万的总有了吧，不过……"陈二婶用眼瞟了瞟林笑怡，没再说下去。

"二婶，你跟我说实话，赵可家现在是不是还在黑道上？"林笑怡正色道。

"唉——"陈二婶刚要开口，见赵可家走了进来，赶紧闭了嘴。

在林笑怡的印象里，赵可家咋咋呼呼，吊儿郎当，整日衣衫不整在村里浪荡。六年前，在旺角王记酒店最后那次见面，他西装革履，只是装得挺像，乡野混混的形象改不了。此时赵可家仍然西装革履，乡野混混的形象荡然无存。只是他的双眼貌似旁若无人，其实是在极力掩盖着什么。

"欢迎光临敝人酒楼。"赵可家一副彬彬有礼的样子，"你的到来，使敝酒楼生辉，敝人不胜感激。"

陈二婶扑哧笑了："喂，赵可家，你也不看看人家是谁？是笑怡，你客气什么？装都装不像！"

陈二婶这么一说，林笑怡也笑了，说道："可家哥，士别三日当刮目相看，你什么时候学会咬文嚼字了？"

林笑怡一句轻松的话使赵可家悬着的心放了下来，捏了捏手掌心，冷汗都冒出来。他对陈二婶说："叫厨师尽快上几道好菜，哦，再来一瓶英国产的威士忌。林小姐，你在英国多年，喝得惯英国酒吧。"

"那不一定，就像外国人到中国，不一定就会喝二锅头一样。不过，客随主便，你想喝威士忌就喝吧。"林笑怡说罢，问道，"你怎么知道我去了英国？"

"看报纸知道的。报上说香港中文大学来了一位英国留学回来的美丽教师，叫林笑怡。这几年你无影无踪，原来是到英国去了。"

"这几年不是我无影无踪，是你销声匿迹了。听你大哥说，他怎么找你都找不到，原来你是躲在这里开酒楼了。"林笑怡说，"你大哥现在家大业大，工厂都开到深圳去了，你要走正路，跟他学习。"

"我知道今天你来，是给我哥当说客。"赵可家叹了一口气，"我知道你们的良苦用心，可是人在江湖，身不由己啊。"

"你错了。我今天找上门，是我自己来的。"林笑怡正色道，"黑道上杀人越货、伤天害理的事你比我清楚。前些日子粉岭那一带黑道间的互相枪杀你听说了吧？可家哥，我是怕你越陷越深，不能自拔啊！你还记得你当年帮五保户曲太婆送柴的情景吗？你可能忘了，我忘不了，我总觉得你本质是好的，只是误入歧途……"

陈二婶打岔，说："赵可家不但本质好，还有大慈大悲的心肠，那年偷渡他冒死救了好几个乡亲呢。"

"就你嘴多！"赵可家对陈二婶喝道。

这时候上菜了。赵可家往每个人面前的酒杯倒满酒，举起了杯说："感谢你还记得我，这杯我带头干了。"

对林笑怡的话，赵可家一副洗耳恭听的样子，实际他一句也没听进去。他想自己又不是三岁孩子，你说一句，我就信一句了？要离开黑道，早几年就离了。现在他有血债在身，只要一离开黑道，惩罚他的就不仅是本帮会了，古龙帮更会对他追杀。想到这些，他不寒而栗。好死不如赖活，他不吃这碗饭，就不会有别的碗吃饭了。这么一想，刚见到林笑怡时的敬畏便消失了。那年他压着她赤条身子的情景又出现在了他眼前。这几年他每和一个女人上床就会想到林笑怡。多少次他抱着女人，嘴里喊的、脑子想的都是林笑怡。林笑怡成了他的性偶像，几乎到了不叫她、不想她他就发泄不出的地步。林笑怡就在他眼前时，这种邪念他又觉得十分可怕，他用一杯又一杯的酒压抑欲念。

林笑怡怎么能知道赵可家心中的邪恶呢？她仍在劝赵可家："借酒消愁愁更愁，可家哥，一些事情的处理要当机立断，不能靠酒啊。"

赵可家的心态，陈二婶看了个一清二楚，她夺下赵可家又举起的酒杯，说："酒会乱性，你再喝，等下又惹事了。"

陈二婶是提醒林笑怡，林笑怡没有领悟到，说："他平时都是这样的吧？二婶，你得管管他。"说罢，起身上洗手间。

"等下她回来，你就出门给我守着，谁也不准进来。"趁林笑怡上洗手间的机会，赵可家阴森森盯着陈二婶说。

"赵可家，你可别乱来，人家林小姐现在是有身份有地位的人，你伤害她，找死啊。"

"你说屁话，你知道吗？她当年在石岗的时候，就被我剥得光溜溜，差点就……"赵可家淫邪地说。

"难怪你念念不忘人家，整天说人家的奶。"赵可家的话陈二婶相信，她不清楚林笑怡是乐意的还是被强迫的，若是强迫的，她怎么还会找上门？看到林笑怡回来了，陈二婶皮笑肉不笑地冲她点点头，走了出去。

不等陈二婶把门关严，赵可家就急不可耐抓住了林笑怡的手，说："笑怡，当年那件事我对不起你，我向你赔礼道歉。"

林笑怡把手抽回来，冷冷地说："过去的事我忘了，不要再提了。"

赵可家一阵窃喜，认为林笑怡并没把那事放在心上，他色从胆边生，说道："这些年来，我想你想得好苦。"

说着，赵可家又一把抓住了林笑怡的手："来，干了这杯。"

"请你放尊重！"林笑怡再次甩开赵可家的手，盯着赵可家说，"我不提那件事，是因为我觉得那件事肮脏，想起来就恶心。但你别忘了，那件事是你对我犯下的罪恶！"

赵可家欲火中烧，在酒精的作用下，他忘了廉耻，两腿一软，扑通跪下，那股邪念冲撞得他不能自制，他抱住林笑怡的双膝，说："那不是罪恶，是爱到极致的冲动！"

亏他会说这么漂亮的话，林笑怡一时哭笑不得，她压低嗓门喝道："你放开手，我要走了。"

"不，你千万不能走，你一走，我的魂就又被你带走了。"赵可家说着，干脆就把头埋到了林笑怡的大腿间。

林笑怡又羞又恼，挣扎着说："你再放肆，我叫人了。"

"你叫呀，看有人来没有！"赵可家说着，站起来一把就搂住了林笑怡，一张酒气冲天的嘴就要往她的脸上凑。

"啪！"林笑怡扬起手，一记响亮的耳光掴到了赵可家的脸上。林笑怡厌恶地说道："你给我滚开，不可救药的东西！"

赵可家被打蒙了，也被打醒了。他捂着脸腮看着林笑怡，这才发现，她有圣母般不可侵犯的威严。他的腿软了，心虚了，看着林关怡走出了门，双腿迈不动了，也说不出一句话。

冲出元龙大酒店，回到车上，林笑怡渐渐平静下来。赵可家真的不可救药了吗？自己救不了他，又有谁能救他呢？赵可建？赵可设？还是赵山贵？似乎都不是。那到底是谁？林笑怡长叹一声。

几乎下意识地，林笑怡又驱车来到了离四号哨卡不远的斜坡上，又坐到她每次来都坐的大石头上。

这时，夕阳像个熟透的水柿子，贴附在西海面上。突然，失落悲凉的林笑怡惊喜地叫了一声"可设哥"——她在望远镜里，在那轮夕阳下，清晰地看到了赵可设!

　　赵可设穿着背心,绾着裤脚,颤悠悠地挑着一对箩筐。来到鱼塘边。他缓步走着,时不时舀一瓢饲料,天女散花般撒向塘里。林笑怡跳起来,站到大石头上,呼唤道:"可设哥!"她的声音被风一卷而去,赵可设怎么能听到!一担饲料很快撒光,赵可设放下瓢,双手舒畅地挥了挥,然后坐到塘边,点燃一支烟,悠闲地抽起来。西沉了一半的夕阳就在赵可设背后,林笑怡的望远镜里,他站在了太阳中央,宽厚的脊背,强悍的腱子肉,一一扑到了她的眼前。林笑怡心情沉重,这很美的一幅图景其实是枯燥的劳作。在石岗插队时,这苦头她吃够了。不错,赵可设可能如他哥哥所说,成大财主了。可他要永远这样劳作下去吗?悲悯和怜爱缓缓涌上了林笑怡的心头。她自言自语道:"今后我一定回来找你,不是一句随口而说的话。"

　　那天晚上,林子枫跷个二郎腿坐在沙发上看报纸,林笑怡沏了一杯茶放到他面前的茶几上,坐到他身边,揽着他的手,撒娇道:"爸,先别看,和您说件事。"

　　林子枫放下报纸,美滋滋呷了一口女儿沏的茶,说:"说呀。"

　　"记得您说过,日本重洋公司香港分公司总裁琦川先生是您的朋友?"

　　"对呀。"

　　"他最近要到深圳投资办厂?"

　　"对,还是你方阿姨牵的线呢。"

　　"爸,我决定辞去现在的工作,去重洋公司。"

　　林子枫吃惊地望着林笑怡,说:"你现在的工作多少人想去争都争不到,你就这么轻易放弃了?"

　　"对!"林笑怡的口气不容辩驳,"我要随重洋公司到深圳去。当初在利物浦大学,我选修经济管理,还自修了日语,似乎等的就是这一天。"

　　林子枫疑惑道:"那你的文学专业就丢了?"

　　"不,"林笑怡把眼光投向窗外,望着连绵的群山,悠悠地说,"有一天,我或许还会重拾教鞭。"

　　琦川正缺一个熟悉深圳的谈判代表,知道林笑怡在深圳当过知青,他喜出望外,当即任命林笑怡为日方首席谈判代表。

26

春节过后，一部面包车，一辆轿车，载着十多个人，在凹凸不平的乡间泥沙公路艰难地向石岗开来。

车里，市规划局局长对琦川说："规划中的深南大道将从这里贯通而过，也在规划中的文锦大道、北环大道在这里交叉，今后这一带是交通最便利的地方。"

琦川将车窗打开，凝视窗外的景物，若有所思地点点头。这一带，林笑怡已经带他来看过三次了。她为什么对这里情有独钟，琦川问都懒得问。他也看上了这里，已经决定在这里投资建厂了。车开过了烟墩山山脚，渐渐向石岗靠近，那片地势平展的鱼塘出现在琦川眼前时，他叫司机停车。众人从车里鱼贯而出。

琦川在北京留学多年，又长年在香港及内地穿梭，能说一口流利的普通话、香港话，对中国的国情了如指掌。他四下里看了看，说："这里今后交通便利，但市中心不会扩展到这儿。"

见众人都点头称是，琦川又自负地说："这里是深圳东北部的山麓，城市不可能建到山顶上去，往东是香港新界，往南是珠江入海口的泥滩，城市建设都不可能往这边发展。以我所见，深圳的城市发展是向西，就是向南头，现在的宝安县县城所在地，沿深圳湾一带扩展。这一带只是深圳中心的边缘地带，甚至可称深圳后花园，是大型企业选址的理想地方。"

到了这时，众人都知道琦川是看上这一带的某个地方了。一位市领导说："琦川先生，你的分析很正确，规划中的深南大道、文锦大道、北环大道都将贯穿这里，离火车站三四公里，设想中的中国最大的集装箱海运港口从这儿往东不过十公里，可以说，这儿不是市中心，却又是市中心，说是市中心，却又……"

"却又是闹中取静，对不对？"琦川接过那位市领导的话说。

"对对。""有道理。"众人都齐声附和。

那位市领导继续说："琦川先生，重洋公司是世界上最有名气的跨国公司之一，你这次能下定决心投资深圳，建立贵公司目前最大的电子元件加工基地，是我们的荣幸！你看吧，看上了哪个地方就说，我们的国土、城建、规划等单位的领导都在这儿，他们将以最快的速度给贵公司办好有关手续。"

琦川一边哈腰，一边连声说："谢谢！谢谢！"哈了腰，道了谢，他又将身子挺得板直，四下里望了又望，用日语嘀嘀咕咕着："背靠烟墩山，面临香港和后海湾，北是港口，南是火车站，西是规划中的飞机场，得天独厚啊。"嘀咕完了，琦川眼睛一亮，伸手在前面画了一个圈，说："就这里吧，一百亩。"

被琦川画入圈里的一百亩，在石岗村、深圳河、烟墩山这三角圈之间，囊括了赵可设的七亩八分鱼塘。深圳建特区的最初几年，土地的使用还没有制定严格的规定，只要不占规划中的道路，其他地方有很大的随意性。头疼的问题是要征用农民的土地，得坐下来谈判，得解决农民们提出来的各种各样的问题，他们的条件有时是非常苛刻的。

但再狡猾的农民，在财大气粗、一掷千金的有钱人面前，他们的狡猾微不足道，不值一提。甚至让他们在心里偷笑，这伙农民怎么这么蠢啊！

谈判约定下午三点正式举行。大清早，陈二平就扯嗓子大喊大叫，把村里的妇女吆喝出来搞卫生，借椅子，扛桌子，洗杯子，备茶水。总之，一切都要在政府来人之前准备好。

政府来人并不多，就五个人。其中林笑怡是琦川的全权代表。她的出现，震惊了整个石岗！十来岁以上的人谁不认识她？

陈二平攮得鸡飞狗跳，一口气跑到赵可设家，向正要出门的赵可设，气喘吁吁地报告了林笑怡的出现。赵可设只是抬了抬眼皮，当年林笑怡"今后我一定回来找你"的话，曾无数次在他耳边回响过，现在她回来了，不是很正常吗？

"看你那副样子，"赵可设睥睨了一眼陈二平，"就像看到天鹅飞到你家猪栏里了。"

"天鹅算什么？"陈二平跟在赵可设脚后跟，窃笑道，"天鹅能和林笑怡比吗？妈哟，一村女人都不敢出门了。"

赵可设哈哈一阵笑，说："我倒要看看，林笑怡成了哪一路的神仙。"

赵可设没有去迎接政府的来人，他脑子里一时塞满了林笑怡，一时又茫茫一片空白，脚步一时沉稳、一时飘忽，径直去了赵公祠堂。

车在村头的大榕树下，林笑怡就叫"停车"，她望着榕树边的那口池塘，眼前仿佛出现了众人在这里学游水的场面。她深深吸了一口气，又轻轻吐出。林笑怡下车踩到石岗的土地时，百感交集，五味杂陈，有种说不清、道不明的感觉。当年，她曾发誓，离开这里，永远也不要回来！此刻，自己不是又站在这块土地上了吗？难道就为一句"今后我一定回来找你"？似乎不这么简单！她捋了捋被风吹乱了的头发，在陈二平等众多村干部、村民引导下，向她熟悉的赵公祠堂走去。聚集在赵公祠堂的众多村民的目光，都被林笑怡吸引了过去。人们暗暗担心，看她那胸有成竹的模样，陈二平这伙人能说得过她？她过去在这里插队，受过不公正对待，她会乘机叫他们哑巴吃黄连吗？政府带队的是市府马秘书长，这位同志在深圳工作二十年都有了吧，以前下队，和村民们"三同"，很好一个同志，亲热着呢！村民们略微放下心：林笑怡敢吃里扒外，向着日本人，有马同志顶着呢！马秘书长这天心情舒畅，他和随从们谈笑风生，还时不时提醒林笑怡，注意看脚下。这里有一大摊牛屎，那里有一团一团的猪狗鸡屎，鸭屎特别多，满地都是。林笑怡记得，石岗有"鸭屎村"的别号。

　　这天的赵公祠堂，被倾巢而出的村民围得水泄不通。祖祖辈辈一直在上面耕种的土地突然间变成不是自己的了，农民们怀有强烈的抵触和惶惑。他们从内心里不同意，甚至要反抗。他们又知道，个人大还是国家大？村委大还是市府大？胳膊拧不过大腿。他们最终默认，并且想从中获利。要想获利，寄希望的正是市府的来人。因而，马秘书长等人来到祠堂大门前的晒谷场时，村民中爆发出一阵热烈的掌声。

　　马秘书长听得出，农民的掌声是发自肺腑的。从他们的脸上，他看到了他们的忧虑、渴望，甚至对他的诚惶诚恐、巴结讨好的表情。他出生于农村，深谙农民的品性，他不由得在心里感叹，其实农民最可怜，上前线打仗的有几个不是农民？修筑大坝建电站的有几个不是农民？挖隧道铺铁路的有几个不是农民？打了胜仗，真正卖命的回农村了，当官的进城了；电站发电了，享受光明的是城里人，筑坝的说不定回农村后还得点煤油灯；修了铁路，火车通车了，一辈子没有坐过火车的筑路民工大有人在。至于种粮食的农民，饥荒时，挨饿的也大多是农民。这样一想，他就觉得有的人一天到晚说怎样对付农民，好像农民是蝗虫，真是太不应该了！

　　走入赵公祠堂，马秘书长没有马上坐下，他走到敬供赵公像的神龛面前，久久凝视赵公像。他对站在一旁的林笑怡说："石岗村的赵姓据说原来姓伍，南宋末帝赵昺被元军追杀，眼看要落入元兵手里时，宰相陆秀夫决定背他跳海自尽。这时只有八岁的赵昺哇哇大哭，一问，是饿坏了。为了让赵昺不做饿死鬼，陆秀夫背他入一村寻找食物，得一伍姓农民可口饭菜的招待。赵昺并不知道陆秀夫已准备带他跳海与国同亡，还对伍姓农民许诺，只要收复江山，定然请这农民到朝廷享受荣华富贵，并赐赵姓给这位农民。伍姓农民当然清楚大宋江山朝不保夕，他可怜这位尚不谙世事的小皇帝，为纪念他，果真就改伍为赵。后来这位赵姓的农民家中人丁兴旺。赵山贵的祖上当是其中一支。石岗的赵公祠堂建于1345年明太祖洪武年间，因朱元璋听了那个故事后大为感动，而下诏兴建。赵公祠堂以青砖砌成，梁、椽、檩、檐、门楣、窗格子、窗台、门、门槛等均为木质，这些雕龙刻凤的木材历经五百多年，无任何腐朽破败的迹象。神龛上摆着的赵公雕像更是栩栩如生，笑傲人世间五百多个春秋。'文革'时，县城的红卫兵来这里捣乱，被村里的村民持棍棒锄头赶走了。"

"我在这里插队几年，都没有您了解得清楚。"林笑怡感叹道，"想不到石岗还有这么个动人的故事。"

"动人的故事多着呢！你在这里插队，应该知道赵可设吧？这家伙，厉害呢！"

马秘书长还没说完，就被满脸堆笑的陈二平引到主位坐了下来。林笑怡知道赵可设厉害。她不动声色，向人群一眼扫去，看到了赵可设。她暗暗吃惊，这家伙竟然比她还沉得住气！他躲在角落，叼着一支烟，云里雾里地自我陶醉，连个正眼都不看她。林笑怡轻笑一下，在心里说，装，我看你装到什么时候。

陈二平把客人都安顿好后，也坐了下来。两边的人马界河分明，对阵的形势呼之欲出。陈二平也不客套，开门见山："我们村委认真商量过了，认为国家征用土地，我们只有绝对服从。但我们是农民，要靠土地吃饭，没有了土地我们吃什么？"

门外黑压压的人群里有人喊道："对，对，没有土地我们吃什么？"

陈二平站起来骂："嘴巴痒了是不是，嘴巴痒了就进来喊，我不说了。"

"我们不说了，你快说吧。"有人又喊。

"这就对了。"陈二平又坐下，对马秘书长等人笑笑，"农民不懂礼貌，失礼了，失礼了。刚才说到哪里了？哦，说到没有土地我们吃什么是吧？所以，我们想听听政府解决这个问题的办法。"

马秘书长喝了一口茶，很响亮地干咳一声，说："政府征用农民的土地，第一件要办的事，就是考虑怎样安置没了土地的农民。深圳的发展前景，我想大家都和我一样心里有数,我就不多说了。现在,我只想立即告诉大家一个连我都激动的消息:市政府决定,凡被征用土地的农户,从土地征用起,全部农转非!"

天哪,农转非!不就是都成了吃"皇粮"的城镇户口吗?过去为了农转非,多少人走后门,请客送礼,费尽心机都转不成,现在一下就转成了?这不是吃到了天上掉下来的馅饼吗?门外的村民,坐在谈判席边的村民代表先是惊愕,接着沸腾起来,爆发热烈的掌声。

"这……这是真的吗?"陈二平说话都有些结巴了。

"白纸黑字,这是政府的红头文件。"马秘书长从提包里拿出一份文件,递给陈二平,肯定地说。

人群里笑声最响亮的是王凤娇。她笑着笑着,笑声却突然变成了哭声。说起来,她真的是恨死了。她父亲十六岁参加革命,响当当吃铁饭碗的"公家人"。他娶个农村妇女,这下牵连后代。王凤娇几兄妹按国家政策规定,户口都随母亲,算农村人。当时,城镇人是一等公民,农村人是二等公民,她清楚得很。高中毕业后,她回生产队,叫"回乡知识青年",城镇户口来插队的叫"上山下乡插队知识青年"。同一间中学毕业,同样到农村劳动,插队知青每月有十元国家发的补贴,第一年每人每月有四十斤大米的供应。她呢,回乡知青,一分钱一颗粮食也没有。上大学当兵,招工招干,首先优待的是下乡知青,回乡知青得捡人家不愿去的地方,如水泥厂、煤矿等。1977年后,知青们呼啦一下走个精光,知青插队,不复存在,他们成了受害者,成了到农村受苦的弃儿,他们的悲惨遭遇被多少小说多少影视写得催人泪下。回乡知青呢?有谁过问过?他们天生是应该的受害者,他们同样有悲惨遭遇,这些悲惨遭遇是他们活该。二等公民当然也有争气的,也有考上大学的,也有大学毕业后国家分配工作,端上了铁饭碗的。可翻身的二等公民还是吃亏,插队知青考上大学后,不但插队时算工龄,读大学也算工龄,以同样在农村劳动三年计算,插队知青四年大学毕业后就已经有了七年工龄,而回乡知青的工龄还是零。想到这些,王凤娇义愤填膺!突然间她也变成一等公民了,来得晚了些,毕竟是来了啊!

王凤娇喜极而泣。许多人却嚷了起来:他们承包的土地没有被征用,那么就不能农转非了?这是不公平的!

马秘书长大声喊"静一静",陈二平见一下子静不下来,便拍桌子,吼道:"吵什么吵,听马秘书长说下去!"

等到里里外外又静了,马秘书长才说:"大家的议论我都听到了,有这种议论,说明大家希望的是公平合理,这是正常的,不正常的是又人为制造不公平。比如说同一村人,突然间你就农转非了,而我还是农民,政府决不会让这种事发生!"

马秘书长的话没说完,就被一阵掌声打断了,有人甚至喊出了"市政府万岁"。农民们激动了,马秘书长也激动了。改革开放这些年来,人们都知道政府在给人们做好事,可好事做得跟不上人们的迫切渴望,政府更多的时候是被骂娘,这有人喊"市政府万岁",说明市政府的这一决策是明智的、大得人心的。他挥挥手,让自己的心情平静后说:"市政府决定,石岗村的土地全部划入市政规划里,也就是说,你们祖祖辈辈耕种的土地政府全部征用,石岗村的农民全部农转非!"

又是一阵雷鸣般的掌声和欢呼声。

"当然,农转非得一步一步来,凡征用到哪位承包的土地,承包者就农转非。这样,既减轻几百人同时农转非给政府带来的负担,还没征用到的土地也不会被荒弃,还可以先种粮食。有一点可以明确告诉大家,最多不超过三年,石岗的土地就会被征用完。这里规划的是工业区,国内外许多企业,都在与我们洽谈在这里建工厂的事宜了。"

马秘书长讲得合情合理,况且时间也不过只是三年。谁都认为自己命好,今年底或明初就轮到自己了。就是晚一两年,也不当一回事了。

赵可设稳稳地坐在那里不动声色。他觉得农转非只是小利,发财的机会到了才是大好!他做过市场调查,现在养鱼虾的一哄而上,鱼虾价自然一路下跌,像他那样一年就成"暴发户"的将成为往事。征用他的鱼塘?他巴不得马上征用。机遇一定要牢牢抓住,千万别被马秘书长一阵"花言巧语"就忘了自己姓什么,许多问题还没有说清楚呢。他用食指尖在桌面上敲了几敲。橐橐的响声引起了大家的注意。

赵可设一直没说话,却早已被马秘书长注意到了:他挺胸端坐,目光炯炯有神,一副军人才有的架势;入座到现在他不苟言笑,别人手舞足蹈了,他的身子连动也没动一下,似乎在运筹着一件大事——这不禁让马秘书长有些不安起来。

林笑怡一点也不急。她回到石岗,他竟然视若无睹,陈二平一口一个"林笑怡",他也充耳不闻。故意的,他在装!想不到这五大三粗的家伙也会玩这种小把戏!这么一想,林笑怡在心里笑了。她和马秘书长交换了一下目光,然后说:"大家静一静,听可设哥说一说。"

"可设哥"三个字重重地敲打了赵可设。他的目光终于在林笑怡的脸上停留了,心想,这"女汉奸"终于说话了。他依然板着一副脸,说:"我叫赵可设,是村民选出来的代表,我更主要代表我的一家,因为那一百亩征用地中,有七亩八分是我的。"

果然碰到一个难剃的头了,马秘书长稳了稳情绪,说:"请你把你的要求说一说吧。"

"第一,我们农转非后,经济来源是什么?"

马秘书长笑了笑,说:"这个问题你不提出来,我还要主动和你们说呢。一、政府严格按照有关征地补偿的办法,补偿给村里一笔资金,这笔资金不能发到个人,只能发给集体,由集体办企业,或者与外来企业合资办厂,分派红利,解决居民的经济来源。二、征用土地建厂的企业,优先安排原来土地承包者在该企业工作。"

赵可设带头鼓掌,一阵掌声停下后,他先说了几句感谢政府的话,接着,他提出了青苗补偿的问题。

终于到了问题的关键。这个问题不解决,别的问题都不好解决。林笑怡又和马秘书长交流了一下目光,然后说:"可设哥,重洋公司不会让大家吃亏,这个问题我们一定给大家一个满意的答复。"

"那你就说说吧,给一个怎样满意的答复?"赵可设不动声色就将问题推到了林笑怡身上。

"这样吧,还是你们先提出一个方案,如果我们能接受,就在这个会上拍板定下来。"林笑怡和赵可设打排球。

"可设,经市政府和重洋公司商定,青苗的补偿由重洋公司负责。林小姐是重洋公司驻香港分公司的全权代表,赔偿的问题她有权决定。"马秘书长在暗示赵可设,赔偿的条件伸缩性很大,他们完全可以提出高一些的要求。

青苗的补偿问题,在谈判之前陈二平就和赵可设他们商量过了,目前早稻已经种下,按亩产一千斤产量计,每斤一元的价格算,每亩的青苗补偿一千元。赵可设问陈二平,每亩有一千斤吗?陈二平说鬼才信,每亩四百斤都难,这是趁机敲日本鬼子一竹杠。赵可设哈哈笑,心里却想,到时候好意思开口每亩一千斤吗？此刻不同，赵可设得到了马秘书长的暗示，恐怕说一千元，自己要吃亏呢。赵可设站了起来，使了一下眼色，陈二平和几个村干部赶紧跟在他身后走出了门。他们来到祠堂拐角处，头碰头围在一起，赵可设说：

"你们说，每斤一元每亩一千元是不是少了点？估计要两千人家都给呢。"

"两千元？这恐怕是狮口大开，有敲竹杠的嫌疑。"陈二平说，"人家给我们那么优厚的条件了，再敲竹杠恐怕不好。"

"不敲日本人的钱敲谁的？小日本的重洋公司什么不生产呵，电视、冰箱、空调、电饭煲、热水器，全世界，包括我们的货柜都是他们的货，他们会赚我们的钱，我们赚他们一点你骨头就软了啊。"说话的是村支书，他旗帜鲜明站在赵可设一边。

"说得有道理。我爸1943年被他们往腰上捅了一刀，现在一下雨腰还疼，不要他们赔就便宜他们了，何况现在他们要占我们的土地发财，我们不先在他们身上发点小财还等什么时候？"

陈二平冲说话的刘涌吼："扯远了！"

一百亩征用地中有三亩是陈涌承包，所以他也是代表。他脖子一梗，也吼："怎么扯远了？你爸给鬼子捉去修炮楼，扛石头把腿砸断了，鬼子还说他偷懒，抽了两皮鞭才放他回家，你忘了啊？"

赵可设笑道："你们两个的爸都是软蛋，给日本人打了也不知还手。"

要是别人这样说，陈二平和陈涌，早就扑上去打架了，但赵可设说的，他们就不敢了，谁叫人家的爸当年是拿刺刀面对面和日本人干的东江纵队老战士呢？见这两人不说话了，赵可设才说："陈涌是扯远了，那事怎能和这事相提并论呢？不说这事了。二平，你是村主任，我看每亩定到两千元并不过分，你拿主意吧。"

"可设，你爸是处级干部吧，一个月也不过百多块工资。可……可这一亩地的青苗就要两千，我实在说不出口。"陈二平抱着头干脆蹲到了地上。

赵可设真的恼火了，他不轻不重朝陈二平的屁股踢了一脚，说："陈二平，村主任你是白当了！老子告诉你，我那七亩八分地养的是鱼虾，不是青苗，青苗你自己去谈吧，说五百块也不关老子的事，反正我的鱼虾他们会另外赔，老子走了。"

见赵可设真的要走，陈二平急了，他站起来一把抓住赵可设的胳膊："两千就两千，我来说。但说好啊，如果他们不同意，我又说不过他们，你们得开口啊，不开口，我就也懒得说了。"

"我说二平，你今天是怎么了？是不是见了林笑怡，骨头就酥了啊？"赵可设拍了拍陈二平的肩膀说，"去，有什么说什么，你怕什么！"

石岗村的代表们回到谈判桌边。陈二平刚坐下，又呼地站了起来，他长吸一口气，口气不容分辩道："我们商量定了，每亩青苗的赔偿是两千元！"

一句开场白也没有，语气没有一点讨价还价的味道，像是一锤子定音。马秘书长他们吃惊。就是赵可设也吃惊，刚刚还是懦夫软蛋硬不起来的陈二平，怎么转眼就铮铮硬汉一个了？陈二平其实是凭一口气冲口而出，过后他就又软了。他坐下来，腿开始抖，大口大口喘粗气，额角上冒出了虚汗，这时再要他讲上几句，恐怕比赶鸭子上架还难。

马秘书长很后悔。他刚才暗示赵可设，青苗费可以要求高一些。以他心中的底数，每亩青苗五百元就差不多了，哪想到他们一开口就是两千元！林笑怡事先并没有将他们议定的底数告诉他，与政府无关的事，他懒得过问。重洋公司是很有钱，但有钱也不等于可以乱花，要给，总要给得合情合理。这就让他左右为难了，替林笑怡说话，农民们会骂他是汉奸；不替林笑怡出面说，从某种形式上看，政府又是和重洋公司一伙的，别的不说，就说这谈判的架势，重洋公司的人就和政府的人是坐在一边的。他旋即又想，决不能轻举妄动，任何不顾后果的做法都有可能惹来麻烦。在官场上混这么多年了，别的学不会，沉默是金应该是学到一点的。这样一想，马秘书长就点燃一支烟，轻吸慢吐，很有事不关己，高高挂起的味道。

谁也不说话，会场陷入了尴尬，人群又骚动起来。林笑怡稳坐，没有一点慌乱。对每亩青苗的补偿应是多少，林笑怡想得比较简单，认为农民们满意就可以。琦川也没多考虑这个问题，反正两三百万内，林笑怡随机应变就是。为什么要放弃大学教师的优越工作到重洋公司，不就是冲着赵可设吗？"我今后一定回来找你。"用这样的方式来实现，再自然不过。林笑怡粗算一下，每亩青苗费两千，一百亩不过二十万，天啊，这与两三百万差距多少？陈二平怎么这么傻，怎么每亩才要两千呢！看他那神态，好像要两千是抢了人家的钱，心虚得都冒汗了。她心里好笑，不经意流露到了脸上。

林笑怡的笑让人捉摸不透，不知她肚里装的是什么小九九。她会不会砍价？或者觉得对方是狮子大开口，觉得没有再谈下去的必要了？有人在肚子里开始骂她"汉奸"了。赵可设却准确明白了林笑怡笑的意思，他恍然大悟，这两千元还是少了！他站了起来，扫视了一会儿谈判的双方，清了清喉咙，说道："据我们赵氏的族谱记载，石岗村在唐朝的高宗显庆年间，就有人居住，迄今有一千二百多年的历史。也就是说，我们石岗村的祖祖辈辈在这块田地上耕耘了一千二百多年。我们熟悉这块土地，闻惯了它的每一缕气息。春天的时候，它的绿让人心旷神怡，秋天的金黄，更让我们品尝到丰收的喜悦。我们热爱这块土地，就像热爱自己的生命，热爱自己的父母、妻子和儿女。当我们就要失去它时，大家都扪心自问，我们会不惋惜，会不为失去它而伤心难过呢？我认为，每亩田除了补偿，还要补偿我们失去这块土地的精神损失，或者说，还有安慰方面的补偿。这样，两千元不是多了，而是少了！请政府和林笑怡小姐斟酌。"

马秘书长惊愕，久久缓不过神来。赵可设诗情画意般的演说令他折服。他当然不知道，赵可设老三届高中毕业生，读了大量书籍，在部队干了几年，又当了几年民兵连长，恢复高考，他忙于养鱼虾发家致富，没有去考，否则考个大学也不过是三个手指捏田螺——十拿九稳的事。

林笑怡的目光在赵可设的脸上久久停留，当年整天扛着枪的他更成熟了，胸怀更宽阔了。她缓缓站了起来，伸出手，隔着谈判桌，把手伸向了赵可设。赵可设犹豫了一下，还是站起来，把手伸了过去。他们的手握在一起时，急促流淌的血在告诉他们，他们都没有忘记，六年前狂风暴雨中的那一幕。林笑怡眼里噙着泪花，平静道："可设哥，你说得很对，补偿，绝不能只讲青苗这一点，还是按你说的，对大家失去土地，作为一种精神上的安慰，就叫安慰金吧。我代表重洋公司决定，补偿金定为每亩一万元。"

这样的结局马秘书长没有意料到，却是他最希望看到的。他站起来，双手高举过头，用力地鼓起来。所有谈判的人都站起来，用力鼓掌。门外人群更是爆发出一阵震耳欲聋的欢呼声。

谁也没料到，这时门外闯进了王凤娇。

整个谈判过程，王凤娇都贴在窗前，听里面的每一句话，看每一个人的举动。她和每一个村民一样，在提心吊胆中一时激动，一时欢呼，一时骂陈二平是软蛋。她为之骄傲的是赵可设的那席话。她当初死死跟住他，连看电影她都抢着出钱买票，实在是没错。在她二十六年的生命中，她所见过的男子有谁比赵可设优秀！就连政府的秘书长，也就会说那几句干巴巴的话。哪有诗情？哪有画意？她突然就有了冲进去搂住丈夫亲一口的冲动。王凤娇又蒙了，她亲眼看到林笑怡娇嫩雪白的手和自己丈夫的手握在一起久久不松开！林笑怡的狐媚眼在盯着自己丈夫看时，竟然有一层泪花！那模样，都想亲一口上去了！王凤娇不禁摸摸自己的手，有一层厚茧，再摸摸脸，沙沙响，手都硌痛了。这个"女汉奸"原来还是白骨精！整个谈判过程都是"青苗"来"青苗"去的，最后跟着自己的老公，来一个什么"安慰金"。她可曾想过她的鱼虾？难道鱼虾和青苗一样的价吗！塘里面随便捞出一筐鱼虾来也比一亩青苗值钱。每亩青苗能补一万，鱼虾每亩要补多少？赵可设这家伙，只会替别人讲，自己得赔多少忘了？王凤娇从衣袋里掏出那张承包七亩八分田五十年的协议，一头闯进会场，拍到了林笑怡面前的台上，说："喂，青亩的补一万，我的鱼虾呢？"

林笑怡吓了一跳，她仔细一看，在她的印象中，石岗村原来没有这人。明白了，她就是赵可设的媳妇。六年前，听赵可建说过，赵可设娶的老婆是个"六百个工分"。

眼下，"六百个工分"黑不溜秋，哪里有"六百个工分"的白白嫩嫩。林笑怡心里突然痛了一下，她想到了夕阳里见到赵可设的情景，苦啊累啊，怎么还能"六百个工分"？这七八亩养殖塘，绝不能也一万了事，她在心里突然决定，一口价，五十万给赵可设。

林笑怡还没说话，小腿早就不抖的陈二平就吼了："喂，你怎么敢私闯公堂？出去，快出去。"

"闭上你的臭嘴！"王凤娇转头就朝陈二平骂。她其实想骂的是林笑怡，这个当年在石岗插队的广州女知青，名字她听多了，她原来以为林笑怡不过有张漂亮脸蛋而已，第一眼见到她，她就想，事情不会那么简单了。可林笑怡错在哪里？只不过和她老公握手时间长了一点，看她老公看多了几眼，这能说明问题了吗？没有问题，王凤娇气又不知怎样消。陈二平算是自个儿撞到枪口了，王凤娇冲陈二平张口就骂："顶你的肺，你这个软蛋子，你有什么权力赶我出去？你有三亩青苗，就只说青苗，为什么不说说我的鱼虾？平时我不知道煎了多少条鱼给你吃，你现在不帮我说话，还赶我出去？顶你个肺哟，你这里是什么公堂？啊?！"

"嫂子啊，有什么意见要求你可以提，但现在是开会，不是无理取闹的时候啊。"陈二平顿时蔫了，好声好气说。

陈二平和赵可设是哥儿俩好，对王凤娇一口一个"嫂子"，说上几句俏皮话是常有的事。想不到他说话急了一点，就遭一顿骂，不由得也火了起来，他把火压了又压,总算没有爆发,不料他那一句"无理取闹"无异于火上浇油,王凤娇跳了起来,一手叉腰,一手指到了陈二平的鼻尖上:"好你个挨刀挨枪的陈二平,你敢说老娘我无理取闹?你说说,我怎样无理取闹了?"

陈二平忍不住笑了:"你现在这个样子,就是无理取闹嘛。"

谈判台边的人几乎都笑了,门口挤成一团的人也轰地笑了。王凤娇双眼怒睁,一个箭步冲到陈二平跟前,一把将他的衣领抓住,那两只硕大的乳房,一挤就挤到了陈二平的头上。

赵可设一巴掌重重拍到桌上,桌上的茶杯一阵乱跳,有一个掉到地上,"乒乓"一声破成了几块。哄笑戛然而止。大家的目光全投到赵可设身上。鱼虾的补偿赵可设何尝没有想到,当初他用洋酒哄陈二平和他订了五十年协议,就做了万一政府征用土地,索赔好有个依据的打算。养鱼虾的只有他一人,在台面上讨价还价,丢脸!他要在台下说,在台下说得在散会以后说。王凤娇怎么聪明一世糊涂一时呢?她大闹会场的丑态,让他恨不得找个地缝钻进去。他实在不明白,她的火由何而来?若为补偿就闹,等下回去不好好教训她一顿才怪!

"王凤娇,你给我滚出去!"赵可设揉着拍桌子震得虎口发麻的手,蹙眉低沉地说。

王凤娇摸透了他的底,他要是只锁眉宇,就说明他底气不足,这架他不想吵;若是他吹胡子瞪眼睛,那就是准备动武了,这时候能逃就赶快逃。摸清了这些规律,王凤娇才不怕赵可设,你敢在众目睽睽之下打老婆?那还像刚才那个说得比唱还好听的赵可设吗?王凤娇来劲了,她一把推开陈二平,目标转向了赵可设:"你叫我滚?你先给我滚出去!今天政府的人都在这里,你说说这养鱼养虾的我比你少出一点力没有?我的手起了厚茧,脸晒得起了硬壳,当然比不上人家白嫩嫩、滑溜溜,有本事你当初就找那样的人去,干吗趴在我身上不愿下来?"

有人开始窃笑,一听此话,大家哄堂大笑起来。

赵可设打也不是骂也不是,一脸羞愤,转头一跑了之。

马秘书长忍住笑,对王凤娇说:"这位同志,哦,是可设的老婆吧。鱼虾只你一家才有,林小姐早说了,补偿是肯定的,你看,青苗都补了每亩一万,鱼虾比青苗不知贵了几倍,所以补偿还要认真谈,心急吃不了热豆腐嘛。"

听了这几句话,王凤娇火气消去了大半,语气还是很冲:"那你说吧,要补多少?"

"这……"马秘书把目光投向林笑怡,想让林笑怡来说,又想这恐怕不妥,有踢皮球的味道。按林笑怡财大气粗的出牌手法,给赵可设鱼虾的补偿一定不会少。要是太多,只有青苗的其他人肯定又要闹。会后单独谈吧,这样一想,马秘书长就转头对陈二平说:"这样吧,要谈的问题基本上都谈妥了,就散会吧。鱼虾的补偿我们会后谈。明天下午还是三点,我们将今天的会议纪要整理好后拿来,你们看了同意,就签个字,一切就办妥了。"

陈二平巴不得这个会马上结束。王凤娇也太厉害了,奶都敢抵到他头上了,她不要脸自己还要脸呢。他站起来大喊:"散会了,散会了,还挤在这里干什么?回家去,都回家去。"

27

人群还没散尽,赵山贵就到了。这个六十多岁的老头,去年离休后,没了工作负担,农村清新的空气和宁静的环境,让他过得有滋有润。在他身上,依稀还能看到他在鹏湾冲休整时,年轻英俊可爱的军人风采,还能看到他当领导时稳重、干练、挥手有力的风范。这个会,陈二平三顾茅庐求他当村代表。他想了又想,觉得他离休了,还是公家人,公家人怎么能和公家人谈判呢?他谢绝了。他听说率队来谈判的是市府马秘书长,又高兴了。小马他熟得很,对他左一个老首长,右一个老首长,恭敬有加。对这样的小同志,赵山贵自然也不怠慢。他叫来了几个族里人,杀鸡宰鸭剖鱼,备了两桌酒菜。看看快六点了,他正要出门去祠堂叫人,看见赵可设气急败坏地回来,他以为是谈判闹僵了,一问,才知道是凤娇在闹事。他大步向祠堂走去。

见到赵山贵,马秘书长喜出望外,远远就伸出双手迎上去,连声说"对不起",说老首长离休后去哪儿养老一时没记住,不然就不会到了石岗,没有先来拜见老首长了。一阵寒暄后,马秘书长将谈判的大致结果向老首长汇报了,赵山贵听了满心高兴,连声说:"这就好,这就好。"他说罢,又严肃起来,问站在一边的王凤娇:"听说你在无理取闹?"

"没有,没有,一点小误会,解释清楚就好了。"马秘书长抢着说。

赵山贵还想说什么,目光一在林笑怡脸上扫过,就愣住了,他疑惑道:"你是林笑怡?"

林笑怡点点头,上前一步,揽住赵山贵的胳膊,欣喜地说:"赵伯,您比以前还要精神!"

"哎呀呀,真是笑怡哪!"赵山贵顿生愧疚,"当年你在我们村插队,我没能好好保护你,让你受了那么多委屈,唉,我这个支书当得不合格呀!"

"不,赵伯,我一点也没有怪您,当年,您已经力所能及给了我最大的爱护。"林笑怡真诚地说。

"能这么想,赵伯就宽心了。走,到家里去,赵伯给你们准备了酒菜。"赵山贵说罢,又瞪了一眼王凤娇,"你怎么这么糊涂,闹事闹到村委会去了呢?"

林笑怡亲热地对王凤娇说:"大嫂,那叫什么闹事呀,不过是把问题提了出来,对吧?"

一声"大嫂",王凤娇心里舒服了一些,跟着一阵酸溜溜,你叫我大嫂,赵可设不就成了你大哥?她将心里的不满掩饰了起来,装羞涩的模样,冲赵山贵说:"爸,是这样的。"

"哦,是这样就好。"赵山贵说了,他又对陈二平说:"二平哪,叫上村干部,都到我家来陪客人吃饭。"

赵山贵带着一行人谈笑风生往家里走时,赵可设已经和几个人动手将桌椅摆到了小院里。小院宽敞,摆两张大圆桌绰绰有余。小院的两侧,赵山贵用废砖砌了两个长形花池,月季、芍药、玫瑰、桂花、玉兰、夜来香、篑杜鹃都种了一两株。这些花一年四季轮换着开,坐在小院子里,花香沁人心脾。

看到王凤娇和林笑怡手挽手,亲热得像姐妹走进了院子,赵可设先惊又喜,女人的脸也像六月的天,说变就变。赵可设一高兴,就说:"今天女同胞不动手,只管吃。哎,凤娇,带林小姐看看桂花,刚开,香咧!"

王凤娇冲赵可设笑笑,算是对刚才"无理取闹"道了歉。

碗筷酒杯都摆好后,赵山贵请大家入座,正要举杯,林笑怡突然说:"赵伯,今天的谈判还有一个问题没有解决,问题没解决,酒就喝得没味道了。"

"还有一个问题没解决?"赵山贵手中的酒杯又放下,"什么问题?"

"老首长,问题其实很简单,"马秘书长将身子朝赵山贵倾了倾,"就是您家鱼虾的补偿问题。补偿问题由重洋公司负责,政府不便干预,所以……"

马秘书没把话说完,赵山贵就理解了他的意思。若政府来补偿,那就好办了。按赵山贵的想法,若是政府来补偿,问题才复杂,补少了儿子媳妇不干,补多了是他这个老家伙搞特权。他觉得问题其实很简单,人家补多少,接受得了，不就解决了？他说："笑怡，就按你说的，一锤子定音，我想你不会让我们吃亏的。"

林笑怡说："刚才二平哥说每亩两千元时，我看他的表情就像小孩做错了事，怕挨父母打一样。大家别笑，我当时的感觉就是这样。以一斑窥全豹，我从他身上看到了客家人的淳朴与善良。我现在代表的是重洋公司，但我是一个中国人，有些话，我还是想透露给大家。决定在深圳建的这家工厂，原来定在泰国建，那里的农民一棵手胳膊大的树要价就是二百美元，一亩地上有这样大的树至少五十棵，一亩就是一万美元，一万美元就是三万六千多元人民币。扯皮了一个多月，地址仍难以定下来。想不到深圳的政策这么好，不到一个月，一切都办得差不多，现在我们只需要确定补偿金后，就能兴建工厂。补偿的问题，你们要求低得我都不好意思了。"

王凤娇不露声色道："林小姐，我知道，如果我们不开口，你给我们的我们肯定也能接受，但我还是想给你一个参考数据，根据这些数据，你开出的价可能更合理，免得你给多了，回去挨那个叫什么琦川的日本人骂。"

"那好呀，大嫂，你就说吧。"林笑怡轻轻拍了拍王凤娇的膝盖说。

"这事，我最清楚，还是我来说。"赵可设怕王凤娇胡说八道，又惹什么乱子让人笑话，想制止王凤娇。

王凤娇用眼神狠狠剜了他一眼，说道："赵可设，现在轮不到你说话！"

"好好，你说。"赵可设头缩了一下。

王凤娇鼻子翘了一下，说道："七亩八分田挖成鱼塘花去五万元，今年投入的鱼虾苗三万元，照去年的纯收九万多，嗯，就算九万吧，按九万计，那么这三个数加起来就是十七万。这塘我们承包五十年，有协议书为证。现在只包了两年，还有四十八年，深圳发展这么快，人口越来越多，鱼虾的价格肯定还会升，这个我不算了，就是十七万中减去一次性的挖塘五万元，嗯，是十二万，十二万乘上四十八年，是五百七十六万。我们不敢要这么多，不然就有打死母鸡要赔鸡蛋的嫌疑了。你就根据这些数据定个价吧。"

怎么以前没发现这个女人还有这样的心机呢？赵可设被王凤娇无限扩大的所谓数据弄得耳红心跳。什么五万三万九万的呀？挖塘是一万，投苗种去年是一万，今年是八千，纯收入更玄乎，去年只有不到五万，怎么来的九万多？瞧她说假话脸都不红一点，老实说，如果是他来说，肯定也会夸大一些。王凤娇夸大得离谱了。这些事陈二平一清二楚，他要是揭底，岂不老脸丢尽了？当然,陈二平不会说,自己也不会说,事情都说到这地步了,还说什么?说了王凤娇会跟你拼命。

林笑怡心领神会,她拿起酒杯,轻声细语道:"大嫂说的那些数据我记不清,似乎也不能那么算,那么算的话,青苗补偿也要补偿四十八年。这样吧,一口价,你们家七亩八分的鱼虾补偿五十万元。同意的话,我们就把这杯干了!"

五十万元?天哪!五十万元!在场的人都感觉到了一种令人窒息的气流在滚动。赵可设想的最高数是二十五万元,王凤娇的高些,不过也是三十万元。现在竟然是五十万元!他们神态惊愕。竟然一时不知说什么好。数字是天文数字,他们做梦都不敢想。马秘书长、陈二平他们也都目瞪口呆。

"都发呆了啊?问题解决了应该高兴呀!"赵山贵端起酒杯,"笑怡说了的,干了这杯就当我们同意了这个数。我带头举杯了。"

王凤娇如梦初醒,她赶紧拿起酒杯,不管不顾,一仰头,就灌了进去。满堂喝彩中,林笑怡也干了,她放下酒杯,抿嘴笑道:"就这样定了。过几天我提现金来。"

没有让石岗的乡亲们吃亏,更没有让赵可设吃亏。琦川也会满意这个谈判结果。两全其美,林笑怡拿过酒瓶,给王凤娇倒满,也给自己倒满,举上,对王凤娇说:"大嫂,再干这杯。"

说罢,和王凤娇一碰,又一杯干了。王凤娇嘴角一擦,一巴掌拍到赵可设的大腿上:"倒酒,看我怎么和她干!"

林笑怡再端起酒杯,没有和王凤娇碰,她双手敬到了赵山贵面前:"赵伯,会议纪要明天下午双方认可签字后,补偿金后天下午我全部带来。这次谈判之所以这么顺利,全仰仗您老的帮助,今后求您帮忙的事还很多,我代表重洋公司,对您表示深深的感谢,我敬您一杯!"

"呵呵,呵呵呵!"赵山贵笑得很开心。以为最头痛的事情,结果却皆大欢喜,身为村委主任的陈二平当然高兴,他在酒桌上号称"二圣","酒圣"李白是老大,他就是老二。几杯酒下肚,陈二平开始发酒疯,想想刚才王凤娇当众对他骂爹操娘,这下找到机会收拾她了。他站了起来,说:"下面我自罚十杯!但是我每罚两杯,大嫂得陪一杯,怎么样?"

王凤娇脖子一梗,豪气冲天说:"你敢我就敢。"

喝的是客家娘酒,这酒度数低,甜丝丝,挺爽口,它的后劲却让所有能喝酒的人都感到害怕。酒喝到这种地步,场面就不能控制了,你敬我,我敬你,乱作一团。

王凤娇很快就胡话连天了,她抱住林笑怡说:"笑怡哪,下午我见到你的第一眼,你说我的感觉是什么?是仙女下凡!我知道,男人们见了你啊,个个骨头酥,走不动了。哎,以后这个工厂建好了,你来吗?来的话我天天提娘酒去看你。你把电话留给我,我找你就方便了。"

林笑怡哭笑不得,她把王凤娇扶正,说:"名片给可设哥了,你要找我,问他要好了。"

"嗯,给我老公了?"王凤娇把手伸向赵可设,"拿来我看看。"

从赵可设的手上夺过林笑怡的名片,一股淡淡的檀香扑鼻而来,王凤娇在心里骂,这白骨精要勾引她老公了。她拿名片在醉眼前晃了晃道:"哇,林笑怡,多好听的名字呀。"说罢,她把名片递给赵可设,赵可设以为她要把名片还给他,伸手过去,却被王凤娇狠狠掐了一下,她把名片悄悄塞进了鞋帮里,垫到了脚下。

这一幕,坐在桌对面的赵山贵全看到了,一股火蹿了上来。本来按客家的传统,请客女人是不能上桌,现在已经给她面子了,她居然这么放肆,这样侮辱人家!林笑怡哪里对不起她了?他把火压了下去,对赵可设说:"你老婆醉了,扶她去休息吧。"

"我……没醉,我……还要和……和林妹妹,干……干杯。"王凤娇结结巴巴道。

王凤娇不想走,赵可设强行扶她起来,她一头靠到赵可设的肩上,连说话的力气都没有了。

林笑怡清楚石岗人喝酒的品性,喝酒前她已经吃了日本产的解酒速效丸。她一杯又一杯地干,仍然头脑清醒,谈笑风生,喝倒了王凤娇,又把矛头转向陈二平。直到陈二平把一个电灯泡看成几个了,家宴还没结束,他就倒在地上"哇哇"乱吐一通,最后被人像抬死猪一样抬回了家。

赵可设的酒量和陈二平难分伯仲,这晚他克制住了自己,更多的是充当斟酒劝酒的角色。林笑怡上车前和他握手,他感到一股电流导入他的全身,心脏一阵急促的跳动。车开走后,他在心里斥骂自己想入非非,白日做梦。

王凤娇在床上躺不一会儿,欲吐不吐。她硬撑着到后院猪栏边,把一肚子的酒菜抠出来。第二天早上,赵可乡到猪栏边小解,发现猪死了,大喊大叫将爸和哥嫂招来。赵山贵仔细一看,猪不是死了,而是醉了。王凤娇咯咯笑,原来是猪吃了她吐出来的秽物，竟比她醉得还要久。

王凤娇抠掉酒，清醒了许多。回到床上，她听到院子里还是说笑声、叫好声一片。林笑怡的笑声，她听着特别刺耳。她侧过身，伸手将还在鞋里的名片摸了出来，撕成几片丢进了床底里。丢了名片她又觉得有些不妥，心想这醋喝得过分，人家是重洋公司的全权代表，赵可设农民一个。就算林笑怡握他的手，多看了他几眼，不也因为是自己丈夫优秀吗？自己认为自己丈夫优秀，人家为什么不能这样认为？人家认为自己丈夫优秀了，就是想勾引自己的丈夫吗？这样想了又想，王凤娇就觉得自己这天的所作所为太鲁莽了，对不起自己的丈夫，冤枉了林笑怡。林笑怡多爽快，说给五十万眼都不眨一下，她是自己的财神爷。有了她，自己下半生不愁吃香喝辣。这样一想，她就爬下床，钻进床底把那几块撕破的名片找了回来，夹到一本书里。

晚宴终于结束。她听到赵可设说"我去送送你们"后，就跳下了床，以最快的速度洗漱，还用赵可家托人捎给她的香水喷了喷耳根、腋窝和腿根。香水是法国货，几百块港币才能买到一小瓶。她一用，赵山贵就皱眉头，说难闻。其实赵山贵也觉得香，只是担心她喷了以后，在村民前招摇过市让人说闲话。赵可设不怕人说闲话，八十年代了，深圳都是特区了，洒点香水还怕什么？要是晚上，他一闻到这香水味后就有欲望。王凤娇投其所好，想给他了，晚上洗过澡后就往身上喷一喷，屡试不爽。弄得浑身上下香喷喷后，王凤娇就光溜溜钻进了被子里。

这时门外传来了赵可设的脚步声，他不慌不忙洗漱一番后，趿拉着鞋吧嗒吧嗒到了后院，一会儿后，盛尿的木桶便传来他拉尿的稀里哗啦声。之后再吧嗒吧嗒再转回来，一直到了门口，停顿片刻，门才吱呀一声，慢慢被推开来，他闪身进来，门又吱呀一声关上，最后吧嗒一声，门闩插上了。

王凤娇感觉她熟悉的身影走到床边后，闭上了眼，假装睡熟的样子。开关吧嗒一声，床头的灯亮了。她知道他睡前有看书的习惯。现在都什么时候了，他还要看书？她并不担心，她知道他看书是要躺在床上看，一上床，一撩被子，不就看见，不就闻到了吗？

赵可设拿了一本书，撩开蚊帐刚要往被子里钻，嗷地叫了一声，不一会儿便传来书被丢到台上的声音。赵可设扳过她的脸，看了一会儿，说："这婆娘不是醉了吗？怎么还这么骚。"她想笑，还没笑出声，她的奶便被赵可设的嘴啃住了。

第四章

完事后，赵可设还整个地趴在王凤娇的身上不愿意起来，他觉得他身下的肉柔韧光滑，比躺在硬板床上舒服多了。压久了王凤娇喘不过气，便把赵可设推翻下来，说："我没说错吧？你趴在上面就是不愿下来！"

赵可设咧嘴笑笑，说："谁叫你浑身是肉，趴在上面舒服呢。当着那么多人的面说，不知道丑啊？"

"丑什么？谁没有趴在老婆身上不愿下来过的？我只不过敢说而已。"王凤娇毫无羞色，她一边说，一边用手轻轻摩挲赵可设的胸膛，"什么感觉？"

"痒痒的。"

"还有什么感觉？"

"就是痒痒的啊。"

"不，我要你说实话。"

停顿良久，赵可设说："还有的感觉就是你的手像锉子，刮得我胸口痛。"

王凤娇的手停止了摩挲，撑起身幽怨道："不用你说，我也知道我这双手哪还像手，老茧像牛皮厚，哪像林笑怡的手光滑细嫩！"

"难怪你把人家的名片垫到脚底了。"赵可设睁大眼说，"人家手嫩关你什么事？你这样损人家对啊？你是不是怕我去勾引她？"

"我不对，我认错！"王凤娇说着，几滴泪滴到了赵可设的胸膛上，她吸了一下鼻子，"我只是觉得，两双手比起来，你肯定会喜欢那一双。"

赵可设听到自己的心咯噔地跳了一下，他抓过王凤娇的手，带她继续在他的胸膛上搓来搓去。心想这双手割草喂鱼，拌鱼饲料，剁红薯藤养猪，握锄头挖地种菜，什么活儿不干？还不都是为了这个家？这样一想，一股对妻子的怜爱油然而生。他把王凤娇搂到怀里，说："从明天起，你不再干农活，不再晒太阳。我带你上免税商场，选最好的美容霜买几瓶，好好保养一段时间，保证也能和她的一样。"

"真的？"王凤娇说，"我们有钱了，这钱多得我们一辈子都吃不完了。哎，可设，你说这钱怎么用好？"

"给你买辆摩托车，哦，也给可乡买一辆，剩下的投资股份企业。我们不能老跟泥土鱼虾打交道了，也要干一番事业了，挣很多很多的钱，让你，让爸，让四弟过上舒心日子。"

王凤娇感动得又想掉泪。她一边轻轻爱抚丈夫，一边温柔地说："你呀，还有一件事你忘了呢。"

王凤娇说:"我的奶,光是你吃的吗?要有一个儿子来吃了!"

"哎呀,我怎么忘了?"赵可设一转身,又趴到王凤娇身上,"我们是该要一个儿子了。今晚就整他一个出来。"

"你我都喝了酒,你想生个傻瓜呀,今晚我吃药了。"王凤娇推开赵可设说。

"哎呀,你不说我还忘了呢,生个傻瓜那不得了。从明天起,我戒酒半个月!"

第五章

28

  深圳城中心和石岗村之间，过去有条泥土路。在赵可乡记忆里，这里雨天是泥浆路，有一次他踩单车一不留神，一头扎进了泥水坑里，人仰马翻，成了只泥猴子，惹得路人哈哈大笑。雨天路不好走，晴天也讨厌，路面积了厚厚一层黄色浮土，风一来或车一过，铺天盖地扬起，把路人弄得一身都是尘土。

  有一天，路上开来了十多辆推土机，有人在山脚下放炮，推土机将炸松的土石推到路面上，拖着巨大滚石的履带拖拉机在上面来来回回几次后，一层沥青再铺过去，当年那条泥土路便成了又宽阔又平整的沥青路。路两边就像变戏法般，一家家工厂、一座座高楼大厦转眼间拔地而起。

  有了工厂后，当年只有稀稀拉拉那几个农民，现在满马路都是穿得五颜六色、打扮得花枝招展的打工仔和打工妹。这条路成了热闹的街市，一家家商店、酒店、歌舞厅、发廊、录像厅连成了一串。

  赵可乡现在有了一辆谁都羡慕的铃木王，一掀电子打火器，不用挂挡，一拧油门，就风驰电掣般跑得飞快。在路上谁见了赵可乡开摩托车过来了就得赶快躲开，这小子身高不过一米六，一条腿还是跛的。这跛子有一群狐朋狗友，谁若惹到了他，一声呐喊，就敢把人打得鼻青脸肿。

  赵可乡从二哥赵可设手里欢天喜地拿过铃木王没几天，他高中的同学二狗，跑到石岗来找赵可乡。二狗是小名，大名叫林达伟。林达伟有兄弟姐妹八个，生一个，他父亲就狗呀猪呀牛呀地叫一个，倒也好记。二狗的这群兄弟姐妹中有大半早年逃去了香港，现在每人每月给他一百元，他就吃香喝辣用不完。他游手好闲，和一样游手好闲的赵可乡成了死党。

二狗探头探脑在赵可乡家的大院里望了望，没人影、没动静。铃木王停在院子里，说明赵可乡没走远，他扯嗓门就喊："赵瘸子——"

"喊什么？"二狗的话音刚落，赵可乡就一瘸一拐走了出来。赵可乡和他的几个哥哥比，个子矮去了整整一个头。据说原因有两个，一是他出生时正闹饥荒，吃不饱，影响了后天的生长；二是他的左腿胫骨被他父亲打断后造成生长停止。两个原因后一个更有科学依据。他的小腿治好后，左腿比右腿短了两厘米，走起路来有如扭秧歌，"赵瘸子"的绰号，由此而起。开始的时候，谁叫他"赵瘸子"，他怒目而视，大有和人家一决雌雄的架势。敢当面叫他"赵瘸子"的，一般都比他高大有力，他拖着一条跛腿和人打架屡屡吃亏。有人再叫他"赵瘸子"，他装聋作哑，充耳不闻。时间一久，耳朵听出了茧，也就应了。

"快，跟我走。"二狗压低声音，神秘兮兮说。

"干什么嘛，不说我不走。"说不走，其实他已坐到摩托上面，一掀电子门，摩托"突突"响了起来。

二狗一跨腿，坐到了摩托的后位上，暧昧地嘿嘿笑几声："走走，到了那里你就知道了。"

二狗带赵可乡去的地方叫梦幻发廊。这条街热闹起来的时候，一间又一间的发廊也跟着冒了出来。开始的时候，这些发廊是正正经经洗头理发的场所，渐渐地，一说去发廊洗头，就有了暧昧的味道。不知从什么时候开始，许多发廊也不知谁跟谁学的，先是在里间搞了暗房，暗房摆上一张床，喜欢捏捏背捶捶腰的客人躺上去后，洗头妹一摸两摸，就摸出了激情，在推推扯扯中就反过来睡到了床上，任由不正经的客人在身上胡作非为了。客人干完了事，有的丢下二十元，大方的客人给五六十元，碰到大款，给个一百元也不足为奇。这类洗头妹第一、第二次还胆战心惊，觉得下贱，没脸见人了。几次后，钞票哗哗来，耻辱的感觉没有了，连洗头那举手之劳也不想干了，来了客人就往暗房里拉。梦幻发廊的阿玲就是这类洗头妹。二狗去了几次，阿玲一次比一次叫他舒服。他舒服了就不忘"赵瘸子"。他带赵瘸子来，就是想让他也舒服舒服。

铃木王的"突突"声在梦幻发廊门口停下。这时是下午三点多，发廊一般没什么生意，五六个洗头妹懒洋洋挤在一张脏兮兮的沙发上看电视。二狗推开发廊的茶色玻璃门，大声嚷道："阿玲，阿玲。"

阿玲应声站起来，走过来在二狗身上轻轻捶了几捶，问："先洗头还是先按摩？"

"我洗头，赵瘸子按摩。"二狗指了指跟进来的赵可乡说，"他是我的死党，好好按。"

阿玲不敢叫"赵瘸子"，她揽住赵可乡的手臂，一边赵大哥、赵大哥地叫得甜，一边就把赵可乡带到了暗房里。阿玲长得白白净净，杏仁眼笑眯眯的，赵可乡就没了拒绝的意思。

发廊赵可乡去多了，也知道有的洗头妹是可以拿来睡觉的。赵可乡成了跛子后，在女同学面前总有低人一等的感觉，以后发展成了怕女人，总不敢和女人对视，二十多岁了，别说谈恋爱，就连女人的指头都没碰过。他认为发廊暗房里的床什么人都睡过，太脏了，就死活不肯去暗房。阿玲太漂亮了，比他还高出半个头，她对这个比自己矮的跛子，没有流露出任何嫌弃的意思。赵可乡就没有了拒绝。进了暗房，她几乎是把赵可乡抱起来，放到床上，然后两下三下就扒光了赵可乡的衣裤。干这类事，阿玲只想要钱，毫无感情乐趣可谈，只想越快越好。扒光了赵可乡的衣裤，她几下子也撸去了自己的衣裤，身子就贴到了赵可乡的身上。

赵可乡惊得浑身打抖，那东西竟没有一点反应，倒像是乌龟，缩了头。

阿玲笑了，说："看你怕成这个样子，还是童子鸡吧？别怕，来，我帮你。"可任由阿玲如何轻抓慢揉，赵可乡就是不行。

"我这东西有问题。"赵可乡窘迫尴尬地推开阿玲的手。

"东西不行，我也会让你舒服。"阿玲说着，就趴到了赵可乡的身上，在他全身上下翻飞。那两小时，赵可乡如入云雾，飘飘成仙，他实在没想到男女间还有这么令人销魂的事。

过后赵可乡问多少钱，阿玲说二十。赵可乡从屁股口袋掏出钱包数了五张给她，说："给你五十，以后我会经常来，欢不欢迎？"

那胀鼓鼓的钱包少说也有两百块，那时候，钱包里放着两百块钱的有多少人？阿玲眼睛发亮，忙不迭说："欢迎欢迎！"

"但我下面的东西不行，你不准和哪个讲，包括二狗。"赵可乡说。

阿玲抱住赵可乡，在他脸上亲了一口，娇滴滴地说："那当然。讲了是小狗！"

出门后二狗问："怎么样？"

"舒服！"赵可乡答。

赵可乡迷上阿玲了，三天两头往梦幻发廊跑，两天不见阿玲就像烟瘾上来，急得火烧眉毛，口角流涎，捶胸顿足。他花钱如流水，没有了就问大哥二哥要，有时三哥也托人捎钱给他，一给就是三五千。赵山贵觉得自己这一辈子对不起的人就是四儿子，时常问他缺不缺钱，赵可乡翻个白眼，搭都不搭理一下。他对父亲的怨恨怎么消得了？不过，要是刚好缺钱，他就会答"缺"，一沓钱轻而易举到了手。他又可以在阿玲身上、在朋友之间大讲排场。

赵山贵终于知道，赵可乡一天到晚在梦幻发廊，和一个叫阿玲的洗头妹混。他气得额头青筋暴跳，嘴唇哆嗦半天说不出话。他革命一辈子为了什么？就是消灭这些旧社会的丑恶东西！他怒气冲天赶到梦幻发廊，正好碰上赵可乡一伙人在发廊门口和几个洗头妹打情骂俏。二狗见赵山贵往这里赶来，赶紧叫道："赵瘸子，你爸来了，还不快跑！"

二狗以为赵可乡会骑上摩托跑掉，不料赵可乡鼻孔哼了哼，大摇大摆一屁股坐到摩托上，一副不屑的样子。

"你怎么能到这种地方来？"赵山贵站在赵可乡面前，气极道。

"喂，你这次忘了拿一样东西来。"赵可乡冷冷地对赵山贵说。

"什么东西？"赵山贵愣了愣。

"棍棒呀！我不是还有一条腿没有断吗？来呀，再把它打断呀！"赵可乡一副流氓无赖的模样，嘲弄自己的父亲。

这话像一把锉子，往赵山贵的心窝戳，他脸色红一阵白一阵，突然拿过身边的一张木凳，大吼一声："赵可乡，我这个父亲你不认算了。"说着，用力向赵可乡砸去。

赵可乡被父亲的举动惊得跳起来，他把头一偏，木凳从他头上飞过砸到梦幻发廊的橱窗上，一阵剧烈的炸响，橱窗的玻璃被砸得稀巴烂。

"赵瘸子，你再不跑，你爸打死你。"二狗扯着嗓子叫。

赵可乡赶紧把铃木王发动起来。他这时才明白，父亲这些年对他的迁就，不是无原则，一旦让父亲再发火，那条好腿他就真的敢打断。赵可乡骑着摩托车，一溜烟跑了。赵山贵气咻咻望着赵可乡，看他没了踪影，掉头问围着看热闹的人："谁是老板？"人群里走出一个中年妇女，浓妆艳抹，妖娆万分。

赵山贵怒发冲冠道："这个发廊是你开的？"

"是……不是……"女老板差点吓破胆，嘴唇哆哆嗦嗦说不清楚。

这条街的发廊司空见惯，赵山贵有什么办法？他叹了一口气，声调缓和了一些:"赔多少钱?"

女老板连声说:"不敢,不敢!"

"什么不敢?你不敢的应该是不敢收留人家姑娘在你这里卖身,不敢干国法不容的丑恶勾当!"赵山贵掏出几十元塞到女老板手里,"下次你这发廊里还有这种事,我叫派出所把你的门封了!"

女老板知道赵山贵老革命的背景,知道他能说到做到,拿着赵山贵硬塞过来的钱,头点得像鸡啄米。

这时,赵山贵发现围观的人群中还有二狗,过去一把拧住二狗的耳朵:"说,是不是你带坏可乡的?"

"哎哟,哎哟,"二狗疼得直叫唤,大声辩解,"不是,不是!"

人群中发出了一阵哄笑。

29

赵可设现在真叫春风得意马蹄疾。

和重洋公司的谈判会上,他出色的表现,村民们像才发现,他才是村里真正的带头人。在过后不久的村委选举中,他以全票被推上了村主任的位置上,和村支书陈二平平起平坐。一年后,石岗撤村建居委会,他顺顺当当又成了居委会主任。赵可设这官当得太是时候了。重洋公司的征地费,陈二平打算拿出来办一家建材公司,赵可设坚决不同意,他要投股重洋公司,与重洋公司合作,分红。他的理由是目前市场上经营建材生意的公司太多,竞争太厉害。不是他不敢迎接竞争的挑战,而是这钱可以说是村民们今后生活的保障,在保证他们失去土地后不挨饿之前,任何冒险都是不切合实际的。重洋公司是国际上排名靠前的跨国集团公司,有上百亿美元的资产,林笑怡透露,它在石岗的元件配件厂,每年至少有五千万元的纯利润。征地费占总投资的百分之二十,石岗村每年可分一千万元。石岗有三百零几号人,平均每人每年分两万元,算一算也才六百多万元,还有三百余万元作公积金。赵可设的主张被全村绝大部分村民接受了。村支书陈二平事后也认为赵可设的主张在理,他红着脸说,他只想赚大钱,忘了保证乡亲们的肚子。

重洋公司对石岗村的决定大为高兴。这两年重洋公司香港分公司同时在东南亚几个国家上马了五个项目,有的项目效益不是当年就见效,流动资金紧张。像石岗这样不要征地费，将征地费作为投资参加分红，其意义不仅在少了数千万元的现金支出，还在于中国人入股公司，参与工厂的管理后，他们提供廉价劳动力，以及由他们解决各种在中国可能遇到的麻烦事，就是一种无法计算的潜收益。石岗参股，等于将他们绑在了同一战车上，他们就不会因为一下拿走几千万元，与在他们地盘上的重洋公司毫无瓜葛了。这一切当然是林笑怡斡旋的结果。琦川一高兴，奖给林笑怡十万元港币，任命她为深圳这家公司的总管。总经理的头衔还在琦川那里，她行使总经理职责。

"请你吃晚饭。"林笑怡在电话里兴高采烈，"琦川奖了我十万元港币。"

"琦川奖你就请我吃饭，我岂不是无功受禄。"赵可设心里乐，嘴上推托。

"有你的功劳，你的功劳比我大！说定了，下午六点我在村头接你。"

征地以后，修路引水拉电建厂房，各种合同协议的起草签订，和工商税务消防卫生等单位打交道，事情多了，他们忙得像陀螺，竟然没有单独在一起吃过一次饭。

下午六点，赵可设刚走出村头，就看见林笑怡驾着那辆她专用的白色轿车飞驰而来。车在赵可设的身边嘎地停下，林笑怡从车窗里探出头："好准时，没等吧。"

"我也刚到，都准时。"赵可设向村子看了又看，确定没人看见他上了这辆车，才一头钻了进来。

"你东张西望什么呀，上我这辆车你就怕成那样？"

"不是我怕，而是怕人家怕，人家怕了我就也怕。"赵可设为自己顺口而编的绕口令得意地笑了几声。

"说来说去还是你怕，"林笑怡揶揄道，"回去晚了嫂子不会拿棍子在门口等吧。"

"难说。"赵可设心有余悸地说，"有次吵架，我气极了，做了一个要打她的架势，结果她冲上来先给了我几拳，那才叫打虎不成反被虎骑。"

"以后你要老实才行。"林笑怡咯咯一笑，将一沓千元面值的港币丢到了赵可设的怀里，"五万元，你的。"

"这是怎么回事？"赵可设不知所措，一时反应不过来。

"这叫有功受禄。"林笑怡一边开着车，一边说，"琦川因为建厂工作顺利，奖励十万。这叫见者有份。"

"奖给你应该，分给我就不应该了。"赵可设犹豫，不知如何处理这钱才好。

"可设哥，我觉得你长得像个男子汉，说话也像男子汉，办事却前怕狼后怕虎，婆婆妈妈。"林笑怡耐心开导道，"这钱不是贪污受贿，你怕什么？日本人的钱，你不敢花呀？要是你还怕，今晚这餐你请好了，算你赚了又花了。"

"我们能吃多少，拼老命吃，吃最好的，也不过千把块，剩下的怎么办？"赵可设被说服了。

"真是个大傻瓜！开个账号存起来，当小金库不就行了？"林笑怡说道，"你那几十万元人民币谁管？我想肯定是嫂夫人，没有她同意，我看你动不了一分钱。聪明一点的男人，谁没有小金库？哎，你别说我教坏你啊，这是真话，比如哪天想请个漂亮小姐吃饭，没有钱怎么办？嘿，小金库解决。"

赵可设不由得多看了林笑怡几眼。他忽然觉得林笑怡和以前的林笑怡似乎有点不同，不同在哪里，他又一时说不上来。

林笑怡开着轿车横穿整个深圳市区，在深南路上跑十多分钟后，在深圳湾大酒店门前广场停了下来。说来惭愧，赵可设是深圳土著，居然没来过深圳湾大酒店。林笑怡却轻车熟路，一下车保安员就和她热情打招呼，看来她是这里的常客。

林笑怡要的包厢临海，浅蓝的摩力克窗帘一拉开，深圳湾一览无余。船帆点点，鹭鸶海鸥上下翻飞，都忙着在捕鱼捉虾。隔着深圳湾，是香港新界。栋栋高楼大厦隔海相望，似触手可及。赵可设和林笑怡坐下不久，夜幕开始降临，无月的夜晚，满天繁星，与海上的渔家灯火一齐倒映海面，天上水中浑然一体，让人生出迷茫恍惚的感觉。

"想什么呢？"林笑怡呷了一口茶问。

"隔着深圳湾，新界和深圳有一千米距离吗？"赵可设问。

"差不多吧。"

赵可设嘿嘿一笑，说："我在想偷渡。当初我要是和你一起过去了，你说，现在我会是个什么样呢？"

"你没有过去是对的！"林笑怡想到了赵可家，她不愿提及，"你现在最好，前途一片光明！"

"是吗？"赵可设想到赵可家偷渡逃港时与他发生的强烈冲突，还有赵可乡为此而被父亲打断了腿，眼圈不由得红了红，深深叹了一口气。

林笑怡吃了一惊，说："可设哥，我说错话了吗？"

"不，不，"赵可设说，"往事不堪回首啊！"

林笑怡埋藏心底一直没说的话慢慢涌了上来。她说："是啊，往事不堪回首。六年前，我离开你时，最后一句话你记得吗？"

终身不忘的一句话，怎么会不记得？赵可设默默点了点头，说："你不是回来了吗？"

"可惜井坎那块巨石不见了。"林笑怡幽幽地说。

回到石岗，林笑怡和赵可设第一次说起井坎。

林笑怡很冷静地制止了这个话题："重洋投产时，中方要出一名厂长，以及财会和管理人员共十名，他们都要到香港总部培训基地培训一个月。这项工作马上要着手进行，我希望你担任中方厂长，带队去香港培训。"

说到工作，赵可设来劲了，说："谢谢你的栽培！来，来，把酒倒满了。"

林笑怡浅浅一笑："在大酒楼里喝洋酒，倒酒有讲究，一次只倒这么一点。"

"洋酒我又不是没有喝过，哪有这么多讲究。"赵可设拿起酒杯晃了晃里面的酒，"一次喝这么小一口怎么过瘾，倒满了！"

林笑怡说："本来喝酒是没有讲究的，欧洲那些绅士吃饱了没事干，挖空心思搞一些名堂出来，怎么喝酒啦，刀叉如何使用啦，等等，讨人嫌！今晚听你的。"

"要说听我的，上高粱酒最好！"赵可设说，"当年在部队，不用酒杯，一人拿一瓶高粱酒干，那才叫痛快！"

"高粱酒多少钱一瓶呀，能和蓝带比吗？"林笑怡眨眨眼，"我分出去了五万，心疼呢，多敲你一点回来才平衡。"

赵可设哈哈一笑，学林笑怡转移话题："关于合作办厂的事你尽管放心，我明天就开始挑选人，随时听你安排。至于中方厂长你不让我干我还不依，石岗土地卖的第一笔款押在你们手上，我不盯着，还睡不踏实呢。干不好，石岗的村民要骂我祖宗的！"

这年头，能一心为众人着想的有几个？林笑怡感慨万分，她再一次举起满满一杯酒……

赵可设终于头重脚轻起来。醉眼蒙眬，赵可设看林笑怡就有了雾里看花的感觉，他说："过了六年，你变化真大！"

"是吗？"林笑怡一边把玩着酒杯，一边说，"说说看，哪里变了？"

"你回来那天，你听二平怎么说，他说你比电影明星还漂亮。"

林笑怡目光也迷蒙起来:"那你呢,怎么看?"

赵可设嘿嘿一笑,说:"我只想到狂风暴雨里那只落汤鸡!"

林笑怡脸红了。

赵可设脸也红了。他想,此时林笑怡一定也想起他们拥抱在龙虾刺身一起的情景。

菜是林笑怡点的,两份红烧鲍鱼,两盅鱼翅,一份龙虾刺身,一条清蒸老鼠斑,一盘西芹腰果,一瓶蓝带。吃完买单,银柜小姐说人民币换算成港币八千三百元,赵可设目瞪口呆,林笑怡说:"你不是说千把块够了吗?这还不是最好的东西呢。"

离开酒店时,林笑怡说:"你说一个密码,明天我去帮你存钱。不然,这钱就落到嫂子手上了。"

"她敢!"赵可设豪气冲天,心里却是虚的,王凤娇何止敢搜他的包,他的皮都敢扒呢。

林笑怡说:"我看她就敢。"

汽车行驶至离石岗还有一段距离,赵可设叫林笑怡停了车,他说:"我走一段,帮助消化消化。"

林笑怡抿嘴一笑,心想这家伙真的是怕老婆。

看赵可设下了车,林笑怡把头探出窗外,说:"喝了这么多酒,别一头撞进路边的沟里啊。"说完,掉转车头,开走了。

林笑怡的车转一个弯没了踪影,赵可设突然心里空荡荡的像失落了什么东西。什么东西呢?赵可设说不清、道不明。

30

结婚五六年,王凤娇的肚子总不见大起来,赵可设仍旧乐呵呵,王凤娇更是无所谓。赵山贵像热锅上的蚂蚁,急得团团转。村里有人说王凤娇太胖,肚里的板油塞住了生孩子的管子,并举实例,说太肥的母鸡不下蛋。结果许多人都认为王凤娇是不会下蛋的母鸡了。

有关她不会下蛋的流言蜚语,王凤娇早有耳闻,她天天吃药避孕谁知道?说了谁会相信一个农村妹嫁到婆家了不考虑生孩子,只会养鱼养虾种田地?王凤娇表现了罕见的大度,既不去避谣言,也没停止吃药,照样让肚子干瘪瘪,一天到晚在山里、地里、鱼塘边转。看到她这么勤快，有人嚼舌头说她是内疚，是因为不会生孩子而用辛劳的汗水换取赵家的原谅、可怜和同情。王凤娇不会下蛋成铁定的事实。因此，她顶起大肚子后，昂头挺胸走路的神态没有惹起人们的不满，反而使那些过去对她评头论足的人内疚不已，恨不得掴自己两记耳光才好。王凤娇三十岁这年，生了个女儿。

王凤娇以为生了女儿家公不高兴，没想到只会生儿子的赵山贵高兴得合不拢嘴，逢人便说他有一个宝贝孙女。百日那天，赵家大摆酒宴，比生个儿子还风光。

王凤娇现在是比六百个工分还要六百个工分。生孩子前后，她吃去三百多只鸡。鸡两斤左右，都是没下过蛋的小母鸡，加上两斤客家娘酒一起煮，满满一盆，她吃得一块都不剩。她喜欢吃带壳煮的鸡蛋，想吃了抓起一个放在桌上一磕，剥去皮就往嘴里塞，一天能吃掉三四个。等女儿满月，她能够到村里村外转悠时，人们看到了一个浑圆如囤箩的"日本相扑"。

麻将在石岗久已有之，农闲时几个人碰在一起玩玩，是常有的事。"文革"一来，麻将沦为资产阶级的东西，被禁止了，一禁就是十多年。麻将死灰复燃时，王凤娇还忙着养鱼养虾，没有顾及麻将这样好玩的东西。给赵家生了一个比儿子还宝贝的女儿后，她迷上了麻将。

王凤娇热衷打麻将有两个特点：一是白天呼呼大睡，晚上通宵达旦；二是搓麻将回来后倒床就睡，对男女之事没了一点兴趣。她不主动不说，有时赵可设难挨了，摸摸她，竟被她粗鲁地推开。一来二去，赵可设也没了兴趣。王凤娇胖得实在不像话后，终于意识到山吃海喝的结果，下定决心减肥。瘦下来，却有了一个让人不忍的结果，由于被撑胀了的皮肤少了脂肪的支撑，松松垮垮满是褶皱。女人的皮肤带了褶皱还能吸引谁？不谋而合，他们一两个月不爱一次，也就正常了。

王凤娇自己对性爱不感兴趣，却对丈夫对性爱不感兴趣发生了兴趣。她想，以前这家伙哪个礼拜不来两三次？厉害的时候，一晚来两三次也不少见！王凤娇不由得警惕了起来。她明察秋毫，警惕的对象就是林笑怡。

对于林笑怡，王凤娇又爱又恨。她是石岗村的恩人，村里人甚至将她比作财神爷。可她太漂亮了，这种漂亮要是一晃而过，来得快也去得快，王凤娇无话可说，偏偏她来后就赖着不走了。她一天到晚在厂房的工地上走来串去，三天两头吆喝赵可设和陈二平之类的酒馋虫到什么地方撮一顿，把人家的老公灌得醉醺醺才放回来。赵可设在人家身上趴没有，值得怀疑了。这怀疑遭到了王凤娇自己的反驳，人家一个堂堂的香港小姐，怎会爱上一个一脚杆泥土牛屎的农民头？她反过来又想，现在深圳早不是过去的深圳了，花花世界呢！女人呢，也早不是过去的女人了，为了钱，什么事情不敢做？

一想到钱，王凤娇就窃喜，当初她高瞻远瞩，将那五十万元一揽子挂在她名下，存到了银行里。赵可设用过几次钱，来龙去脉都清楚。他要变坏，得有变坏的资本。王凤娇清楚，人变坏的基础就是钱，没有钱，想变坏也变不了。

赵可设常常借故这里忙，那里开会，要应酬等，晚上回家吃饭越来越少，回来的时间越来越晚。王凤娇终于意识到，要仔细看一看，到底是谁整天把自己的老公搞得像丢了魂，这个家的门槛都快认不得了。跟踪了几次，毫无结果，倒是把自己搞得神经兮兮，累得不得了。这一天，赵可设又说要出去吃饭，王凤娇没有刻意跟踪侦察，却意外发现下午六点多，赵可设在村头上了一辆白色轿车。有人叫去吃饭，派车来接，也属正常。偏偏赵可设的举动引起了她的怀疑：他上车前像做贼一样探头探脑，东张西望。他心虚什么？王凤娇惴惴不安，也如获至宝。那晚任麻友们千呼万唤，她就是不出门，死死在家等着赵可设，看他如何交代。

赵可设回家走进院子，习惯性地在院门口干咳一声。这晚这一声不够响亮，一是有了瞒着老婆的小金库，二是刚才回来的路上，他拿林笑怡和老婆做了对比，结果把林笑怡当成了天鹅，老婆说成了"样板猪"。没有做亏心事，也变得好像做了亏心事。底气不足，没了往日威武一方的气势，干咳声自然就干瘪。干咳一声后，院里没动静，现在还不到十一点，人家麻将打得正酣，赵可设悬着的心放了下来，底气便又足了，响亮地又咳了一声，自言自语骂："要不得，要不得，这个骚货现在还没回来。"

一进院子，赵可设就打了个激灵，愣住了：王凤娇威风凛凛站在台阶上盯着他！

"说说谁是骚货？"王凤娇脚一跺，提高了嗓门，"你说我是骚货，我可没去骚谁，倒是你，给哪个骚货迷住了，深更半夜才回来！"

这一骂，把赵可设骂醒了，他气恼地说："我说骚货不过是说说，又没真的说你去哪里骚了。但你说的什么鬼话，我被谁迷住了？快回屋里去，别在这里叽叽喳喳，别人听见了难听。"

"你也知道怕别人听见啊？"王凤娇吵闹的架势不减，她声音更高，"难听总比难看好吧？你说说，今晚去哪里了？"

"我不说了么，大哥晚上请市国土局的人吃饭，叫我去陪。"赵可设不耐烦地说。

和这些人吃饭，有什么好说？偏偏王凤娇这时就记住了赵可设上车时鬼鬼祟祟、贼头贼脑的样子。她说："你编鬼话骗我吧？说说看，开车来接你的是什么人？"

她看到林笑怡开车接他了？赵可设心里一惊，旋即镇静道："是大哥的司机，你问这么详细干吗？"

"你骗我吧？"王凤娇抓住了蛛丝马迹，冷笑一声，"你大哥的车是黑色的，接你的车是白色的。"

说到"白色"两个字，王凤娇不禁"哦"了一声，她突然想了起来，林笑怡开的车就是白色的！她只见过一次，陈二平的老婆说了几次，说林笑怡开着一辆白色轿车神气得很。王凤娇破案终于有了重要线索，掌握了关键证据，她要猫捉老鼠，欲擒故纵："你大哥的车什么时候变白色了？"

赵可设不屑与王凤娇争辩："白色黑色不都一样吗？黑色的忙别的去了，借辆白色的来不也很正常吗？你今晚是怎么了？无理取闹啊？"

"我就知道你要赖，说说，来接你的是不是林小姐！"

赵可设在心里已有了充分准备，脸不红心不跳，吼一声："你给我滚回屋里去！"

"哟嗬，你倒变得理直气壮了啊！"

王凤娇不进屋，赵可设恼了，冲过来一推就将她推进了屋里。

赵可设把门关严了，说："林小姐是什么人？我是什么人？你也不想想，就算我看上了人家，人家会看上我么？看上我的也就是你这种人。"

赵可设说得没错，按理，王凤娇也该偃旗息鼓了，可最后一句他说的是什么，仔细一想，王凤娇又跳了起来："什么意思？"

赵可设不想再说，王凤娇步步进逼，非要他说出他那句话的意思。赵可设皮笑肉不笑道："我丑，丑死了，只有你这种更丑的人才看上我。"

王凤娇嗷地叫了一声，破口大骂："赵可设，顶你个老肺，我丑？我丑你干吗要我做老婆！我丑你就出去勾搭别的女人了？赵可设，你说我敢不敢，我现在就去街上喊你的破事！"

赵可设羞愤难挡，抬手一巴掌掴到了王凤娇的脸上。王凤娇"嗷"地扑上来，一把抓住了他的头发。头一低，一头撞到了他的胸膛上。赵可设向后踉跄几步，哐的一声，一头撞到了床头柜边上，顿时眼冒金星。

正在赵可设东瞄西瞅，想操合适的东西和王凤娇干上时，门外传来赵山贵威严的一声吼："干什么，深更半夜打打闹闹的！"

女儿也被惊醒，哇的一声，大哭起来。

赵山贵吼一声，见没了动静，便踅回他的屋。小两口碰碰磕磕，只要不过分，他理都不理。刚才太不像话了，打都打了起来，他出来吼一声，便把他们喝住了，这才叫威严。女儿呜呜哇哇地哭了几声，在保姆的安抚声中，很快也无声无息。赵可设和王凤娇怒目对视了一下，都觉得再打闹下去没意思了，各自爬上了床，背对着背睡去。

王凤娇睡不着，觉得身边这个男人变了。具体变在哪里，她一时也说不清。想来想去，倒是想清楚了，他是要干事业的，干事业的整天待在家里能干什么事业？他想和她亲热，她不给，忍不住到外面和谁干了，还不是怪自己？这样一想，她就有些急了，转过身，对着赵可设的背脊，用手指轻轻戳了戳，没有动静，再大一点力，他还是一动不动。王凤娇羞恼地将赵可设扳了过来，发现他真的睡着了。她叹了口气，心想，今后得少点打麻将，多关心他。不过，她闭上眼了，林笑怡的影子还是在她眼前晃来晃去。

31

整整二十二年，当年石岗村的英俊少年赵可建，终于回来了。

赵可建一家四口，乘一辆轿车，另一辆面包车，乘坐公司几位得力助手，还有一辆小型人货车，装的是他带回来分发的礼品。市里几位政府领导陪同赵可建，一共八辆车，浩浩荡荡，来到了石岗村村头。

下了车，赵可建伫立在村头久久不动。那口塘，那棵老榕树，那条深圳河，还有许许多多的景物都还在。这个地方，是他童年和少年欢乐的世界。爷爷奶奶呼唤他回家吃饭的声音，妈妈牵着他的手在一家家屋檐下穿过的情景，他永远不忘。

赵可建回来的日子，赵家几天前已经知道。在赵山贵的指挥下，全家人和一帮亲戚齐上阵，搞卫生的，杀鸡宰鸭的，忙成一团。赵可设说家里挤，大哥一家住宾馆去，赵山贵坚决反对，说就住家里，哪儿也不能去。赵山贵乐颠颠到烟墩山忙了老半天，套回几只八哥画眉，放在他精心编织的鸟笼里养着，他要送给他的大孙子大孙女。这天一大早，他还指挥人们杀了一头猪。猪肉早已不是什么佳肴，可这是客家人欢迎亲人最隆重的待遇。

下午两点，赵家还在忙这忙那，突然有小孩往这边奔，高喊："来了来了。"赵可设、赵可乡、王凤娇及众多亲戚都急急忙忙拥出了小院，向村头迎去。

赵山贵没有动，他站在赵公祠堂的门槛边上眺望，一眼就看见从车上下来的众多人里大儿子赵可建的身影。当年他不准赵可建逃港，在激烈的争吵中，大儿子发誓再也不回来。这忤逆的家伙，果真二十二年不回家一趟！"文革"期间，大儿子曾托口信想回家看一看，他一口回绝，甚至称他在香港没有这样一个当资本家的儿子。要是那时赵可建回来，他的腿很可能先于赵可乡被打断。赵可建寄回来的衣物他不穿一件，糖果不吃一颗，香烟不吸一支。钱由赵可设管着，该怎样花就怎样花，不让他知道就行。"文革"结束后，随着思想一步一步解放，他悔恨自己打断了四儿子的腿，对早年逃港的大儿子和后来逃港的三儿子，也有了新的认识。道理很简单，人是要吃饭的，饭都吃不饱，为什么不逃？想通了，赵山贵终于主动给赵可建写了一封长信，认真探讨了对这个问题的看法。这位老共产党员还是在信中提出了一些他从感情上仍无法接受的事实，共产党奋斗了几十年，为什么仍有相当一部分人吃不饱、穿不暖？如果不是"文革"结束，搞改革开放，这种现状还要维持多久？深圳特区建设，使深圳在全国首先富起来，但深圳只是中国版图上的弹丸之地，深圳富了，内地呢？儿子的回来，他满心高兴，但这个资本家的风光，又让他这位老共产党员心里有一丝说不出的苦涩。

此刻，大儿子赵可建携妻带子，站在他面前。赵可建动情地叫了一声"爸"，秦世芳恭恭敬敬也叫了一声"爸"，接着孙子赵立根和孙女赵立兰同声喊"爷爷"！

赵山贵泪眼蒙眬，张开双手蹲下把孙子、孙女揽到了怀里，哽咽得说不出话。赵可建和秦世芳上前，一人搀扶赵山贵的一只手，把他扶了起来。赵可建热泪盈眶，说："爸，我们回来了！"

和赵可设见面，赵可建尚能控制感情，抱住比自己矮一个头的残疾小弟时，他失声痛哭。他走时，小弟还在襁褓中，母亲临断气，最后的目光就停留在他身上，她放心不下的就是可怜的小儿子。这二十多年来，时常萦绕他脑际的就是这小弟。小弟在十六岁之前，经常给他写信，信中也有发牢骚、说怪话，总的还是健康轻松愉快的格调。自从他的腿被父亲打断后，信就越来越少，三言两语尽是些颓废沮丧唉声叹气的话。赵可建着急，写了不少鼓励他进步、努力向上的信。大哥痛哭，赵可乡却没有流泪，他觉得被大哥抱着浑身不舒服。他算是没有见过大哥，只是一种想象的形象一直在陪伴着他，和父亲没话可说，二哥一直忙，对他的关照只是一种居高临下的"思想教育工作"，三哥除了和他打打闹闹，就是不停托人捎钱给他，只会告诉他想吃什么就能吃什么、想穿什么就能穿什么、想用什么就能用什么，总之没钱了找他要就是了。只有大哥，和他在信上交谈，让他觉得这个世界还有温暖，他把大哥看成了他的精神支柱，是他还没有倒下的支撑点。可站在大哥面前，这种感情却不知怎样流露。在众人的目光中，他看到了可怜、同情！人们将他与赵可建相比，对同胞兄弟间的巨大反差，感叹不已，赵可乡讨厌的就是这种目光，就是这种感叹。他从赵可建的怀抱里挣脱出来，默默走到一边，他要用冷眼看这热闹感人的场面。

人群里七岁的立根、五岁的立兰和两岁的立蓉最兴奋，他们提着爷爷送的鸟笼前院后院乱跑。立蓉正呀呀学语，想跟他们跑得一样快，却力不从心，一次又一次摔倒。摔倒了几次，就勇敢爬起来几次，咬咬牙不知说些什么，又去追赶她的堂哥、堂姐。老追不上了，放声大哭几声，让堂哥、堂姐停下等她，她赶上来了破涕为笑。她一笑，立根、立兰又跑，立蓉只能又去追。满堂人都为他们的"表演"哈哈大笑。

家宴终于散去。来客一个个告辞。兴奋了一天的立根、立兰、立蓉早已在人们还没散去时，就在保姆的侍候下上床睡了。赵家大院子里突然清静了下来，赵家人这时才找到了时间，坐在一起拉家常。

只说了一会儿，王凤娇就哈欠连天，称困了，便去睡了。秦世芳这次回来，其实就是陪同丈夫来探望从没见过面的家公，以及众多亲戚。对于丈夫回来投资办厂，她没多大兴趣，不想插手。她在香港、台湾和东南亚有这么多公司，忙都忙不过来，何况她已瞄准香港的房地产行业，决心投资进去了。赵家父子谈的都是赵家的往事，她听着没半点兴趣，便也告辞去睡了。

赵山贵毫无倦意，他吧嗒着烟斗，乐呵呵看着几个儿子坐在他身边，不过，四个儿子还差三儿子，不免美中不足。他叹了一口气，说："你们四兄弟全在一起的最后一次，是1961年4月的事了，那时可乡半岁，什么都还不知道。

那年4月2日，你们的母亲去世，4月8日可建去了香港。1976年9月4日，天刚刚亮，可家也去了香港，四兄弟碰在一起的机会更没有了。可建，听说可家在香港这几年干得不错，他到底做些什么工作？这次你为什么不叫他一起回来看看呢？"

父亲的记性真好，他什么都记住了，就是没记住这二十多年来他既当父亲又当母亲的艰辛，没记住他在政治上屡屡受挫折，压抑不得志。你看他那表情，似乎这世界，给予了他许多许多，他没有丝毫的付出。这一想，赵可建觉得现在不能将三弟的事告诉他，免得他受这意外打击，将此刻的欢乐变成了愤怒痛苦。赵可建说："三弟忙于生意上的事，常跑外国，这次回来没有找到他，下次一定叫他回来。爸，还有二弟、四弟都在这里，这次我回来，想把爷爷、奶奶和妈的坟墓重新修一修。妈的坟在烟墩山脚下，那儿很快就会变成建设工地，把她迁到冲石湾，那里是深圳市批准的永久性公墓，一面临海，三面群山环抱，香港人视那儿为风水宝地，许多老人还没死，就叫儿孙到那儿定了阴宅地。我想买下一块大的，建个阴宅，把爷爷、奶奶和妈的遗骨捡了安放到那儿。我以后死了，也放到那儿去陪你和妈，你们看怎样？"

大儿子回来，想到的首先是给爷爷、奶奶和母亲建坟，客家人的传统他没有忘。赵山贵大为感动。当初穷，母亲和妻子死后，连块简单的墓碑也没有刻，这事一直是他的心病，早想重新修一修。特别是对亡妻，他深感愧疚，她十八岁嫁到赵家，几乎没有过上一天安逸享福的日子，到了阴间也该体面体面。他宽慰地说："可建的主意很好，不但你们的爷爷、奶奶和你们的母亲遗骨放到那里，我死了也放到那里去。可建，包括可设、可乡，还有没回来的可家，你们还年轻，千万别说自己死了什么的，那会折寿的。你回去把我的意思跟他说了。唉，可家过去在石岗就没学好，到了香港那花花世界，稍有不慎又会学坏，可建哪，你得盯紧他。他出去这么多年，怎么一封信也没有呢？唉！"

赵可建心头铅般沉重，苦涩得真不知如何掩饰才好。他想，可家的情况，无论如何暂时不能跟父亲说。他有信心把赵可家从黑道拉回来，他想，一定要找到赵可家，再好好跟他谈一谈。赵可建错了，有些事，如果早些提出来，大家共同商讨解决的办法，总比一人闷在肚里，一人想办法解决要好。他总在一人承担责任，结果却可悲可叹。现在这个问题被他轻描淡写一笔带过："林笑怡最近就找过可家，和他一起吃过饭，下次叫赵可家回来，也叫林笑怡一起回来。她经常说到石岗,对石岗挺有感情的。"

说到林笑怡,赵可建的目光停到了赵可设脸上。他想起几年前,他和林笑怡说到赵可设,她流泪的情景。赵可设居然眼都没眨一眨,淡淡说道:"她现在代表重洋公司回到石岗投资办厂,合同都快签了,你不知道?"

赵可建吃了一惊,转而又大悟,说:"难怪她爸爸一天到晚说琦川,原来早有打算。"

"可建,听说你这次回来,有个回村投资办厂的计划,能不能现在先说一说。"赵山贵一边吧嗒烟斗,一边不紧不慢把话题转开。

"爸,回村投资,确实是可芳公司一个庞大的计划。二弟是村主任,明天你把村委们召集起来,讨论讨论我的计划,如可行,立即实施。"赵可建说。

"哥,你就先说说你的计划吧。"赵可设急不可待。

"石岗村现在占着一块平整的土地,但整个村子没有规划,不通车,破败不堪,想要彻底改变石岗村的面貌,我的打算是整个村迁到烟墩山山脚的缓坡上。"赵可建一条条道来,"第一,烟墩山北面的缓坡属石岗村所有,据我了解,市政府总体规划里还没有将这块地划入规划圈里,我们用这块地重建石岗村。一张白纸,最好画图,我们按科学的规划设计,依地势造楼,错落有致,每栋小洋楼相对独立,各有一个小院子,那该是多么漂亮的一个新村!"

赵可设接话:"哥,你说得轻松,建新房不要钱啊?我们去哪儿要钱?"

"你听我说嘛。"赵可建说,"第二,可芳公司买下石岗村原址的所有地盘,每平方米以八百至一千元人民币计,补偿给乡亲们。据我目测,石岗每户人家至少平均有一百平方米的占地面积,像我们家更不用说了,有四百平方米吧?这样每户至少可得十二万元的补偿,目前深圳的建房造价,占地八十平方米的三层小洋楼,五至八万元绰绰有余,这样的话,每家每户不但建了新楼,还有几万元的结余,谁会不愿意?"

"绝了!"赵可设咧嘴笑,"这叫一箭双雕,你们公司获得一块平整的靠公路的土地,石岗也有了翻天覆地的变化。"

"你先别打岔,还有好处呢,"赵可建说,"第三,烟墩山北面的缓坡现在是荒山地,不值钱,石岗一在上面建村,荒山地变成了住宅地,地价马上翻倍,甚至翻几倍。如果到时政府又有规划用这块地,村民们从中又可以赚一把。"

"第三点我看是馊主意!"赵山贵磕磕烟斗,"怎么可以想到去赚政府的钱呢？"

"这只是个设想。如果事情有一天发生了，也不存在赚政府的，而是政府根据地价补差价给我们，我们想不赚都不行。"赵可建说。

"他是吃共产党的饭长大的，胳膊肯定是向着政府拐啦。"赵可乡不热不冷挖苦了一句。

赵山贵鼻翼翕动了一下，没再说话。

赵可建、赵可设相视一笑，倒也没有觉得四弟说错。

赵可建继续说："第四，村民们以手中结余的钱，投资我们公司，参加分红。我敢定保底分红线，如果每股利润达不到保底线，我甘愿掏自己的钱垫。分红不封顶，是多少就分多少。这样，村民们的生活就基本有了保障。并且，我们公司需大量员工，特别是女性员工，全村的女劳力经过培训，全部可以进入我的公司，对村民来说，这又是一笔收入。"

"什么都解决了！"赵可设一拍大腿，"我马上去叫陈二平他们几个干部来，这事今晚就得拍板，明天开全村村民大会。都没意见了，马上干。"

"你看几点了？"赵山贵叫住撒腿往外跑的赵可设，"这么晚了还开什么会？"

"爸，让他去吧，这事今晚不定下来，他睡不着。"

赵可建在心里笑，心想，这个老二，也是个急性鬼。在秦世芳看来，赵可建办事慢吞吞像老牛拉破车，他却认为自己雷厉风行，办事不拖拉，该办完的事没办完就睡不着觉。他也希望这事今天晚上就能定下来。他早就算清了，一是石岗村原址就在公路边上，交通水电便利；二是这块在路边的平坦土地今后的价值不可估量，现在哪怕以每平方米一千元的价格买下来，再过十年八年的，说不定五六千元都买不到；三是羊毛出在羊身上，吸收回部分买地的资金，解决资金周转困难的问题；四是村里有现成的廉价劳力。总之，他既做了好人，也不会吃亏。

在石岗，赵可建忙得不亦乐乎。秦世芳不同，早就烦了，几次嚷嚷要带孩子提前回去。

"为什么？"亲戚们排队轮流请他们一家吃饭，老婆孩子回香港了，就他一人出席多没面子。

"总公司这么多事，我牵挂。"秦世芳托词，她原计划陪赵可建探亲十天，公司的事她早已安排妥当，没有特别重大的事，她大可不必老想着公司的事。

"我是二十二年第一次回乡，你怎么连安心陪我几天都不行呢？"赵可建真的不高兴了。

秦世芳厉害，赵可建真的发了脾气，更厉害！十天八天理都不理她了，她就会赔笑脸讨赵可建的好，最终投降的是她。见赵可建发脾气了，秦世芳就可怜巴巴说了真话："老公哪，不是我不愿陪你，晚上确实是睡不好，你看阁楼横梁上，老鼠吱吱叫着乱跑乱窜，吓人呢。还有，厕所我上一次，就觉得是受刑一次，就一天不想吃东西。这些我都能忍下来，遭罪的是吃饭，一天两家亲戚请，餐餐大鱼大肉，不吃就是看不起人家，拼命吃下了，肚子难受不说，你没看出啊，我这几天至少重了五斤。听说还有十多家亲戚要请，天哪，我是受不了了，立根、立兰更是受不了了。"

立根在一旁插嘴："爸，那个厕所，有很多蛆虫，都爬到脚边了。妹妹没有见过，用手抓来玩。"

"咦呀呀，"赵可建好像立蓉才抓过蛆虫，拉过她，跑到水桶边舀水给她洗手，"脏死了！"

秦世芳说："我早用香皂给她洗三遍了。"

赵可建在香港住豪华别墅，当年的习以为常已不复存在。在香港他喜欢泡浴池，往往一泡就是一个多小时。现在别说浴池了，连淋浴也没有，只能提一桶热水，在脏兮兮的所谓冲凉房里洗。秦世芳的诉苦引起他的共鸣。他不会因此而回去，他回来，就是来改造几千年农民的陋习，忍一忍，一切都会好起来。他同意让秦世芳和孩子们先回香港。

32

仅仅半年，烟墩山南面与深圳河之间的那块稻田，变成了一座现代化的厂区，深圳重洋公司电子元件配件厂即将开工投产。

和赵可设在深圳湾大酒店吃饭后的第二天下午，林笑怡把存折交给了赵可设。赵可设打开一看，不禁叫了起来："怎么是五万元？"

林笑怡说："我请客，你买单，我不高兴？不过，今晚你请客，我会很高兴。"

这阵子赵可设实在太忙，一头是重洋公司，一头是大哥赵可建这里，他恨不得有三头六臂才好。当然，要说连一个有空的晚上都没有，那是扯淡，问题是王凤娇采取了有的放矢、预防在先的策略，她经常出入重洋公司的建厂工地，经常从天而降般出现在赵可设面前。赵可设确实陪客在外吃饭，都得先向王凤娇报告，告知什么内容、什么人物参与，以备她随时抽查，王凤娇把赵可设搞得焦头烂额，哪还敢请林笑怡单独吃饭。

见赵可设竟然有些紧张。

林笑怡忍不住笑了："我怎么说你好？男人怎么怕老婆怕到了这种地步？和别的女人吃餐饭都怕？说吧，到底去不去。"

林笑怡的语气大有去也得去、不去也得去的味道。

赵可设无地自容，一咬牙："去！"

还是深圳湾大酒店，还是那间临海的包房，这肯定是林笑怡预订的，桌面上摆了两人用的餐具。中央有个蛋糕，蛋糕上密密麻麻插满了小小的彩色蜡烛。

"难怪叫我请客，原来你过生日。"赵可设遗憾道，"你过生日也不说，我总得送你一点礼物吧，你看，现在我什么也没有准备。"

林笑怡将蜡烛点上，说："你数数，看有多少支。"

"一二三……"赵可设趴到桌边，认真数了起来，"哎哟！"他叫了一声，说，"二十九根，你二十九岁了？"

"那你看我有多大？"林笑怡一本正经地问。

"你插队时十六岁，插队三年后去香港，六年后回来，加起来不到二十六，怎么就二十九了？"

"今天是几月几日？"林笑怡幽幽的样子。

赵可设想了一想，说："10月25日。"

"你呀，今天是你的生日都不知道。"林笑怡说，"发什么愣呀，上次你不是告诉我，那个存折密码就是你的生日吗？"

赵可设一拍头，恍然大悟："哎呀呀，你不说，鬼还记得今天是我的生日。"

在赵可设的记忆里，小时候过生日母亲煮上两个鸡蛋，染红了装在网兜里，放在床头，等他醒来一眼就望见。他兴高采烈提着两个红鸡蛋满村子窜，等人人都知道这一天是他的生日后，才小心翼翼剥开蛋壳，慢条斯理嚼起来。吃完蛋白，他将蛋黄递到母亲的嘴边要母亲吃，母亲不吃，他就会说，他不喜欢吃蛋黄。母亲知道他是心疼母亲，故意编的，为了不拂他的孝心，母亲含泪把蛋黄吃了。母亲去世后，父亲忙，不会想到给几个孩子过生日。他渐渐淡忘，再没有过过生日。林笑怡没忘。

"双手合十，闭眼许愿。然后把这些蜡烛吹灭了。"随着酒店响起"祝你生日快乐"的乐曲，林笑怡轻柔地说。

赵可设像个听话的孩子，依林笑怡的话，双手合十，闭眼，许愿后鼓起两个腮帮一吹，蜡烛便统统灭了。他抬起头，动情地说："笑怡，感谢你，你是除了我母亲，第一个给我过生日的人。"

林笑怡眼含泪花，伤感地说："我母亲不在后，我的生日，就成了我对母亲的纪念日。不说这些伤心事，我们应该高兴。我们高兴了，母亲的亡灵才会得到宽慰！"

林笑怡从包里拿出一只精致的钱包，递给赵可设说："送给你的。"

赵可设没有推辞，接过来，欣赏了几下说："到你生日那天一定告诉我，我好还礼。"

"谁要你还礼了？你好好配合我工作，就是送我最大的礼。"顿了顿，林笑怡又说，"去香港培训的出境证已办好，总公司明天送过来，大后天就过港，你明天通知参加培训的人员准备好。"

"怎么这么急，去多长时间？"赵可设问。

林笑怡说："你们去培训一个月，回来后就开始招工，招收的员工还要参加生产技术培训一周。这期间生产设备也已安装调试完毕，然后马上投入生产，不急还行呀？"

不知为什么，那晚林笑怡一直没有问赵可设许了什么愿，赵可设也没有说。其实，他一闭上眼，眼前就又出现了狂风暴雨之夜，深圳河边的那一幕。

他什么愿也没许。

盯了赵可设一段时间，什么问题都没有发现，王凤娇渐渐地也觉得没了意思。人家早请示、晚汇报，每天的行踪清清楚楚，你还能怎样？这样一想，王凤娇又迷恋上了打麻将，而且有过之而无不及，竟然有了连打两天两夜的记录。以前一局的输赢不过是一块两块，最大也不过是四块。现在石岗村谁家没有百八十万的？手里的钱多得都不知道干什么好。麻将水涨船高，一局的输赢上升到五块，十块二十块，二十四十块，赵可设和陈二平为此专门开过群众大会，指出打麻将赌博的危害性，可遭到了王凤娇等一群妇女的奚落。不久，陈二平这些干部，也参加到打麻将行列，打起来比王凤娇她们更厉害，已经打到五十一百了。一晚上下来，输赢成千上万，众人皆醉唯赵可设独醒，他连麻将也不会打。

麻将都不打，说明有更多的时间去吊鸡。王凤娇把自己的观点和她几个推心置腹的"麻友"说了，原以为会赢得同感，不料她的"麻友"齐声讨伐她，说不打麻将就是吊鸡了？你不见他整日在工地跑呀？你不见他为了大伙的事眼都熬红了呀？你不见他为了……总之一条，赵可设是大家的好主任，你王凤娇别身在福中不知福，整天疑神疑鬼。王凤娇被一阵阵炮轰，心底里被轰出了对赵可设的疼爱。算算日子，他们怕又有一个多月没亲热了。这一天她没有出去打麻将，在家里和保姆一起动手，弄了几个好菜。日落西山，天黑了下来，烟墩山的山影都不见了，赵可设还没回来。开始她还耐着性子，左盼右等总没他的影子，王凤娇叉着腰找上了陈二平的家。还没进屋，她就扯嗓门吼：

"陈二平，你把我家赵可设藏到哪里去了，快交出来！"

王凤娇虚张声势，她知道这两个人现在是差不多同穿一条裤子、同一个鼻孔出气了，吃吃喝喝他们哪次不在一起？要是陈二平在家，问题就严重了，要是不在，这两个酒鬼不过是又在哪儿喝酒了罢。

"喂喂喂，你咋咋呼呼什么？"陈二平的老婆从屋里探头出来，"我还要找你家的赵可设，要我家的陈二平呢。"

"陈二平今晚一直没回来？"王凤娇大大咧咧走进了陈家院子，"他没跟你说去哪里？"

"凤娇，我看你也管得太严了吧，人家男人是办大事的，哪像我们一样，恨不得整天就坐在麻将桌边。"陈二平的老婆说着，拉王凤娇在麻将桌边坐下，"管他们干吗？来，刚好三缺一。"

"准是陈二平又把赵可设拉去喝酒了。"王凤娇一边骂骂咧咧，一边动手洗牌，动作比谁都麻利。

傍晚要回家时，赵可设丢了几百块钱给陈二平，说："找几个朋友喝酒去，不到十一点不准回家。哎，不管谁问，都说今晚我们一起在新城酒店，记住了啊。"

"放心吧大哥，给我灌辣椒水、坐老虎凳，我都按你说的说。"陈二平挤眉弄眼，"不过，干什么去，总得告诉我一声吧，是不是去吊鸡？"

"去你的！"赵可设举手要打陈二平，"那种事我不会干，你也别干。"

陈二平嘻嘻笑着跑远了。这小子滑头，骑辆嘉陵跑了一半路又掉头回来，他躲在一堆砖后盯林笑怡的车，一会儿后赵可设跟林笑怡果然钻进了车里。陈二平偷笑，心想这哥们儿本事真大，搞女人搞到林笑怡身上去了！该搞，那小娘们身段那么好，那么漂亮，整天孤零零一个人，不搞就可惜了。

傍晚的这段插曲王凤娇和陈二平的老婆如何能知道！她们骂骂咧咧，说现在的男人有了几个臭钱就变坏了。

王凤娇一上来手气好得不得了，连连自摸，有一局一条龙，一把就赢了五百块。好景不长，陈二平的老婆上厕所"自摸"一次回来后，形势急转直下，风水轮到了她那里，王凤娇眼看口袋里只剩了五六十元，便要赖，把牌一推，说不打了不打了。

赢来的钱又输回去本来就让她窝火，快十一点了陈二平还没回来更让她坐立不安，这说明赵可设也没回来。这家伙今天想造反了是不是？早请示、晚汇报的观念越来越淡薄，特别是今天，晚上出去吃饭连哼一声都没有，这不明摆着不把她放在眼里吗？王凤娇越想越气，回到家把门关上，插上了门闩，心想不教训教训这家伙，他是越来越猖狂了。

王凤娇气呼呼洗漱完，门外就传来了赵可设的干咳声。听听，好像他还在哼什么小调呢。小调停下，传来他的叫喊："搞什么鬼，是哪个关门的？快开门！"接着传来砰砰的敲门声。

叫吧喊吧，看你还敢不敢这么晚才回来。王凤娇这样一想，动都没动一下身。赵山贵说话了："凤娇啊，门是你关的吧？还不快去开。"

家公的话不敢不听，王凤娇这才慢吞吞一边去开门，一边说："赵可设你喝马尿还没喝够呀，还认得回家的门哦，为什么不多喝一点，明天才回来呢？"

赵可设喝得头重脚轻，把整个身子都靠在门上，王凤娇突然一开门，他一头冲进院子里，差点狗啃泥。

"你搞什么？想害死我呀！"赵可设大声吼。

王凤娇使劲憋住才没笑出声，她鼻翼翕动，在他身上嗅来嗅去，"嗷"一声，有了重大发现似的冷笑道："说说，身上的香味哪里来的？"

赵可设一惊，怎么身上会有香水味？看来不说真话倒难得自圆其说，不如实说，反正有陈二平"在一起"怕什么？赵可设脖子一梗道："林笑怡的车子里安有香水瓶,你可以马上去闻闻陈二平的身上,看看有没有这种香味。"

陈二平回来没有赵可设心里没底,他是铤而走险。铤而走险往往能出奇制胜,见赵可设答得干脆,一副身正不怕影子歪的模样,王凤娇口气就硬不起来了:"你们白天在一起还不够,晚上还要在一起呀?"

"不为了工作我们在一起干吗?晚上我们商量大后天去香港培训的事,你吃什么醋?"

去香港培训是一件全社区关注的大事,选派的人选了又选,只有他们学好管理后,深入重洋公司,全村人才不会吃亏,这是他们最朴素的想法。开始王凤娇对赵可设去当什么厂长犯嘀咕,担心他和林笑怡有更多的机会接触,真的会勾搭上。后来,据说厂长除了年终分红,每月还有几千元额外工资,全村的人一致拥护赵可设出任这个职务,认为非他莫属。这是荣耀!王凤娇把反对意见吞了回去,反正以后把他盯紧些,还怕他泥鳅翻船不成?现在他们商讨去香港培训的事,她不关心,还疑神疑鬼,就有些不妥了。凡是王凤娇认为自己不妥了的事,她都能很快认错。认错她不会用嘴说,用实际行动来表现。现在,她就揽住了赵可设的胳膊,半扶半扛地将他往屋里拉……

33

从梦幻发廊出来,赵山贵双脚不听使唤,茫然中来到了烟墩山山脚。这儿零零散散分布着十多座坟墓,其中一座就是亡妻文爱竹的。

赵山贵在坟头一块平整的石头上坐下来,点燃烟抽了几口,他想平复自己的情绪,然后和妻子说说几句话,可他刚开口说了一句"爱竹啊",就泪如泉涌,像个小孩似的呜呜哭起来。

离休后,赵山贵想过一种悠闲自得的生活,现实生活中太多的事把他扯了进去。石岗大迁移,这么大的事,他能不关心不过问么?他是老党员,德高望重。他战争年代的传奇人们仍津津乐道。前些年他带头干了许多诸如大炼钢铁之类荒唐的事,没有人记住,他身为公社书记,饿昏在水利工地,人们记住了。赵姓在石岗是个大姓,赵山贵是最长的一辈,说话最有分量,家族里的事,最后拍板的是他。他的权威,别的家族一样认可,如陈姓、林姓等,家里有事争执不下,便请他来决断。村干部决定大事之前,一定先去向他请教。重洋公司建厂碰到的许多麻烦事,被他几张字条、几个电话解决,在村民眼里,他神通广大。他威严的外表下，人们无法知道，他也有痛苦，他的痛苦是面对赵可乡。小儿子瘦弱的身子，一瘸一拐的身影，把他的心都快碾碎了。他对不起小儿子，也对不起亡妻。亡妻生命的最后一刻，舍不得吃一口米糊，把生命留给了小儿子，倾注了她的感情和希望。可他亲手把这感情和希望掐死了。亡妻九泉有知，该多么悲伤！她能饶恕他吗？这话题是赵山贵每到文爱竹的坟前，都扪心自问、忏悔的。这么多年来，赵山贵对谁都可以发号施令，都可以横眉冷对，都可以开怀畅谈，对小儿子就不行。他对小儿子的愧疚，使他在小儿子面前失去了尊严，他甚至低三下四问他要不要零花钱。他察言观色，怕他又做错了什么，又让小儿子受气了。

赵山贵来这里，是倾诉对亡妻的思念，更是在倾诉他的委屈、痛苦，和他威严外表下的脆弱。

哭了不知多久，赵山贵渐渐平静了下来。

"爱竹啊，你说，可乡可以去那种地方吗？"赵山贵眯缝眼，屏息静气，感受着冥冥世界传来的文爱竹的声音。

"不行啊，那怎么行！可乡今天的行为不对！山贵，我替你难过。不，我不仅替你今天受到的伤害难过，我也为你过去无休止陷在对可乡的愧疚中，不能自拔难过。我曾觉得你是咎由自取，苍天对你的惩罚是公正的。但山贵，你知道吗，可乡是我的骨肉，而你，是我的生命啊！你知道吗？你随部队北上那天，鸡才叫头遍，我就到海边，藏到了沙窝里。那是我们认识的地方。在那儿，我等了一个时辰又一个时辰。天蒙蒙亮的时候，队伍终于向沙滩走来，从我的身边走过。我一眼就捕捉到了你的身影，我一直盯着你的身影从我身边走过。我用沙子埋住身子，只露出半个脸，你怎么看见我？我分明就觉得你看到了我。你走上舰艇，消失后，我觉得我的心、我的灵魂也被你带走了。我曾想扑过去把你拽回来，和我过打鱼耕田的生活，我为什么没有那个勇气呢？我好后悔啊！我的怯懦，使我在后来，天天都在对你的思念中痛苦度过。你知道吗？夜深人静，我常常是呼唤着山贵入睡，常常在黎明的时候，呼唤着山贵醒来。山贵啊，你是我的丈夫，是我一生中唯一的男人，我心疼可乡，更心疼你。对可乡，你没有错。要说错，是错在那个年代！我知道，现在你们又进入了一个全新的时代，这个时代让我欣喜，也让我担忧鱼龙混杂、泥沙俱下，你可别让可乡在这个时代，不辨是非，误入歧途啊！你要管可乡，严厉地管，叫他的哥哥们也管！山贵哪，你一定得听我的！"

天是什么时候黑的,赵山贵浑然不知,他进入一种混沌的境界,他的眼前是活生生的文爱竹,他们在倾心交谈。

"山贵,我到阴间整整二十二年了,我多少次和你说,再找个伴,你真的不需要,也该为孩子们着想,他们需要母爱啊,可你就不听,现在孩子们都大了,东奔西跑不能常在你身边了,你不孤独吗?有合适的,你还是再找一个吧,我会为你们祝福的!"

"爱竹,你说到哪里去了?我六十多岁的人了,还要找什么伴?你就是我的伴,这块石头,都被我坐光滑了。前些日子,我和可建、可设、可乡到了冲石湾,那是个环山抱海、风光秀丽的地方,我们买了一块地,请人建了一个阴宅,明年清明,就让你住到那儿去,和你的公公婆婆在一起,你就不会像现在一样,一个人孤零零地在这里了。"

赵山贵还想说,眼前的混沌突然散去,渐渐清晰,文爱竹的身影倏然远去。赵山贵睁开眼,听到隐隐约约传来"爸爸"的呼喊声。

已经过了吃晚饭的时间,赵山贵和赵可乡都还没回来,王凤娇满村子都找遍后,仍不见他俩的踪迹,有一些慌了。赵可乡捣蛋,常和二狗他们混在一起,不回来吃晚饭,会和她这个管家的嫂子说一声。赵山贵则不同,除了村里有红白事被人叫去吃饭外,他天天在家吃饭。赵可设这天没有应酬,按时回家,一听爸和四弟都不见了也急,他知道二狗家的电话,一个电话打过去,接电话的刚好是准备出门的二狗。

"二狗,可乡在你那儿吗?"赵可设问。

二狗没敢说假话:"可设哥,刚刚可乡给我电话,叫我去嘉旺城吃饭,我正准备出门呢。哦,可设哥,你知道下午的事了吗?"

"什么事?"

二狗直拍自己的脑袋,后悔说漏了嘴。他把下午在梦幻发廊发生的事,大略说了一下。

"你马上到嘉旺城去告诉可乡,说他爸失踪了,叫他马上回来。"

赵可设放下电话出门,一边发动摩托车,一边对王凤娇说:"你打个电话给大哥,把大哥叫回来。说爸被可乡气坏了,离家出走了。我去找可乡。"

嘉旺城的一间包厢里乌烟瘴气,酒和烟的混合味,呛得人的眼睛直流泪。赵可乡和他的七八个狐朋狗友在吞云吐雾。赵可设走进去,七八个人全站了起来。赵可乡是他们的头领，头领的哥哥来了，他们都还知道起码的礼节。赵可乡没有站，他内心惊慌，脸上冷漠，没有一点表情。

赵可设皱了皱眉头，语气尽量平静道："可乡，你出来一下，我有话跟你说。"

赵可乡一副满不在乎的表情，跟赵可设走出了包厢。

出了门，赵可设抑制住愤怒说："我的话你可以不听，父亲的话你不能不听。我清楚，父亲对打断你的腿，内疚一直没有消失过，但你想过没有，他当初这样做是不是出于对你的爱？是不是出于一种对偷渡痛恨的发泄？你呢，自以为自己是什么牺牲品，就吊儿郎当，在家当太上皇，就差没有在父亲的头上拉屎了。告诉你，父亲就是父亲，他可能伤害过你，可能做过对不起我们的事，可父亲的地位不能动摇。我出来时，父亲还没回来，如果今天你对他的伤害造成什么后果，你看我们谁能饶了你。走，马上跟我回去找父亲去！"

这么多年来，二哥对他深深的疼爱，赵可乡是感觉到的。二哥苦口婆心教育他，他可以听着听着就睡着了，二哥最多"哼哼"几声，说句"不可救药"。这一次，那句"你看我们谁能饶了你"深深震撼了他，他能感觉到他伤害了父亲后，二哥从内心深处发出的愤怒。他害怕了，二话没说，跟二哥一起回家了。

已经是晚上十点多。深冬的晚上，天黑得像倒盖的锅头。

此刻，赵家大院，阴冷得就像赵可建的脸。赵可设领赵可乡走到他的身旁，站了半天，赵可建仍没有说话。赵可乡游手好闲、惹是生非、嫖娼赌博，让他陷入深深的苦恼。可乡一瘸一拐走到他面前时，到嘴的话又说不出来了。他能说什么？扇他几巴掌的念头，也放弃了。真要扇，不如扇自己！赵可建重重地叹了一口气，对赵可乡说："走吧，一起去找爸吧。"

赵可乡的腿颤抖，大哥那一声沉重的叹气像皮鞭狠狠抽到了他心上。他突然非常害怕，不是怕哥哥们会不会打他一顿，是怕爸爸真的出了什么意外！在他十六岁之前的记忆里，父亲的形象高大，有一次和同学吵架，那同学突然说你爸是反党分子。赵可乡大怒，扑上去将那同学的鼻孔打流血。学校团委书记是那位同学的小舅子，他把赵可乡叫到办公室，说："你父亲不是反党分子，为什么他被赶下了公社党委书记的位置？"赵可乡"呸"一声，梗着脖子说："他就不是反党分子！"赵可乡眼里父亲一心为公，一切为群众着想。他早就接受二哥的一再解释，父亲是急火攻心，失手打断了他的腿。

"大哥、二哥，我错了。"赵可乡可怜巴巴地说。

"知道错就好。"赵可建站起来，抚了抚他的肩。

"现在不要说这些，去找爸最要紧。"赵可设有些不耐烦，他对赵可乡的认错打心底里高兴，可这样的话赵可乡不是没有说过，过后依然我行我素，别高兴过早。

"好好，现在不说这些。"赵可建说，"现在我们分头去找爸，十一点时回家碰一次头，若还找不到，就要找亲友们帮忙，必要时还得要警察出面。当然最好不要走到这一步，不然赵家要出一次丑了。"

"不用分头行动，更不用找别人帮忙。"赵可乡肯定道，"你们跟我来，我知道爸在哪里。"

赵可乡带着赵可建、赵可设、王凤娇径直向烟墩山山脚的坟场走去。

"爸去妈那里了？"王凤娇别说晚上，就是白天，也怕见坟墓，她的心不禁怦怦跳起来。

赵可乡的生命是母亲用自己的生命换来的，三哥说母亲死不瞑目，父亲怎么用手去合都合不拢。大姑想了想，就将襁褓中的他抱到母亲的遗体前，用力掐了掐他的屁股，他痛得大哭，母亲听到他嘹亮的哭声，知道他会活下去，才自己合上了双眼。母亲像他的影子，随时会出现在他身旁。赵可乡养成了受委屈后，一个人跑到母亲的坟头上坐一坐的习惯。有一次，他又一个人到母亲的坟墓上来，远远看到父亲，也一个人坐在母亲的坟头前。他悄悄走了。以后父亲不论是被罢了党支书的职务，还是平反，还是出任副县长，他都看到父亲一个人向烟墩山的山脚走去，他知道父亲是去向母亲诉苦或报喜。这一次，他同样会去母亲的坟头。赵可乡不答二嫂的话，只是扯开嗓门大叫："爸爸……"

赵可乡一叫，王凤娇也起劲地叫起来。她觉得这一叫，把心里的害怕叫跑了。随着赵可乡、王凤娇一起一落的叫声，四支电筒光柱一晃一摇，一远一近，渐渐走近了文爱竹的坟墓。

王凤娇的电筒光最先照到了赵山贵的身上，她噢的一声，像见到了鬼，伸手抓住赵可设的胳膊，赵可设拍开了她的手，低声喝道："他是爸，你怕什么？"

赵可建几大步上前，说道："爸，你怎么一个人在这里啊！"

赵山贵听到叫他的声音有赵可乡，不相信自己的耳朵。整整七年了，他再没有一次听到小儿子喊他"爸",取而代之的是"喂"。开始的时候,"喂"曾叫他心碎,他多想听一听他甜甜地叫一声"爸",随着他的愧疚、自责越来越重,他连能听到一声"喂",都觉得满足了。赵可乡有时连"喂"都觉得多余,没钱花了,只是冷冷地说一声"给钱",一个多余的字都没有。此刻,赵山贵流泪了。

王凤娇看清赵山贵还是一个大活人,胆子壮了起来,她上前一步揽住赵山贵的胳膊,半埋怨半伤感说:"爸,我们找你找得好苦!你来妈这里,也该叫上我来陪一陪。这么晚了,出了事我们怎么办?妈在天上会怪罪我们的。"

王凤娇说得动了感情,呜呜哭了起来。

在赵可建的眼里,父亲是个刚毅的汉子,他这大半辈子,碰到的困难,有哪一样他不是笑傲应对?就是母亲的死,他都没见他掉泪。现在,看到父亲脸上的两行泪,看到父亲瘦小的甚至可怜的样子,他顿悟,在父亲坚强的背后,也有他的脆弱。赵可建鼻子一酸,哽咽道:"爸,你上妈这里,也该早些回去啊!你看,我们都急坏了。爸,回去吧。"

几兄弟中,和父亲待在一起时间最长的是赵可设,他受父亲影响最大,也就他和父亲说话最随便,有什么说什么,丝毫不用遮掩。看到父亲像个小孩一样躲到母亲这儿来哭,火一下冒了出来:"爸,你是何苦呢?四弟有错,你批评就是,再打一次也不错,有什么难过的?你以为你这个样子,妈就可怜同情你了?起来起来,回家去,等你吃晚饭呢,我们都快饿死了。"

不管说什么,赵山贵就是一动不动。赵可设了解父亲此刻的心理,他用手指捅了捅站在一旁的四弟,给他使了个眼色。赵可乡犹豫了片刻,嘴唇哆嗦着叫了一声:"爸!"

这声"爸",赵山贵想到了小儿子十六岁之前的岁月。天色黑暗,他不能看清小儿子的眼神,这声"爸",叫得有点勉强,终究是面对面叫了。赵山贵向着亡妻的坟异常冷静:"爱竹,今晚就差可家了,可建、可设和凤娇都在,我当着可乡的面,对你,对可乡,说声对不起。我不知你们能不能原谅我……"

赵可设又捅了一下赵可乡,赵可乡赶紧说:"爸,我原谅你,妈也一定会原谅你!"

赵山贵睁大了眼睛,他难以相信,他与小儿子间的隔阂,能这么轻易推倒。

"爸,可乡话都说到这里了,你还不相信?走走,回家!"赵可设担心再多说,可乡又说伤感情的话,又把今天的大好形势冲没了。他一把把赵山贵拉了起来,和王凤娇扶着他就往回走。

赵可建心里乐坏了,急忙说:"哎哎,你们慢一点,别让爸磕着了。"

赵可乡一瘸一拐,跟在大家的后面,一步不落。

第六章

34

赵可建相信1997年香港回归后前景会更光明。1983年开始的香港经济动荡，使他也明白，并不是人人都有他这种信念。赵可建预测，在香港回归前的这十多年里，香港的经济将跌宕起伏，在动荡中趋向平稳。动荡，即表示商机的到来，说得不好听，就是投机取巧的机会来了。他将他的想法和妻子一说，秦世芳的想法与他不谋而合，真是英雄所见略同！

"如何抓住这个机会？你先说说。"秦世芳心里已有谱，她要探探丈夫的想法。

赵可建毫不谦虚，胸有成竹道："一、现在港元对美元的汇价在一比五或一比六之间徘徊，我认为，这是在酝酿一次狂泻，我想立即将银行的港币储蓄兑换成美元。二、我有绝对把握，内地的经济将有大的飞跃，但经济过热，从而形成泡沫，这一过程不是几个月，也不是一两年，很可能持续四五年甚至七八年……"

"嘘……你不要吹嘘内地经济了，"奏世芳一脸不屑，"去年我到内地跑了一趟，香港产的电子表，在深圳一块卖八十八元人民币，到沈阳居然也是八十八元一块，和苏联一样，僵硬的计划经济模式。"

"我和林子枫夫妇商讨过这个问题，他们也认为内地现在实施的是计划经济，和过去的模式没有什么变化。这有两个原因，一是内地的'文革'搞了十年，'文革'结束后，人们忙于思想领域的争论，你知道'两个凡是''实事求是'这两个名词吧，就是一段时间来争论的焦点，两派之间难解难分，在思想统一之前，经济走向必然没太大的变化；二是'文革'十年，人们都痛定思痛，希望安定团结，图个有饭吃有衣穿就行。"

"就是嘛！那还有什么好说的？"秦世芳说，"你到深圳投资我没意见，但听你的口气，你并不满足于此。"

"你别打岔，听我说完再说。"赵可建继续说，"内地的经济一句话，就是"冰冻三尺，非一日之寒"，经过几年的融化，现在冰山终于崩掉了一角。建立深圳、珠海等经济特区，就是最好的例证。外来思想、外来经济、外来文化等的不断浸入，内地的经济必将不再是死水一潭，冰冻一解，它的经济发展很可能就会变成洪水猛兽。世芳，你也是中国人，但你对内地了解得太少，他们受到的压抑太久了，一旦这种压抑得到解放，他们什么都敢想、都敢做。说来你可能不相信，日本发明的卡拉OK，还没普及，可传到内地，几乎一夜间，城市乡间到处传出了卡拉OK声。录像投影这类东西更抢手，短短一两年，凡是内地有电的地方就有这东西，走到哪里都能听到香港武打片嗨嗨哈哈的叫喊。内地最先接受的东西，不一定是最好的东西，但他们吸收了大量舶来品后，自然会去粗取精。毛主席有一句名言，叫'去粗取精，去伪存真，由此及彼，由表及里'。你别笑，我从小学一年级到高中毕业，都是在内地学完的，对这句话有深刻理解，因而第二……第二我说到哪里了？"

"你呀，自己说到哪里都不知道，"赵可建这一套理论，还是把秦世芳说动了，没有当耳边风，"说到图个有饭吃有衣穿就行。"

"对对对，"见秦世芳在认真听，赵可建喜形于色，"当内地人觉得人生不仅仅图个有饭吃有衣穿后，他们爆发出来的经济激情是你我都不能估量的。因此，我决定，我们的储蓄除了兑换美元外，也兑换人民币，存入内地银行，随时瞄准内地市场，扩大我们目前在深圳工厂的投资规模，并以深圳为中心，向内地辐射。怎么样？"

"你呀你，是不是内地情结又在作怪呀？"秦世芳说。

一听秦世芳的腔调，赵可建便窃喜，知道增加投资内地秦世芳不会反对了，而且冠以"内地情结"这样触动他情感深处的名词，赵可建情不自禁搂住妻子，吻了她一下，说："太谢谢你了！"

"哎，哎，先别谢，还是有条件的。"全力支持丈夫，秦世芳就牢牢掌握了主动权，"现在香港的地价怎么个跌法，你知道吗？跌去三四成了！再跌，就可能跌去一半以上，你信不信？"

秦世芳早就不满足服装纺织行业，她瞄准了地产、金融行业，就像一只对付刺猬的狼，跳来跳去找机会下口。1982年9月，英国首相撒切尔夫人访问北京，顺路到香港后，却发表与她在北京谈话时相反的观点，坚持英国占领香港的三个不平等条约，立即引来北京的严厉驳斥，中英关系一度紧张。这种紧张旋即在股票、金融、地产表现出来，价格大幅下挫。行家们预测，更大的混乱还在后面。比赵可建更富冒险精神的秦世芳认为机会来了。赵可建笑着说："机会来了，你该下手了吧？"

"叭！"秦世芳在赵可建脸上回敬了一个响亮的吻，说："有人讥讽李嘉诚是红色资本家，我看差不多。你看他，人们纷纷往海外转移资金，低价抛售土地，他呢，正相反，不但不向外转资金，据说还抽回来了十几个亿，用来专门收购土地。人家财大气粗，当然敢这样做。话说回来，如果不是共产党给他吃了定心丸，他也不至于大胆到如此程度。他吃肉，我们喝汤，绝对没问题。"

"有道理。"赵可建一直认为隔行如隔山，在服装纺织业如鱼得水，并不一定到了金融地产也能游刃有余，可干什么不是从头来？跟他决定投资内地一样，只要机会把握得当，相信秦世芳这个女强人不会比谁差。他鼓励妻子："干，吃进他几块地再说！"

"慢！"秦世芳踌躇满志，"现在还不是时候，我相信地价一定会跌过五成，到时再买进不迟。"

赵可建盯着妻子，心想她也许是对的。

35

1983年某月的下旬，赵可建的精明得到了验证。由于人为的不稳定气氛，造成港元狂泻，与美元的兑换价一度跌到了一比九点六，这之前，赵可建在一比六点五时用近一个亿的港元兑换成了美元。尔后，在一比九点六时，赵可建又用一千万美元兑换了两个多亿的港元。此举造成轰动，当时敢用巨额美元兑港元的香港企业家寥寥无几。后来，香港当局将美元对港元的汇率，硬性定为一比七点八，渐渐回升到一比七时，赵可建再次将一亿港元兑换成了美元，一来一去，赵可建净赚五千万元港币。这一骄人成果还不包括赵可建用港币兑人民币后，港元狂泻时所净赚的。

秦世芳目瞪口呆，丈夫不到半年时间赚的比她辛辛苦苦干一两年赚的还要多。

"干得好！"秦世芳由衷赞叹，又不免酸溜溜，"还一箭双雕，名利双收！"

赵可建倒没喜形于色，他说："我们这一次只不过买了两亿港币，就获得了政府的嘉许，可见政府对金融市场，已到了几乎失控的地步。据说李嘉诚等亲近内地的企业家倾其所有给港币撑腰，不然，不但恒隆银行周转不灵，由市政府接管了，怕是汇丰、渣打都挺不住，那时香港的经济就完了。想想都后怕！"

"那你当初买美元干什么？"秦世芳揭丈夫的疤，"后来虽然用美元兑港币是对的，再后来呢，又用港元换美元。你这个拯救港元的议员有投机取巧的嫌疑！"

赵可建面带愧色道："是有这种嫌疑！但当港元狂泻到与美元的汇率是九点六比一时，谁能敢肯定港元不继续下泻了？我那时买港元，就是给港元撑腰，后来再用港元兑美元也是应该的，如果不抑制港元回升过快，那些当初和我们一样带有给港币撑腰的想法，而加入买港元行列的小资本就惨了。这钱我是赚了，但赚得很正常。我现在担心，如果社会上再刮什么中共武力打过来之类的妖风，人心再浮动，政府是否能顶住金融再次动荡，就难说了。"

"好一个忧国忧民的议员！"秦世芳对丈夫的奚落不过是出于女人一种本能的嫉妒，她这样一个女强人，就是对丈夫也不服输。从美国留学回来十多年，公司发展蒸蒸日上，可芳品牌不仅在香港、台湾，在东南亚，就是在欧美也有一席之地，虽说是在丈夫创下的基础上发展起来的，但谁不知道后来真正的策划者是她秦世芳？秦世芳不仅有超人的智慧，还有迷人的容貌。她曾代表丈夫出席过一次工商界的春节联谊会，因为堵车，她迟到了半小时，当她出现在会厅大门时，会场突然鸦雀无声，人们的目光齐刷刷投向了她。那天她的光彩靓丽超过了任何一位在场的女性。

秦世芳暗暗发誓，也要露一手给丈夫看看。

那年，中国政府在香港主权问题上决不让步的决心，被一些人歪曲成了中共要彻底改变香港的社会制度，要由共产党来领导香港等。一时间，香港社会动荡，申请移民如潮，连怡和这样在香港排名列前列的超级跨国集团公司，也宣布总部迁往百慕大。由于港元被硬性定在了与美元的汇率为一比七点八，金融界没有掀起大浪，但股价、地价、房价等一泻千里，跌幅均超过了一半。如果这时秦世芳如她所说，跌过半价就购置地产，她赚的肯定不是几千万元，而是上亿元。一些"红色资本家"大批收购土地时，秦世芳仍在观望，她断定地价要跌去七成以上，那时候再入市也不迟。

就香港回归一事，中国政府强调，内地绝对保证香港继续稳定与繁荣，指出一个国家两种制度五十年不变，称港人治港，内地不干涉香港不是说说而已，而是形成文件的硬性政策。香港地价下跌戛然而止。下跌停止了，却也没有回升，买和卖的人都在观望。一时间地产交易成了一潭死水。接下来，香港一伙非官方议员见不得香港好，他们到英国游说，要求英国不要放弃对香港的殖民统治，并得到一些英国议员的附和。他们回来时，在机场公开大肆宣扬香港回归后，内地肯定会把现在定下的方针政策，当一纸空文，继续用内地的方针政策对付香港。这些言论居然也有市场，确实也代表了香港相当一部分人的心态。结果香港再次掀起一股不小的动荡。好在随之而来，撒切尔夫人再次到北京访问，正式签订了中英联合声明。地产、股价等终于走出了一泻再泻的境地，开始回升。当然，回升如蜗牛爬，慢得很。

秦世芳出现了少有的犹豫。地产价再跌时，她欣喜，认定下跌七成为判断正确，跌到六成向七成滑去时，她整日泡在地产交易所，准备买下清水湾一幅临海的地。这幅原价五千万元的地，她愿出价一千五百万元买下，卖主非两千万元不可，结果她放弃了。她讥讽人家恐怕过几天连一千万元都卖不了了。事实上，这块地一周后就被人以一千六百万元买走。半个月后此人又以两千万元卖掉，半个月净赚四百万元。秦世芳肠子都悔青了。她十分倾心的地轻易从她手上溜走，她对自己的自信心打上了问号。

赵可建正在深圳大兴土木，建他的分公司。得知此事，他嘿嘿一笑道："世芳啊，我说你的本事在服装纺织上，你偏不信，结果怎样吧？"

"哎哎，你别幸灾乐祸！"得不到一句鼓励安慰的话，秦世芳气不打一处来，她冲着电话筒吼，"我在地产上干不出一番事业，我就随你姓，叫赵世芳好了。"

秦世芳把电话重重地拍下，呆呆地坐了半天，最后咬牙做出新的决定，不能再等地价跌七成才入市。无论如何，哪怕只跌四成五成了，她也要入市了。

决心一下，秦世芳一扫满脸的晦气，动手调了一杯咖啡，一边轻轻呷，一边翻看当天的《东方日报》。她的目光突然放大了：香港地产巨头周洪昌居然要卖地！周洪昌要出售的几幅地中，有一幅在尖沙咀海边的缓冲坡地上，依山傍水，是建别墅最理想的地方。秦世芳曾多次到过那里，那时这幅地价值至少一个亿，投三个亿建设，卖出去，至少能净赚两亿。那时她想，她若能拥有这样一幅地该多好。那时是白日做梦,现在却一步之遥,触手可及。她立即打电话,叫一位得力助手,赶到地产交易厅将参加竞价手续办好。她要孤注一掷,将这幅地买下来。

  拍卖会那天,秦世芳起了个大早,先是做面膜,然后用冰茶敷眼袋。昨晚老想着买地,没睡好,眼袋有些黑晕。把脸收拾好,接着是身上穿的。秦世芳一年四季的衣物有上百套之多,什么场合穿什么衣服她胸有成竹,从来不用在眼花缭乱的服装前踌躇。拉开衣柜门,秦世芳取下一套深灰的圆领套装、一件雪白的缀有暗纹碎花的尖领衬衫,她认定穿上这套套装,出现在拍卖厅时,被吸引的不会只是几双眼睛。换衣时,秦世芳的目光被穿衣镜里自己的身体吸引住了,乳房仍然挺拔,身段天生迷人。她叹了一口气,心想,赵可建似乎对她失去了迷恋,他现在在深圳大展宏图,经常十天半月都不回来,回来了也只是草草了事……得了,看你想到哪里了?秦世芳猛地回到现实中,一边骂自己,一边急忙穿好了衣服。她在发髻上罩黑纱,顾长的颈上吊一深红的宝石坠子。装饰完,她在穿衣镜前扭了又扭身子,楚楚动人,她脸一红,三十多岁了,还臭美!她冲镜子做了一个鬼脸。

36

  和半年前的一潭死水相比,现在地产交易大厅人头攒动,热闹非凡。

  周洪昌拍卖地产,在香港引起一阵不小的震动。周洪昌五十年代便开始经营地产,他有一个特点,就是喜欢买官地。政府一旦拍卖官地,他想买的话,别人就很难和他竞价了。买进来的地,决不会再卖出去,他把地产和房产紧紧连在一起。创业至今,他的家产有多少谁也弄不清。去年大跌价,他一直处于旁观者的位置,既不趁机大量收购土地,也不抛售土地,就是商品房,也绝不降价出售,保持了一种少有的冷静心态。当地产市场缓过了气,价格渐渐回升时,周洪昌却将他几幅最好的地产拍卖出去。在许多香港人对香港前景仍忧心忡忡时,这几幅地的出售价再高,也回不到一年多前的价位。周洪昌之举令人费解。人们有两种看法,一是周洪昌将像怡和公司一样,迁出香港在海外发展,这表示周洪昌觉得香港没有前途,这种心态代表相当一部分香港人的心态;二是周洪昌不甘于地产房产市场萧条,为搞活市场宁愿牺牲自己的部分利益。从周洪昌经商的一贯原则看,这不太可能,价格跌得最惨时,他都稳坐钓鱼船，又何必在人心趋于稳定，各行各业刹住下滑势头的时候牺牲自己？于是，想了解地产交易行情的来了，看热闹的来了，真正想买地的来了，还来了大批记者。

上午九点，拍卖正式开始。

竞价以一百万元为一个跳点。有一幅竞价从四千万元的基数，一路升到八千万元，可称一升千里，各路来客热血沸腾，认为地价回升的春天来到了。

尖沙咀那幅地开始拍卖时，台上的主持人宣布每个跳点增至两百万元，现场一阵骚动。秦世芳对参加举牌的助手说："一次跳点加价四百万元，看谁和我们竞争到底！"

这时，有人将一张名片递到了秦世芳手里，说："名片上的人在门口要求紧急见你。"

秦世芳一看名片，疑惑地睁大了眼，心里一阵怦怦乱跳，她对助手说："每次跳点还是两百万元，跳价超过一亿时，你不能再往上加。我出去一会儿马上回来。"

名片上的名字是周少雄，周洪昌大名鼎鼎的大公子，洪达公司的副总经理！周洪昌年过七十，洪达公司早已是他的大儿子周少雄在掌握，这是业内谁都知道的事。前年工商界联谊会上有过一面之交的周少雄，在她要买他的地产时突然要见她，她立即感到了这次拍卖会有蹊跷。

出到大门，见到周少雄，秦世芳的蹊跷得到证实。

"秦小姐，请你立即停止参加竞价！"周少雄开门见山就说。

秦世芳愣怔片刻，"哦"了一声，掉头往拍卖厅大步走去，她要立即终止助手再参加竞价。

望着秦世芳的背影，周少雄轻轻叹了一口气，自己是怎么了？怎么会为一个女人，将自己精心策划的拍卖会，搞得没有一个完美的结果？其实，人们对周洪昌拍卖地产的猜测，有部分是猜中了的，洪达公司就是要通过此举，达到活跃地产房产交易，加快地产房产价格的升温。只有周氏父子清楚，参加竞价的人中，有大半是自己人扮演的，他通过哄价，让不知山高水深的人向上追高，既拉高了地价，又大幅度减少了自己的损失。卖地犹如割周洪昌的心肝，特别是尖沙咀那幅，他指示，这幅地只能当"陪衬人"，哪怕别人叫到一亿的价位也不能卖！如果叫到一亿以上，那群记者谁会相信？就是自己也觉得太像在演戏了，万一被人揭穿，洪达公司还怎样生存？周少雄发现秦世芳冲这幅地而来，大有买不下来不收兵之势。他头疼了，他不能让这个女人上他的当，当然也是保护自己不露馅。想到这里，周少雄猛然觉得自己犯了一个严重错误，他怎么没想到，秦世芳那声"哦"，就是她看穿了他的把戏而恍然大悟呢？如果秦世芳能猜中了的话，谁能保证秦世芳会守口如瓶？她因为他的骗局，忙乎了那么长一段时间，这账她不找他周少雄算又找谁算？看来不给她一点好处，他的骗局被曝光在所难免！

　　对秦世芳，周少雄早有所闻。前年的联谊会上，他目睹了她的风采，对这个美丽的女强人有了更深刻印象。吃自助餐时，周少雄找了个机会和秦世芳碰了杯，并交换了名片。周少雄是情场老手，他第一眼看到秦世芳，就幻想他们偷欢的场景。当然，周少雄清楚，秦世芳绝不是娱乐圈里的人，说上床就上床，她是区议员赵可建的太太，是一位在美国留学获得硕士学位的商界女强人！周少雄痛苦地打消了追逐秦世芳的念头。可她的身影，在他脑海里从未消失。两年过去，思恋之情愈演愈烈。想不到，她来参加他公司的地产拍卖会，直奔他最好的一幅地。看来她是不甘于服装纺织业的单调，要跻身房地产了。周少雄想了半天，终于做出决定，给秦世芳好处。一是堵住她的嘴，二是占有她！秦世芳是什么人？占有她比占有十名、二十名女明星都要光彩。在他看来，以他现有的地位、财富，占有女名人比挖空心思去赚多少钱都要刺激。周少雄在心里嘿嘿笑了。

　　工商界春节联谊会上，秦世芳的目光曾在风度翩翩彬彬有礼的周少雄身上多扫了一眼，想不到吃自助餐时，周少雄主动找到她留下名片。当时，秦世芳从他的眼神看到了一丝异样的目光。这样的目光她看得太多了，很快，他的名片放到哪里了都不知道了。在报上看到洪达公司拍卖土地时，她脑海里曾浮现过周少雄的身影，曾想找他探听情况，转而又想，探听人家的商业秘密，不是商场上的人该干的，秦世芳知道这点规则。然而，周少雄竟出面阻止她买他的地产！从他的目光里，她探测到了他不可告人的秘密：这么多人来竞价他的地产，大部分都是他自己的人，他们是来哄抬地价的！

　　秦世芳感激周少雄没让她中套。可这圈套谁设计的？还不是他周少雄！这么一想，秦世芳不禁又愤怒。前年联谊会上，大家曾一致通过的以公平竞争诚实磊落为主题的倡议书，难道他周少雄把这当成了一纸空文？叫助手停止竞价后，秦世芳让他们先走，自己留下来。她留了下来不是想看谁是倒霉蛋，她有预感，觉得周少雄肯定会找她，他应该向她解释点什么才对。

第六章

待到拍卖会人群散去，周少雄的身影仍没出现。秦世芳在大门口犹豫了片刻，大步向停车场走去。她想，周少雄想和她玩猫捉老鼠？那好，看谁最后是老鼠！

秦世芳在停车场打开车门，正要往里钻，随着一声"秦小姐"，周少雄突然出现在了她的车边，她吃了一惊。

"非常抱歉，让你受惊了。"

刚才秦世芳满脑子猫捉老鼠，没注意周少雄尾随而来，面对笑容可掬的周少雄，秦世芳打也不是骂也不是，还得赔上笑："没什么。找我有事吗？"

"你不想听我给你解释点什么？"周少雄踌躇了一会儿，说。

秦世芳窃笑，她要看这只老狐狸怎样自圆其说，她故作天真状，一脸茫然地问："解释点什么？解释什么呀？"

"地是我卖的，你参加竞价，我应该举双手欢迎，但我却叫你别买，你不觉得其中有蹊跷？"周少雄一时迷惑了，他不能立即判断她是做作，还是真的蠢到一点脑筋也没有。

"没有啊？"秦世芳仍然一脸的茫然，"我认为你叫我别去竞价，是因为竞价的人太多，怕我竞争不过别人吧，其中有什么蹊跷？"

话不能太多，一多，露馅了都不知道。秦世芳就犯了这样的错误，周少雄与她非亲非故，有什么理由担心她竞争不过别人？周少雄看清她天真后面的老谋深算，背上冒出了一层冷汗！他看了看手表说："中午十二点，如果你不介意，我冒昧地请你吃午饭。"

秦世芳笑道："哎，大家都是商界同仁，有过一面之交，说话还那么客气干吗？不过，今天是你帮了我，我应感谢你，饭还是由我请。"

秦世芳今天确实蠢，蠢到说一句话就露一次馅！她怎么能说周少雄帮了她？她要感谢他呢？这不是明确告诉周少雄，这次拍卖其中有诈吗？

周少雄一副绅士的派头，稍微一躬腰，做了个请秦世芳上车的手势，说："不管谁请谁，总之中午在容华大酒店的芙蓉房，你先走，我随后跟来。"

秦世芳开车走后，周少雄立即拨通了父亲周洪昌的电话，电话那头传来周洪昌得意的笑声："尖沙咀那幅地最终是自己人买下来的吧？"

周少雄十分清楚，这幅地不大，可他父亲像爱他的孙子一样爱这幅地。买下这幅地前，他请香港最有名的风水先生到这幅地上看过，风水先生拿着罗盘一阵忙乎后，对周洪昌伸出了巴掌。周洪昌盯着那五根手指半晌才说："老朽糊涂，还请先生指点迷津。"风水先生说："五年后你不论是卖这块地，还是在这块地上建房产卖出去，都要比现在净赚五倍以上。"这是三年前的事了，离五年后还有两年，周洪昌到死也想看到五年后这幅地是如何净赚五倍以上的。

"喂，你怎么不说话？"周洪昌见周少雄沉默，不由得急起来，吼道，"是不是那块地给人买走了？"

"爸，我们自己竞价买自己的地，有谁能争得过？"周少雄叹了一口气，"现在出了比这块地被卖了还头痛的事。"

"什么事？给我说清楚。"周洪昌最清楚儿子的性格，如果是他能解决的事，他决不会唉声叹气，一旦唉声叹气了，这事恐怕是他这当父亲的也无法解决了。

周少雄添油加醋，说秦世芳已完全掌握了事情的真相，她现在就非买这块地不可，不卖给她，她就将事情真相向媒体披露，由媒体公之于众。对周少雄来说，这幅地丢失了也不过受损而已，离伤元气相去甚远。对洪达公司来说，尖沙咀这幅地哪里算得上最好的，比它好的多了去！老爷子就是这样，不论说哪幅地，都认为那幅地是最好的。

周少雄下狠心，决定将这幅地卖给秦世芳。

听了周少雄的叙述，周洪昌沉不住气了，他惜财如命，更爱惜自己的声誉。五十年代初他曾干过诸如贩毒走私这类勾当，为人所不齿。后来他遵纪守法，力图重塑形象，经过几十年努力，他的形象终于高尚起来。他想，这件事一旦败露，他几十年的努力毁于一旦。

"你立即找到秦世芳，不论多大的代价，都要想办法堵住她的嘴。"周洪昌顾不了什么五年翻五倍，自己的老脸更要紧！

从父亲那里诈到了"尚方宝剑"，周少雄心里就有了底，他精神抖擞，把车开得飞快，抄近路先一步赶到了容华大酒店，等秦世芳进门，他已经在此恭候了。

周少雄把酒杯举起来，说："来，第二次干杯。"

"第二次干杯。"秦世芳也附和一句，爽快地和周少雄碰了碰杯。

"周先生，你请我不会是单纯吃饭吧？"秦世芳一直在想猫捉老鼠。

周少雄直奔主题道："你对尖沙咀那幅地有兴趣？"

"没兴趣我去参加竞价干吗？"既然周少雄回避问题不说真话，秦世芳就不那么客气了,"周先生,为了这幅地,我至少到现场看过三次。不瞒你说,我早想跻身房地产业,我请了专家到现场看过,这幅地前景无量,我决定不惜代价买下,但你阻止了我!你说吧,为什么要这样?如果你不能自圆其说,我将要求你赔偿我为这幅地所付出的精力和金钱的损失。必要的话,我会请求社会舆论来公断这件事。"

"言重了,言重了!"厉害,真的厉害!周少雄见秦世芳越说越激动,在心里直呼。他想,她不就为了这幅地吗?卖给她就是了。他正色道:"直说了吧,今天上午,我一直观察,你对另外的几幅地不感兴趣,一次牌都没有举。到了这幅地时,你和你的助手跃跃欲试,我担心你陷入哄抬竞价之中,得不偿失,后悔莫及。"

秦世芳冷笑一声道:"那幅地九千万元时被人买走,你怎么没有阻止他呢?"

周少雄尴尬一笑道:"那不是我们现在要说的话题。告诉你吧,我之所以阻止你去参加竞价,那就是我已经决定,这幅地卖给你!你别瞪眼看我,我说的是实话,其实把这幅地卖给你,你是要付出代价的。"

"什么代价?"秦世芳瞪大眼,极力掩饰内心的惊喜。

周少雄笑了,他一眼看穿秦世芳在想什么。他相信自己已把握了主动权,他说:"我家老爷子早如你一般,不安心于单一的房地产业,他也想跻身服装纺织业。隔行如隔山,这一行的门道如何走,我们想请教你,这幅你喜欢的地卖给你,不过是见面礼。"

秦世芳哑然失笑,她对洪达公司不能说了如指掌,至少略知一二,他的公司何止经营房地产。建材、金融、造船、机械等哪里不插足。似乎就是服装纺织业还没伸手进来,难道周少雄说的是真的?

"我家老爷子说,房地产总有一天会饱和,服装纺织则更新换代,永无止境。"

说得太漂亮,转而一想,如果他早有这样的打算,何必等到她要买他的地了才说?何必将一幅她喜欢的地卖给她,来作为见面礼?天上不可能掉馅饼,这点常识她清楚。秦世芳算是明白了,卖这幅地给她,不过是堵她的嘴!她说:"你要进军服装纺织业,只要需要,我随时可以帮忙。这恐怕不是今天的话题。今天的话题是,既然你要卖这块地给我,你就得说我们双方都能接受的价格!"

"这还不好说?"周少雄大大咧咧一摊手,"我父亲年纪已大,早就不想多管事，这事我现在就可以拍板。"

"没那么容易吧？"秦世芳以洞察了对方心态的口吻说，"你的公司卖地，以我之见，不过是搞活市场的主动行为。一年来，地价一泻千里，你们既不买地也不卖地，其实是静观事态，一旦你们对香港的前景做出了判断，你们便又活跃起来。今天你们实际上卖了几幅地？难道只有尖沙咀这幅你们不想再卖吗？你是担心，这幅地不卖给我的话，我真的会把这事抖出去。我秦世芳在商场混了这么多年，为人你应该清楚，我绝不会以伤害别人来达到目的！现在这幅地你既然主动说要卖给我，让我更没有理由说你一句不是。但有一个条件，就是这幅地你要以市场的价格卖给我，千万别低价或高价出售。"

"秦世芳啊秦世芳！"周少雄在心里不禁喊了出来，心想，说这么多干吗？还不是一个目的，以平价买下这幅地吗？既然有了这个目的，就不要标榜自己了，什么为人？她的为人谁不清楚？工商界出名的争强好胜者。周少雄舒了一口气，现在看来，主动权已被他牢牢掌握。他顺着秦世芳的话，把他刚才吹的"牛皮"收了回来："这事确实没那么容易，得回去和老爷子商量。有一点你放心，我出的价，你一定能接受。"

秦世芳不禁有些后悔，觉得自己刚才话又多了。这下好，到嘴的肥肉又飞了。秦世芳只好说："那是应该的，你回去和你父亲好好商量，有了结果再告诉我。"

"今天是五号，十五号下午四点，我们在交易所公证处举行地产转让手续。"周少雄心里一阵得意，本来马上就可以拍板的事，他硬是拖了十天。这十天就让秦世芳这漂亮的狐狸去煎熬吧，谁叫她自作聪明呢？

我的天，要十天才有结果，秦世芳差点说，不能早几天吗？她旋即稳住了情绪，心想，看谁更能熬吧！

"说好了，十天后我们见面。"秦世芳说。

37

赵可设一行被林笑怡带过罗湖桥，进入香港。一踏上香港的土地，赵可设心里就有种异样的感觉。整洁宽阔的马路，林立的高楼大厦，街市的繁荣，赵可设不由得在心里说，和深圳比，还真不一样。他看到许多高楼上飘着英国国旗时，不禁愤愤然，耻辱的感觉冒了出来。那些香港人，一个个绅士淑女的模样，他们想到过，他们头上飘的是英国国旗吗？赵可建、赵可家就生活在香港，他们也有这种耻辱感觉吗？香港确实比内地好，不要说内地，就是特区深圳，有哪一点比得上香港？他紧抓拳头，暗暗发誓，今后深圳一定要超过香港，否则，这种耻辱感就得一辈一辈流传下去了。

重洋公司的培训基地在荃湾一处临海的山坳里，远离闹市。赵可设他们被全封闭军事化管理，每周只有周日可以自由活动。周日这天，上街也要经批准后才能走出基地。赵可设他们自由散漫惯了，对此非常窝火。日本教官不苟言笑，说一不二，他们不敢发火，也没有理由发火——日本教室玩命工作，甚至到了周日，赵可设他们早就待得不耐烦，一窝蜂似往外拥时，日本教室仍然待在宿舍里，忙着整理资料或者看书学习。

几个日本教官中，川岛冷峻凶狠，像谁都欠着他的，赵可设早就看他不顺眼。有一次上课，川岛走上讲台叫"上课"，别人都齐刷刷起立了，赵可设没起立，故意弯腰去拉鞋带。川岛几大步跨到赵可设的面前，抓住他的衣领把他拉起来，一巴掌就结结实实扇到了他的脸上。当众被矮过他半个头的小鬼子打耳光，赵可设哪里受得了，一拳就照川岛的胸口捣来。川岛一侧身，抓住他的手臂，顺势来了个背翻，将赵可设重重地摔翻到地上。川岛将赵可设扶起来，按到座位上。他走回讲台说："我动手打人不对，首先给赵先生赔个礼。"说着，真的对赵可设鞠了一个躬。

鞠躬后，川岛身板挺直了道："赵先生也应该吸取教训，你刚才的行为在日本是不允许的。你们培训回去后，就是代表重洋公司管理重洋公司的员工。你们今后就是过去被骂为'汉奸'的人。当然，过去那些汉奸吃里扒外，良心大大的坏，应该统统枪毙！你们的身份则是协助重洋公司管理好工厂，与那些汉奸性质完全不一样。我这个比喻或许不恰当，但有一点你们必须明白，你们的利益与工厂的利益紧紧联系在一起，是同舟共济的关系！如果没有严格的规章制度，工厂管理不好，那么，工厂是生存不下去的，你们的利益又从何谈起？你们石岗村投进去的股份不是石沉大海，有去无回吗？总公司要你们来培训，其实并没有什么高科技高难度的东西要你们学，但为什么要费一个月时间？就是要你们从今天起，接受一种全新的工作管理方式，这一点我相信你们在今后的培训中会有很好的体会。"

有一次总经理琦川来培训基地巡视，发现操场上有烟头，顺手便给川岛一耳光，并责令川岛跪在地上把烟头捡起来。川岛竟乖乖地跪在地上，捡起了烟头。这一情景令赵可设受到极大震撼。他觉得日本人的产品之所以风靡整个中国、整个世界,这与他们任何环节上都近似冷酷的严格管理有直接关系。

不过,一巴掌和一个背摔,赵可设可记到了心里。他想,鞠个躬、赔个礼就算了?没那么便宜的事!

上课紧张,下课枯燥,日子过得没滋没味,才来十多天,赵可设想家了,怀念和陈二平喝酒的快乐时光了。又一个周末,如何消磨?赵可设突然想到了林笑怡。在石岗,他们抬头不见低头见,说说笑笑,还经常一起喝酒。可她一送他们过来,就走了;一走十几天,也没再露一露脸。这个林笑怡,不讲交情!赵可设一边胡思乱想,一边去找川岛请假,准备去街上溜达。在写字楼门口赵可设捂住嘴,才没有喊起来:林笑怡站在台阶上,笑吟吟地望着他。赵可设想,林笑怡怎么这么可爱,他想她了,她就来到了他眼前。他明明心里惊喜,装出一副满不在乎的样子说:"你不在石岗待着,跑来干什么?"

"担心你肚子没油水,专门来请你的。"林笑怡不装,大大方方说。

赵可设不再装,欢天喜地道:"我盼星星盼月亮,就等你来给我加菜。"

"我准备了好多菜,今晚在家里请。"林笑怡说。

赵可设更高兴道:"对对,上次你说,到了香港,就到你家里请,你没有忘记。"

林子枫在大雾岭半山腰给女儿买了一套单身公寓,三十六楼,香港岛和维多利亚海港尽收眼底。在落地式玻璃窗的餐厅里进餐,是一种享受。在香港,除非很亲密的关系,一般都不会请到家里吃饭。这点赵可设清楚。

赵可设小心翼翼说:"在家太麻烦,还是在外面吧。西山街有家客家风味餐厅,客家菜做得很地道,我们去那儿吃吧,我请客。"

"你怎么婆婆妈妈的?在香港听我的。"

一见林笑怡拉下脸,赵可设赶紧说:"好,好好,听你的。"

那是一栋高耸入云的高楼,进了电梯,似乎也就几秒,便到了三十六层。电梯门还没打开,赵可设喊耳朵疼。林笑怡说你张开嘴哈气。赵可设照着做,耳朵就不疼了。赵可设没问怎么回事,林笑怡说电梯升得太快,就有这种反应,习惯了就好。出了电梯门,林笑怡开门后说:"你跟着我,我怎么做你就怎么做。第一,脱去鞋袜换上拖鞋;第二,到洗手间洗洗脚,擦干。哎,洗脚我是肯定洗的,跑了一天有异味,我是怕熏了你。如果你认为你的脚不臭,不用洗也行。"

　　林笑怡的脚没有异味,她是怕赵可设的有。她最怕那种臭,一点点也不行。为了赵可设洗脚,她带头先洗,既不让赵可设觉得难堪,又给自己这种让人难堪的做法留了台阶,真叫聪明。

　　赵可设在洗手间里开水龙头冲脚,一边冲一边想,回去后和陈二平他们说,在香港进家门先洗脚,鬼都不信。冲洗了几下脚,接过林笑怡递过来的毛巾将脚擦干,穿上拖鞋走出来,赵可设仔细打量林笑怡的家。古典欧式的油画,淡黄色为基调的装饰。赵可设想,他就是有钱,也弄不出这么高贵典雅的装修摆设。他突然想到了王凤娇,她会这一套吗?她会的是麻将,一天离开麻将就像丢了魂。

　　"全是我自己设计的,还有主人房和书房,要看看么?"林笑怡说着,推开了主人房和书房。

　　赵可设摇摇手,自嘲道:"那地方是我这种人随便看的么?弄吃的吧!"

　　"伪君子!单身女人的家都敢来,主人房就不敢看一眼啊!"林笑怡奚落道。话一说完,她的脸不禁就红了,自己的话有点挑逗的味道。

　　赵可设笑道:"有什么不敢看的,我这就看看。"

　　赵可设走到了主人房的门口,一眼看到了那张宽大的双人床,突然就想到了电闪雷鸣、风雨交加的那个晚上。赵可设咽了两口唾液,夸奖了两句:"漂亮,漂亮。"然后拖着沉甸甸的脚到了书房,他一边浏览书目,一边赞叹:"书真多!"

　　"这下大开眼界了吧?"林笑怡得意地趁机奚落赵可设,"像你,就几本摆在神龛上,还不知你翻过没有。"

　　赵可设说:"有摆出来的,但你知道没有藏着的吗?"

　　"你有藏着的书?"林笑怡突然想到她逃港时丢下的那一箱书和珍贵的照片,"什么书?"

　　赵可设盯着书柜说:"你又买了一套《莎士比亚全集》?"

　　林笑怡惊呼起来:"天哪,我那些书你收起来了?你怎么不跟我说?"

　　"你问过我吗?"赵可设淡淡一笑,"回去后完璧归赵。"

　　"不急,你先留着。"

　　"留着干吗?"

　　"读呀。"

"还读呀？那箱书，我都不知道看几遍了。"

"难怪呀难怪，"林笑怡感叹道："上次谈判，马秘书长说你的那番话简直是优美的演讲，原来肚里有我的书呢。"

"那当然，"赵可设得意道，"回去就把书还了，算我借了你几年。"

林笑怡想说，你刚上田，脚上的泥还没有洗干净，要学的东西还多着呢。她担心这牛皮烘烘的家伙听了不高兴，便说："我饿了，来，一起弄菜。"

林笑怡一天前就回了香港，先准备好了这晚吃的东西。她打开冰箱，琳琅满目，什么都有，六道菜三下两下就弄上了桌。赵可设见林笑怡就想动筷子，忙说："酒呢？"

林笑怡喝酒是靠解酒药支撑，这次竟然忘了准备。她想这下麻烦了。

见林笑怡发愣，赵可设说："哎，酒柜里的酒，光蓝带就有五六瓶，今晚喝两瓶。前几次，你嫌两瓶还不够，我怕你醉了回不去，不同意，这一回就在你家里，你还怕醉呀？"

林笑怡咬咬牙，她走到酒柜前，取出了一瓶蓝带，一边开酒瓶，一边说："好好，但只准一瓶，多了不行。"

赵可设笑道："等下你抢着开两瓶。"

夜幕降临，一边看着维多利亚港湾的万家灯火，一边是醇酒美人，赵可设有种恍如隔世的感觉。

酒正酣，林笑怡起身放音乐，说："这首曲子叫《爱情故事》，美国一部爱情电影主题曲，电影的故事情节简单俗套，主题曲却百听不厌。听过吗？感觉怎样？"

"听过，很优美，使人想到一对情侣在海滩边散步的情景，这时海边应该还有几棵椰树，海面上有几只海鸥在飞翔。"

"电影的画面就是这样！你看过这部电影？"

"没有。听着音乐，眼前会出现这样的画面。哎，你别以为我是农民，就什么也不知道，老实说，这种画面我不但能想象，还能写呢。"赵可设说。

"我那箱书滋养了你。不错，真的不像一个农民头。"

夜已深，华灯璀璨，星罗棋布从海边一直延伸到山巅，与满天的星光簇拥在一起。香港岛的夜晚比白天更迷人。

林笑怡以前几次喝酒，两瓶喝完了，仍心不跳脸不红，谈笑风生，丝毫没有醉意。这一次，第二瓶还没有开，她就头重脚轻、舌头不听使唤了。望着赵可设诧异的目光，林笑怡难为情地说："一般喝酒之前我都吃了特效解酒药。那些药，所有的酒一入肚，就立即化解为水，喝再多，也只是相当于喝水。一些男人，在酒桌上就喜欢看女人的洋相，他们以能将女人喝倒为乐事，恨不得所有女人一醉倒就投入他的怀抱。你别拿这样的目光看我，我知道你不是那种人，但那种人我见得多了。当然，以这样的办法对付朋友，那就没有酒德了！可设哥，这一次……这一次不把这瓶酒干掉决不收兵。"

"难怪，难怪！"赵可设大笑，他给林笑怡和自己又都斟上酒后说，"按酒场上的规矩，你喝酒作弊，要罚酒三杯，这次看你是主动坦白交代，罚一杯算了。"

"不要偏袒我，该罚多少杯就是多少杯，你以为我醉了啊，告诉你，再来两瓶我都不会醉。"林笑怡一仰头，喝掉一杯，然后把空杯往桌上一顿，"倒上。"

"再喝你真的醉了。"赵可设看林笑怡摇头晃脑、醉眼蒙眬的样子，心想她要是喝醉，这满桌的残杯冷羹谁来收拾？他挑水砍柴不怕，就怕洗碗筷。

"我……我……没醉，倒上，快倒上！"

林笑怡语无伦次说着，头一歪，趴到了餐桌上。

"叫你不要喝了，看你，这下真醉了吧。"赵可设推推林笑怡的肩，竟没有一点动静，赵可设站起来，双手直搓，想了想，抱起林笑怡，将她抱进睡房放到床上。她那副醉后千呼万唤醒不来的憨态让人怜爱，让人恨不得将她搂到怀里，让她像雪花慢慢融化成一股暖流。赵可设最终把已经俯下去的身子又抬了起来，他努力平息了欲望之火，拉过一条薄被给林笑怡盖上。他不敢想象，他趁她醉后把她睡了，明天他怎样面对她。

38

与周少雄分手后，秦世芳驱车赶回家。她要立即打电话告诉赵可建这一件天大的好事。赵可建的腔调让秦世芳从头凉到脚：

"是吗？有这样的好事吗？周少雄我不熟悉，但有关他在商场上的手段我是听多了。与这样的人打交道，你认为你的胜算是多少？"

"赵可建，那我也问你，你在深圳的投资胜算是多少？"秦世芳咬着牙，冷冷地说。

赵可建不客气道:"这就对了,你认为你的胜算是多少,那么,我的胜算也是多少,扯平了吧?世芳啊,其实我们都是在为生活打拼,只不过你我的想法不同而已。其实,这也正常,有谁的思维与另一个人的思维完全一样呢?你早就想打入房地产市场,我支持。我这边,也希望你能支持。"

话都说到了这份上,秦世芳还能说什么?她生硬地"拜拜"一声,放下了电话。两行泪缓缓流了下来。她实在不明白,她与赵可建这对在别人看来是金童玉女的模范夫妻,怎么会在感情上越走越远了?过去,他俩谁外出,回来不管轻重大小,总要送对方一件礼物,他们不要说打架了,脸都很少红。现在,在她眼里,这是一潭死水,没有激情,少了喜怒哀乐!有什么办法呢?跟那样性格的人在一起,风风火火敢恨敢爱的人,也会变得没有脾气了。算了,不值得为他流泪了。秦世芳扯来纸巾,轻轻抹去眼泪。

这十天秦世芳的经历,被周少雄掐准了,她几乎每时每刻都在激动、兴奋与焦虑中度过。她不相信周少雄会毁弃与她的口头合约,又担心商场变幻莫测,出尔反尔。周少雄是什么人呢?用十天时间才给她一个确切答案,这既不符合香港商场上快捷的习惯,对周少雄来说也是一个危险信号,如果她秦世芳经不住这十天的煎熬,将此事的来龙去脉捅了出去,对他周少雄岂不是更大的损失?秦世芳曾多次拿起了电话,想找周少雄,最后一刻,她又将电话放了回去。她心里很清楚,只要熬过这十天,她就稳操胜券。无论周少雄毁弃口头合约,还是他提出的价格她不能接受,她都能理直气壮开个新闻发布会,揭露真相。那时候,他周少雄就吃不了兜着走!

秦世芳一直没有给周少雄打电话,也没有接到一个周少雄的电话。十天过去,秦世芳兴师动众,带了四个助手,准时出发。还没走到交易大厅公证处的大门口,秦世芳远远就看到了周少雄。他一身黑色西服,风度翩翩地站在大门口迎候她。秦世芳步子不由得有些失去往日的稳健,她反复告诫自己不能失态,不能让周少雄占上风。她伸出手,和周少雄握住时,似乎看到周少雄眼里闪过一丝诚惶诚恐。

这十天秦世芳难熬,周少雄更难熬。他突发奇想,要整整秦世芳的做法,其实也把自己推上了悬崖。若秦世芳熬不过这十天,又不愿屈尊下就给他一个电话,问题可能就不会朝他想象的方向发展。一旦秦世芳熬不住十天的痛苦折磨,把事情捅出去,洪达公司声誉上的损失将无法用金钱计算。同时,他接替

第六章

父亲任洪达公司董事长也将受到严重挑战：他的弟弟正虎视眈眈盯着他的宝座呢。他寝不成眠、食不知味。十天后，他早早来到公证处门口，远远见到秦世芳，他眼前顿时一片光明。诚惶诚恐只是一闪而过，在骨子里，他战胜了秦世芳的喜悦才是真实的。他把这一切掩盖得天衣无缝。

秦世芳开门见山，问："商量好了吗？这幅地的价格定在多少？"

秦世芳咄咄逼人，周少雄在心底里笑了，他觉得在这种大笔买卖中，秦世芳少了沉着冷静的心态。经过了十天的难熬，周少雄也不想再和她玩什么把戏，他直截了当说："商量了，五千万！你能接受这个价，就到公证处办公证。"

秦世芳没有任何表情地盯着周少雄，说："那好啊，叫你的人和我的人都进去吧。"

周少雄清楚，五千万这个数目秦世芳能接受，他忍不住还是问了一句："五千万，秦小姐，你没有异议？"

秦世芳不想再掩饰她感激的心情，说道："周先生，你没有食言，仅从这一点，那幅地的价格高一些、低一些，或许都不重要了。"

这是一句非常得体的话，有老朋友肝胆相照的豪气。周少雄一时也很激动，说："公证书我已经签字，你也签上，然后公证处盖个章，那幅地就正式转让给你了。"

"晚上我请你吃饭，就在上次的老地方。"秦世芳说。

周少雄微微一笑道："非常乐意接受你的邀请，不过，你是客我是主。不，你不要客气。到了现在，我不能不坦白，这一次，是你帮了我大忙，我父亲说，适当的时候，他亲自宴请你。"

秦世芳一时语塞。她清楚，如果没有周少雄阻止她参加那幅地的竞价，结果会是怎样，说不定她就真的以一个亿或者更高的价钱买下那幅地。仅仅他的一句话，她就少出了几千万元，像做梦一样，令人不敢相信。

那是一场马拉松式的晚饭。周少雄喝啤酒喝得很凶，秦世芳几次劝他，他不听，还要秦世芳陪他喝。秦世芳滴酒不沾，为了不扫他的兴，硬头皮喝了一大杯啤酒。只一杯，秦世芳就觉得心跳脸红，眩晕一阵又一阵向她袭来。趁着几分酒意，秦世芳问："我总觉得你十天前说的话，有不真实的成分，我很想知道你阻止我买那幅地的真实想法。"

周少雄说："如果你不笑话我，我就说了。前年春节联谊，你迟到走入会场,你知道有多少双眼睛盯着你吗?在那么多双眼睛里,就有我的。你别笑,从你入场到我最终鼓起勇气找你碰杯,整整一个多小时,我都在盘算,如何和你碰上那一杯。碰上一杯又是什么目的呢?就想认识你,想把我的名片交到你手上!其实,一句话,我是被你迷住了!后来,单相思对我的折磨,如下地狱般难受。两年后,当我再次见到我心中迷恋的女人时,我甘愿付出的不仅仅是我精心策划的一次土地买卖的成败,还包括我父亲最喜欢的一幅地。"

"不会吧,我一个老太婆了,还能迷得住谁?"

秦世芳脸上发烧,心里漾起一丝春意。她想不到,她三十多岁的人了,还会有小女孩式的羞涩。周少雄的相貌令人不敢恭维,个子矮小,虎背熊腰,留个小平头,似一介武夫。与自己儒雅的丈夫相比,他没一样能比。此刻,吸引她的却是周少雄!周少雄有一种从骨子里透出来的活力。他眼睛炯炯有神,如利剑,能穿透一切。当然,洪达公司的实力与可芳公司不可相提并论,这也是秦世芳不得不仰视的。

"话说到这个份上,你应该明白,十天前我为什么阻止你竞价那幅地的真正目的了吧?"周和雄把身子靠到椅背上,大大咧咧说,"一个男人如果被一个女人迷住,为她赴汤蹈火也在所不惜,失去一幅地又算什么?"

周少雄额头宽阔饱满,泛着一层油光。秦世芳的思绪飘得很远,直到周少雄买了单,和她一起走出了酒店,钻进了车里,周少雄问她是回家还是去哪里时,她迷茫恍惚道:"你说去哪里?"

秦世芳当然想回家,可那个家锅冷灶冰。丈夫不在家,两个孩子在幼稚园全托,用人就像哑巴,和她没有一句多余的话。如果这十天不是为了等这幅地的消息,她早就到东南亚几家分公司走走了。飞来飞去,倒也能暂时忘记自己越来越深的寂寞。

周少雄暗喜,说:"皇家大剧院晚上有英国爱乐交响乐团演出,去听听?"

"交响乐?"秦世芳眨巴两下眼。她当然很想去听,在美国留学时,她是学校交响乐队的一名小提琴手,回香港投身商业后,忙得不可开交,仍不忘常去听听。赵可建对交响乐不感兴趣,她一人去又觉得没意思,以后渐渐很少去听了。随周少雄去,不知会传出什么新闻。她不敢惹那种是非。她摇摇头说,"不敢去。"

"你怕什么啊?"周少雄不理道,"一起去听听交响乐,也是一种交际方式,你怕我不成!"

"不，我不怕你。"面对周少雄直视自己的目光，秦世芳稳了稳情绪，"我是怕我自己。"

"怕自己？"周少雄怔了一下，旋即在心里笑了。他望秦世芳的目光越来越温柔，有一种说不出的怜爱。一个女人自己怕自己的话，可想而知她的内心深处是何等的封闭孤独。想不到外表鲜艳亮丽、光彩照人的秦世芳是这样一个人。他非常清楚，这样的女人实际上是自我压抑，这种压抑一旦释放，她的激情如火山爆发般磅礴，钢铁都被她熔化。

"那好，我们不去听交响乐，随便走走，看看夜景吧。"

秦世芳不说话，一副你去哪儿就去哪儿的神态。周少雄心花怒放，他带着酒后的兴奋和冲动，驾车带着秦世芳向他的秘密别墅急驱而去。

车不知跑了多久，开始"之"字形爬山了。车灯的光柱一晃，晃到了路牌上，秦世芳隐约看到了"青云雾"几个字。这条路秦世芳没有听说过，更没来过。她想香港真大，许多地方她都没有去过。车越爬越高，在一幢别墅前停了下来。下了车，秦世芳看到远远近近的灯光像幽灵的眼光，飘忽不定。秦世芳有些慌乱，她下意识抓住了周少雄的胳膊，说："这是哪里？这么阴森森的。"

周少雄轻轻拍了拍秦世芳的肩头，半安慰半开玩笑半吓人地说："这里是青云雾，天上地狱，怕不怕？有我在，你不要怕！"说着，周少雄响亮地干咳了一声。

随着咳声，别墅的大门无声无息开了，一个庞大的黑影从门里走了出来，秦世芳吓得差点叫出了声。

"别怕。她是管这幢小楼的菲佣，你别理她就是了。"

那个铁塔式的女菲佣，似笑非笑，扫了一眼过来。秦世芳心里仍慌乱，她紧抓着周少雄的手上到二楼，忍不住回头看，菲佣仍瞪着一双牛眼样的眼睛在盯着她的背影。秦世芳想说什么，突然被周少雄紧紧抱住，一张热烘烘冒着酒气的嘴把她的嘴紧紧堵上了。

那么突然，想叫喊一声都来不及。周少雄的手伸向她的胸口，一阵眩晕向她袭来。她连抬手的力气也没有了。

第七章

39

烟墩山向东的山麓,原来是一片乱石场。乱石间长着许多浑身带刺的刺梨。秋天刺梨成熟,石岗村的孩子呼朋唤友,上山小心翼翼摘取成熟了的刺梨。刺梨又甜又酸,丢进嘴里一嚼,脸上充满了快乐与满足。

这群孩子,包括赵可设。

现在,赵可设带人,指挥推土机,几乎是一夜之间,把这里夷为平地。接着,大批建筑工人进来安营扎寨。那年秋天,一幢一幢别墅拔地而起。

举村搬迁的日子一天天临近,石岗村却涌动一股不安的暗流。赵山贵这一代老人眼里,小洋楼宽敞明亮,住起来舒服多了,可猪、鸡、鸭、鹅、羊,特别是牛、马怎么办?按照赵可设他们提出的石岗发展规划,这些相伴石岗村人祖祖辈辈的生命不但将失去乐园,就是养一两只也不行了。他们要把石岗村建成一个文明的样板村,所谓的"鸭屎村"将成为历史。

搬迁的日子终于来到。赵可设叫人搭了临时主席台,请来了竹林村醒狮队与本村的醒狮队在主席台下对舞。主席台上就坐着市领导、离退休老干部等。省市电台、报社,甚至香港媒体也来了大批记者。林子枫夫妇当然也到场助兴,坐到了主席台上。据说那天放的鞭炮比石岗村有史以来放鞭炮的总和还要多。揭牌仪式是最激动人心的时刻。那块牌是市委送的,牌面以红布包裹,连赵可设他们都不知上面写着什么字。一位副市长将红布扯下来,"深圳市罗湖区石岗居委会"一行金光闪闪的大字出现在了人们面前,这位副市长宣布,从这天起,石岗村所有人口都告别农民身份,成为城镇居民了!人们先是一愣,接着欢呼和掌声,震耳欲聋响了起来。

第七章

赵山贵原来坐在主席台上。

面对这热闹的场面,他却怅然若失,趁人们不注意,悄悄离开了主席台,慢慢穿过新村,向烟墩山走去。

妻子文爱竹的坟,去年已经迁到了冲石湾墓园,原来在这里的几十个坟也都迁走了。这块地被一家公司买下,高高的打桩机已经架起来,这里的厂房和宿舍楼会很快拔地而起。赵山贵觉得妻子现在埋得太远了,不然他又会坐到妻子的坟前,和她说上几句话。他爬上烟墩山,在半山腰一块他常坐的石头上坐下,拿出烟斗,烟卷撕开,把一小撮烟丝填到烟嘴上,点上火,吧嗒吧嗒抽着。他喜欢用烟斗抽烟,吧嗒吧嗒声听起来有滋有味,比抽带过滤嘴的卷烟要来劲得多。

在烟墩山的半山腰,石岗老村和新居尽收眼底。深圳河对岸,香港新界一带的村镇,也都看得一清二楚。香港新界对他来说太熟悉了,抗日战争时期,东江纵队在这一带进退自如,是他们的根据地。1941年12月日军占领香港,在抢救香港沦陷,撤走文化名人中,赵山贵担当保护一位重要人物的任务。重要人物安全撤出香港后,亲笔给他签字留念,可惜那一本日记本在朝鲜战场一次突围中,被他的通信员丢失了。那时重要人物开口闭口叫他"小鬼"。今天的"小鬼",也是六十多岁的老人了。在赵山贵眼里,那时香港新界一带的村镇和深圳没差别,石岗村的老房子甚至比元朗一带的都要好,后来呢?唉,别提了。好在现在深圳建特区了,奋斗的目标是赶超香港。开始时,赵山贵觉得是不是又有一些人说昏话,可深圳发展才几年,便举世瞩目。光拿石岗来说,当年的"鸭屎村"已经消失,那座漂亮的新村,就是两年前,想都不敢想。一切证明,只要方针政策对路了,不要说香港,赶超英美也不再是昏话。

但是,当那个号称"鸭屎村"的石岗真的消失时,赵山贵的心情又久久不能平静。不论是南宋前的伍家,还是南宋后的赵家,不论是南宋前的默默无闻,还是明朝后,得到朱元璋赏赐而光宗耀祖,声名鹊起,石岗都是赵家嫡系,世世代代居住的地方。赵家珍藏的族谱里,这一切记录得清清楚楚。然而,石岗故居将永远消失!赵山贵心里明白,历史要发展,这是必然的规律,只是这心情,遗憾、惆怅、伤感,纷纷杂杂,剪不断理还乱。

鞭炮声突然响起来,赵山贵一愣怔,猛然震醒。他觉得作为一名共产党员,他的资产阶级小情调是不是丰富了一点?共产党人努力奋斗的目标,难道不是让人民群众的日子一天比一天好吗？人民群众的日子好了，却产生了恋旧情绪，如何得了？哪里还有一点共产党人的坚定立场？

揭牌仪式结束，一辆一辆轿车离开石岗，赵山贵这才一步一步走下烟墩山。

回到村里，一个意想不到的情况出现了。像赵山贵一样，有恋旧情绪的不止他一人，一伙老人竟然说年轻人搬走可以，他们仍要住在老屋。态度最为顽固的几个"老鬼"，穿上黑色镶白边的长袍，戴着高筒灰帽，在屋前屋后装神弄鬼，做道场。所谓道场就是在堂屋的神龛里插上几炷香，然后在大门槛烧黄色的避邪草纸，再做手持利剑的架势，对着门外一边劈刺，一边念念有词，随后手抓一把沙子往屋顶上撒去。沙子撒在屋顶的青瓦上沙沙有声。如此反复，倒也让看热闹的小孩觉得毛骨悚然，大叫一声"鬼来了"，一哄而散。做道场的不止一两家，竟有七八家之多。一时间流言蜚语四起，竟然说赵山贵是这活动的组织者，是他带头不愿搬走。那伙"老鬼"开始秘密串联时曾想把赵山贵也拉进来，后又认为不可能，一是作为一名离休的老干部、老党员，他不会与他们"同流合污"；二是石岗新村名为赵可建与村里共同投资兴建，实际投资完全是他赵可建的。身为赵可建的父亲，他不可能出尔反尔，眼睁睁看儿子蒙受重大损失。这伙"老鬼"如何表达对过去的留恋、对失去祖屋的伤感，他们的思想境界没有赵山贵高，他们越想越难过，最后串通一气，以闹鬼来发泄他们的情绪。

内地的记者早就尾随领导们而去。香港的记者有"深入群众"的传统，他们挨家挨户探询石岗村人对乔迁新楼的看法，得到的大多数是高兴、激动之类的措辞。他们目睹了"老鬼"们做道场后，如获至宝。他们的新闻报道的倾向是逆反，所谓"狗咬人不是新闻，人咬狗才是新闻"。他们的照相机摄影机纷纷对准了那几个"老鬼"。一条带政治色彩的新闻当天晚上就出现在了香港的电视和晚报的头版头条上。有鼻子有眼，指名道姓，指赵山贵是幕后策划人。

赵山贵不慌不忙，对心急如焚的赵可建说："明天早上，将今天到场的记者统统请来，特别是香港记者一个也不能少。"

赵可设愁眉苦脸，苦笑着说："爸，今天他们闹鬼，你本来可以制止，你却视若无睹，你想明天香港的电视报纸更热闹啊？"

"对，明天更热闹。"赵山贵说，"你们明早七点以前，无论如何调两三台推土机到我们家门口，听到没有？"

刚刚还急得像热锅上的蚂蚁，听了父亲的话，兄弟俩马上明白父亲要怎么做，脸上的愁云一扫而光。

这件事，赵山贵认为是小菜一碟，不过是泥鳅掀浪，动静再大也翻不了船。闹就让他们闹一闹吧，等他们闹累了，就开始搬家了。

事情闹到了香港新闻媒体，就不是小事了。市里被省里劈头盖脸呵斥了一顿，市里又把负责这项工作的马秘书长批评一通，要他立即清除负面报道给深圳带来的极坏影响。第二天一大早，马秘书长率几个政工干部和一批记者赶到了石岗。他们才到村头，见村里人声鼎沸，在人们的欢呼、惋惜、惊叹声中，赵家祠堂与赵家，同时被四台推土机高高扬起推铲一铲一铲推去。不远处的那棵古榕下，赵山贵坐在太师椅上，吧嗒吧嗒抽着烟。他一脸平静，悠然自得。

马秘书长趋前，紧紧握着赵山贵的手，摇了又摇。赵山贵这位老共产党员以他的行动，封堵了香港媒体，避免了一场政治风波。其中最受震动的是那些闹鬼的"老鬼"，他们话都不敢再多说一句，赶快搬家去了。

两天后，陆陆续续开来了十多辆推土机。很快，已有一千多年历史的石岗老村永远消失了。

40

培训班没结束，赵可设又有了新的培训任务：学习开车。川岛在他肩上拍了又拍，说重洋公司所有驻外公司与当地合作时，当地的厂长，公司会配车。也就是说，赵可设回深圳后，就有一辆车了！开车是赵可设梦寐以求的事，读小学时，老师出作文题《我的理想》，赵可设写的理想就是当司机。那时整个深圳只有十多辆解放牌卡车和汽车站五辆班车，那些司机摁着喇叭神气活现的模样强烈地吸引着他，他羡慕得要死要活。想不到自己如今居然有了一部专车！

培训结束，赵可设率队回到石岗，一辆漂亮的丰田轿车已在等着他了。

林笑怡将一串车钥匙抛给了赵可设，指了指停在写字楼前的那辆黑色轿车说："看见了吧，那辆车配给你了。"

赵可设围着车转了一圈，然后钻进车里，开车冲出厂门，在马路上飞奔了一大圈，又开了回来。林笑怡仍然站在那儿，见他下车，说："真是英雄好汉，还是新手，就开得那么快。"赵可设没有听出林笑怡话里有话，得意扬扬说：

"那当然,连川岛那小子都服我,说我才学几天,车技就是一流的了!"

"开车是英雄好汉,别的呢?狗熊一个!"

赵可设听出了林笑怡的话外音。在香港林笑怡的家,把喝醉的林笑怡抱上床后,赵可设收拾好饭桌,丢下大醉的林笑怡,溜掉了。林笑怡醒来,头痛欲裂,口干舌燥,想喝口水却找不到一个人帮她。对赵可设,她当然没忘电闪雷鸣、风雨交加之夜,可他已经有了王凤娇,不可能了,一旦有了"不可能"的念头,"不可能"可能就会变成"可能"。而且,这种"可能"有可能变得越来越强烈。那天喝酒正酣,她才突然发现,自己有几年没有性爱了?这种念头一旦出现,欲望竟是那么强烈。她想,喝吧,喝个痛快,然后看赵可设这家伙会把她弄成什么样。这竟是她的一厢情愿!醒来发现床上只有她一人时,她恨死了赵可设!林笑怡那天睡到第二天中午才算清醒过来。她发现餐桌上留有赵可设的字条:"你醉后的样子可爱极了,真想吻吻你,但不敢!明天大早要参加培训课,不能侍候你,万分抱歉。"林笑怡将字条揉成一团丢进了抽水马桶里,放水冲掉后又后悔,赵可设的留言,还真的美妙。不管怎样说,他还是想吻她的嘛,不能说他连凡心都没动嘛。他这样做,才是一个真正的男人。这样一想,她原谅了他。当然,还是不能便宜了那小子。林笑怡对赵可设一个招呼也没打,当天下午回了深圳。

"哎哎,我怎么成狗熊了啊?"赵可设叫了起来。

赵可设在林笑怡的逼视下,问得有点心虚。

"别装傻,你是不是狗熊你心里最清楚。"林笑怡放缓口气,"什么狗熊不狗熊,开玩笑的,现在不谈这个。工厂过两天就要试产,事情很多,从明天起,你准时上班,一切按厂规办,要管好你自己,还得管好工人。"

林笑怡说完,也不管赵可设有什么反应,转身就向写字楼大门走去。

盯着林笑怡的背影,赵可设心里冒出一股火,他想,她怎么也像日本人一样了呢?厂规?什么厂规?老子还是厂长呢!准时上班?见鬼去吧。这念头一上来,赵可设又在心里连说要不得。他想,石岗的第一笔资金押在重洋公司身上,管理不好亏了本,石岗就惨了。

41

没有秦世芳在身边指手画脚,赵可建的日子舒心多了。他迫切希望公司明天就轰轰烈烈红火起来，这除了要在家乡大干一番事业的雄心壮志外，他更要让秦世芳大吃一惊。他清楚，在他事业如日中天时，才华比他更出众的秦世芳渐渐取代了他的作用，事实也证明，按他的老路走下去，可芳公司肯定没有今天的业绩。可芳公司总经理的头衔还挂在他头上，实际上他已成了傀儡。起初他觉得窝囊，曾想策划一两个让秦世芳刮目相看的项目，让她改变对他的看法，没有成功，倒遭秦世芳更不客气的奚落。从那以后，赵可建意志消沉，以喝酒为乐事。深圳建特区，唤醒了他几乎已经泯灭的斗志。这次在深圳建分公司，正是证明他还行的好机会，紧迫感和可芳公司创业时一样，甚至有过之而无不及。他要与自己的老婆实实在在来一次竞争。她在香港房地产发展，他则在内地石岗投资。不同地点，不同方式，到底谁赚得更多，这是必须见分晓的。赌桌上不分父子，竞争上也不分夫妻。

赵可建诚实厚道，对内地了如指掌，在与政府各部门打交道时如鱼得水，与石岗人交往更是如回到家中。在父亲及二弟帮助下，他一路过关斩将，到深圳办公司所需手续很快都办好。石岗村推平后不到一年，一家大型的服装生产企业拔地而起。

工厂正式开业那天，赵可建把秦世芳从香港请了过来。因为太忙，赵可建这大半年只返回香港两次，一是太思念儿女，二是想对秦世芳尽尽做丈夫的义务。两次回去都没见到妻子。明明电话告知这个礼拜要回去，秦世芳还是临时说有急事，不是跑台湾，就是飞新加坡了。赵可建心里不满，嘴上说理解。他本身不也几个月才回一趟香港吗？这次秦世芳来深圳，他们已半年不见面了。

见到赵可建，秦世芳忽然一阵难过，眼圈顿时红了起来。赵可建大感不解道："今天是我们高兴的日子，你怎么难过起来了？"

赵可建脑里少了一根弦，夫妻之间的竞争再激烈，胜负差距再大，不过就是一场夫妻间的玩笑。秦世芳一直没有想过，她和丈夫在进行一场竞争，她认为他们间只不过是赌气。夫妻间赌气很正常。

这场赌气赌得过分了，过分到半年没有见一次面！赵可建瘦去了两圈，两鬓长满了惨不忍睹的白头发。他是真正的忙啊！她呢？和周少雄上床了，一上就一发不可收，他们像初恋的少男少女，一日不见如隔三秋。这些年，秦世芳能算出和赵可建有多少次床笫之欢，大多数只是尽夫妻之间的义务。但和周少雄不同，几乎每一次做爱都高潮迭起！她才知道，做爱是痛苦与快乐相伴的，那种强烈的刺激，使她想永远沉浸在这种痛苦之中。情爱的滋润下，秦世芳面若桃花，神采飞扬，体态愈发丰腴。

见到苍老的丈夫，秦世芳偷情的罪恶感一下跳了出来，她觉得对不起丈夫，也对不起儿女，这才是秦世芳忽然眼红的真正原因。赵可建哪里知道妻子红杏出墙。他轻柔地抚摸妻子的肩，说："这段时间太忙，对你关照不够。现在工厂终于开工，我就轻松了，以后我一定常回去，和你，和孩子们多在一起。"

赵可建这么一说，秦世芳就更觉得对不起丈夫，泪就像断线的珠子大滴大滴滚了下来。赵可建鼻子发酸，也差点掉泪。

这次来深圳，秦世芳再也不用担心赵家祖屋住宿条件差，住不习惯了。现在赵家搬到了新村的一幢五层洋楼里，条件一点也不比香港的家差。

一家人热热闹闹吃了饭，聊了一阵天，赵可建一家子就到了二楼。给两个孩子洗漱，哄他们到另一间房上床睡去后，赵可建和秦世芳紧紧抱在了一起。赵可建半年没有房事，加上工作太累，刚上去，就一泄而去，旋即翻身下来，呼呼大睡。望着丈夫的背脊，没有丝毫满足的秦世芳不由得就想到周少雄。脑里周少雄一出现，她的罪恶感又冒了出来。她努力赶走周少雄的影子，一点用也没有。此刻，她甚至更想念周少雄。完了，病入膏肓了！秦世芳咬牙切齿恨自己，却又在想着周少雄。她一夜不能入眠。第二天吃过午饭，秦世芳以事情多为理由，匆匆返回了香港。

42

很长一段时间，赵可乡闭门不出。赵山贵窃喜，以为四儿子真的改邪归正了。他哪里知道，赵可乡不出门，其实是觉得和二狗那伙整日混在一起，无非吃喝嫖赌。他又嫖不了，被当成笑话，没意思。

搬到新楼后，赵可乡一人住在一楼，房里面电视机、录像机、空调等，一应俱全。日子如神仙般自在，既不到外面惹事，让父亲丢脸，自己也免得去看二狗那伙人睡了女人后的扬扬得意。在这方面，别人扬扬得意，他垂头丧气。这样的日子过十天半月的可以，一两个月熬不住，浑身不自在，如坐针毡。那天下午他躺在床上正无聊，二狗一个电话打了过来："喂，你到底是闭门思过还是被你老爸监控起来了？三缺一，来不来？不来以后就不再叫你了。"

"那就去吧，"赵可乡鲤鱼打挺坐起来，故意懒洋洋说，"你过来接我。"

第七章

"你不是有摩托车吗？这么懒呀，连摩托车都不愿开了。"二狗也想偷懒。

"摩托一两个月不开，没电了，打不起火。"赵可乡没说假话，前几天他没烟了，开摩托车去买，打火，连点响声都没有。见二狗想偷懒，他没好气地说，"你来不来接？不来我不去了。"

"哎哎，谁说不来了？我是怕碰到你老爸！嘿，你老爸那双眼厉害，即使没做坏事见了他，腿也会发抖。"

"怕什么，老子就不怕他。"赵可乡底气十足道，"他有什么好怕的？现在他不在家，你快来接我吧。"

"五分钟后到，你出来到大门口等。"

二狗说五分钟到，至少要十分钟以后才到，这家伙从来不守时。赵可乡慢吞吞下了床，冲了个热水澡，不紧不慢穿好衣服，门外这才传来摩托车轰轰声。

二狗喊："赵瘸子，都超过十分钟了，你还不出来！"

"你催命呀。"赵可乡走出大门口，跨到二狗摩托车的后座上，"搓麻将还是锄大D。"

"锄大D，一块钱一个牌。"

"以前不是一个牌五角钱吗？"

"那是老皇历了。你知道深圳国贸大厦三天盖一层吗？那才叫深圳速度。现在赌桌上同样有深圳速度，你嫂子她们打麻将都五十一百了，一晚下来手气好，赢个七八千。黑的话，输掉一万也正常。"

赵可乡瞪大了眼，心想外面的世界变化真快。赵可乡喜欢电视，看的都是《霍元甲》那类打斗片，新闻他是看一眼都嫌多。"深圳速度"这名词竟然是第一次从二狗嘴里听到。当然，深圳变化再快与自己有什么关系？赵可乡早想好了，有赵山贵和三个哥哥，他这辈子还愁什么？就愁下身硬不起来了！赵可乡嘴硬道："我只带了两千块，够不够？不够的话你快掉转车头，我回去再拿一点。"

"你不要吓我。"二狗说，"五十一百是大款们干的，我们这帮虾兵蟹将，一晚搞个千把出来就不得了了。"

"那好，今天看谁倒霉。"

这天赵可乡手气十分顺，从下午三点到晚上十一点，他赢了八百多块。赢了钱，赵可乡豪爽起来了，他把钱往桌上一拍，大声说："喝酒去，我请客。"

二狗三个输得一塌糊涂，垂头丧气，正要叫赵可乡请客，见他主动提出来，精神为之一振，兴奋得大呼小叫，扬言吃光那八百元，还要"赵瘸子"加一点。赵可乡不干，说只能吃八百元以下。

"好好，就八百块以下。"二狗眼珠子转了转，"这段时间，你不出门，我们怎么叫，都吃了闭门羹，按规矩要罚你。怎么罚？嗯，这样吧，我们三个人你每人请个小姐来陪喝酒，每人五十元，一共才二百元，出得起吧？"

"好，说定了，每人给你们请个小姐。"

"耶——"二狗和另两个朋友击掌欢呼了起来。

两辆摩托车载着四个人，从二狗家的院子里呼啸而出，忽左忽右，呈"之"字形横冲直撞，在梦幻发廊门口嘎一声停下。二狗一脚撑地，叫了一声"阿艳"，一个浓妆艳抹的女子应声一扭一扭走了出来，见到二狗，她夸张地惊呼："二狗哥呀，你怎么十多天不来了，想死我了！"

阿艳说着，伸手揽住二狗的腰，胯部蹭到二狗的大腿上，斜眼看了一下赵可乡，嗲嗲地说："哎哟，这位帅哥是谁呀？怎么以前没见过？"

"他叫赵瘸子，以前常来这里时，你还在老家上中学呢。"二狗刮了一下阿艳的鼻梁，"叫阿兰、阿萍、阿春，到金旺城兰花包房，快点啊。"

赵可乡急忙说："我不要别人，就叫阿玲。"

"你还想阿玲啊？做梦去吧。"二狗神秘地嘿嘿一笑，一加油门，摩托车呼地冲出去，吓得赵可乡赶紧搂住二狗的腰。

"二狗，你不告诉我阿玲去了哪里，老子把你掀下车去。"赵可乡用下巴尖顶住二狗的背，狠狠地说。

二狗痛得嗷嗷直叫："别顶了，别顶了，告诉你吧，阿玲被包了。"

"包了？什么意思？"

"包了是什么意思你都不懂？赵瘸子呵，赵瘸子，你再晚出来几个月，放炮是什么意思你也不知道了。"金旺城就在梦幻发廊的街对面，横过马路就到，二狗一边架好摩托，一边说，"包了就是一个人被另一个人养起来，专门给养她的人干了。还不明白呵？直说了吧，阿玲被一个台湾老板包养起来了。听说那老板在金碧花园买了一套房给阿玲，每月再给她几千块，她现在是养尊处优，白白胖胖，只等那台湾老板每月来看她几次了。"

"还有这种事呵？"赵可乡摇着头，百思不得其解。

"这种事现在多得很，有的还生儿育女，俨然人家的小老婆了。这种事叫什么来着？对了，叫'包二奶'，这名词现在挺时髦，那些老板见面，熟悉的开口就问包了没有，就跟那些老同学见面一样，开口就问离了没有。"二狗见赵可乡被说得一愣一愣的，揽住他的肩，一边往酒店里走，一边说，"那台湾老板两头跑，他一回台湾，阿玲还会出来偷吃，你想找阿玲，还有机会。"

简直是应验，阿艳从后面赶上来说："二狗哥，阿玲一个人在家闷得慌，刚才打电话来问我们有什么活动，要不要叫她？"

"你看，你看，我没说错吧？"二狗兴奋地拍打赵可乡的背，"那还用问，快去给阿玲打电话，说赵瘸子出来了，叫她马上来。"

啤酒刚倒上，阿玲就一阵风似的旋进了包房里。几个月不见，阿玲有惊人的变化。她不再是浓妆艳抹，比原来反倒漂亮了许多；她不再袒胸露背，一身名牌休闲装，显得优雅时尚。她眼一瞟，见到赵可乡，一声"想死我了"，扑上来就在他脸颊吻了一下，赢得满场喝彩。阿玲大大方方，倒是赵可乡的脸腾地红了。

又是酒，又是烟，又是卡拉OK，又是搂搂抱抱摸摸捏捏，吵吵闹闹到深夜两三点，他们才一个个跟跟跄跄走出了酒楼。二狗他们知道赵可乡与阿玲还有戏，便骑上摩托车，嘟嘟几声，一个开得比一个快，眨眼间无影无踪。

"他们都走光了，丢下我一个人。"赵可乡可怜巴巴说。

阿玲傍晚时和她那位台湾老板通过电话，知道他正在台湾高雄的家中。对于那套房子，台湾老板严厉警告过，除了他，谁也不准进去。此刻对赵可乡，阿玲忽然涌出悲悯之情，什么谁也不准进，去他的！阿玲拦了一辆的士，拉赵可乡钻了进去。

时间过去了三个多月，阿玲希望赵可乡有奇迹，结果令阿玲失望，赵可乡更失望。不过，当阿玲像过去那样，用舌头轻轻舔舐他的全身，他飘飘欲仙，仍然觉得生活还是有滋有味。

第二天傍晚，二狗找上门，对赵可乡说："你还不回家呀，你爸和你哥他们急死了，我帮你撑着，说你在我这里玩，丢不了。你大哥非要你接一下电话，你说我怎么办？快打个电话回去吧。"

"不打，喝酒去。"赵可乡不由分说，拉上阿玲，叫二狗把朋友们都叫来，他要像昨晚那样，再喝个痛快。

酒正喝得上瘾，阿玲悄悄拉了一下赵可乡，说："你出来一下，我有话和你说。"

出了门，阿玲说："台湾老板今天回来，晚一点就会到，我不能陪你们喝了。"

"什么？"赵可乡瞪大了眼，吐着满口酒气说，"台湾老板就那么重要呀，今晚我们要喝个痛快，然后我还要去你那里。"

"你说酒话吗？我那里是你说去就去的吗？"

"那我带你到宾馆开房。"赵可乡一把抓住阿玲的手，生怕她跑了，哀求道，"求求你了！"

"不行，我马上要走。"

"阿玲，你知道我赵瘸子是什么人么？"赵可乡掏出一大把钱在阿玲眼前晃了晃，"钱大把，你说，你一晚要多少？我保证不比那台湾人给你少。"

阿玲冷笑了一声，说："我不稀罕你的钱，我是可怜你才让你跟我在一起，不然的话，你再多的钱我也不会跟你在一起。"

"什么意思？"

"什么意思你自己心里明白！"

赵可乡的脸一阵白，又一阵红，骂道："万人睡的鸡婆，你滚吧。"

阿玲惊呆了，眼里慢慢噙满了泪水，突然，她一巴掌甩到赵可乡的脸上，丢下一句"没用的东西"，转头跑出了酒楼。

赵可乡冲进包房，发疯似的大吼一声，一下子将酒桌掀翻。

43

随着业务不断扩展，人手严重不足。赵可建决定招聘五名白领员工。

招聘启事在报上一登，报名者竟有上百人之多。赵可建让人事部部长董晓程先筛选一遍，留下十名，这十名最后由他拍板敲定五名。

面试还有十分钟就到，赵可建叫来董晓程，说见工时间推迟一小时。

"赵总，她们全部提前一个多小时来等候见工，推迟一个小时，都十一点了，能全部让她们见工吗？"董晓程小心翼翼提醒赵可建。

赵可建想了想，说："这样吧，中午叫厨房多准备两三个菜，我们和那十个女孩在食堂的小包厢吃。"

"这样更好。"董晓程笑笑，"这样可以在她们之间对比对比，比一个一个见好多了。哦，赵总，她们的简历你都看了吧。"

第七章

赵可建一拍后脑勺，说："你不说还真忘了，我马上看看。"

拟聘员工的材料，昨天上午董晓程就已送到了赵可建的案头上，他正准备看，赵山贵的电话打来，说赵可乡彻夜不归，连个电话也没有。赵可建急忙放下手中的工作，赶回了家。在家门口，刚好看到也被赵山贵招回来的赵可设。赵可设不以为意，认为赵可乡无非是憋了几个月，憋出毛病了，出去和二狗他们玩个痛快，醉得找不到回家的路了。一个电话打过去，二狗果然说赵可乡在他那儿，只是喝醉了还没醒，无法接电话。到了傍晚，还没见到赵可乡的影子，赵山贵竟急得吐了一口血。这病根子是十多年前在水利工地上累出来的，十多年没复发。再次吐血，说明这病根没有断，潜伏下来了，一旦急火攻心，又会发作。赵可建他们要送父亲去医院，赵山贵不去，说这是顽疾，去医院也一时治不好，只能自我调理。都吐血了还说自我调理，赵可建他们不依，非要父亲去医院不可。正争执不下，二狗打来电话，说赵可乡大闹酒楼，砸坏了许多东西，叫他们带钱去把赵可乡赎出来。赵可设放下电话，若无其事称二狗来电话，说赵可乡醒了，叫他们去接他回来。赵山贵闻讯破涕为笑，叫赵可建、赵可设赶快去接人。

赵可乡掀翻酒桌后还砸东西。二狗拦住他问这是为什么，赵可乡哭诉，说阿玲骂他是废人。二狗他们可以随时叫赵可乡"赵瘸子"，若是别人讥笑赵可乡，他们会比赵可乡更感到羞怒，他们多次和别人打架，都与赵可乡的瘸腿有关系。现在他们喝得七八分醉，精神亢奋，阿玲跑了，找不到发泄的对象，桌椅碗碟，他们砸得比赵可乡还起劲。两个服务员小姐进来劝阻，竟被他们捉住，动手动脚，闻讯冲进几个酒店的保安，二狗他们挥拳而上，人家保安个个虎背熊腰，能打会踢，几个回合下来，赵可乡他们鼻青脸肿，被押到了另一间包房里，蹲在地上，连坐都不允许。

赵可建、赵可设赶到新城大酒店时，公安局刑侦队的几个警察已先到现场，有的拍照，有的在向哭哭啼啼的服务员小姐了解情况，场面有点紧张。赵可建一到，形势顿时逆转，带队的刑侦队长姓廖，是赵可建高中同桌的老同学。那时他们食宿在学校，好得形影不离，只差同穿一条裤子了。赵可建逃港后，除了家里，他也资助过这位老同学。赵可建回深圳投资后，逢年过节的，都会聚一聚。见到赵可建，队长顿时明白，带头闹事的"瘸脚"，是赵可建的弟弟。

廖队长把酒店经理叫到了面前，劈头盖脸就吼："你们酒店的保安，是雇来打人的吗？你睁眼看看，你们把人打成了什么样？你说说，是你那几个碗碟重要，还是你的客人受伤重要？"

廖队长态度一百八十度转弯，酒店经理摸不着头脑，他不是刚刚还对那几个家伙吹胡子瞪眼睛吗？

赵可乡一见到两个哥哥，鼻子就发酸，听到廖队长对酒店经理训斥，就知道形势对他们有利了，委屈顿时不打一处来，哇哇地哭出了声。赵可设怒不可遏，冲过来抓住了酒店经理，举拳大喊一声："老子打死你！"

赵可建拦住了赵可设，对酒店经理说："他们再错，你们也不能把人打成这样。"

廖队长口气很硬地说："赵山贵的大名你总应该听说过吧？你拉屎到他儿子的头上了，你说怎么办吧？"

酒店经理是本地土著，背景自然也硬，不然怎么敢开酒店，他正要吆喝保安员朋友们打电话，听廖队长一说到"赵山贵"的名字就愣住了。愣了片刻，赶紧给赵可建拱手点头赔笑脸，连声称"有眼不识泰山"。赵山贵他怎么不认识？在水利工地饥饿劳累，昏倒在地的情景他亲眼看到，赵山贵是他和深圳许多青年崇拜的人物。不要说赵山贵，就是赵可建他也听说过，说他从香港回来办企业了，是迄今到深圳投资规模最大的香港老板。

伸手不打笑脸人，何况这酒店经理此刻的态度确实也谦恭，赵可建的心就软下来，他把紧绷的脸放松，朋友般拍了拍酒店经理的肩，说："大家都是生意人，和气生财。这事怎样处理，我看我们都听警察的，警察怎么说，我们就怎样做，怎样？"

酒店经理巴不得请警察公断，不然若碰到赖皮的，小伤说成大伤，外伤说成内伤，一天就可以走路，硬是十天半月才下床，那麻烦就大了。廖队长到这里吃饭消费打七折，又不仅一两次，只不过赵山贵那山头比他高比他大，他的屁股才坐到了那边。处理起问题来，看来也不会只打他。酒店经理连声说："这样处理好，这样处理好。"

赵可建和老同学握了握手，告诉老同学，这事要秉公处理，不要因为他是老同学就偏袒赵可乡。

把责任全推到酒店一方，会引起舆论谴责，就是凭自己警察的良心，他也不愿这样做。廖队长果断地说："据我们现场调查，这次事件是由于误会产生斗殴，造成客人受伤，责任在酒店一方。但是，酒店也受到了财产损失。因此，各打五十大板，酒店的财产损失，由客人负责赔偿。客人受伤，酒店应带他们上医院检查，负责一切医疗费用……"

廖队长话没讲完，被二狗打断了："不用上医院检查了，我们破点皮，不算什么。"

"是不是啊？"廖队长说，"过几天出了问题我们可不管了啊！"

"没问题，没问题，真有问题也不用你管了。"二狗心里明白，他们动手砸东西，耍流氓，先打人，若不是赵瘸子的哥哥面子大，他们不但要赔东西，蹲几天牢也难说，赶紧离开这是非之地为上策！

酒店经理赶紧说："这位兄弟既然这么好说话，那我们酒店的损失也不用赔了。"

"那好，今天的事到此结束，以后有什么事，双方概不负责，大家都散去吧。"廖队最后裁断道。

赵可建、赵可设带赵可乡进到家门时，赵山贵虎着个脸，一见赵可乡青肿的半边脸，心又疼得不行，他紧锁眉头问："谁打的？"

"酒后闹事给人打的。"赵可建抚了抚赵可乡的头，"没事，涂点药水，过几天就好。去，洗个热水澡，好好睡一觉，过几天到哥的工厂上班吧。"

忙完这些事，天已快亮。赵可建身心疲惫，急匆匆赶到工厂。早上要见工，这事他惦记多日，别误了。

赵可建调了一杯浓浓的咖啡，一边喝，一边拿过案头的材料看起来。从照片上看，这十个女孩一个比一个端庄漂亮，学历也都大专以上。看着看着，一个念头突然跳到了赵可建的脑里，他想，何不趁这个机会，给四弟物色一个对象，有意识地让他们在工作中接触。这样一想，赵可建兴奋地一拍大腿，就这样定了。

十二点，董晓程的电话准时打进了赵可建的办公室，说十个女孩都在食堂的包厢里等他了。

十个女孩各有特点，有一点是统一的，那就是漂亮。漂亮，是董晓程筛选的标准，她认为，坐写字楼的白领小姐，如果不漂亮，就是对公司形象的损害。赵可建在听董晓程的汇报时插话："还要温柔、体贴、善解人意，像你一样。"董晓程笑道："这几点不是一眼就能看出，得在接触过程中发现。"赵可建连连点头。请她们吃饭，其实不是赵可建的突发奇想，而是受董晓程的启发，他想一顿饭吃下来，多少对她们有些了解。

见到赵可建,十个女孩齐刷刷站了起来,约好似的同声说:"赵总好!"

一眼扫过去,赵可建暗自感叹,怎么只要五个人呢?十个人都要好了。他幽默地说了一句:"小姑娘们好。"

"哎,赵总,你叫我们小姑娘,你又有多大了啊?"赵可建还没坐稳,就有人咯咯笑着问。

"是啊,是啊,你不过三十岁,说话那语气,好像个老头似的。"有个姑娘说。

赵可建身子一板,一本正经说,"本公司总经理赵可建业已四十有一。"

"乱说,你是吃了长生果呀?""是呀,是呀,不是吃了长生果就是天天喝人参汤。"

姑娘们你一句我一句。

这十个"小姑娘"知道她们是百里挑一筛选出来的,最后要几名,董晓程没有说,她们心里没有底,在赵可建面前,她们使出浑身解数,尽量表现自己。有些姑娘多少露了点儿馅,嚼东西吧唧吧唧响;送食物进嘴,伸出舌头;夹菜时,筷子往桌上一顿;在菜盘里扒拉挑选好的……赵可建认为,这些举动有伤大雅,上不了宴席,若是碰上讲究吃相的客商,很可能是把客商吓跑的原因。

肖秋铃沉稳,没有叽叽喳喳地吹捧赵可建。她吃相没有破绽,她的一个眼神、一个举动都让赵可建舒畅。如新上一道菜,一些姑娘筷子马上伸过去。她没有。她递一个眼神给赵可建,分明在说,赵总你先请。若赵可建一时没有伸筷子过去,她绝不会先吃这道菜。这叫懂礼节。过后赵可建再翻那沓简历,翻到肖秋铃,轻声念道:"肖秋铃,梅县人,1964年生,电大英语专业毕业。"

44

初八过后,沉寂冷落的深圳又热闹了起来。赵山贵特别喜欢看上班下班时,成千上万的打工妹打工仔熙熙攘攘向工厂走去的情景。若是下雨,五颜六色的伞,排成了光彩陆离的长龙,蜿蜒在街边的人行道上,真是一道好看的风景。赵山贵喜欢在新楼楼顶的凉亭里,吧嗒着烟斗,静静地欣赏这番景象。

这一天,赵山贵又上到了楼顶,坐了一会,看见赵可设走出门,伸个懒腰,打开停在楼前空地上的轿车门就要往里钻。

"可设,上哪儿呢?带上一件外套吧,这天气很快会变冷的。"见赵可设只穿一件衬衣,赵山贵直起身,喊了一句。

赵可设仰头,冲赵山贵笑了笑,说:"爸,今天我值班,到厂里呢。这天热得半死,不用带外套了。"

"你听我的话没错。"赵山贵说,"电视说冷空气明天到,我看太阳灰蒙蒙的,等下吹几下北风,天马上就要冷。"

王凤娇在阳台上叫:"谚语不是说冬出汗冷气到,热死人就冷死人吗?拿着!"王凤娇说着,将一件夹克衫揉成一团丢向了赵可设。

过去农村总结出许多有关天气的谚语,念来如打油诗般朗朗上口,赵可设一条也记不住了,想不到王凤娇还半通不通记得一两句。赵可设向老婆招了招手,算是谢过,便钻进了车里。

过年,不过到元宵,这年就算没有过完。重洋公司过了十六全部员工正式上班,管理层十二到位,做开工准备。赵可设初八到正月十二值班。赵可设开着车向工厂大门驶去,远远看到大门口停着一辆白色丰田轿车。赵可设一眼就知道是林笑怡的车,不由得心跳加速起来。林笑怡是腊月二十七走的,说正月十一回来,今天只是初八,离正月十一还有三天。她提前回来,是想他了?赵可设旋即又骂了自己一句,自作多情!

车开到林笑怡的车旁,赵可设放下车窗,林笑怡的车窗并没有放下来。赵可设按了几下喇叭,车窗仍没放下。是不是车里没人?赵可设下了车,还没走到林笑怡的车门旁,车窗就唰唰退了下去,林笑怡表情嗔怒,狠剜了他一眼。赵可设缩了缩脖子,不知哪里又得罪了这位"姑奶奶"。

"新年好!"赵可设还算乖巧,赶紧赔上笑脸,问候了一句。

林笑怡脸扭过一边,没有搭理赵可设。

赵可设尴尬道:"没想到你会提前回来。"

林笑怡提前回来,不明摆着冲你赵可设提前回来吗?他居然说这样的话,林笑怡一言不发,将车启动,绕过赵可设的车,加挡快速离去。

"哎哎,你这是干吗呀?"赵可设没拦住林笑怡的车,赶紧钻进车里,追尾林笑怡而去。

林笑怡的车向文锦渡方向开去,很明显,她要回香港,赵可设急了,开飞车猛追了上去,把林笑怡拦到了路边。

"你想死是不是?大过年的开这么快的车?"林笑怡放下车窗,吼道。

脸上的嗔怒却不见了。林笑怡要的就是这样的效果,要他赔笑脸,还要他知道她的厉害——一句话不对劲,她就可以跑,而他必须追。这是怎么回事?以前和艾维斯,她从来也没有这么霸道过的。林笑怡就想和赵可设较劲。

"你不先开快,我哪用开这么快。"刚才追车时,赵可设的车几次和迎面而来的车擦身而过,惊得他出了一身冷汗。此刻,惊魂未定,还得赶紧下车,走到她的车旁给她赔罪:"笑怡啊,大过年的,你不要动不动就生气,你看我,追得气喘吁吁,差点断气。"

"你又不是跑步,"林笑怡怒目而视道,"断什么气?"说罢,嘿嘿一笑。

林笑怡的脸色由阴转晴,赵可设心情顿时大好。他趴到车窗边说:"你提前回来,我怎么能不知道呢?我一见你的车,就告诉自己,这不是白日梦。"

"猪嘴吐不出象牙。"林笑怡似嗔非嗔了一句,"哎,还在这里傻愣干吗?上你的车去。"

"去哪里?"赵可设一时没转过弯,以为林笑怡还要回香港,急起来,"我又是道歉又是说真话了,你还要走呀?"

"回公司去。"赵可设那副傻样,林笑怡真想在他鼻梁上刮一下,她想,逃港那晚的表白,其实是一种功利,为逃港而已。现在麻烦了,真的是爱上这家伙了!

回到公司,林笑怡有点困,说回办公室休息。赵可设则从工厂区、宿舍区,到写字楼、食堂走了一圈,对值班的几个保安员交代了一下工作。

回到写字楼,进到林笑怡的办公室。林笑怡正躺在长沙发上闭目养神,听到脚步声,她坐了起来,揉眼看看手表,说:"你真负责,说走一圈,就整整走了两个小时。"

赵可设当然听得出,林笑怡在褒奖,也在责怪,谁叫他一走就两个小时呢?刚才上楼,赵可设痛下决心——饿虎扑食!不能再让林笑怡说他"狗熊"了。真正站到林笑怡面前时,他不禁又胆怯心虚,哪敢哟!

林笑怡莞尔一笑,说:"我肚子饿了。"

"才四点钟就饿?"赵可设看了看表说。

"中午饭没有吃,还不饿?"

"谁叫你不吃?"

"给你气饱了!哎,你不要跟我扯嘴皮好不好,我真饿了,你愿陪我去吃饭吗?"林笑怡站起来,扯了扯外衣下摆,"不去拉倒,我回香港不过一个多小时。"

"谁说不陪，我陪你！"

"去哪里好？"

"老地方吧。"赵可设喜欢深圳湾大酒店，那儿是他和林笑怡第一次吃饭的地方。

"深圳湾大酒店，去多了没意思。"林笑怡眨眨眼，"去小梅沙度假村，那里的海鲜刚从海里捞起来，生猛。"

"度假村"几个字，暧昧，刺激，令人无由地兴奋，赵可设一扬手，说："去，就去小梅沙！"

"请假吗？"林笑怡抿嘴一笑说。

"不请！"赵可设脑筋转得快，脱口就说："老子出门喝酒都要请假那还得了！"

临出门，赵可设借口要拿点东西，进了自己的办公室。林笑怡向楼下走了几步，又折转，蹑手蹑脚走到赵可设的门边，侧耳一听，赵可设在打电话。

"喂，二平，晚上去哪里喝酒？到我家来？不行，我值班，对，值班就不能喝酒！公司有什么事你负责得起？哎，你出去找你的那帮朋友喝吧，喝到最好今晚都不要回家，记住，我老婆问了，就说我跟你在一起。笑什么，我帮你骗你老婆还少啊？我去哪里你别管。好好，明晚请你喝。"

林笑怡捂嘴笑，轻轻走下了楼。

没有后顾之忧，赵可设下了楼，以领导的口吻大大咧咧说："没必要开两部车，坐我的，你当我的司机。"

"喂，你大还是我大呀，你敢叫我当你司机？"林笑怡嘴上这么说，手却接过了赵可设递过来的车钥匙。

"今天我当老板，都得听我的。"赵可设钻进车里，嘿嘿笑道。

小梅沙离市区二十来公里，坐落在一道月牙形的海湾中间。林笑怡驱车不到一个小时，来到了这里。

在停车场把车停好，林笑怡说："说来说去，总之我的官比你大，所以你还是得听我的。笑什么！老实在车里待着，我去办点事就来。"

林笑怡下了车，向度假村的服务总台走去。来的路上，林笑怡突然很想喝酒。她知道，一旦她有了这种欲望，不大醉也会半醉。她决定今晚在小梅沙住一晚。

"开两间标准单人房。"林笑怡对服务员说。

"没房了。"那位小姐用探询的目光望了望林笑怡,她从林笑怡的衣着打扮、那口标准的香港白话,立即判断林笑怡是从香港来的。香港来的小姐开两间单人房,这就奇怪了。她向林笑怡的身后望了望,并没有谁像是她带来的,"这几天不要说我们这里,就是别的酒店,客房都爆满了。"

林笑怡不紧不慢递了一个红包过去,说:"小姐,我大老远从香港过来,想想办法嘛。"

服务员小姐没有拒绝,笑了笑,说:"单人房、双人房肯定都没有了,但还有一间总统房。"

"多少钱一晚?"

"一晚一千二百元。"

"港币,还是人民币?"

"人民币。"

林笑怡在心里说真贵,嘴上说:"就这间总统房。"

总统房临海,带一间客厅,客厅有组合沙发。上楼看了看开好的房间,林笑怡回到车边,对等急了的赵可设说:"吃饭去。"

赵可设断定,林笑怡是开房去了。他不敢问。如果不是呢?岂不自作多情。

小梅沙的沙滩边,有一排凉亭式的食街,天一擦黑,这里就人头攒动,一片热闹景象。人们慕名而来,吃刚从海里捞上来的海鲜。小梅沙有一景,叫海上生明月,碰得巧,晚上八九点钟,从海平线上升起一轮皎洁的圆月,如梦如幻。伴着这轮圆月喝酒或在沙滩上散步,颇具诗情画意。

赵可设和林笑怡点了海蟹、龙虾、花螺、扇贝等,大饱了一顿口福。当然还有酒,喝到最后,没等赵可设把单买好,她竟像个撒野的小孩子,咯咯笑着向沙滩跑去。她一闹,赵可设的野性也发作起来,他追上林笑怡,抓起大把的沙子撒过去,和她大呼小叫地在浅浅的海水边奔跑。跑到了沙滩的尽头,林笑怡瘫坐到湿漉漉的沙滩上。她先是咯咯笑,又双手捂住脸,呜呜哭起来。赵可设以为她开玩笑,掰开她的手,发现她是真哭,一脸都是泪。

赵可设慌了,说:"我哪里又得罪你了?"

"不,我是高兴!"林笑怡拉过赵可设,让他坐到她身边,"可设哥,我真的太高兴了！这两年来我觉得我像个机器人，只会工作，人变成了工作的奴隶，哪里还会享受？我要改变这种状态，你说，我能改变吗？"

"能，一定能！"赵可设真诚地说，"笑怡，你这么漂亮、这么能干，我相信一定会有一个很优秀的男人，爱上你，追求你！"

林笑怡发出一连串咯咯的笑声，突然说："我冷。"

林笑怡这一说，赵可设才觉得自己也感到冷了，他赶紧脱下外套，披到林笑怡的身上，把她扶了起来，说："看你，裤脚全湿透了，还能不冷？我们回去吧。"

"回去？回哪里？"林笑怡醉眼蒙眬，"你要回去就马上走。告诉你，我今晚就开了一间总统房，没你住的，你走吧，回去吧，你这狗熊！"

赵可设脑袋一阵轰鸣，他粗鲁地一把将林笑怡扯到自己面前，恶狠狠道："你再说一次！"

"狗……"

林笑怡的"熊"还没说出口，她的嘴就被赵可设的嘴狠狠堵住了。林笑怡呜呜几声，便松软了下来。他们翻倒到沙滩上，摔跤般在沙滩上滚来滚去。在滚动中，在互相发狠的抚揉中，也不知是谁解开了谁的衣衫，林笑怡突然啊的一声叫，一动不再动。赵可设这"狗熊"竟敢这么快趁乱就进入她的身体……

赵山贵没说错，冷空气提前到来了。冷空气既没带来云，更没带来雨，倒把原来灰蒙蒙的大雾一扫而光，天如洗了般洁净。月光泻了一地，银晃晃的亮。远处有人，响起了几声尖厉的呼哨，传来了"呜呼"的笑声和呐喊。

赵可设从林笑怡身上翻下来，推了推她。她紧闭着眼一动不动。月光映在她身上，她如沉睡的女神，宁静安详。赵可设忍不住又俯下头，在她的嘴唇上吻去。林笑怡忽然扬起双手，揽住赵可设的腰，一使劲，将他摁到沙滩上，她一翻身，压到了他身上，说："不准你起来。"

"你看你，冷得都打战了。"赵可设说，"再不走，明天我们都要住院去。"

"你要先说明白，你要走去哪里？"

赵可设抚了抚林笑怡的脸，笑道："我当一回总统吧，你呢，就是第一夫人。"

林笑怡咧咧嘴，说："快走！"

两个人爬起来，整理了一下凌乱的头发和衣衫，互相依偎，抵抗着突然袭来的寒风，哆哆嗦嗦向度假村走去。

总统房在八楼，有暖气。进到房里，门还没关上，林笑怡就两脚把鞋踢蹬掉，一边脱衣服，一边向洗手间冲去。

十多分钟后，林笑怡裹着雪白的浴巾走出来。浴后的林笑怡红光满面，楚楚动人，赵可设忍不住上前就想吻她。林笑怡一闪，躲过了赵可设的吻，说："快去洗洗。"

赵可设进卫生间后，林笑怡躺在宽大的床上，她想等赵可设，但酒的后劲上来了，她一闭眼，就睡了过去。赵可设洗漱出来，小心翼翼地侧身在林笑怡身边躺下，把她揽到了怀里。她的身子温热柔软，他感觉她慢慢化成一摊水，融进了他的身体里。

望着甜睡的林笑怡，赵可设想到了那个狂风暴雨之夜，恍如隔世，既真实又虚幻。

第八章

45

虎叔的儿子张晓文从美国留学回来了。张晓文去美国前在虎叔帮里已是主要骨干。虎叔的野心大，他认为贩毒走私只是资本的积累，一旦有了资本积累，创办实业才是正道。难得虎叔有这样远大的目标。张晓文目的明确，既要称霸黑道，实业上也要独树一帜。他学成归来，文武双全，虎叔帮如虎添翼。

赵可家在虎叔帮里仍然位居第二，影响力却已"式微"，渐渐被张晓文取代，这点赵可家心里清楚。不过，赵可家丝毫不为此而恼怒，甚至觉得这是件好事。他收敛锋芒，连应该是他出头去管的事，也让张晓文去管。他实际在放弃自己在虎叔帮里的第二把交椅。几次人命案后，他没有变得更残忍、更嗜血，反而一次血案就增添一次他对这个世界的恐惧。去年十二月，他领着一帮兄弟袭击一家酒店，不料人家早有防备，打斗异常激烈，双方死亡数名兄弟不说，还殃及无辜，一个两三岁的小女孩被流弹击中头部，当场死亡。她的母亲抱着尸体号啕大哭，这悲惨的一幕以后经常出现在赵可家眼前。他胆怯了，怕见人，怕见光。虎叔对此不满，可又无可奈何。

赵可家对虎叔有救命之恩，他躺在功劳簿上不愿干了，这是虎叔不能忍受的。以什么方式和赵可家摊开谈，虎叔大伤脑筋。他把烦恼和儿子张晓文说了，张晓文沉吟片刻，说："这事不能操之过急，否则适得其反。这样吧，我来安排一下，我想他会重新振作。"

赵可家与张晓文交情还挺深。当年赵可家独闯张屋围救虎叔后，张晓文迷上了赵可家的武功，赵可家见他虎头虎脑，非常可爱，专门给他开小灶。那时张晓文几乎成了赵可家的"跟屁虫"。张晓文去美国留学后，一年总要回香港度假一两次，他们的友情始终没有隔断。

张晓文一身功夫，却最终放弃用拳脚打天下。从赵可家手上接过"兵权"后，实际上停止了功夫训练。他组织枪手队，使用最先进的武器。他喜欢用枪解决问题。

这段时间张晓文和赵可家经常待在一起，个把礼拜总要光顾一次夜总会，都是光棍嘛，寻花问柳是男人的本性。这天赵可家又约张晓文，见张晓文略微迟疑，他拍了一下张晓文的肩膀，说："是不是找到了良家妇女，准备改邪归正了？"

"哪里哪里，家哥说今晚去，我哪里会明天才去？"张晓文说，"晚上本来粉岭那边有桩生意要谈一谈，推到明天吧，今晚我跟你去。"

那晚赵可家与张晓文同乘一辆轿车到荃湾的一家夜总会。从上百名小姐中挑选了两名，陪他们吃吃喝喝后，又一人带一个分别进到两间豪华桑拿包间里。赵可家早被那位美貌妖冶的小姐弄得神魂颠倒，一进桑拿包间里，他就把那位小姐剥得一丝不挂，拥着她进了桑拿蒸汽房。这边的张晓文不慌不忙，躺在沙发上抽烟，静静地等待着什么。

赵可家浑然不知包间的门是什么时候被悄悄打开的，他仍然睡在蒸汽房的竹椅上，哼哼哟哟任由那位小姐推揉。这时，蒸汽房的门被一脚踢开了。门外站着几个蒙面大汉，其中一个指着赵可家冷冷地说："冤家路窄，想不到今天在这里碰到了你。"

那个小姐"嗷"一声，用浴巾裹住自己的身体，蜷缩到角落瑟瑟发抖。赵可家大吃一惊，旋即冷静下来，他一把抓过浴巾围住自己，一边就迎着那几个蒙面大汉走过去："你们是哪一路的，有话好好说嘛。"

"哪一路的？你记得几年前被你几乎赶尽杀绝的古龙帮吗？嘿嘿，我们明里斗不过你，但暗里……你说吧，今天还有什么招数？"为首的蒙面大汉阴阳怪气说，"和个光屁股的人打架有失我们的面子，穿上你的裤子我们再打。"

赵可家接过蒙面大汉丢过来的裤子，三下两下穿上后，突然飞起一腿，直捣蒙面大汉的小腹。赵可家来得快，那汉子躲闪得也快，那一腿只贴到了人家的肚皮上，随着一声"上"，那伙人一拥而上，围着赵可家就是一顿拳脚。按照赵可家的功夫，对付这几个人绰绰有余，可场地小，他施展不了手脚，好在混乱中，他一把掐住了对方一个兄弟的喉咙，把他扯过来护住自己，才少挨了几拳。

正在这危急时刻，张晓文旋风般冲进房里，大喊一声："家哥，怎么回事？"

"他们要我的命！快，给我打！"赵可家喊完这句话，傻了眼，他看到为首的蒙面大汉突然拔出了手枪，他急得大叫，"晓文，快跑，他们有枪！"

张晓文没有跑，他一把拽过赵可家将他推出门，说："快跑，我掩护你。"

赵可家跑了几步，枪声响了，他感觉有几颗子弹从他耳边飞过。他想，这下张晓文怕是完了。他回去如何向虎叔交代？顾不得那么多了，他像兔子窜得飞快。枪声一响，夜总会像炸了窝的马蜂，赵可家趁乱跑出夜总会，找到自己的车一头钻了进去。

车刚启动，张晓文也一头从大门里窜了出来，他一瘸一拐，显然受伤了。赵可家跳下车，奔过去，扶张晓文跑到车边，塞进车里，开了车就跑。"古龙帮"的兄弟们慢了一步，等他们冲出来，举枪乱打时，赵可家已经把车开出了老远。

赵可家确信"古龙帮"那伙人不会追来，停下车查看张晓文的伤情。张晓文的枪伤在小腿肚上，子弹穿透而过，伤口还在汩汩冒血，好在没有伤到骨头。赵可家心疼万分，他抱住张晓文的腿，一边用纸巾堵血，一边说："晓文，如果没有你，今天我这条命就要完了。你说，我怎样才能报答你的大恩大德？"

张晓文窃笑，这次他精心设计的苦肉计，天衣无缝，目的算是达到了。他一脸痛苦道："家哥，你这样说不是要折我的寿啊，我做了这点小事就是大恩大德的话，你救了我父亲，不，救了我们整个虎叔帮，这恩德又如何算？没有你，就没有我们张家的今天。家哥，要论恩德，是你对我们张家有恩德！"

"惭愧，惭愧！"赵可家说，"为了救我，你的命差点丢掉，这与我帮你父亲打一架差别大着呢。这几年我躺在功劳簿上吃老本，居功自傲，唉——晓文，今后我们好好合作，干点大事！"

46

虎叔知道儿子设苦肉计，将赵可家摆平后，大为赞赏儿子这种不动声色降伏人的做法。可儿子腿肚上的枪伤，又是明摆着的。他严厉训斥儿子："赵可家重要还是自己的命重要？下不为例！"

张晓文也很后怕。那几个所谓古龙帮的大汉是他出重金雇来的打手，为首的那个家伙持枪向他小腿射击时近在咫尺，万一稍有偏差击中骨头呢？或者那帮家伙被赵可家踢打了几下，火真的冒了上来，弄假成真呢？张晓文对他父亲保证："下不为例！"

把张晓文送医院包扎伤口后，赵可家赶回家换掉沾满血迹的衣服，然后驱车赶去拜见虎叔。

虎叔躺在懒人椅上似睡非睡，赵可家垂手立于一侧，怯怯叫一声："虎叔。"

虎叔睁开眼，见是赵可家，赶紧"哦"了一声，就要起身。

"虎叔，您就躺着。"赵可家坐到懒人椅边上的矮凳上，一边给虎叔递茶，一边说，"虎叔，今天我是负荆请罪来的……"

"不，你和晓文的事，今天不说，今后也不要说，更不要说负荆请罪这样的话。"虎叔打断赵可家的话，"晓文为你受点伤，区区小事。不该的是，你们出门缺少了警惕，干我们这行当的，脑袋悬在裤腰上，随时会给冤家提走，不警惕怎么行？这一点也不要说了，吃一堑、长一智，相信今后你们不会再吃亏。"

赵可家又是内疚，又是感激，半天方说："好好，不说这些。"

"家哥哪，今天你来，我刚好有点事要和你商量。"虎叔起身说，"这几年我们家大业大，财产到底有多少我都记不住了。但有一点，我记清楚了，那就是我们的财富，在香港和真正有钱人相比，不过是九牛一毛，排队连末尾都排不上，你说怎么办？"

"干，我们也干点大事！"赵可家脱口而出，随即又满脸惭愧，"唉，虎叔，想一想都觉得脸发烧。这几年我干了些什么事啊？觉得到手的钱够吃几辈子了，还去拼命干啥？于是该干的没有干。你要怪罪的话，就先怪罪我吧。"

"哈哈哈哈！"虎叔笑道，"你能认识到这一点，我虎叔就什么也不用说了。说说你的想法吧。"

过去在赵可家面前，虎叔说话声都会低几分，他的头把交椅坐得再稳，也有一种是赵可家给他的感觉。现在，这种感觉荡然无存，他实在意料不到，儿子的苦肉计竟会产生这样大的效果。以后，儿子坐镇幕后，他赵可家又得重新出山，冲到第一线去。过去赵可家号称老二，实际上与虎叔平起平坐。从现在起，赵可家就是真正的老二，甚至老三，他别想谁还会把他养起来了。

"虎叔，虽说元龙大酒店还在我名下管理，实际上这几年都是陈二婶在管，我好几年没有认真干事了，该干些什么我真说不清了。我听您的，您说吧，我该干些什么？"

"你几年没回过内地了？"虎叔没有正面回答，话题一转，转到了另一个问题，"你是1976年刮台风那晚过来的，有十年了，你想回去看看吗？"

"当然想，好几回梦里回石岗了呢！"虎叔的话勾起了赵可家的思乡之情，他断定，下一步的事，肯定与内地有关，他兴奋起来，急不可耐地道，"我们要到深圳发展？"

虎叔呷了一口茶，慢条斯理说："内地现在搞改革开放，你的家乡成了经济特区，这些你知道吧？"

"知道，知道，报纸电视经常有这方面的报道，陈二婶每年都回去几次，带回许多那边的新鲜事。据说我大哥在石岗办了一个目前深圳最大的来料加工厂，在那边风光着呢。对，虎叔，我们也应该到深圳干些事了。"

"干什么？开工厂？"虎叔仍然慢条斯理，"我们当然要朝那方面发展，但那是晓文的事。依我看，以你的经验，还是办家上档次的酒店好。"

"对，就办家酒店。"赵可家摩拳擦掌，一副恨不得明天就到深圳开家酒店的架势。说到酒店，他眼前立即就出现了父亲、大哥、二哥、四弟，过年过节，把家里人请到酒店来享享天伦之乐，那该多好！特别是四弟，二婶回来说他拖着条瘸腿，人又长得矮小，根本不像他的三个哥哥。一想到这，他的心就针扎般疼，要是能回深圳发展，他一定好好照顾四弟。

"你父亲是东江纵队老战士，又在深圳当过地方官，加上你几个兄弟帮衬，你这个地头蛇办的酒店我想应该比元龙还要旺。但纯粹办酒店能赚多少？"虎叔说，"办酒店是幌子，我们从云南运回来的海洛因以酒店作为中转站才是真。这几年，贩毒这条路不太好走，我们丢了几个兄弟的性命不说，海洛因能顺利从云南运回来的更少。我的想法是，在办酒店的同时，你亲自出马，打通一条直接从云南运货回来的渠道。货运来后，先藏在酒店里，然后找机会运到香港。到那时候，嘿嘿，收保护费那种小儿科的事我们就不干了。"

到云南去运毒？乍一听，赵可家背上起了一层鸡皮疙瘩。继而一想，走那条路，很可能是条不归之路，但那种与公安斗智斗勇，与其他贩毒分子钩心斗角，该是多么刺激的事。要干就干点惊天大事。赵可家把手伸到虎叔面前，和他的手紧紧握在一起："干，就这么干！这件事我包到底了。"

"好样的！"虎叔站起来，重重一巴掌拍到赵可家的肩上，"给你三天时间，和晓文好好合计一下，先到深圳把酒楼搞好。别的事后一步来。"

47

赵可家回深圳开酒店的消息像一阵风,在石岗家喻户晓。赵可家这个当年的烂仔,人们对他的恼怒早忘得一干二净。当年他教大伙游泳、带队逃港,救活了多少人?特别是他在海里救出的那几个乡亲,十年过去了,每逢说到赵可家,都不忘再说一次感恩戴德的话。他们见不到赵可家,便把救命之恩报答给了赵山贵。从香港回来探亲,大包小包往赵山贵的家里送,那执着,搞得赵山贵非收下不可。十年过去,赵可家别说露面,就是一封信也没有,只是每年两三次捎回来的东西,使大家确信,他没有人间蒸发。他捎回来的东西全是通过陈二婶转,次数一多,人们就猜测陈二婶知道赵可家的下落。问到赵可家在香港干什么,陈二婶一律回答:"做生意。"

"做什么生意?"有一次赵山贵留陈二婶在家里吃饭,席间,他很郑重问到了这个问题。

陈二婶闪烁其词,说建材、海运、海鲜批发,什么赚钱他干什么。说话间,她目光游离,总像藏着什么事。赵山贵心里隐隐作痛,他推测三儿子在香港可能不走正道。

赵山贵的推测,大儿子回来后仍然得不到证实。赵可建委婉说了他与赵可家见面的经过,吞吞吐吐也说不清楚赵可家在香港具体干些什么,八九年没见到三弟了,赵可家这些年干些什么他确实也不知道。在石岗,赵可家成了一个神秘人物,神一样传说。人们除了对他敬畏,更想掀开他的头巾。

赵可家回乡的风头盛过了赵可建,全村人拥到赵家一睹救人英雄荣归故里。赵可家则当即宣布给石岗办两件事:一、捐资建一家敬老院;二、捐资建一家图书馆和赠书一万册。赵可家此举比大哥送金饰、红包大气多了,赢得乡亲们又一次欢呼。

赵可家迎来送往忙大半天,刚喘一口气,赵山贵就郑重其事问赵可家,这十年在香港到底干些什么。

"开酒店。"赵可家想都没想,脱口就答。

"听说你在深圳要开一家一流的酒店,地皮费、建楼费、装修费没有几千万能拿下来?加上你捐给村里的,这么多钱都是你在香港开酒店赚的?"赵山贵用怀疑的目光盯着赵可家说。

第八章

"爸,你是不是怀疑我干了什么见不得人的事?刚到香港时,我确实干过收保护费那类勾当,我不说,大哥也说过了。对吧?大哥。"赵可家装出受了天大冤枉的样子,"但受了大哥的教育后,我改邪归正,和别人合伙在元朗开了家元龙酒店。我记得九年前我给大哥一封信,保证只干生意上的正经事,在社会上打杀的事我不会再干。大哥你还记得吧?"

"是不是这么回事?"赵山贵盯着赵可建看了一会儿,不满道,"你这个当哥的,问过你几次,你都说不清可家在香港干什么。这不,手上还有可家的信呢。"

"那封信我还留着,下次回香港带来给爸看一看。"赵可建嘴上这么说,心里叹了一口气,家丑不可外扬,赵可家干的那些坏事,他不愿说,倒还认为有必要替三弟辩解几句,"在香港做生意,钱是很好赚的。三弟开了十年酒店,几千万能没有吗?爸,你怀疑三弟,干吗不也怀疑怀疑我呢?"

"爸,你脑筋还没转过弯来,现在是什么年代了?一切向'钱'看的年代!只要不犯法,钱赚再多也不会有人捆你去游街了。二十世纪六七十年代,卖几斤黄豆都是投机倒把,一去不复返了。"赵可设这番话看似顶撞赵山贵,实际上他是找台阶,让赵山贵顺驴下坡,"三弟回来投资,共产党欢迎都还来不及,你这个老党员倒想来拆台啊?你是不是还想回到整个深圳街上只有两家国营饭店的时代?"

赵可设的话逗得大家哈哈笑,赵山贵皮笑肉不笑也咧了一下嘴,不再说什么。他心里仍不踏实,三儿子在香港十年,总像一团乱麻,他不解开,心里就有疙瘩。要是三儿子也像大儿子一样,在香港也当上个什么民选区域议员,那他脸上就更光彩了。赵山贵默默祈祷,祈祷三儿子回来好好干点正经事,千万别惹出什么麻烦来。

带着赵可家回来好好干这个目的,赵山贵这匹老马亲自为三儿子四处奔波,从批地皮到立项,再到投建,中间诸多环节一一被赵山贵打通。一个月后,在深圳湾边,赵可家的元龙大酒店正式奠基动工了。赵可家雄心勃勃,对父亲说:"我在香港的酒店叫元龙大酒店,深圳的这家算是分店,今后在珠海、广州、汕头也都要设分店。爸,酒店装修时专门给你装修一间包厢,你什么时候来,这间房都是你的。"

"可家,我上下为你跑了一个月,不是想一间包厢,是想你今后好好在深圳干事!香港那地方太杂,你不在我眼皮底下,我心里不踏实,知道吗?"赵山贵正色道。

"知道,知道。"赵可家满口应承,心里忽然涌出一股苦涩,要是父亲知道这家酒店今后将是运毒中转站,那还不气死他?箭已射出,收不回来了。

元龙大酒店也是"深圳速度",从打地基到封顶,就三个月时间。虎叔和张晓文来看过,对赵可家的工作效率赞不绝口。虎叔疼爱有加道:"心急吃不了热豆腐,家哥哪,别累出病来了,真正的大事还在后头呢。"

"误不了事。"赵可家踌躇满志,"等装修差不多,我就跑云南,只要有足够的资金,这条运输线我保证畅通。"

"有什么打算了?"虎叔问。

"到哪座山唱哪首歌,干这种事说死不行,得随机应变。具体怎么干,到了云南才好说。"

"有道理。"虎叔沉吟一下,"五百万之内你自由支配,前提是你刚才说的,保证这条运输线能够畅通。"

"一言为定!"赵可家说。

48

去那景的飞机上,赵可家的脑海里一直在勾勒郑天的形象。虎叔告诉他,郑天的父亲是国民党的一个上校团长,1949年被解放军追剿,随军窜进了缅甸。缅甸那伙娃娃兵奈何不了他们,任由这帮国民党残兵败将在缅甸、老挝、泰国交界的金三角安营扎寨。想不到这伙人是种罂粟和制作鸦片的好手,几年工夫,金三角在世界上成了毒品的代名词。郑天是那一代军人的后代,他们的智商似乎比他们的父辈更胜一筹,他们不仅善于生产制作鸦片,还善于销售。他们在金三角周边地区设置了网一样的秘密销售点,毒品买卖到这一点为止。过去郑天的父辈们忽略了这一环节,经常让购买者长驱直入金三角,结果好几次被乔装打扮的缅甸军警围剿,损失惨重。郑天是那张销售网的一个点,他开一家小杂货店为幌子。

那景是西双版纳的村庄。那地方有茫茫的原始森林,经常有大象出没;婆婆的凤尾竹下,风情万种的傣族姑娘在歌舞。赵可家上小学时就知道有个地方叫西双版纳,是一个令他神往的地方!他终于成行,却不是追寻他儿时的梦想,而是去贩毒!

第八章

勐腊离那景还有一个小时的车程，问清楚搭车线路后，赵可家并不急于朝勐腊赶。他到市里找了家宾馆住了下来。洗个澡，美美睡了一觉，旅途劳顿驱散后，他穿戴整齐，走到了那景的街头。那景整座城市被热带树木所掩映，不着意修饰，自然随意。它仍然贫困，显而易见。一家叫望春的小学，一半玻璃窗破了，教室的墙上有一道道深深的裂痕，椽子腐朽，破败的景象看了叫人心寒。赵可家走进校园看了看，轻轻摇着头，正要退出大门，耳边传来了一声清脆如铃的问话："这位同志，你要找哪个？"

赵可家转头望去，眼睛猛地一亮。问话的是一位傣族姑娘，她穿一条木红色的直筒长裙，上身穿绿色斜襟短袖小褂，褂子窄小，把她身材裹得绷紧，露出两截嫩藕般的手臂。她头发高盘，瓜子脸楚楚动人。破败的平房教室前，站着这么美丽的一位姑娘，赵可家吃惊不小。姑娘见赵可家目光诧异，以为是他听不懂云南话，笑吟吟用普通话再问了一次："同志，你要找哪位？"

姑娘第一次问，赵可家就听出了她说什么，那声"同志"，似乎十多年没听到过别人这样称呼他，既陌生，又亲切，还有一点滑稽。见那位姑娘又问，赵可家赶紧答："哦，没有，没有找谁。"

如果赵可家说到这里就走了，后来他与这位姑娘的故事也就没有了。他多余问了一句："你是这里的老师？"

"是呀？不像吗？哦，你以为我这身傣族姑娘的打扮，不像老师对吧？"姑娘爽朗一笑，"晚上教育系统职工会演，我要跳个傣族舞，所以早早就化妆了。其实，我是汉族，这一打扮，像傣族姑娘吧？"

"不说，还真认为你是傣族姑娘。"赵可家被姑娘欢快的话感染，也开心笑了，"晚上能让我去看你跳傣族舞吗？"

"当然可以啦！"姑娘高兴得满脸通红，"你看我这个人，连你姓什么我都还不知道呢。我呢，我姓果，水果的果，少见吧？名实红。你呢？"

"果实红？太有意思了！"这次云南之行，赵可家想用假姓名，办个假护照，又想，万一查出来，没事变有事，干脆行不改姓、坐不改名，他说，"我叫赵可家，从香港来你们这儿旅游的。"

"呵，香港人，来我们这儿旅游的可多了。"果实红说着，突然兴奋起来，"来旅游你不跟导游去，一个人跑来我们学校干吗？是不是见我们学校太破烂，想赞助赞助？"

话一出口，果实红就后悔了，要是人家没那意思，不是叫人家尴尬啊？没料到，她话没落音，赵可家就说："正是。"

赵可家早就在想，贩毒的都是老鼠，见不得阳光，他偏偏不当老鼠，在这里轰轰烈烈干点事，认识几个有头面的人物，有了光环罩着，再把毒品运出去，保险系数岂不是更高啊？这家学校真的太破了，他那么多昧着良心赚来的钱捐它一点出来建栋教学楼，破财免灾！果实红清纯秀丽，这样的姑娘，帮帮她，也是一件开心的事。他清楚，她说这话，顺口而已，她真的说出来，谁又不希望自己的玩笑能变成真的呢？果实红渴望的表情他看着心疼，一个大胆、刺激的决定在他大脑里迅速形成。

"果老师，你怎么这么会猜？我怎样想都给你猜中了！"赵可家说。

"真的？你真的想赞助我们学校？"果实红惊喜地抓住赵可家的胳膊，摇了又摇，几乎是喊，"你不骗我？"

"嘘，小声点，有些事我还想和你了解清楚才能决定。"赵可家看了看手表，"现在是下午四点三钟，你看，我们到哪里坐坐。"

"我现在还有课。晚上我请你吃过桥米线，或者竹筒饭也行。我们学校门口右边二十多米远就有一间，味道挺好。你去那儿坐一坐，五点半我准时到。"果实红自顾自说完，不管赵可家同意与否，掉头兴冲冲跑了。

果实红过后也觉得奇怪，怎么这一天总那么兴奋！她不到十九岁，去年七月刚从省艺校毕业，分配回家乡，到这家小学任舞蹈老师。她还是个大孩子，一天到晚乐呵呵的，被同事称为"开心果"。"开心果"也有烦恼的时候，比如说校舍陈旧破败，连间舞蹈教室也没有。教育局早说要在学校盖一栋教学大楼，说了两年，一点动静也没有。窗口的玻璃坏了，也没钱买块新的换上去，冬天寒风刮进来，冷得孩子们直哆嗦，你说烦不烦人？后来她听说，有旅行社的导游，故意把来西双版纳观光的香港台湾游客，拉到很贫穷的地方看看，果然就有当场捐款的。望春小学在市里，比起乡下的茅屋小学好多了，有人来捐助是梦想。梦想也会有实现的时候。她在教室无意中见到西装革履、器宇轩昂的赵可家走进校园东张西望时，心里就咯噔咯噔地跳了几下。她有一种主动同他搭讪的冲动，想不到喜从天降！果实红跑回办公室，挥手大叫一声，同事们的目光齐刷刷投向她时，她却捂住了嘴，还没落实的事，千万不要瞎吹，万一碰到个信口开河，只会吹牛皮的家伙呢？

真是一顿美妙的晚餐。每人一碗过桥米线、一竹筒腊肉糯米饭，还有两小碟凉拌小菜，赵可家直叫好吃。

第八章

"果老师,在那景这里,如果要盖一栋三层高、十二间教室的楼,大概需要多少钱。"一边吃着,一边闲聊,赵可家很随意问了一句。

"二十万元。"果实红想也没想,脱口而出。这个数是开学典礼上,校长说的。当时坐在她身边的一个老师捂嘴偷笑,她问笑什么,那个老师说校长说教育局拨二十万元建教学楼,已经在三次开学典礼上说过,这次是第四次了。

"你保证二十万元就行?"

"那当然,你认为我们这里是香港,什么都贵啊。"果实红还是随口就说,说罢,她愣住了,她吃惊地盯着赵可家看了半天,"你的意思是……"

赵可家接过她的话,说:"我的意思是,我捐二十万元建一栋教学楼。"

"你说你捐二十万元?"果实红憋了半天,才蹦出了话。

"那还有假!等下吃完了饭,你跟我去挂长途电话,我要家里人马上电汇二十万元过来,后天就能收到。"

"你保证?"果实红一时实在难以相信赵可家的话,她原来以为他赞助个三五万元就不得了了。二十万元,她想都不敢想!

"我的保证就是你这两天对谁也不要说这件事。你可以先和你的领导介绍,说我是你一个在香港的远亲,表叔表舅都可以,否则到时太突然了,有人会误会。"

果实红扬扬手,叫来一瓶啤酒,斟满两杯,"当"一声和赵可家碰杯,一口干了,方说:"我倒真有一个远房的表姨妈在香港,她是个国民党军官太太,解放前随她丈夫逃到了香港,就再没有与我们家联系过。这些都是我妈后来说的,我好像还和同事们说起过。"

"那就最好不过,不像是瞎编的了,来,再干一杯!"

果实红说:"我怎么觉得我们有一见如故的感觉,你是不是真的就是我那个表姨妈的儿子呀?"

"我其实是在内地长大的,十多年前去的香港。"赵可家一边慢慢喝啤酒,一边把当年偷渡香港的经过绘声绘色说了一遍,帮虎叔打架的事,说得比电影《少林寺》还精彩。当然,入黑帮的事只字不提。

"晚上要演出,不能误了时间,"果实红说,"演出完,我请你吃夜宵,再听你的故事。"

赵可家说:"怎么要你请,我请。你把演出的老师都请出来。"

"就请我们学校的老师行了,也有二十多个呢。嗯,还有,我们之间有了远房亲戚关系，总不能还赵先生、果老师叫了吧。"果实红拍拍脑门，"这样吧，我叫你表哥，我表姨妈的儿子嘛，嘻嘻。"

"好好，那我叫你阿果吧。"赵可家说。

买单时赵可家抢着要出钱，果实红不准，她说："我说我请客就我请客，你要不心疼钱，今晚消夜就请我们吃好一点，老师们就会说，呀，开心果的表哥这么给我们面子呀，那就是这十块钱买也买不来的了。"

这餐饭才十块钱，赵可家感慨不已，想想在香港、在深圳，动不动就五六百元，甚至上千元，到这里来当上门女婿算了。赵可家哪里知道，果实红一个月的工资四十多元，买单时她心疼了一下。

出了小店门，没走几步，有家邮电所，赵可家说："我去打个电话。"

果实红问："叫家里汇款？"

赵可家答："是哩。"

果实红心跳得差点窒息，揉了揉胸口，说："明天吧。马上要演出了。"

赵可家嘻嘻笑道："你不怕我反悔？"

果实红嘴上说不怕，实则伸手一推，把赵可家推进了邮电所。

那景还没有开通程控电话，到邮电所人工打也非常顺利，几分钟，就接通到了家里。

"汇这么多？"接电话的赵可设大吃一惊。

"捐给一家小学建教学楼，不信？我身边就有一位这家学校的老师，你跟她说说看。不说了，哦，信了呀，那好，明天一早你就给我电汇过来，哦，现在就去电汇，那更好，你用笔记好了啊，我住的宾馆是……"

放下电话筒，赵可家得意地拍拍果实红的肩，说："过两天你的假表哥就出大名了。"

果实红此刻真的把赵可家当成了表哥，她一把揽住赵可家的胳膊，忘情地说："你就是我表哥嘛。"

邮电所离剧院有百多米距离，果实红揽着赵可家的手，不放松，她骄傲地告诉碰到的熟人："他是我表哥，从香港来的。"

把赵可家安排好座位，果实红急匆匆跑到后台去化妆。果实红今晚有个独舞，她还和一个男的一起，是这台节目的主持人。正式演出前，照例是要介绍领导和来宾的，说到最后，果实红说："下面介绍最后一个嘉宾，我的表哥，来自香港的企业家赵可家先生。"

全场目光顿时投到了赵可家身上，他有些窘迫，站起来抱着拳四下里作揖，大家一阵热烈掌声。

坐了回去，赵可家意识到刚才的效果正是他希望看到的。先吹吹风，知道他英雄出自何处，等过两天捐款建教学校，水到渠成，很自然的事了。果实红这小姑娘胆子忒大，这么多领导在场也敢信口开河。当然，只有天知地知，你知我知。

果实红主持节目声情并茂，"孔雀"在溪边戏水的独舞更是赢得了阵阵掌声。她美丽的身影在赵可家眼前晃来荡去，使他心猿意马，想入非非。

49

吃完夜宵，赵可家告诉果实红，他明天要到勐腊看看，那里有他一个生意上的朋友，后天才回来。果实红说她可以和别的老师调课，陪他一起去。赵可家婉言谢绝了。他去干什么事，能让果实红知道吗？

第二天一大早，赵可家乘上了一辆到勐腊的中巴。中巴破旧，跑在乡间沙土路上哐哐哐哐响，扬起满天的灰尘。路两边山清水秀，景色宜人。赵可家正沉浸在眼前美景时，车上一小孩突然惊喜地大叫："猴，猴，好大一群猴。"赵可家和车上的人一样，伸长脖子，睁大眼睛随小孩的手指处看，果然是一群猴在树梢上飞奔，叽叽喳喳一阵后，没了踪影。车上一老人感叹，他说以前别说猴，就是大象也经常走到公路上来漫步。现在好，见一群猴也大惊小怪了，再过几年怕是孔雀也见不着了。车上一小伙子反驳，说孔雀怎么会见不着呢？现在人工繁殖已经成功，以后会像鸡一样，满街摆着卖呢。

勐腊几乎就是一个果园，芭蕉、木菠萝、木瓜、芒果、龙眼、荔枝、椰子、番石榴，满街都是。小镇旁有条小河，清澈见底。岸边有个汉子一扬手，一张网在空中一飘，盖到了水里去，一幅精美的水墨画。

小镇不大，看门牌，七拐八拐，赵可家就见到了郑天开的兴隆杂货店。店里一个戴眼镜的干瘦矮小的中年男子在打算盘，见赵可家进来，他取下眼镜，伸长脖子，鼻翼不停翕动，像狗嗅物一样，对赵可家上下嗅了嗅，问："买什么？"

"不买什么。"赵可家不慌不忙取出烟，递一支给干瘦男子，自己叼上一支，点着了，吸一口，吐出一团浓雾，"找郑天。"

"郑天不在。"

"什么时候能回来？"赵可家在小店里转了转，随意问道。

"他就住这里，每天都要回来，但说不准什么时候回来。不过他告诉我，这几天可能有香港的朋友来找他。你是香港来的？"

赵可家点点头，从衣兜里取出护照，递过去，问："要不要检查检查？"

干瘦汉子干咳一声，瞟了一眼护照，说："请进。"

赵可家随干瘦汉子进了里间。里间挺宽敞，屋中央有个火塘，火塘上架一个三脚架，架上吊了一只砂锅，砂锅里飘出一阵又一阵浓香。赵可家忍不住咽了几口唾液。干瘦汉子取下砂锅，架上铁锅，扒拉几下火，添进两根柴，火旺了起来。他动作麻利，只一会儿工夫，矮矮的小方桌上便摆上了酒菜。

"郑天不知什么时候才回来，不等他了，来，我们先喝了这杯。"干瘦汉子也不管赵可家是否端杯，自己就先干了，"美酒啊，乡下人自己酿的，你不尝尝？"

没点规矩，赵可家肚里冒出一股火，他找不出发火的理由，冷冷地说："我找郑天有事要办，跟你喝酒干吗？"

"是吗？"干瘦汉子眯缝着眼，拍了三下手，"你要找的郑天马上到。"

干瘦汉子话音刚落，堂屋边的一扇门猛地被推开，走出了四个彪形大汉，其中一个干笑几声说："我就是郑天，找我有什么事？"

"你就是郑天？"赵可家故作惊喜状，起身上前和那个大汉握手，大汉的手刚伸出来，就被赵可家顺手一拉，再一扬手，叫声"锁"，大汉的喉咙便被赵可家紧紧锁住，动弹不得，赵可家冲干瘦汉子吼："说，谁是郑天？不然我就掐死这头蠢猪。"

"黑二是我最得力的保镖，十多人近不了身，也不经你轻轻一下。放开他吧，我就是郑天。"郑天满脸赔笑说。

"郑老板，这种事开不了玩笑，闹出人命，我负不了责任。"赵可家放开黑二，坐下说，"这几位兄弟也坐下吧，我失礼了，自罚三杯！"

郑天扬扬手，四个大汉退出了门。

郑天说："该罚的是我。"

郑天说罢，连干了三杯，乐呵呵道："内线告诉我，说你的功夫了不得，我总得试一试。其实，刚才你一进来，我就断定你是香港来的赵先生，我这鼻子灵，谁是公安谁是要货的，我一嗅就能嗅出来。"

第八章

郑天态度诚恳，酒也自罚了，赵可家刚才的怒火也就烟消云散，他说："我刚才真的以为你是郑天的账房先生，想不到你是郑天。"

"为什么？"

"你是军人的后代，应该高大威猛、孔威有力，哪想到……"

郑天笑道："我父亲是山东人，壮实高大，可我，一米六，跟我母亲的基因了。"

"你母亲是哪里人？"赵可家好奇地问。

"缅甸的克伦族。没听说过吧？我父亲那几万人到了金三角，安顿下来后，才发现什么都不缺，就缺女人。于是就和当地的少数民族通婚，他们开始不愿意，不愿意就抢，我母亲就是被我父亲抢来的。克伦族人矮小，男的几乎没有超过一米六的，女的就更不用说了。"

"哦，难怪你这么矮小了。"

"矮点有什么关系，有钱走遍天下。我每年都要出去旅行两个月，美食、美女、总统房，什么不能享受？而且还觉得心安理得。"

"你制毒贩毒，还心安理得呀？"赵可家哑然失笑。

"怎么不心安理得？我问你，这些东西你们拿到香港后再拿到哪里？"

"绝大部分转手到欧美。"赵可家答。

"这就对了。"郑天情绪高昂。

这种理论赵可家第一次听到，感到酣畅淋漓。对嘛，为什么不这样想呢？这样一想，还有什么罪恶感？还有什么愧对良心？

"高见高见，为你的高见干一杯！"赵可家举杯道。

郑天说："你认为是高见，警察却不认可你这个。所以，干我们这行的，凡事都要慎重，稍有疏忽，就踏上黄泉路。你这次来，目的我很清楚，就是要打通一条运货线路。你想好没有，这条线路该怎样走？"

"这道菜真好吃，什么肉？"赵可家答非所问。

"蓝孔雀，祖传的秘制法，可以上国宴。怎么，你开酒店，对这道菜感兴趣？"

"我对孔雀更感兴趣。"赵可家突然想起刚才来的路上，那一老一少对话，冒出一个大胆的设想，"蓝孔雀属不属于国家保护动物？"

"属于国家二级保护动物，但现在已经能大量繁殖，许多动物园由于繁殖太多养不起，拿来卖给游人了。听说除了野生的不能捕猎外，养殖的可以上餐桌，你看，你现在吃的就是孔雀肉嘛。"

赵可家一拍大腿，兴奋地说："我马上要在深圳开一家酒店，这道菜作为招牌菜，肯定大受欢迎！当然，这样一来，就需要大量孔雀，我们合伙办一家孔雀养殖场怎样？"

"哈哈，"郑天开心地大笑，"你只说了其一，没有说其二，你是不是想将货藏在孔雀肚里运到深圳？"

"英雄所见略同。"赵可家说，"孔雀在深圳、香港极为稀罕，更不要说养殖了，从它的产地云南进货不会引起怀疑，它的体型大，每只至少能填充一百克海洛因。每次运一百只孔雀，就是一万克，一万克就是十公斤，每月运两到三次，天哪，这笔账该怎么算？"

"我们还可以养蛇，蛇能吞象，它肚子的伸缩量惊人。如果我们能在官方那里正经立项，不愁拿不到出省批文，那时候，嘿嘿！"

"郑老板，我是急性子的人，这事说干就干。你这边马上选养殖场地，手续我在市里办，启动资金我们一人一半，今后孔雀和蛇我全部包销，当然，那是小钱，大钱在它们的肚子里！哈哈！"

郑天道："养殖手续很难办，你才来一天，就有那么大的本事？"

"奇遇，太美妙的奇遇，像做梦一样。"赵可家一五一十将他和果实红相遇的经过说了。

"这姑娘太可爱了，你千万别伤害她，我们这种人哪，造孽太多，有时，还真的要留下一点阴德。"郑天感叹道。

赵可家突然想到了林笑怡，那个他伤害过的人。他心里涌出一股强烈的自责。他暗暗发誓，对果实红一定要好。

那天，赵可家和郑天，从中午一直喝到深夜。

50

回到那景，一进到宾馆，服务台的服务员就说："你是香港来的赵可家先生吧，有你的电汇单。"

梳洗干净，已到下午四点。赵可家出了宾馆，往望春小学走去。时间还早，赵可家的步子有点优哉游哉。走着走着，觉得不对劲，老觉得背后有人跟着，他突然转头一望，高兴地叫道："阿果！"

第八章

果实红卸去了傣族姑娘的装扮，穿一条泛白的直筒牛仔裤，上装是一件棉质的淡黄小翻领衬衫，衫的下摆很随意在腰扣上打了一个活结，高高盘起的头发换成了一束马尾巴，摇来摆去。赵可家由衷赞叹道："阿果，在香港、在深圳我也没有见过你这么漂亮的女孩！"

果实红抿嘴一笑，说："听人说深圳美女如云，香港就更不用说了，你是看花了眼！"

"对对对，是看花了眼！"赵可家开心地笑了，"哎，还没到放学时间，你早退呀。"

"表哥，你知道吗？我今天难以抑制这个……这个紧张又激动的心情，哪还有心思上课，调课了。我现在急着想知道，款汇来了吗？"

"你这催债鬼，我说没到你不急得跳楼啊？"赵可家从兜里取出电汇单，递给果实红，"你保管吧！"

果实红捧着汇款单看了又看，满脸通红。她小心翼翼放进口袋，在上面拍了拍，突然抱住赵可家，用力地在他腮帮上吻了一下："表哥，你真好！"

对女人从不脸红的赵可家，此时，脸腾地红成一团，他真想也抱住果实红，在她红扑扑的脸上吻一下，他忍住了，说："调皮鬼，走吧，喝啤酒去。"

果实红说："今晚有人请客。"

"谁？"赵可家疑惑地问。

"我昨天被批评了。领导说我介绍嘉宾时，把自己的亲戚也介绍，还什么香港来的，是哗众取宠。我一恼之下，就把你要捐资建校的事说了。他们不信，我就说不信拉倒，我表哥要捐我也不许他捐，结果他们又都信了，而且要在那景最好的酒店请你吃饭。表哥，事情被我先捅出去了，你骂我吧。"果实红斜仰着头，看赵可家，一副可怜兮兮的样子。

赵可家怜爱地拍了拍果实红的脸蛋，说："说出去就说出去，我不会怪你，谁叫我有这么一个心直口快的表妹。"

果实红没再说什么，揽赵可家的手更紧了。她的表情幸福而自豪、随意而自然，丝毫没有妖冶作态。在赵可家见识过的女人中，还没有碰到像果实红这样大方自然、活泼可爱的。在香港十年，他与数不清的女人上过床，那是金钱与肉体的关系。他想，如果真要结婚，就一定找果实红这样的女人，不，就找果实红！

民族大酒店是那景最好的酒店。里面有装修一流的包房，也有杉树皮盖的、环绕酒店几十米长的食廊。廊上挂满玉米、辣椒、南瓜、红薯、刺绣、唢呐、铜鼓、蜡染、牛羊头骨等，简直是个食材与当地手工艺术品的展览长廊。这里食客如云，大部分是内地和香港游客。这里不仅汇集了西双版纳的特色美食，八点的时候，还有一台傣族风情的歌舞演出。赵可家若有所思，他觉得元龙大酒店如果真的有孔雀、蛇等这些山珍做招牌菜，办出民族特色，一定生意火爆。他对果实红说："如果我请你去深圳，帮我管理酒店，你愿去吗？"

"你在深圳开了酒店？"果实红惊奇道。

"我在香港的元龙大酒店，在深圳开个分店，现在还在装修。到了你们这里，给了我很多新的设想，比如说你组织个民族歌舞团，长期在我那里演出，那该多有意思！"

"天哪，你怎么不早跟我说！"果实红兴奋得跳了起来，旋即又忧虑，"我爸很早就去世了，我妈身体不好，爷爷奶奶更是一个礼拜不见我就有意见，我到深圳去他们同意吗？"

"小傻瓜，哪有女儿大了不出门的？你可以经常回来看他们嘛，何况你以后还可以把他们接到深圳，那不更好？"赵可家铁定了心，觉得自己该浪子回头，不要整日和一些不三不四的女人混在一起了，该找个女人成家，传宗接代。这个女人就是果实红！

"那也得跟他们商量好了，才能答应你。"果实红说，"表哥，今天不说这事，说了搞得我心里乱乱的。"

"也好。"赵可家说，"但你得答应啊！"

赵可家被果实红带到一间包房，里边坐了七八个人。他们有望春小学的校长，有市教育局局长、副局长等。赵可家刚坐下不久，随着一阵热情的寒暄，市长和市政府秘书长也来了，热闹的场面自不待说。赵可家把捐款的事正式提了出来，而果实红当场就把那二十万元汇单拿了出来，双手捧着送到了市长面前。市长接过来看了看，转递给秘书长，说："发个通知，明天下午在望春小学举行隆重的捐款仪式，全市各单位一把手都要来参加！"

第二天下午四点整，在少先队仪仗队鼓号喧天中，赵可家被请到了主席台正中央。他是第一个在那景市捐资的香港商人，捐的是一笔市财政想拿出来建一栋教学楼，连续两年都拿不出来的二十万元巨款。市报省报、电台电视台都把这件事当头条新闻播发了出来。

晚上的酒宴上，市长握着赵可家的手说："这事我们要通知香港媒体，让他们也好好宣传一下。"

"千万不要！"赵可家赶紧制止，"二十万元在香港根本不算什么，像李嘉诚、霍英东他们，动不动就是上千万元捐出来。我的二十万元，他们在报纸的角落都懒得登。"

"这不同，你这二十万元是给我们云南少数民族地区的，在我们这里是一笔巨款，我们会跟他们说清楚的。"市长真诚地说。

赵可家想了想，说："这样吧，我现在主要在深圳投资建酒店，我的父亲、兄弟也都在深圳，你们这样热情，那就在深圳的媒体上说说，让我的老父亲，那个东江纵队老战士高兴高兴吧。"

"你马上通知报社，让他们今天就电传给深圳。"市长对身边的秘书说后，又对赵可家说，"我们感谢你捐资建校的义举，也欢迎你到我们西双版纳投资，如果你来投资，我们将以最快的速度、最优惠的政策给你办。"

这是赵可家最希望听到的一句话，他抑制住内心的兴奋，轻描淡写地说了打算在勐那建一家养殖场的事。

"太好了！"市长又一次握紧了赵可家的手，"人工繁殖孔雀我们摸索出了很多经验，不论你独资也好、合资也好，我们都会在技术上对你无偿支持。"

养殖场的事不费吹灰之力，几天后一切手续办妥。

有关赵可家捐资建校的事，街头巷尾谈论的中心却是果实红，她怎么会突然冒出个富有的香港表哥？就连果实红的家里人也一时摸不着头脑，不知真假。和赵可家说起这些事，果实红笑得眼泪都冒出来。捐款仪式第二天，果实红跑来告诉赵可家说："又有一件好玩的事告诉你，教育局奖励我两万元。"

"奖励？为什么？"赵可家疑惑不解。

"按教育局规定，能为学校拉到捐款的人，会有百分之十的奖励。你捐二十万元，我就可以拿到两万元。"

"祝贺你！"赵可家打心里感到高兴，他觉得两万元对一个内地小城的教师来说，太重要了。

"祝贺什么呀？这钱我能要吗？要是要了，建教学楼的钱岂不是少了两万呀？而且，你会笑我的。"

"我怎么会笑你？这是你应该拿的嘛。"赵可家说。

"怎么不笑？你肯定说，哦，原来你拼命鼓动我捐款，是为了拿奖励？那么我辛辛苦苦这一场，不全是为了钱啊？那还有什么意思。"果实红说得很坦诚。

赵可家盯着果实红，良久才说："你不缺钱？"

"谁说的？我工资全部加起来才四十多块；我母亲更惨，在供销社工作，供销社快倒闭了，经常发不出工资；爷爷奶奶要我们养，你说缺钱不缺钱？"

"阿果，我正式向你提出，"赵可家郑重其事说，"聘请你到我在深圳的酒店工作。"

"组建一个歌舞团，对吧。"

"民族酒店的经营方式给我很大的启发，我要借鉴他们的经营方式，搞民族特色的东西。民族特色，首先就是那台歌舞。我聘请你组建一支有民族特色的歌舞团，作为我们酒店的特色，今后你的工作就是管好这个歌舞团，排练、出节目全部由你负责。"

果实红说："这事正适合我干，肯定能干好，我愿跟你去！"

"酒店现在正在装修，要四五个月后才能开业。你现在的工作，一是给我找一个当地的设计师随我到深圳；二是挑选演员，一定要一流的，从这个月起，你每月工资八百元，演员每月三百元，全部包吃包住。给你三个月时间选演员和排练一台节目，这一台节目是在开业典礼上演出的，要达到什么水平你心中要有数。我走时留下四万元，是你们这三个月的开支，相信三个月后你不会让我失望。"

果实红一直捂住嘴，才没有发出惊呼，演员包吃包住，还有三百元，相比民族酒店那群演员，每月五十元，显得不可思议。而她的八百元，更加难以置信。果实红狐疑道："你不骗我吧？"

"你看你看，不相信表哥了是不是？你们的工资只不过是深圳的正常水平，没有偏高，你去了就会知道。今晚我拟一份合同，你同意了的话，把它签了。签了合同，你就是我聘请的员工，你那份教师的公职，是辞掉还是停薪留职，你自己决定。三个月后你拿不出一台节目，拐跑我的四万元，我这个表哥会翻脸不认人的！哈哈哈。"赵可家笑得真开心，他实在想不到这一趟云南之行会有这样的结果！

果实红双手托着下巴，静静地看着赵可家，心头微微颤了几颤。面对异性，她从来没有这样的感觉。怎么啦？她问自己。

第九章

51

命运在捉弄肖秋铃,她连续两年参加高考,都是在高考前一天患上重感冒。在烧得四肢酸疼、头昏眼花的情况下,她怎么对付得了密密麻麻、一张又一张的考试卷?结果名落孙山。高中时,肖秋铃的学习成绩很好,好到学校把她树为学习的榜样,见她连续两年考不上,有人讥讽她拿病来当托词。

肖秋铃没脸再复读,一边打零工,一边自习。第三年,肖秋铃参加电大考试,结果当了梅州市的女状元。考上电大和考上大学差不多一样光荣,何况是"状元"。总算堵住了一些人的嘴。三年电大出来,她的英语呱呱叫,一家中学聘她为英语教师。生活中的两件事刺激了她,一是她的母亲病逝,父亲续弦,后母心毒如蝎,她回家晚一点、家务事少做一点,继母都指桑骂槐,百般刁难,她想离开这个家的念头日益强烈;二是学校的一两个同行,她们的英语水平、教学水平哪一个超过她?就因为她们是全日制大学毕业生,就瞧不起她这个电大的。同行的倾轧终于使她忍无可忍。她有个表姐叫刘小婷,在深圳工作,知道表妹在家里和学校都受气,鼓动她到深圳。这种时候不走还等什么?她不顾校长的挽留,毅然到了深圳。

肖秋铃拖着一个大箱子,背着一个挎包,风尘仆仆来深圳找到刘小婷时,是下午五点。刘小婷刚起床,昨晚的工作一直忙到凌晨三四点,然后吃夜宵,六点才睡,这一睡就是十多个小时。起了床洗漱一下,吃饭,然后化妆打扮一番,天又擦黑。天一黑,她的工作时间就又到了。刘小婷已不仅在做"鸡",还干起了"妈咪"。她越干越上瘾,连自己的表妹也叫来深圳,要把她也拉下水。

把肖秋铃拉下水，刘小婷认为没有什么不妥，她认同的、能做到的，肖秋铃为什么会不认同、做不到呢？她不是和自己一样哀天怨地，恨不得赶快离开那个愁煞人的鬼地方吗？刘小婷断定，只要肖秋铃尝到甜头，就会上瘾，一旦有了瘾，还愁身上一件皮衣也没有吗？

刘小婷见到肖秋铃，马上一个电话打到了夜总会，称自己病了，请假。然后对肖秋铃说："我今天什么事都不干，等你洗了澡，我们吃海鲜去。"

房子是租的还是买的，刘小婷含含糊糊没说清楚，有一点可以肯定，这套两居室带厨房、卫生间、客厅、餐厅、阳台的房子里只有刘小婷一个主人。里面的家电一应俱全。家具是最时髦的聚酯材料，光亮照人。肖秋铃揣摩了半天，忍不住，问："表姐，你在深圳到底干什么工作，哪来那么多的钱啊？"

刘小婷一边在衣柜里翻腾，一边答非所问："着什么急，反正你也有像我一样的那一天。你好好休息几天，大街小巷逛逛，熟悉一下深圳，多吃点好的，养得有滋有润了，表姐就带你去工作。你那几件衣服土里土气，还带来做什么？这几件合适你穿，你穿上照照镜子，是不是更漂亮？"

肖秋铃觉得这个远房表姐亲热得过了头，为了不拂她的一片热情，她从卫生间洗浴出来，就一件一件试刘小婷给她的衣服。

刘小婷在一边嚷："气死我了，气死我了。"

"怎么啦？"肖秋铃诧异道。

"你的身材，我哪里比得上哟，你说气不气死我？哎，你谈过恋爱没有？有那个了没有？没有？我不信！"

"骗你是小狗！"肖秋铃满脸通红，羞涩地说。

刘小婷盯着肖秋铃看了半天，确信她没有说假话，内心一阵狂喜，也不由得涌出一股惋惜来。肖秋铃相貌出众、身材迷人，加上大学学历和中学老师的身份，这何止两三千元。把自己的第一次给了金钱，怎么说都是件遗憾的事。应该像自己，给了喜欢的人。刘小婷转而又想，给了喜欢的人又怎样，喜欢的人还不是石沉大海，无影无踪了？自己堕胎时痛得半死，哪比得上拿几千元的"开处费"实惠。这么一想，她手脚麻利，帮肖秋铃一件一件试衣裙，满嘴都是"啧啧"声。

刘小婷给了肖秋铃几套衣服，大半还是新的，都比肖秋铃带来的好，怕肖秋铃心里有负担，刘小婷说："等你赚了钱，也给表姐买一套好了。"

试衣过程刘小婷不停地说，只有这一句是肖秋铃最中意听的，她说："等我赚了钱,你带我上深圳最好的商场,我买你最喜欢的衣服给你。"

刘小婷很想说,你第一晚赚的钱就能实现!这话现在万万不能说。她搂住肖秋铃的腰,把她带出了门。那时是初夏,深圳的晚风清爽宜人,走在宽阔的街道上,望着不见尽头的盏盏路灯,想想昨晚还在家乡狭窄黑暗的小街上,肖秋铃有如梦幻,觉得世界突然间变成了两个,昨晚那个已远去,隔世般陌生。

在一家海鲜酒楼前,刘小婷停下,她指着橱窗水箱里一只张牙舞爪的庞然大物说:"哎,你知道这叫什么吗?不知道吧!它叫龙虾。晚上我们来一只三四斤的,蘸日本芥末生吃,我保证你吃了第一次就想吃第二次。"

"好,听你的。"肖秋铃随口问道:"龙虾一斤多少钱?"

"打了折,八十八元一斤。"刘小婷满不在乎地说。

"你不要吓我好不好,八十八元一斤,三四斤不就要两三百元啊!不吃,我不吃。"肖秋铃急忙说。

"咯咯……"刘小婷笑得花枝乱颤,"看把你吓得,你以为我会天天请你吃龙虾啊?第一天嘛,破点费算什么?钱赚来就是为了花,不花钱去赚钱干什么?吃,今天就吃龙虾!"

肖秋铃心里隐隐作痛,一餐吃两三百,是她当老师几个月的工资啊。

52

休息了三天,第四天晚上,刘小婷化妆后,还硬要帮肖秋铃化妆。

肖秋铃说:"见什么大人物啊,还要化妆。"

"你说对了,今晚就是要见一个一掷千金的大人物,帮你找工作的大人物。你千万不要怠慢他。"刘小婷慢条斯理说。

"真的?你怎么不早说?"肖秋铃兴奋起来。这几天吃用都是刘小婷的,肖秋铃早就着急,希望刘小婷快些给她找工作,否则她自己要出门去找了。天天吃闲饭,她不愿意。

这几天肖秋铃急,刘小婷更急。肖秋铃来的第二天,刘小婷就拿了她的照片物色大款去了。刘小婷要找一个既能一掷千金又能让肖秋铃心动的人。原来她想好了的:肖秋铃一来,就带她到歌舞厅夜总会见识见识。她和肖秋铃接触后,突然失去了把握,难道表妹会像自己一样?难道她这个当表姐的将表妹往火坑里推?可要挣大钱,不干这些又能干什么?想了又想,刘小婷决定找个年轻英俊、掏钱痛快的人给肖秋铃认识，通过喝喝酒、唱唱歌，大家交往一段时间，肖秋铃自觉自愿。这样，她这个当表姐的，就免去了推表妹下火坑的罪名，还赢得表妹的感激。

刘小婷拿着肖秋铃的照片，称开处费八千元，否则免谈。垂涎三尺的人都打了退堂鼓，骂刘小婷哄抬物价。包工头赖世平不骂，他问："本人有照片上的漂亮？"

赖世平是刘小婷的老客人，熟得很，刘小婷嘴一撇，说："如果你们见面了，你觉得我表妹比照片上的差，我免费陪你上床一个月。"

"爽快，爽快。"赖世平一边称赞刘小婷，一边自己掏出一大沓百元大钞，数了四十张递给刘小婷，"这是订金，如果你表妹不是处女，这四千元还我；如果是，剩下的四千元我直接给你表妹。怎样？"

"一言为定！"刘小婷把四千元放进包里，把身子挪过去靠到赖世平身上，"但说好了，你别泡上我表妹就不理我了啊。"

赖世平伸手在她乳房上捏了一把，说："怎么会忘了你？到时最好你俩姐妹和我睡一床！"

"不要脸！"刘小婷在赖世平脸颊上不轻不重拍了一下，"我表妹是大学生，还当过中学老师，这种事她脸皮薄得很，你得慢慢来，好好哄，知道吗？"

"这种事还要你教？"赖世平说。

化妆的技巧，肖秋铃比刘小婷高明得多。看刘小婷要把她浓妆艳抹，搞得像京剧脸谱，肖秋铃就嚷开了："我自己来好不好？"

"嘘，你那简单的几下子谁不会？"刘小婷不屑道，"我在深圳混了几年，化妆还比你差？"

"我读电大时，有个同学的姑姑从香港回来，她在香港做化妆师，我和那个同学跟她学了几天，你让我试试嘛。"

"真的？"刘小婷来了兴趣，她扯来纸巾，把自己脸上的妆抹去，"好好，今晚由你来化妆，化砸了你赔我这张脸。嘻嘻。"

什么眼影，什么腮红，什么柳眉，反正怎么化都千万别忘了化脖子，肖秋铃说得头头是道，刘小婷听得一愣一愣。往时刘小婷一化就是个把小时，肖秋铃只花了十来分钟，就叫刘小婷去照镜子。站在大衣柜的方镜前，刘小婷扭着身子看了又看，老半天后她跑过来搂住肖秋铃说："你还找什么工作，在家专门给我化妆算了。"

"那好呀,一天五十元,你还得包吃住。"

"想得美!"刘小婷在肖秋铃的背上捶了一拳,"不过,真的一天只给你五十元你就满足了啊?要出去闯荡,要挣大钱,像你这模样,一天挣个四五百元一点也不难。"

刘小婷的话叫什么话?肖秋铃的心跳加快,她忽然感到心里没底,有种不祥的感觉。联想到这几天刘小婷昼伏夜出,行踪神秘,肖秋铃不禁起了疑心:"表姐,你得跟我说实话,你要给我找份什么样的工作?"

肖秋铃忽然情绪低落,吓了刘小婷一跳,赶紧说:"你放心,我们都是凭本事吃饭的,不抢不骗不蒙不坑。"

肖秋铃和刘小婷走到街上时,华灯齐放,霓虹闪烁,令人炫目。肖秋铃觉得繁华的背后隐藏着什么。

走了十多分钟,刘小婷带肖秋铃走进一家装修豪华的大酒店。刘小婷说:"我就在这家酒店上班。"

"这么近,这几天干吗不带我来看看?"

"有什么好看的,我是想让你休息几天,精神好了才来见工。人家老板讲究的就是精神,人不精神点、神气点,谁看得上?像你现在这个样,好像谁借了你的米还糠,这样子老板一见还不吓跑?"

"有那么严重吗?"肖秋铃不禁一笑,顿生愧疚,"我见工心切,想得太多,海涵海涵。"

"别跟我来这套文绉绉的,什么海涵?表姐会怪你吗?走走,到夜总会先唱唱歌,说不定人家老板先到了呢?"

赖世平大半天来如老鼠挠心般坐立不安,恨不得这晚上眨巴个眼就来到。有了钱,赖世平不知睡了多少个漂亮女人,偏偏没有睡过大学生,现在机会终于来了,他能放过吗?

正想入非非,包房的门打开了。一见赖世平,刘小婷哟的一声道:"赖老板,让你久等了。"

"哪里哪里。"赖世平站起来,还想和刘小婷开几句玩笑,一见随后进来的肖秋铃,惊得一时说不出话。

赖世平做出文质彬彬的模样,请肖秋铃坐下,亲手给她倒上茶,又恭恭敬敬把点歌簿递给她，让她点自己喜欢的歌。

"赖老板，你喜欢什么歌？我帮你点。"肖秋铃接过点歌簿，客气道。

"我啊，嗯，点《莫斯科郊外的晚上》《冰山上的雪莲》，还有李谷一在春晚唱的那首《乡恋》。"

听歌名，肖秋铃感到赖世平有一定的品位，她不由得多看了赖世平两眼。

赖世平错就错在这晚他还叫来了几个朋友。这些朋友早就知道赖世平今晚要花八千元破一个女大学生的处。他们看她的目光淫荡放肆。这些人居然一个个都带来了妖冶的小姐，他们大呼小叫，动手动脚，互相灌酒。这种场面，肖秋铃哪里见过，她蜷缩在沙发的角落，正眼也不敢看。

"来，碰杯。"昏暗的灯影下，赖世平的大腿贴到了肖秋铃的膝盖上。

"我不会喝。"肖秋铃移了移身子，和赖世平拉开距离。

"不会喝就学嘛。"赖世平端酒杯递给肖秋铃，"在大学读书时，我和你一样淳朴，别说喝酒了，就是扑克之类的东西摸也没摸过。毕业出来，有什么不会的？来，接住！"

"赖老板叫你喝就喝一点吧，又不是毒药。"刘小婷替肖秋铃接过酒杯，硬塞到肖秋铃的手上对她耳语，"别傻，赖老板和你一样，读过大学，有品位，以后你要靠他。"

肖秋铃心里告诫自己，要沉住气，读过大学的人，应该知书达理，不会乱来。肖秋铃强装笑脸："哦，赖老板上过大学？"

说到上大学，赖世平来劲了，把他从小怎样受苦，怎样靠苦读上了大学，又怎样不吃皇粮、南下深圳闯荡，绘声绘色，添油加醋说了一大通。肖秋铃真的被他那种顽强奋斗的精神感动，不由自主向赖世平敬酒。肖秋铃怎么会想到，赖世平在酒杯里放进了催情药，这种药能使人进入一种亢奋的幻觉状态。

果然，肖秋铃很快兴奋起来，她说："我实在不会喝，你们喝吧，我唱几首歌给你们助兴。"

赖世平带头鼓掌，他说："你唱一首我们就喝一杯，看我们这帮人谁喝得最厉害。"

"真的啊，表姐，你做公证，不准谁耍赖。"

唱歌是肖秋铃的拿手好戏，她一口气唱了十首歌，赖世平那伙人也不赖账，都喝了十杯啤酒。肖秋铃还要唱下去，一个突然双手捂嘴，站起来就往门外跑，还没跑出门，肚里的啤酒就从手缝里喷了出来，惹得一阵哄堂大笑。不吐的也没有一个清醒了，他们和小姐搂搂抱抱、摸摸捏捏，发出浪荡的笑声。肖秋铃几次用求助的目光看刘小婷，希望她快快带自己离开这里，刘小婷视而不见，装聋作哑，只顾和一个尖嘴猴腮的男人猜骰子、喝酒。肖秋铃实在忍无可忍，她要找一个理由走掉！突然一种难抑的躁动涌上来，她晕晕乎乎，站不稳。

赖世平走了过来，轻轻揽住肖秋铃的腰，把一口酒气喷到她脸上，口齿不清地说："来，跳一曲慢三。"

他的手在肖秋铃的腰际上像蛇一样游来游去，脸紧贴到了她的耳根上。这时，不知谁突然把灯调到了最暗，浑浊的烟雾里只能见到人影。赖世平的手滑到了肖秋铃的臀部，又插到了胸脯里。

肖秋铃脑子嗡嗡乱响，目光昏花，她觉得自己飘了起来，浑身灼热。她软绵绵瘫到了赖世平的怀里。

哄闹嬉笑中，赖世平从刘小婷手中接过了客房门卡……

肖秋铃醒来，想了很久，终于想起昨晚发生的事。她看到身边赤裸的赖世平呼呼大睡时，眼睛发直，尖叫一声跳起来。她这才发现自己也浑身赤裸，下身剧痛，床单上血迹斑斑，她明白了一切。

肖秋铃找到自己的衣裤正在穿，赖世平醒了。他一翻身滚下床抱住肖秋铃说："你不能走。"

肖秋铃冷冷地说："为什么？"

赖世平说："我花了八千块，不但要破处，还要睡一晚。"

肖秋铃撕心裂肺大骂一声："流氓！"

53

赵可乡到可芳公司的石岗分公司上班了。他的工作全厂最轻松：将当日的报刊书信分发到各办公室和各生产车间。

每天那点事情很快做完，闲得无聊，赵可乡又会想二狗他们，也想阿玲。自从那次阿玲伤害了他，他就没再去找阿玲。听说阿玲也搬走了，搬到一个连二狗他们都不知道的地方。此后，二狗他们也时常介绍年轻女子给赵可乡，没有一个赵可乡看得上，或者说没有一个看得起赵可乡。赵可乡还在水深火热之中，世界仍旧昏暗。

肖秋铃的出现，赵可乡感到欣喜，觉得日子有了期盼。

离开刘小婷，肖秋铃住到了武警招待所。只有到了这里她才感到安全，她发誓要自己找到工作！五天后，肖秋铃认输了。她的钱只能买一张回老家的车票，工作仍然没有头绪。这五天来，她去见过十几次工，没有合适的，或者叫她等通知的。可她还怎么等得了！她拖着沉重的步子来到车站，在车站前的阅报栏里无意间看到了香港可芳公司深圳分公司的招聘启事。招聘的最后期限就是这一天。肖秋铃毅然走出车站大门，叫了一辆载客的摩托车，孤注一掷，将买车票的钱押到了这最后一次见工上。

董晓程与肖秋铃有缘，一眼就看中了她。第二天赵可建面试，她又被赵可建第一个点了名。

那天吃过午饭，赵可建让大家回去准备准备，下周一来安排住宿。这天还只是周三，还有几天肖秋铃去哪里住？别说住的钱不够了，就是吃也成了问题。其他那四个姑娘欢天喜地走了。肖秋铃突然发现自己没有去处，忍不住两串泪就滚下来。

赵可建见状很吃惊，忙问："怎么啦？"

肖秋铃接过董晓程递过来的纸巾，擦了擦泪眼，把自己目前的窘况说了。

"秋铃呀秋铃，我还以为是什么大事，董小姐马上给你解决。你现在是我们公司的人了，以后有什么困难开口说就是。"赵可建诚恳中带埋怨，他看得出，肖秋铃的哭，绝不仅仅因为生活窘迫。他心生怜悯，说："董小姐，周末带秋铃去我家吃饭。"

肖秋铃暗吃一惊，顿生疑窦，她受骗太多，不敢轻易相信任何人了。董晓程一眼看出肖秋铃的心思，她揽住她的手臂说："我在呢怕什么，我们好好撮赵总一顿。"肖秋铃望着董晓程真诚的目光，轻轻点了点头。

赵可建对董晓程说："你告诉财务，预支秋铃半个月工资。"

"不用不用，"肖秋铃忙不迭说，"我身上还有点钱，这几天吃食堂，够了的。"

董晓程道："我们公司三餐全免费，管吃饱吃好。预支你半个月工资，是让你买点日用品什么的，你就听赵总的吧。"

赵可建再强调："工资每月五百元，低了一点，但我敢肯定，我们公司的发展大有前途，以后每年甚至半年就会提一次工资。我说话算数，否则你们罢工。"

"如果加上吃住，这里的工资是我教书时的四五倍，赵总，我已经很满足了。"肖秋铃说。

"哎——人不能满足嘛，满足就不会进步，对吧？你上过大学，当过老师，比我知道多了。"赵可建对董晓程说，"叫司机开车，你陪秋铃去把她的行李搬来，安排好宿舍。这两天再带她到公司各个车间里走走。"

肖秋铃和董晓程出了门，赵可建仍站着没动，他忽然有了一个想法，如果她今后嫁给四弟可乡，那将是可乡的福分！当然，可怜的秋铃也就不可怜了。

在公司第一眼见到肖秋铃，赵可乡的瞳孔就放大了，这位小姐怎么也叫阿铃？当然，这个阿铃怎么能同那个"阿玲"相比呢？那个阿玲是个不尊重他、甘当别人"二奶"的女人；这个阿铃气质高雅，一看就是个读书出来的姑娘。那天下午赵可乡和她在楼梯口碰见，一紧张，自己绊了自己一下，踉跄中肖秋铃赶紧上前扶住他，还关切地叫他走路慢些。靠在她温柔的臂弯上，闻着她扑鼻而来的体香，赵可乡忽然感觉下身有一阵冲动。他满脸通红，在心里大叫：我不是废人，我还行！看见他脸红，肖秋铃以为他是害羞呢。

从那天下午起，肖秋铃完全取代那个"阿玲"，那个"阿玲"突然远远地消失了。眼前这个活生生的肖秋铃才是他梦中情人。一旦有了这种想法，他就特别尊重她，注意自己的言行习惯。他不再开口闭口粗话，办公台上原来乱丢的书报也收拾得整整齐齐，结了茶垢的茶杯也用白猫粉刷了个雪白。大家笑赵可乡，是不是看上肖秋铃了？赵可乡咧嘴傻笑，不置可否。

周末，赵可乡知道肖秋铃要到家里吃饭，专门上街洗了头，上了摩丝，梳得一丝不乱。大热的天，也穿西服打领带。

董晓程和大家故意隐瞒了一个重大细节，谁都没说赵可乡是赵可建的亲弟弟。

赵家举行家宴，赵可建打电话去香港，叫秦世芳带立根、立兰也来。赵可建主动电话约她去深圳实在太少，这个家她终究还没想到过要撕破，周少雄更没说过他要离婚来娶她。她推掉了和周少雄的约会，下午亲自驾车来了深圳。

除了赵可家，赵家又是一次大团聚，乐坏赵山贵的，是这次家宴，多了肖秋铃和董晓程两个漂亮的姑娘。董晓程他见过，肖秋铃则是第一次见，仅一眼，他就认定这是个温柔善良勤快的客家姑娘。赵可建用眼神告诉他，这个姑娘有可能是赵可乡未来的老婆。秦世芳毕竟是三十多岁的人了，没有肖秋铃、董晓程的青春逼人。秦世芳见了肖秋铃，忍不住也惊叹了一声，上前搂了搂她，说她很少见这么漂亮的姑娘。肖秋铃羞涩一笑，并没有因此受宠若惊，倒有一种不卑不亢的神态。这不禁让秦世芳心底里一惊，这样美丽的女子在丈夫手下，丈夫会守得住阵脚吗？和周少雄私通这段时间，她像吸毒，越吸越上瘾。她每一次都要在心底里说几声对不起赵可建的话。赵可建太严谨，甚至可以说太封建，和她结婚十多年，她敢肯定，他没有拈花惹草的记录。她甚至希望丈夫也爱上一个女子，或者说有哪个女人也爱上了她丈夫，这样，她心里会好受一些、平衡一些。假设的事真正摆在她面前时，她的醋意不禁涌了上来，对肖秋铃的热情明显消失，转而对董晓程嘘寒问暖。

秦世芳的作态赵可建一览无遗，他把她拉到一边质问："怎么对肖秋铃忽热忽冷？"

"没有呀，怎么会呢？"秦世芳的目光直盯赵可建，她想从他的眼色里探究到点什么，"你那么细心？连我对肖小姐少说一句话你都看在眼里了？"

"对，是看在眼里了。"赵可建不满道，"我把她介绍给可乡，你别让她觉得在我们家受冷落了。"

"哦，这么回事呀，你怎么不早跟我说呢？"秦世芳眨眨眼，有些担心地说，"肖秋铃会看上可乡？不过也难说，为了钱，为了过上安逸生活，有可能。"

"什么意思？"赵可建又不高兴，"你是说可乡不配她？可乡好歹也是高中生，最近读了许多书，进步多了，你怎么拿老眼光看人？"

"这样就好，这样就好。"秦世芳不敢再说有伤丈夫自尊的话，"他们结婚时，我送肖秋铃一只钻戒。"

"这还差不多。"赵可建脸色也缓和下来，"去，好好陪她说几句话。"

像定亲仪式，肖秋铃成了人们宠爱的中心。赵山贵乐得合不拢嘴，恨不得明天就把婚礼办了。肖秋铃的相貌无可挑剔，非常懂事，她进门时，那一声"赵伯"，又甜又温柔，叫得他心花怒放。

大家正热闹，门外传来了摩托车的引擎声，王凤娇乐颠颠迎出门："可乡回来了。"

往时做菜发现少了什么调料，没有谁敢叫可乡去买，就是叫了，他翻一个白眼，理都不会理你一下。知道他这个坏脾性，谁会去碰这根钉子？刚才王凤娇从厨房出来叫，说没有酱油，赵可乡二话不说就到院子里发动摩托车，王凤娇问他去哪里，他说去买酱油，王凤娇半天回不过神，说："今天太阳是从西边出来了。"

还在院子外，赵可乡就听到家里欢声笑语，知道肖秋铃她们来了，他一瘸一拐，被门槛绊了一下，眼看要摔跤，肖秋铃眼疾手快，赶紧上前扶住他，心疼道："叫你走路慢些，看你又急了。"

赵可乡面红耳赤，连声道："以后注意，以后注意！"

赵可建、董晓程他们会心一笑，肖秋铃把赵可乡扶进门后，倒奇怪了，问："赵总今天也请你吃饭呀？"

大家全都笑了起来，肖秋铃望着大家，一脸茫然，赵可乡有点不好意思地说："这是我家呀，这是我爸爸，这是我大哥、二哥、大嫂、二嫂，还有这三个小东西，是我的侄儿、侄女。"

立兰跑过来抱住赵可乡，叫声"四叔"，把酱油瓶接过去，转身往厨房里跑。

肖秋铃如梦初醒，在董晓程肩上轻轻捶了捶，说："可乡是赵总的弟弟，你说都懒得说一下，我要得罪了他怎么办？不被炒鱿鱼啊？"

肖秋铃的话，又惹得大家哈哈笑起来。

赵山贵知道肖秋铃是客家人，早早就列出了菜谱，让王凤娇和保姆忙乎了大半天，摆了满满一桌。饭桌上，肖秋铃乖巧懂礼，时不时给赵山贵、赵可建等长辈和立根、立容、立兰这些晚辈夹菜，晚饭氛围其乐融融。大家的欢声笑语勾起了肖秋铃的心酸事，母亲还在世时，家里也曾热闹过，母亲去世后就再没有过。她突然很想母亲，想那个为了她能读上大学，几乎熬干了血的客家妇女。偏偏这时，赵山贵把一块蒸得金黄的酿苦瓜夹到了她碗里，说："你怎么突然不吃了，吃呀孩子。"

肖秋铃鼻子一酸，低头赶紧把酿苦瓜塞进嘴里。大家看到她眼里有晶莹的泪花。

赵山贵知道肖秋铃的家境，清楚她是触景生情。他扯了一张纸巾给她，用筷子点了点赵可建等人，最后点在赵可乡头上，说："以后周末，你们没什么大不了的事，统统给我回家吃饭。"

赵可乡说："为什么？"

"因为秋铃以后每个周末都要来！"赵山贵目光慈祥望着肖秋铃说，"是不是！"

肖秋铃一时间有点局促不安，最终在大家温馨目光的注视下，她含泪点了点头，两滴泪珠顺着脸颊流了下来。众人一阵唏嘘，场面有点伤感。王凤娇是摆平这种场面的好手，她高举酒杯说："只要秋铃来，我那晚就不去打麻将，干了。"

众人嘻嘻哈哈，个个举杯互碰，场面顿时又喜气洋洋。赵山贵借口上厕所，回到自己的房间，对着文爱竹的遗像，默默地说："爱竹啊，可乡就要娶妻了，今晚你要是在的话，该多好呀！"

54

赵可乡觉得，现在自己是世界上最幸福的人了。他每天准时上班，抢着扫地抹桌子倒茶水，台面给他收拾得整整齐齐、一尘不染。除了分发报刊书信他要走走，其余时间，他大都在办公台上看报看书——不能躺在沙发上看了，那像什么话！肖秋铃的工作比赵可乡复杂多了，她要整理各类材料，分类存档，迎送客户，建立新客户档案等。赵可乡看到很有趣的文章，推荐给她看，她再忙也接过来看，还和他评论上几句。如果实在太忙，一眼不能多用，她就会叫赵可乡念给她听。这时候，赵可乡就陶醉了，有什么比得上给心爱的人念书更幸福呢？

夏天来了，赵可乡发现肖秋铃身材有了变化。她的乳房一天比一天膨胀，同一件衣服，一个礼拜后再穿，扣子就像要崩开一样。天气炎热，肖秋铃有时穿很薄的衬衫，她弯腰整理东西时，深深的乳沟让他耳红心跳，他感觉自己下面那东西一次又一次勃起来了！这是怎么回事？他想了又想，恍然大悟：阿玲是干那种事的，地方肮脏，他从心底里厌恶，自然就不行了。又过了段时间，赵可乡还注意到肖秋铃上班时注意力不集中，人总是慵慵懒懒，有次听他念报纸，竟睡着了。脸色也不好起来，眼袋肿大，泛青。

"你病了，要去医院看看。"有一天，赵可乡终于心疼地说。

"病了吗？是觉得不舒服，哪儿有毛病我不知道啊。"肖秋铃可怜兮兮说。

赵可乡找到了大哥，将他对肖秋铃的观察说了。赵可建听后立即一个内线电话将董晓程召来。董晓程一进门，赵可乡开口就说："秋铃病了，你知道吗？"

"知道，"董晓程说，"但没什么大病。可乡，你忙你的，我跟你哥汇报一点工作。"

赵可乡不想走，赵可建对他使了一个眼色，才悻悻出了门。

董晓程关上门，压低声音说："肖秋铃怀孕了。"

赵可建惊愕，半天回不过神，他沉思片刻，取出一沓钱递给董晓程，说："叫上秋铃，马上去医院。我去车库开车出来，在楼下等你们。"

在医院妇检科，肖秋铃的诊断书很快出来，她果然怀孕了。

肖秋铃脸色惨白，扑到董晓程怀里泣不成声。董晓程抚着她的背，轻声细语安慰，说打胎不是什么不得了的事，忍一忍就疼几分钟，甚至把她也打过胎的事说了，说她知道自己怀孕时，曾把男朋友的肩都咬出了血，那时她在大三，打胎的第二天她还得去上课，现在有腰酸的毛病，就是那时落下的。这一回她就千万别学她了，吃些补的，好好躺几天。肖秋铃的情绪渐渐平稳下来。见到赵可建，她的泪忍不住又大滴大滴流了下来。

肖秋铃现在把赵可建当成可亲可敬可畏的兄长，不知从什么时候起，她对他产生了依恋。肖秋铃也感觉到，赵可建有心将她介绍给可乡。如果成了赵家的媳妇，她的命运就彻底改变了，她会成一个很富有的人，不用再为生计发愁，也不用再为工作奔波。可一想到赵可乡的瘸腿，她的心就一阵绞痛，如果赵可乡是赵可建，那该多好呀！她犹豫彷徨，不知如何面对对她呵护备至的赵可乡。现在，一切都可能颠倒过来。你算什么呀，一个没结婚就怀孕了的女人，还有什么条件去对别人挑三拣四？你是一个，是一个被人鄙视、唾弃的女人。

赵可建温厚的手轻轻拍了拍她的肩："秋铃，不要难过了，下午把手术做了，就等于与过去永远告别。你手术后安心休息几天，有我们照顾，你什么顾虑也不要有。听话，别哭了……"

赵可建说到这里，自己都有些哽咽，说不下去了。

这时已经快到下班时间，医生和赵可建约好下午一上班就上手术台。中午吃饭时，肖秋铃把那段噩梦般的遭遇，竹筒倒豆子般全都说了出来。说到赖世平的兽行，赵可建打断了她的话，说："这事到此为止，天知地知你知我知，不能有第四人知。董小姐，你能做到吗？"

董晓程伸出了小手指，说："钩钩，说话算数，如有第四人知，也只是你说。"

"你怎么倒打一耙？好，钩钩手。"赵可建伸出小手指，和董晓程的小手指钩在一起，还用力摇了摇。

肖秋铃含泪笑了笑。

下午四点钟，董晓程回到写字楼，等得心烦意乱的赵可乡拦住她就问："秋铃呢？检查出什么病？严重不严重？"

董晓程把赵可乡拉到一边，责怪道："你是不是想把秋铃得病的事当新闻发布呀？轻声点，别让人都知道了。她没什么大病，胃炎，在宿舍躺几天，吃点药就好。哎，快回去，叫你嫂子炖点老火汤，晚上拿到秋铃的宿舍。"

肖秋铃生病，惊动了赵家上下，他们走马灯似的来探望她。赵可家也来了。他刚好从云南回来，听说了这事，买上几条贵重的人参，拉上可乡就上肖秋铃这儿。赵可家这么急着来，当然是想看看未来四弟媳的模样。问候了几句出来，他拍打赵可乡的背，说："这下我放心了，放心了。"

"放心什么？"赵可乡问。

"放心你找到一个好老婆了！哥出去闯荡这么多年，会看相，像肖秋铃这样的客家妹子你娶了回来，你这辈子就享福了。"赵可家由衷道，"哥想过，哥就是这辈子打光棍，也比不上你娶不上老婆着急，你说我这下还能不放心？"

赵可乡嘿嘿一笑，说："三哥，你真好！"

赵山贵那几天，每天的话题几乎都是围着肖秋铃转，买什么啦，炖什么啦，差不多都是他一人说了算。当然，他作为长者，也不好天天去看未过门的媳妇。隔了几天，他忍不住又去了。那天下午，肖秋铃睡了一个懒觉，刚刚起床洗漱梳理完毕。这几天她吃好睡好，养得红红润润，气色和刚来时有天壤之别。见到赵山贵又来看她，肖秋铃欢快地把赵山贵请到沙发上坐下来，又是倒茶，又是削苹果。

看到肖秋铃脸色和精神这么好，赵山贵就知道她的病好得差不多了，不由得松了口气，说："你的病快好了，我就放心了。"

"全都好了。但赵总一定要我休息一个礼拜才能上班，这两天憋坏我了。"肖秋铃有些撒娇地说，"再憋下去，又憋出病来了。"

"可建比你大二十岁，得听他的。"赵山贵说，"有的病别看一时三刻就治好了，但病根子不断，调理不好，就会有复发的可能。你那个胃炎就是自我调理不好造成的，上班三班倒，吃一餐不吃一餐，进食没有规律，都有得病的可能，以后你要注意呀。"

肖秋铃感激地点点头。她对赵家有一见如故的感觉，除了秦世芳，那天打量她的目光复杂了一些外，包括前几天第一次见面的赵可家，都给她留下很好的印象，特别是赵山贵，一副长者风范，处处让人觉得他可亲可敬。

赵山贵东扯西拉，说到了赵可乡："这几天，我第一次发现可乡这么勤快。"

"他一日三餐给我送，东西多得我和晓程姐两个人都吃不完，晓程姐和他开玩笑，说要送他一块模范丈夫的匾……"肖秋铃意识到说漏了嘴，脸腾地红到耳根，又一时不知怎样掩盖自己的窘迫，只好嘿嘿地傻笑。

赵山贵心里乐开了花，说："这块匾应该给他。秋铃哪，我感谢你啊。唉，你不知道，过去可乡有多捣蛋，你出现后，他变了，脱胎换骨了！爱情的力量太伟大了！"

肖秋铃平静了下来，觉得她还没有好好想一想，是否决定嫁给赵可乡。还是先多了解了解吧。她问："可乡过去不好吗？"

"过去他骑个摩托车，成天和二狗那伙人惹是生非。现在好了，上班，读书看报。这几天还天天给你送饭，以前这是不可想象的。"

"可乡从小就很捣蛋吗？"

"不，他小时候是个很乖的孩子。他十六岁之前，读书年年是三好学生，可是……秋铃，你想听听他的事吗？"

"听，想听。"望着赵山贵神色凝重的脸，肖秋铃急切地说。

"可乡是个可怜的孩子。1961年，他才半岁的时候，他母亲就饿死了。他母亲死时，还抱着他，那场景，我现在想起来心还如刀割一样痛。"赵山贵沉重地把当时深圳的社会背景、他所处的位置，一五一十说了。说到偷渡，说到他亲手把可乡的腿打断，他泪流满面，哽咽着说他对不起赵可乡，对不起临死还抱着小儿子的妻子。

"秋铃，可乡过去有过消沉颓废。错的是那个时代，是我这个当父亲的！我有时想，如果真的有来生，我一定变牛变马为他卖命，好好伺候他。秋铃，如果你愿嫁给可乡，愿当我的儿媳妇，我给你鞠躬。"赵山贵说着就站起来，惊得肖秋铃赶紧把他拦住，扶他又坐下来。

肖秋铃满眼含泪，心里有一个声音在不停呼唤她："嫁给可乡吧，嫁给从小没有母爱的可乡吧。"

这时，刚好赵可乡送晚饭来了，赵山贵起身告辞。临出门时，他在赵可乡的肩上拍了拍，轻声说："好好珍惜吧！"

赵可乡轻轻点了点头，没有说话。他把保温盒里的东西一件一件拿出来，摆了一茶几。

"开饭啦。"赵可乡说罢，发现肖秋铃望他的目光和往时不同，多了一分温柔。

赵可乡的心怦怦乱跳，他说："我爸和你说什么了？你哭过？别动不动就哭啊，伤身呢，我心疼！"

"我心疼"这句话又扯动了肖秋铃的情感，她凝视赵可乡，轻轻握住了他的手。几个月来，赵可乡每天都在想，哪怕握一握她的手都好。此刻，则是他的手被她握住了，他不知所措，心突突跳着往嗓门涌。他咽着唾液，一时不知说什么好。

肖秋铃决定了的事，她不会后悔，她羞涩而又决然地说："可乡，你喜欢我吗？"

"喜欢！"赵可乡回答得干脆。

"我嫁给你，你同意吗？"肖秋铃注视着赵可乡，郑重地说。

赵可乡的手颤抖了几下，反问："你愿意嫁给我？"

肖秋铃含着热泪，点点头："愿意！"

赵可乡猛地将肖秋铃抱到怀里，几个吻砸到肖秋铃的脸上，然后振臂一扬，就要往外跑。

"你去哪里？"肖秋铃急忙拉住了赵可乡。

"我要把这件事，马上告诉我的全家人，还有我所有的朋友！"赵可乡直搓手，兴奋得不知怎么办才好。

"看你急的，明天周末，我去你家，你我一起对他们说不更好吗？"

赵可乡平静了下来，想了想，说："也好。不过这一天我会很难熬的，我多想马上把我的喜悦让他们与我分享啊！"

"我们自己先分享，来，坐下，我们还没单独两个人吃过饭呢。"肖秋铃动情地说。

"没点酒怎么行？你等一等，我去买两支香槟回来。"赵可乡说着，开门大步走了出去。

赵可乡一急，一瘸一拐的幅度就更大。肖秋铃突然在心里问自己，想好了吗？是不是一时冲动？会后悔吗？今后能和他一起逛街吗？带他回家乡时，别人会拿什么目光看她？她旋即又在心里责怪自己，优柔寡断，这是自己的性格吗？她在心里说，以后一定不再想这个问题。

半年后，农历腊月初八，赵家迎来了肖秋铃和赵可乡举行婚礼的大喜日子。从这天起，肖秋铃告别漂泊的生活，被赵家以隆重的客家人迎亲方式，从可芳公司单身公寓里迎到了赵家小洋楼。

秦世芳没有食言，花两万元港币买了一只钻戒送给了肖秋铃。赵可建以公司名义，将一把银光闪闪的车钥匙放到肖秋铃手上，并当场宣布，肖秋铃即日起，任可芳公司副总经理！

第十章

55

赵可设从小梅沙回来,王凤娇立即靠了上去。她的鼻翼不停地翕动,极力要从他身上闻出点什么味道。闻了半天闻不出什么,她感觉到了异常,却拿不出证据,没有证据就不能乱说。王凤娇的目光又在他身上来回搜,终于从衣领处发现了一根头发。王凤娇冷笑一声,轻轻提住了那根头发,一拉,却是短的,赵可设最长的头发也有这么长。王凤娇似乎有点失望,她眼一瞪,厉声问:"这两天到哪里去了?"

"值班。"赵可设做一副奇怪状,"你忘了,前天早上我走时,你还从楼上丢了一件衣服给我,让我穿上别冻着了呢。"

"你不要耍滑头,值班就不吃饭了?工厂到家里这么近,你不回家去哪里了?"王凤娇已经探明,前晚据陈二平的老婆说,赵可设是和陈二平一伙人在喝酒打麻将,昨天中午她在村头碰到陈二平,他也证实一晚都和赵可设在一起。昨晚呢?她晚上八点多当场将陈二平堵在了家里。她问赵可设呢?陈二平支支吾吾说在厂里。王凤娇赶到厂里。不要说他的人影,连他的车也不在,车不在就说明人不在。她气呼呼出厂门时,头皮猛地一炸,气得差点背过气:写字楼前那辆白色轿车不是林笑怡的吗?她奔过去这里拍拍、那里打打,车里没人。她由此推断,昨晚赵可设和林笑怡在一起。

"和陈二平他们在新城酒店喝酒。"赵可设理直气壮地说。

"那是前晚。昨晚呢?"王凤娇步步紧逼,如果昨晚他还敢拿陈二平来抵挡,不打自招,有鬼了。

昨晚赵可设和林笑怡如胶似漆到天黑,起来后去吃海鲜,吃到一半才想起来给陈二平打招呼。陈二平一接电话，就直呼"不得了了"，说："你老婆才从我这里走，你千万别说我们今晚还在一起，快找别的借口吧。"

"笨蛋！"赵可设破口就骂，"你回家干吗呀？"

陈二平满肚子委屈，说："你去哪里又不跟我说，难道你在耍风流时要我在街头流浪不成？"

赵可设想想也有道理，丢下一句："回去再收拾你。"

放下电话，赵可设一时不知怎么办才好，他想打个电话回家，刚好是王凤娇接，你说在哪里，她马上就骑摩托到哪里，骗不得。想不出办法，赵可设干脆就往回走，心想车到山前自有路，明天的事明天再说。

回到餐桌边，林笑怡见赵可设满脸愁云，"咯咯"笑道，"这下你完了！"

赵可设说："怎么完了？"

林笑怡说："我的车就停在公司写字楼前，你老婆肯定去公司找过你，不见你，倒见我的车，就知道我跟你走了。"

赵可设眼珠转了转，说："明天她真的追问，我就直说和你在一起。"

心里有了数，赵可设竟然还是理直气壮："昨晚和林笑怡陪市外经局的头头喝酒，然后他们打麻将我买马。外经局的头头和爸熟得很，你叫爸打个电话去问问是不是。"

赵可设一开口就说和林笑怡在一起，倒一下子把王凤娇说蒙了。她像泄了气的皮球，有气无力说："那你打一个电话回来，说一声也好嘛。"

"打啦，没人接，谁知你们都去哪里了。"赵可设信口就编。他不编还好，一编，又给王凤娇捉住了马脚。昨天可乡、秋铃去香港度蜜月还没回来，立蓉跟保姆去保姆家玩了；赵山贵被拉去参加什么战友会，也整天没有回来；赵可建去香港的家；赵可家更是无影无踪。只有她拉来几个"麻友"，在家打了整整一天麻将，电话接了几个，什么时候听到他打来电话？她追问："你什么时候打电话回来的？"

"晚上八九点的时候吧，没注意看时间，反正大概就是那时。"赵可设脑瓜子真灵，他突然想到昨晚快九点时，他打电话给陈二平，陈二平说王凤娇刚刚来的事，他便把打电话回家的时间编在了那时。

"我说不过你！"王凤娇气得嘴歪，"你以后别给我抓到什么了，抓到了不饶你。"

那晚家里只有赵可设和王凤娇，吃晚饭时冷冷清清，赵可设问："这两天都你一个人吃饭？"

"前晚爸在家和几个来拜年的在一起吃。昨晚就我一个吃了。"王凤娇说，"你们一大帮又是喝酒又是打麻将，多快活，丢下我一人看家，这么大一栋楼，你一个人在这里住两晚试试看？"

赵可设下意识地朝楼上看了看，他想起小时候母亲说房子空久了，就有鬼来住的说法。赵家这栋楼五层，每层三间房，三五一十五，十五间房只有一间住王凤娇，想想都毛骨悚然，难怪王凤娇满世界找他了。赵可设生出一些愧疚来，说："今晚我还值班，但不去了，陪你。"

王凤娇心里宽慰了一些，她觉得得到了赵可设的暗示，今晚要做那个。王凤娇吃了饭，收拾好碗筷，急急忙忙冲洗干净，按老习惯喷了香水，早早上床等赵可设。

这两天两夜，赵可设和林笑怡云里雾里，折腾来折腾去，累得他走路都差点用拐杖了，哪里还做得了。他说陪王凤娇，是觉得她一个人守这么大一栋楼，担心她害怕，陪她是陪她守大楼而已。王凤娇误解了赵可设的意思，等赵可设也上床后，王凤娇半天没见动静，推推他，回应的竟然是鼾声。王凤娇猛地一个侧身，背对赵可设，也呼呼睡去。

重洋公司的公寓里，林笑怡也早早上床了。她睡不着，想起昨晚的这个时候，赵可设就在身边。那是一个成年男子强壮的身子，他让她高潮迭起，让她沉浸在爱的海洋久久不能自拔。昨日的欢乐像梦境一样遥远。这座城市像酣睡的少女，只有轻柔的鼻息，安详而静谧。林笑怡有一种死了的感觉，两行泪从她的鬓角悄悄流了下来。

56

年后开工，一大早赵可设就到了公司。他急切想见到林笑怡！这两天赵可设实在难熬，林笑怡柔情似水，每时每刻都在他眼前闪现。王凤娇似一头河东狮，揪着赵可设的耳朵，非要他跟她回娘家一趟。按客家人的习惯，初六以前就要回娘家了，王凤娇对父母说赵可设初八初九要值班，所以回娘家的日期一拖再拖，拖到了初十。赵可设心里有愧，乖乖带着全家浩浩荡荡向老丈人家去了。

王凤娇的娘家在下梅林村。以前下梅林村与石岗村之间是条泥沙路，凹凸不平，踩单车两个小时都踩不到。现在是宽敞的水泥路，过年车少，三四十分钟就到了老丈人的家门口。赵可设当然不忘当年老丈人替他看守鱼塘的事情，口袋有几个钱后，替老丈人家盖了栋小洋楼，老丈人对这个小女婿自然是宠爱有加。这也是王凤娇痛恨赵可设夜不归宿，心里仍然疼爱他的原因之一。大方嘛，对她家里人好嘛。过去赵可设到老丈人家走动得勤，一个月就有一两次，这几年来的次数越来越少，大过年的，电话催了一次又一次，到初十才来。在老丈人家，赵可设坐立不安，神色不定，当天晚上就称有事要走，被老丈人喝住了。问他有什么大不了的事，不是初十二才上班吗？住两天才走。王凤娇在一边偷笑，心想她治不了你赵可设，我老爸治得了吧？赵可设无奈，只能硬着头皮陪丈人和几个舅老爷喝酒吹牛皮。第二天下午，趁王凤娇不注意，赵可设给林笑怡打电话，电话响了十几声都没人接，赵可设慌了，赶紧给陈二平打电话，想叫陈二平傍晚时打个电话过来，谎称厂里有大事，叫他回去，他便可脱开身去找林笑怡了。他的鬼把戏被起了疑心的王凤娇逮个正着，话没讲完就被王凤娇夺去了话筒，她大声呵斥陈二平，是不是想把她老公拉去喝酒？大过年的，陈二平自然不敢连续作假。那晚赵可设就死心塌地和老丈人他们喝了个天翻地覆。第二天初十二，是重洋公司管理层新年上班的日子。赵可设六点多起床，准备早点去公司。那时王凤娇和立蓉还睡得香，还要住两天才走。赵可设起得早，老丈人比他起得更早，他送赵可设出门，问还记不记得当年他说的话。赵可设装傻，问说了什么，老丈人说叫他好好对待王凤娇的话忘了？赵可设一副恍然大悟的样子，拍拍脑门，说没忘没忘。老丈人拍拍赵可设的背，说这几年深圳富了，繁荣了，丑恶的事也多了，他有钱就花在正经事上，别干对不起王凤娇的事。赵可设连连称"是"。

上了车，赵可设把老丈人的话抛到了脑后。他迫切要见到林笑怡。

然而，见到林笑怡，赵可设满心的欢喜却被林笑怡一盆冰水浇了个透凉："你不知道今天开工吗？你知道有多少事，昨天就要商量的吗？"

望着林笑怡冷冰冰的脸，赵可设实在不能把她和前几天还在自己怀里撒娇的林笑怡联系到一起。赵可设原来还想，林笑怡见到他时，会像他这般激动，甚至偷偷摸摸给他一个吻！眼前这个林笑怡，好像前几天的事根本没有发生过一样，赵可设一恼火，凶巴巴说粗话："没有人通知我，我管什么闲事。"

"闲事？"林笑怡杏眼一瞪，"你再说一次，我马上撤你的职。"

"闲事，就是闲事！你撤我的职好了。"赵可设说完掉头就要离开林笑怡的办公室。

"你给我回来!"林笑怡从大班台上拿起一张纸,"在撤你职之前,你还要履行中方厂长的职责。去,按上面的布置给我马上去做,下午三点到我办公室汇报情况。"

赵可设本来想摔门而去,转而一想,人家是重洋公司总管,抖抖威风是应该的,他呢,确实有错,作为中方厂长,怎么把自己等同一般员工呢?这么一想,赵可设就有了屈尊的打算,反正白天她威风就威风吧,晚上还不是在他肚子下嗷嗷叫?有了精神胜利法,赵可设转身回去接过那张纸,看也不看林笑怡一眼,就走出了门。

林笑怡布置他去做的工作说重要也不见得重要,说不重要,一旦有什么意外,不重要就重要了。内容大概是工人过年带回来的物品是否有危险品;食堂停业这么久,盛饭菜的器皿是否都消毒了等。赵可设心想林笑怡瞎操什么心,要真操心,就这么几点吗?这几点鸡毛蒜皮的事谁想不到?如果这几点都想不到,那到香港去培训不是白培训了啊?说归说,赵可设还是很认真一一落实了这些工作。

下午三点一刻,赵可设进林笑怡的办公室。林笑怡仍旧冷冰冰的样子,看了他一眼:"不是叫你三点来吗?为什么慢了十五分钟?"

赵可设可以三点来,他就是不服她对他的颐指气使。他不紧不慢说:"打仗呀?规定发动总攻的时间啊?没有这么准时吧?你不见那几个日本工程师,说是以准时著称,经常是我先到车间。"

"赵可设,你是不是吃了豹子胆了,火气这么大,我都替你难为情!"

"豹子胆是你让我吃的!我都热脸贴到你冷屁股上了,你还让我老贴在上面不放下来吗?"赵可设恨恨地说,"你还好意思这么说我,我说你冷血动物怎样?"

"咯咯咯……"林笑怡忍不住笑出了声,赵可设的比喻粗俗但贴切,她起身走过去把门关上,把赵可设拉到沙发上坐下,"我是冷血动物的话,你就有一颗冷酷的心。"

"这话怎么说?"林笑怡态度一百八十度大转弯,赵可设感到困惑。

"你真的要我说吗?好,你听着,这两天你干什么了?食堂没有开伙,这几天我天天一个人在街上吃,一个人睡冷冰冰的床,你想过没有?我冷?你比我更冷!"一阵连珠炮,林笑怡把憋在心里的话说了出去,感觉好受多了。

赵可设愣了片刻，突然紧紧搂住了林笑怡，紧得她的骨头都要碎了。林笑怡轻轻地呻吟，任由赵可设摆布。赵可设被林笑怡的娇憨撩拨得不能自制，他把林笑怡抱到沙发上，撩起了她深灰色的薄呢长裙……

正在这时，电话铃响了。林笑怡迅速整理零乱的衣衫，理了理发际，拿起了电话。她讲的是日语，叽里咕噜老半天后，她放下电话，说："只会讲粗口的野蛮家伙，以后在办公室下不为例。"

赵可设嘿嘿一笑。

"还笑。"林笑怡说，"总部来电话，叫我今天就回香港，明天参加年终工作汇报会。日本人有时也很讲形式。你等我，过两天我就回来。"

57

林笑怡开车绝尘而去。赵可设陡生惆怅。偏偏这个时候，王凤娇抱着女儿立蓉的样子出现在他眼前，他挥手赶了几次都没赶走，特别是立蓉，聪明伶俐的模样占据他的脑海，那是永远赶不走的。他想，下了班就去老丈人家，好好和女儿玩一玩。

下了班，赵可设开车赶去老丈人家。家门口喜气洋洋。赵可设没有下车，按了几下喇叭，想叫王凤娇出来问问，是什么喜事。不料，喇叭声惊动了老丈人，他出来一看，是小女婿来了，他乐得合不拢嘴，他把王凤娇叫出来，对赵可设说："我说今天是我生日，你肯定记得，肯定会来。凤娇说记得的话改跟你姓。怎么样，现在她是不是要更名改姓了？"

赵可设在心里大叫"好彩好彩"。他彻底忘了这一天是老丈人的生日，和王凤娇结婚后，每年的正月十二他都回老丈人家，给老丈人拜寿。日本人帮了一个大忙，让林笑怡去了香港，不然这一晚老丈人该怎么想？可一点礼物也没带，像什么话？赵可设脑子转了一转，说："我跟我爸说过了，今晚他也来，我去接他。"

亲家要来，老丈人更是笑得没了眼，他拍拍车门，说："快去快回。"

望着赵可设的车离去，王凤娇的眼角有些湿润。她一直怀疑赵可设和林笑怡有鬼，如果有鬼，今晚她不回家，这机会他们能错过？看来她是错怪赵可设了。当然，今天是他丈人过生日，他不敢不来，等明后天看看吧，如果他还来，要怪就怪自己疑神疑鬼，该好好反省了。

赵可设接了父亲，拐到免税商场买了一大袋名烟名酒，他还多了一个心眼，在名药专柜买了一粒"金枪不倒"，据使用过的陈二平介绍，效果不同凡响，两个小时，那东西都不会软。赵可设想，今晚无论如何都要对付一下王凤娇了。

这一晚，赵可设的老丈人六十八岁的生日过得隆重热闹。这一晚最高兴的是王凤娇，丈夫意外出现，还带来了赵山贵，而且名烟名酒和两千元红包是所有亲戚朋友中礼最重的。当然，更意外的是赵可设居然"返老还童"。酒喝到一半，他突然叫她到房间，说有话要说。原来是赵可设心急，那颗药揣在怀里老觉得是一件事，干脆就把它提前吞到了肚里。这下不得了，吃下去半个小时后，那东西勃然大怒，怎样也不收敛，没办法，他只能把王凤娇叫进他们的房间，众人在院子里吆三喝四喝酒时，他们就在房里颠鸾倒凤。这还不够，等宴席散去，该走的走，该留下的都安排好后，王凤娇上床，赵可设竟然还能来一次。简直是奇迹！这种奇迹只有结婚那年出现过，林笑怡那个小妖精出现后，他连一次都懒得来了。王凤娇想到这里又立即骂自己，怎么又骂人家林笑怡了？赵可设和她好了还有这么厉害？人家是工作上的关系，无辜被她在背后不知诅咒了多少次，王凤娇啊王凤娇，闭上嘴吧。

第二天晚上，赵可设又如期而至，还带来了陈二平等几个酒友。王凤娇知道陈二平这伙人都是不老实的家伙，他们不论比赵可设年纪大还是小，对她一口一个"嫂子"，叫得她对他们既恨又爱。王凤娇围上围裙，亲自下厨炒菜，心想这帮人平时被她视为赵可设的帮凶，冤枉了！今晚让他们吃喝个够！算是赔罪。

林笑怡走后第三天下午，给正在上班的赵可设拨了个电话。

"你是以其人之道还治其人之身呀？干吗三天一个电话也没有？"赵可设不忘几天前林笑怡指责他的话。

"晚上不能给你打电话，上班打了几次，你又都不在办公室。"电话那头传来林笑怡甜甜的声音，她知道赵可设责怪她不过是过过嘴瘾，心里和她一样，无时不在牵挂着对方。

赵可设说："笑怡，好想你，你什么时候回来呀？"

"还要几天才能回去。"电话那头沉默了一会儿，"可设，你不是和陈二平他们经常喝酒吗？我托一个朋友给你捎去了一只香港最有名的香江烤乳猪，下酒挺好。那朋友晚上六点,在新世界大酒店门口等你。"

林笑怡还要过几天才能回来,赵可设心里一阵怅然,他兴味索然道:"那就笑纳啦。等下我叫上二平他们,晚上就在新世界喝酒。哎,你那个朋友是男还是女,我能请他一起喝酒吗?"

"女的。"林笑怡开怀一笑,"人家还是小姑娘,你们那一大帮酒鬼划拳猜码,满口粗话,她受得了啊?不过,你请她也可以,她去的话,你们要收敛一些,别让她说我的朋友是一群粗俗的家伙。"

"那当然,那当然。"赵可设放下电话,心想林笑怡怎么会叫一个小姑娘给他捎烤乳猪呢?他看看表,还不到五点,他找出龚丽的名片,又拿起了电话。

龚丽是餐厅楼面部长,他预订了一间包房,并告诉龚丽,六点有个女孩送烤乳猪来,让她先到包房里坐。

龚丽说:"那个女孩到了。"

"你怎么知道?"赵可设奇怪,那女孩去那么早干吗?

"她给你送烤乳猪。她呀,让我叫厨师把乳猪切了,好让你们一来就能吃。"

"她走了没有啊?"

"没有呢,她说一定要亲手交给你,她才放心,我让她在茉莉花房喝茶等你们,你快来吧。"龚丽说。

"那女孩漂亮吗?"赵可设多问了一句。

"漂亮极了,比你公司那个林小姐还漂亮,你来了就知道了。"龚丽咯咯一阵笑,"哎,你别花心哦,不然我会向林小姐告密的。"

"你别乱说,林笑怡是我们公司总管,我都归她管呢。"赵可设放下电话,又给家里打电话,接电话的刚好是王凤娇。赵可设说要陪工商局的人吃饭,王凤娇一句怨言也没有,只说少喝一点。

新世界大酒店在市中心区。下班车辆高峰,堵了几次,赵可设还是提前十多分钟赶到了新世界。把车停好,赵可设钻出来,远远看见龚丽满面笑容地在酒店大门恭候着他。都是老熟人了,彼此开几句玩笑,便一前一后到了茉莉花包间。龚丽敲了两下门后将门打开,做了一个请进的手势,等赵可设进去,她再轻轻把门关上。龚丽没有马上离开,她侧耳听了听,听到赵可设惊喜地欢呼一声"笑怡",她才微微一笑,走开了。

赵可设张开双手迎上去说："我真的一点也没想到是你。"

林笑怡也张开双手，他们相拥在了一起。

这时，门开了，陈二平走进来，一眼就看到赵可设和林笑怡在亲嘴，他稍愣怔一下，随即大呼："人赃俱获，这一餐不请也得请了，香江烤乳猪呢，快拿上来。"

赵可设反应快，他大声说："你坏了我的好事，该你请。"

"有道理，有道理，我该请。"陈二平爽朗道。

陈二平和赵可设的"哥们儿"史，可追溯到他们穿开裆裤时，两家相距四五十米，同年生，两人经常打架，分分合合，到十三四岁才真正成了"铁杆"，再也没有打架闹别扭的记录。小的时候，这对朋友在大人们的眼里实在有天壤之别：赵可设高挑精瘦，十五六岁，就长到了一米七的高个，陈二平胖墩矮矬，只长到赵可设的肩头上；赵可设国字脸，大眼、大鼻、大嘴，扇风耳，处处雕刻般有棱有角，陈二平圆脑袋、小圆眼、小圆鼻、小圆嘴，连耳朵也是小小一个圆圈；赵可设威严、精明，不苟言笑，陈二平给人亲切可爱的感觉，是活宝，走到哪里都能给人带来欢声笑语。十八岁高中毕业前，他俩谁也不沾酒。赵可设当兵后，在冰天雪地的黑龙江和战友们最开心的时刻就是斗酒，看谁把六十度的高粱酒一斤灌下肚也不醉。在那种氛围中，赵可设"酒精"沙场，百炼成钢。陈二平毫不逊色，到水库工地劳作一天，累得精疲力竭，睡觉之前，一两毛钱一斤的甘蔗酒、橡子酒、木薯酒之类，一两斤下肚也是常有的事。他们在持续不断的通信中，早把自己描写成了酒仙、酒圣。赵可设复员回来，他们酒仙斗酒圣，旗鼓相当，常常一醉方休。以前穷，一斤一毛几分钱的甘蔗酒还是喝得起的。后来日子好过起来了，天天喝也不会喝穷了。他们三天两头喝。赵可设和陈二平以及一伙朋友喝酒的场面林笑怡见多了，她非常喜欢陈二平喝酒时的憨厚，她觉得生活中少了他们，人会少活几年，在与他们的欢乐中，什么忧愁都能忘掉。

"今晚我跟你斗酒，谁认输了谁买单。"林笑怡只要先吃了解酒药，谁也不是她的对手，陈二平憨，不服这口气，结果被抬回去几次。

"不敢，不敢。可设是酒仙，我是酒神，你是酒圣，圣管仙和神，我们都不是你的对手，投降，投降！这单我买定了。"陈二平双手高举，一副投降的模样，逗得林笑怡咯咯地笑个不停。

朋友陆续到来，都是熟人，也不客气，烤乳猪一上来，便开始喝酒。那时内地有传闻，说深圳人请客，不劝酒，主随客便，想喝就喝，不想喝拉倒，简直是扯淡。谁说深圳人不喝酒了？谁说深圳人请客不劝酒了？赵可设喝不喝？陈二平喝不喝？连林笑怡都喝。他们不是深圳人啊？有次重洋公司香港总部的琦川带川岛等人来深圳分公司视察，宴席上赵可设、陈二平、林笑怡等一齐上，中国对日本，结果把川岛喝趴在地上，睡了一整天。

赵可设他们不是逢酒必喝、逢喝必醉，不是周末，他们不过就尽尽兴，痛快就行，否则影响第二天工作。这一天就不是周末，七个人，说好喝三瓶"人头马"就行，酒很快喝完，赵可设出门，叫龚丽开一间房。

"今晚不回家？"龚丽眨眨眼，暧昧地笑笑。

"有你陪，我回家干吗？"赵可设和龚丽是老熟人了，顺口开了一句玩笑。

龚丽心跳了几跳，满脸绯红。赵可设的背景她早就摸清了，对他的英俊相貌和出手阔绰早已倾慕不已。她是湖南桃源人，桃源出美女，她也不例外，艳若桃花，鲜如芙蓉，美比牡丹，不知多少人打她的主意。龚丽不是轻佻女子，更不会落入风尘，她需要一个靠山，既能让她为之骄傲，又能切切实实帮助她，让她有深圳户口，成为一名有公职的人。这样的人她觉得赵可设挺合适，早有和他接近的意思。她不能主动，她主动后就被动了。她一直在等赵可设主动的机会。这个机会没有等到，却发现了他和林笑怡关系不一般，凭女人的直觉，她相信自己的判断。

"赵厂长，恐怕今晚陪你的不是我吧？"龚丽轻笑道，"你有林小姐那么漂亮的女人陪了，还吃着碗里盯着锅里呀。"

赵可设一怔，心想这姑娘嘴巴真厉害。他递了几百元过去，讪讪一笑，说："去去，小小年纪就知道这么多！不和你开玩笑了，开房去。"

房间很快开好，龚丽把房卡、押金单、钥匙悄悄给了赵可设。临走时还冲林笑怡笑了笑。林笑怡很喜欢龚丽，觉得这小姑娘清纯可人，挺会办事，下午就是在她协助下完成了对赵可设的一个小把戏。此刻，林笑怡觉得她刚才的目光里多了一层意思，挺复杂的。

陈二平看到赵可设房都开好了，高声喊买单，然后拍了一下赵可设的肩，意味深长地说："我们就在这里打麻将，你放心忙你的去吧。"

客房在二十层，一进电梯林笑怡就搂住赵可设吻了一下，说："你呀，越来越大胆了，我们的事恐怕满世界都知道了。"

58

王凤娇本来有一份工作，在公司搞后勤，负责办公室的清扫，工作不累，干了几天她就不干了。七八百块工资，和那些打工妹打工仔为伍，她觉得丢脸。现在，她在银行的存款利息，每月就有几千块，赵可设每月还有几千元的"进贡"，年终分红她家又能分到五万元以上，还有赵可建、赵可家这两个香港大款叔伯，时不时也会给家里寄钱。她还那么辛苦干啥？况且最近她又有了五万元的私房钱。肖秋铃和赵可乡结婚，赵可建送了一辆轿车，王凤娇忍了又忍，终于忍不住说了一句："哟，我结婚时大伯你给的礼物，一个车轮胎都比不上呢。"赵可建第二天就悄悄给了她五万元，求她别再说了。他说可乡是残疾人，能娶到肖秋铃这样的姑娘是赵家的福分，给她再多也不为过。王凤娇想想也对，不给可乡找上老婆，别说赵姓人了，就是她这个当二嫂的，脸上也无光。五万元封口费，悄悄进了她的小金库里。

五万元相当她干四年多的活儿，现在一句话就弄来了。王凤娇觉得她受苦受累的日子结束了，再轻闲的活儿她都不会干。陈二平怕她闲着无事，整日找赵可设的麻烦，曾想安排她在居委会图书馆当图书管理员，被王凤娇"呸"了一口，说他是想让她埋在书堆里当书虫，被书淹死，不安好心。赵山贵也想通了，觉得一大家子的人吃饭，又这么大一栋楼要搞卫生，只有保姆一人忙不过来，就让她留在家里帮干一些家务吧。老爷子都这么说了，还有人去管那么多闲事干吗？况且吃闲饭的人又不止王凤娇一人，包括陈二平自己的老婆，都吃闲饭。一帮"吃闲饭"婆娘，整日聚在一起，不是到你家打麻将，就是到她家"锄大D"，比上班的人还忙。

春节时赵可设的精彩表现，将王凤娇的戒备心理冲得稀里哗啦，她对赵可设一百个放心了。赵可设夜不归宿，连问都不问了。如果日子就这样日复一日、平平稳稳过去那该多好呀。结果人心叵测，王凤娇最担心的事情终于发生了。

那天王凤娇，吃过饭正准备去陈二平家打麻将时，电话铃响了。

"是王凤娇吗？"电话那头传来一个陌生女子的声音。

"你是哪个？有什么事？"王凤娇警觉起来，紧张地问。

"我是哪个你没必要问，我只是要告诉你，你老公赵可设经常和林笑怡在

第十章

一起。今晚他是不是又不回家？是的话，那他们今晚就在新世界大酒店2016号房住，记住，2016号房。"

王凤娇还想问，电话挂断了。

这是真的吗？王凤娇全身发麻，脑子嗡嗡轰鸣。难道这么多年来，赵可设一直在骗自己？他怎么会那么能装？

王凤娇冲出大门，想冲和几个老头在院子里喝茶聊天的赵山贵大喊大叫，说你的儿子是个在外面搞女人的恶棍。她也想立即回娘家，把她的几个兄弟叫上，在床上捉奸，痛快地揍他们一顿。总之，她一时不知怎么办好，气糊涂了，浑身发抖。

"凤娇，你怎么了？脸色那么难看，晚上就别去打麻将了，早点休息。"赵山贵善解人意，提醒王凤娇。

"哦，没事没事。"王凤娇一边答，一边走出了门。

出门寒风一吹，把王凤娇吹清醒了。她想，凭一个电话就兴师动众，搞得满城风雨？万一那个匿名电话是无中生有，挑拨他们夫妻关系呢？想来想去，王凤娇决定先把情况摸清再说。在外面兜了一圈，她回家把摩托开了出来，径直向新世界大酒店开去。

来到新世界大酒店停车场，王凤娇一眼扫去，嘎的一声刹住了车，那辆白色的，挂有香港车牌的车，是林笑怡的！王凤娇像一头发怒的狮子，骑车在停车场兜了一圈，却没有发现赵可设的车。难道赵可设没来？那个匿名电话是谎报军情？王凤娇继而又想，赵可设肯定要了什么花招，没开车来，或者停在附近的停车场里了。这样一想，她就停好摩托，一头冲进大堂，刚要进电梯，又转了出来。她觉得时间早了一点，他们还没脱衣服呢，再等一等。王凤娇出门到路边商店买了一把水果刀，她想，如果真的捉奸在床，她一定在那个小妖精的脸上划一刀，让耻辱永远烙在她的脸上。

十点钟，王凤娇走进大堂，进入电梯，直上二十楼。

那晚赵可设和林笑怡刚进了客房，陈二平来了电话，说一个朋友刚才酒后驾车，把人家的车给撞了，叫他一起去看看。赵可设二话没说，叫林笑怡看电视等他，出门跑下了楼。

在2016号房门前，王凤娇不禁也发抖，她紧握刀柄，大喘几口气，稳住了情绪，伸手敲门。

林笑怡早已洗漱毕，穿一身丝绸睡衣睡裤，靠在床头看电视，听见敲门声,以为是赵可设回来了,跳下床,拖鞋也不穿,赤脚奔过去,问也不问一声,把门一开就想扑上去。面对她的却是一把闪着寒光的水果刀。王凤娇趁林笑怡惊骇,愣在那里说不出话,一把把林笑怡推进房里,顺势一脚把门关上。她舞着刀冲进房里一看,傻了眼,赵可设不在。她眼珠一转,发现了茶几上的男式墨镜,她一眼就认出是赵可设的。她如获至宝,刀尖指指墨镜,又指向林笑怡的鼻尖,阴冷道:"这是谁的?"

林笑怡咬紧牙关,努力平静一下心情,说:"你把刀放下,有什么话我们坐下来慢慢说。"

王凤娇觉得林笑怡说得有道理,用刀指在人家的鼻尖上,人家怎么敢说话?她把刀放下,一屁股坐到沙发上,用刀指了指林笑怡,说:"你也坐下来。"

林笑怡倒了一杯水,放到王凤娇面前的茶几上,说:"你喝水。"

王凤娇不说话,目光在林笑怡身上扫来扫去。林笑怡的睡衣薄如蝉翼,没有戴胸罩,在台灯映衬下,丰满浑圆;腰肢窈窕,玉腿颀长。王凤娇暗自感叹,她要有这样的身材,赵可设还会出门偷吃吗?

"林笑怡,你勾引人家的男人,你知道是什么罪吗?"王凤娇用刀背敲着茶几说。

"我爱他的时候,是我还在石岗这里插队当知青,你那时在哪里?"林笑怡不动声色说。

"哎哟哟,你是不是在这里当知青时就和他睡过了?"王凤娇声色俱厉。

"王凤娇,请你不要说话这么难听!"林笑怡气愤地站起来,指着门外,"如果是骂街的,请你马上出门。"

"好,好好,我不骂街。那你说吧,你们是怎样勾搭上的?是他闻到你的骚味缠上你的,还是你脱裤子找他操的?"王凤娇有些得意,她觉得她是在审问一个犯人。

林笑怡冷冷一笑,说:"赵可设说你是粗俗的、没有文化的农村婆娘,他和你一点感情也没有了。他说和你在一起,就像同一头猪、一具僵尸在一起,不但没有感觉,还感到恐惧,所以我就同情他,就可怜他,就要把我的爱情献给他,让他知道什么才是真正的女人……"

"放你的屁!"王凤娇跳起来,刀尖又指向了林笑怡,"你勾引我的男人,还说得这样好听,还这样侮辱我,我要破你的相。"

"王凤娇,你敢!"林笑怡站起来怒视王凤娇,大声喝道。王凤娇愣怔的刹那，她一把抓住王凤娇握刀的手腕，也不知哪里来的力气，几大步把王凤娇推到门边，打开门，猛地把她推出去，嘭的一声把门关上，反锁好。她深深吸了一口气，拿起电话，向酒店的大堂经理说明了情况。

王凤娇被推出门，气急败坏，一边拍门踢门，一边把什么难听的话都骂了出来。这时，上来两个保安员，将她手上的刀夺下，说她再闹，就要报警了。王凤娇想一想，她在这里出洋相干吗？跑得和尚跑不了庙，明天去他们公司，再找他们算账！

王凤娇失魂落魄地回到家，刚好碰到串门回来的赵山贵，王凤娇满肚子委屈一下子爆发出来，刚叫了一声"爸"，就失声痛哭。她一把鼻涕一把眼泪，半天也说不清为什么哭。肖秋铃和赵可乡被惊醒，也下楼来和赵山贵一起劝慰王凤娇。她呼天抢地了老半天，才一五一十把赵可设与林笑怡的事说了。接着，她打电话，又和她父亲哭诉了半个小时。那晚她一时安静、一时痛哭，寻死觅活，闹得赵山贵和肖秋铃一晚不得睡，陪着她说好话。

赵可设半夜里回到新世界大酒店，刚进大堂，就被龚丽拦住了，她一副焦急的模样："快去人民医院，林小姐的手被你老婆割了一刀，缝针去了。"

"你说什么？"赵可设觉得天旋地转，脑子嗡嗡响，他一把抓住龚丽的手，"你说清楚一点，林笑怡怎样了？"

"林小姐住在这里，不知你老婆怎么知道的，拿刀找上了门，结果林小姐的虎口被割了一下，经理陪她去了医院，叫你一回来马上就去，我在这里就是为了等你。快，我陪你一起去。"

赵可设转身就往停车场跑去。

林笑怡放下电话才发现手受伤了，伤口不深，拉了一大块皮，血流不止。林笑怡用毛巾捂住伤口，也不知刀怎么划了她的手。她想开门让王凤娇看看她满手的血，又想，算了，和这样的女人多一句话都不要讲，她甚至后悔刚才和王凤娇说得太多了。

赵可设赶到医院时，林笑怡的伤口刚刚缝完针。扶着她的手，赵可设的脑子里像塞了团乱麻，一时间竟不知该说什么好。

林笑怡的情绪已经平静。她早有思想准备，她知道这件事情瞒不了多久，王凤娇迟早会知道。她想不到王凤娇会动刀子。既然动了刀子，动也就动了，留下的刀痕是永恒的纪念，也不是什么坏事。不过，想是这样想，见到赵可设、委屈和酸楚，甚至还有愧疚，一齐涌了上来，两行泪无声地从脸上滑落。

龚丽上前抚林笑怡的肩，想劝慰她几句，话还没说，倒陪着林笑怡落起泪来。

林笑怡忍住泪，劝龚丽别哭，她抬起手晃了晃，说："小事情，过几天就好。"

林笑怡想不到，给王凤娇报信的是龚丽。

回到酒店，龚丽怕王凤娇还来闹事，给他们换了一间客房。忙完这一切，已是第二天凌晨两三点了。

赵可设睡不着，他睁着眼，静静地看着在他臂弯里睡得香甜的林笑怡。她对这件事的泰然自若，让赵可设惊诧、迷惑，也有些欣慰，如果她也像王凤娇那般撒泼，这场戏他不知道怎么收场。此刻，他担心天亮后，他将面临的暴风雨，王凤娇怎么会放过林笑怡？

赵可设迷迷糊糊闭上眼，林笑怡醒来了。她轻抚赵可设的脸庞，自言自语道："小时候，你一定像童话里的孩子，大大的眼睛，长长的睫毛。你知道吗？第一次见你，我就吃惊，我从来没有见过一个男人，还有这么长的睫毛，那时我就有一种冲动，想摸摸你的睫毛。不骗你，真的。哎，你睁开眼呀，别骗我，你早醒了。"

林笑怡说着，整个身子便压到了赵可设身上，她吻着赵可设的嘴唇，喃喃地不知说些什么。

赵可设托起林笑怡的脸，望着她迷人的眼睛，说："听医生说，人受伤时不能有房事，否则伤口瘀血，以后疤痕紫黑很难消失。"

"不，我才不管！"林笑怡睁开眼，执拗地说。

他们缠绵到九点多钟，准备出门时，林笑怡抱住了赵可设，说："可设，我这样子不能回公司。"

"你去哪里？"赵可设吃惊道。

"回香港。"

"什么意思？"赵可设抱紧林笑怡，他担心林笑怡回到香港，就不会再回来了。

林笑怡吻了吻赵可设，说："王凤娇还会闹，我在的话可能更加不好收场，我避一避对你有好处。"

赵可设想了想，觉得有道理，点头说："那你要给我打电话，伤好了就早点回来。"

目送林笑怡的车远去，赵可设欲哭无泪，心里空荡荡的。

59

高楼林立，水泥路四通八达，深圳的变化，快得连老深圳赵山贵也常常发出惊叹。但深圳河也变黑发臭了！赵山贵坐在楼顶凉亭的太师椅里，喟然长叹。他天天看报纸，看电视新闻，充斥眼睛耳朵的都是形势一片大好。他骂道，和以前的报喜不报忧有什么区别？深圳河就在他眼皮底下，阵阵恶臭扑鼻而来。赵山贵在春节老干部座谈会上提了这个问题，半年过去了，有谁来管过？这帮人是掉在钱罐里了，只想着挣钱发财。赵山贵痛心疾首。

现在看来，深圳河变黑发臭只是小事，只要哪一天哪一位领导想到这条河，拨给它一点钱，整治整治就能整治好。问题的严重性是人的头脑变黑发臭就麻烦了，不得了了，那可不是用钱用药就能整治好的。不说别的，光说一到晚上，那些发廊门口、歌舞厅前站着的妖冶女人，干什么的？她们袒胸露背给谁看？人心不古，世风败坏！赵可乡曾陷入其中，现在好了，有肖秋铃这位贤惠的妻子在身边，他是浪子回头了。风平浪静没有几天，赵可设又出事了。王凤娇的父亲，他的那位老同事给他打电话，赵可设若不向王凤娇低头认罪，他要亲自上门问罪！这等败坏门风的事，为何会发生在他家？赵山贵现在顾不得深圳河变黑发臭了，他恨不得给赵可设结结实实几记耳光，让他知道什么叫守规矩。一整天，赵可设都没有露面，王凤娇早上出门了也没回来。赵山贵打了几个电话都没找到赵可设。去工厂找，他不知道王凤娇在那里闹到了什么地步，他不愿去那里丢人现眼。

送走林笑怡，赵可设先打电话给陈二平。陈二平告诉他，他家昨晚哭声震天，鸡犬不宁。他老婆和几个"麻友"都参与了劝哭行列，陪了王凤娇一个通宵。早上她死活不顾人们的劝阻，到工厂去了。结果怎样，他现在也拿不准。陈二平嘻嘻一笑，说："既然曝光了，认个错罢，难道她敢和你离婚？"

"你还有心思开玩笑？王凤娇拿刀把林笑怡的手都砍伤了，要是林笑怡也像她一样刁蛮，都可以上法院告她了。"

"有这么回事吗？这我一点也不知道。"陈二平吃惊道，"怎么能动刀子呢？唉，算了，算了，林笑怡没有与她一般见识就是你的福分了，晚上请你喝酒，压压惊。"

赵可设开车直奔公司。进大门时，门卫告诉他，说他太太在他办公室等他好久了，还和一群人在哭诉什么，叫他快上去看看。

赵可设心里骂道："王凤娇，你到宾馆闹、在家里闹还不够呀，闹到公司来了，这还得了！"赵可设把车开到写字楼下，钻出车，猛地关上车门，几大步蹿上二楼，进到了他的办公室。

王凤娇坐在赵可设的大班椅上，没脱鞋的脚架在写字台上，见赵可设进来，她"嗷"一声跳起来，手里居然也拿着一把水果刀。她乱舞着刀，冷笑道："你终于露面了，你也知道躲得了初一躲不过十五的道理？躲呀，不露面呀？"

赵可设把门关上，眼里喷火道："你等着上法院吧，你把林笑怡砍了，缝了整整六针，她现在告到法院，你就等着法院来抓人吧。"

"你胡说八道，我怎么砍她了？"王凤娇有些心虚，林笑怡推她出门时，她感觉到手上的刀割到了什么，后来她看到刀尖上似乎有血迹，"林笑怡怎么没有喊叫？"

"王凤娇，你的行为简直是丧心病狂，这种事你不找我找她干吗？她是无辜的！你有本事找我好了！"赵可设一字一句说。

"天哪，我是受害者，怎么变成林笑怡是无辜的了？"王凤娇扬起刀，直逼赵可设，"你关什么门，把门打开，让你们全公司的人来评评理！天哪，枉我嫁给你十多年了，你居然屁股坐在人家的凳子上来侮辱我，我不活了，我跟你拼了！"

王凤娇不想拼，她挥刀的手软绵绵，被赵可设顺势握住，把刀夺了过来。赵可设把刀丢到沙发底下，说："你再闹就离婚！"

离婚？离婚这两个字应该由谁说？应该由她说！现在反倒由赵可设轻轻松松说了。王凤娇觉得天旋地转，老天啊，这世界还有没有公理呵？她坐到沙发上，号啕大哭起来。

王凤娇哭了一阵，见没有人像刚才一样，进来劝她，赵可设更是只顾自己喝茶，看都不看她一眼，觉得没趣，停下了哭。她盯着赵可设说："离婚我同意，除了我手上的存款全部归我，你再给我五十万，我就马上离。"

赵可设冷笑一声，说："我去偷去抢啊，五十万？五万都没有。"

"没有？没有你能和林笑怡天天进酒楼、住宾馆啊？给啦，就算我这十年给你当鸡，你付的搞鸡费啦。"

"我是鸭，你也付我当鸭的小费。"赵可设笑道，"王凤娇，我们都别说难听的话了，你回去好好想一想，怎么离，我都同意，但有一点，你不要胡搅蛮缠，否则我跟你一上法院，你手上的钱还得分一半出来给我。公司里有几件事要处理，我忙去了。"

赵可设开门丢下王凤娇走了。王凤娇追出去，在楼道里大声吼道："赵可设，你等着，我跟你没完！"

下了楼，王凤娇骑上摩托车，径直向她娘家开去。

昨晚几乎没有睡，加上王凤娇这一闹，赵可设浑身乏力，走路都差点睡着。中午离吃饭时间还有十分钟，赵可设就来到了食堂，他想随便吃一点就回宿舍睡觉。打饭菜的阿姨乖巧，赶紧把一杯茶水和一份饭菜端了过来。

往时中午吃饭，赵可设都是和林笑怡同一桌吃，现在他的位置对面，只有她的影子。分手不到半天，赵可设忽然觉得好像很久没有见到她了，不知她现在回到香港她那温馨的公寓没有。她手有伤，怎么洗衣服？怎么弄吃的？赵可设心里一阵难过。他堂堂一个男子汉，居然连她都保护不了，今后那纤纤玉指上有一块疤，多难看呀！这怪谁呢？赵可设忽然想到了这个问题，怪王凤娇？王凤娇不会无缘无故拿刀去找林笑怡吧？怪自己？一怪自己，岂不是也怪林笑怡了？赵可设脑子乱了。他胡乱扒了几口饭，站了起来，心想谁都不怪，就怪生活。生活五光十色，丰富多彩，瞬息万变。赵可设走出食堂，碰到许多来吃饭的写字楼员工，他们看他的眼神都多了一层意味深长。这是过去赵可设从来没有看到过的。他想，这就对了，如果生活中不出现这件事，他怎么会看到这种目光呢？生活真可爱！

赵可设在公司有一间简单的宿舍。说简单，是摆设简单，其实里面卫生间、厨房、小阳台一应俱全，这样的宿舍只有林笑怡、赵可设和日本工程师才有。

赵可设一觉睡到下午五点多，去到办公室，还没进门，搞卫生的刘姨从另一间房跑了出来，告诉他："你办公室的电话隔一下就响一次，怕是找你有什么急事。"

"男的还是女的？"赵可设急切地问。

"还女的,你又想林主管了啊?"刘姨道,"我一个也没有帮你接,你进去等一等吧,马上又会打进来。"

刘姨是石岗的土著,早上王凤娇来哭诉,她也表现了强烈的愤慨。一转身,她不会帮王凤娇骂赵可设。

刘姨是长辈,骂不得,赵可设皮笑肉不笑地"哼"了一声,开门走了进去。刚坐到椅子上,电话果然又响了,他敢肯定是林笑怡打来的。他拿起电话,轻柔万分"嗨"了一声,电话里传来的却是赵山贵粗暴严厉的声音:"你去哪里了,怎么一个下午都不在办公室?"

赵可设的记忆里,父亲没有用这样的语调和他说过话。四个孩子中,他一直是赵山贵引以为荣的,现在这么凶,当然是为他和林笑怡的事了。事到如今,只能兵来将挡、水来土掩了。他理直气壮道:"我的工作就只在办公室吗?我到车间去了,有什么事?"

赵可设生硬的态度,让赵山贵吃了一惊,他愣了愣,口气放缓了一些,说:"你和林小姐到底有什么事?怎么凤娇寻死觅活?这下好了,她回娘家说你要跟她离婚,她父亲暴跳如雷,说马上就过来!不管什么事,下了班你就回来,大家当面把事情解决好。"

"爸,你得跟你那个老同事说清楚,他的女儿拿刀把人家林笑怡砍伤了,犯的是什么法?人家告到法院了!"

"有这么一回事?"赵山贵大吃一惊。林笑怡和王凤娇比,王凤娇有哪一点比得上林笑怡?林笑怡漂亮不说,她的工作能力、搞事业的执着都让赵山贵敬佩,一个偌大的工厂,只一年工夫就拔地而起,赵可建办事都比不上她的干练。从心底里说,如果他有这样一个媳妇那该多好,但赵山贵更是一个传统的人,他不能忘了当年王凤娇起早贪黑、披星戴月和赵可设创业的情景,休糟糠之妻为人所不齿,赵家不能干这种缺德事!赵山贵沉默良久道,"林笑怡伤势怎样?现在在哪里?"

"很严重,缝了十多针。"赵可设故意夸大事实,博赵山贵的同情,"她伤那么重,哪里还能工作,回香港了。"

"一定要劝阻林笑怡,不要闹到法院。可设,王凤娇再错,也是因为你先对不起她!你要做好两边的工作,必要的话,我们赔一些钱给林笑怡。总之,不要闹了,再闹,我们赵家的脸就要丢尽了!"

"王凤娇要闹我有什么办法?"赵可设信口一编,"林笑怡那里我已经做

第十章

通了她的工作，她不会去法院告了。不过，王凤娇那里，爸，你要和她爸说清楚，如果真的还要闹，她没有好果子吃。"

"这一点我能做到。下班后你一定要回来，躲是没用的。"赵山贵说。

赵可设没有一下班就回家，他去喝陈二平的"压惊酒"。仍旧是新世界的茉莉花房。没有林笑怡的身影，他不禁惆怅，觉得这个世界没有一点色彩。酒苦涩，喝几杯啤酒，他就晕晕乎乎，提不起精神。少了林笑怡的朗朗笑声，陈二平他们也兴致索然，大家唏嘘感慨，最终的结论是孩子这么大了，父母离婚她该多痛苦！为了孩子这个家不要破裂，还是回去认个错，把事情"摆平"算了。

仔细想一想，林笑怡什么时候说过他离婚了就嫁给他？她口口声声"你老婆"，把王凤娇的存在看得很正常，从来没有流露过要他离婚的意思。如果他真离婚了，她会嫁给他吗？这个问题弄清楚之前，这个家还是先维持着吧。这么一想，赵可设似乎也想通了，他举杯大声说："喝，喝个痛快！"

喝到三更半夜，赵可设东摇西摆回家。他一头撞进家门，扶着门框，还没抬眼，老丈人一声怒吼："赵可设，你是不是要和王凤娇离婚！"

老丈人叉着腰，瞪着一双牛眼站在他的面前，那架势大有立即一巴掌打过来之势。他伸长脖子往里一看，更不得了，王凤娇的两个哥哥来了。她的母亲，平时最疼爱他的丈母娘也来了——她抽抽泣泣，哭得好伤心。大厅里还有赵可建、赵可家、赵可乡、肖秋铃，最可怕的是赵山贵，他坐在太师椅上，目光犀利。阵线分明，批斗大会即将上演。赵可设势单力薄，如何斗得过这帮人？但他醉后有一个优点，不吵不闹，不凶不泼，甚至憨厚可爱。比如说他平常是很少做家务，喝醉回来，居然找来拖把，把家里拖得干干净净。王凤娇想骂都骂不出口。此刻，赵可设再次发扬优良传统，他先给老丈人行礼，又给在座的每个人行礼，然后说："离婚？谁说我要跟王凤娇离婚的？"

大家都以为那声怒吼后，随之而来的是一场暴风雨，没料到赵可设矢口否定了离婚的事。

"你说的！"王凤娇弹跳起来，指着赵可设的鼻子大声吼，"上午你在办公室说的！"

"你别血口喷人，你自己想离婚，怎么赖到我头上来了？"赵可设一副受了天大委屈的样子，"如果我要离婚，我干吗不认账？"

王凤娇嗷嗷地哭了几声，还想说什么，被她父亲阻止了。对赵可设，老丈人疼爱有加。这么多年来，他对老人的孝敬有口皆碑，谁不说赵可设是个好女婿？年轻人一时糊涂，错也就错了。认个错，家还是家，他根本不会去追究。中午王凤娇回来，说赵可设逼她离婚，要去和林笑怡那个妖精结婚。这还得了？眼前的事实却与王凤娇说的有天壤之别。他想一想，不管谁说什么，都以眼前的为事实，他干咳一声，和颜悦色道："可设，你是不是要离婚？"

"没有！"赵可设再次否定。

"那你愿意离婚吗？"

老丈人追问，明摆着要把赵可设逼到死胡同，赵可设竟然斩钉截铁道："不愿意！"

"凤娇，你听见没有？可设犯了一点错，你就吵吵闹闹像什么话？还拿刀去砍人，告诉你，姓林的要告你的话，你得坐牢去。这事到此为止，你再闹，我就不管了。"老丈人对赵可设恨不起来，对他的坦诚爽快倒万分喜欢。他训斥的对象，转眼间竟变成了自己的女儿。

"爸，你不问问他，他还敢和那个姓林的来往吗？"王凤娇不甘此事就这样草草了结，嚷道。

"凤娇，这就是你的不对了，你把人家砍伤，人家都回香港了，他们还怎么来往？"看到老同事老亲家的脚跟这么快就转到中间立场上，赵山贵悬着的心放了下来，他忍不住也教训了王凤娇一句。

"就是，就是，我刚才不是说这事到此为止吗？你还说什么？老亲家，备酒备酒，今晚不回去了，一醉方休。"老丈人豁达爽快地说。

谁也没有料到，这事这样圆满解决了，赵可家甚至哈哈笑了起来。有人一笑，氛围轻松起来，大家嘻嘻哈哈，像什么事也没发生。肖秋铃赶紧叫上保姆，一起下厨弄下酒菜。有两人轻松不起来。一是王凤娇，她总觉得事情还没有完。二是赵可设，父亲一句话突然使他觉得林笑怡是不是真的回香港不回来了？想想她早上的行为，现在想来，似乎在向他告别，难道，她就这么从他身边永远离开了？

60

赵可设最不愿看到的事情发生了。

三天后的上午，赵可设上班走到写字楼门口，一阵惊喜，心都快要从喉咙里跳出来：停在楼前的那辆车是林笑怡的！赵可设冲上三楼林笑怡的办公室，却傻了眼。办公室里只有川岛、琦川和翻译几个人。见到赵可设，川岛几个人都站起来和他握手。川岛一边握手，一边说："通知全部管理层的员工，九点准时在会议室集中，琦川总裁有要事向大家宣布。"

"林笑怡呢？"赵可设狐疑道。

川岛拿出一封信，递给赵可设，说："林小姐托我给你的。"

拿着信，赵可设心慌意乱，回到二楼自己的办公室，将信打开，林笑怡秀丽的笔迹跳进了他眼里：

可设：

想你，真想再无数次吻你！

可是，还有可能吗？为了一句"今后我一定回来找你"的承诺，我回来了。却又走了。我们或许再也见不到了！但我会永远记着你，想念你，我会在遥远的地方，祈祷你平安幸福！

再见了！

笑怡
农历正月二十日

赵可设的眼帘蒙上了一层泪，林笑怡的身影不断地跳跃到他脑海里。她到石岗插队的那天，像个小可怜虫，蜷缩在拖拉机里，半天也不敢跳下来；她逃港那天，狂风暴雨中，对他喊"今后我一定回来找你"；她和马秘书他们进村来谈判，在那条肮脏的小路上择步而行……他突然觉得她是另外一个世界的人，她的美丽，宛若明月，只能远观。他和她发生的那一切，只是做了一个梦。

川岛来接替林笑怡的工作。在介绍川岛前，琦川先把林笑怡夸奖了一通，他告诉大家，总公司又要在马来西亚吉隆坡创办一家分公司，林笑怡主动要求去那里创业，这种敢吃苦的开拓型女性太少了，他万分感谢她。

琦川还说了什么，川岛接着又说了什么，赵可设一概没听清楚，他只记住了一个吉隆坡，记住了那里有一个他心爱的人。

下了班，赵可设开车径直去了新世界大酒店，他要喝酒，他有强烈的冲动，今晚非喝个大醉不可。仍旧是叫龚丽预订的茉莉花房，仍旧是龚丽微笑着将他引进了包房。

"今晚要开房吗？"龚丽在给赵可设斟茶时，轻声细语问。

"开房？开房给哪个住？"赵可设自言自语道，"不用开房了，永远不用开房了。"

"林小姐呢？等下她来吗？"龚丽不动声色地问。

赵可设抬眼看了看龚丽，说："你觉得林小姐今晚会来吗？"

龚丽浅浅一笑，摇了摇头，说："林小姐不是一般的人，她不会为情所困，她会很潇洒离开这个是非之地。"

赵可设吃惊地看龚丽，问："你今年多大了？"

"十九。"龚丽答。

"十九岁就知道这么多，不简单啊！"

龚丽又是浅浅一笑，说："我觉得深圳很复杂，我知道得还太少了，希望赵大哥今后多多关照。"

赵可设一阵迷乱，他突然觉得龚丽有些像林笑怡。

还是陈二平那伙朋友，他们对林笑怡远远离开了深圳，替赵可设痛心，也为他们少了一位女酒友惋惜。当然，与赵可设的家庭破裂对比，他们更希望林笑怡不要再出现。

"干！""干！"他们纷纷举酒，用一醉方休，与过去告别。

赵可设醉了，趴在餐桌上竟呼呼睡去。

"这样趴着很难受，我开个钟点房，让他休息一会儿，醒后再回去吧。"龚丽闻讯赶来，说。

"也好，不然他这个样子回去，又要被王凤娇臭骂一顿。龚小姐，你快去开房，我们扶他上去。"陈二平说。

龚丽开的房竟然是赵可设和林笑怡住过的2016号房。她把赵可设扶进去后，陈二平他们跟跟跄跄纷纷离去。临走时还不忘对龚丽说："叫服务员看好他，别叫他摔下床了。"

龚丽没有去叫服务员来看守赵可设，她把门反锁，拿来热毛巾，坐到床沿上，把台灯调到了最低挡，在微弱的橘黄色光晕下，她轻轻地给赵可设擦脸敷头……

赵可设迷迷糊糊，幻觉中的他和林笑怡在海边奔跑，最后拥抱着滚到沙滩上……

第十章

赵可设醒来，惊得合不拢嘴：龚丽一丝不挂躺在床上！他想了很久，实在想不起他是怎样住到宾馆，更想不起龚丽是怎样睡到他身边了。赵可设在自己的大腿上狠狠捏了一下，心里大叫几声"要不得，要不得"！

龚丽睁开眼，看到一双因饮酒过度而浑浊的眼睛在盯着她。她惊叫一声，像受惊的小鹿，向后一靠，抓起丢在一边的衣服护到了胸口上。

"我们怎么在一起的？"赵可设坐起问。

龚丽轻轻舒了一口气，羞涩道："你力气真大，我反抗不了。"

龚丽没说真话，她没有反抗。赵可设醉得迷糊，哪里知道这些细节。

赵可设望着床单上的血迹，惊诧道："你是第一次……"

龚丽幽怨道："我的第一次竟然是糊里糊涂中……"

赵可设惶恐起来，自己无意中伤害了一个天真无邪的少女，罪该万死！赵可设结结巴巴说："龚小姐，我……我昨晚确实醉了，我现在不知怎样才能求得你的原谅。"

"我没有责怪你，"龚丽说，"你昨晚把我当林小姐了，老是叫她的名字。如果你要我原谅你，只要你今后不再把我当成林小姐，我就能原谅。"

赵可设尴尬道："林小姐走了，去吉隆坡创办新公司了，我与她也许再也见不着面了。"

"我就希望她远远离开你，这下好了。"

龚丽的话引起了赵可设的警觉。他与林笑怡的事，王凤娇说她是收到一个女人打来的匿名电话。他想了很久，怎样也没想到是龚丽搞的鬼。此刻，他将龚丽与那个匿名电话联系到了一起，他逼视龚丽，问："是不是你给我老婆打电话，把我和林笑怡的事说了？"

龚丽坦然地与赵可设目光对视，轻轻点了点头。

"你为什么要这样！"赵可设一把抓住龚丽的手臂，怒吼道。

"因为我喜欢你！"龚丽平静道："我喜欢你，但林笑怡是中间的一堵墙，我不把它拆掉，怎么能和你在一起？"

赵可设很想扇龚丽一巴掌，他的手扬不起来了。

赵可设离开房间时，从钱包里拿出两千元递给龚丽，说："不知你喜欢什么，你自己去买吧。"

龚丽望着这沓钱，说："这是什么？"

"钱呀。"赵可设拉起龚丽的手,把钱拍到了她手上。

"不,是羞辱!赵先生,请你收回这些钱,不然,我不会原谅你!"

赵可设愣怔半天回不过神,心想,这样的女孩真少见。

61

晚上回家,王凤娇阴沉着脸靠在门框边不说话,赵可设冲她咧嘴干笑一下,刚想从她身边走过,她阴沉道:"站住!"

赵可设吓了一跳,问:"怎么啦?"

王凤娇咬牙切齿说:"昨晚又去哪里了?"

"值班,在厂里住了。怎么?得罪你啦?"赵可设不耐烦说道。

早上从新世界回到公司,他向陈二平打听清楚,昨晚王凤娇在陈二平家打了一通宵麻将,她是今早回到家,从保姆那儿知道昨晚赵可设一晚没回的。她夜不归宿是理所当然,而他就像犯了弥天大罪。她那副兴师问罪的样子,赵可设的气不打一处来。

"呵,你还不耐烦啊?你值班什么时候在公司住过?你骗鬼啊!"王凤娇一手叉腰,一手指着赵可设的鼻尖,"老实说,是不是林笑怡那个骚货又回来了?"

"王凤娇,你看你这副样子,让人看了作呕!告诉你吧,林笑怡到马来西亚去了,再也不来了,现在工厂的总管是川岛。够了吧,这下你该心满意足了吧。"

"马来西亚不远嘛,你可以坐飞机去看她的嘛。"王凤娇冷笑两声,"不过这样花钱太多,你可以就近找一个嘛,你们写字楼里那么多漂亮的女孩,走了林笑怡,还有张笑怡、李笑怡嘛。"

"闭上你的臭嘴!"赵可设愤怒地吼道。

"发什么火呀?心虚了?心里没鬼怕人说什么?"王凤娇得意扬扬说着,脸突然一沉,"从明天起,不准你夜不归宿,轮到你值班,告诉我,我要去查房,看不到你,嘿嘿,别怪我不客气!"

居然想掌握他的生死大权,拿他在手心上玩!堂堂七尺男儿何时受这等窝囊气!赵可设勃然大怒,凶神恶煞地扬起手,怒道:"老子一巴掌打死你。"

"反了,反了,三天前才低头认罪,三天后就造反了!"王凤娇从门背扯

第十章

来一根竹竿，劈头盖脸向赵可设打去，一边打还一边喊，"来呀，来呀，你不是要一巴掌打死我吗？你怎么不敢动手？你不敢动手就是没用的东西，就是被阉了。"

赵可设抬手护住头，手被竹子打，也痛得要命，他终于狂跳起来，一把夺过竹子，丢得远远的。

赵可设冲上楼，拿了几件换洗的衣服，怒气冲冲出门口，丢下一句："老子不回这个家了！"

"滚，滚得远远的，我再也不想见你这个狼心狗肺的东西！"王凤娇吼道。

赵可设把车开回公司，进到宿舍。这里除了一张毛巾和口盅，什么都没有。他叹了一口气，转身出门，上街转了一圈，大到提桶，小到拖鞋，买了一大堆日用品回来。洗了一个澡，把换下的衣物洗了，已是晚上九点多。这时他才觉得饥肠辘辘。出门下了楼，来到车边，赵可设刚想打开车门，又把掏出来的车钥匙放回兜里。他突然很想走走。这几年有了车，连走路的时间都少了。沿着街边走，赵可设像才发现，深圳的变化实在太大了！商品琳琅满目，到处灯红酒绿。男女之间也大胆得很，过去情侣上街，中间隔得近一点都不敢，现在，搂着腰亲嘴。他想起十多二十年前有一部叫《多瑙河之波》的电影，里面有一个水手和他妻子接吻的镜头，这个镜头一出现，电影院里就响起一片窃笑，许多人看这部电影几次，就为了看这个镜头。赵可设东想西想，想到了林笑怡，想到了龚丽。林笑怡一去不返，化作了一缕思念；龚丽呢，就在眼前，一个电话就能约到她。赵可设随即"呸"一口，心想自己也太厚颜无耻了。

找个小店吃了一大碗面，赵可设又继续在马路上溜达。这几年太忙了，难得这样心情大好地随意走走，他想，没有女人，或许男人的生活更自在一些。

赵可设一日三餐吃食堂。下午下了班就和川岛他们打篮球，出一身大汗后，到食堂再和川岛他们斗啤酒。川岛那几个日本人喜欢酒，天天晚上喝。这样舒心的日子过了七八天。那天傍晚，他们又在打篮球中日对抗赛，围观者里三层外三层。赵可设突然感觉球场边有人盯着他，他扭头，一眼就看到了龚丽。

龚丽穿雪白的连衣裙，半高跟皮凉鞋，连衣裙的领结和腰带是天蓝色的，像日本的中学生装，大方、活泼，浑身洋溢着青春的气息。赵可设兴奋起来，像打了鸡血，抢篮板跳得特别高，三分球，百步穿杨。中方得分遥遥领先，把川岛气得嗷嗷叫。一声哨响，全场结束。赵可设脱下浸了水一样的球衣，一边拧一边走到川岛面前，说晚上他有事，不能和他们喝酒了。川岛特别喜欢和赵可设喝酒，一听这话，抓住赵可设不放，说有事也喝了酒再说。赵可设向球场边扬了扬下巴。川岛循眼望去，嘴角抽了抽伸出了大拇指，说："去吧去吧，别的事不急，这事不急不行。"

赵可设把拧干了的球衣套回身上，向龚丽走去。夜幕悄悄降临，空气中流动着嘤嘤嗡嗡的响声。

"找我有事？"走到龚丽面前，赵可设问。

龚丽望了望赵可设，目光转到鞋尖上。良久，赵可设看到几滴泪吧嗒吧嗒砸到了水泥地上。

"咦，你干吗哭啦？有谁欺负你了？"赵可设慌乱起来。

"是你欺负我！"龚丽抬起头，泪汪汪看着赵可设说，"这么多天了，你干吗一个电话也没有给我？干吗不去新世界吃饭了？你是躲着我吗？"

赵可设原来担心龚丽是来要挟他的，听她把话说完，暗暗松了一口气，说："这几天确实忙，新来了一个日本主管，那小鬼子特别喜欢打球后喝啤酒，要不是你来，我们在食堂喝得正欢呢。"

"那你干吗不去喝？去呀，和他们在一起你才高兴，对吧？"龚丽嘟着嘴，气鼓鼓说。

"不不不，你说错了，"赵可设一本正经道，"虽然和他们一起喝酒很高兴，但和你在一起更高兴。等下我请你喝酒。"

62

赵可设十多天了，连家门槛都不跨一下，赵山贵很恼火，向陈二平了解了打架"真相"后，更气王凤娇。值班住在厂里，不很正常吗？吵吵闹闹什么？还把赵可设的手臂都打肿了，像什么话？不顾家固然不应该，你王凤娇就顾了吗？整天整夜打麻将，连自己的内裤都要保姆洗，说出去人家都不信。他把他的想法跟亲家说了，亲家也说应该整治整治他这个小女儿，无法无天了。客家妇女贤惠善良、吃苦耐劳是出名的。生活一好，优良传统就能丢吗？有了亲家的支持，赵山贵就不理王凤娇要他叫赵可设回来的请求，解铃还须系铃人，你们夫妻间的事你们自己解决。

第十章

王凤娇一计不成，又生一计。心想，赵可设一有空闲，最喜欢的事就是让女儿骑在他的脖子上，满世界转悠，喇叭花呀，蜻蜓呀，一样一样教她认，教她说。不管什么时候、什么心情，一见女儿，他的心都温暖起来，怜爱之情溢于言表。就让女儿去"请"赵可设回来吧。

周六，还没下班，王凤娇就支保姆早早把立蓉带去厂里，交给了赵可设。赵可设果然是欢天喜地。他早就想找个什么借口，把女儿带出来玩了。那晚，立蓉和赵可设挤那张窄窄的单人床，她的睡相霸道，平躺着呈一个"大"字，怕挤到女儿，赵可设侧身睡在床沿边，一晚小心翼翼，既怕压着女儿，又怕自己一翻身滚下床。第二天是礼拜天，赵可设带女儿去小梅沙玩，同去的还有川岛和好几个公司同事，立蓉和他们闹成一团，开心极了。傍晚他们在海边食街吃海鲜，八点多回来时，大家都精疲力竭，立蓉精神却更加抖擞，还要到赵可设的"家"去挤那张小床。第二天一大早要上班，立蓉要上学，赵可设不同意，要她回去。

"我回家可以，但你不许走。"立蓉六岁多，讲话一口的老到。

"好呀，爸爸不走。"为了骗女儿回去，赵可设违心地说。

"爸爸回家了！"立蓉兴奋地在车里乱蹦，她比比画画说，"今晚爸爸睡这里，妈妈睡这里，我呢，就睡中间吧。"

一车的人哄然大笑，赵可设笑不出声了。他心里沉甸甸，很难受，如果车上没人，他真想哭几声。

把女儿送回家时下大雨，赵可设用衣服护住女儿的头，抱着她在雨帘里跑过小院。家里只有保姆一个人，见状，连声埋怨赵可设，说他让立蓉淋着雨了。保姆接过立蓉就往卫生间走，说要马上冲个热水澡，不然就感冒了。赵可设点燃一支烟，吸了几口，刚想走，女儿从卫生间里伸出头，说："爸爸，你站着干吗，坐呀。"

"洗你的澡吧，爸爸在看雨景。"赵可设答了一句。

"我也要看。爸，你等下也带我看雨景。"

赵可设咬咬牙，还是走了。龚丽约他今晚见面，说有件很重要的事要对他说。立蓉再次从卫生间伸头出来，只看到赵可设的背影，顿时号啕大哭，女儿的哭声一声紧似一声，声声钻心。赵可设脸上布满了泪水和雨水，他一抹，狠心钻进了车里。

龚丽一个月前，曾要求赵可设想个办法，把她调来深圳，她现在的工作关系在老家的一家旅行社，如果这边有接收单位，她就能调来。赵可设当时打包票说，找找人就能搞定。他找了一个在市人事局当处长的中学同学，同学说最好他自己先找好了接收单位，他们来办调动关系，那就更快了，否则由人事局来调配，时间就长一些。长一些就长一些吧，反正能调来就行，急什么？赵可设想。

赵可设不急，龚丽却急。她的工作关系在单位只能保留两年，两年后算自动离职，不再保留公职。龚丽中学毕业，到分配单位上班不足一个月，就跟一个说话尖刻的女同事吵了一架，一气之下跑到深圳，扬言不会超过两年就调来深圳。如果龚丽把这个情况说了，或者显得急切一些，催促赵可设几次，问题很可能就已经解决。龚丽对这件事轻描淡写，她的用意是不想让赵可设觉得她是在利用他，那就聪明反被聪明误。当然，她最后的做法也确实让赵可设大吃一惊。

"我的调动，川岛已经帮我搞好。"见到冒雨匆匆赶来的赵可设，龚丽开门见山地说，"他有一个朋友在市政府任职，只两天时间，市外经局就发商调函，现在我已经拿到调令，明天就回去办调动手续。"

"川岛？是川岛帮你办的？"赵可设不相信自己的耳朵。

"是的，是他！"龚丽脸上流过一丝羞愧，她在极力保持着冷静。

赵可设想起来了，半个月前，他和川岛到新世界请海关的人吃饭，龚丽一出现，川岛的眼就发直。那天打球，川岛见过龚丽，他怦然心动，想到夏子，那位《生死恋》里美丽的姑娘。为了夏子，哦，为了看她的扮演者栗原小卷，这部电影他看了三次。龚丽太像栗原小卷了！第二天晚上，川岛就偷偷一个人找到了龚丽。

难怪那以后，川岛就不再热衷打球和喝酒了，三天两头神秘兮兮一个人往外跑；难怪龚丽对他不热情了。原来她和川岛在一起！

"川岛说他夺人所爱，是要受惩罚的，他甘愿接受你的惩罚！"龚丽说。

赵可设愤怒不起来。有什么好愤怒的？龚丽本来就不是真心爱他，利用他罢了。她不过是用色相，又一次利用了川岛。

"求求你，别用这样的目光看我。"龚丽抱住赵可设，"我真的爱你，我真的愿像林笑怡那样真心为你付出。但我没有条件，我连生活的保障都没有，求你能理解我的处境。今后我们还是很好的朋友，好吗？"

第十章

赵可设轻轻而又坚决地推开了龚丽。他将龚丽落在他肩头的一根长发拿下来，放在手心上，一吹，看它飘落到地上，说："我还没有那么博大的情怀，肯跟一个日本人共同占有一个女人。龚丽，你好自为之吧。"

回到宿舍，雨更大了，雨水扑到窗玻璃上，变一股一股的水柱互相追逐着往下淌，望着它们，赵可设脑很乱，失落、惆怅、悲伤一阵一阵袭来。他反复想这几年，他到底干了什么？三十岁了，成家立业了，但成了什么家？立了什么业？家是一锅粥，业是给日本人打工！赵可设呀赵可设，你真的是石岗的一条汉子？挂钟当当当，响了十二下，旧的一天过去了，新的一天又来了！赵可设突然从沙发里蹦跳起来，推开窗户狠狠伸了一个懒腰。他做出决定，不在重洋公司干了！明天就去找陈二平商量，几年下来，集体不是有了上千万元的公积金吗？自己办公司！

主意一定，还有什么好烦恼的？统统见鬼去吧！他要有一个全新的生活方式了！赵可设兴奋得没有一丝睡意，他决定半夜敲陈二平的门，这事得马上定下来。这时，传来一阵急促的敲门声。

"谁？"赵可设警觉地问。

"是我，快回去，立蓉病得很厉害！"门外传来肖秋铃焦急的声音。

赵可设三下两下穿好衣裤开门出来，说："我送她回去时好好的，干吗突然就病了？"

"她和你出去跑了一天，又被雨淋了，你走后她哭了半天，哪有不病的？快走快走！"

回到家，只见王凤娇和赵山贵、赵可乡围在立蓉的身边，急得团团转，立蓉烧得全身发烫、嘴唇干裂，迷迷糊糊中叫一声"爸爸"，又叫一声"妈妈"。赵可设抱起女儿，泪夺眶而出，哽咽着说："快，马上送医院。"

小孩子烧得快，退得也快。一针打下去，再吃了药，立蓉躺在急诊室的病床上观察了一会儿，医生就说可以回家了。回到家，已是凌晨三点。大家见立蓉睡得安稳，纷纷散去。房里只剩王凤娇。赵可设尴尬道："辛苦你了，有什么事叫我一声，我在大哥的房间睡。"

王凤娇眼一红，泪涌到了眼眶里。赵可设动了恻隐之心，他在她的膝盖上轻轻拍了两下，说："别难过了，立蓉的病很快会好的，你也休息吧。"

赵可设说完，起身要走，被王凤娇拉住了，她眼里露出乞求，说："别走了，就睡这里吧！"

王凤娇是真心的，是满怀愧疚和期望的。赵可设轻轻点了点头。

赵可设不愿再见到川岛，他托刘姨转告川岛，他病了，请假两天。这两天他和陈二平等几个居委会领导成员，商议成立一家公司的事宜。赵可设主张成立房地产公司，他认为深圳的发展迅速，住房需求越来越大，先走这一步肯定能赚钱。另外，可适当拿出部分公积金买点发展银行股票和宝安股票，这既是对国家建设的支持，也是赚钱的方式。赵可设的建议得到陈二平鼎力支持，他早就在想要创立一家自己的公司了。支书和主任一唱一和，还有谁会唱反调？结果当即拍板，成立房地产公司，赵可设为总经理。重洋公司的中方厂长由陈二平接任。

中午趁川岛睡午觉，赵可设带上陈二平，把他办公室和宿舍私人的东西全部搬走，然后将几串钥匙，包括小车钥匙和辞职报告往陈二平手上一放，赵可设便与重洋公司正式告别了！

第十一章

63

在赵可家的精心策划下，元龙大酒店装修方案几经修改，成了中西合璧、土洋结合的模样。一楼及环绕停车场的空地，几乎照搬云南那景民族大酒店的格式，成了云南民族风味食街。置身其中，浓郁的乡土气息和民族风情扑面而来，食街中央及室内均有舞台。好天气的晚上，民族风情演出在食街中央的露天舞台进行；下雨或风太大，则移到室内舞台演出。室内舞台的装饰华丽，音响一流，演出效果好。相比之下，露天舞台有野性的浪漫情调，一些节目食客也可参与，如跳竹竿、篝火舞等。二楼以生猛海鲜为主，三楼则是西餐厅，四楼为桑拿中心，五到十六楼为客房、会议大厅、商务办公楼等。

赵可家重金从那景、香港、广州等地请来名厨大师，只要不亏本就行。他的目的明确，以酒楼生意为掩护，从事毒品的集散活动。

元龙大酒店一开张，就以独特的环境氛围及价廉物美吸引了大批食客，一楼、二楼天天爆棚满座，三楼、四楼到深更半夜还食客不断。

赵可家深谙黑道白道之间微妙的关系，元龙大酒店开张前，他发出请帖三千份，稍有头面的人物都请到。一些利害单位，从司机到一把手，统统有请。开张营业的前三天，来的客人几乎都是被邀请来的，走时还每人赠送一袋云南那景的土特产。赵可家的热情好客、酒店菜肴的美味，使这些人后来都成了回头客。他们呼朋引伴，带来更多的食客，赵可家一点也没有吃亏。

云南风情歌舞是元龙大酒店火爆的主要原因。果实红在酒店开张前一个月，带来了十五个人，还带来三台精彩的节目。按合同，赵可家只要求一台节目。果实红觉得天天重复演同样的节目，会让人生腻，会"赶"走一批食客。

赵可家之后曾两次去云南。第一次是了解郑天养殖场的情况和歌舞团的排练进展，得知果实红他们经常排练到晚上十一点，感动得连请演员们吃了三天大餐，并许诺他们到深圳演出成功后，带他们到香港游玩和演出。香港对某些连昆明都没去过的十八九岁少男少女来说，神秘而向往，赵可家的许诺使他们的激情全部倾注在节目排练上。赵可家第二次去云南，是落实厨师和组织土特产的货源。听赵可家说明了来意，果实红略咯笑，说她叔叔是民族大酒店的首席厨师，妈妈在供销社土特产收购站工作，这两件事对他们来说易如反掌。

一高兴，赵可家决定发奖金。发奖金不能"一刀切"搞平均主义，得以贡献大小论，果实红打开红包一看，笑得灿烂，整整五千元。

酒店开业那天，在赵山贵带领下，赵家全部到齐。秦世芳带立根、立兰也从香港赶来。

晚上，一轮圆月悄悄从深圳湾海面升起。皎洁的月亮如油画般悬在夜空，如虚如幻。果实红在这台节目中有一个独舞，表现一只孔雀在溪水边嬉水的意境。赵可家看过的孔雀舞，感觉那个舞者骨瘦如柴，担心她体质太弱而昏倒。但由果实红跳这个舞，浑圆厚实，舞姿更富青春健康的气息，她精彩绝伦的独舞一跳完，掌声四起。赵山贵对穿着暴露的歌舞一直持批评态度，果实红的舞他自始至终目不斜视，全神贯注看完。

"小姑娘跳得真好。"赵山贵一边鼓掌，一边对赵可家赞道，"你的眼力不错嘛，从哪里选来的。"

"她就是果实红，歌舞团团长。"赵可家说。

"她就是你说的望春小学的果老师呀。"赵可家去云南，人还没回来，深圳的传媒就大张旗鼓宣传他在云南那景捐资二十万元建校的慈善之举。市府一个副市长，曾是赵山贵的部下，专门打电话给赵山贵，称他培养了一个好儿子，给深圳争了光。赵可家从云南回来，赵山贵专门叫王凤娇做了一桌丰盛的菜肴，给赵可家接风。搞得赵可家诚惶诚恐，看不懂很少给他好脸色看的父亲，为何对他如此厚爱。酒酣之际，赵山贵拿出了报纸。赵可家挺了挺胸，将他在望春小学的奇遇说了。奇遇的主角果实红经常挂在赵可家的嘴上，大家都听得耳熟能详了。

"叫她过来坐坐吧。"肖秋铃撺掇赵可家道。

赵可家还没有去叫，果实红自己就来了。演出前，她早看到赵可家对一老人毕恭毕敬，不用说，老人就是赵可家的父亲。她还见到了肖秋铃，这么漂亮，会是赵可家的女朋友吗？她心里有点酸，旋即在心里"呸"了一口，心想自己是赵可家的什么人？

"赵伯，您好！"果实红冲赵山贵点头微笑，亲热打招呼。

"咦？你怎么开口就赵伯，你知道他是谁呀？"赵可家惊奇道。

"是你父亲呀，我没说错吧？"果实红转向赵可乡、肖秋铃礼貌地点头，"这两位是……"

"我四弟赵可乡，弟媳肖秋铃，你叫可乡哥、秋铃姐就好了。"赵可家说，"我爸说你的舞跳得真好。"

"不好。"果实红说。

"哎，好就是好么，"赵山贵乐呵呵说，"可家经常提到你，说他到云南，多亏了你的帮助。阿果姑娘，我代表我们全家感谢你！"

果实红满脸是笑，说："赵伯，错了错了，该感谢的是我表哥！"

"你表哥是谁呀？"赵可家说过，他与果实红表兄妹相称，赵山贵明知故问。

"他呀。"果实红坐在赵可家身边，揽住他的手臂，亲昵地说。

"这样说，我多了一个外甥女喽！"赵山贵又惊又喜，心里暗叫"可家有媳妇了"，他说，"哪有外甥女不到舅父家坐坐的。阿果姑娘，有空到我们家去坐坐！"

"一定去，一定去！"

"说定了，这个礼拜天去。"赵可建拿出了老总的架子，确定了去的时间。

"我们一家都欢迎你！"赵可设不失时机插嘴道。

赵可家一家热情邀请，果实红心里热乎乎的，她说："一言为定。"

果实红起身告辞，说她兼任舞台总监，还要忙。说完飘然而去。

"什么是舞台总监？"赵山贵问赵可家。

赵可家支支吾吾说不出来。肖秋铃笑道："三哥，看来这个歌舞团你是不闻不问，全部交给果实红了。总监就是督促下一个节目的演出，检查演出节目道具的准备等，反正是些乱七八糟很费心的事。你不是说她是团长吗？团长怎么干这些琐事？"

"可家哪，阿果姑娘大老远从云南跟你来深圳，你要好好照顾她，不要让她累着了,不然她妈妈不拿你是问,我也要拿的。"赵山贵第一眼看到果实红,就觉得她是个有福相的姑娘,对比三儿子,不是她配不配赵可家,而是她愿不愿嫁给赵可家。赵可家的婚事,赵山贵过去没有挂在心上。他清楚,赵可家要结婚,结十次都可以了,他是那种在女人堆中生活的人。打赵可乡结婚后,赵山贵有些坐不住了。弟弟都结婚了,当哥的还没结婚,别人不笑话,自己脸上都觉得挂不住,看到了果实红后,他觉得他要督促赵可家了,让他抓紧时间,表现好一些,年内把这桩婚事办了。

"爸,我知道你喜欢果实红,但人家今年才二十岁,会嫁给我啊?"赵可家在说反话,谁都看得出,赵可家对果实红的疼爱。

"年纪是小了一点,但也够法定结婚年龄了。当年你母亲生你大哥时,才十八岁呢。"赵山贵有些伤感道。

大家面面相觑,笑不起来。场面一时间沉闷下来。肖秋铃打破了这尴尬的场面,说:"妈要是现在还在,那该多好。"

肖秋铃本想劝慰赵山贵,却也想到自己吃尽了苦的母亲,眼一红,眼里蓄满了泪水。

"今天只许高兴,不许说伤心的话。"赵可家吆喝一声,一边给大家夹菜,一边说,"这是云南那景有名的砂锅红焖孔雀,本来是民间菜谱,被我挖掘出来,现在成了我们酒店的招牌菜。"

赵山贵觉得这气氛是自己造成的,有些失态了,赶紧吃了一口孔雀肉,说:"好吃,好吃。不过,阿果刚跳完孔雀舞,我们就吃孔雀,有点那个吧?"

赵可家附和道:"是有点那个,好像这一口咬下去是咬果实红的肉。"

肖秋铃忍俊不禁,破涕为笑。大家也都笑了。桌上的气氛又热烈起来。

果实红有了心事。

接下来的"总监",她不果断,甚至瞎指挥,舒文跳过来,拍她一掌,说:"你的魂被谁勾走了呵?看你看你,下个节目是上《阿佤人民唱新歌》吗?"

舒文心急口快,一连串呛得果实红晕头转向。

"去去,下面你来管。"果实红把节目单往舒文怀里一塞,说,"我去陪赵总他爸。"

"哈,我说嘛,你的魂被谁勾走了嘛,保证是赵总。"舒文秘密兮兮说,"赵总看你的眼光不同,我看得出,他爱上你了。"

舒文是果实红省艺校的同学，好得形影不离。毕业后舒文留在昆明。果实红组建歌舞团，一声召唤，唤来了她，任命她任副团长。果实红知道她没谈过恋爱，却像经验很丰富的样子，忍不住推了她一把，说："你再乱说我撕了你的嘴。去去，帮我管好点。"

果实红一直把赵可家当大哥看，像个还不懂事的小妹，无忧无虑，尽干些无理取闹、撒娇撒野的小把戏。舒文帮她捅破了那层纸，她才明白，他们之间最初表哥表妹纯洁无瑕的关系已不复存在，真的假不了，假的真不了。果实红留意起来，觉得赵可家看她的目光果然有异样、有疼爱，更多的是爱恋。礼拜天，果实红在赵可家的家里，深深感受到赵家把她当成赵家一员的气氛。秦世芳拿出一条带蓝宝石坠子的金项链送给她当见面礼。礼物太贵重，收了心里不安，拒绝又怕驳秦世芳的面子。她左右为难，还是赵山贵给她解了围，说："阿果，收下吧，这礼物你该戴起来时再戴。"

果实红没想到，事情的发展会这么快。过后没几天赵可家对果实红说："过几天我要去一趟云南。你出来两个多月了吧，该回去看看了，跟我走一趟吧。"

64

郑天办事雷厉风行，赵可家的元龙大酒店还没开张，他的养殖场就兴旺了起来。他除了养蓝孔雀，还养当地一种体形特大的土鸡。蓝孔雀、大土鸡都放养，绝对不喂有激素的饲料。

如何将毒品藏进蓝孔雀和土鸡的肚里，郑天颇费了一番脑筋。他想到小时候看阉鸡，被阉的公鸡肚里开了个大口，两个卵蛋被扯了出来，用线一缝，公鸡痛得咯咯叫，趴在笼里动不了。过几天，便又满山坡乱跑。郑天到村子里找一个阉鸡老手请教一番，回来后捉来几只公鸡自己试了试，居然也很快成了老手。郑天阉公鸡，母鸡也阉。阉鸡，孔雀也阉。孔雀和鸡一样，往它们肚里塞几百克的东西后，一步一摇，死不了。

郑天的手段一天比一天高明。蛇不好养，他就先买来蛇，然后拔掉毒牙，把一包一包的海洛因塞进蛇肚里，一条五六斤的蛇，竟然能塞进去差不多一斤的东西！勐腊的四周都是热带丛林，什么蛇没有？郑天收购蛇的消息一传出去，每天都能收购到十多二十条蛇。肚里有东西的蛇给它一针麻痹药，它们都跟冬眠似的，动都懒得动一下。

到勐腊和郑天碰头，赵可家算了一下，每车货以最少论，可藏毒二十公斤左右，每公斤高纯度压缩海洛因纯利可获五万美元，二十公斤就是一百万美元，每月送一次货，一年十二次，十二次就是一千二百万美元。如果一个月拉两次货呢？每次不止二十公斤呢？天哪，干它两三年后收手，世界上有什么地方想去而去不了？赵可家额头直冒汗，他直言不讳说："只要被发现一次，命就没有了。"

"这事只有天知地知、你知我知。"郑天停顿良久，又说，"有一个人，千万别让她知道。"

"谁？"赵可家问。

"果实红！"郑天点燃一支烟，深深吸了一口，"果实红我只见过一面，给我的印象太深了，她善良、正直、纯真可爱，见到她我就想到我的女儿。我女儿现在在澳大利亚留学，大学毕业后她肯定就在那里工作定居，我是绝不允许她沾一点毒的。你很爱果实红，她也会爱你，我希望你在收手之前，绝不能暴露你贩毒的事。否则，我敢保证，她会立即离你而去。"

赵可家默默地点了点头。

回家一趟不容易，果实红要多待两天。赵可家欣然应果实红母亲的邀请，到果实红家里吃晚饭。下午果实红到宾馆接赵可家，陪他上街买了一大堆礼物。回到家一看，赵可家和果实红吓了一跳，这餐饭几乎聚集了果实红所有亲戚，男女老少摆了三桌，挤得那套小平房，差点挪不了步。

"妈，你是怎样搞的嘛，来这么多人都不跟我讲一声。"果实红心里清楚，按他们这里的规矩，未来的姑爷第一次到未来丈母娘家，才会有这样隆重的接待。果实红的母亲，把赵可家当未来女婿了。

"嘘，小声点。"果实红的母亲把果实红拉到一边，解释道，"亲戚们都知道，捐二十万元建小学教学楼的香港老板是你表哥。我说不是，是朋友。是朋友更不得了，天天吵着要见见他。这次他来云南，你爷爷知道了，就通知人来。你说我有什么办法？不过我说呀，你也是二十多岁的大姑娘了，你认识赵先生快一年了吧？如果他不是好人你还会跟他跑来跑去？妈相信你找到一个好人了。唉，你爸爸去世早，我们家穷怕了，现在他对你好，对妈也好。你知道不，我往深圳你们那家大酒店送的货，一个月净赚了差不多一千块，这之前想也不敢想。"

第十一章

"妈，人家只是把我当妹妹看，这事人家提也没有提过，你要我怎样向人家解释？"果实红脸红到了耳根。

果实红的脸一红，她母亲就知道女儿对这件事默认了。她推了女儿一把，说："还待在这里干吗？快陪客人去。"

不用果实红解释，赵可家就知道今天这阵势是冲他来的。云南与广东虽隔个广西，但都是汉族，彼此的习俗差得再多也是差不多，赵可家知道果实红的家里把他当什么人物看了。他想不到果实红不动声色就将这事和她妈说了，否则，他怎么会受到这样隆重的礼遇？赵可家打开带来的礼物，四下里发送，还打火，替年长者点烟，给年纪小的孩子剥糖纸。谦逊知礼的样子。果实红哭笑不得，她从赵可家手中夺过打火机，冲她的亲戚们喊："你们什么意思吗？人家是香港老板，市长见他都赶紧要握手的，你们心安理得，要人家给你们点烟。"

"这就是你不对了，"果实红的爷爷发话，"你知不知道未来姑爷上门的礼节？点支烟算啥子？等下还得敬我们每人一杯酒，不醉就不算数。"

"爷爷，看你说的，人家不会喝酒，您这样搞，不是要人家出洋相啊？"果实红急得就像他们在开始灌赵可家喝酒了。

"你看嘛，还没嫁过去，屁股就坐在人家那边了，你这个妹子要不得。"酒鬼二叔说。

"我打您！"果实红举拳作欲打状。

"你打你打。"二叔伸头过来说。

大家哄堂大笑，都说"打，打，打"。

果实红满脸通红，真的两拳抢到了她二叔肩上。

"好舒服，好舒服。"二叔说，"再打两拳。"

大家又是哄堂大笑。赵可家过来解围，他从果实红的手里又拿过打火机，给二叔点着烟，说："实红说话不注意，有失礼节，等下我自罚一杯酒。"

"哈，还是我这个姑爷说话叫人心里舒服，懂礼懂礼！等下我和你碰几杯。"二叔得意道。

有人先开口叫赵可家为"姑爷"了，大家便也一口一个"姑爷"叫起来。果实红难堪极了，跑不是、不跑也不是，她借给大家倒茶，掩饰心中的尴尬羞涩，还有微微的陶醉。

65

宋隆品、尤宝平是赵可家从香港带过来的。他们晚两天，也从深圳来到了那景。尤宝平五大三粗，浑身一块块腱子肉，运气后他的肚子刀砍不入。他是个活宝，整日笑眯眯，走到哪里就把欢声笑语带到哪里，艺术团的那群姑娘就爱和他学粤语，两三个月工夫，他就真的把她们教得一个一个讲起来像模像样。宋隆品像个傻子，只会埋头干活。他的体重不及尤宝平的一半，但尤宝平居然不敢和他扳手劲，可见他的功夫了得。果实红看不出他俩与赵可家有什么特殊关系，甚至没有看到他俩单独与赵可家说过话。

果实红哪里会知道，尤宝平、宋隆品是赵可家在香港时最铁的哥们儿，能光着膀子一起喝酒到深更半夜。到深圳后，赵可家要彻底改变形象，他俩当然也要跟着改。他们要以正面的形象，干运毒贩毒的勾当。

见到果实红，宋隆品咧嘴笑笑，算是打过招呼。尤宝平则大呼小叫说在深圳吃到的云南风味，不是云南的水煮的，不算数，要果实红请他吃真正的云南风味。果实红被逗得咯咯笑，说："好呀，晚上就在民族大酒店的食街吃，让你分辨一下，用那景与深圳的水煮的东西，差别在哪里？"

晚上一进民族大酒店，尤宝平就一句"丢"，说："我以为回到了我们深圳的元龙大酒店了。"

一道菜上来，果实红就问尤宝平一次："吃出差别了吗？"

尤宝平被辣得喷火，汗和眼泪一齐流："嘴巴都被辣得麻木了，哪里还分辨得了差别？"

大家都笑了起来。

饭饱酒足，果实红道声"晚安"，就回家了。尤宝平说："家哥，有什么不好意思的嘛，我们一来，你就叫果实红回去，怕我们偷看呀。"

"这几天果实红都住她家里，我一人住酒店。"赵可家说。

"骗鬼！"尤宝平说。

"骗你？有必要骗吗？"赵可家说，"自从认识了果实红，我再没有碰别的女人。我已打算和果实红结婚。"

"家哥，你都弃恶从良了，那我们怎么办？"尤宝平一副可怜兮兮的样子。

"尤仔、宋哥，你俩和我是最铁的兄弟，和你们说句实话，干我们这行的不可能干一辈子，见好就收。这一回我们是赚定了。赚吧，赚他个几辈子都吃不完后，就不干这掉脑袋的事了。虎叔与我有协定，两年换一次手，两年后有人顶替，我们就金盆洗手。这两年我们好好干，千万不要出差错。两年后，自由了，不用像惊弓之鸟，整日担惊受怕了。"

"家哥，说定两年啊，不许反悔！"宋隆品低眉顺眼说。宋隆品的家人都知道他在黑道上干，一天到晚担心他有个三长两短。

"不过，"尤宝平愤愤不平道："宋哥老婆孩子一大堆，家哥你也搞到了大美女果实红，我呢，三十了，还是打光棍，见好就收，行，不收，也行。反正一个人，无牵无挂。"

"你整天在艺术团那群小姑娘里混，勾引一个还不容易啊？"宋隆品揶揄道。

"亏你说得出口。"尤宝平说，"家哥要我注意形象，千万别让人看出我是浪荡人物，所以那帮小姑娘，我一个都不敢动，怎么个勾法？"

赵可家哈哈大笑道："找一个真心相爱的吧。你说，看上哪个了？你不敢说，叫果实红帮你说。"

尤宝平想了想，脸红到脖子，嘟囔道："舒文挺可爱。"

"疯疯癫癫那个舒文呀，你喜欢？"那群姑娘中，除了果实红，赵可家最喜欢的是舒文，和果实红的老成持重相比，她确实"疯"了一些，疯得可爱。

"我就喜欢那种性格的人，和她在一起开心。"尤宝平说。

"你配啊？癞蛤蟆想吃天鹅肉！"宋隆品讥笑道。

"我是癞蛤蟆？告诉你，退回到宋朝，我也是梁山好汉！美女爱英雄，古来有之。我和你赌，我娶到了她，那场婚宴你来出钱。"

"家哥作证，一言为定。" 宋隆品回敬道，"如果舒小姐理都不理你，你得请我十餐。"

大家又是哈哈一笑。

第二天去装货。车由郑天提供，是一辆大半新的日本五十铃大货柜车，宋隆品试开了一下，性能良好，他和尤宝平轮流开，昼夜不停，两天就能到深圳。

肚里有"货"的孔雀、土鸡、蛇，装在有记号的铁笼里，放在中央靠里的位置。饲养、安检、防疫等允许放行的证件，赵可家一概从市长那里搞到。有了尚方宝剑，谁还查你？郑天不这样认为，他说在本省好说，一旦出省，照查不误,怎么办?不怕一万就怕万一,防还是得防。这辆车设有特殊机关,在驾驶室的杂物箱里,只要用力一拉,一种特殊高强度燃料会喷出油箱,几分钟内烧毁整个车体。这是毁灭证据的唯一办法。

上完货,一切就绪,尤宝平和宋隆品一声"拜拜",扬长而去。第一次发货往深圳,来参加欢送仪式的还有市长、外经办、乡镇企业局等五六个单位的领导。仪式结束,郑天就在养殖场里宴请大家。

郑天在养殖场里建了一幢三层小洋楼。三楼是招待所,二楼是办公室,一楼是餐厅。楼顶还搭了一个凉亭,摆了一张硕大的长方形铁木茶几,品茶专用。

午宴后,果实红说澜沧江离这里不远。这一段澜沧江落差很大,碰到发洪水,江水暴跳,惊涛拍岸,值得一看。

第一批货顺利运出,赵可家紧绷的神经正要放松放松,他兴致勃勃说:"去看看。"

果实红在中学读书时,学校组织郊游,这一带她来过几次,对地形很熟。走了十多二十分钟,仿佛从地心传来的轰鸣,不绝于耳。到了江畔,轰鸣声惊天动地。赵可家叹道:"深圳刮台风,也没有这么壮观。"

果实红说,从这里下去不到三公里,便是中国和老挝、缅甸的三角地带。云贵川是鸡鸣三省,这里是鸡鸣三国。澜沧江一过国界,被他们叫成了湄公河,湄公河成了老挝和缅甸的国界线,再往下,进入柬埔寨,最后在越南南端入海。

"你知道得真多,你不说,这些地理知识我一点也不知道。"赵可家由衷称赞。

"当然啦,"果实红骄傲又遗憾地说,"我初中时学习很好,老师说我只要上高中保证能考上大学,但我太喜欢舞蹈了,就瞒着我母亲报考了省艺校。如果我上高中考大学,现在还在大学里没毕业呢。塞翁失马,焉知祸福,如果我上大学,就碰不到你了。"

注视着果实红迷人的脸,赵可家有强烈亲吻她的欲望。他犹豫:他反复告诫自己,真正的爱情,越熟越甜,千万别鲁莽行事,否则适得其反。赵可家太过谨慎。果实红不允许一见面就动手动脚,更不轻率把爱情献出去,但和赵可家认识快一年,她深深爱上了赵可家,在考虑自己的归宿是否交给赵可家。

第十一章

她曾觉得赵可家年纪大了一些，缺少激情，没有浪漫，隐隐约约有过不安。不安是从赵可家的眼里读出来的，她发现他的目光背后藏着什么，藏着什么呢？她说不出。

深秋，夕阳在山巅上一消失，夜幕降临，澜沧江灰蒙蒙，变得神秘莫测。江两岸刀削斧砍般陡峭，像两扇晃动的大门挤压巨浪，拍向岸崖。突然，一声更猛烈的浪声，带着无数的水珠向他们扑来。果实红惊叫一声，紧紧抱住了赵可家。

见惯了台风，经历了无数次枪林弹雨，赵可家怕什么？他抚着果实红的背，轻声笑了，说："怕啦？"

果实红不吭声，身子更紧地贴在赵可家的胸膛上。

似乎犹豫了片刻，赵可家终于紧紧揽住了果实红。躲在他强劲粗壮的臂弯里，果实红眩晕了，紧闭的眼里出现了蓝天和风筝、云霞和朝雾……

又一声巨浪扑崖，果实红睁眼，两扇黑黢黢的山如魔鬼般向她扑来，果实红不由得又惊叫一声，又把头埋到了赵可家的怀里。

"不怕，有我在这里，你什么都不要怕！"赵可家轻轻扳过她的脸说。

果实红终于平静下来，黑暗中，她的目光幽幽，说："我刚才突然觉得这两座山向我压下来，害怕极了。"

赵可家说："你在我身边，我就什么都不怕了。"

"看你说的，变成我保护你了？"

"不，因为你在我身边，需要我保护，所以我能害怕吗？"赵可家真诚地说。

果实红双手吊在赵可家的脖子上，动情地说："你真好！"

赵可家把果实红搂得更紧，说："你的衬衣后沾有许多草屑，还有……"

"还有什么？"果实红疑惑地追问。

"还有鲜血！"

果实红愣怔了一下，说："我把我最珍贵的东西给了你，我是你的人了，你真的爱我吗？"

"在认识你之前，不瞒你说，我交过女朋友，没有一个值得我信赖、值得一辈子去爱的人。你不同，除了你，我再也不会去找别的女人了。今天我终于得到你，这是我前世修的福，果实红，我爱你，一辈子爱你！"

两滴晶莹的泪珠，缓缓流了下来。果实红说："我们走吧，太晚了这里不安全。"

"我会武功,打起架尤宝平、宋隆品两个一起上我都不怕,所以呢,哪个歹徒敢欺负你,我三拳两脚就能打跑他们。"赵可家握拳在果实红面前晃了晃说。

"会武功不管用,这里贩毒的坏人都带有枪,枪还怕武功啊?"果实红说,"你知道金三角吧?离我们这里不远,那里的人专门种罂粟,谁吸上了就万劫不复,一辈子就完了。"

赵可家的心乱跳,夜色掩饰了他慌乱的神色。他怕失去她似的,半抱半搀扶着她,慢慢往回走。

"怎么不说话了?是不是我这么说,把你吓坏了?"果实红侧脸望赵可家,嘻嘻笑道。

"怎么会,"赵可家恢复了常态,"你见过贩毒的人吗?"

"没有,但我知道他们是十恶不赦的人。我有个同学的父母亲,双双吸毒上瘾,变卖了家里所有财产,最后还是都死了。我那同学好可怜,小小年纪成了孤儿。"果实红搂紧赵可家说,"可家哥,无论什么情况下,我和你,都绝不沾毒啊!"

赵可家若有所思,不知该点头,还是摇头。

第十二章

66

婚礼结束,贺喜的人渐渐散去。进到新房,肖秋铃将吊灯、壁灯都熄掉,床头柜上台灯,她也把灯光拧到最低挡。新房被粉色笼罩,氛围诱人。忙了一天,肖秋铃放松下来,她坐到沙发上,有种做梦的感觉。这一切来得太快,让她觉得不太真实!

赵可乡在卫生间里洗澡,洗完了就该轮到自己去洗,肖秋铃解衣扣时,脸忽然一阵发烧。赵可乡经常搂住她亲吻,那个要求他从来没提。肖秋铃觉得赵可乡尊重她。现在这样的男人实在太少了。

出了怪事。肖秋铃不在面前,赵可乡想她时,就有冲动。真正抱住她,发抖,牙齿咯嘎响。那东西别说硬起来,还往回缩。此刻,听着外面肖秋铃的脚步声,他突然冲动,坚挺起来。他匆匆洗完,围巾一裹,出去钻进了被窝里。他那猴急样,惹得肖秋铃也急起来,她脸红红地接着进去洗。望着镜子里自己丰腴的身体,肖秋铃忽然生出伤感。新婚之夜,怎么会有这种情绪?她说不上爱赵可乡,也没有讨厌。她对他,更多的是怜悯,是对赵可建的知遇报恩。她轻揉慢洗,赤裸着走了出去。

这么一具大尤物,一步一步向赵可乡走近,他却突然像受到击打,崩溃了。肖秋铃爱抚他,亲吻他,在他耳边絮絮叨叨,说些情爱的话,始终没能唤醒他的勃起。

"这几天太累了,休息一会儿,就会好的。睡吧。"肖秋铃轻轻拍着赵可乡的肩,催眠曲般反复说,"睡吧,睡吧,先睡吧。"

赵可乡迷糊中,突然睁开眼说:"你不怪我吧?"

"不怪，你好好休息，就会行的。"肖秋铃又再安抚道。

赵可乡嘴角挂一丝满足的微笑，很快进入了梦乡。两滴泪从肖秋铃的眼角滚了出来，她不敢相信这是事实。腿废了不要紧，这个废了就完了。

一个月后，肖秋铃终于鼓起勇气，走进了德寿堂药店。本来她动员赵可乡到医院检查，好对症下药，赵可乡一口回绝了，他说要他上医院，宁可要了他的命，在这个问题上他执拗得不近情理。肖秋铃想想也好，他要是去，她得陪着，陪赵可乡去医院检查这东西，还不知别人拿什么目光看她呢。把赵可乡的各种症状都说了，卖药的医师也拿不准什么药有特效，干脆让肖秋铃每样都买，看哪一种吃下去有效。

药有的有效，但效用甚微，更多的是无效。肖秋铃几乎绝望了。但她还在努力，赵可乡却失望了。一个男人对自己失望了，那是非常可怕的！

过去赵可乡上班，三天打鱼两天晒网，肖秋铃出现后，为讨她的欢心，出现少有的积极，常常提前到、晚点走。娶了肖秋铃，煮熟的鸭子跑不了了，他对上班又变得不冷不热。想来就来，想去就去。肖秋铃对此不闻不问，甚至赵可乡赖床，她把早餐端到床头给他吃，急急忙忙要去上班时，还说上一句："不舒服就多睡一会儿吧。"多睡就多睡，还怕你们少发我工资不成？大哥总经理，老婆副总经理，公司简直是他的私物，他想要双份工资，他们都得给。肖秋铃早搬到三楼，不和他一个办公室了。就算在一个办公室，还像以前那样猴急见她干啥？现在天天晚上在床上见，都见腻了。赵可乡常常为自己不知干什么而发愁，他觉得自己活着一点意思也没有。

赵可家对大哥让四弟上班，一直持反对态度。他永远忘不了妈妈临死，还抱着四弟的情景；忘不了四弟还不会说话，饿了只会哭，哭得他心烦了就狠狠拧四弟屁股，弄得他的屁股青一块紫一块。更忘不了四弟已经上了船，却被二哥赵可设拉下，还挨了一巴掌，他哇哇大哭的情景。赵可家没有看到父亲是如何打断四弟的腿，但能想象他痛得呼天抢地的情景，就想掉泪。赵可家想好了，今后他享什么福，四弟也要享什么福，四弟提出什么要求，不管合理不合理，只要他能做到，他一定能做到。看到四弟和肖秋铃恋爱，那么快乐，他也跟着快乐。结婚后，快乐从赵可乡身上消失了，他变得萎靡不振。开始，赵可家以为他们小夫妻不节制，床第之事太多。观察一段时间，觉得不对，询问赵可乡，不说，还嫌他烦。赵可家想，四弟到大哥的公司上班当然烦啦，天天分分书信看看报纸，谁不烦？要是到他的元龙大酒店，每天听歌看演出，桑拿按摩，打桌球上健身房。肚子饿了，想吃什么，酒店应有尽有。赵可家把他的意思和赵可乡一说，赵可乡咧嘴笑了，三哥那里，早已向往。

赵可乡说："去你那里，要和爸说一说。"

"那当然。"赵可家说，"由我和他说好了。"

赵可家回家，对赵山贵把他的意思说了。

"到你那里做什么？"赵山贵想，那地方女人成堆，赵可乡能不能管住自己？

"看场子。"赵可家随口就答。

"看场子？什么叫看场子？"赵山贵疑惑道。

糟了，说错话了，赵可家暗暗叫苦。看场子是道上的一句黑话，意思是当人家的保护人，收人家的保护费。赵可家拍拍脑袋说："就是维护秩序，保护人民生命财产安全。"

"这好啊！"赵山贵欣然答应。

67

"货"源源不断从云南运到元龙大酒店。按照当初的决定，"货"到酒店后，以这里为集散地，要"货"的人自己上门。后来虎叔有了新的主张，他已经打通关节，找到了将"货"从香港输往海外的途径，也就是说，这些"货"输送到香港，由虎叔来分散。这样，每斤至少能多赚三万元港币。张晓文亲自到深圳，把这个新决定面告赵可家。

赵可家和张晓文冥思苦想，怎样也想不出一个好办法。

踱步走到窗边，赵可家放眼望去，后海湾烟波浩渺，船帆点点。十多年前，他就是从这里偷渡香港。此时，晴空万里，海的那边，"张屋围"若隐若现。

每次在窗前看后海湾，赵可家几乎都能想起他一次又一次潜入水里救人的情景。这一次突然给了他启发，用潜水，也就是"蛙人"潜水的办法，带"货"过去。这么一想，赵可家就兴奋地挥了挥拳，说："有了！"

仔细听了赵可家的主意，张晓文也兴奋起来，说："值得试一试。"

两天后张晓文将蛙人所需的氧气瓶、氧气罩、脚蹼等备齐送来。赵可家决定自己带头试一试。凌晨三点，风高月黑，赵可家在张晓文等人的掩护下，避过边防武警的巡逻，从后海口携五公斤海洛因潜入水中。潜到一半，一庞然大物尾随赵可家数百米，是否鲨鱼，赵可家不得而知，一个多小时后他在香港南沙甫附近上岸。

虎叔率一伙兄弟早在此恭候。

一上岸，赵可家就累瘫在地上。他嘴唇乌紫，半天说不出话。

虎叔心疼，也大喜，他挑选了五名身强力壮、潜水能力好、胆大超人的兄弟组成了蛙人队，运送"货"。屡屡得手。成百上千公斤的毒品畅通无阻地运到了虎叔帮总部。

一次，一个蛙人不知何因，在海里死亡，第二天浮出水面，被香港海上巡逻队发现。一检查尸体，竟然带有五公斤高纯度的压缩海洛因。这一事件引起深港两地公安边警的震动，他们不动声色，耐心潜伏，等鳖入瓮。这次行动中少了一人回来，自然引起虎叔的高度警觉，他派出兄弟装成渔民在海上搜索，毫无结果。这兄弟携五公斤海洛因逃跑的可能性不存在，他的父母妻儿住在元朗，他会为这五公斤海洛因全家都不管了？虎叔派人监控那兄弟的家长达半个月，那兄弟始终没露面。虎叔断定，那位兄弟被赵可家也遇到过的庞然大物吃掉了。过了一个月，虎叔和赵可家都认为没事了之后，蛙人继续行动。事情败露在接应兄弟的身上，他们在海岸边打电筒引导蛙人上岸，潜伏了一个多月的水上警察兴奋得互相击掌，以示这一个多月来，没有白等。五个蛙人，接应的几个兄弟，一网打尽。损失之大，虎叔心尖滴血。赵可家更是沮丧，因为这个"馊主意"是他想出来的。

如何继续运"货"过香港，赵可家正发愁，章成举找他来了。章成举是某大公司总经理。章总不喜欢钱，他不像有的人，钱越多越贪，坐着这山望那山高，他的哲学是够用就行，所谓生不带来死不带去。他和赵可家打交道时，一眼就看出赵可家是够"意思"的那种人。有了好印象，他帮赵可家盖公章从不收红包。赵可家感慨万分，说他这样的人在深圳找不出几个。他们成了忘年交——赵可家三十出头，章成举五十出头，年龄相差了二十岁。

和章总来往几次后，赵可家摸清了底细，章总不喜欢钱，喜欢女人。他一本正经，似乎刀枪不入，实则在赵可家这样的"知心朋友"面前，他原形毕露。赵可家和他成了莫逆之交后，多次带他到香港，住到元朗的元龙大酒店，然后数十个"坐台"小姐任他选。虎叔有一次还亲自出马，重金叫来了一个当年落选港姐，任由章总和她风流了三天三夜。

这次章成举找赵可家还是为了女人。章总经常到赵可家这里吃饭,最近三天两头来。一来,就要坐在离舞台最近的地方。看演出是醉翁之意不在酒,他是被舒文迷住了。迷住了谁,谁就跑不了,非搞到手不可,这是章成举的本事。舒文让他吃不香、睡不好,没办法,只能找赵可家帮忙了。

酒过三巡,赵可家戏谑道:"章总,是不是看上艺术团哪个小姑娘了?"

章总拿酒杯的手在空中停了下来,他盯着赵可家说:"知我者,可家老弟也。"

章总揽过赵可家的肩膀,说:"那个叫舒文的小姑娘是个狐狸精,这段时间我的魂被她勾走了,你说怎么办?"

"你怎么不早说,那还不是一句话的事吗!"赵可家脱口道。

一年来,尤宝平一直在苦苦追求舒文,舒文和他有说有笑,一天到晚吃他买给她的水果零食,可既不说爱你,也不说不爱你,尤宝平无可奈何,欲罢不能。尤宝平这一关好过,舒文这一关能通过?更何况还有果实红这一关!果实红与舒文姐妹相称,叫舒文去陪一个大她三十岁的老头睡觉,她会同意?

赵可家说得斩钉截铁,神色却犹豫不决。章总觉得事情不那么好办,他拍拍赵可家的肩说:"说说,只是说说,不行就不要为难。"

"不,"赵可家握紧章总的手,"这事我包下来了,最多三天,我保证你如愿。"

一个大胆冒险的主意突然形成。真要感谢章总啊,如果他不出现,怎么会想到如此惊人的办法呢?

68

从云南回来,果实红和赵可家住到了一起。同一房间的舒文笑嘻嘻,称果实红为"老板娘",心里却酸溜溜的,心想,至此,她和果实红不是一路人,云泥之别了。

果实红成了一人之下、万人之上,人人都想讨好巴结。舒文是个例外。舒文不比果实红差,她的个头比果实红还高出几公分,云南省舞蹈比赛,她获第二名,果实红连决赛都进不了。至于相貌就不好说,萝卜白菜各有所爱。她相信,她的回头率绝不会比果实红少。现在,她除了这几点还能和果实红比外,还有什么能和她比?工资舒文更不服,出纳暗中透露,果实红的工资基本上和赵可家的一样多了。赵可家的月工资她早有耳闻，是每月三万元，基本上一样，那不是也近三万元？舒文明白，果实红一旦嫁给赵可家，不要说是每月三万元了，这家大酒楼都成她的了。舒文仍旧和果实红手挽手上街，仍旧一个水果两个人分吃。她的变化在心里，她暗暗发誓，她也要找机会，找个拿钱比果实红还多的机会。

女孩子有了心思，她掩饰得再好，眼神还是瞒不住。果实红早就从舒文的眼里看到了她内心的变化。果实红无话可说。她相信，舒文一定也有机会。她清楚，舒文一点不比她差。

机会终于来了。那晚果实红刚钻进被窝，就被赵可家搂住了。半天没动静，果实红抬脸看了看他，见他目光闪烁不定、欲言又止的样子，踢了他一下说："有什么话，快说呀。"

赵可家清了清喉，说："还记得我说让你们到香港演出的事吗？"

"怎么不记得，我倒是怕你忘了呢！"果实红眼睫毛扑扇了几下，"大家都问我好几次了，我总说快了快了。这下好了，你总算记起来了。"

"但也有问题，如果你们一走，这里怎么办？每天大半的客人是冲你们的演出来的，少了演出他们就不感兴趣了，那酒店的生意还怎么做？我打算让你立即回云南，再招一批演员，加紧排练后，留在这里演出，现在这批老演员到香港的元龙大酒店演出一段时间，然后再交换。一个月时间你能安排好这事吗？"

"怎么不行？只有提前，没有拖后！"果实红毫不含糊。

"香港那边演出的安排，我准备让舒文去办，如果通行证办得快的话，后天她就去了。你有什么意见没有？"赵可家把话转到了正题上。

"舒文？舒文一个人去香港？"果实红说，"我想以她的能力，是会把准备工作做好。但她一人去安全吗？"

"这你放心。香港元龙大酒店是我的根据地，我带去的人，他们尊重，会保护好的。"

果实红点了点头，又说："我有个要求，就是能不能提高舒文的工资，如果你为难，可以减我的、提她的。"

赵可家笑了起来，他捏了捏果实红的鼻子说："你俩呀，真的像亲姐妹，我这个当姐夫的哪有不管小姨子的。从这个月起，她的工资和你的一样，满意了吧？"

第十二章

"真的？"果实红欣喜地吻了一下赵可家的耳根，"我太高兴了。"

赵可家心急，他下床穿衣，说："你好好睡，我告诉舒文后就回来。"

"这么急干吗，明天说不行吗？"果实红说。

"你们昼伏夜出，明早她睡到十二点还不起床，我怎么好叫醒她？"赵可家说着，开门走了出去。

艺术团演出到十点，周六周日加演一场，则到十二点。演出完吃夜宵，再洗洗漱漱吵吵闹闹一阵后，已是凌晨两三点。第二天一般会睡到吃午饭前。这个规矩是果实红定的，她当然清楚。

赵可家暗自吃惊，舒文平时惊惊咋咋，对如此突然的重大决定，反而波澜不惊："后天就走？"

"是的，后天就走。"

舒文从旅行箱里找出了一只纸袋，递给赵可家说："里面有我最近照的半身照，办证件用。"

赵可家接过纸袋，说："你到香港后，就是香港元龙大酒店艺术团的团长了，董事会已决定把你的工资提到每月两万五千元。"

舒文不免吃惊，脸上却不露声色。她自己都觉得奇怪，但她对这事，觉得像意料中的一样。

第二天一到上班时间，赵可家就驱车直奔章成举的办公室。

一见赵可家，章成举就霍地从大班椅上弹跳了起来。赵可家兴奋的表情告诉他，一切顺利。

"事情比我想象的要好办。"赵可家坐到沙发上，"不过，还有些技术性的问题要处理。"

"你别和我拐弯抹角，有什么问题只管说。"章成举按捺住兴奋，急切道。

"舒文和果实红亲如姐妹，我不能让果实红看出舒文是我推到你怀抱里的。必须将她俩分开。艺术团成立之初，我就打算将艺术团引到元朗，在元龙大酒店成立一个分团，分团团长由舒小组担任，她已经答应担任这个职务……"

"停，停，停。"章成举一掌拍到台上，"别说了，我都明白。你马上找舒文拿照片，通行证明早就能办好。"

赵可家从口袋里拿出舒文的照片，放到章成举的办公台上，笑道："舒文的照片在这里，拿去吧。"

章成举又一巴掌拍到台上，说："办个通行证当然更好，没有通行证一样过得了。我们下午就走。"

"那条路我清楚。"赵可家说，"但通行证还是办了好。"

赵可家说的那条路，是公务专用通道。章成举的那辆"皇冠"在这条路上一个月跑几个来回，早和海关人员混熟。过年过节，章成举都会拜访，人家见了他的车，挥挥手就让过。舒文过关，易如反掌。赵可家想，万一碰到个新上任的官，非要查车，车上有个没通行证的女子，那就见鬼了。

心急吃不了热豆腐，赵可家的心思章成举清楚。他坐回大班椅上，搓着双手说："明天下午两点半，我到你的酒店去，不见不散。"

69

不出所料，章成举驾车走专用车道过香港时，香港的一个边检员趴到车窗边，和章成举嘻嘻哈哈了几句，对舒文主动递过来的通行证扫了一眼，接都没有接，打了一个响指，便放行了。

赵可家长舒了一口气，他随身带的皮箱里，有二十公斤的海洛因，一笔大财富，也足够他掉几次脑袋。

章成举做梦也没想到，他成了赵可家的"帮凶"。一过关，他轻松地吹起了口哨。今后他在香港金屋藏娇，来往于深港两地，还不知要当多少次"帮凶"。

舒文凭她涉足社会几年的经验，觉得到了香港，她的工资马上升到每月两万五，事出必有因。她想，马上有故事要发生了。故事的主人除了她，还有谁？赵可家？不可能，他那么爱果实红，还打她的主意，岂不禽兽不如！舒文的目光移到了吹着口哨、轻松驾车的章成举身上。这个人她早熟悉了，不对，应该说，是他的目光，她早熟悉了。在一双双盯着她看的眼睛中，她早已发现了这双眼。有的目光望一眼也觉得讨厌。这双眼睛却没有让她反感。上车赵可家互相介绍时，章成举和她握了握手。他的手柔软温厚，她妩媚地笑了笑。她知道，这妩媚的一笑很可能让一些人为之神魂颠倒。章成举宽厚一笑，似乎并不为之所动。舒文心里闪过一阵莫名的失落。赵可家对章成举恭敬谦卑，可想他权势了得。若有故事，一定与章总有关！舒文心理上有了准备，接下来的事瓜熟蒂落、水到渠成。

第十二章

轿车在宽阔平坦的沥青路上跑了三十多分钟，在元朗的元龙大酒店门前停了下来。陈二婶接到赵可家的电话，早早就在酒店大门恭候。对章成举，陈二婶点头笑笑，算是打过招呼，然后一把揽住舒文的肩，喜滋滋说："你就是舒文小姐吧？漂亮，真是漂亮哦！前两天可家电话里说，你带艺术团到我们这里演出，真是给我们酒店添光了。"

舒文被陈二婶夸得有些别扭，她轻轻推开陈二婶，说："这位大姐，我该怎样称呼你？"

"就叫她陈二婶。"提着沉甸甸一只皮箱的赵可家说，"陈二婶是这里的总管，元老级人物了。舒小姐，以后有什么事，找她解决就是。"

"陈二婶，今后请你多多关照了。"舒文乖巧地说。

"哎哟哟，你是哪里学来的客套话呀，跟二婶我还要讲什么客气？以后呀，谁敢欺负你，你找我就是。"陈二婶目光流露着怜爱，她真想又把她搂到怀里，说几句贴心话！赵可家电话里已明确告诉她，舒文是章总的情人。年龄相差三十多岁的情人？造孽啊！

舒文住赵可家在香港的套房，房间被陈二婶叫人打扫得一尘不染。茶几上的花瓶，插一束含苞欲放的红玫瑰，很温馨。

"以后这里就是你的家。"陈二婶对舒文说罢，扫了一眼随后跟进来的章成举，似乎还想说什么，欲言又止。

"嗬，连沙发都换成新的了。"章成举拍了拍沙发的扶手，赶紧接话说，"以前这房子被赵可家弄得乱七八糟，像狗窝一样，现在这么整洁，是谁这么看得起我们啊？"

章成举把"我们"两个字故意加了重音。

陈二婶嘿嘿一笑，正要开口，被赵可家使眼色制止了。

直到此刻，赵可家还没有跟舒文挑明要她来香港的另一个目的。他担心在深圳就说，舒文不来香港了怎么办？果实红一旦知道了真相，恐怕要塌天！到了香港，她人生地不熟，想跑都不敢跑。他仔细观察了舒文，觉得舒文不从的可能微乎其微。倒是章成举，认为已经和舒文挑明了，那猴急模样，恨不得他和陈二婶马上离开，把空间留给他俩。不把事情说清楚，舒文一旦反抗，激怒了章成举，他的如意算盘就鸡飞蛋打了。

赵可家看了看手表，说道："现在还不到五点，离吃晚饭还早。我看章总有些疲倦，这样吧，大家都先洗个澡，休息休息，六点才下餐厅吃晚饭。章总，你看这样安排行不行。"

"客随主便,听你的,听你的。"章成举恨不得赵可家和陈二婶马上走,忙不迭说道。

舒文站在宽大的落地窗前眺望大海,似乎没有在意赵可家他们说些什么。其实,她竖起耳朵,捕捉他们的每一句对话。不过三言两语,什么意思,她心知肚明。既然早已有了心理准备,那么就勇敢地面对吧。赵可家退到门口,用眼神暗示她出来。她脚步轻松,一脸坦然。

在电梯口,赵可家踌躇了一会儿,低声说:"舒文小姐,有件事我得跟你说。嗯,是这样的,章总看了你的演出后……"

"赵总,不要说了,"舒文脱口而出,"不就要我和他上床吗?"

赵可家惊得半天回不过神,他不敢相信自己的耳朵,感叹道:"舒小姐,你是世界上最伟大的女人,我感谢你!当然,章总更会感谢你!"

"不,应该是我感谢你,因为是你,给了我这样的机会。"舒文盯着赵可家,一字一句说。

是真心话还是反话?赵可家一时摸不着头脑。管他真心话还是反话,只要她跟章成举在一起了,就是好事。

"不敢当,不敢当。这事到此为止,谁都不要再说,更不要让别人知道。"赵可家轻轻拍了拍舒文的肩,"进去吧,晚上我一定和你好好干几杯!"

70

黑道上的人相当部分吸毒。虎叔帮也不例外,上到虎叔,下到一般兄弟,都吸上了瘾。赵可家是个例外。他例外,他的几个铁杆兄弟也例外,如尤宝平、宋隆品,几乎每天与毒打交道,却不沾一下。

"活宝"尤宝平突然变得沉默寡言,郁郁寡欢,宋隆品问了几次,都问不出个所以然来。有次在那景,他提了个木菠萝上车,车开动时,他又赌气似的把木菠萝丢下了车,嘟囔道:"拿回去也没人吃了。"

宋隆品恍然大悟,问:"是不是舒小姐去香港了,见不着,得了相思病?"

"去你的,"尤宝平恶狠狠地说,"以后不准再提那个小婊子!"

宋隆品顺着尤宝平的话:"对对,不准再提那个小婊子。"

宋隆品以为他溜须溜对了,想不到又挨了尤宝平一句怒吼:"不准说她是婊子！再说我骂人了。"

宋隆品被骂，火也差点冒了起来，他咽了几口唾液，息事宁人道："好好，还是叫舒小姐，叫姑奶奶也行！"

尤宝平忍不住，皮笑肉不笑了一下。

上个月，尤宝平和宋隆品从云南回来，尤宝平一跳下车，提着舒文最爱吃的木菠萝到处找舒文。赵可家告诉他，舒文到香港总部任艺术团团长去了。尤宝平当即要求回香港总部工作，被赵可家断然拒绝！

"家哥，你不是说，舒文一定是我的吗？"尤宝平脸红脖子粗道。

"总有一天，她是你的。"赵可家说。

"真的？"

"真的！"

有一次，尤宝平思念心切，忍不住给香港总部挂电话，找舒文。接电话的正好是陈二婶。她早听说尤宝平追舒文追到快成了"花痴"，好言好语劝慰了他几句，说他钱多的是，还怕找不到一个比舒文更好的？尤宝平不依，非要舒文来听电话不可，陈二婶被缠烦了，便把舒文和章成举正在度蜜月的事告诉了他。说这事是虎叔亲自安排的，非同小可，叫他别乱来，误了帮里的事是小事，伤了身家性命才是大事。陈二婶轻声细语说，可他却闻到了冷飕飕的杀气。为了一个女人丢命，他当然不干，可窝囊气，一时半刻如何消得了？在愤怒和痛苦中，尤宝平吸毒了！

有一次从云南回来，尤宝平开车时哈欠连天，口水鼻涕一齐流。宋隆品说他来开车，让他睡一会儿。尤宝平说好。在路边停下车，他连滚带爬去草丛里，说大解，但半天不出来，宋隆品等得不耐烦，叫几声没人应便去找，发现尤宝平躺在草地上吞云吐雾，惬意得像活神仙。宋隆品一看就明白了怎么回事，他扑上去夺过剩下的小半支烟，丢在地上踩得稀巴烂，几巴掌扇到了尤宝平的脸上，怒吼道："说，有多长时间了！"

吸了毒，尤宝平心情特别好，挨了打依旧嘻嘻哈哈："不长不长，才两个月。"

完了，吸毒两个月，基本上病入膏肓、万劫不复了！宋隆品痛心疾首："你为什么要吸毒？"

"为什么？你问家哥去！"尤宝平站起来，大声吼道，"他骗我，说舒文去当什么艺术团团长，其实她是去干什么？是去陪章成举那个老东西睡觉。"

"有这回事吗？"宋隆品惊愕道，"家哥待我们亲如兄弟，他不会骗我们。据我所知，舒小姐带领的艺术团在元朗引起轰动，酒店的生意比我们这里还红火呢。"

"这我知道，但章成举每个礼拜都去会舒文，这也是事实！"尤宝平一声长叹，"这又怪得了谁？走走，上路吧。"

吸了毒，尤宝平精神亢奋，他抢着开车，把车开得四平八稳，还吹起了口哨，一副无忧无虑的样子。宋隆品却平静不下来，他决定一回去，就找赵可家兴师问罪。

面对宋隆品的质问，赵可家轻描淡写道："帮里吸毒的少吗？只是我不吸，你们几个跟着不吸罢了。我跟你说句心里话，干我们这行的，脑袋挂在裤腰上，说掉就掉。有的事不必那么认真，该怎样玩就怎样玩，该怎样乐就怎样乐。宝平吸毒上瘾，我也很难过，但现在带他去戒毒所有用吗？你去叫宝平来，我要和他聊聊。"

能说他说的是屁话吗？句句都推心置腹。家哥就是家哥，谁能说得过他？宋隆品想了又想，话头一转，又咬住了舒文的事："家哥，你知道宝平为什么吸毒吗？是因为失去了舒小姐！你说过要撮合他们，可你欺骗了他！"

赵可家哑然失笑。上次去云南，闲聊时他说过这话。时间一长，他早忘了，甚至他将舒文献出去，讨好章成举时，他也没把尤宝平当一回事，不就一个女人吗？另外找一个不就行了？

见赵可家不说话，宋隆品又说："章成举算什么东西，不就帮盖几个公章吗？给他几个钱不就是了？"

"闭嘴！"赵可家吼了一句，阴着脸道，"你告诉宝平，不要说一个老婆，就是几个老婆，我都能帮他找到。至于章总，你不能再说他的一句不是，否则帮里的帮规，你是知道的！"

71

这晚尤宝平在夜总会吃过西餐，正把掺有毒粉的香烟点上，赵可乡蹭了过来，坐到了他身边。

"嗨，忘了带烟，抽你的一支吧。"赵可乡伸手从台上拿过尤宝平的那包烟,弹出一支,叼到嘴上,一打火就要点燃。

"这烟不是你抽的。"尤宝平眼疾手快,夺回那支烟。

赵可乡到三哥的酒店上班,朋友交了好几个,尤宝平是其中一个。两人称兄道弟,不分彼此。现在一支烟都舍不得给他抽?赵可乡起了疑心,他拿起那包烟,端详了一会儿,放到鼻下闻了又闻,说:"这是什么牌子的烟,我怎么没见过?抽一支可以吧?"

"你敢抽这种烟,你那漂亮的老婆就敢跟你离婚!"尤宝平抽了几口,七窍通畅,筋络松弛,他眯眼调侃道,"你说,你是愿没了老婆,还是愿抽这种烟?"

赵可乡明白了,尤宝平是在吸毒!赵可乡没有听说谁在吸毒,更没有见过毒品。可现在,毒和吸毒的人都在他眼前。他曾想象吸毒的人是多么可怕,他们青面獠牙、双目无神、精神萎靡。可尤宝平,满面红光,体魄魁梧,他言行举止,待人处事,哪有他想象的可怕?这么想着他又弹了一支烟出来,叼到了嘴上。

"不准你吸!"尤宝平又一次夺过烟,沉下脸说,"和你明说了吧,这烟含有大量的海洛因,只吸一次,就会上瘾。我不能害了你!"

"你不是说,我愿抽这烟,还是愿没有老婆吗?我也和你明说了,我愿没老婆!"赵可乡已经被"海洛因"这几个字诱惑得不行,还管什么老婆?他心里清楚得很,在别人眼里,肖秋铃是他老婆,可在他眼里,她不过是个摆设的花架子。他自卑空虚,早让他觉得这个世界,被别的星球撞毁算了。他早听说过,吸毒能让人忘掉一切烦恼,苦于不知从哪里弄来那东西。现在,他还能放过?

见硬的不能阻止赵可乡,尤宝平来软的:"可乡我的好老弟,你知道你吸毒的后果吗?你三哥会杀了我的!你看在我现在连老婆都还没有,尤家的香火还没人续的份上,饶我一命吧!"

赵可乡扑哧笑了:"你不要吓我,我自己要吸的,关你什么事?"

尤宝平想,赵可乡的话也有道理,他硬要抽,关他什么事?想当初,他是怎样抽上的?还不是他赵可家逼的!现在轮到他老弟也抽,看他怎么办吧。尤宝平说:"到时你三哥追究下来,你千万别提我。"

"看你说的,我不过抽一支好玩,你以为我会上瘾呀?我就不相信我会上瘾,你就放心吧。"赵可乡说着将烟又叼到嘴上,打火点燃了。

赵可乡居然伸手向肖秋铃要钱。一要就是五六百块，这是从来没有过的事情。她知道他有"小金库"，是结婚前父兄给的，总共有十来万。这些年来，他的工资如数交给肖秋铃，要零花钱就花"小金库"的。他一再向肖秋铃要钱后，她忍不住问道："你的小金库呢？不是有十多万吗？"

赵可乡一边往口袋里装钱，一边答："赌光了。"

肖秋铃惊愕道："你真的赌光了十多万？"

"那还有假？"赵可乡满不在乎，急匆匆就向外走，丢下一句，"输了就博回来呗，你看吧，这五百晚上就会变五千。"

晚上睡觉，肖秋铃问："五千呢，你不是说博回五千吗？"

赵可乡嘻嘻一笑，说："手气不好，五百又没有了。"

肖秋铃叹了一口气，上床强迫自己睡觉。不知过了多久，她发觉赵可乡躁动不安，哈欠一个接一个。过了一会儿，他轻轻推了推肖秋铃："喂，睡着了吗？"

肚里有气，肖秋铃闭眼不答，装一副睡熟了的样子，她要看看赵可乡搞什么名堂。

赵可乡蹑手蹑脚下床，到衣服口袋里窸窸窣窣摸了一下，进到卫生间里。肖秋铃听到了打火机声，卫生间里闪过一束光亮，飘出了几缕烟。他吸烟鬼鬼祟祟干吗？肖秋铃心猛一沉，难道他吸毒？她翻身下床，轻手轻脚走到卫生间门边探头一看，惊呆了：赵可乡蹲在地上，贪婪地大口大口吸烟。

"你在吸毒！"肖秋铃惊叫起来。

赵可乡吓得一抖，烟掉到了地上。他急忙捡起，吸了一口，才说："躲来躲去，还是给你发现了。别那么吓人嘛，不就是吸粉吗？听说跳摇滚舞、唱摇滚歌的人几乎都吸，有的国家总统也吸。这玩意儿让人飘飘欲仙的感觉，你根本想象不到！来，你也试一试。"

肖秋铃气得浑身发抖。她忍了又忍，还是忍不住，一巴掌打掉了赵可乡递过来的烟。赵可乡也不恼，他的烟瘾还没过，当务之急是再吸几口，他趴到地上到处乱摸，一时找不到那支烟，急得大叫："快开灯，快开灯！"

肖秋铃打开灯，看到那支烟在他身后，捡起来，就要往抽水马桶里丢，她的双腿被赵可乡紧紧抱住，他哀求道："别丢别丢，求求你了，我现在不再吸几口，宁愿死掉！"

第十二章

趁肖秋铃愣神，赵可乡一把从她手上夺过了烟，又大口大口吸起来。

吸毒是个无底洞，作为妻子，在丈夫吸毒后该怎样做？肖秋铃一时间有些不知所措，泪大滴大滴滚下来。

烟瘾一过，赵可乡精神抖擞，见肖秋铃在哭，心生愧疚，又想，不就吸毒吗？不就多花一些钱吗？三个哥哥有大把的钱，就算他吸一辈子，花的钱也不过九牛一毛，有什么好哭的？这么一想，愧疚烟消云散，还冒出了一股冲动。他上前搂住肖秋铃，一边把她往床上推去，一边说："我知道错了，以后一定戒掉。"

一段时间来，肖秋铃发觉赵可乡时常非常兴奋，常常搂住她上下乱吻乱摸。虽然最终还是进不去，也让她享受到了愉悦。现在她才明白，赵可乡之所以如此，不过是吸毒后的作用。

此刻，赵可乡又嬉皮笑脸地趴了上来。

"滚开！"肖秋铃暴怒了，她吼一声，推开赵可乡，跳下床，穿上了衣服。

这一吼一推，赵可乡的亢奋倏然而退，他吃惊地望着肖秋铃。结婚快一年了，她对他渐渐冷淡，早没有爱情可言，可也没有对他大声吼过，更没有这么粗暴地推过他！尤宝平算是说对了，吸毒与老婆，就是鱼与熊掌，两者不可兼得。看她这架势，"离婚"两个字，马上就要从她嘴里蹦出来。连老婆都离他而去，他残存的自尊也会消失，这个世界对他还有什么意义？赵可乡坐起来，惶惑道："我心里苦，才吸毒的。我不知道吸毒花费这么大，如果我知道，我不会吸的。"

"你心里苦，也不能吸毒啊！"肖秋铃说，"这事我要告诉爸爸和哥哥们，我们帮你戒掉毒瘾。"

"千万别告诉他们！"赵可乡爬起来，跪在地上抱住肖秋铃的大腿，哀求道，"爸那么大年纪了，他知道了，会气死啊！"

管不住老公，不光是赵家，整个石岗人都会指责她。赵山贵要是被气死了，她一辈子都会负疚！肖秋铃叹了一口气，把他拉了起来，说："我可以不去说，但你能戒掉吗？"

"我对天发誓，我再吸就遭电闪雷劈。"赵可乡信誓旦旦。

"发誓有什么用，要看行动。"肖秋铃从赵可乡挂在门背上的衣服口袋里掏出一包烟，倒出剩下的揉碎了丢进马桶里，一边开水冲，一边说，"从今天起,你不能再沾一点毒!"

赵可乡头点得像捣蒜泥。

赵可乡能戒吗?如果戒不了,她就是罪人!肖秋铃心里矛盾极了。

72

肖秋铃担心的事,还是发生了。

那天临下班,赵可建给肖秋铃打了个内线电话,叫她到他办公室。放下电话,肖秋铃匆匆到了赵可建的总经理室。

"可乡经常赌博,你要管一管。"赵可建开门见山地说。

"什么?你说什么?"肖秋铃急得叫了起来,"你怎么知道他赌博的?"

"你不要急,坐下坐下,先听我说。"赵可建给肖秋铃倒了一杯茶,"一个月前,他问我要了五万元,说赌博输了,别人追赌债追赶得急。我给了,并按他的反复交代,没有和你说。今天早上,他又来问我要五万元,说又赌输了……"

"天哪!"赵可建话还没说完,就被肖秋铃的大叫声打断了,"大哥,你千万不能给了,可乡不是赌博,是吸毒!"

"你说什么?"赵可建霍地站了起来,瞪大眼说,"吸毒?你怎么知道他吸毒的?"

肖秋铃不再隐瞒,竹筒倒豆般把她所知道的都说了,最后说:"大哥,这事我要负主要责任,我轻信了他的话,这段时间见他没在家里吸过,真的以为他戒了。我对不起可乡,对不起你们!"

"现在不是认错的时候,认错也没有用了。"赵可建气得七窍生烟,语气也重了,"吸毒不仅仅是花费大这个问题,更可怕的,是吸毒者身心都受到严重损害,这些人好吃懒做、谎话连篇,他们最终就是走向堕落或死亡!你替他隐瞒,就是害了他啊!"

"大哥,你们怎样惩罚我都行,"肖秋铃含泪道,"现在,快想办法救救可乡吧。"

"唯一的办法是进戒毒所。走,我们马上找可家去。"赵可建夹上公文包,一边出门,一边说,"可乡吸毒是不是与可家有关?如果是,看我怎么收拾这个家伙!"

第十二章

肖秋铃心里一个咯噔，她想到了赵可乡说的"很苦"，肯定与自己"无能"有关。若如此，她的责任就更大了。她很想和赵可建说这事，又羞于启齿。

过去，来到元龙大酒店，肖秋铃有宾至如归的感觉，此刻，却是陌生，甚至恐怖。这里是个黑窝，藏污纳垢！她很想把这种感觉向赵可建说，看到他神情凝重、忧心忡忡的模样，到嘴边的话又咽了回去。

一位咨客小姐，很快请来了赵可家。远远见到大哥和肖秋铃，赵可家满脸堆笑，迎上来说："今晚我再忙，也陪你们喝几杯。"

"跟你说一件严重的事情。"赵可建说，"四弟吸毒上瘾，你知道吗？"

"怎么可能！"赵可家矢口否认，旋即又想，赵可乡一有空就和尤宝平泡在一起，难保尤宝平不教坏他，赵可家口气不再那么肯定，"四弟要是吸毒，我能不知道？"

"三哥，你怎么还蒙在鼓里？可乡吸毒都吸掉二十几万元了！"肖秋铃把她的亲眼所见，又对赵可家叙述了一次。

赵可家眼睛越睁越大："这……这，我怎么一点都不知道？大哥，你看，这……这怎么办好？"

"送他到戒毒所！"赵可建果断道。

"你们跟我来，我知道四弟现在在哪里。"

在四楼出了电梯口，赵可家一行碰到尤宝平。饭饱酒足，又吸了一次毒，尤宝平精神焕发，他哼着小调，正要去夜总会找女人。赵可家想，如果在元龙大酒店，只有一个人知道赵可乡吸毒的话，这个人就是尤宝平。赵可家喝一声："姓尤的，你干了什么好事！"上前一步一把抓住了尤宝平的衣襟。

尤宝平一时蒙了，脑子转了几转，轰一下炸开了，敢情是赵可乡吸毒的事露馅了。不过，赵可乡亲口说过，他吸毒与他没有任何关系。赵可乡不是阳一套、阴一套的人。这么一想，尤宝平胆子就壮了起来，他推开赵可家的手，说："家哥，什么事呀，别把我吓着了。"

"你还嘴硬！"赵可家不由分说，一巴掌就扇到了尤宝平的脸上，目露凶光道，"你吸多少我不管，你为什么让我四弟吸？说，为什么让他吸？"

尤宝平打了个寒战，他知道，这时候赵可家杀人都敢。他蔫了下来，捂着火辣辣的脸，低声分辩："我没有让他吸，我怎样劝都劝不住，是他自己硬要吸的，不信你去问他。"

赵可乡死缠烂打向尤宝平要"烟"抽，尤宝平还要担惊受怕，替他保密。事情肯定就是这样。赵可家口气软了下来："宝平，我相信你说的，但这事无论如何你不能瞒着我。现在我四弟在哪里，马上带我们去找他。"

尤宝平的耳朵还嗡嗡响，心里却说打得好。现在赵可乡的毒瘾比他更厉害，指不定哪天就毒死了，让他家里人快去救他吧！尤宝平带着赵可家一行人，直扑赵可乡吸毒的小房间。

毒瘾发作太厉害，赵可乡急得连门都忘了反锁。肖秋铃推开门，一行人进去，站在他面前了，他还照抽不误。肖秋铃哽咽道："赵可乡，你为什么要骗我，你的发誓顶什么用，啊？"

"我难受，难受！"赵可乡歇斯底里叫了起来，"死亡离我不远了！你们杀了我吧，不杀就让我吸吧，让我吸吧！"

赵可建和赵可家心如刀绞，他们一齐上前扶起他，让他坐到床上。

赵可建说："四弟，事情到了这一步，只有到戒毒所去，彻底戒掉毒瘾，重新做人。可家，今晚我们连夜送可乡去广州，一分钟也不能耽搁了。"

"这事要和爸说吗？"赵可家问。

赵可建犹豫了一下，说："还是说吧。"

73

这天晚饭时间，几兄弟没一个回来，连肖秋铃也没有回来。她以前偶尔不回，事先会打个电话回来说一声。反常，太反常了！赵山贵叫王凤娇打电话找人，一个也没有找到。他有种不祥的预感，老觉得有什么事要发生。他胡乱扒了几口饭，上到楼顶凉亭的太师椅上坐定，给烟嘴塞上烟丝，点燃，吧嗒吧嗒地吸起来。

赵山贵抽着烟，胡思乱想。他心里忽然一怔，肖秋铃近一段时间来情绪失常。结婚前，她是个快活的姑娘，咯咯的笑声时常荡漾在这栋小洋楼里。结了婚，笑声渐渐消失了，她脸色憔悴，眼露忧郁。他们婚后生活不愉快？对，肯定是。一年多了，肖秋铃还没有一点怀孕的迹象，问题在谁身上。赵山贵叹了一口气，若是出在赵可乡呢？说来愧疚，为了四儿子的婚事，他不择手段了。无论从哪个方面比较，赵可乡都配不上肖秋铃，赵家给她的，除了物质上的满足，精神和生理上都要打问号。事情到了这一步，离婚是不可能的，客家人恪守嫁鸡随鸡、嫁狗随狗的传统，离婚在赵山贵看来是件可耻的事。

夜色深沉，笋岗路车辆川流不息。赵山贵的目光久久地盯着岔路口，他盼望肖秋铃驾驶的那辆白色轿车快些出现。只要肖秋铃在家里，他就觉得这个家，多了一份温馨。她温柔、勤快，对他照顾无微不至，一下班回来，就先给他捶背揉肩、倒茶端水。而他对肖秋铃的怜爱，都让王凤娇吃醋了。有一次别人慰问赵山贵，送了一筐早熟的荔枝，王凤娇嘴馋，支立蓉来讨要，结果赵山贵只给了两颗，还指定只准立蓉吃，他的理由是等"婶婶下班了，一起吃"，气得王凤娇嘀嘀咕咕向保姆发了一顿牢骚。

今晚秋铃去哪里了呢？怎么一个电话也没有？赵山贵总在想这个问题，想着想着坐在太师椅上睡着了。

"爸，您怎么在这里睡觉？会着凉的。"

不知睡了多久，赵山贵被王凤娇叫醒。

"秋铃回来了吗？"赵山贵揉揉眼，开口就问。

"回来了，回来了。"王凤娇嘴一撇，"大家都在大堂等您呢！"

"等我干什么？这么晚了，叫他们都睡觉去。"

"有大事！"

"什么大事？"

"等下您就知道了。"

看王凤娇的神色，这大事，不是什么好事！赵山贵一边下楼，一边祈祷，千万别出什么事。

下到大堂，赵山贵一眼看见赵可乡老老实实坐在一张矮凳上。他的心略微轻松了一些。坐到椅子上了，他见大家沉默不语，干咳一声，说：

"谁来说，家里发生了什么大事？"

大家面面相觑，最后目光一齐投向了赵可建。他是长子，他不说谁说？

"爸，这事本来不想让您知道，但知道瞒不住，还是向您说吧。四弟吸毒了，我们决定今晚连夜带他上广州戒毒所。"赵可建字斟句酌说。

赵山贵猜测了好几种可能发生的事，最大不过是赵可乡又打架被派出所扣住了。不承想是吸毒！中国百年耻辱是怎样起头的？就是吸毒惹的祸呀！现在他儿子居然吸毒！赵山贵眼前一阵昏花，向前一头栽去。

肖秋铃眼疾手快扶住了赵山贵，大家手忙脚乱地把他扶到沙发上躺下，又拿来湿毛巾给他冷敷。过了一会儿，赵山贵醒过来，眼珠转了转，一个翻身就坐了起来，他盯着赵可乡问："吸毒有多长时间了？"

"四个月。"赵可乡答得干脆。刚才看到父亲气昏过去，他心里一阵慌乱，又觉得不免有些做作。不就吸毒吗？戒掉不就行了？

赵山贵不说话，站了起来，进到他的房里，拿出了一条手腕粗、两尺来长的木棒，咬着牙，站到了赵可乡面前。

一见这木棒，赵可乡惊叫道："大哥，爸就是拿这条木棒，打断了我的腿！"

木棒由水桶粗的老青冈树树心最硬的部分削成。本为做门闩之用，顺便也做随手操起的"武器"，对付入室盗贼。年代一久，如传家宝般一直传到了赵山贵这辈。自从赵山贵用它打断了赵可乡的腿，木棒就被藏在赵山贵的衣箱里。多少次夜深人静，赵山贵拿它出来，抚摸着，任由老泪纵横。

这条闪着深褐色光泽的木棒，赵可乡认出了它，赵可建、赵可设、赵可家也都认出了它，他们一齐拦到赵山贵与赵可乡之间，他们不能让父亲再一次用它砸到四弟的腿上。

"爸，你要干什么？四弟的腿断了一条，难道你还要他再断一条吗？"赵可家恼怒地叫了起来。

"今天……今天……今天这条木棒不是用来打可乡的，是打我自己的！"赵山贵说着，高高地扬起木棒，向自己的小腿打去……

刹那间，肖秋铃高叫一声"爸"，扑到赵山贵腿上。赵山贵收手不及，木棒结结实实打到了肖秋铃的背上，肖秋铃疼得大叫一声，倒在了地上。

"秋铃——"赵可乡扑过去，抱起肖秋铃，在王凤娇帮助下，摆到了沙发上。肖秋铃的背上红肿，所幸没有伤到筋骨。

王凤娇拿来药水，要给肖秋铃擦伤，被她推开。她拉着赵山贵的手，哽咽道：

"爸，您不能再打可乡，更不能打您自己。我知道，这么多年来，您心里很苦，特别是对可乡，您总觉得您的债永远也还不清。不，您错了，您不能再折磨自己了！如果您觉得只有也打断了自己的腿，才能还清债，您就打我吧，我早就知道可乡吸毒，却替他隐瞒，要错也是我的错。您惩罚我吧……"

肖秋铃越说越悲伤，说不清的委屈更是不打一处来，她索性放声大哭起来。

赵山贵失手打了肖秋铃,一时蒙了,手上的木棒被赵可建夺去了,也没有感觉。望着肖秋铃,他忽然想到了文爱竹,要是妻子还在,会有这么多事情发生吗?赵山贵越想越难过,悲从中来,泪如泉涌,也呜呜哭起来……

王凤娇不知触动了哪根神经,干脆呼天抢地,号啕大哭。

赵家一时间,哭成了一团。

赵可乡的心在颤抖。他突然觉得,不是父亲欠了他一条腿的债,而是他折磨了父亲十多年!他有什么理由有"优越感"?有什么理由要家里人如众星拱月般对待他?有什么理由对父亲不屑一顾?赵可乡啊赵可乡,这十多年来,你造孽啊!想到这里,赵可乡扑通一声,跪在赵山贵面前,涕泪齐下道:"爸,我一定把毒戒了!回来后好好重新做人,您放心吧!"

第十三章

74

林子枫突然从香港到深圳拜访赵可建，把赵可建吓了一跳。他紧紧握住林子枫的手，半天不愿放下，说："批评，自我批评！唉，事情太多了，差不多两个月没有回香港了，和你，更是一两年没见面了吧，惭愧，惭愧！"

"这次我专门来找你，是有一件让你难堪的事要告诉你。"寒暄了一阵，林子枫转入了正题，他从公文包里拿出一张报纸，递给赵可建，"你先看看这张小报。"

赵可建打开报纸，一眼就看到两张秦世芳的照片，一张是她穿着比基尼和一个裸着上身的男子在浅海里嬉戏；一张是她和这个男子在沙滩的遮阳伞下窃窃私语，男子的手竟按在她的胸口上，深深的乳沟，肥硕不堪的手。赵可建的脸由红变青，又由青变红。他深吸一口气，吐出，轻轻放下报纸。

赵可建问："这男人是谁？"

"周少雄。"

"听说过。"赵可建喝了一口茶，"洪达公司总裁周洪昌的大公子，是吧？"

两年前，秦世芳投资房地产时，第一个和她打交道的就是周少雄。据说他转让给她的那块地，足足让她赚了五千万元。当时赵可建心里就犯嘀咕，觉得这事蹊跷。而且，他能从秦世芳的异常行为中，看出一些蛛丝马迹。比如他极少回去，她没意见。她来深圳，往往只住一晚，就匆匆回去。可是，这事能完全责怪妻子吗？这几年来，他对她的关爱几乎为零。至于性爱，到底是他不需要了，还是她冷淡了？

第十三章

当天下午，赵可建就和林子枫一起回了香港。

一路上，赵可建不停地问自己，妻子红杏出墙，是她误入陷阱，抑或她本来就水性杨花？进到家，环视这个熟悉此刻却似乎陌生的家，凝视挂在墙上，他与妻子亲昵搂在一起的婚纱照，往事历历在目。赵可建却把责任揽到了自己身上，他躺到沙发上，反思了这几年与秦世芳感情方面的经历，自己只顾生意场上的事，与妻子的交流太少。这样想着，赵可建打消了愤怒和找周少雄算账的冲动。

过了一会，赵可建从沙发上起来，亲自下厨，做了几个秦世芳喜欢吃的菜。

男主人突然回来，李嫂满心欢喜，她说："你呀，你呀，动不动两三个月都不回家一次，深圳到这里有多远？现在有好多香港人在深圳买房，早上回来上班，晚上回去，人家还是坐火车挤大巴，哪像你，有私家车。弄得世芳经常一人坐在小花园里，孤零零一坐就是一两个小时，我看着都心疼。"

李嫂在赵可建家已经干了二十多年，几乎成了他们家的一员，她数落得没完没了，弄得他哭笑不得，便试探道："我们家常有客人来吗？"

"没有。现在谁还有串门的习惯？有事都煲电话粥啦。"李嫂说罢，突然警觉，"你这是什么意思？是不是怀疑世芳带野男人回来？我告诉你，世芳心里只有你一个人，她经常和我说她小时候和你的事情。说有一次你带她去海边玩，回来时你背她，走了几里地，你累得喘不过气，她也不肯下来。后来你摔了一跤，膝盖都磕破了。她说她一想到这事，心里就难过得直想掉泪。有天我看她在花园里，坐着发呆，就问她是不是想你了。我一问，她的泪就流了出来，她说现在你在的话那该多好！你看看，她心里是不是只有你一个人？亏你怀疑她！"

赵可建的眼圈红了起来。

李嫂怎么会知道秦世芳在外面和周少雄的风流韵事？周少雄是情场老手，和秦世芳一段时间后，玩腻了，目标转到了另一个女人身上。秦世芳发现后，决意退出这场游戏。两个月后，周少雄又找她，死纠烂缠，说是最后一次幽会。秦世芳轻信了周少雄的花言巧语，跟他到清沙湾，被周少雄事先安排好的"狗仔队"偷拍了。第二天成了八卦杂志的头条。周少雄这样做，无非是炫耀自己有多少个女人。开始秦世芳还不知道这是周少雄设的圈套，只是垂泪怪自己不慎。不久后她收到一个匿名电话，让她知道了事情的真相。她气得发昏，曾想上诉法院，苦于没有证据。那段时间她神情恍惚，差点崩溃。她多希望这时赵可建在她身边，可她又如何向他坦白这件事？他能原谅她吗？多少个不眠之夜，秦世芳日渐憔悴了。

这天下班，第六感强烈地告诉秦世芳，这晚一定要回家。离家还老远，秦世芳的心就狂跳不已，家门口停着的那辆车她太熟悉了。惊喜之余，是惊慌和胆怯。她将车开进了小花园里。

"可建，你终于回来了。"下了车，秦世芳硬着头皮，故作惊喜地喊。

没有回应。秦世芳的腿软了。她知道一场暴风雨在等她了。一进到屋里，老鸡汤的浓郁香味扑鼻而来，她到餐厅里一看，餐桌上几道菜都是她平时爱吃的。她进到厨房，目光和赵可建的目光碰撞到了一起。赵可建围着围裙，衣袖高绾，一手拿酒瓶，一手举酒杯，笑吟吟望着她。目光亲切温柔，秦世芳悬着的心放了下来，她手提包一甩，迎上来，紧紧抱住赵可建。

"哎，哎，哎，别把杯子碰掉了。"拿碗筷跟在赵可建后面的李嫂乐滋滋叫，"要亲热晚上亲热，现在吃饭。"

李嫂知趣，匆匆吃了一碗饭，推说吃饱，到花园里收拾花草去了。

"世芳，上一次我们两个人单独在一起吃饭，是什么时候？"赵可建说。

秦世芳想了又想，竟想不出。这一两年来，她单独和周少雄在一起吃了多少次饭呢，数也数不清！愧疚涌了上来，她眼一红，哽咽道："对不起，想不起来了。"

"哎，看你，说说好玩，记不得就算了，哭什么呀？"赵可建把脚伸过去和秦世芳滑溜溜的脚缠到一起，"大前年七月十八日，我送你去新加坡出差，碰到下大雨，飞机延时，我们到机场酒店，选了一个靠窗的座位，一边看雨景，一边吃饭。记得了吧？"

秦世芳的泪水滴答进了酒杯里。她又觉得自己失态了，强装出笑脸，举杯和赵可建碰了一下，一口干了，然后说："对不起，那么美好的时刻，我竟忘了。"

秦世芳目光泛着自责、惶惑，甚至是乞怜。赵可建相信妻子在外面经历了一场惊涛骇浪后，厌倦了外面的颠簸，寻找家的港湾了。他心生怜爱，给妻子斟满酒，说："是我对不起你。这几年，我对你的关心太少了，连单独两人一起吃饭，都是两年前的事了，我要反省，深刻反省！"

秦世芳一下就听出了赵可建的话外音，知道他已经知道自己和周少雄的事。她小心翼翼，低眉顺眼道："可建，你还爱我吗？"

"傻瓜，你怎么问这样的话呢？一想到小时候你缠着我讲故事的情景，我就想你永远长不大多好。"

"你的意思，是爱我的小时候，现在这个样子，不爱了是吧？"

"不不，现在的你，我更爱。"赵可建急忙争辩。

秦世芳开心地笑了。

那晚，洗浴出来，秦世芳只穿一件粉红的真丝睡袍，羞涩地向赵可建走来。

一番云雨后，秦世芳说："这次回来住几天？"

"下个礼拜一走。"

"今天礼拜三，"秦世芳掰手指头一算，兴奋地说，"哟，你要住五天才走呀！"

"后天礼拜五，我们接立根、立兰回来，好好陪他们玩两天。唉，我们只顾工作，欠他俩太多了。"赵可建愧疚道，"我在深圳，你在香港，又都这么忙，真的是愧对他们了。"

"呼——"秦世芳吐了一口气，"上个礼拜天他们回来，一进家就到处找人。我说找谁？他们说找爸爸呀。我当时呀，揪心疼！"

"肖秋铃很能干，还能说一口流利的英语，再过一段时间她业务上更熟悉一些后，深圳公司由她全权管理，我就不长驻深圳了。"赵可建说。

"那你又要去哪里？"秦世芳疑虑道。

"回香港，到你身边，到孩子们身边。"赵可建刮了刮秦世芳的鼻子，"不欢迎啊？"

秦世芳把身子向赵可建的怀里更紧地挪了挪，听他怦怦的心跳，这响声她疏远已久甚至变得陌生。现在她终于明白，这里才是她的栖息地，是她驾船疲惫后，返回来的港湾。她用指尖轻轻划着赵可建的胸膛，说："可建，有一件事，我要向你坦白……"

赵可建把秦世芳扳正，捂住她的嘴，说："过去的事就让它过去，你我都把它忘掉，不准再提起。记住，不准再提起！"

75

赵山贵打来电话，破坏了周末赵可建一家人到凤凰山度假村住一晚的计划。赵山贵告诉赵可建，说在广州戒毒所的赵可乡一连几天哭喊着要见大哥，问他有什么事，他又不说，只能请他这个礼拜去看一看他。

"去，我们都一起去。"秦世芳说："立根、立兰好久没见到四叔了，正好去看看。也让他们见识一下吸毒的可怕，从小教育他们远离毒品。"

这是赵可建巴不得的。

广州的这家戒毒所在市郊，珠江岸边，周围是农田和香蕉林，远远看去，像一处别墅。高高的围墙上插着碎玻璃，玻璃上还装置了铁丝网。围墙的四个角落都设有高高的哨所，每个哨所里都有荷枪实弹的武警战士。这里是戒毒所，还是临时看守所。

戒毒所防范严密，但百密终有一疏，一些吸毒与贩毒兼顾的戒毒人要尽各种手段，将毒品送进戒毒所里来，自己偷偷吸，还卖给戒毒意志不坚定者去吸。赵可乡就属意志不坚定者。他吹嘘自己有花不完的钱，骗人家赊账给他吸了几次。肖秋铃来探望他，他说要钱，立即引起肖秋铃的警惕，不停追问要钱做什么，他支支吾吾说不出，理所当然遭到了拒绝。这边拿不到钱，那边又被毒瘾折磨得寻死觅活，只能不停赊账，结果他为了能吸到一两口毒，人家拉屎了要他帮擦屁股，他都愿干。至于挨打挨骂，更是家常便饭。

赵可乡本来就瘦，现在只剩皮包骨。他目光呆滞，眼角挂眼屎，嘴角流涎水，十足一个智力障碍叫花子的样子。赵可乡一见赵可建就号啕大哭，赵可建和秦世芳劝了许久都劝不住。秦世芳叫来立根和立兰，让他们去劝劝四叔别哭了。兄妹俩本就被戒毒所里阴森森的气氛吓坏了，见了赵可乡的样子，更是退避三舍。经不住妈妈的劝说，胆怯地上前拉了拉赵可乡的衣角，一齐说："四叔，别哭了。"

赵可乡抽抽泣泣看了他俩一眼，说："看到四叔这副样子了吧？都是吸毒害的，你们以后千万别沾毒的边。"说罢，赵可乡把赵可建拉到一边，拉起衣袖裤脚，让赵可建看，赵可乡的手脚青一块紫一块，烟头烫的、牙齿咬的，反正什么伤痕都有。

"是谁打的？"赵可建心绞痛，愤怒道。

"找谁也没有用。"赵可乡把他的遭遇和所见所闻全盘告诉了赵可建，最后拿出一张字条，"我已经欠人家的毒资六万多块，这上面写有地址，你把钱送去，大哥，你千万别告密，否则人家会要了我的命。"

赵可建接过那张字条，恨不得将它撕粉碎。那伙人哪个不是亡命之徒！他在心里叹了一口气，默默地将那张字条放到了口袋里，说："这一点我能做到，但从今天起你一定要戒毒！"

"大哥，你饶了我吧！"赵可乡跪到了赵可建的面前，目光哀怜道，"我多少次下了决心，可是，毒瘾一上来，我只能咬自己掐自己，只能叫别人用烟头烫我。大哥，我知道你最疼我，你不能看着我受折磨而不管！"

赵可建把赵可乡拉起来，心里一阵悲哀，吸毒上瘾了的人，连起码的自尊都没有了："你受折磨大哥心里当然难受，但我总不能偷偷拿毒来给你吸吧？"

"大哥，你说对了，我就是想求你每次来看我时，偷偷带点毒给我。在所有亲人中，只有你才会这样做，因为你心肠最善，最爱我。大哥，求求你了！"

赵可乡说着，又想跪，腿刚弯曲，被赵可建一把抓住衣襟，一巴掌掴到了他脸上。

"你把我当成什么人了？难道我会迁就你吸毒？"赵可建甩开赵可乡，怒火冲天道，"四弟，你还想不想活？还有没有一点做人的尊严？还有没有一点为你的亲人着想的感情？你知道吗，秋铃为你吸毒哭过多少次？更不用说爸悲伤到了什么程度！你那天给爸下跪，说得那么坚决，难道都是屁话？大哥好说，对，我是好说，但再好说，也不会拿毒来给你吸！告诉你，如果你这一次戒不了毒，别怪大哥无情！"

赵可建的一巴掌，把赵可乡打蒙了，也打醒了。听了赵可建的话，他流着眼泪说："大哥，你放心，我听你的话，一定把毒戒掉！"

赵可乡说这话时底气不足，赵可建一听就听出来了，他想了想，说："这家戒毒所的领导我有一个朋友很熟，我会通过朋友找到他，让他想尽办法帮助你戒毒。你先进去，我马上跑这件事。"

赵可建的朋友找到戒毒所所长，所长召集戒毒专家，坐到一起，商讨了半天，最后决定安排赵可乡住单人宿舍，并派两个专业护士看管他。这样做，花费增加了数十倍。赵可建表示，只要赵可乡能戒毒，除了必须缴纳的费用，他再捐十万元给所里。

忙完这些，开车返回深圳，已是晚上快十二点。立根、立兰累坏了，上车不久就在车后座呼呼睡去。秦世芳看事情处理得还算顺利，心情轻松下来，说："小时候我再顽皮，你都没有打过我，我更没有见你打过人。今天你打可乡那副模样，吓死我了。"

赵可建半天没有回话。秦世芳侧头一看，只见两行泪水在丈夫脸上滚滚而下。她伸出手，在他背上拍了拍。

76

时间过得飞快，转眼间又一年过去，春节来到了。

这年春节，强冷空气南下，凛冽的西北风夹裹着针一样的细雨，一连七八天深圳都没见放晴。天冷，又是春节，人们懒得出门，深圳这座移民城，几乎成了一座孤零零的空城。

除夕晚除了在戒毒所的赵可乡，赵家人都聚齐了。初三过后，先是赵可家要回香港总部述职，把果实红也一起带走了；接着赵可设带着妻女回娘家。再隔一天，赵可建、秦世芳也带着立根、立兰回了香港的家；再接着是赵山贵给保姆放假到十五元宵后才回来。到初六，赵家只剩下了赵山贵和肖秋铃，一下冷清得怕人。怕赵山贵孤独，那晚肖秋铃把所有的剩菜全部倒了，宰鸡剖鱼，又蒸又炸，弄了一桌色香味齐全的端上来，一边看电视，一边陪赵山贵不紧不慢喝酒吃菜。

他们喝的是客家糯米酿酒，又香又甜。几杯喝下去，后劲就上来了，肖秋铃为了让赵山贵高兴，多喝了两杯，弄得满脸通红，话也多了起来。这一老一少，东一句西一句聊得挺开心。

聊着聊着，赵山贵突然想到了他早想问一问的问题，他说："秋铃哪，我总觉得你和可乡结婚后话语少了，笑声更少了，这是怎么回事呢？"

"没有呀。"在赵山贵询问的目光下，肖秋铃低眉垂眼，"哦，可能是工作太忙了。大哥说了，要我尽快熟悉业务，以后公司所有的事都由我来主管。工作一忙，就觉得累，就比不得过去无忧无虑了。"

赵山贵听得出她的言不由衷，她心一定还隐藏着什么。这么一想，赵山贵又说："你今年二十七岁了吧，你婆婆在你这个岁数的时候，可建已经九岁了。你们结婚这么久了，干吗还不要一个孩子呢？我老了，黄土都埋到脖子上了，可乡是我最疼的小儿子，在我有生之年能见到你们的孩子，我就满足了。"

这话触动了肖秋铃最伤心的神经，她落落寡合，低声细语道："这事二嫂也问过我几次，我也觉得该要一个孩子了，可还是觉得先把公司业务熟悉后再说，所以就一拖再拖了。爸，您不要着急，明年我一定给您生个大胖孙子。"

望着肖秋铃勉强的笑脸，赵山贵突然感到一阵剧烈的心绞痛。这种剧痛已不是第一次，1958年"大炼钢铁"有过第一次后，逐年增多，现在是一有不顺

第十三章

心的事，就痛。他放下筷子，揉着胸口站起来说："好，好好，我明年就等着抱孙子了。"

"爸，您不舒服？"看到赵山贵脸色突然发青，肖秋铃急忙站起来，过去扶住他，"是不是心痛的老毛病又犯了，我扶您去床上休息。"

"不，不，可能是多喝了一点，头有些晕。"赵山贵摆摆手，不用肖秋铃搀扶，一边向房间走去，一边说，"你也早点睡吧。"

收拾好碗筷，看看挂钟，还不到十点。肖秋铃一点睡意也没有，蜷缩在沙发里看电视。春节期间，电视节目丰富多彩，肖秋铃换了几个台，都觉得枯燥无味，她干脆把遥控器丢到一边，任节目是什么就是什么。静静地坐了一会儿，她忽然有些想赵可乡，虽然他们毫无感情可言，可他终究是她丈夫呀。春节前她去看了他，送去好多吃穿的。现在他白白胖胖，脸色红润，医生说他的毒瘾已经戒掉，再需一两个月时间巩固，就可以出来了。当时她满心高兴，过后一想，他出来又怎样呢？毒瘾戒掉了，"无能"也能治好吗？一想到丈夫的"无能"，她就羞愧难当。此刻她觉得自己好孤单，有一个人跟她说说话也好呀。这时，肖秋铃听到赵山贵的房间传出嘀嘀咕咕的说话声，她以为是赵山贵叫她，应一声，赶紧快步走过去。

赵山贵不是在叫她，而是在说梦话。他一会儿叫"爱竹"，一会儿嘿嘿笑，说："有啦有啦，秋铃有喜啦！"平静一会儿后，他又断断续续说："爱竹，我……我对不起可乡，可……可我更对不起秋铃。你知……知道吗？秋铃是个多好的孩子，可……可她嫁给可乡没有幸福，我……我猜……猜想，可乡可能是个废人，秋铃要……要面对一个废人，这……这对她不公平啊。"赵山贵说"不公平"时，竟挥了挥手，抬起了身子，又重重躺了下去，一会儿后，他又说："爱竹，你现在在的话多好呀，你可以安慰秋铃，可以把这个问题问个一清二楚，唉，我是男的，秋铃不愿和我说……说呀。水，水……水，我……要喝水，爱竹，水，我要喝水。"

肖秋铃快步端来一杯温开水，俯下身，轻轻推了推赵山贵，耳语道："爸，我拿水来了。"

赵山贵紧闭的眼微微翕动了一几下，睁开了一条缝。此刻，他仍在梦幻中，他愣愣地看了肖秋铃一会儿，忽然叫了一声"爱竹"，伸出手拉住了肖秋铃。肖秋铃吓了一跳，赶紧把杯子放到床头柜上，坐到了床沿上。

"爸，我不是'爱竹'，是秋铃。"肖秋铃把赵山贵拉着她的手轻轻拿下来，放进被子里，"您在说梦话呢。"

赵山贵似乎从遥远的梦境返了回来，他把双眼睁得老大，眼神却是一片迷茫，他盯着肖秋铃看了一阵，忽然满脸的幸福，说："爱竹，你终于回来了，你离我而去多少年了？你知道我想你吗？"说着，赵山贵竟伸出双手，紧紧抱住了肖秋铃。

肖秋铃吓得心里一阵乱跳。她想，爸也真可怜，从1961年失去妻子到现在，当了三十年的鳏夫，心里就只装着一个"爱竹"。爸年轻时不知多英俊，不知受多少女性的青睐。赵可设说，那时有个漂亮的公社女干部都到他家里帮他们几兄弟洗衣服、弄饭菜了。赵山贵心里却只有一个"爱竹"，对那位女干部不为所动。肖秋铃忽然涌出一股怜爱，她想赵山贵要是年轻二十岁，哪怕是四五十岁的人了，她也愿嫁给他。这样一想，肖秋铃冒出一股热浪，不管不顾地解开衣扣，把赵山贵拥进了自己滚烫的怀里。她想，赵山贵把她当成了"爱竹"，她就当一次"爱竹"吧！

赵山贵又看到了那盏灯，微弱朦胧的光晕，映在文爱竹的胴体上，犹如裹上了一层金箔。赵山贵突然醒了过来，坐起来揉揉眼，看到和他相拥在一起的肖秋铃，惊愕地一把推开她，紧张地问："这是怎么回事？"

肖秋铃满脸通红，坦然地扣上衣扣，语气出奇的平静："爸，您做梦了，说了许多胡话，我看您又喊又叫又乱动，怕您掉下床来，便抱住您，您……您就我当成'爱竹'了。爸，没吓着你吧？"

听了肖秋铃的解释，赵山贵心里的紧张稍微平静下来，他长长地舒了一口气，端起床头柜上的开水，喝了几大口，说："我梦见你婆婆了，哎呀，那情景真清楚。哦，对了，我梦见我很渴，叫你给我拿水，是吧？"

肖秋铃点了点头，说："您还说了许多梦话呢。"

"还说了许多梦话？说什么了？"赵山贵想了想，忽然一脸正色道，"秋铃，我也梦见你和可乡了，你们在吵架，吵得很凶，我来劝架，问你们为什么吵，你说可乡是废人，无能。我的梦很灵验，我想，你们夫妻的生活是不是出了什么问题？秋铃，你得跟我说实话。"

"爸，"肖秋铃咬了咬嘴唇，脱口道，"可乡真的如你梦中所说，我们结婚两三年了，还没有一次……"

肖秋铃说毕，五味杂陈，一头扑到被子上，呜呜哭了起来。

"唉，我意料中的事啊！"赵山贵怜爱地抚了抚肖秋玲的肩，"我要亲自找

第十三章

医生，一定要治好可乡的病，秋铃，你要耐心等待啊！"

肖秋铃走后，赵山贵怎么也睡不着，直到天快亮，他才迷迷糊糊似乎又做了几个梦。醒来时，天已大亮。他喝了几口肖秋铃端上来的热粥，嘴一抹，走出了门。

西北风一阵紧似一阵，天空阴沉，乌云几乎压到了地上。赵山贵抬头看了看天空，自言自语道："这鬼天气，还要下雨。"

赵山贵走出石岗新村，漫无目的，渐渐向石岗村旧址走去。这里的旧房子荡然无存，取而代之的是可芳公司的厂区。村头那棵大榕树还在。是他下死令不许动的。现在，它被砌得整整齐齐的大石头围着。不知什么人，在树下设了一个神龛，一些人，时不时送来水果，烧上几支香。对此，赵山贵不赞同，也不反对。他想，就连人老了，都受到尊重，何况几百上千年的古树！到这里走走，能勾起他许多回忆，精神似乎也好了起来。他信步走到那棵大榕树下，抚了抚它。这棵树，他爷爷说过，他小时候就这么大，六十多年过去了，在他眼里，这棵树依旧这么大，到立根、立兰、立蓉这一代长大变老后，也许还是这样说。赵山贵感叹，人很容易变老死掉，而这棵树，可以见证不知几代人！

赵山贵唏嘘感叹时，忽然听到咔嚓一声，他抬头一看，一条横斜而出的粗壮枝干突然断裂，轰然掉到了地上。

赵山贵震惊，一丝不祥之感，悄然而生。亲眼见树干无缘无故断裂，或山石迸裂滚落，是这个人或家中人有灾难的预兆。赵山贵走过去看了看这条树干的断裂处，发现被虫蛀了一半，它突然断裂，事出有因。但被他亲眼看到，终究不是一件好事。他呆呆地想了想，到街边小店买来一束香，点燃了插到树下的神龛里，双手合十，祈祷全家平平安安。

77

赵可乡在戒毒专家的陪同下，读书、看报、唱歌，甚至跳舞。瘸腿的舞姿常常引来戒毒友们的哄堂大笑，习惯以后，他的舞姿，竟成了戒毒所里每次晚会的保留节目。他还经常打乒乓球。在腿瘸之前，他曾是学校乒乓球队的主力，到广州参加过全省中学生运动会比赛，十多年过去，他"重操旧业"，练了一段时间后，在戒毒所里打遍天下无敌手。玩得好，吃得下，睡得香，大半年，把他养得白白胖胖、红光满面，言谈举止轻快活泼。清明前，赵可乡戒毒成功，从广州回来了。赵家全都乐得合不拢嘴。

晚上临上床，肖秋铃从药煲里倒出一碗黑乎乎的药水，端到赵可乡面前，脸红红地说："毒戒了我高兴，你那病能治好我更高兴。这是爸亲自到湛江找一个著名老中医配的药方，要连续喝三十天。"

"爸怎么知道我有这病？"赵可乡端过碗，难为情地说。

"鬼才不知道。你想想，我们结婚两三年了，我的肚子一点动静也没有，爸能不怀疑？更不用说二嫂了，她东问西问，我只好把实话说了。别难为情了，都是为我们好，快喝了吧。"

赵可乡喝了一口，叫了一声"好苦哟"，脖子一仰，大口大口全喝了下去。

"良药苦口，只要坚持，你的病一定会好。"肖秋铃接过碗，放到一边，说。

"这大半年来我身体养得结结实实，说不定不用吃药问题就解决了呢。"

赵可乡早按捺不住，他抱住肖秋铃，和她一起上了床。还是老样子——肖秋铃在心里叹了一口气。

一个月过去，赵山贵询问肖秋铃，她一句话也说不出来。在一旁的王凤娇脸皮厚，大大咧咧说："还是挺而不坚，早泄。"

赵山贵打电话去湛江，再次咨询那位名声传到了海外、专治阳痿早泄的老中医。

老中医说："在中医学里，中草药绝大部分以草药挖采回来，烘晒干后备用，但七叶一支箭的干货效力不及生货一半，所以你儿子喝药三十天没有达到预期效果，应该是药的剂量不够。下一疗程，你在每剂药里加二两带根茎的一支箭，一定要刚刚挖采的。若再不见效，老夫我当卸牌还乡，种田去。"

"这味草药何处能买到？"赵山贵赶紧问道。

"实话相告，这味草药挖采过度，现已十分少见，偌大个湛江，我每天只能收不足半斤，而处方中开出去的则需两斤以上，老夫我正为此发愁。"

"烟墩山上一定有这东西。"赵山贵抓了抓拳头，"我自己上山去采。"

"采来即用。"老中医不忘交代，"若采的量过多，一时用不完，放到盆里，注水淹茎为止，置于阴处，两天换一次水，可备一月之需。"

烟墩山，在石岗新村旁边，赵山贵年轻时不知在里面砍了多少柴，捉了多少鸟。一支箭他也见过。赵山贵在山脚沟涧寻找了两天，都空手而归。第三

第十三章

天，他决定上山顶。

赵山贵跟谁也没有说，准备好了小铲、背篓、干粮后，一大早悄悄上山了。烟墩山山顶常年云雾缭绕，土地湿润。建特区后，用上了燃气。牛羊消失了，烧柴草也早就结束了，烟墩山少了干扰，树木藤草蓬蓬勃勃，遮天蔽日。二十多年前赵山贵上山找队里丢失的一头牛，曾一口气爬到了山顶。这次上山，当年的豪情没有了，爬几步，歇一下。确定可乡"无能"后，赵山贵脑里立即闪现"生理障碍"一词。生理障碍怎么与他的腿没有关系呢？与他的腿有关系，就直接与自己有关系。是自己，亲手毁了儿子的一生！对肖秋铃更残酷。他要拯救他们的婚姻，要尽自己最大的努力，去偿还他所欠下的债！在这种精神支撑下，山再高，路再陡，用去四个多小时后，赵山贵爬上了山顶。

这天山顶没有云雾，阳光灿烂，天高气爽，赵山贵年近七十，再次征服了这座山，由衷地自豪。他还没有来得及俯瞰山下深圳的全景，眼睛突然发亮：那块巨石下一丛绿油油的草，不就是一支箭吗？他扑了上去。走了两天，一棵一支箭也没见到，而这一丛，密匝匝一片，全部挖采下来，足足有大半篓。按那位老中医的说法，每天二两，三十天就是六斤，这大半篓至少有十斤。赵山贵兀自哈哈笑出了声。

突然一阵冷风袭来，赵山贵打了一个哆嗦，他定神一看，刚刚还朗朗晴空，忽然间乌云密布。赵山贵凭经验知道要下雨了。他站起来脱去外套，盖在了背篓口，用竹条压实，以防下山时，篓里的一支箭撒出来。待他背上背篓下山时，黑云浓雾遮天蔽日，天地间顿时昏暗下来。

暴雨像天河缺了口，瀑布般往下灌。烟墩山上无遮无挡，赵山贵浑身上下没有一块干的。都说上山容易下山难，下山时碰到雨，路更难走。他每走一步，都抓住路边的树枝丫，确保不摔跤，他担心的不是他那把老骨头摔伤了，而是担心万一一摔，滚几个滚，背篓坏了，一支箭撒出去，找不回来怎么办。

暴雨来得快，去得也快。下了一阵子，突然就停了。天霎时放亮。赵山贵抬头看了看天，见天上最亮部分是头顶这一块，乐滋滋地自言自语："有雨天边亮，无雨头顶光。"天一放晴，麻痹了赵山贵，他一脚踩到一块松动的石块上，一下没稳住身子，一个倒栽葱，滚到了路边的山沟里……

不知过了多久，几只蚂蚁爬到了赵山贵的脸上，把他痒醒了。睁开眼，他觉得浑身疼痛，想了很久，才想起他摔了一跤，滚到沟里了。他一屁股坐了起来，一摸背后，谢天谢天，背篓居然还在背上，一支箭一棵也没有少。他站了起来，活动了一下四肢，走了几步，并无大碍。真是不幸中的万幸。不过，接下来，他真的碰到了麻烦。他来回走了几圈，居然找不到能爬出沟的地方。赵山贵有些急了，他双手做喇叭状，对着山沟外大声喊："有人吗？有人吗——"

赵山贵喊完后，竖耳静听，只有风吹树叶的沙沙声传来。赵山贵慌乱起来。烟墩山人迹罕至，难道就死在这山沟里？当年打鬼子打美国佬，多少次碰到比这更险恶的境地，不都闯过来了吗？赵山贵很快冷静下来。他在沟边扯来一条干柴作拐杖，沿沟而下，他想，既然能摔进沟里，哪有出不去的道理？他犯了一个不小的错误，怎么不想想，他还是当年的年轻小伙子吗？不知吃了多少苦头，日头西去，他仍然找不到出路。赵山贵这下子真的慌了，自己死了也罢，四儿子的病怎么办？一支箭在他这里，他还不能死哩！这么一想，他就抓住了身边的一根倒垂藤，扯了几下，没扯下来，就以为能承受他的体重，像攀岩运动员一样，扯住藤，就往上爬。

藤是枯藤，一拉一扯，嘣的一声断了。赵山贵哎哟一声，又滚回到了沟底。脑袋大概撞到了树干上，他眼冒金星，昏了过去。

赵山贵一天没露面，引起了王凤娇的嘀咕，到了晚饭时间，赵山贵仍没露面，王凤娇急了，跑出去乱喊。有人说，见你公公一大早上烟墩山了。王凤娇断定，赵山贵上山，肯定是又去找什么七叶一支箭了。她跑回家，刚好见到刚下班回来的肖秋铃，一人拿了一把电筒，一路喊，一路爬上山。

赵山贵早已醒来，只是动弹不了，一动就浑身痛，也不知伤了哪里。他想，他还不到死的时候，总会有人来救他的。

果然，呼叫他的声音越来越近了。

78

赵山贵身上多处受伤，轻微脑震荡，加上被雨淋后引起风寒，低烧持续不退。医生安慰赵可建他们，说老人得病来得急、去得慢，住院一段时间会好的。

住院近两个月，赵山贵的身体才康复。

肖秋铃和王凤娇来接赵山贵出院。肖秋铃羞涩地把医生的诊断单递给了赵山贵。赵山贵拿着诊断书，看了半天，问："阳性，什么意思呀？"

王凤娇乐滋滋大声说："爸，你连这都看不懂啊，秋铃怀孕了！"

第十三章

"你怀孕了？"赵山贵怕自己听错了，追问一句。

肖秋铃抿嘴一笑，一脸的幸福，说："爸，我和可乡不知怎样感谢您呢。"

"哎，看你说的，你俩的事还不是我的事吗？"赵山贵乐得合不拢嘴，"等生了孩子，我亲自带你们去湛江，好好谢谢那位老中医。哦，可乡呢，他今天干吗没有和你们一起来接我？他的几个哥哥忙，我不准他们来，他应该来呀！"

一丝忧虑从肖秋铃的心里掠过，她发动了车，缓缓向前开了一段路，才说："可乡不想在哥哥们的手下打工，几个哥哥给他凑了一笔资金，他在泥笋路开了一家汽车修理厂，自己当起了老板。他怕你不同意他自己干，就没跟你说，也不让我们说。"

"怎么会不同意呢？自食其力，很好嘛，我支持！"赵山贵满脸高兴，"他懂行吗？你要常去帮帮他，免得开业没几天又关门了。"

"他请了两个懂行的技术员，看来管理得不错。现在大哥、二哥、三哥他们公司的车都在那里维修保养，还给他介绍业务。可赚钱了。"

肖秋铃心里不安，是有一天她路过那里，进去看看，正好碰到尤宝平在办公室里和赵可乡嘻嘻哈哈。赵可家不是说他是个吸毒上瘾的家伙吗？而且还曾怀疑是他怂恿可乡吸毒。现在两人混在一起，可乡会不会再受影响？那晚刚上床，赵可乡猴急猴急就要来时，肖秋铃推开他，把她的担心说了，赵可乡"嘘"一声，说今天的赵可乡还是昨天的赵可乡吗？脱胎换骨了！肖秋铃还能说什么！

肖秋铃担心的事情还是发生了。

赵可乡不知多少次暗暗发誓，一定不能再碰毒。但是，吸毒者哪怕戒了瘾，吸毒后的感觉仍留在他们的脑海里，他们没有了瘾，仍然会想起那种飘飘欲仙的感觉，意志不坚定者，很快又会被周围的毒友拉下水。这天尤宝平来修车，借口说有点累，进到赵可乡的临时休息室睡觉。赵可乡从门缝里看到尤宝平拿注射器，往自己的手臂上扎。几分钟后，尤宝平"精神焕发"出来。把皮包往车头的一个暗箱里一放，扣上箱盖，说你这里吵死人，我找好睡的地方去。说完出门，拦了一辆的士，扬长而去。尤宝平走远后，赵可乡打开暗箱，取出他的皮包，从中取出了一支注射器和几支小玻璃瓶。

赵山贵知道肖秋铃怀孕后，回家后马上要赵可乡与肖秋铃分床睡。按客家人的传统习惯，女方怀孕后，绝对不能再同房。而那时，赵可乡每晚都欲火难耐，恨不得把过去的损失都补回来，这样一来，他能不失意和空虚吗？从尤宝平那儿偷来注射器和毒品后，赵可乡躲到休息室里，如法炮制，也往自己的手臂扎上一针。

尤宝平是个马大哈，赵可乡几次从他皮包里偷毒品，他都不知道。倒是赵可家发现了问题，有一次给尤宝平一盒毒品时，说："你又加量了？还是节制一点好。"

"没有呀，还是原来的次数。"尤宝平嘴上辩解。他还是留了心眼，结果赵可乡又一次当"贼"时被他人赃俱获。

"你哥这回要杀了我！"尤宝平黯然神伤，"你那怀孕的老婆我怎么面对？"

"还是和上次一样，你什么都不知道。"赵可乡面带愧色，掂掂手上的小瓶说，"我有个朋友也能买到这东西，这是最后的三支，我再也不偷你的了。"

"可乡，阎罗王每时每刻都在我身边，我用毒品是为了壮胆。你呢，漂亮的老婆，和睦的家庭，现在又有这么兴旺的生意，还有什么不如意？我劝你回头是岸，别害了自己，也害了家人。"

"嘻嘻，别说漂亮话了，你也戒一次给我看看？如果你能戒成，我还吸，就不是人！"赵可乡挖苦了一阵尤宝平，又说，"晚上我有个同学搞生日派对，我们一起去，怎样？"

尤宝平叹了一口气，说："明天我们都见了阎罗王，你别告状说是我害你的。"

发现赵可乡再次吸毒的，还是肖秋铃。

赵可乡被迫与肖秋铃分居后，每晚临去另一个房间睡觉，都要和肖秋铃亲热一番。

一个月前开始，赵可乡每天回来都很晚，甚至夜不归宿。临睡前也不再来看她了，一两次没事，时间一长，肖秋铃起了疑心。这一天天她推说身子不舒服，没有上班，等赵可乡先出门后，她刚拿过赵可乡换下的衣服，就闻到了一股女人的味道。肖秋铃胸口一阵绞痛，冷静一想，又安慰自己，是不是自己太敏感了。她想，对赵可乡，她被动的多，主动的少，每次都是他主动，当然会引起他的反感，所以兴趣也就减退了。于是，那天晚上，肖秋铃采取了主动，等赵可乡从卫生间出来，她上前就抱住了他。没想到赵可乡却推开了她。

第十三章

这天赵可乡和二狗一伙到宾馆，瞎混了一整天，正累得半死，对肖秋铃的主动当然不屑一顾。

两个人的冷战持续了一个礼拜。想想这不是办法，这天，肖秋铃来到修理厂，打算主动示好。不巧在赵可乡的休息间，她看到了正在注射毒品的赵可乡。

见到突然推门而入的肖秋铃，赵可乡惊慌失措，他拔出针头，一边收台上丢得乱七八糟的毒品，一边结结巴巴说："我感冒了，自己给自己打针。"

"赵可乡，你以为我是三岁孩子！"肖秋铃一阵天旋地转后，厉声道，"走，回去和爸说去。"

"别，别去！"赵可乡一把拉住肖秋铃，哀求道，"爸心脏有问题，不能受急受气，他知道了这事，能不急不气？求求你了，再给我一次机会，我保证戒掉？"

"你能戒掉？"肖秋铃冷笑道，"你能戒掉，狗都能改得了吃屎！"

"不，我真的能戒掉！"赵可乡腿一软，跪到了肖秋铃的面前，"我发誓，你给我一段时间，我保证能戒。"

"是实话？"

"是实话！"

"那你听着，"肖秋铃说，"第一，从今天起，修理厂的出纳会计由我指定，所有收支都必须由我掌握，你拿走一分钱也得经我同意。行不行？行，那好。第二条，从明天起，你准时上下班，晚上若有非去不可的应酬，必须告诉我你和谁在一起，行不行？"

"这……"赵可乡支吾了一下，一咬牙道，"行！"

"也行对吧？那好，你起来吧。"肖秋铃说，"可乡，你为什么管不了自己呢？半年前你戒毒出来，全家人多高兴。爸为了我们，性命都差点丢了，你不想想他老人家吗？还有，你难道不为我们未出生的孩子想一想！"

赵可乡低下了头，一句话也说不出来。

第十四章

79

除夕的钟声响过，林笑怡向家里人笑了笑，居然没说一句话。她目光又投向了电视荧屏。这些年来，她话变少了，脸上也很少能看到笑容。

"笑怡，你今年三十二岁了吧，爸恭贺你又长了一岁。"林子枫在心里叹了一口气，"小时候，你每长一岁，爸都满心欢喜，觉得我们的笑怡又多懂一点事了。可现在，笑怡，爸在恭贺你的时候，心也在着急，三十二岁了，应该成家了。"

林笑怡心里闪过一丝歉意，自言自语道："有合适的我会结婚的，可合适的在哪里？"

几年前狼狈离开深圳后，林笑怡最终并没有去吉隆坡。她重返香港中文大学执教。这几年，她紧闭爱情的大门，全心投入教学。是她不需要爱情吗？不，她也有渴望。夜深人静，孤独寂寞也曾让她久久不能入睡。她经常回忆和艾维斯在一起的时光，赵可设的身影也时不时闪到她眼前。想到赵可设，她的感情就变得温柔和复杂起来。他是她第一个暗恋的情人。她主动奉献自己，他竟然拒绝了！他是高尚，还是纯粹？后来为了他，她受到了羞辱和伤害，离开他的那天早上，她曾在心里说，别了赵可设，深圳这座城市我永远也不会来了！又是一个六年过去了，她竟然不能忘却。一天下午，她拿起尘封了六年的望远镜，来到四号哨卡。她想，如果赵可设又一次出现在西沉的太阳里，她一定不顾一切，再回到石岗。

石岗，已不是六年前的石岗，它像一枚棋子，早淹没在深圳这座飞速发展起来的城市里。夕阳，被一座座高楼挡在了后面，看不见了。

第十四章

紧闭对爱情渴望的结果,是她教学的卓越、著书立说的辉煌。学校曾在学生中进行过一次,对老师的教学和品德进行受学生欢迎和尊敬程度的评选,她两项都排第一。教学六年,她出了六部专著,她在利物浦大学考取博士文凭后,被母校聘为客座教授,定期回去讲学。在鲜花和掌声中,她的青春却消失了,眉角悄悄爬上了鱼尾纹,没有爱情滋润的脸色,缺少了诱人的光泽。

三十二岁了,为什么还不嫁人?

在中文大学里,她并不乏追求者。那些目光中有"廉颇老矣"的,也有"乳臭未干"的,合适的则已"妻妾成群"。

林笑怡的情绪时常紊乱,教学时依然神采飞扬,一回到宿舍,却常常坐着发呆,死气沉沉。

校园后面的山有很多木棉树和凤凰树,一到春天,一簇簇的,满山红艳。这天傍晚,林笑怡像是突然发现它们,不自觉就从学校的后院穿出,沿着一条弯弯曲曲的小径向山上走去。越走越远,直到树木越来越密,她才停下脚步。这时,天色已经昏暗,林笑怡突然觉得有些害怕,脚步慌乱地向山下走去。

直到这时,林笑怡才发现她走了有多远,偌大的校园在暗淡的天色中只有巴掌大一块。她更急了,惊慌失措中竟滚到了路边的草丛里。她语带哭腔喊:"有人吗——"

没人回应,白喊。天都快黑了,山上还有人吗?然而,难以置信的是,许久后,一个男声不知从什么地方传了过来:"喂,有什么需要帮助的吗?"

不久,一个身影,沿小径向山上跑来。这是一个文质彬彬的中年男子,手上拿着一束映山红,气喘吁吁到了林笑怡面前,问:"是你在喊吗?"

林笑怡难为情地点点头

"我姓马,名一初,在香港理工大学物理系教书。这是我的名片。"寒暄一番后,马一初从衣袋里掏出一张名片,递给林笑怡。

林笑怡双手接过名片,惊喜道:"马一初,马教授!我听爸爸说起过你,说你是英国牛津大学的高才生,现在在物理研究上很有建树。"

"哪里,哪里。"马一初谦逊地笑笑,"令尊是……"

"林子枫,在东方日报社工作。"林笑怡随口就答,她相信马一初一定也认识她父亲。

"令尊是林子枫,我太熟了,有名的专栏作家。哦,对了,我没说错的话,你一定是林笑怡小姐!"

"看来你跟我爸真的很熟,不然怎么连我都知道?"林笑怡点头道。

"不,我不是从令尊那里知道你的。"马一初纠正道,"我有一个同学在贵校任教,我常来他这里玩,他经常谈到你,说你是中文大学的骄傲。还说你……"

马一初说了一半,停了下来。

"还说什么?"林笑怡看了马一初一眼,问道。

马一初嘿嘿笑道:"还说你冷艳,今天我领教了你的'艳',但没有'冷'呀!"

林笑怡哑然失笑道:"所以一个人的话,只能信一半,不然就会大失所望。"

"不,我一点也没有失望。"马一初将那束映山红放到鼻子下闻了闻,"我今天来我同学这借资料,看见山上的花美极了,就上来看看,这是路上采的映山红,准备拿回去插到瓶里,让寒舍生点辉,想不到遇到了你,这是我的福分,这束花就送给你吧。"

林笑怡接过马一初递过来的映山红,放到鼻子下闻了闻,说:"好香,谢谢你了。"

这次奇遇后,林笑怡和马一初成了朋友。林子枫早就想让女儿认识马一初,一直没有机会,想不到他们自己"奇遇"到了一起。

林笑怡被马一初的学识和气度打动,两个人的第一次拥抱,马一初小心翼翼,像是怕箍痛林笑怡一样。这种文弱书生,怎么能唤醒她沉睡的激情?赵可设浑身的阳刚之气将马一初文弱的一面烘托得十分强烈,马一初一说到婚嫁,她便以"等一等"堵回去。那年暑假,林笑怡告诉马一初,她要去趟深圳,去看看石岗村。离开六年,她太想念那地方了,太想到她偷渡的深圳河边走走了。她没有提到赵可设。

她不提,马一初却知道,她这一趟去深圳,主要是冲赵可设而去,她不知多少次提起过他了。他想,那一定是个非常出色的男子。

80

石岗房地产公司的第一桶金,捞得十分轻松,也可以说十分惊险。

那天下午赵可设闲得无聊,正挖空心思研究晚上请谁吃个饭,套近乎,拉关系。石岗房地产公司总不能老替人修修补补，小打小闹赚点小钱，几十号员工有工资开就可以吧。

门对面财务室，会计是个大嗓门，大呼小叫说："哎哟，深圳也搞土地拍卖啦，和香港都一样了。"

王凤娇学好了，到深圳电大企业管理学习两年，拿回一个中专毕业文凭，死活也要进公司，一是有事干，免得赵山贵一天到晚说她是"麻将佬"；二是随时盯着赵可设，提防第二个"林笑怡"出现。她现在是资料员，办公台暂时安顿在财务室里。听会计叫，她便接过会计手上的报纸看了看，一边往赵可设的总经理室走，一边大大咧咧说："赵总，你有事干啦。"

听到会计的话，赵可设一怔，猛然觉得有什么大事将要发生。他接过王凤娇递过来的报纸，仔细一读，大冷的冬天，额头也冒出了一层热汗。他冷不丁问王凤娇："今天几号？"

"11月10日。"王凤娇嘟哝一句，"今早也不知你发什么神经，不是问过我一次啦。"

"今早问你，是确认去建行买股票的时间，现在问你，是要抓一根救命稻草！"

赵可设紧紧抓着拳头，就像那根救命稻草已经给他抓在了手了。

王凤娇还在疑惑，赵可设吼道："拿上营业执照，带上公章，快跟我走！"

登在《深圳特区报》上的土地拍卖启事，报名截止日期是11月10日下午六点。

赵可设惊出一身冷汗。

接下来的事情顺风顺水。那块八千五百八十八平方米、深圳乃至全国的第一块拍卖土地，从二百万元起价，被赵可设定槌在五百二十五万元收下。

第一批一百套的商品房还没封顶，就被购置一空。第二批还没建，赵可设提出了先交定金，房建好后一手交尾款、一手交房的买卖规定。广告打出去，二百套商品房还没打地基，每套五万元的定金就全部到账，整整一千万元，足够建二百套房。接下来交房时交的每套十万元，就是纯利润了。深圳的房地产开发还没有一套完整严格的法规制度，赵可设就摸石头过河，乱中取胜，几年下来为石岗净挣了几亿元人民币。按照条约，赵可设的奖金是利润的百分之十，照此推算，他银行的存款早就上千万元了。

赵可设现在的哲学是敢赚钱，更敢花钱。

他戴的手表是15万元的劳力士，手指上那枚猫眼绿宝石戒指，叫人咋舌，差不多要100万元，吊在脖子上的金项链有一斤重。赵山贵说，你不嫌重，我都替你难受。当年的艰苦朴素，早被他抛到脑后。他高谈阔论，煮酒论英雄，连赌博，他当年最痛恨的事，也学会了。赌起来一掷千金。赵可设丝毫也没有觉得，他这样做有什么不好。

这天，他双脚跷在写字台上，背靠大班椅，闭目养神，研究晚上该轮到请谁吃饭时，林笑怡站在了他面前。

林笑怡用食指尖轻轻扣了几下台面。

赵可设睁开眼，感觉有点像做梦，这个全身一袭黑色套裙的女子是谁？赵可设端详了她半天，猛地跳起来，惊喜道："笑怡，你是笑怡！"

赵可设从大班台后快步走过来，和林笑怡的手紧紧握在一起，顺势就把她搂到了怀里。他喃喃道："六年了，笑怡，多少个夜晚，我默默念着你的名字，你知道吗？"

赵可设没有说假话，林笑怡一去不返的那几个月，他想她想得差点发疯。时间一长，这种思念埋藏了起来。后来，他从大嫂秦世芳那里得知，她在香港中文大学教书，成就斐然，已成了知名教授。到了这时，赵可设终于在心底讥笑自己根本不能和林笑怡相提并论。然而，他经常梦见林笑怡。三天前，他思念心切，把她逃港后留下来的木箱搬到了他的办公室里，拿出里面的书、照片，翻来覆去看。想不到三天后，她突然出现了。

弥久留香，这不是梦。赵可设捧起林笑怡的脸狂吻。林笑怡觉得自己融化了，埋藏了六年的渴望，喷薄而出……

这时，电话不合时宜地响了起来，赵可设极不情愿地松开林笑怡，看了看来电显示，拿起电话骂道："这两天不要找我，老子没空！"不等对方答话，就把电话"啪"地挂了。

"谁呀？这么不耐烦。"林笑怡不禁皱了皱眉头，心想这家伙脾气大了。

"一个朋友，输了不过万把两万，就整天找我，想博回去。不管他。哎，给你看件东西。"赵可设打开书柜，拿出林笑怡十二年前逃港时留下的木箱，"完璧归赵。"

林笑怡舒了一口气，轻轻抚着木箱，感叹道："六年前我匆匆逃离深圳，想不到又让你保存了六年。"

"这一次是真正让你带走了。"赵可设说。

第十四章

林笑怡似乎听到自己的心咯噔了一下，不知为什么，一丝复杂的情绪悄悄冒了上来。她突然想到了王凤娇。

"她呢？"林笑怡问。

"谁？"

"王凤娇。"

"好彩，好彩。"赵可设先是在心里直呼两声，然后说，"她也在公司上班。今天陈二平的父亲过八十岁生日，全公司的人都去帮忙了。"

赵可设说罢，拉起林笑怡当年受伤的手。疤痕被林笑怡用"去疤灵"抹去了，不刻意去看，没有一点痕迹。

"好，好好。"

赵可设开车带着林笑怡直驱南海大酒店。这是深圳为数不多的五星级大酒店之一，背靠葱郁的青山，面临烟波浩渺的深圳湾，环境幽雅宁静。他要和林笑怡在这里好好享受几天。

手上的东西刚放下，赵可设就急不可耐一把抱住林笑怡，将她抢到宽大的席梦思床上，不由分说压了上去，林笑怡忽然难为情，她推开赵可设，坐了起来。

赵可设嘻嘻一笑，说："刚才在办公室，你那么听话，现在怎么啦。"

赵可设边说着，边动手解林笑怡的衣扣。

林笑怡的性爱埋藏太久，她希望有个缓冲的过程，赵可设却不管不顾，一阵狂吻后，急吼吼就开始了。

第二天，赵可设带林笑怡到蛇口最大的免税商场，进去第一句话："哎，小姐，拿几套合适这位小姐穿的，选最贵的。"

"买衣服不是选最贵的，而是选最适合的。"林笑怡说。

"最贵的就是最好的，不然怎么会贵？看来你这个大学教授，在这方面还得跟我学学。"赵可设说。

"这里没有十八万元一套的衣服卖吧？香港有，你哪次去买一套给我看看。"有几个钱就狂妄，林笑怡心里的不快更强烈。

"嘘……十八万元算什么？"赵可设亮了亮他手指上的猫眼宝石，"看到了吧，在你们香港买的，一百万元港币！十八万元算什么？你要高兴，我们现在就去香港，把你说的十八万元那套买了。"

林笑怡拿的是薪水，每月两三万元，那样的高档时装她可望而不可即，一百万元的宝石她想都不会想。她有些蒙了，赵可设到底有多少钱？怎么口气这么狂？林笑怡轻笑道："我是一名教师，穿那么奢侈没必要。和你开开玩笑。"

　　林笑怡不卑不亢，赵可设一时摸不着头脑，不知哪里得罪了林笑怡。想了想，他哈哈一笑，说："笑怡，你是在为我节省吧？没那个必要。今天的赵可设，不是六年前的赵可设了。那时，你给个五万元奖金都乐死我了。"

　　赵可设诚心诚意，林笑怡实在不忍拂赵可设的面子，于是说："这里都没有我喜欢的，这样吧，以后你有机会去香港，我带你去一个商场，我喜欢那里的服装，到时我选几套，你买单好吧？"

　　赵可设满脸堆笑道："说定了。"

　　别扭仍在继续。

　　第二天晚上，林笑怡和赵可设扯到了教育问题，她说："内地恢复高考时，你曾想过参加吗？"

　　"想过，但怎么参加得了？那时我承包鱼塘养鱼，忙得没日没夜。好彩没去，去了的话，大学毕业出来当个干部，一个月多少钱？现在我的公司聘请了十几个大学生，有的还是什么重点大学毕业的，结果怎样？我指东他们不敢向西，都得乖乖听我的。"

　　"内地现在除了全日制大学，还有电大、夜大、自学考试等，你不妨也选一个专业，考一个大学文凭。"赵可设的言行举止、穿戴打扮与他"老总"的身份不相符，林笑怡对他苦口婆心，"你别以为他们现在听你的，社会发展靠科学知识，你总有落后的一天，到时听话的不是他们，而是你。"

　　"李嘉诚没读过大学，你认为他落后吗？我大哥，可芳服装纺织公司，他一手创办，我大嫂是蒋介石，只会下山摘胜利果实。"

　　林笑怡哑然，停顿良久，说："你大哥后来不是都得听你大嫂的了吗？其实我也不是说成功者一定非大学出来不可，只是大学出来的，受过良好教育的，至少在素质上……"

　　"哎，哎，哎！"赵可设打断了林笑怡的话，"你口口声声要我读书上大学，是觉得我没有素质，给你丢脸了？"

　　林笑怡心平气和道："素质这个问题，不是一两句话说得清楚，不过你戴条这么粗的项链，还有这么大一块宝石戒指，真有点像暴发户的样子。以前，你是这样吗?"

"以前我是什么样子?"

"你充满阳刚之气,又不失儒雅的风度,"林笑怡仿佛沉浸在对往事的回忆中,"你善良、朴素、吃苦耐劳,富有同情心、正义感,你厌恶社会的不良习气,比如,你连麻将都不会打。这是我六年来一直没法忘掉的。"

赵可设又得意起来,他接过林笑怡的话:"所以,你就回来找我,对吧?"

"对。"林笑怡话锋一转,"但我们相处这两天,我发现你变了。你别怪我说得难听,你变成了金钱的奴隶。"

"有钱也错?我们来蛇口,一进蛇口的地盘,那块大牌写什么?写'时间就是金钱,效率就是生命',这句话连内地山沟沟里的老百姓都知道。在一切向'钱'看的今天,你要我像你一样,整天说莎士比亚和汤显祖?"

说了半天,赵可设竟然没有理解她所说的内涵。他的反驳堂而皇之,根本经不起她的一击,就是这"一击",她都懒得去"击"了。她决定,明天就回香港。

第二天在罗湖桥,林笑怡融入过关熙熙攘攘的人群。过了桥,她回头望,已不见赵可设的踪影。她深深地叹了口气,既失落,又释怀。林笑怡不后悔这趟深圳之行,她了却了一桩埋藏在心里六年的"感情债"。

再见了,可设哥!

赵可设躲在角落里,默默看林笑怡的身影。他也深深地叹了一口气,其实他很清楚,并不是有了一点钱就可以鄙视知识,他需要读书。可是,三十多岁的人了,还能读书吗?是不是应该去试试?

过了关,林笑怡上了一辆早已等候她的轿车,绝尘而去。

赵可设转身走时,在心里默默说:"笑怡,今后还能见面吗?"

81

汽车修理厂的资金,全部被肖秋铃控制。在这一点上,肖秋铃毫不含糊。她以为只要赵可乡手上没有钱,心就"野"不起来。赵可乡最初确实夹着尾巴,成了二狗他们戏谑的"模范丈夫"。时间一长,肖秋铃放松了警惕,加上赵可建已着手移交公司的工作,诸多事情要她独当一面。挺着大肚子忙工作,还要盯着丈夫,她没有分身术。

　　这天傍晚,赵可乡给肖秋铃打电话,说去三哥那里看演出。肖秋铃想,赵可乡也怪可怜的,一个大男人,要看老婆的眼神行事,心一软,就许了赵可乡。她不知道,那晚赵可乡去的地方是二狗那。

　　见到二狗,赵可乡一手拍二狗的肩,一手拍自己的口袋,说:"空的。"

　　二狗知道赵家的钱多到用车来拉,还怕你"空的"?他毫不含糊说:"赊账,赊账。"

　　直到有一天二狗拿账本给赵可乡看,他才傻了眼,不过一个来月,竟然欠了二十万元。

　　"这,这怎么办?"赵可乡结结巴巴说。

　　二狗说:"我周转不过来,只能催债了。"

　　赵可乡愣怔了半天,最后把目标定在了三哥身上。

　　那天下午,他来到了赵可家的办公室,当时赵可家不在。清洁工认识赵可乡,打开门,叫他进去等一等。赵可乡还没坐下,眼睛就发亮,保险柜居然没有锁,钥匙还插在上面一摇一晃的。他心里一阵狂跳,没有多想,拉开了保险柜的门,一看,赵可乡喜不自禁:那一摞摞的东西,是注射剂。二狗不给他赊账,憋了一天。此刻,他的心像被老鼠咬,难受得想撞墙。赵可乡还顾得了什么?拿起一支注射器和两支小玻璃瓶就往卫生间跑。

　　过了一会后,赵可乡一身轻松从卫生间出来,一眼见到赵可家。

　　"嗨,三哥。"赵可乡强装镇静道。

　　"你刚做什么了?"赵可家出去,发现忘了关保险柜,急匆匆赶回来碰到清洁工,听说可乡在等他。进到办公室,没赵可乡的影,卫生间门紧闭,他顿生不祥之感。打开保险柜一看,钱没少,注射器少了一支,毒品少了两瓶。一次两瓶,毒瘾非同小可!

　　蒙是蒙不过去了,赵可乡耷拉下脑袋,说:"三哥,你打我吧,打死算了,我还算什么人呢?我不想活了,你打死我吧!"

　　赵可家坐着发愣,脑子一片空白。打又不能打,再送他去戒毒所,出来照吸不误。赵可家定了定神,想了又想,说:"四弟,事到如今,打你也没用。你现在每天打一次,每次打两支是吧?从明天起,只要你保证不再去二狗那里,我有个办法,能使你慢慢戒掉。"

　　赵可乡惊喜道:"有办法!你为什么不早点用来治我?三哥,我保证不去二狗那里了。"

赵可家苦笑了一下，其实，他哪有什么办法，他只是听说过，一个人只要用量轻微，一周两三次，对人体是没有伤害的。赵可家决定自己来当当"医生"。他说："从明天起，你一天只能注射一支，半个月后，每两天一支，一个月后三天一支，最后每个礼拜一支。这期间我有一种戒毒药给你吃，你一定按我的吩咐做，否则，你只有再次去戒毒所了。"

赵可家的话赵可乡一一应承，最后说到了二十万元的事，赵可家一拍桌子，大骂二狗道："叫他自己来我这里拿。"

82

果实红近来噩梦不断，吓得她常常一身冷汗醒来。当赵可家问她做了什么梦，她又一点都记不清。这晚，她又一次从噩梦中惊醒。赵可家不在身边，她叫了两声，没有回应。远处电焊的弧光，闪到房里，奇形怪状，张牙舞爪向她扑来。

"可家——"果实红叫一声，扯过被子盖住头。黑咕隆咚的房间里，似乎有脚步声，声音由远渐近，停在了她的床头。她吓得不敢喘气，憋不住，大叫一声掀开被单，床边却什么都没有。果实红不敢再一个人待在房里。她下床，穿上衣服，走了出去。

这时是凌晨四点多。四周极静，一阵海风拂面而来，果实红轻松了许多。每次尤宝平、宋隆品他们从云南回来，赵可家都要随载满货的大卡车进到地下车库忙乎上半天。上个礼拜他俩又去了云南，算算日子，也是这两天回来。是不是卡车半夜到了，赵可家和他们清点货物去了？

这么一想，果实红就往地下车库走去。

赵可家果然在地下车库里。这一车"货"竟然有四十公斤，比往时多了差不多一倍！

果实红的突然出现，把赵可家几个人都吓了一大跳，愣怔了片刻，赵可家甩甩手上的水，迎上来揽过果实红的肩膀，一边往外走，一边说："这么晚，你怎么一人跑到这里？"

"我一人在房里怕。"果实红紧靠赵可家，"你怎么半夜出门也不告诉我一声呢？"

赵可家吻了她一下,说:"看你睡得那么熟,我怎么忍心叫醒你。"

"我又做噩梦了,吓死了。"果实红回头望了望暗淡的灯光下,尤宝平和宋隆品贼头贼脑,脸扭曲得可怕!她疑惑道,"我怎么觉得你们鬼鬼祟祟的?"

"天气太热,一路上孔雀死了好多,不马上把它们杀了放进冰柜里,就要发臭丢掉。人手不够,我来帮忙。"赵可家心里一惊,信口编了个谎话。

"看你身上,沾上了那么多血,还有怪味。"果实红不满地说了一句。

赵可家忽然觉得心里像压了块石头,沉甸甸的。果实红一旦知道他是贩毒的黑帮分子,该怎么办?赵可家搂紧果实红,说:"阿果,我们结婚吧。"

果实红抬头,注视着赵可家说:"你怎么突然想起说这事?"

"你近来常做噩梦,我也常做。我梦见你离开我了。"赵可家站定,捧起果实红的脸,"我怕失去你!"

"不许你胡说!"果实红捂住赵可家的嘴,"现在我们没有结婚就住在一起,我心里总觉得不踏实。那……那我们……就登记结婚吧!"

赵可家轻抚着果实红的秀发,在心里做出了一个重大决定:最后一次运毒,然后金盆洗手!按黑道里的规矩,贩毒两年就换一批人。他干这事早过两年,该洗手了。洗手后,好好管理这家酒店,让果实红生几个孩子,过平平安安的日子了。想到这里,赵可家笑了起来。

"你笑什么?"

"你要是生出个四胞胎,那就好玩了。"赵可家一脸幸福。

果实红咯咯笑道:"生这么多呀,到时看你怎样养活他们。"

"怎么养不活?你看我们的酒店,生意这么好,一年能赚几百万呢。"赵可家说,"以后你就是正宗老板娘。"

果实红想了想,说:"结婚要开证明。听说和你们香港人结婚,手续更复杂。我要回云南一趟。"

"我和你一起去,开车去。"一旦决定金盆洗手,赵可家像身上卸下千斤重担。他要去一趟云南,一是带果实红散散心,办结婚证明,二是要亲口对郑天说,让他另起炉灶。

"太好了!不过,你一个人开车,会很辛苦的。"果实红担心道。

"我们一路游山玩水,累了就住下。"赵可家说。

"相当于旅行结婚。"

"羞!"果实红抿嘴一笑说。

第十四章

两天后，赵可家带着果实红，开车向那景而去。

出发前，赵可家把这一趟结束后他们金盆洗手的决定告诉了尤宝平、宋隆品。他俩兴奋得击掌欢呼。这两年多来，一旦出车云南，他俩都给安放在房里的观音菩萨烧香磕头，顺利回来后，又是一阵拜天拜地。最后这次，他俩更是长拜不起，祈祷观世音保佑他们平安顺利。

回到那景，果实红忙着回娘家，赵可家则和尤宝平、宋隆品到勐腊郑天的养殖场。快两年没有见到赵可家，郑天很高兴，他叫厨师弄了一桌山珍野味，称非一醉方休不可。席间赵可家把他的决定告诉了郑天。郑天愣了半天，感叹说，每次都先给钱再拿货，这样爽快的事只有赵可家才能做到。不过，他又说，这事干了两年多，是该收手了。尤宝平拍拍自己的腰包，说里面满满的，两辈子吃不完。宋隆品也感叹，说每次来郑天这里，他都盛情款待，以后说不定，再见不到面了。郑天连声说这话说不得，怎么能再见不到面呢？以后他专程去深圳，就看你们愿不愿出来见一面。说完举杯，大家叮叮当当地乱碰一气。不知为什么，晚宴场面热烈，却总有点悲壮的气氛。

两天后，赵可家一行从那景返回深圳。中午在一家路边小店吃饭时，赵可家对尤宝平、宋隆品说："你们先走。我和果实红准备在路上走走停停，玩几天。"

每次运货，尤宝平和宋隆品都是轮流开车，轮流睡觉，不愿在路上多待一分钟，他们清楚，多待一分钟，就多一分危险。见赵可家这样说，他们满口答应。

小酒店的老板看到卡车装的是孔雀，讨好他们，凑过来说："老板，这么热的天，孔雀在车上热得都喘不过气来了，我叫人喂点水给它们吧。"

"谢谢！"赵可家客气地说，"等下一开车，风大，热不死的。"

"死掉就算，我不着急你急什么？"尤宝平见酒店老板那副低三下四的模样讨嫌，顺口说了一句。

热脸蛋碰了冷屁股，店老板悻悻然又发觉不对，以往运家禽牲畜的车辆在他这里停车吃饭，车主谁不吃三喝四，喊他帮忙喂水喂食的？这辆车的车主不叫，他主动提出来倒还挨了一句难听的。他起了疑心，心想车上是不是有"鬼"？店主一个电话打到了公安局。

吃过饭，卡车启动，尤宝平向赵可家和果实红招招手，说声"深圳见"，一踩油门，一会就没了踪影。卡车开出没几公里，被一辆警车拦住，从警车上下来几个持枪的警察，一条警犬。警犬没费多大工夫，就从车头尤宝平的皮包里嗅出了毒品的气味。接着，几个警察打开车厢的后门，拖下一笼孔雀，警犬围上转了一圈，汪汪大叫，双爪扑住一只孔雀，撕扯了几口，孔雀肚里冒出了一包包裹得紧紧的海洛因。宋隆品在那包海洛因冒出来的瞬间，手摁到了暗藏在车头杂物箱里的开关上，这时，他从车的倒光镜里看到了赵可家的车开了过来两人目光对视的瞬间，他摁开关的手停顿了下来，等赵可家的车开之以后，他才一用力，轰的一声，整辆卡车燃起熊熊烈火……

赵可家看到卡车和一辆警车停在路边，第一个念头是"完了"，他踩了踩刹车，想掉头跑，这样无疑是告诉人家，自己是同伙，想到这，赵可家把踩刹车的脚抬起来，狠狠踩向油门。车从卡车边飞驰而过。

果实红大喊："快停车，卡车着火了！"

赵可家没有理会，一直到离开卡车视线，才把车停下。果实红跳下就要向卡车方向飞奔，被追上来的赵可家死死拖住。

她哭喊道："宝平哥和隆品哥还在车里头，你怎么不……"

果实红的话没喊完，嘴就被赵可家捂住了，他低声喝道："不要再说话。"

远处卡车熊熊燃烧，大火一直烧了半个来小时，才渐渐熄灭。尤宝平和宋隆品只剩下了两具焦炭。赵可家扶着果实红在围观的人群里不忍再看，掉头往回走。

果实红的脸，纸一样白，她哆嗦，浑身无力，几乎全靠到了赵可家身上。刚刚活蹦乱跳的人，转眼间成了灰烬。她无法相信自己的眼睛，她恐惧，一时弄不清楚眼前到底发生了什么，赵可家把她扶进车里，她瘫软到背靠上。

"到底是怎么回事？"果实红不敢看赵可家，自言自语道。

赵可家一边开车，一边说："尤宝平最近吸毒上瘾，为这事，我不知骂了他多少次。但吸毒上瘾的人，爸妈都可以不认，我的骂又顶什么用？这次到云南，我才发现尤宝平不但吸毒，还和宋隆品一起干贩毒的事，我本来决定，一回深圳就要他俩回香港。想不到出事了。他们知道被抓住也是死，干脆就自焚算了。唉，尤宝平连老婆都还没有，可怜啊！"

天大的谎话，说起来竟如此合情合理。赵可家羞愧交加，忍不住流下泪来。

看到赵可家的眼泪，果实红悲悯顿生，她轻轻抚柔赵可家的手臂，说："你不要哭了，你再哭，我的心都要碎了。"

第十四章

赵可家和果实红哪里还有心思玩,他们日夜兼程,第二天傍晚就回了深圳。

半路上,赵可家打电话给虎叔,告诉了事情的大略经过。虎叔帮的各种生意中,贩毒最赚钱。出了这么大的事,虎叔急得坐立不安,派张晓文早早赶到深圳。

见到张晓文,赵可家觉得眼前一阵昏花,差点昏倒。

半晌,赵可家才缓过气来,说:"我对不起宝平、隆品,你叫虎叔惩罚我吧。"

张晓文说:"失去两个好兄弟,我们都很伤心,你要节哀。这次出了差错,责任不在你,这种事谁都想不到,我父亲怎么会惩罚你呢?"

赵可家和张晓文的话,果实红听了背脊发麻,心里一阵紧似一阵。本来连夜的赶路就让她很累了,她回到房间,一头倒在床上睡死过去。

果实红又陷入噩梦中。梦中,她被一个蒙面大盗追赶,她奔逃到一块巨石上,前面是万丈深渊,望着渐渐逼近的蒙面大盗,她纵身跳了下去。梦中的她急速下坠,底下是一口深潭,无数条张着血盆大口的鳄鱼在等着她!眼看就要一头扎进去,她大叫一声,醒了过来。

门也在这时打开了。喝得酩酊大醉的赵可家。被张晓文扶了进来,说:"家哥喝多了,你照顾照顾他。"说罢,转身走了。

"我没醉,再喝一瓶都没事。"赵可家跟跟跄跄走到床边,一头扑倒在床上。

果实红拿来热毛巾,一边给他擦脸,一边心疼地说:"开了两天车,也不休息一下,就喝那么多酒,你哪!"

"我怎么能睡得着?我失去了两个兄弟,我心里痛!"赵可家一把握住果实红的手,"宝平和隆品是我最好的兄弟,我再也见不到他们了!你说,我造了什么孽,一下子让我失去了两个兄弟?我好悔好恨,是我害了他们!"

喝醉了的人最怕提伤心事,赵可家说着,"呜呜"地哭了起来。

果实红不禁也流下了泪,她一边轻轻抚揉赵可家的胸膛,一边哽咽着安慰道:"他俩怎么是你害的呢?你不要那么伤心了。"

"不,是我害的!"赵可家翻了翻沉重的眼皮,"我不说实话,我就对不起我死去的兄弟,也对不起你。阿果,你知道吗?我多么爱你,我这辈子给你当牛做马都乐意。可是,我却欺骗了你,做了许许多多你最痛恨的事……"

赵可家酒后吐真言,前言不搭后语,断断续续把他这两年所做的和盘托出。

望着鼾声如雷的赵可家，果实红双手掩面，无声地痛哭起来。痛哭中，赵可家的形象一幕幕映到她眼前：在那景捐资建教学楼时的诚实善良，在澜沧江边的温柔多情，在说到他们生许多孩子时的天真可爱，在管理酒店工作时的镇定果断。但是，那个赵可家是眼前这个贩运毒品、涂炭了不知多少生灵的赵可家吗？他为了利用章成举，可以采用哄骗的手段，让舒文成为他手上的一枚筹码；他为了让尤宝平为他卖命，竟然提供毒品给他！他干了多少伤天害理的事？她能跟一个杀过人、当过贩毒分子的赵可家生活在一起吗？不，不能！她要走，马上就走！

果实红决定了的事，绝不会含糊。她起身拉出皮箱，把属于自己的衣物一股脑丢进去。临出门时，果实红拿出纸和笔，匆匆写了几行字，放在了床头柜上。

凌晨六点多，赵可家醒来，口干舌燥，伸手推推身边，不料推了个空。他一惊，爬起来四下一看，一眼就看到了床头柜上那张字条：

我走了，走的原因你明白！我走后唯一的牵挂是艺术团，不论是解散还是保留，希望你都要处理好。

赵可家跳下床，拉开窗帘推开窗户，对着晨曦中的深圳湾大喊："阿果……阿果……你去哪里了？！"

83

死了两个兄弟，心爱的果实红弃他而去，赵可家没有被击倒。第二天中午，他准时出现在元龙大酒店的员工面前，虽然他的脸色阴沉可怕。

大致说了几句话后，赵可家回到办公室刚坐下，赵可乡来了。

见到三哥阴沉沉的脸，赵可乡吓了一跳，问道："三哥，你病了？"

"没有，"赵可家正了正身，强打起精神，"谢谢四弟，都会关心哥了。"

赵可乡乐滋滋说："三哥，你走时留下五针给我对吧，现在我可以两天只打一针了。"

"是吗？"赵可家强挤笑脸，"你一定要咬紧牙，再尽量减少次数，哥相信你能成功。"

"你脸色不好，是不是开车太累了？三哥，你要注意休息。"赵可乡边说，边从赵可家的保险柜里拿出一只小玻璃瓶，往卫生间走去。

"可乡，你以后不要到我办公室拿这些东西，我把它放到十二楼我的房间里，以后你到那里打。"

"你不是说不能让阿果看到吗？怎么……"赵可乡不解道。

赵可家把一串钥匙丢给赵可乡，说："这是我房门的钥匙，阿果已经走了，她再也不会是你未来的三嫂了。"

"为什么？"赵可乡瞪大眼，吃惊道。

"说不清，反正她走了。"赵可家伤感地说。

难怪他脸色这么难看。赵可乡想安慰三哥几句，可毒瘾已经上来，他火烧火燎转身就要走……

"尤宝平、宋隆品出车祸死了。"赵可家突然说。

赵可乡浑身一震，手上的小玻璃瓶掉到地上，裂开，黄色的液体流了一地。

赵可家从保险柜里取出一支，走过去，拍拍赵可乡的肩，递给他，重重地叹了一口气，说："去吧。"

几天后，虎叔帮将迎来了帮主虎叔六十五岁大寿，赵可家要回香港筹办这次祝寿活动。走之前，他把赵可乡叫到了跟前。

"可乡，我要去香港办些事，前后得一个礼拜。"赵可家打开酒柜下的一个小门，指指里面的一个小铁箱，说，"里面有七支，是你这七天用的。如果我七天后回来，这些东西还剩一半，我会非常感谢你！"

赵可家出门正要进电梯，突然觉得有什么话还没有对赵可乡说，什么话呢？赵可家想了又想，却怎么想不起来了。下到一楼，他走到车边打开车门，想了想，又把车门关上，返回办公室给赵可建拨了一个电话。

"大哥，有件事我想了很久，不能不告诉你。"赵可家鼓起勇气，把赵可乡又在吸毒，他在帮他戒毒的事情说了。

"你为什么现在才告诉我！在广州戒毒时，可乡就曾想通过我给他偷偷送毒品，被我打了！你倒好，几句话就想让他戒毒，你太天真了！"赵可建越说越激动。

赵可家的心咚咚跳了起来，心想可乡若是戒不掉，他岂不是成大罪人了？但大哥的话不免武断，为什么就不能有一个特殊的例子呢？这样一想，他便把赵可乡已经减少剂量的事说了，又说："再给他一段时间吧，如果我回来，他没有再减少次数，我们再送他去戒毒。大哥，相信他，给他一次机会吧。"

"好好，这事我再考虑考虑，你忙你的去吧。"

放下电话，赵可建长叹一声，埋在大班椅里半天说不出话。他想到肖秋铃，自责与负罪感一涌而来。公司里，秋铃早已能够独当一面，她挺着一个大肚子，每天工作十几个小时，几个女人能做得到？她的丈夫腿有残疾便也罢了，现在竟然还是一个屡教不改的吸毒鬼，能不让肖秋铃悲伤吗？两天后，赵可建从香港赶回石岗，走进了肖秋铃的办公室。

"秋铃，我有两个礼拜没见爸了，他身体好吧？"赵可建接过肖秋铃递来的茶，说。

"你昨天不是和爸通了电话吗？他说他身体好着呢，你忘了？"肖秋铃明白，赵可建不是来和她拉家常的。

赵可建沉默了一下，说："可乡呢，生意不错吧？"

"哥，你就不要绕弯弯了，你说吧，可乡又怎么了？"一提赵可乡，肖秋铃的心一阵狂跳。

"秋铃，说了你别难过，我们再想办法帮他。"赵可建喝了一口茶，"最近他又吸毒了……"

"不，不是最近，是半年前就吸了！"肖秋铃咬牙道："他又欺骗了我！"说是泪水忍不住流了下来。

赵可建拿了两张纸巾递给她，说："别哭，哭了伤身体，对肚子里的孩子也不好。来，擦擦泪。"

说到肚子里的孩子，肖秋铃悲从中来，扑到赵可建的肩上失声痛哭。赵可建抚着她的背，一边给她擦泪，一边说："都怪我们没有管好可乡，但你要相信，这次，我们一定能让他戒掉！"

没想到，这情景被赵可乡看到了。

修理厂进了一批配件要付款，赵可乡来找老婆盖章拿钱。刚走到肖秋铃办公室门口，就听见她的哭声，从门缝里望去，竟然看到她趴在大哥身上。

赵可乡脸色苍白，转身悄悄走了。

晚上七点多，赵可乡到元龙大酒店。这时候正是营业高峰，谁也没有注意到赵可乡悄悄上到十二楼，走进赵可家的房间。

赵可家留下的七支，用去两支，还剩五支。赵可乡拿出来，先注射了两

第十四章

支。之后他干脆把剩下的三支也都注射了。赵可乡当然知道，这种液体毒品每次注射只要超过两支就会危及生命。

几分钟后，赵可乡先是想呕吐，接着是口干舌燥，呼吸困难。他用渐渐失神的目光四周搜寻了一下，想找水喝，没有看到水放在哪里。他的目光在电话机上停留了一下，想，如果打个电话给肖秋铃，她会给他送水来。当然，打给大哥、二哥、三哥都行。哦，如果打给父亲，他会是最快送来的那个。可赵可乡已经没有力气爬过去打电话了。他神志开始昏迷。痛苦呻吟几声后，他眼前一黑，就什么都不知道了……

这年赵可乡二十七岁。

赵可乡失踪后，赵家动用了所有的力量去寻找，他们的电话跟踪到了香港，找到了赵可家。赵可家一口咬定赵可乡肯定和二狗在一起，他怎么也没想到，四弟会死在他的房间里。

84

赵可家回香港亲自操办虎叔的生日，是虎叔的主意。这是一种荣耀，说明赵可家在虎叔心中的重要地位。虎叔的如意算盘是，在生日宴会上借机隆重褒奖赵可家。这两年来，他的"生意"为帮里创利数亿。这项"生意"想要继续下去，还得靠他。虎叔想用大恩大惠的办法稳住赵可家。当然，赵可家亲自操办寿宴，他也更放心。

在审查祝寿名单时，赵可家对澳大利亚环球公司一个名叫曹现林的经理提出了异议，说他没听说过这个人，更没见过这个人。

虎叔乐呵呵解释："这两年我们的'货'有很多是与他交易，都是先付款再拿'货'，这个人我虽然也没见过面，但从他做生意的风格上看，是个豪爽人。"

"哦。"赵可家点头，心里却仍犯嘀咕，这十多年来，与虎叔帮有过节的帮派何止一两个，凡事都应多个心眼，否则，出了事就后悔莫及了。

寿宴从下午五点开始，寿堂设在二楼，宴席摆在三楼，凡要进入三楼宴席的，都会先在二楼给虎叔拜寿，送上贺礼。这天虎叔长袍短褂，神采飞扬坐在一张黑亮的太师椅上，接受来者的祝福。太师椅两旁，除了他的儿子，还有赵可家、董管家、陈二婶等一干亲信及六个保镖。六点整，虎叔正要起身入席，曹现林来到了。乍一看，曹老板面孔陌生，但他的眼神与赵可家对碰时，赵可家一怔，感到似曾相识。

曹现林向后挥了一下手，抱拳向虎叔道："薄礼献给虎叔。"

跟在曹现林身后的四个汉子，抬着一个包着金黄色绸缎的箱子走了上来。放下箱子，其中一个汉子解开绸缎就要打开箱子。赵可家猛然看到这个汉子眼里的凶光，他叫声"不好"，就要扑上去。说时迟那时快，曹现林一个箭步冲上来，抓住虎叔的衣领，一支手枪就抵到了虎叔的太阳穴上。

"统统把手放到头上，谁敢动就打死谁！"曹现林恶狠狠道。

曹现林箱子里装着的竟然是四支微型冲锋枪，那四个汉子一人拿了一支，枪口一齐对准了赵可家几个。曹现林推了一把虎叔，说："统统上三楼。"

虎叔被押上三楼，全场鸦雀无声。

曹现林扬了扬手中的枪，说："今天是虎叔六十五岁大寿，我这样揪着他的衣领，真是不给面子！不过，我告诉大家，我曹现林十二年前就是这家酒店的主人！当然，我那时不叫曹现林，叫'鹰哥'！君子报仇，十年不晚，当年，虎叔靠着这个赵可家帮忙，夺了我的酒店，占了我的地盘，想不到我还有回收的一天。哈哈，哈哈！现在，凡是虎叔帮的人就给我站起来，其余的统统趴下。"

虎叔帮的兄弟倒也不是窝囊废，全都站了起来。

混在帮众中的赵可家异常镇静。他的手腕上系有一支超小型的左轮手枪。他用腕力将左轮枪稍稍挪了出来，出其不意便猛然向虎叔扑去，在将虎叔扑倒在地的同时，他的左轮手枪也射向了曹现林的太阳穴。

几乎在同时，枪声、呐喊声、惨叫声突然震耳欲聋地响了起来。

赵可家搀着虎叔，在警察赶到之前，丢下死伤一片的几十号兄弟，以及中枪身亡的陈二婶，逃向了深圳。

85

目睹那棵老榕树断了一支主干后，赵山贵的右眼皮经常跳。开始还只是早上起来时跳一跳，现在早上中午晚间都跳。他到镜子前观察，竟然能看到它在跳。俗话说"左跳财右跳灾"，这是几千年来老百姓总结的经验，既迷信，也不可不信。赵山贵慌了，心里直打鼓，会有什么灾难降临赵家吗？

第十四章

不幸很快应验，赵可乡失踪了。找了两天都没找到，心急如焚的赵山贵找到了他过去的老部下——公安局罗秉勤局长。罗局长当着他的面，亲自给各区公安分局局长打电话，让他们通知辖区内的所有派出所，一旦发现有个瘸腿的赵姓男青年，立即收留。赵山贵稍稍平静了一些。右眼跳却仍没有消失。

那晚电闪雷鸣，暴雨下了整整一夜。第二天天刚亮，赵山贵就上到楼顶凉台，坐在了太师椅上。深圳河涨水了，浑浊的洪水裹挟厚厚一层垃圾，趁着海水退潮，汹涌而去。这么多垃圾，深圳湾今后不成垃圾湾了吗？赵山贵叹了一口气，拿出烟斗，还没点上，就看到赵可家的车从岔路口下来，急匆匆驶向家里。车还没停稳，赵可家就钻了出来，哽咽着对迎出门的赵可建、赵可设说："大哥、二哥，可乡……可乡他……他死了。"

赵山贵猛地站了起来，一阵剧烈的心绞痛袭来，他倒在地上，昏死了过去……

直到当天下午赵山贵才被抢救过来，但醒过来的他情绪紊乱，吐字不清。医生告诫可建几兄弟，暂时什么话都不要跟老爷子说，他不能再受到任何刺激。

赵可家潜逃回深圳，发现赵可乡死在房里。尸体鼓胀，已经开始发臭。几兄弟商量了一下，这么难看，偷偷火化算了，免得大家看了难受。于是瞒着赵山贵、赵可建、赵可设、肖秋铃、王凤娇等，拉到殡仪馆火化了。骨灰就在一个陶罐里，安置在文爱竹的坟旁。

一个礼拜后，赵山贵基本恢复正常，赵可建才含着泪，把赵可乡的死因，及火化、骨灰安置说了。赵山贵一滴泪也没有。他神情呆滞，一下子苍老了许多。中午肖秋铃送饭来，赵山贵突然问："秋铃，你今年多大了？"

"二十六。爸，你问我好多次了。"肖秋铃说。

"人老了，脑子不中用了。"赵山贵喘了一口气说，"你怀孕五个月了吧？"

"嗯。"肖秋铃想到肚里的孩子一出生就见不到父亲，眼一热，泪冒了出来。

"秋铃哪，你以后还要嫁人，拖着个孩子不方便，我问过医生了，五个月，孩子大了一点，引产还来得及。你去做引产手术吧。"赵山贵冷静道。

"爸，你说什么呀？这孩子是我的骨肉，是赵家的后代，我绝不会不要他！"

赵山贵为了她的后半生，竟有这样的想法，肖秋铃非常感动，但她决定，这个孩子她是一定要生下来的！

赵山贵看肖秋铃这么坚决，重重叹了一口气，说："秋铃哪，我们赵家对不起你呀！"

那天下午午觉醒来，赵山贵的右眼皮又一阵剧烈跳动。这时，他听到赵可建在门外和人说话，叫了一声："可建。"

赵可建应一声进来，后面跟着罗秉勤。

罗秉勤上前紧紧握住赵山贵的手，愧疚道："老书记，我们的工作没有做好。"

"这事怎么能怪你们？都是赵可家造孽。"赵山贵心情沉重，"你帮我问我那三儿子，要他老实交代，他去哪里搞到那些毒品的？"

"爸，罗局长就为这事来找你的。"赵可建插话道，"可家长期以来贩毒，这次回香港，又参与了一场黑社会之间的枪战，唉！"

赵山贵心脏又绞痛，他揉着胸口，对罗秉勤说："你具体说说。"

罗秉勤把香港警方通报的情况大致说了，最后说："赵可家和虎叔帮帮主张虎潜逃到了深圳。据我们侦查，他们就住在元龙大酒店。他们有枪，据说枪法还十分准，如果我们强行逮捕，肯定会有伤亡。所以我们考虑，由您老或者可建、可设去劝他们自首，争取宽大处理。"

"我……我想不到他在香港，是这样一个人！"赵山贵喘了几口粗气，吃力道，"快扶我起来，我去叫他……叫他……"

赵山贵嘴唇突然发紫，双眼紧闭，全身一阵又一阵痉挛。

赵可建赶紧一边给赵山贵揉胸口，一边大声喊："医生！"

罗秉勤急步冲到病房外，大喊："医生，快，老书记昏迷过去了！"

86

处理完赵可乡的后事，赵可家不敢再离开元龙大酒店半步，对父亲的病情，他都是通过电话向家里了解。这一天，赵可建主动打电话给他，说父亲的病又加重了，再次陷入昏迷状态。

赵可家心情很沉重，说："大哥，我现在去见爸，给可乡毒品的事我恐怕一下子解释不清楚。爸一着急，病会更重。你和二哥多辛苦一些。"

第十四章

赵可建说:"这一点你放心,我们会照顾好的。但有些话我要和你当面谈一谈。这样吧,我现在就过去,半小时后到你房间。"

放下电话,赵可家愣了半天回不过神来。这一次枪战,赵可家本以为警方又会像以前那样让他们黑吃黑,敷衍了事。可这次毕竟不同了,死的人太多,竟有二十七名之多,伤者更是不计其数。其中还不乏商界和政界名流。这样大规模的枪战,引起朝野震惊,总督下令严惩。一下子风声鹤唳,赵可家和虎叔当缩头乌龟,楼都不敢下了。他们打算等风声过后,潜回香港,取钱拿护照,逃去加拿大。他们没想到,这个案子香港通报了深圳警方,双方联手通缉。

赵可建放下电话,对站在一旁的罗秉勤说:"赵可家的房间在元龙酒楼十二层,我上去几分钟后,你们再悄悄上去。如果我劝他们自首不成,开门出来时,你们再一拥而上,他们枪法再准,也来不及掏枪了。"

罗秉勤想了想,说:"就这样办。"

见到赵可建,赵可家鼻子一酸,眼睛潮红,良久方说:"大哥,是我害了可乡啊……"

不过十多天没有见面,赵可家颧骨突出,胡子拉碴,凹陷的眼睛布满血丝。赵可建心里也很难过,说:"可乡的死,不能全怪你。你也是出自好心。肖秋铃说了,她能理解你。爸应该也能理解。"

"大哥,你是最能理解我的人,我……"

"不,可家,我不能理解你!"赵可建话锋一转,严肃起来,"我甚至可以说完全不理解你。你还记得吗?十二年前,在香港旺角食街,我对你说了多少,你又听进去了多少?唉,都过去了,不说了。可家,今天我来,和你直说了吧,是来劝你自首的!"

"自首?你没吃错药吧?我犯了什么罪,要我自首?"赵可家故作镇静。

"你在香港的事,我不说,就说你在深圳的事。你贩运毒品是事实吧?可家,你赶快自首,回香港去审判,香港没有死刑,而且你若是自首,法官会从轻判罚的。坐几年牢出来重新做人,不好吗?另外,你那个帮主张虎,据说和你在一起,你劝他也自首吧。可家,这一次,你一定得听我的!"

"哈哈哈哈。"随着一阵狰狞的笑声,虎叔走了出来,一双鹰样的眼睛盯着赵可建说,"你就是旺角区区议会议员,可芳制服纺织工业有限公司的总裁,赵可建先生吧?大名鼎鼎!我早想拜访,一直没有机会,想不到今天在这里幸会。不过,你刚才的话似乎不妥,我们好不容易跑出来,你怎么想把我们推回去呢?"

赵可建冷笑一声道:"想不到横行霸道、作威作福的虎叔,今天如此落魄!既然刚才你已听到我说的话,我就顺便劝你一句,快点自首吧!"

"自首!这不是我虎叔的性格!告诉你,如果坐牢房,我至少关三十年,我都六十五岁的人了,这不是在牢里等死吗?我的家产几十个亿,有三个国家的护照,想去哪里就去哪里,牢我是不会去坐的!你问问你弟弟,他会不会去坐?"

"如果说,你想杀人放火就杀人放火,杀人放火后又想去哪个国家就去哪个国家,那么,你也太低估这个世界正义的力量了!"赵可建严厉道,"警察已经包围了这家酒楼,你们插翅难逃了!听我的,自首吧!"

虎叔突然从腰间拔出枪,抵住赵可建的头,推了他一把,说:"你是自己送来的人质,现在你马上跟我们出去,送我们回香港。家哥,你哥只要老老实实送我们过关,我不动他一根寒毛。"

"你别做美梦!"赵可建突然一抬手,打掉了虎叔的枪。虎叔嗖地一下从腰间拔出了另一支枪。他快,赵可家更快。赵可家一枪击到了虎叔持枪的手腕上。几乎同时,几个设伏在门外的警察破门而入……

赵可建对赶过来的罗秉勤说:"我弟弟是自首,张虎是他亲手捉住的,你一定要向香港警方证明这一点!"

罗秉勤拍拍赵可建的肩,意味深长说:"赵可家有重大立功表现,你放心吧。"

赵山贵又清晰地梦见了文爱竹,她赤脚在银光闪闪的沙滩上奔跑,海风将她瀑布般的黑发飘扬到了空中。她不时转过身向赵山贵招手:"山贵,你快来呀。"赵山贵奋力追赶,触手可及了,她却又突然跑到了很远的前边。如此几次下来赵山贵不再追了,大喊:"你别跑,我不追了。"文爱竹咯咯笑着往回跑。他伸开双臂,在她扑进他怀里的刹那,他醒了。

赵可建、赵可设、秦世芳、王凤娇、肖秋铃、立根、立蓉、立兰都惊喜地围了过来。

赵山贵昏迷了三天三夜,病危通知已经发了出来,医生都叫他们准备后事了。

"立根、立兰、立蓉,你们过来!"赵山贵面色红润、思维清晰,他口齿清楚地把立根、立兰、立蓉叫了过来，伸手抚摸着他们的头，慈祥的目光在他们脸上一一扫过，最后，他的目光停在了肖秋铃高高隆起的肚子上。他说："你们，还有可乡未出生的孩子，都要好好学习，今后做对社会有用的人！"

赵可建叫来了医生，说赵山贵突然清醒，脸色很好，谢天谢地，这下有救了。医生进来看了看赵山贵的眼神，又摸了摸脉，出到门外，对跟上来的赵可建说："老书记那是回光返照，你们这次真的准备后事吧。"

赵山贵的"回光返照"持续了半个多小时，然后双眼一阖，再也没有睁开。

87

那年十二月底，肖秋铃生下一个重八斤的男孩，肖秋铃请大哥、二哥给儿子取名。赵可建、赵可设异口同声说："立本！"